novum pro

AF114693

P.R. MOSLER

Mörderische Hinterlassenschaft

Ähnlichkeiten mit lebenden oder verstorbenen Personen sind rein zufällig und nicht beabsichtigt. Alle Namen sind frei erfunden.

novum pro

www.novumverlag.com

Bibliografische Information
der Deutschen Nationalbibliothek:

Die Deutsche Nationalbibliothek
verzeichnet diese Publikation in
der Deutschen Nationalbibliografie.
Detaillierte bibliografische Daten
sind im Internet über
http://www.d-nb.de abrufbar.

Alle Rechte der Verbreitung,
auch durch Film, Funk und Fernsehen,
fotomechanische Wiedergabe,
Tonträger, elektronische Datenträger
und auszugsweisen Nachdruck,
sind vorbehalten.

© 2020 novum Verlag

ISBN 978-3-99107-141-9
Lektorat: Mag. Eva Reisinger
Umschlagfotos: Nataliia Maksymenko,
Venemama, Boris V, Serezniy,
Oleg Zabielin | Dreamstime.com
Umschlaggestaltung, Layout & Satz:
novum Verlag
Innenabbildungen:
siehe Bildquellennachweis S. 401

Gedruckt in der Europäischen Union
auf umweltfreundlichem, chlor- und
säurefrei gebleichtem Papier.

www.novumverlag.com

Mein besonderer Dank
gilt meinen beiden Kindern Markus und Dagmar,
die an mich glauben, mich unterstützen und motivieren.

Familie und Freunde sind der stabile Nährboden,
aus dem Helden wachsen können.

1 Prolog

Mai 1945.

Herbert Frei, ein SS-Offizier, der sich seit ein paar Tagen in dem sibirischen Gefangenenlager befindet, überlegt fieberhaft, wie er den Auftrag, den er hatte, noch ausführen kann. Er weiß, dass er aus diesem Lager nicht lebend herauskommen wird.

Willi Raschke sitzt im gleichen Gefangenenlager ein. Er ist kein Angehöriger der SS-Einheiten und hat zumindest eine kleine Chance auf Überleben.

Die Bedingungen, unter denen die Gefangenen gehalten werden, sind grausam. Schmerz, Qualen und Hunger sind ihre ständigen Begleiter. Hoffnungslosigkeit macht sich unter ihnen breit. Mit der Zeit geben die Menschen in den Lagern den Offizieren der SS-Macht[1] die Schuld an ihrer Misere. Immer größer wird die Wut der Gefangenen auf die Wehrmachtsoffiziere, sodass es eines Tages zum Aufstand unter den Gefangenen kommt.

Einer der Redeführer baut sich vor Herbert auf. „Du gehörst auch zu denen. Ihr habt euch einen Scheißdreck darum gekümmert, wie es euren eigenen Leuten ergeht. Dass wir wegen euch hier einsitzen, Schmerzen und Leid ertragen müssen, daran verschwendet ihr keinen Gedanken." Er packt Herbert am Kragen und zieht ihn auf die Beine.

„Hören Sie, ich will keinen Streit. Ich weiß, Sie sind aufgebracht. Aber genau das wollen die da draußen doch erreichen.

---

[1] Schutzstaffel (SS) – nationalsozialistische Organisation zur Zeit des Nationalsozialismus und diente der NSDAP und Adolf Hitler als Herrschafts- und Unterdrückungsinstrument

Die sehen dann mit Genugtuung zu, wie wir uns hier drinnen gegenseitig zerfleischen. Lassen Sie es nicht dazu kommen. Lassen Sie sie nicht gewinnen", bittet Herbert ihn flehend.

„Es ist mir egal, was die da draußen denken oder tun. Sie sprechen von Genugtuung? Ich sage Ihnen was Genugtuung für mich ist. Das ist, wenn ich Ihnen jetzt den Hals umdrehe und zusehe, wie Sie verrecken. Es hilft mir zwar nicht hier heraus, aber ich werde mich besser fühlen. Ganz bestimmt."

Der Mann holt aus um ihm die Faust ins Gesicht zu schlagen.

Herbert überlegt kurz, ob er sich wehren soll. Sicher, er ist durch die Gefangenschaft in einem geschwächten Zustand, aber das ist sein Gegenüber auch. Außerdem ist er für solche Situationen ausgebildet. Er glaubt nicht, dass der andere eine Chance gegen ihn hätte. Aber dann denkt er, es wäre vielleicht gar nicht so schlecht, wenn er sich vorzeitig verabschieden kann. ‚So umgehe ich auf jeden Fall die bevorstehende Folter durch die Wärter!'

Doch so weit kommt es nicht. Plötzlich steht Willi Raschke neben dem aufgebrachten Mann. Er legt diesem begütigend die Hand auf den Arm.

„Lass gut sein, Herrmann", spricht er den Mann an. „Hier bist du an der falschen Adresse."

„Wieso?" Wütend brüllt der Angesprochene zurück. „Du siehst doch, wer er ist. Was er ist!"

„Ja, aber ich habe auch gesehen, dass dieser Mann, seit er hier ist, sein Essen regelmäßig an unsere Kinder verteilt hat. Er hat der Frau mit dem gebrochenen Arm dahinten medizinische Hilfe geleistet, soweit er konnte. Und er hat dem Jungen dort drüben seinen Pullover geschenkt. Glaubst du, er würde sich um uns kümmern, wenn er so wäre wie du sagst?"

Herrmann blickt sein Gegenüber noch einmal hasserfüllt an, dann trollt er sich.

„Vielen Dank." Herbert atmet auf.

Willi schaut ihn traurig an. „Sie haben Recht. Wir sollten uns hier drinnen nicht auch noch gegenseitig zerfleischen. Aber ich glaube nicht, dass ich Ihnen mit meiner Aktion groß geholfen habe."

„Ja, wahrscheinlich haben Sie Recht." Herbert setzt sich hin. Willi nimmt neben ihm Platz.

Der SS-Offizier mustert Willi eine Weile lang prüfend. Plötzlich kommt ihm die entscheidende Idee. „Verraten Sie mir Ihren Namen?"

„Willi Raschke. Warum wollen Sie das wissen?"

„Sehen Sie, ich hatte einen Auftrag, den ich nur zum Teil erledigen konnte. Bevor ich hier gelandet bin war ich unterwegs zu unserem Hauptquartier. Meine Aufgabe war es, meinem Vorgesetzten ein Schriftstück zu überbringen. Ich trage dieses immer noch bei mir."

„Wie das? Wir wurden doch alle bis auf das Kleinste durchsucht?"

„Ja, aber ich habe ein gutes Versteck dafür. Hören Sie, ich würde gern vermeiden, dass das, was ich bei mir führe, in die Hände unserer Gegner fällt. Es ist eine Karte, um genauer zu sein eine Flurkarte. Ich möchte, dass Sie die Karte an sich nehmen. Bewahren Sie sie gut auf. Eines Tages könnten Sie dadurch sehr reich werden."

„Reich? Glauben Sie wirklich, das interessiert mich, wo wir hier drinnen sitzen?"

„Nein, und genau deshalb werde ich Ihnen die Karte geben." Er betrachtet Willis Schuhe. „Was haben Sie für eine Schuhgröße?"

„Vierundvierzig. Warum?"

„Das passt. Lassen Sie uns bitte die Schuhe tauschen. An meinem rechten Absatz gibt es einen Mechanismus, der die Sohle des Schuhs zurückklappt. Darin finden Sie die Karte."

„Wissen die da draußen, dass Sie die Karte besitzen? Wurde Ihre Jacke deshalb so zerschnitten?" Willi betrachtet das Kleidungsstück interessiert. Schon als Herbert Frei eingeliefert wurde, haben alle darüber nachgedacht, warum er eine Jacke trug, die anscheinend in Streifen geschnitten wurde.

„Wahrscheinlich haben die eine Vermutung. Mehr aber auch nicht. Bei Ihnen wird keiner danach suchen. Sie würden mir einen großen Gefallen tun."

Die beiden Männer tauschen in aller Stille ihre Schuhe. Willis ausgelatschte Treter waren Herbert etwas zu schmal, aber er trug sie nur kurz.

Nach vier Tagen wurde ein Erschießungskommando zusammengestellt, das die Aufgabe hatte, alle Gefangenen, die als SS-Offiziere identifiziert wurden, zu erschießen. Auch Herbert Frei zählte zu den Opfern.

Mittlerweile war er froh, dass es endlich zu Ende ging. Die in den letzten drei Tagen alle paar Stunden wiederholten Befragungen und Folter haben aus ihm einen gebrochenen, verkrüppelten Mann gemacht. Doch sein Geheimnis nimmt er mit ins Grab.

Willi Raschke hingegen überlebt die Gefangenschaft in dem sibirischen Lager. Er kehrt in die DDR[2] zurück. Froh, wieder zuhause zu sein, um mit seiner Frau und den beiden Kindern in Ruhe sein Leben zu genießen. An die Karte des Offiziers dachte er schon lange nicht mehr.

Nach Kriegsende kamen immer wieder Gerüchte auf, die von geheimen Verstecken der SS-Truppen berichteten. Verstecke, in denen vor der Kapitulation geraubtes Gold und Kunstwerke angehäuft worden waren.

Im Alter von sechzig Jahren hört auch Willi von den Gerüchten, wodurch die Erinnerung an seinen Mitgefangenen wiederauflebt. Im Keller sucht er längere Zeit herum. Nach einer Weile findet er den alten Pappkarton, der, in der hintersten Ecke verstaut, vollständig in Vergessenheit geraten war. Willi holt ihn hervor. Die alten Schuhe, die er jetzt zutage fördert, gehören eigentlich nicht ihm, sondern waren Eigentum des SS-Offiziers Herbert Frei.

„Komisch", wundert sich Willi, der keine Ahnung hat, warum er die Schuhe all die Jahre aufgehoben hat. Er betrachtet sie genauer, woraufhin er den kleinen Hebel findet, der die Sohle zur Seite schiebt. Zu seiner eigenen Verwunderung findet er auch die Flurkarte. Bis zu diesem Zeitpunkt hat er nicht an die Geschichte von Herbert Frei geglaubt.

---

2 Deutsche Demokratische Republik (DDR) – Staat in Mitteleuropa, der von 1949 bis 1990 existierte

Er nimmt die Karte mit an seinen Schreibtisch, wo er sie ausbreitet um sie genauer in Augenschein zu nehmen. Gold, Diamanten und wertvolle Briefmarken sollen tief unter der Erde versteckt sein. Die spärlichen Kartenmarkierungen zeigen ihm keine eindeutige Stelle. Klar ist nur, dass er im Bayrischen Wald zu suchen hat.

„Ein weiter Weg, vom Bayrischen Wald in ein sibirisches Gefangenenlager und wieder zurück in die *DDR*", flüstert er überrascht.

Fünfzehn Jahre nachdem er die Karte von Herbert Frei erhalten hat, begibt er sich mit seiner Frau Annegret in das auf der Karte erwähnte Dorf Arrach, das in der Nähe des Verstecks liegen soll. Umgeben von den höchsten Bayerwaldbergen, eingebettet in zahllose Wälder und Wiesen, gehört es zum Oberpfälzer Landkreis Cham. Von dort aus unternehmen sie jede Menge Wanderungen. Sie suchen die Gegend systematisch nach dem Schatz ab. Dabei fertigt Willi eine zweite Karte an. Zudem hält er in einem Tagebuch die genauen Details darüber fest, wo sie bereits gesucht haben. Er notiert auch, wie tief sie an den verschiedenen Stellen gruben.

Mit der Zeit werden die Anwohner auf die beiden aufmerksam. Willi fällt es immer häufiger auf, dass sie beobachtet werden. Da er nicht möchte, dass seiner Frau etwas passiert, schickt er sie heim zu ihren Kindern. Sicherheitshalber gibt er ihr die beiden Karten mit. Er selbst behält nur eine Handskizze mit dem restlichen Suchgebiet.

Um die Karten vor Entdeckung zu schützen, nimmt er die alte Hutschachtel, in der seine Frau immer ihr Nähzeug aufbewahrt. Er löst das Futter des Deckels ab. Vorsichtig legt er die Karten hinein, ehe das Futter von ihm wieder sauber angeklebt wird.

Nachdem Annegret Raschke sicher abgereist ist, macht er weiter. Täglich schickt er einen Bericht mit seinen Ergebnissen an seine Frau. Seine liebevollen Briefe sind ihr wichtiger als die Berichte, trotzdem bewahrt sie diese in der Hutschachtel auf. Weil sie nicht viel damit anfangen kann, sammelt sie die Papiere nur. Viel mehr hofft sie auf seine erfolgreiche Rückkehr.

Fünf Tage später findet man Willi im Wald erschossen auf. Die Skizze ist und bleibt verschwunden. Aber auch die Suche nach dem Schatz hört schlagartig auf. Gerüchten zufolge soll Willi den Schatz geborgen haben, bevor ihm dieser dann abgenommen wurde.

Seine Frau beerdigt ihn vier Wochen später. An diesem Tag packt sie die beiden Flurkarten, die drei Briefe von Willi und sein Tagebuch in das Futter der Hutschachtel. Zuerst wollte sie alles verbrennen, doch das ging nicht. Es ist die letzte Erinnerung an ihn. In ihrer Trauer gibt sie dem Schatz die Schuld am Tod ihres Mannes.

Über die Zeit vergisst sie die Karten, die sich in ihrem Besitz befanden.

2

Mai 2006.

Nahe dem *Geropark* Mönchengladbachs liegt das *Leonardo Art Museum*. Das Gebäude ist eine wiederaufbereitete ehemalige Schule, mit teilweise erhaltenem Fachwerk. Sie beherbergt zurzeit Gemälde berühmter Expressionisten-Sammlungen. Für die seit Monaten geplante Sonderausstellung mit bedeutenden Werken weltweit bekannter Künstler hat die Stadt Mönchengladbach, die mittlerweile Eigentümer des Museums ist, in die neuesten Alarmanlagen der Firma *Staller Industrie Werke GmbH* investiert.

Dank sauberer Arbeit der Mitarbeiter dieser Firma konnte nach ausgiebiger Testphase die Anlage erfolgreich in Betrieb genommen werden. Somit stand der pünktlichen Eröffnung der Sonderausstellung nichts im Wege.

Am Vorabend der Eröffnung sitzen drei Wachmänner im Kontrollraum. Ihre Aufgabe ist es, über die Monitore darauf zu achten, dass sich niemand an den Wertgegenständen, die hier ausgestellt werden, zu schaffen macht. Allerdings führen sie ihre Arbeit nur sporadisch aus, da sie sich zu hundert Prozent auf die installierte Alarmanlage verlassen. Viel interessanter ist es, den jungen Reinigungskräften über die Monitore bei ihrer Arbeit zuzusehen.

Einer der Wachmänner ruft seine Kollegen zu sich. „Seht euch das einmal an!"

Die beiden Gerufenen treten hinter ihn. Als sie ihm über die Schulter schauen beginnen sie erfreut zu lachen. Auf dem Bildschirm des ersten Monitors ist eine junge Frau zu erkennen, die schon wegen ihrer üppigen Figur ein Augenmerk für die Männer ist. Doch im Augenblick übermittelt die Kamera lediglich das Bild von ihrem nur knapp verdeckten Busen.

„Hm, lecker." Auch der zweite Mann schafft es nicht, seine Augen von dem Bildschirm abzuwenden. „Von mir aus kann die da noch ein paar Stunden weitermachen."

Seine Kollegen nicken zustimmend. Auch für sie ist der Anblick eine reizvolle Abwechslung. Sie ziehen ihre Stühle heran, um es sich für ihren Beobachtungsposten so bequem wie möglich zu machen. Eine Weile lang achtet niemand mehr auf die anderen Bildschirme.

„Hey, seht einmal da." Jetzt hat auch der dritte Wachmann auf einem weiteren Bildschirm eine der Reinigungskräfte entdeckt, wie sie anscheinend eine Lache vom Boden aufwischt. Dabei bückt sich die gutaussehende Blondine tief hinunter, wobei sie ihren Beobachtern eine hervorragende Sicht auf ihre langen schlanken Beine gewährt.

„Leute, das wird noch eine angenehme Nacht heute." Alle drei nicken sich erfreut zu. Rasch wenden sie ihre Aufmerksamkeit wieder auf die Bildschirme.

„Es ist genau ein Uhr", äußert sich der erste Wachmann. „Ich war vor einer Stunde unterwegs. Wer von euch ist als Nächster mit dem Rundgang dran?"

„Paul ist dran." Mit dem Daumen zeigt der zweite Wachmann auf seinen Kollegen, ohne von dem Bildschirm aufzublicken.

Der mit Paul angesprochene Wachmann reagiert säuerlich. „Na klar, Robert, das freut dich jetzt wirklich, nicht wahr?"

Viel lieber würde auch er weiter die Bilder auf den Monitoren betrachten. Aber die Arbeit geht nun einmal vor. ‚Vielleicht kann ich meinen Rundgang noch ein Stück ausdehnen', überlegt er. ‚Es kann bestimmt nicht schaden nachzusehen, ob bei den jungen Frauen alles in Ordnung ist.' Dieser Gedanke lässt ihn aufmunternd lächeln.

Seine rechte Hand greift nach dem Schlüsselbund mit den Generalschlüsseln während er sich aus seinem Stuhl hievt. Kurz darauf ist er verschwunden.

Schadenfroh sehen ihm seine beiden Kollegen nach, um sich dann wieder dem hübschen Anblick zu widmen.

Paul tritt vor die Sicherheitstür. So wie es die Vorschriften verlangen, zieht er diese hinter sich zu. Überrascht schaut er auf die junge Frau, die ihm gegenüber steht. Bekleidet ist sie mit dem typischen Kittel für die Reinigungskräfte. Allerdings hat sie den Kittel geöffnet. Darunter trägt sie nur ein tief ausgestelltes Shirt und einen kurzen Rock.

„So ein Mist", flucht die hübsche Blondine gerade.

Ungeniert betrachtet Paul die gut geformten Beine der Frau, die den kurzen Rock hochgeschoben hat, um eine Laufmasche an ihrer Strumpfhose zu begutachten. Dabei hat sie sich tief vorgebeugt. Anscheinend ohne ihn zu bemerken bietet sie ihm einen hübschen Einblick in ihren Ausschnitt. ‚Wenn die anderen da drinnen wüssten, was ich hier geboten bekomme', freut er sich ungehemmt.

„Kann ich Ihnen vielleicht behilflich sein?" Er achtet nicht im Entferntesten darauf, dass sich diese Frauen absolut untypisch für ihre Arbeit verhalten.

Anscheinend erschrocken schreckt die Frau hoch. „Was? Oh, tut mir leid. Ich wollte sie nicht belästigen", stottert sie beschämt. „Aber, wenn Sie so nett wären?" Sie zeigt verlegen nach unten.

Erst jetzt gewahrt der Wachmann, dass ihr der Wagen mit den Putzutensilien umgekippt ist. Freundlich lächelt er die hübsche Blondine an. „Kein Problem. Das mache ich schon."

Paul bückt sich, um den Wagen aufzurichten. Das lenkt ihn weit genug ab, dass er nicht bemerkt, wie die unbekannte Frau zu einer Sprühflasche greift. Die darin enthaltene Flüssigkeit spritzt sie ihm ins Gesicht. Sich selbst hält sie ein Tuch vor Mund und Nase.

„Hey!" Erschrocken dreht der Wachmann sich zu ihr um, doch weit kommt er nicht. Vor seinen Augen verschwimmt alles, um ihn herum beginnen die Wände zu wackeln. Im nächsten Moment sinkt er bewusstlos zu Boden. Den Wagen der Reinigungskraft reißt er wieder mit sich.

Die beiden im Sicherheitsraum verbliebenen Wachmänner hören draußen ein kräftiges Poltern. Irritiert betrachten sie die Bilder auf dem Monitor. Die Kamera, die im Korridor der Tür gegenüber hängt, übermittelt die Sicht des Flurs ein Stück weit nach links und rechts neben der Sicherheitstür. Allerdings ist auf den Bildern nichts Außergewöhnliches zu erkennen.

„Du oder ich?"

„Wer weiß, was da los ist, besser wir gehen beide." Robert traut dem Ganzen nicht. ‚Wenn vor der Tür niemand zu sehen ist, kann da auch keiner sein. Wieso scheppert es also draußen so heftig?'

„Das ist garantiert Paul", mutmaßt der Kollege. „Der will uns nur einen Schrecken einjagen. Wetten?"

„Wieso sehen wir ihn dann nicht?", hakt Robert nach.

„Keine Ahnung. Aber das finden wir ja gleich heraus."

Zusammen wenden sie sich der Tür zu. Was sie auf der anderen Seite entdecken lässt sie verdattert innehalten. Ihr Kollege liegt bewusstlos auf dem Boden davor.

„Hey, Paul."

Durch ihre Verwirrung vergessen sie ganz, dass es ihre Pflicht wäre, zuerst den Kontrollraum durch Schließen der Sicherheitstür zu schützen. Sie schauen den Gang hinauf, anschließend hinunter. Dort ist alles ruhig. Vier Meter weiter steht ein Wagen der Putzkolonne, aber eine dazugehörige Reinigungskraft sehen sie nicht. ‚Die ist sicher in irgendeinem der angrenzenden Räume. Wahrscheinlich hat diese den Krach bei ihrer Arbeit überhört', vermuten die beiden Wachmänner. Sie bücken sich, um ihrem Kollegen zu helfen.

Darauf hat Svenja nur gewartet. Sie tritt aus dem angrenzenden Raum, dessen Tür sie nur einen kleinen Spalt weit geöffnet hatte. Mit leisen Bewegungen nähert sie sich den beiden Männern, die sie erst bemerken als sie vor ihnen steht.

Überrascht heben diese den Kopf, als die blonde Frau so plötzlich erscheint. Sie finden keine Gelegenheit der Flüssigkeit auszuweichen, die die Frau ihnen aus der Flasche ins Gesicht sprüht. Dabei schützt sie ihren eigenen Mund und ihre Nase wieder durch ein Tuch. Kaum fünf Sekunden später liegen die beiden Männer besinnungslos neben ihrem Kollegen am Boden.

Die Blondine steigt über die Männer hinweg und schlüpft in den Kontrollraum. Aus ihrer Tasche fördert sie ein Headset zu Tage. Es auf den Kopf setzend begibt sie sich an das Bedienpult. Ihre Hände bearbeiten gleichzeitig beide Tastaturen. Svenja kennt jeden Griff, den sie zu machen hat, dabei behält sie die bewusstlosen Männer vor der Tür im Auge. Sie weiß genau, wie viel Zeit ihr bleibt, bis diese wieder zu sich kommen werden. Nach gerade einmal acht Minuten hat sie die Alarmanlage abgeschaltet. Damit ist ihr Ziel erreicht. Durch ihr Kommunikationsgerät gibt sie den Erfolg an ihre Genossinnen weiter.

„Es kann losgehen."

Sie entfernt das kleine Bandgerät vor dem Monitor gegenüber der Sicherheitstür. Durch die Aufnahme vom Vortag konnte sie verhindern, dass die Kamera das Geschehen außerhalb des Sicherheitsraumes auf die Monitore der Wachmänner überträgt.

Noch einmal nimmt sie die Flüssigkeit zur Hand. Sie verteilt eine ausreichende Menge davon auf einem Tuch. Die Wachmänner, die langsam anfangen sich zu rühren, bekommen nacheinander das Tuch für einige Sekunden auf Mund und Nase gedrückt. Friedlich schlafen sie daraufhin weiter. Nun zieht sie einen nach dem anderen in den Raum hinein, während ihre drei Begleiterinnen an die ihnen zugeteilten Arbeiten gehen.

Svenja hievt die Wachmänner auf ihre Stühle. Jetzt zahlt es sich aus, dass sie am ersten Abend selbst im Sicherheitsraum vorstellig wurde, um ihre Reinigungsfirma anzukündigen. Aufmerksam hat sie sich jede Kleinigkeit gemerkt. Sie kennt sich in dem Raum bereits aus. Zudem war sie heute Abend als erstes hier um sich anzumelden. Während sie den erfreuten Wachmännern ihre Schreibtische reinigte, konnte sie sich davon überzeugen, welcher der Männer wohin gehört. In bequemer Schlafstellung richtet sie die Arme und Köpfe der drei auf ihren Schreibtischen aus. Dem mitgebrachten Rucksack entnimmt sie ein Etui, das drei Spritzen enthält. Die dazugehörigen, mit einer klaren Flüssigkeit gefüllten Glasflaschen finden sich ebenfalls in dem Futteral. Svenja nimmt die Spritzen zur Hand. Sie sticht die Nadel der Spritzen durch die Deckel der Flaschen, dann zieht sie die Flüssigkeit aus den Gefäßen in die Spritzen. Sie wartet seelenruhig darauf, dass die Wachmänner langsam wieder zu sich kommen.

Ihrem Plan entsprechend eignen sich in der Zwischenzeit ihre drei Kolleginnen die kostenträchtigsten Kunstgemälde an, die hier ausgestellt werden.

Sobald die erste Regung zu sehen ist, greift Svenja zu den aufgezogenen Spritzen. Die jetzt darin enthaltene Flüssigkeit injiziert sie den Männern oberhalb des Haaransatzes im Nacken. Anja ist diejenige, die ihnen gezeigt hat, wie man die Spritzen anwenden muss. Durch die gelernte Arzthelferin konnte auch Svenja sich das Wissen aneignen, wie sie die Nadeln einstechen muss um keine Spuren zu hinterlassen.

„Süße Träume." Gelassen beobachtet sie, wie die Männer wieder wegdösen. Das *Dissoziativum*[3], das die drei gespritzt bekamen, sorgt durch den Eingriff auf ihre Psyche für ausreichende Bewusstseinsveränderung. Den Frauen bleiben jetzt zwei Stunden Zeit um alles zu erledigen, bis die Wirkung der Droge nachlässt. Doch Svenjas Aufgabe ist es, hier zu bleiben und aufzupassen.

Sie spornt ihre Leute an. „Macht voran, Mädels."

„Reg dich ab, Svenja. Wir sind schon mittendrin. In etwa einer Stunde sind wir hier fertig."

„Gut so. Was ist mit dem Lieferwagen?"

„Tamara holt ihn gerade. Wir treffen uns gleich im Kontrollraum."

Siebzig Minuten später erscheinen Anja und Celina.

Tamara hat den vollgeladenen Lastwagen ein Stück weit vom Museum entfernt abgestellt, außerhalb der Reichweite der Kameras. Zehn Minuten nach den anderen betritt sie den Raum.

---

3 Dissoziativum – eine psychoaktive Substanz, die eine halluzinogene und dissoziative Wirkung entfaltet

„Der Wagen steht am Ende vom Park. Wir können weitermachen."

Sie alle wechseln die Kleidung. In dem Wagen der Putzkolonne fällt der Müllsack mit der Wechselbekleidung nicht weiter auf.

„Dann geht auf eure Plätze." Jetzt ist Svenja gefragt. Ihre drei Partnerinnen begeben sich genau an die Plätze zurück, wo sie vor dem Abschalten der Computeranlage waren. Nur, dass sie jetzt die Bekleidung gewöhnlicher Reinigungskräfte tragen. Also Kopftücher, bis oben geschlossene Kittel und die passenden Hosen. Auch die flachen Arbeitsschuhe gehören zu ihrer Ausstattung.

Svenja schaltet die Anlage wieder ein. Das Aufnahmeband vom Vortag hat sie längst herausgesucht. Nun werden von ihr die Zeiten auf dem Band kontrolliert. Wenn ihr Plan gelingen soll, müssen die Aufzeichnungen vom Vortag mit den heutigen hundertprozentig übereinstimmen.

Zufrieden stellt sie fest, dass sie genau im Zeitplan liegen. Sie löscht die heutigen Aufnahmen in der Datenbank von dem Moment an, als die jungen Frauen ihre Vorstellung begonnen haben. Dann kopiert sie das fehlende Stück mit der passenden Zeitangabe hinein. Dafür sind nur ein paar Minuten nötig. Sie weiß genau worauf es ankommt. Im Anschluss prüft sie die Aufnahme auf dem Band noch einmal. Was man jetzt beim Abspielen des Films erkennen kann sind vier Reinigungskräfte, die ihre Arbeit in der ihnen zugewiesenen Weise verrichten, wobei Svenja den Sicherheitsraum aufsucht, um den Wachmännern ihre Arbeitsplätze zu reinigen und den Müll zu entsorgen. Die Übertragung läuft sauber ab, ohne dass man Übergänge an den kopierten Stellen wahrnimmt. Nur ein sehr gut geschulter Fachmann ist eventuell in der Lage festzustellen, dass das Band manipuliert wurde. Allerdings müsste er dafür wissen, wonach er zu suchen hat. Svenja lächelt. Diese Arbeit beherrscht sie absolut perfekt.

Das wieder anlaufende Sicherheitsprogramm meldet jetzt die fehlenden Gemälde. Für Svenja ist es ein Leichtes, dem System zu bestätigen, dass das seine Richtigkeit hat. Die Eingaben werden akzeptiert und die Anlage nimmt ihre Arbeit anstandslos auf.

Bevor sie den Raum verlässt schaut sie sich noch einmal gründlich um. Nichts weist darauf hin, dass sie jemals hier gewesen waren. Die Droge kombiniert mit den alltäglichen Aufnahmen der Überwachungskameras werden die Wachmänner glauben lassen, dass sie den ganzen Abend nichts anderes gemacht haben, als auf die Monitore zu achten. Sollte sich doch noch einer von ihnen an eine der hübschen jungen Frauen erinnern, werden sie glauben, dass das nur ein schöner Traum war. Mit den vollen Mülltüten und ihrem Reinigungsmaterial in Händen verlässt sie den Sicherheitsraum. Den Wachmännern schenkt sie zum Abschied ein Lächeln ehe sie die Tür hinter sich zuzieht.

Svenja ist sich hundertprozentig sicher, dass niemand herausbekommt, wie der Diebstahl vor sich gegangen ist. Auch die Reinigungskräfte sind von jedem Verdacht ausgeschlossen. Bevor sie in dem Bereich der jetzt aufnehmenden Kameras erscheint, entsorgt sie die leichten Handschuhe, die sie, genau wie ihre Kolleginnen, bei ihrer Tätigkeit getragen hat.

Die Kameras, sowie das gesamte restliche System, arbeiten einwandfrei, als die Putzkolonne das Haus verlässt.

Auch die Wachmänner sitzen auf ihren Beobachtungsposten. Nachdem sie aufgewacht waren haben sie sich peinlich berührt schnell ihrer Arbeit gewidmet. Keiner von ihnen traut sich, seinen Kollegen von den verrückten Träumen zu erzählen, die er hatte, nachdem er am Arbeitsplatz eingeschlafen ist. Erstens könnte er Ärger bekommen, wenn sich das herumspricht, und zweitens würden seine Kollegen ihn obendrein bestimmt eine ganze Weile mit seinen Träumen aufziehen.

Zwei Tage später erreicht ein frankierter Briefumschlag das Museum. Er enthält eine Forderung über viereinhalb Millionen Euro für die Rückgabe der gestohlenen Kunstgegenstände.

3

Andreas Staller, Doktorand im zweiten Jahr am Institut für *Applied Geophysics and Geothermal Energy (GGE)* der Universität in Aachen, legt sein Handy wieder auf den Schreibtisch zurück.

Gerd scheint mittlerweile wieder ganz der Alte zu sein. Doch wer ihn genau kennt, so wie Andreas, der hört die leichte Melancholie in dessen Stimme. Sein Freund aus Jugendtagen ist zurzeit mit seinem Team im Ausland unterwegs, um eine der besten Alarmanlagen zu installieren, die es für Geld zu kaufen gibt, und zwar bei Andreas' Vater, dem Großindustriellen Peter Staller. Der Konzernchef selbst begleitet diesmal seinen Projektleiter Gerd Bach zur Unterstützung in Spaniens schöne Hauptstadt, wo im Königspalast die Überwachung durch seinen Mitarbeiterstamm auf den neuesten Stand der Technik gebracht wird. In sechs Wochen wollen sie wieder zurück sein.

Andreas nimmt sich vor, mit seinem Freund einiges zu unternehmen, um ihn auf andere Gedanken zu bringen. ‚Klar, Gerd ist schon fast so wie früher, aber eben nur fast. Seit vor nunmehr neun Monaten seine Freundin Lucia[4] getötet wurde, ist er immer noch viel zu ernst.'

---

4 Band 1 – Kampf um die Loreley

Der Siebenundzwanzigjährige sitzt an seinem Schreibtisch in der Aachener Universität. Er bewertet die eingereichten Arbeiten, die er am nächsten Tag mit den Studierenden durchgehen möchte.

Sein Mentor, Professor Klausthal, hat sich nach der letzten Exkursion immer mehr aus dem aktiven Universitätsleben zurückgezogen. Der Professor unterrichtet zwar hier und da noch in einigen Fächern, zieht es aber vor, sich mit seinen dreiundsechzig Jahren langsam an den Ruhestand zu gewöhnen.

Der Doktorand schiebt sich die dichten schwarzen Haare aus dem Gesicht. Er denkt darüber nach, was damals alles geschehen ist. Bei dieser Exkursion gerieten die fünfzehn Studierenden, deren Begleiter, der Professor und Andreas in Lebensgefahr. Er selbst wurde schwer verwundet, genauso wie einige Leute aus Gerds Truppe. Sie gerieten in Gefangenschaft. Obendrein mussten sie sich gegen hinterhältige Attentate behaupten. Gerd und er kamen einem Mann in die Quere, der sich durch kriminelle Machenschaften eine Vorherrschaft in der Rhein-Binnenschifffahrt aneignen wollte. Für Geld ging dieser Mann über Leichen. Sie mussten nicht nur um ihr eigenes Leben kämpfen, sondern hatten alle Hände voll damit zu tun, Freunde und Familie vor den Machenschaften der Verbrecher zu bewahren. Selbst vor seinen Eltern machten diese Terroristen nicht Halt. Ohne seine Mutter säße er heute nicht hier.

Bei dem Gedanken an seine Mutter muss er lächeln. Sie hatten ausreichend Sicherheitspersonal um sich herum, aber letztendlich war es seine Mutter, die ihn rettete. Sie erschoss die Frau, die es auf sein Leben abgesehen hatte.

Eine der Studierenden, die an dieser Exkursion teilnahmen, war Lucia Franke, die Freundin von Gerd Bach. Ingo Weber, ein Handlanger von Gruber, hatte es auf die junge Frau abgesehen. Doch als er in die Enge getrieben wurde, tötete er sie vor den Augen ihres Freundes. Mit der Zeit hat sich der Alltag aller Beteiligten wieder zur Normalität zurückbewegt. Doch vergessen wird das wohl so schnell keiner von ihnen. Vor allem nicht Gerd.

Der Erholungsurlaub, für den er mit seinem Freund nach Spanien geflogen ist, trug nicht gerade dazu bei, das Geschehene zu vergessen. Eine angeblich extremistische Vereinigung[5] sorgte mit ihren Drohungen für Angst und Schrecken. Gerd und er landeten mitten darin. Sie kamen einem Drogenkartell auf die Schliche, das seinen Verteilerring bis nach Deutschland ausgedehnt hatte.

Das Klopfen an der Tür reißt ihn aus seinen Gedanken. ‚Es ist schon recht spät', stellt er mit einem Blick auf seine Uhr verwundert fest. Das dürfte keiner seiner Studierenden sein. Die haben um diese Uhrzeit andere Dinge im Kopf.

„Ja, bitte", fordert er den Besucher auf einzutreten.

Ein junger Mann steckt seinen Kopf durch die sich öffnende Tür.

„Hallo Herr Staller." Humorvoll begrüßt der sommersprossige Kevin Lauder seinen Betreuer. „Störe ich?"

„Kevin." Andreas freut sich über die Gesellschaft des schlaksigen Fünfundzwanzigjährigen. Kevin war einer der Studierenden, die mit ihm in die Gefangenschaft von Otto Gruber und seiner Söldnertruppe geraten waren. Gerade zu ihm hat sich ein freundschaftliches Verhältnis aufgebaut, seit Gerd ihn vor dieser Tretmine gerettet hat, auf die der junge Mann getreten war.

„Nein, du darfst mich gern stören. Aber was verschafft mir die Ehre deiner Anwesenheit zu so später Stunde?"

„Also, es ist etwas Privates, hat aber auch irgendwie mit der Uni und dem Studium zu tun." Der junge Mann setzt sich auf den Stuhl, den Andreas ihm mit einer Handbewegung anbietet. Eine Weile druckst der Student verlegen herum. „Ich brauche Ihre Hilfe. Bitte!"

Andreas bemerkt die Nervosität seines Besuchers. „Worum handelt es sich denn?"

„Sie dürfen mich aber nicht auslachen. Das müssen Sie mir zuerst versprechen."

Kevin ist so aufgeregt, dass es ihn nicht auf dem Stuhl hält.

„Du solltest mich mittlerweile besser kennen", weist ihn sein Betreuer dann auch prompt zurecht.

---

5 Band 2 – Die Vergeltung der Nemesis

„Ja. Ja, tut mir leid." Der Student setzt sich verlegen auf seinen Platz.

Seine schuldbewusste Miene und der treuherzige Blick, den er dem Doktoranden schenkt, lassen Andreas' graue Augen amüsiert aufblitzen. „Na, dann schieß einmal los."

„Also, vor vier Wochen, in den Osterferien, waren meine Eltern und ich bei entfernten Verwandten von meiner Mutter. Eine Urgroßtante von ihr ist verstorben. Wir waren auf der Beerdigung."

„Das tut mir leid für dich und deine Familie. Hast du sie gut gekannt?"

„Nein, überhaupt nicht. Es ist auch nicht schlimm, finde ich. Immerhin ist sie sechsundneunzig Jahre alt geworden. Nein", wiederholt Kevin. „Aber ich durfte mich dort überall umsehen. Die hatten da einen Speicher, voll mit altem Gerümpel. Das meiste taugte wirklich nur noch für den Schrott. Aber viele Sachen wurden auch verkauft. Dafür, dass ich beim Ausräumen geholfen habe, durfte ich mir nehmen, was immer ich wollte. Also habe ich mich gründlich umgesehen und mir einige Sachen ausgesucht." Mitten in seiner Erklärung springt er wieder auf, um die paar Schritte bis zur Tür regelrecht zu rennen.

Die alte Hutschachtel, die er vorhin dort abgestellt hat, ist Andreas gar nicht aufgefallen.

Kevin spricht weiter, während er die Schachtel auf dem Schreibtisch platziert. „Meine Mutter schwärmt für solchen Kitsch. Sie hat bald Geburtstag. Deshalb dachte ich, für sie diese Hutschachtel aufzubereiten wäre genau das richtige Geschenk." Er macht eine Pause, um sich ein wenig zu beruhigen, wobei er aufgewühlt zurück auf den Stuhl plumpst.

„Und dabei soll ich dir helfen?" Ungläubig beäugt Andreas das Gebilde auf seinem Schreibtisch.

„Was? Nein, natürlich nicht." Kevin schüttelt den Kopf, dass seine kupferfarbenen Haare hin und her fliegen, bevor er weiterspricht. „So etwas habe ich schon öfter gemacht, das hat mein Vater mir beigebracht. Man muss nur langsam und vorsichtig an die Sache herangehen. Genau das habe ich auch gemacht. Ich habe ganz vorsichtig mit einem Skalpell das Futter aus der Schachtel gelöst. Dann kann man es herausziehen. Ich zeige es Ihnen."

Der junge Mann springt ruckartig auf. Aufgeregt löst er den Deckel von der Schachtel und dreht ihn um. Nun zieht er den inneren Teil des Deckels, also das Futter, heraus, legt ihn zur Seite, um Andreas im Anschluss den Deckel so hinzuhalten, dass der hineinsehen kann. „Und das habe ich dabei gefunden."

„Was ist das?"

‚Langsam wird es interessant', urteilt der Doktorand. Aber mit der Antwort von Kevin hat er nicht gerechnet.

„Eine Schatzkarte."

„Wie bitte?" Andreas glaubt, sich verhört zu haben.

„Oder vielmehr, zwei Schatzkarten, drei Briefe und ein Tagebuch. Ich habe mir alles angesehen. Es stimmt wirklich. Und es gibt diesen Schatz. Bitte, helfen Sie mir, den Schatz zu suchen."

Endlich war es heraus. Der Student lässt sich erschöpft auf den Stuhl fallen. Er hebt den Kopf, um seinen Betreuer bettelnd anzusehen.

Andreas mustert ihn perplex. Eine ganze Weile lang ist es still. „Woher willst du wissen, dass das alles echt ist, dass du nicht einem Hirngespinst hinterherjagst?"

„Weil alles stimmt, was hier steht." Kevin kramt die Briefe hervor. „Darf ich Ihnen eine Zusammenfassung geben? Bitte. Wenn Sie dann immer noch nicht interessiert sind, verschwinde ich wieder."

In seiner Aufregung merkt der Student nicht, dass er Andreas bereits an der Angel hat.

„Also schön. Ich mache dir einen Vorschlag. Wir gehen hinüber in meine Wohnung. Ich mache uns eine Flasche Wein auf und du erzählst mir deine Geschichte."

„Echt?" Kevin strahlt ihn an.

Andreas steht auf. „Na, komm schon."

Zusammen verlassen sie das Büro, wobei Kevin, der gute zehn Zentimeter kleiner ist als der ein Meter vierundachtzig große Doktorand, zu diesem mit leuchtenden Augen aufsieht.

Zwei Stunden und eine Flasche Wein später blickt Andreas seinen Studenten fassungslos an. Er hat seinen Rechner hochgefahren, um erste Recherchen durchzuführen. Parallel erstellen sie einen Plan, der alle Fakten beinhaltet, die sie aus den Papieren zusammentragen konnten.

„Also, fassen wir zusammen, was wir hier haben. Da ist zuerst einmal Willi Raschke. Er war der Mann von Annegret Raschke. Sie war deine Ururgroßmutter. Ihre Schwester ist die jetzt verstorbene Verwandte. Du sagst, Willi ist *1960* gestorben?"

„Ja, danach habe ich die Kinder von Mutters Großtante gefragt. Im Jahre *1900* wurde er geboren. Er ist genau sechzig Jahre alt geworden. Man hat ihn ermordet in einem Waldgebiet bei Arrach gefunden. Das liegt im Bayrischen Wald."

„In Ordnung. Angeblich war er in einem sibirischen Gefangenenlager. Dem Tagebuch nach bis im Mai *1945*. Das lässt sich bestimmt noch nachweisen. Seinen eigenen Erzählungen zufolge rettete er einen SS-Offizier vor seinen Mitgefangenen. Zum Dank dafür hat er von diesem die Karte erhalten." Andreas blickt Kevin an. „Das ist über sechzig Jahre her."

„Ja, aber die Karte wurde nie wieder benutzt. Der Schatz kann also noch dort sein."

„Immer langsam, Sportsfreund. Machen wir erst einmal weiter." Andreas lächelt den ungeduldigen Studenten an. „Als nächstes haben wir Annegret Raschke. Sie war Willis Frau und ist *1989* im Alter von sechsundachtzig Jahren gestorben. Ihr gehörte also die Hutschachtel."

„Ja. Ihr Name ist in der Schachtel eingraviert. Ich habe im Internet ein bisschen Geschichtsrecherche betrieben. Diese Hutschachteln wurden damals gern zur Aufbewahrung von Handarbeiten aller Art genutzt. Das hörte aber fünfzehn Jahre später wieder auf. Nach dem Tod von Annegret wurde die Hutschachtel an ihre Schwester weitervererbt, ohne dass sie wirklich benutzt wurde. Heute kommen diese Dinger wieder in Mode."

„Ja, so ist das mit dem Lauf der Zeit. Alles kommt irgendwann einmal wieder."

„Herr Staller, können wir nicht auf die Suche nach dem Schatz gehen? Vielleicht finden wir ja doch etwas." Bevor Andreas ihm antworten kann spricht Kevin weiter. „Ich weiß schon, was Sie

sagen wollen. Dass es unwahrscheinlich, sogar eher unmöglich, ist, nach so langer Zeit noch etwas zu finden. Aber wenn ich es nicht versuche, werde ich mich immer fragen, was wäre, wenn."
Mit flehendem Blick schaut der junge Mann Andreas an.
„Also gut. Ich sage dir, was wir machen." In Gedanken geht Andreas die Möglichkeiten durch, die sie haben. „Du lässt mir die Unterlagen für eine Woche hier. Ich werde sie noch einmal aufmerksam durchlesen und mir meine Gedanken dazu machen. Wenn ich dann der Meinung bin, dass sich ein Versuch lohnen könnte, gebe ich dir Bescheid."
„Das wäre super. Vielen Dank."
„Freu dich nicht zu früh. Selbst wenn ich zusage, ist das für dich erst der Anfang. Dann müssen wir uns um Genehmigungen und um die rechtliche Seite kümmern. Wir müssen uns in alle Richtungen absichern, bevor wir loslegen."
„Ja, das verstehe ich. Ich bin auch gern bereit, die Laufarbeiten zu übernehmen."
„Das allein wird wahrscheinlich nicht reichen. Willst du eine Quittung für die Unterlagen?"
„Nein, nicht von Ihnen." Damit verabschiedet Kevin sich gutgelaunt von Andreas.

Gerd Bach lässt seine Augen kritisch über das eindrucksvolle Gebäude vor sich gleiten. Der königliche Palast hier im Herzen von Madrid ist eine der schönsten und eindrucksvollsten Sehenswürdigkeiten in der spanischen Hauptstadt.
Das Gebäude ist der Öffentlichkeit teilweise zugänglich. Zu festgelegten Zeiten können Interessierte sich den Thronsaal, den Saal der Hellebarden, die Schlosskapelle, sowie die ehemaligen königlichen Wohnräume ansehen. Der Spiegelsaal allein ist schon ein *Highlight*. Hinzu kommt die exquisite Gemäldesammlung. Vor circa fünf Monaten konnten Andreas und er sich davon überzeugen, dass hier im Palast die weltweit größte Waffensammlung ausgestellt wird.
Doch im Augenblick ist im und um das Gebäude alles ruhig. Außer seinen eigenen Mitarbeitern befinden sich nur noch die ausgewählten Angestellten vor Ort.

Gerd dreht seine Runde durch das ganze Areal. Die Alarmanlage, die gerade hier installiert und in Betrieb genommen wird, ist auch für die Mitarbeiter der Firma *Staller* etwas Neues. Die Auflagen, die mit diesem Auftrag einhergehen, waren kaum zu bewältigen. Nicht nur, dass die Anlage zweihundertprozentig funktionieren soll, darf sie dabei auch nicht gesehen werden. Alle Installationen liegen im Verborgenen. Der Kontrollraum wirkt eher wie das Kommandopult in einem *Sience-Fiction-Raumschiff*. Sowohl die Elektronik als auch die Technik müssen unüberwindbar sein. Alle Kameras und Sensoren sind Bestandteile einer ausgeklügelten Mikroelektronik.

Sein gesamtes Team, bestehend aus zehn Personen und ihm selbst, ist hier zum Einsatz gekommen. Unterstützung haben sie diesmal durch den Firmenchef persönlich, der die Kommunikation mit den Kunden selbst übernahm.

Da der Palast auch noch von der königlichen Familie für Staatsempfänge, Bankette und Hochzeiten genutzt wird, musste hier mit aller Fürsorge und Fingerspitzengefühl gearbeitet werden.

Bei seinem Rundgang begleitet ihn Luis Perez, der persönliche Sicherheitsbeauftragte der königlichen Familie. Er gehört zum Generalstab der *Guardia Real*, der königlichen Garde.

Luis Perez ist nicht nur der Mittelsmann zwischen Peter Stallers Team und dem Königshaus, er war es auch, der die Firma *Staller* empfohlen hat. Er sorgte dafür, dass dem Konzernchef die Ausschreibung für die neue Anlage gemeinsam mit seiner persönlichen Bitte zukam. Gerd und Andreas lernten den Regierungsbeamten vor sechs Monaten bei ihrem Urlaub in Spanien kennen.

Auch dem Beamten sind die beiden Männer positiv in Erinnerung geblieben. Er weiß noch, wie Gerd und Andreas ihm bei der Entschärfung dreier gefährlicher Bomben im Madrider Gerichtshof geholfen haben. Dass Gerd für die *Staller Industrie Werke* arbeitet, die laut seinen Recherchen hervorragende Alarmanlagen herstellt, konnte er rasch überprüfen.

Dem Projektleiter war der Mann von Anfang an sympathisch. Der achtunddreißigjährige, ein Meter fünfundsiebzig große Spanier mit seinem gepflegten Schnurrbart wirkt intelligent, ist ernst und zurückhaltend. Er hat eine militärische Ausbildung und kultivierte Umgangsformen. Sein echtes Interesse an der Anlage war für Gerd eine Überraschung. Er konnte eher die Erfahrung machen, dass Kunden keine Details hören, sondern nur schnellstmöglich das Endprodukt in fehlerfreier Funktion nutzen wollen. Umso mehr war er angetan von dem technischen Verständnis des wissbegierigen Mannes. Bereitwillig gibt er ihm Auskunft auf seine gezielten Fragen. Sie beenden den Rundgang im Kontrollraum.

Luis Perez' dunkle Augen ruhen anerkennend auf dem siebenundzwanzigjährigen Projektleiter der *Staller Industrie Werke*. Er reicht ihm die Hand. „Ich möchte mich bedanken, für die Zeit, die Sie mir geopfert haben. Auch für Ihr Entgegenkommen."

Gerd ergreift freundlich lächelnd die dargebotene Hand. „Dafür brauchen Sie sich nicht bedanken. Ich freue mich, wenn wir das, was wir hier aufbauen, an Menschen wie Sie weitergeben können. Ich weiß, dass die Anlage bei Ihnen in den besten Händen ist. Es kommt leider viel zu selten vor, dass wir unsere Kunden so detailgenau aufklären dürfen wie es bei Ihnen der Fall war. Also müsste ich mich eher bei Ihnen bedanken." Gerd zieht eine seiner persönlichen Visitenkarten aus seiner Hosentasche, um sie an Perez weiterzureichen. „Sollte es doch einmal irgendwelche Probleme geben, scheuen Sie sich nicht, mich anzurufen. Egal wann. Ich werde mich darum kümmern. Versprochen."

„Ihre Einstellung ehrt Sie. Sagen Sie mir bitte Bescheid, wenn Sie den Probelauf der Anlage starten. Ich würde ihn nur ungern verpassen." Der Generalstabschef der *Guardia Real* verneigt sich leicht, dann verschwindet er.

Es ist ein Routine-Zugriff. Der Hinweis kam aus der Bevölkerung. Einem Passanten waren drei Männer aufgefallen, die sich seiner Meinung nach verdächtig verhielten. Allem Anschein nach wurden von ihnen Waffen in großem Umfang ausgeladen.

Eine erste Überprüfung ergab, dass die drei Männer per Haftbefehl, unter anderem wegen illegalem Waffenhandel, gesucht werden. Sie halten sich in einer Wohnung auf, die über einer Gaststätte im Stadtteil Berlin-*Schönberg* liegt. Diese gilt als beliebter Treffpunkt einer Gruppe von Neonazis.

Bereits seit geraumer Zeit werden Wohnung und Gaststätte durch die Leute des *Mobilen Einsatzkommandos* überwacht. Die Wohnung besitzt außer dem Eingang im Treppenhaus auch noch einen direkten Zugang zu der darunterliegenden Kneipe.

Der Teamführer teilt seine Leute ein. Insgesamt werden zwei Einheiten der *Spezialeinsatzkommandos* dazu ausersehen in die Räumlichkeiten einzudringen. Die erste Einheit teilt sich in zwei Gruppen auf und bezieht sowohl am Vordereingang als auch an dem Zugang zum Hinterhof Stellung. Leise, in geduckter Haltung gehen sie unmittelbar neben den Türen in Deckung. Dort warten sie bewegungslos auf das Zeichen zum Angriff.

Die zweite Einsatztruppe dringt über das Treppenhaus zur Wohnung vor. Sie verteilen sich für ein schnelles Eindringen gegenüber der Tür und seitlich daneben. Sie schauen sich stillschweigend an, während sie auf das Kommando des Teamführers warten.

Unterstützt werden sie von vierzig Polizisten, sowie den Leuten des *Mobilen Einsatzkommandos*.

„Zugriff!"

Das vom Einsatzleiter gegebene Zeichen zum Angriff dringt durch die Kommunikationsgeräte zu jedem einzelnen Mann vor.

Der erste Beamte vor der Tür schlägt mit einem schweren Eisenschild die Eingangstür ein. Diese fliegt mit einem lauten Knall auf. Schützend hält der Beamte den Schild vor sich, während er in die Wohnung eindringt. Seine Kameraden folgen ihm auf dem Fuß.

Sofort fallen Schüsse.

Einer der gesuchten Männer steht ihnen mit einem Maschinengewehr im Anschlag gegenüber. Er feuert in dem Moment auf die Eindringlinge, als die Tür aufgestoßen wird. Dank des Schildes kann der erste Beamte unverletzt vordringen. Dadurch gewährt er dem Schützen hinter sich freies Schussfeld. Dieser zögert keine Sekunde. Sofort feuert er auf den bewaffneten Mann, der mit einem Schrei tödlich getroffen zusammenbricht. Ein Raum nach dem anderen wird erkundet. Sie sichern Schritt für Schritt ihr Umfeld, um weiter vorzudringen. Die beiden anderen Zielobjekte flüchten über die Treppe hinunter in den Gastraum, um von dort durch den Hinterhof zu verschwinden.

Gleichzeitig mit dem Angriff in der oberen Etage starten die Beamten vor der Gaststätte ihren Einsatz. Von beiden Seiten dringen sie in die Räumlichkeiten des Lokals vor.

In dem Schankraum halten sich etwa zwanzig Neonazis auf, die den Truppen des *Spezialeinsatzkommandos* sofort entgegentreten um sie zu behindern. Auf die Rufe und Aufforderungen der Elite-Polizisten hören sie nicht. Stattdessen ergreifen sie schwere Waffen, die sie gegen die Eindringlinge ausrichten. Doch genau für solche Aktionen sind die Spezialeinsatzkräfte geschult. Ohne einen eigenen Mann zu verlieren oder Verletzungen davon zu tragen, können sie die Meute stoppen. Wer nicht verletzt wurde, wird niedergerungen und kampfunfähig gemacht.

Die beiden fliehenden Männer laufen den vom rückwärtigen Bereich der Gaststätte eindringenden Beamten direkt in die Arme. Sie reißen ihre Maschinengewehre hoch. Noch ehe sie ihre Waffen richtig positionieren können haben die Elite-Polizisten reagiert. Ihre Ziele wurden sorgfältig ins Visier genommen. Der kurze Schusswechsel ist schnellstens beendet.

Von den zwanzig Neonazis müssen vier medizinisch versorgt werden. Alle anderen werden von der Polizei verhaftet. Die drei gesuchten Verbrecher haben den Einsatz nicht überlebt. Bei der anschließenden Durchsuchung der Räumlichkeiten fallen den Beamten große Mengen Sprengstoff und eine Vielzahl gefährlichster Waffen in die Hände.

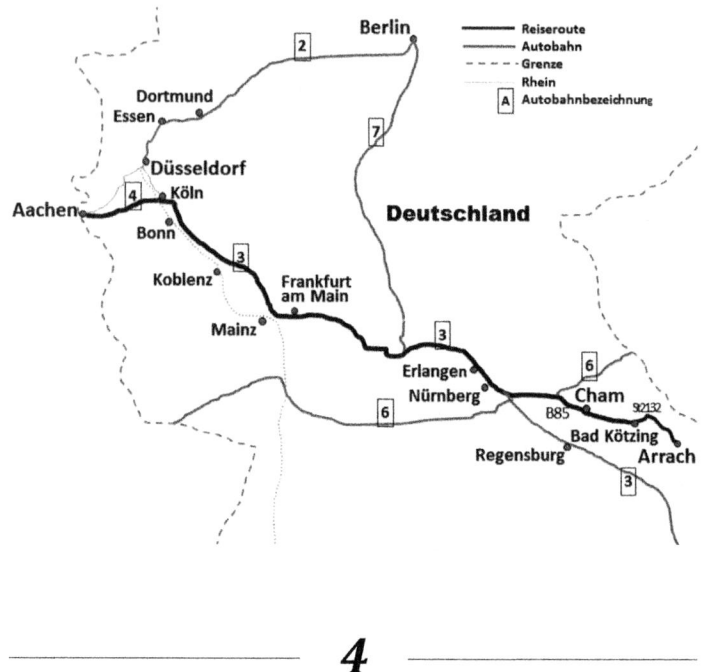

4

Etwa drei Wochen nachdem Kevin Lauder mit der Schatzkarte bei Andreas aufgetaucht ist, haben sie alle Unwegsamkeiten ausgeräumt. Von den Behörden erhalten sie die letzten fehlenden Genehmigungen, um eine Flurkarte der Gegend zu erstellen, auf die sie es abgesehen haben.

Andreas hat sich entschlossen, Kevin die Chance zu geben, um die er ihn gebeten hat. Deshalb bestellt er ihn für heute in sein Büro, wo dieser sich auch pünktlich nach seiner letzten Vorlesung einfindet.

Als Kevin hört, dass es tatsächlich losgehen soll, ist er kaum zu bremsen.

„Immer langsam", beschwichtigt ihn der Doktorand. „Zuerst einmal müssen wir unseren Plan weiter ausarbeiten. Dafür möchte ich mehr über die Gegend erfahren. Ich werde sie mir zuerst allein ansehen. In der Zwischenzeit kannst du ja bei deinen Kommilitonen ein bisschen Werbung für die Exkursion machen. So circa zehn bis fünfzehn Personen solltest du dafür zusammentrommeln."

„Ja, gut. Mache ich." Kevin strahlt ihn voller Eifer an.

„Du solltest nicht unbedingt damit hausieren gehen, dass wir uns auf eine Schatzsuche begeben wollen. Ich könnte mir vorstellen, dass die Universitätsleitung eventuell etwas dagegen hätte, ganz zu schweigen von Professor Klausthal. Die Exkursion dient vorrangig der geologischen Kartierung des Gebietes. Ob wir überhaupt auf einen Hinweis stoßen, bleibt dahingestellt."

„Natürlich", nickt Kevin ernst. „Das habe ich verstanden."

„Such einmal im Internet nach Unterkünften. Jugendherbergen wären vorteilhaft. Danach schnappst du dir die Flurkarten und teilst die Gebiete ein. Wenn ich wieder da bin, gehen wir alles zusammen durch."

„Wann kommen Sie zurück?"

„Lass mich einmal überlegen. Wir haben heute Dienstag. Mittwoch und Donnerstag komme ich hier nicht weg. Ich könnte am Freitag losfahren nach Arrach. So habe ich das ganze Wochenende zur Verfügung. Für Montag setze ich die Rückfahrt an. Am Dienstag sehen wir uns dann hier wieder." Er bemerkt, wie gespannt und erwartungsvoll Kevin ihn anschaut. „Das dauert eben ein paar Tage. Du musst dich etwas gedulden."

Damit verabschiedet er sich von Kevin. Auch Andreas hat es eilig, diese Aufgabe hinter sich zu bringen. Es sind noch knapp drei Wochen bis sein Vater und Gerd aus Madrid zurückkehren. Dann möchte er wieder daheim sein, um eine Weile im Kreis seiner Familie zu verbringen. Er greift nach dem Telefon und bucht sich für drei Übernachtungen ein Hotelzimmer.

Früh am Freitag startet Andreas seine Fahrt. Acht Stunden später checkt er in Arrach im *Hotel am Rathaus* ein. Am nächsten Morgen macht er sich auf, um die angrenzenden Waldstücke zu erkunden. Bewaffnet mit seinem Rucksack wandert er gezielt die Strecken ab, die er auf seiner Landschaftskarte markiert hat, um sie mit der

Flurkarte von Willi Raschke zu vergleichen. Bis auf ein kurzes Picknick gönnt er sich dabei keine Pause, da er möglichst viel in diesen zwei Tagen schaffen will. Es ist nicht einfach, sich in dem großen Waldgebiet zurechtzufinden. Immerhin ist die Karte mehr als sechzig Jahre alt. Die Umgebung und die Landschaft haben sich in dieser Zeit stark verändert.

Am Abend kehrt er in dem zum Hotel gehörenden Restaurant ein. Während er sich mit Appetit über sein bestelltes Essen hermacht, gesellt sich der Hotelbesitzer zu ihm.

Der Mann stellt sich Andreas höflich vor. „Guten Abend. Heinz Scheuren. Ich bin der Betreiber dieses Hotels. Ich hoffe, es gefällt Ihnen bei uns?"

Da die Frage freundlich gestellt ist, hat der Doktorand kein Problem damit, ebenfalls freundlich zu antworten. „Ja, vielen Dank. Es ist alles in Ordnung."

„Ich habe gesehen, dass Sie heute Morgen auf Wanderschaft gegangen sind. Darf ich fragen, was Sie suchen? Vielleicht kann ich Ihnen ja dabei helfen. Ich lebe schon mein ganzes Leben in diesem Ort. Das sind immerhin vierundsechzig Jahre."

Hellhörig geworden überlegt Andreas, was er dem Hotelbesitzer antworten soll. So ganz geheuer ist ihm der Mann nicht. Irgendwie hat er etwas Verschlagenes, Lauerndes an sich.

„Nein, vielen Dank. Ich sehe mich nur hier um. Ich komme vom Institut für *Applied Geophysics and Geothermal Energy* der Universität in Aachen. Ich bin im Auftrag der hiesigen Behörden hier."

„Tatsächlich? Was wollen die denn hier in unserer Gegend machen?"

Andreas spürt regelrecht die Anspannung des Hotelbesitzers. Irgendwie muss er an die Exkursion im letzten Jahr am *Loreleyfelsen* denken. Er ermahnt sich zur Vorsicht. „Vielleicht gar nichts. Es könnte sein, dass die das Land hier für geographische Karten vermessen wollen. Solche Aufträge gehen dann an die Universitäten. Das ist billiger als ein Vermessungsbüro zu beauftragen."

„Sie meinen, die lassen dann die Studierenden für sich arbeiten? Unentgeltlich?" Heinz Scheuren schüttelt verständnislos den Kopf. „Typisch unsere Regierung", höhnt er. „Ist das nicht erbärmlich?"

„Nun, so haben die Studierenden aber die Möglichkeit, die notwendigen Erfahrungen zu sammeln."

„Und wie geht so etwas vor sich? Wird dann hier alles umgegraben?" Angespannt blickt der Hotelbesitzer den jungen Mann an.

„Nein, gegraben wird gar nicht. Wir vermessen das jeweilige Grundstück, ohne es zu verunstalten. Niemand möchte, dass von der wunderschönen Gegend etwas beschädigt oder zerstört wird."

Der Mann atmet regelrecht auf. „Nun ja, wenn die denn so was brauchen, dann muss es wohl sein." Damit lässt er Andreas wieder allein.

Andreas weiß nicht warum, aber dieser Mann weckt in ihm ein starkes Misstrauen. Er nimmt sich vor, auf jeden Fall eine Unterkunft für die Studierenden und sich auszuwählen, die ein gutes Stück entfernt von diesem Hotel liegt, sollten sie die Exkursion hierher tatsächlich unternehmen.

Als Andreas am zweiten Tag noch ein weiteres Stück des Gebietes begutachtet, hat er mehrfach das Gefühl beobachtet zu werden. Er schaut sich genauestens um, kann aber niemanden entdecken. Kopfschüttelnd sinnt er darüber nach.

‚Junge, langsam wirst du wirklich paranoid!', urteilt er halblaut.

Bis zum Abend hat er ein gutes Stück Vorarbeit geleistet. Das Gebiet auf seiner Landkarte ist nun in gleichmäßige Parzellen aufgeteilt. Er steckt die Karte in seine Gesäßtasche. Mit gutem Gewissen beendet er seine Tour.

Auf dem Rückweg zum Hotel sucht er die Post auf. Recht schnell ist der Drucker mit Scanner-Funktion gefunden. Die Karte und seine Berichte mailt er in digitaler Form an seine Universitätsadresse. Vorsichtshalber faxt er die Unterlagen auch noch an das Gerät, das Professor Klausthal und er nutzen.

Vor dem Abendessen springt er rasch unter die Dusche. Noch feucht, nur mit einem Handtuch bekleidet, kommt er ins Zimmer. Ruckartig bleibt er stehen. ‚Irgendetwas ist anders!' Er sieht sich gründlich um. Seine Jeans liegt auf dem Boden. ‚Hatte ich sie nicht auf den Stuhl gelegt?' Er weiß es nicht mehr. Aber er ist sicher, dass er seinen Universitätsausweis nicht aus seiner Brieftasche geholt hat. Er hat ihn auch ganz bestimmt nicht auf dem Tisch liegen gelassen. ‚Was geht hier vor sich? Sind die mulmigen Gefühle, die ich den ganzen Tag über nicht loswurde, doch berechtigt?' Durch seine Gedanken abgelenkt hebt er seine Jeans vom Boden auf. Automatisch macht er die Taschen leer, um sie zusammenzufalten. Dann stutzt er. Noch einmal fasst er in alle Taschen, um dann gründlich zwischen seinen Unterlagen zu suchen. Anschließend kippt er auch noch den Rucksack aus. Aber die Karte, auf der er die Parzellen eingeteilt hatte, bleibt verschwunden. Höchstwahrscheinlich hat er sie nach dem Einscannen in der Post vergessen. Das ist zwar ärgerlich, aber kein wirkliches Problem. Die Unterlagen liegen ja alle in Aachen vor.

Am nächsten Morgen tritt er schon früh den Heimweg an.

Pünktlich am Dienstag sitzt Andreas wieder an seinem Schreibtisch im Büro auf dem Universitätsgelände. Versonnen schaut er vor sich hin, während er über seinen Aufenthalt in Arrach nachdenkt. Er erinnert sich daran, dass er das Gefühl hatte, bei seinen Ausflügen beobachtet zu werden. Ebenso rätselhaft ist es, dass die erstellte Geländekarte verschwunden ist. Bei dem Gedanken an den unangenehmen Hotelinhaber, der ihm absolut nicht sympathisch war, steigert sich sein Unbehagen noch. Jetzt soll er Kevin zuliebe eine Schatzsuche unterstützen. Sicher, die Genehmigungen hat er alle erhalten. Von den Behörden haben sie also nichts zu befürchten, die Finanzierung steht auch bereit. Außerdem können sich die Studierenden dadurch die notwendigen Anforderungen für ihre Abschlüsse erarbeiten.

Mit Hohlraumdetektoren zu arbeiten ist für alle Studierenden immer wieder interessant. Das Erdreich und der Boden können bis in eine Tiefe von vier Metern zerstörungsfrei vermessen und digitalisiert werden. Dabei zeichnen sie dann unterirdische Hohlräume und Metallvorkommen jeglicher Art auf. Auf diese Weise ist schon so manch ein wertvolles Gestein oder sogar ein Schatz ans Tageslicht gekommen. Für die Studierenden ist das jedenfalls eine hervorragende Gelegenheit, ihr praktisches Können in einem Geländelauf und bei Bemessungsarbeiten zu vertiefen. Aber was ist, wenn er die jungen Leute dabei einer Gefahr aussetzt? Wenn sie jemandem in die Quere kommen, der diesen Schatz als sein Eigentum betrachtet? Er muss an seine letzte Exkursion denken, bei der nicht nur Gerd und er selbst in Lebensgefahr geraten sind, sondern auch sämtlich Personen in seiner Begleitung.

Andreas schüttelt verneinend den Kopf. ‚Bin ich jetzt schon exzentrisch? Oder sitzt mir dieser letzte Ausflug noch zu sehr in den Knochen? Vielleicht sollte ich mit Gerd reden? Er hat bestimmt einen Rat für mich.' Andreas greift zum Telefon.

„He, du", begrüßt Gerd fröhlich seinen Freund. „Schön, von dir zu hören. Was gibt es Neues an der Heimatfront?"

„Du wirst es vielleicht nicht glauben, aber Kevin Lauder, du kennst ihn ja, hat mich zu einer Exkursion in den Bayrischen Wald überredet. Er ist mit einer alten Schatzkarte bei mir aufgetaucht."

„Ein Schatz? Ist das dein Ernst?" Andreas kann hören, wie Gerd am anderen Ende der Leitung lacht. „Du willst das wirklich durchziehen? Glaubst du denn, dass da etwas dran ist?"

„Selbst wenn nicht, ist das eine gute Gelegenheit, wieder eine Exkursion zu starten. Ich glaube, das ist überfällig. Ich muss meine Paranoia langsam loswerden."

„Was für eine Paranoia?", forscht Gerd alarmiert nach. „Du hattest doch bisher keine derartigen Probleme. Oder habe ich da etwas nicht mitgekriegt?"

„Ich weiß nicht so recht." Andreas erzählt seinem Freund von seiner Tour und was dort geschehen ist. „Langsam denke ich wirklich, ich drehe durch. Es ist überhaupt nichts passiert, der Mann war noch nicht einmal unfreundlich. Trotzdem habe ich ein ungutes Gefühl. Aber wenn ich mich davon verrückt machen lasse, kann ich meinen Beruf gleich an den Nagel hängen. Nein, Gerd, vergiss das Ganze. Ich werde auf jeden Fall diese Exkursion machen. Ich muss das einfach tun. Nicht nur für Kevin, auch für mich."

„Ja, ich verstehe dich." Und das tut Gerd wirklich. Er begreift, dass auch sein bester Freund noch mit den Nachwehen der schrecklichen Erlebnisse zu kämpfen hat. „Pass aber auf dich auf, auf euch alle. Mach keine Dummheiten da unten. So ein Abenteuer wie an der *Loreley* im letzten Jahr brauchen wir nicht noch einmal. Ich bin nicht da, um dich aus Schwierigkeiten herauszuholen. Wir haben hier noch circa zwei Wochen lang zu tun. Bitte melde dich zwischendurch. Soll ich dir viel Spaß oder viel Glück wünschen?"

„Beides, denke ich." Sie verabschieden sich.

Gerds Blick ruht immer noch auf seinem Handy. ‚Kann es sein, dass Andreas mit seinen Vermutungen richtigliegt? Wenn bekannt werden sollte, dass diese Exkursion eine Schatzsuche ist, können sie schnell in Gefahr geraten. Es wäre wahrscheinlich nicht schlecht, für etwas Rückendeckung zu sorgen.' Er wählt die Rufnummer von Uwe Meyer, dem Piloten des elfköpfigen Teams, der sich fast sofort meldet.

„Uwe, wo steckst du gerade?"

„In dem geliehenen Hubschrauber. Etwa sechstausend Fuß über dir, bereits im Landeanflug. Die fehlenden Elektronikteile sind jetzt alle da. Ich habe sie gerade abgeholt."

„Das ist gut. Wenn du unten bist, komm bitte in den Kontrollraum. Ich muss mit dir reden."

„Ja, gut, bis gleich."

Gerd begibt sich zum Kontrollraum der gesamten *High-Tech*-Alarmanlage. Bei seinem Eintreten lässt er seinen Blick aufmerksam durch den leicht abgedunkelten kühlen Raum gleiten. Seit über drei Wochen arbeiten sie nun schon an dieser Anlage. Er ist sicher, dass sie fehlerfrei in Betrieb gehen wird. Die beiden Experten für die Computertechnik arbeiten einvernehmlich an der Installation der Geräte. Maximilian Schreiber, kurz Max genannt, sitzt auf einem der Drehstühle vor dem Kontrollpult. Der dreißigjährige, ein Meter vierundsiebzig große übergewichtige blonde Mann ist mit seinem IQ von *154* hochintelligent.

Tim Hoffmann, ebenfalls dreißig Jahre, ist das genaue Gegenteil von Max. Ein Meter neunzig groß, schlank und rothaarig. Er lässt keinen Witz aus, bleibt bei der Arbeit aber eher ruhig und besonnen, lässt sich nicht drängen, sondern arbeitet systematisch und routiniert. Im Augenblick kniet er seitlich neben

Max vor dem Terminal. Um ihn herum sind etliche Messinstrumente und einiges an Handwerkzeug auf dem Boden verteilt.

Während Max ihm per Ansage die Schritte mitteilt ist er das ausführende Organ. Die beiden arbeiten jetzt seit fast zwei Jahren zusammen. Sie verstehen sich bestens, so wie auch alle anderen aus dem Team. Ein Stück entfernt davon findet er Peter Staller, den Chef der *Staller Industrie Werke GmbH* zusammen mit Gerds Stellvertreter Daniel Richter im Gespräch. Der blonde Daniel, vierzig Jahre, mittelgroß und kräftig gebaut hat Humor, setzt sich aber auch mit Autorität durch. Im Gegensatz zu Gerd übernimmt er problemlos auch die repräsentativen Pflichten.

„Gerd!" Peter Staller wendet sich ihm erleichtert zu. „Du kommst wie gerufen. Für die Abnahme brauchen wir einen Testlauf. Damit möchte ich den Kunden rundherum zufrieden stellen. Uns fehlt nur eine gute Vorgehensweise, wie wir das am besten bewerkstelligen."

„Das ist doch ganz einfach. Wir lassen unsere Anlage Alarm schlagen. So können wir sie am besten testen und den Kunden dabei auch noch beeindrucken." Gerd lässt sich das Anliegen kurz durch den Kopf gehen.

„Wie stellst du dir das im Einzelnen vor?" Neugierig wartet Peter auf die Erklärung seines Projektleiters.

„Zuerst einmal würde ich an verschiedenen Eingängen mit versteckten Waffen Zugang erzwingen. Ein paar Störsender wären auch nicht schlecht. Dann können wir versuchen, einige der Exponate zu entfernen. Zum Schluss testen wir unsere Kameras in den Verbotszonen."

Daniel schmunzelt. „Du willst also den Kunden mit der Extremsituation beeindrucken?"

„Warum denn nicht? Das ist doch genau das, was diese Anlage verhindern soll. So kann er sich davon überzeugen, dass es auch funktioniert. Ich glaube, das ist genau das, was Luis Perez sehen möchte."

„Damit hast du sicher Recht. Arbeitet mir einen sauberen Ablauf aus. Alles was ihr dafür braucht kann Uwe Meyer euch besorgen. Gebt mir bitte Bescheid, wenn der erste Probelauf stattfindet. Ich möchte auf jeden Fall einen Durchgang haben, bevor wir den Kunden dazu einladen."

„Geht klar." Nachdem alles geklärt ist richtet sich Gerd direkt an den Konzernchef. „Kann ich dich einen Augenblick allein sprechen?"

„Natürlich." Prüfend mustert Peter ihn. „Worüber machst du dir Sorgen? Stimmt mit der Anlage etwas nicht?"

„Nein, da ist alles bestens." Gerd wartet bis Daniel sich entfernt hat. „Es ist wegen Andreas. Er will mit ein paar seiner Studierenden eine Exkursion in den Bayrischen Wald machen. Ich würde ihm gern Uwe Meyer an die Seite stellen, wenn du nichts dagegen hast."

„Warum?"

Die heftig ausgestoßene Frage von Peter zeigt Gerd, dass auch Andreas' Vater noch nicht vergessen hat was vor einiger Zeit geschehen ist. Er erzählt ihm, was er weiß. „Da muss überhaupt nichts dran sein. Andy räumt selbst ein, dass er wahrscheinlich überreagiert. Aber mir wäre etwas mehr Sicherheit ganz recht. Und dir doch garantiert auch?"

„Damit liegst du richtig. Gut, schick Herrn Meyer hin. Wann soll es da losgehen?"

„Nächste Woche. Bis dahin ist Uwe mit seiner Arbeit hier durch."

„Dann machen wir das so." Peter sieht man die Sorge um seinen Sohn an.

„Hallo Leute." Uwe Meyer betritt den Computerraum.

Sogleich wird der sechsunddreißigjährige Pilot von Max bestürmt. „Na endlich. Wo sind die Ersatzteile? Hast du sie etwa nicht bekommen?" Sein Gesicht läuft vor Schreck rot an.

„Beruhige dich bitte direkt wieder." Beschwichtigend hebt Uwe die Hände. Seine blau-grauen Augen blitzen belustigt auf. Er wirft dem grinsenden Tim den Schlüssel vom Hubschrauber zu. „Es ist alles da. Ihr braucht es nur noch auszuladen."

Dann wendet er sich an Gerd. „Was hast du für mich?"

„Einen Sondereinsatz."

Peter bestätigt ihm mit einem Kopfnicken, dass er fortfahren soll.

Gerd erklärt Uwe sein Anliegen. „Nächste Woche geht Andreas auf eine Exkursion. Wir möchten, dass du ihn begleitest."

„Glaubst du es gibt Schwierigkeiten?" Auch Uwe reagiert hellhörig.

„Ich bin mir nicht sicher. Sie gehen auf Schatzsuche. Ich möchte jedes unnötige Risiko vermeiden."

„Und ich soll den Aufpasser spielen? Bei einer Schatzsuche? Kein Problem. Sag mir einfach wann es losgeht."

5

Um die letzte Genehmigung für diese Exkursion zu erlangen, liegt noch ein Weg vor Andreas, der nicht einfach sein wird. Er sucht Professor Klausthal in dessen Büro auf.

Der Professor begrüßt den Doktoranden erfreut. „Herr Staller, schön, Sie zu sehen. Was verschafft mir die Freude Ihres frühen Besuches?"

Andreas erwidert den Gruß des Professors freundlich. „Tja, eigentlich möchte ich Sie um Ihre Zustimmung zu einer Exkursion bitten. Wir haben von den zuständigen Behörden die Genehmigung erhalten, eine Flurkarte in der Gegend von Arrach zu erstellen. Das liegt im Bayrischen Wald. So könnten ein paar der Studierenden ihren notwendigen Geländelauf absolvieren."

Andreas verschweigt dem Professor bewusst, woher die Idee kommt und warum gerade dort. Er möchte ihn nicht unnötig aufregen. Es wird bestimmt so schon schwierig genug. Das beweist auch die Frage, die der Professor an ihn richtet.

„Meinen Sie nicht, dass das noch ein wenig Zeit hat? Wir haben das Sommersemester doch gerade erst angefangen." Andreas erfasst bei dem dreiundsechzigjährigen Mann die Angst vor einer Wiederholung der schrecklichen Ereignisse.

Leise und eindringlich spricht Andreas seinen Mentor an. „Herr Klausthal! Ich habe zuerst genauso reagiert. Aber so kann ich nicht weitermachen. Wenn ich diese Angst mein Leben bestimmen lasse, sollte ich mir besser gleich einen anderen Beruf suchen. Nein, die Exkursionen gehören dazu. Nur weil das einmal geschehen ist, heißt das nicht, dass wir jedes Mal auf Verbrecher stoßen werden. Wie viele Exkursionen haben Sie schon absolviert, bei denen nichts dergleichen geschehen ist?"

Der ergraute Professor betrachtet seinen Doktoranden lange überlegend. Dann seufzt er resignierend. „Ich glaube, Sie haben Recht. Mit allem, was Sie gesagt haben. Auch wenn es mir nicht schmeckt. Das war ein schreckliches Erlebnis, natürlich! Ich bin jetzt schon so lange dabei. Ich habe viele Exkursionen veranstaltet, doch nicht eine war auch nur annähernd so gefährlich. Auch bin ich sicher, dass es keine zweite dieser Art geben wird."

„Ja, das ist genau meine Ansicht. Und unsere Studierenden brauchen die Erfahrungen aus den Exkursionen für ihr Studium und ihre Arbeit."

„Sie haben Recht. Aber ich werde Sie diesmal nicht begleiten. Mein Arzt rät mir schon lange, etwas kürzer zu treten. Mit meinem Übergewicht und dem Bluthochdruck kann ich mit dem jungen Gemüse sowieso nicht mehr Schritt halten." Er lächelt traurig. „Eigentlich schade. Also gut, Sie bekommen Ihre Genehmigung. Aber ich stelle eine Bedingung: Ich möchte, dass Sie noch zwei weitere fachkundige Begleiter von hier mitnehmen, darunter mindestens ein Doktor oder Professor, der die Entscheidungsgewalt mit Ihnen teilt. Und nicht mehr als zwölf Studierende."

Andreas ist überrascht, dass er die Genehmigung so schnell bekommen hat. „Ich bin einverstanden. Ich verspreche Ihnen, dass ich auf alle aufpassen werde. Diesmal kommen wir unbeschadet zurück. Versprochen."

Damit begibt er sich zu seinen Studierenden. Er bittet Kevin ihn nach den Vorlesungen in seinem Büro aufzusuchen.

Dieser stürmt regelrecht zur Tür herein. Seine Augen blitzen vor Tatendrang.

"Hallo Herr Staller, schön, dass Sie wieder da sind." Kevin lässt sich auf den Stuhl vor dem Schreibtisch fallen, während Andreas ihn freundlich begrüßt.

„Als Sie heute Morgen während der Vorlesung nichts gesagt haben, dachte ich schon, Sie hätten es sich anders überlegt. Alles, was Sie mir aufgetragen haben, ist erledigt. Die Jugendherbergen, die es im Umkreis gibt, kommen nicht in Frage. Sie sind zu weit entfernt. Allein für den Fußweg würden wir bis zu vier Stunden brauchen. Aber ich habe eine andere Möglichkeit ausgearbeitet. Wir können uns über die Universität einen Schulbus ausleihen. Das machen die öfter, auch für Studienfahrten. Die Genehmigung dafür kriegen wir. Das habe ich schon geklärt." Er kramt einen Zettel aus der Hosentasche, während er weiterspricht. „Allerdings haben die nicht allzu viel Komfort." Er liest die Daten von dem auseinandergefalteten Zettel ab. „Ein *Mercedes Benz Citario*. Das ist ein Midibus in Niederflurbauweise für maximal siebenundzwanzig Personen mit *210 kW* Leistung. Die reservieren uns den Bus bis Mittwoch. Bis dahin müssen wir uns entscheiden, ob wir ihn haben wollen oder nicht. Der ist inklusive Sprit sogar billiger als die Zugtickets." Kevin steckt den Zettel wieder ein. „Allerdings haben die keinen Fahrer in Reserve. Wir brauchen also jemanden, der so einen Bus mit den ganzen Leuten darin fahren darf. Ich habe im Büro nachgefragt, wer dafür eine Fahr- und Beförderungserlaubnis hat. Was glauben Sie, auf wen ich da gestoßen bin?", fragt er scherzhaft, wartet aber nicht auf eine Antwort. „Der Doktorand Andreas Staller besitzt eine gültige Fahrerlaubnis zuzüglich Personenbeförderungsschein."

„Die ist hin und wieder ganz nützlich", bemerkt Andreas lächelnd.

„Ja, genau. Weiter geht's. Die reine Fahrtzeit beträgt circa siebeneinhalb Stunden. Auf einer Lichtung in *Simmereinöd* können wir unsere Zelte aufstellen. Das ist nicht weit von Arrach weg. Da sparen wir uns den langen Fußmarsch ganz. Der Bauer, dem das Feld gehört hat uns bereits die Erlaubnis dazu gegeben. Außerdem stellt er uns Toilette und Waschgelegenheit in einer seiner Scheunen zur Verfügung. Elf Studierende sind daran interessiert, durch diese Exkursion ihre Noten aufzupeppen. Außerdem will auch Nicole Droste mitkommen", fügt er provozierend hinzu.

Andreas reagiert gar nicht erst auf diese letzte Bemerkung. Nicole Droste war bereits auf der ersten Exkursion dabei. Die Blondine mit den blauen Augen vom Typ Barbie hat es sich zur Aufgabe gemacht, Andreas zu erobern. Aber unabhängig davon, dass er prinzipiell nichts mit einer seiner Studentinnen anfangen würde, ist sie einfach nicht sein Typ.

Überrascht starrt er Kevin an, der, ohne einmal Luft zu holen, seinen Bericht herunterrattert. „Wie hast du das alles so schnell hinbekommen? Abgesehen von dem Wochenende blieben dir dafür gerade einmal zwei Tage Zeit."

„Michael Faber hat mir geholfen. Konnten Sie denn in Arrach etwas erreichen? Oder haben Sie sich doch gegen die Exkursion entschieden?" Unruhig wackelt Kevin auf seinem Stuhl hin und her.

„Nein, ich habe mich nicht dagegen entschieden. Ich habe mir die Gegend um Arrach in den letzten Tagen gründlich angesehen. Deine Flurkarte ist bereits in Parzellen eingeteilt. Allerdings sieht die Landschaft dort heute ganz anders aus. Es wird schwierig werden, die richtige Stelle zu finden. Du sagtest, elf Leute haben sich gemeldet? Mit dir also zwölf. Dann könnten wir mit drei Gruppen agieren. Wir brauchen aber noch zwei Begleitpersonen, die sich ebenfalls mit der Materie auskennen. Ich allein kann und will das nicht bewerkstelligen. Wir müssen also noch einmal die Klinken putzen und Werbung betreiben."

„Das ist gar nicht nötig. Frau Doktor Harras hat sich angeboten mitzukommen und ihr Doktorand Michael Faber ebenfalls. Er hat zudem genau wie Sie eine gültige Fahrerlaubnis für den Bus."

„Wie hast du denn das geschafft?" Andreas ist sichtlich verblüfft. Doktorin Ute Harras lockt eigentlich so schnell niemand aus dem Institut heraus.

„Das war ich gar nicht, das waren Sie selbst. Sie hörte wohl von Ihrem letzten Abenteuer. Sicherheitshalber möchte sie ein Auge auf Sie haben. So drückte Frau Doktor Harras es zumindest aus. Übrigens hielt ich es für besser, das mit der Schatzsuche ihr gegenüber nicht zu erwähnen."

„Ich verstehe." Andreas weiß nicht, ob er sich geschmeichelt fühlen soll dank der Publicity oder ob er sauer wegen dem Verhalten der Doktorin sein sollte. „Auf jeden Fall werden wir jetzt loslegen. Morgen Früh fangen wir an. Sorge bitte dafür, dass alle Exkursionsteilnehmer pünktlich um viertel nach acht im Hörsaal sind. Wir besprechen dann die Einzelheiten."

„Ja, mach ich. Bis morgen." Damit verschwindet Kevin.

Mittwochmorgen erhalten Kevin und die anderen elf Studierenden die typische Einweisung, die vor einer Exkursion stattfindet.

„Unsere Geländeübung dient der Erstellung einer geologischen Kartierung. Normalerweise werden dafür immer Zweiergruppen eingeteilt, die etwa vier bis sechs Quadratkilometer eigenständig geologisch aufnehmen. Ich habe Sie in Vierergruppen eingeteilt. So kann jede Gruppe von einem Betreuer beaufsichtigt werden. Die Gebiete habe ich in Parzellen mit je circa acht Quadratkilometern eingeteilt. Sie alle haben von mir ein Field Guide erhalten, dieses beschreibt, welche Geräte und wie sie benutzt werden. Bitte lesen Sie es vor Antritt der Reise gründlich durch. Um das Handwerkzeug werde ich mich mit Herrn Faber kümmern. Jeder von Ihnen bekommt am ersten Tag von mir ein Feldbuch ausgehändigt. Führen Sie es bitte immer bei sich. Machen Sie sich Notizen. Lieber zu viel als zu wenig. Sie werden Notizen und Aufzeichnungen im Gelände machen, regelmäßige Protokolle, Skizzen und eine Menge Fotos erstellen müssen. Achten Sie darauf, dass Ihre Fotos zugeordnet werden können. Zum Beispiel durch das Mitfotografieren festgesetzter Größen wie einem Maßstab, einem Fünf-Euro-Schein oder ähnlichem. Oder geben Sie *GPS*-Daten[6] an. Sie werden selbst recht schnell merken, was nötig ist. Sollten Sie zu Ihrer Arbeit Fragen haben helfen wir Ihnen gern weiter."

---

6 Global Positioning System (GPS) = globales Navigationssatellitensystem zur Positionsbestimmung

Frau Doktor Harras übernimmt die nächsten Erklärungen. „Für die Abenteurer unter Ihnen möchte ich noch etwas anmerken. Wie Sie alle wissen, sind schon häufiger bei solchen Geländeveranstaltungen Schätze gefunden, sowie geborgen worden. Das Gebiet rund um die Gemeinde Arrach, wo wir unsere Kartierung erstellen möchten, gehört zum Oberpfälzer Landkreis Cham. Nach Bayerischem Gesetz darf jeder Privatmann zwar überall nach Schätzen suchen, zum Beispiel mit elektronischen Messgeräten. Aber Erde anheben darf man nicht. Dazu braucht es die Genehmigung des Grundbesitzers. Der Wald war in Privatbesitz. Doch der Besitzer ist vor ein paar Monaten verstorben. Er hat keine Nachkommen hinterlassen. Bis zur Klärung, wer der testamentarische Nachfolger ist, wird das Waldgebiet von der oberpfälzischen Regierung verwaltet. Wir haben die Genehmigung erhalten, bei möglichen Funden zu graben. Aber wir müssen im Vorfeld die hieb- und stichfesten Beweismittel vorlegen. Ich möchte Sie alle bitten, sich an diese Vorgaben zu halten."

„Wir werden hier am Montagmorgen um sieben Uhr losfahren", berichtet Andreas. „Bitte seien Sie alle pünktlich. Sie haben von mir Listen und schriftliche Anweisungen bekommen, die Ihnen genau aufzeigen, was Sie mitzubringen, beziehungsweise wie Sie sich zu verhalten haben. Sollten Sie noch Fragen haben, stehe ich Ihnen gern zur Verfügung. Sie können sich aber auch an Frau Doktor Harras oder Herrn Faber wenden." Er zeigt auf die beiden Kollegen, die sich neben ihm befinden.

Der schwarzhaarige Michael Faber, ein Meter sechsundsiebzig groß und schlank, winkt den Studierenden locker zu. Die braunen Augen des Neunundzwanzigjährigen blitzen übermütig.

Mit einem strengen Seitenblick zu ihrem Doktoranden weist Ute Harras die Studierenden zurecht. „Sie alle wissen, dass dies keine Vergnügungsreise ist, sondern harte Arbeit, die dazu dienen soll, Ihnen die nötige Kompetenz für Ihren zukünftigen Beruf zu verschaffen. Ich bitte mir deshalb den notwendigen Ernst und die dazugehörige Aufmerksamkeit aus. Vor allem keine Extratouren."

Die Studierenden verdrehen die Augen. So ganz nehmen sie die Ankündigung der siebenundvierzigjährigen Doktorin mit der intelligenten Brille nicht für voll.

Andreas mustert seine Studierenden prüfend. „Ich habe mich übrigens dazu durchgerungen, eine grundlegende Änderung einzuführen. Ich möchte Sie alle bitten, Ihr Handy mitzunehmen. Tragen Sie es während der Exkursion ständig bei sich. Ich weiß, bisher gab es dazu ein Verbot. Sie können sich denken, warum! Mir ist aber wichtig, dass Sie jederzeit erreichbar sind. Vor allem aber, dass Sie jederzeit einen von uns erreichen können. Das ist nur eine Vorsichtmaßnahme. Damit das funktioniert, brauche ich von Ihnen allen die Zusage, dass das nicht ausgenutzt wird. Sollte ich diese Entscheidung bereuen, sammle ich auf der Stelle alle Handys ein. Kann ich mich auf Sie verlassen?" Er blickt rundum in nickende Gesichter. „Gut, danke. Dann sehen wir uns spätestens Montag."

Pünktlich um sieben Uhr fährt der zehneinhalb Meter lange *Mercedes Benz Solobus* mit Sechszylinder-Dieselmotor vom Hersteller *EVOBUS* am Universitätsgelände ab. Vollgeladen mit dem Gepäck, den Zelten, dem notwendigen Handwerkzeug, Laptops mit der passenden Software, zwölf aufgeregten Studierenden, sowie deren Begleitern. Abgesehen von einer einstündigen Rast zur Mittagszeit fahren sie bis auf die üblichen Stopps zügig durch. Gegen siebzehn Uhr treffen sie auf dem Bauernhof in *Simmereinöd* ein. Nach einem kurzen Gespräch mit dem Gutsbesitzer schlagen sie als erstes ihre Zelte auf.

Kevin und Michael konnten bereits im Vorfeld ihren Bedarf an Fleisch für den ersten Abend bei dem Bauern, der ihnen einen Grillplatz auf seinem Hof anbietet, bestellen. Auch die Einladung, der Gruppe junger Leute Gesellschaft zu leisten, lehnt der alte Mann nicht ab.

Er setzt sich zu den beiden Doktoranden. „Es ist sehr nett von Ihnen, mich einzuladen. So ausgelassene junge Dinger wie Ihre Schüler hier sind eine willkommene Abwechslung in meinem tristen Alltag. Nachdem meine Frau vor drei Jahren verstarb, wurde es auf dem Hof sehr ruhig. Übrigens, ich heiße Gustav

Rieger." Die harte Arbeit auf dem Hof lässt den siebzigjährigen grauhaarigen Mann noch um einiges älter wirken. Doch seine Augen leuchten immer noch unternehmungslustig.

Michael nickt ihm freundlich zu. „Erst durch Ihre Unterstützung hier war uns dieser Ausflug möglich. Wir sind Ihnen zu Dank verpflichtet. Wenn wir Ihnen mit unserer Gesellschaft eine Freude machen können, tun wir das gern. Aber sagen Sie uns, wenn es Ihnen zu viel wird oder wir Ihnen auf die Nerven gehen."

„Ich glaube nicht, dass Sie das schaffen." Gustav Rieger lächelt die jungen Männer herausfordernd an.

„Haben Sie keine Kinder, Herr Rieger?", erkundigt sich Andreas bei ihm.

„Doch, ich habe einen Sohn. Jakob ist jetzt achtunddreißig. Er lebt mit seiner Familie in München. Dort arbeitet er auch. Mittlerweile hat er eine eigene Gärtnerei. Schon vor langer Zeit kehrte er dem Hof hier den Rücken. Wahrscheinlich hatte er Angst, hier alt werden zu müssen. Für ihn ist das eben nichts. Aber für mich."

„Wie lange haben Sie Ihren Sohn denn nicht mehr gesehen?"

„Nun, lassen Sie mich einmal überlegen. Letzten Herbst waren es elf Jahre."

Fassungslos starrt Andreas den Mann an. Er kann sich nicht einmal ansatzweise vorstellen, seine Familie so lange nicht zu sehen.

Anscheinend bemerkt der Bauer sein Entsetzen. Er lächelt beschwichtigend. „Das ist schon in Ordnung so. Und wissen Sie auch warum? Solange ich nichts von ihm höre, geht es ihm gut." Er verlässt die Männer, um sich mitten zwischen die Studierenden zu setzten. Michael folgt ihm.

Kurz darauf hören alle dem alten Mann bei seinen spannenden Geschichten zu, die er im Alltag erlebt haben will.

Andreas beobachtet die ausgelassenen jungen Leute, die es sich schmecken lassen. Er erkennt in ihnen die gleiche freudige Erregung, die auch er bei seiner ersten Exkursion empfunden hat. Überrascht ist er auch von Kevin Lauder. Der junge Mann hat sich sehr zum Positiven verändert. Mit Begeisterung kniet er sich in seine Aufgabe hinein. Jetzt weiß Andreas, dass es richtig war, hierher zu kommen. Auch von ihm fallen die letzten Ängste ab. Er freut sich auf die nächsten vier Tage. Gestern Abend hat er mit Gerd telefoniert und sich für diese Woche abgemeldet.

Die ein Meter neunundsechzig große, rundliche Ute Harras gesellt sich zu Andreas. „Störe ich?"

„Nein, natürlich nicht." Beim Anblick ihres ernsten Gesichts merkt er auf. „Haben Sie etwas auf dem Herzen?"

„Nein, nicht wirklich. Ich möchte Ihnen nur erklären, warum ich mitgekommen bin." Sie lächelt ihn offen an. „Sie haben sich doch sicher schon gefragt, wieso ich diesmal persönlich mitfahre?"

„Ja, da haben Sie Recht. Mir ist bekannt, dass Sie selbst so gut wie nie auf die Exkursionen mitgehen."

„Zum größten Teil ist dafür mein angeschlagener Gesundheitszustand verantwortlich. Dadurch werde ich ungewollt ausgebremst. Aber das soll jetzt nicht unser Thema sein. Nein, mir geht es um etwas anderes. Sehen Sie sich die Studierenden einmal genauer an. Seit Ihrer letzten Studienreise eilt Ihnen an der Universität ein gewisser Ruf voraus. Diejenigen unter unseren Studierenden, die sich zum Abenteurer oder Weltenretter berufen fühlen, warten nur darauf, an einer Ihrer Exkursionen teilnehmen zu können. Abenteuer erleben, mit Waffengewalt gegen Verbrecher vorgehen, die Welt von Übeltätern befreien, vor allem die Mädchen beeindrucken, das ist es, was unsere jungen Helden hier erleben wollen. Diesen möchte ich ein wenig die Luft aus den Reifen lassen, wenn Sie verstehen."

Andreas muss bei ihrer Schilderung schmunzeln. Auch wenn die dunkelblonde Doktorin nicht so aussieht, weist sie doch Eigenschaften wie Humor, Witz und Toleranz auf. Er ist sicher, dass sie auf dieser Reise gut miteinander auskommen werden. Gerade als er ihr antworten will hören sie ein ihm nur allzu bekanntes Geräusch.

„Was ist denn das?" Ute Harras sucht mit ihren Augen überrascht den Himmel ab.

„Das sind die Rotoren eines Hubschraubers. Den verdanken wir mit Sicherheit meinem Vater." Er ist gespannt, wen Peter Staller ihm schickt.

Auch die Studierenden sehen dem am Waldrand landenden Hubschrauber neugierig entgegen. Es ist ein *Eurocopter EC 155* mit hydraulischem Fahrwerk und einem Glascockpit über dem Transportraum für bis zu zwölf Personen. Auf den Türen prangt auf jeder Seite ein *S* als Firmenlogo. Dahinter steht in klaren Buchstaben der Firmenname *Staller Industrie Werke GmbH* gedruckt.

Der Pilot steigt aus dem Cockpit und schultert seine Reisetasche. Doch weiter als zwei Schritte kommt er nicht, bevor Kevin überrascht aufspringt, um dem Piloten entgegen zu laufen. „Herr Meyer, was machen Sie denn hier?" Verdutzt starrt er den Mann an, den er während der ersten Exkursion mit Andreas Staller kennenlernte.

Uwe lächelt den jungen Mann verschmitzt an. „Ich dachte, ich gehe mit dir auf Schatzsuche. Das heißt, wenn du mich mitnimmst?"

„Klar!", freut sich Kevin. „Aber von dem Schatz weiß hier keiner", flüstert er dem verwunderten Mann zu.

Da sich Uwe vorerst zu Andreas begibt, eilt der Student zu seinen Kommilitonen um denen, die den Piloten noch nicht kennen, ausschweifend zu erklären, wer das ist. Im Anschluss schildert er ihnen auch noch haarklein, wie Uwe ihn und Gerd Bach mit dem Hubschrauber aus der reißenden Strömung des Rheins rettete. Fasziniert lauschen die jungen Leute seinen Worten, mit denen er äußerst anschaulich beschreibt, wie er auf einer Tretmine landet und bei seiner Rettung gemeinsam mit dem Projektleiter der *Staller Werke* in den Fluten des Rheins ums Überleben kämpft. Nicht alle glauben ihm die aufregende Geschichte.

Neugierig begrüßt Andreas den Freund. „Hallo Uwe. Wem habe ich denn diesmal den Aufpasser zu verdanken? Gerd oder meinem Vater?"

„Beiden, würde ich sagen." Uwe reicht der Doktorin die Hand und stellt sich vor. „Uwe Meyer, ich bin Sicherheitsbeauftragter bei der Firma *Staller*, Pilot und ein netter Kerl."

Sie schaut sich den Mann genauer an. Ein Meter fünfundachtzig groß und muskulös. Seine militärische Ausbildung kann er nicht verbergen. Der braune Kurzhaarschnitt und der Dreitagebart nehmen ihm nichts von seiner Ausstrahlung.

„Tatsächlich?" Ihre blauen Augen blitzen amüsiert auf. „Dann werde ich wohl auf meine Studentinnen aufpassen. Vor netten Kerlen muss man sich immer in Acht nehmen. Ich lasse Sie erst einmal allein." Verschmitzt erwidert sie seinen Händedruck und geht zu den Studierenden.

Uwe schaut ihr belustigt hinterher. „Wozu brauchst du einen Aufpasser, wenn du die dabeihast?"

„Ich bin mir nicht sicher, ob ich überhaupt einen Aufpasser brauche." Andreas berichtet dem Freund von den vorangegangenen Ereignissen.

Dienstagmorgen beginnen sie schon früh mit den praktischen Übungen, die als typisch für Geländeveranstaltungen mit geologischen Themen gelten. Bevor es losgeht, erklärt Andreas den Studierenden noch einmal die Vorgehensweise und den Grund dafür.

„Wir benutzen eine erweiterte Variante von *3D*-Metalldetektoren, die zudem auch sehr gute dreidimensionale Grafiken vom gescannten Untergrund erstellen können. Das vereinfacht unsere Aufgabe enorm. Es ist ein kombinierter Detektor, der die Funktionen des Metalldetektors mit den Eigenschaften des geoelektrischen Detektors vereint. Er dient zur Lokalisierung unterirdischer Hohlräume, kann aber genauso gut wertvolle Materialien und Objekte aufzeigen. Zudem ermöglicht uns dieses Verfahren auch die Bestimmung von Werten der physikalischen Gesteinsparameter. Das heißt im Klartext, wir erkunden die Bodenbeschaffenheit, ohne zu buddeln. Gemessen wird die Leitfähigkeit des Bodens, wobei die Veränderungen von blau über gelb bis rot angezeigt werden. Einige von ihnen haben bereits mit diesen Geräten gearbeitet und kennen sich auch mit der Software aus. Unterstützen Sie bitte Ihre Kollegen. Also, los geht's."

Die Studierenden verteilen sich mit ihren Betreuern im Gelände. An Hand des von Andreas erstellten Plans mit den Einteilungen wissen alle, wo sie hingehören. Endlich wird die erlernte Theorie in die Praxis umgesetzt. Neugierig machen sie sich an die Arbeit. Bis mittags haben alle den Umgang mit den Messinstrumenten im Griff. Zum Abend hin wurde von ihnen bereits ein großes Stück des Geländes abgearbeitet. Auch wenn es sich hier um ungewohnte, teilweise anstrengende Arbeit handelt, machen den Studierenden die Messungen Spaß.

Die frische Luft und die ungewohnte körperliche Betätigung sorgen dafür, dass bei den jungen Leuten schon früh am Abend Ruhe einkehrt.

Da sich auch Doktor Harras bereits zur Ruhe begeben hat, sitzen nur noch Andreas, Uwe und Michael zusammen. Sie genießen die letzte Wärme des abkühlenden Grills. Gustav Rieger gesellt sich, wie auch am Vorabend, zu der Gruppe. Jetzt erzählt er ihnen, was er über den Nazi-Schatz weiß.

„Es gibt einige Gerüchte, dass es da wirklich einen Schatz gibt. Oder zumindest gegeben hat. Damals soll hier in der Nähe ein Zug angehalten haben, der mit Reichtümern aller Art beladen war. Die SS wollten wohl von hier aus weiterfahren über die Grenze bei Passau nach Österreich. Es heißt, sie hatten Angst, wenn sie scheitern, alles zu verlieren. Deshalb beschlossen sie, auf der Strecke dorthin in unterschiedlichen Abständen jeweils einen Teil des Schatzes zu verstecken. Die Soldaten kamen immer nachts. Alle Einwohner der Umgebung erhielten Ausgangssperre. Außerdem mussten sie ihre Fenster und Türen verrammeln. Wer zu neugierig war wurde erschossen. Auch die Arbeiter, die beim Ausladen halfen, fand man tot am Rande des Waldgebietes auf. Es durfte keine Zeugen für diese Aktionen geben."

Gespannt lauschen die anderen seinen Worten. Jetzt schaut er beschwörend in die Runde. „Ich glaube, dass auch heute noch unter bestimmten ausgewählten Mitgliedern das Wissen um die Standorte, an denen die Schätze vergraben sind, weitergereicht wird. Wahrscheinlich gibt es solche Mitglieder auch unter meinen Nachbarn." Damit verabschiedet sich Gustav Rieger. Er schlendert zu seinem Haus zurück.

„Glaubt ihr, an der Geschichte ist etwas dran?" Michael zweifelt an der Wahrheit der Erzählung.

Uwe blickt versonnen vor sich hin. „Also, das ist so eine Sache mit Gerüchten. Meistens steckt zumindest ein Funke Wahrheit darin."

Andreas stimmt ihm zu. „Du hast Recht. Das ist wie bei allen anderen Erzählungen auch. Es wird von einem zum anderen weitererzählt und jeder spinnt den Faden weiter. Was zum Schluss im Umlauf ist hat oftmals nicht mehr viel mit der Wirklichkeit zu tun, ist aber aus einer tatsächlichen Begebenheit entstanden. Lassen wir uns überraschen."

Zur gleichen Zeit ist in Arrach, ein paar Kilometer von Gustav Riegers Bauernhof entfernt, im hinteren Bereich des *Hotels am Rathaus* ein Raum hell erleuchtet. In der letzten Viertelstunde finden sich hier immer wieder Personen zu einem geheimen Treffen ein.

Heinz Scheuren blickt in die Runde. Zufrieden nickt er. Alle sind seiner Aufforderung zu dieser Versammlung nachgekommen.

„Was hast du für uns?", will einer seiner Mitstreiter wissen.

„Es könnte sein, dass wir Probleme kriegen." Damit berichtet der Hotelinhaber von Andreas' Besuch vor einiger Zeit und dem Gespräch, welches sie geführt haben.

„Aber er ist wieder abgereist. Wieso sollten wir dann Probleme mit ihm haben?"

„Er ist wieder da. In Begleitung seiner Studierenden. Theo hat heute Morgen bei Gustav Rieger die Milch abgeholt. Da konnte er sie beobachten. Sie zelten auf Riegers Grundstück. Seit gestern vermessen sie das Waldgebiet." Heinz braucht nicht ausdrücklich zu sagen, um welches Gebiet es sich genau handelt. Alle wissen Bescheid.

„Dann sollten wir sie schnellstens ausschalten!", kommentiert ein weiteres Mitglied.

Er erhält die Bestätigung von dem Mann neben ihm. „Ja, genau. Die dürfen uns auf keinen Fall zu nahkommen."

Heinz Scheuren widerspricht ihnen. „Es ist nicht so einfach, eine von der Regierung geschickte Gruppe Studierender verschwinden zu lassen. Das sollten wir nur in Angriff nehmen, wenn es nicht anders geht."

„Ich werde einmal sehen, was ich über den Mann herausfinden kann." Die Unterstützung kommt durch einen der hiesigen Polizeibeamten. „Auf jeden Fall sollten wir die Gruppe im Auge behalten." Da er rundum Zustimmung erntet, teilt er die Leute in Zweiergruppen ein, die sich alle vier Stunden abwechseln sollen.

„Lasst euch nicht blicken. Achtet darauf, dass ihr keinem auffallt. Wenn ihr es nicht vermeiden könnt, auf einen von denen zu treffen, seid freundlich zu demjenigen. Was unternommen werden muss, entscheiden wir hier zusammen. Bis dahin unternehmt ihr nichts auf eigene Faust."

„Was ist, wenn sie fündig werden? Sollten wir nicht vorher eingreifen?" Theo möchte, wenn nötig mit Gewalt, verhindern, dass es zum Äußersten kommt.

„Nein. Keiner unternimmt irgendetwas. Schon gar nicht mit Gewalt. Das ist viel zu auffällig. Wenn wir etwas unternehmen, müssen wir dafür sorgen, dass wir alle auf einmal erwischen. Es darf keiner entkommen. Sonst schaffen wir uns noch mehr Probleme. Das gilt auch für dich, Theo." Der Polizeibeamte kennt Theo Krangel. Er weiß auch, dass der Mann schnell zu Gewalt neigt. Ihn muss er im Auge behalten. „Die Berichterstattung läuft über Heinz", befiehlt er den Männern. „Die erste Gruppe fängt morgen Früh um acht an. Sollten wir feststellen, dass sie uns zu sehr auf die Pelle rücken, werden wir tun, was getan werden muss!"

Seine Artgenossen nicken einstimmig. Dann löst sich die Versammlung auf.

Der folgende Tag bringt die Studierenden und ihre Begleiter dem Ziel ein gutes Stück näher. Bis zum Mittag machen sie mit den praktischen Übungen im Gelände weiter. Sie kommen gut voran und erfassen mit Hilfe ihrer Geräte die Grunddaten für eine Auswertung und Erstellung sauberer geologischer Karten. Zu der Flurkarte von Willi Raschke fehlt allerdings jeder Bezug. Es gibt keinen Hinweis auf ein mögliches Versteck des auf der Karte vermerkten Schatzes.

Uwe sorgt für ein ausgiebiges Picknick, das er zwischenzeitlich für alle besorgt. Gemeinsam machen sie eine Stunde Pause, währenddessen Michael seine Augen durch die Reihen der Studierenden gleiten lässt. Irritiert schaut er sich weiter um.

„Was ist los?", erkundigt sich Andreas als er auf Michaels Suche aufmerksam wird.

„Keine Ahnung", beteuert der Doktorand. „Hast du eine Ahnung, wo Kevin ist?"

Auch die anderen haben seit geraumer Zeit nichts mehr von dem jungen Studenten gesehen oder gehört.

Andreas stöhnt auf. „Dann müssen wir ihn wohl suchen." Er kann sich schon denken, warum ausgerechnet Kevin fehlt.

„Nein", antwortet Uwe. „Das mache ich. Ihr bleibt solange hübsch hier zusammen." Damit steht er auf, doch Andreas hält ihn noch zurück.

„Ich schätze, ich weiß, wohin er will." Er holt die Flurkarte hervor und zeigt dem Sicherheitsexperten die markierten Stellen. „Es geht ihm wahrscheinlich zu langsam. Also hat er sich allein auf die Suche nach der Lichtung gemacht. Die Karte ist sehr ungenau. Wenn wir nicht systematisch vorgehen, haben wir keine Chance irgendetwas zu finden."

Der Pilot studiert die Karte genau. Ihm kommt ein Gedanke, den er sich erst noch einmal durch den Kopf gehen lassen muss. Er verschwindet in der angegebenen Richtung im Wald. Im Gegensatz zu Kevin bewegt sich Uwe komplett geräuschlos. Innerhalb einer Viertelstunde kann er ihn hören.

Der Student läuft jetzt bereits seit fast zwei Stunden durch den Wald, ohne einen Anhaltspunkt dafür zu finden, dass sie hier an der richtigen Stelle sind. Immer wieder schaut er auf seine Karte, doch nichts sieht auch nur im Entferntesten so aus wie es laut der Karte sein sollte. ‚Wo soll ich denn mit meiner Suche anfangen? Wie kann ich die richtige Stelle finden? Gibt es dafür überhaupt Anhaltspunkte?' Kevin wird zunehmend frustrierter.

Der Sicherheitsexperte hat keine Probleme, sich unbemerkt an den jungen Mann heran zu schleichen. „Solltest du nicht bei deinen Gefährten sein?"

Kevin fährt auf dem Absatz herum.

Sein erschrockenes, ängstliches Gesicht entschädigt Uwe ein wenig für die Suche. Auffordernd mustert er den Studenten. „Na, nun spuck schon aus, was los ist."

Der junge Mann schaut traurig auf. „Wenn das so weitergeht, finden wir die Stelle nie. Ich weiß, das ist nicht einfach. Und die Karte ist sehr ungenau. Aber wir haben nur drei Tage, zwei davon sind schon fast um. Wir wissen ja noch nicht einmal, ob wir überhaupt an der richtigen Stelle angefangen haben. Auf der Karte ist eine riesige Lichtung eingezeichnet. Hier gibt es aber nirgendwo eine Lichtung. Noch nicht einmal eine Lücke."

Der Student tut Uwe leid. „Pass auf. Mir ist da eine Idee gekommen, die uns vielleicht weiterhelfen könnte."

„Wirklich? Was ist es denn?" Kevin schöpft neue Hoffnung.

„Lass uns zurückgehen, ich erkläre es dir unterwegs. Also, ich habe einen Freund, der alte Landschaftskarten sammelt. Er stellt auch Vergleiche an zwischen früher und heute. Ist ein ziemlich kluges Kerlchen. Er schreibt sogar Bücher darüber. Ich werde ihn gleich einmal anrufen und ihn fragen, ob er von dieser Gegend hier alte Karten besitzt. Dann können wir ein paar Vergleiche anstellen. Ich bin gespannt, was dabei herauskommt."

„Und was versprechen Sie sich davon?"

„Wenn es vor sechzig Jahren hier eine Lichtung gab, heißt das noch lange nicht, dass sie heute auch noch vorhanden ist. Lass mich erst einmal telefonieren."

Kurz darauf haben sie die anderen erreicht. Während Kevin sich seine Standpauke abholt greift der Pilot zum Handy. Er hat Glück und erwischt seinen Freund. „Hallo Bernie, rate wer hier ist?"

Bernhard Decker begrüßt seinen Freund aus Bundeswehrzeiten. „Hey, Uwe, altes Haus. Gibt es dich auch noch? Ist lange her! Was verschafft mir die Ehre deines Anrufes?"

Uwe erklärt ihm, worum es geht.

Bernhard lacht laut auf. „Schatzsuche? Ist das dein Ernst? Das passt zu dir. Aber ja, ich habe da etwas, dass euch weiterhelfen kann. Ich schicke dir die Karten an deine Handynummer. Und Uwe, halte mich bitte auf dem Laufenden. Ich würde zu gern hören, ob ihr Erfolg habt."

Andreas ist sauer. Er hat keine Ahnung, wie er der Doktorin den Alleingang von Kevin erklären soll. Bisher hat er tunlichst vermieden ihr zu beichten, woher die Idee zu dieser Exkursion kommt. Auch Michael Faber hat bis jetzt keine Kenntnis darüber, wonach sie eigentlich suchen. Während er immer noch nach den richtigen Worten sucht, ist Kevin schon ein Stück weiter.

„Es tut mir leid", beginnt der Student sich zu entschuldigen. „Zuerst habe ich gar nicht gemerkt, dass ich mich von den anderen entfernt habe. Ich war einfach in Gedanken. Wissen Sie, ein Teil meiner Familie hat hier früher einige Zeit gelebt. Als ich mich dann umgeschaut habe wusste ich nicht mehr, wo ich hin musste. Ich wollte gerade anrufen, da kam Herr Meyer."

Andreas atmet auf, als die Doktorin durch Kevins Worte milde gestimmt von einem größeren Donnerwetter absieht.

Zwanzig Minuten später erhält Uwe die Karten, die er sich erhofft hatte. Er überspielt sie auf Andreas' Laptop. Die Karten aus dem Jahr *1942* zeigen tatsächlich mitten in dem Waldgebiet eine große Lichtung. Er legt beide Karten, die frühe und die von heute, übereinander, dabei achtet er darauf, gleiche Maßstäbe zu benutzen.

Das Ergebnis ist verblüffend. Andreas lässt den Blick schweifen. Rundherum gibt es nur Bäume, aber laut der Karte sitzen sie hier mitten auf der Lichtung.

„Wahnsinn!", strahlt Kevin. „Wie geht es jetzt weiter?"

Der Doktorand schiebt die eingescannte Flurkarte von Willi Raschke ebenfalls über die Karte von Bernhard Decker. Dann passt er die Maßstäbe aneinander an. Jetzt wissen sie genau, an welcher Stelle sie suchen müssen. Es ist keine zehn Meter von ihrem Standort entfernt.

„Das ist gleich da vorn", ruft Kevin aufgeregt. „Kommt, lasst uns nachsehen!" Damit springt er auf und rennt los.

Im gleichen Moment schnellt Uwe auch schon hinter ihm her. „Halt, Kevin, warte!" Noch bevor jemand reagieren kann stürzt sich Uwe auf den jungen Mann und reißt ihn zu Boden.

Andreas und Michael sind schnell bei den beiden. Sie helfen dem verdutzten Kevin beim Aufstehen, während sie verblüfft zu Uwe blicken.

„Was ist denn in dich gefahren?"

„Kommt mit. Ich will euch etwas zeigen." Uwe geht zurück. Er greift nach der Flurkarte von Willi Raschke. „Habt ihr euch die Symbole auf der Karte schon genauer angesehen? Konntet ihr sie auswerten?"

„Nein, nicht wirklich. Beziehungsweise nur die wenigsten. Worauf willst du hinaus?" Andreas ist gespannt, was Uwe entdeckt hat.

„Diese Symbole mit den drei Schalen und diesen Blitzen darüber, die hier abgebildet sind. Sie kommen mir sehr bekannt vor. So etwas habe ich schon hin und wieder gesehen. In dieser Art wurden vom Militär Standorte von Tretminen oder Minenfeldern gekennzeichnet. Ich denke, euer Schatz birgt noch einige Gefahren bevor ihr an ihn herankommt." Uwe schaut beschwörend in die Runde. „Das sind Sprengfallen. Dafür braucht ihr den Kampfmittelräumdienst."

Kevin wird blass. „Tretminen? Schon wieder?" Ihm ist noch in Erinnerung, wie knapp es letztes Mal für ihn war. Ausgerechnet er musste während einer Wanderung, die sie mit den Studierenden der letzten Exkursion unternahmen, auf eine Mine treten. ‚Ohne Andreas Staller und seinen Freund Gerd Bach hätte ich das nie überlebt. So etwas brauche ich bestimmt kein zweites Mal', wird ihm klar.

„Immerhin stehst du diesmal nicht darauf", stichelt Uwe vorlaut. Auch bei ihm erkennt man die Erleichterung darüber, dass sie das noch früh genug feststellen konnten.

„Jetzt haben wir ein Problem." Der angehende Doktor überlegt laut. „Wir müssen beweisen, dass wir einen Fund haben. Sonst reagieren die überhaupt nicht. Aber wir kommen nicht nah genug heran, um Messungen vorzunehmen. Jedenfalls nicht, ohne unser Leben in Gefahr zu bringen."

Michael Faber hat sich derweil ein wenig auf der zugewachsenen Lichtung umgesehen. Nur ein paar Meter entfernt entdeckt er, was bisher keinem von ihnen aufgefallen ist. „Ich glaube, wir brauchen gar nicht allzu weit suchen. Seht euch einmal die Bäume hier an. Wir stehen in einem Fichtenwald. Richtig? Aber an drei Stellen sehe ich mehrere Kiefern, die zusammengewachsen aus dem Boden ragen. Ich bin sicher, das sind unsere Fundorte. Eine bessere Markierung gibt es doch gar nicht."

Auch Andreas schaut jetzt genauer hin. „Die haben den Schatz auf der Lichtung vergraben und dann die Bäume darüber gepflanzt. Wahrscheinlich haben sie Jungbäume benutzt. Die sind im Laufe der Zeit zusammengewachsen." Still denkt er einen Augenblick über die aufkommende Idee nach. ‚Lässt sich das wirklich ohne Gefahr bewerkstelligen?' Entschlossen richtet er sich auf. „Wir sollten uns das einmal aus der Nähe ansehen. Nur du und ich", spricht er Uwe direkt an. „Wir können die Metalldetektoren benutzen, damit wir nicht auf Tretminen stoßen. Aber versuchen sollten wir es."

Uwe und Andreas vermessen in einem Abstand von zwei Metern das Feld zu den Bäumen. Schon beim ersten Anlauf schlägt das Gerät aus. Einen halben Meter vor den ersten Kiefern haben sie einen starken Signalanstieg. Die Anzeige färbt sich tief rot. Das gleiche finden sie auch bei den anderen beiden Stellen vor.

„Hier gibt es definitiv Hohlräume", berichtet Andreas den anderen. „Und diese Hohlräume sind gefüllt. Da die Anzeige so extrem ausschlägt, halte ich es nicht für eine unterschiedliche Gesteinsart, sondern für Metall."

Michael Faber dreht sich zu den aufgeregten Studierenden um. Verschwörerisch lacht er sie an. „Meine Herrschaften, Sie haben wahrscheinlich gerade Ihren ersten Schatz gefunden."

Die jungen Leute jubeln laut auf.

„Noch ist das nicht sicher", stellt Doktor Harras richtig. „Warten wir ab, was geborgen wird." Die letzten Handlungen des Doktoranden lassen merkwürdige Gedanken in ihr aufkeimen. Doch noch findet sie keinen Zusammenhang.

„Heute ist es zu spät um noch etwas zu unternehmen. Ich werde mich morgen Früh an meinen Kontakt bei der oberpfälzischen Regierung wenden. Warten wir ab, was ich da erreichen kann." Andreas zweifelt an der notwendigen Unterstützung.

Uwe beteiligt sich nicht mehr an dem Gespräch. Er lässt seinen Blick rundum wandern. Mit dem sicheren Gespür für Gefahr weiß er, dass sie nicht mehr allein sind. Sie werden beobachtet! Bei dem Gebrüll der Studierenden ist ihren Gegnern garantiert bewusst, was sie gefunden haben. Die Gedanken des Piloten laufen auf Hochtouren. ‚Unsere Widersacher werden mit Sicherheit versuchen, die Bergung des Schatzes zu verhindern. Aber was können diese Typen unternehmen, um das zu erreichen? Dafür müsste diese Exkursion schlagartig beendet werden, ohne dass ein Verdacht gegen Fremdeinwirkung aufkommt. Ich schätze, alle hier sind in Gefahr. Die werden sicher dafür sorgen wollen, dass wir alle das Zeitliche segnen.'

„Wir sollten für heute aufhören und alle zum Zeltplatz zurückkehren", empfiehlt er dem Doktoranden während er ihn beschwörend anschaut.

Der ernste Ausdruck auf dem Gesicht seines Freundes lässt Andreas sofort begreifen, dass etwas nicht in Ordnung ist. „Einverstanden. Machen wir morgen weiter. Kommen Sie, Herrschaften, aufräumen. Für heute ist Schluss."

In aller Eile werden die Mitglieder der geheimen Vereinigung benachrichtigt. Schon zehn Minuten später sitzen die wichtigsten Personen zusammen.

Der mitstreitende Polizeibeamte wird augenblicklich von Heinz Scheuren verhört. „Was hast du über den Mann herausgefunden?"

„Auf die Schnelle noch nicht viel. Aber das, was ich über ihn lesen konnte, reicht aus um vorsichtig zu werden. Andreas Staller arbeitet wirklich für diese Universität in Aachen. Vor neun Monaten hat er bei einer Exkursion dafür gesorgt, dass die Machenschaften eines Kriegsverbrechers aufgeflogen sind und dieser verhaftet wurde. Allerdings hatte er da wohl Unterstützung durch die Bundeswehr. Trotzdem, wir sollten diesen Mann auf keinen Fall unterschätzen."

„Dann wird es wohl das Beste sein, wenn der Herr mitsamt seiner Gänseschar auf Nimmerwiedersehen verschwindet." Theo Krangel will loslegen. Er erntet allgemeine Zustimmung.

Sie entschließen sich zu handeln. Sofort arbeiten sie gemeinsam einen Plan zur Schadensbegrenzung aus. Schnell wird alles besorgt, was nötig ist, um die Studierenden sowie ihre Begleiter still und leise verschwinden zu lassen.

Theo wird mit einem weiteren Mann vorgeschickt, um die ihnen zugeteilten Aufgaben in Angriff zu nehmen. Noch bevor die Studierenden auf dem Hof erscheinen kümmert er sich um Gustav Rieger. Der alte Mann begrüßt seine Nachbarn freundlich, ungeahnt der Gefahr, in der er sich befindet. Für Theo und seinen Begleiter ist es ein leichtes, den Bauern zu überwältigen. Nun bereitet er sich auf seinen Auftritt vor.

Nachdem sie ihren Zeltplatz erreicht haben, verstauen die Studierenden umgehend die Gerätschaften im Bus. Vom Haus aus kommt mit festen Schritten ein fremder Mann auf sie zu.

„Hallo alle miteinander, ich bin Theo Rieger", erklärt der Mann, als er sie erreicht hat. „Leider geht es meinem Vater im Augenblick nicht gut. Es ist das Alter, das ihm zu schaffen macht. Genauso wie die körperliche Anstrengung. Aber Sie brauchen sich nicht zu sorgen. Es geht ihm bestimmt bald besser. Bis dahin hat er darum gebeten, dass ich mich um Sie kümmere."

„Freut mich, Sie kennenzulernen, Herr Rieger." Uwe reicht dem Mann lächelnd die Hand. „Hoffentlich ist es nichts Ernsteres bei Ihrem Vater." Der Mann, der da freundlich lächelnd vor Uwe steht, macht auf ihn einen äußerst negativen Eindruck. ‚Kann das wirklich Gustav Riegers Sohn sein?' Das mag er einfach nicht glauben! Die Augen des Mannes sind lauernd auf die Studierenden gerichtet und seine ganze Körperhaltung weist eine gewisse Anspannung auf. Auch wirkt sein Gesichtsausdruck eher abweisend als entgegenkommend, obwohl sich der Mann bemüht, einen anderen Eindruck zu vermitteln. ‚Wir sollten dem Kerl gegenüber vorsichtig bleiben.'

„Nein, keine Sorge", beschwichtigt Theo. „Das hatte er in den letzten Jahren öfter, das kenne ich schon. In ein paar Tagen ist er wieder auf den Beinen. Übrigens, ich habe das Grillfleisch für heute Abend vorbereitet. Es ist ganz frisch. Sie müssen mir nur noch sagen, wann Sie loslegen wollen."

Uwe blickt ihn fast entsetzt an. „Oje, hat Ihr Vater Ihnen denn nicht gesagt, dass ich mit ihm gesprochen hatte? Das tut mir wirklich leid. Ich habe für heute Abend hier in der Nachbarschaft bei einem Italiener Pizza für alle bestellt. Ich wollte ihm nicht so viel Arbeit machen. Er sollte sich einen Abend ausruhen."

„Nein, das hat er mir nicht gesagt. Aber es ist nett von Ihnen, Rücksicht auf ihn zu nehmen. Ich sag Ihnen was. Lassen Sie sich die Pizzen hierher liefern. Mein Vater hat einen hervorragenden Weinkeller. Ich spendiere Ihnen den passenden Rotwein zum Essen."

Uwe lächelt ihn immer noch freundlich an. „Geht leider nicht. Bei der Anzahl an Leuten, die wir sind, habe ich vorsichtshalber einen Raum gebucht. Der ist bereits bezahlt. Vielleicht dürfen wir später auf die Einladung zurückkommen. Wir sind ja in ein paar Stunden wieder da."

Doktor Harras und einige der Studierenden sehen ihn irritiert an.

Auch Andreas mustert Uwe verdutzt. „Du hast Pizza bestellt? Für uns alle?"

„Ja. Und wir sind schon spät dran. Herr Rieger hat mir jetzt die Überraschung genommen. Aber ich dachte, einmal einen Abend gemütlich in einem Lokal zu sitzen würde allen gefallen."

Andreas kennt Uwe gut genug um zu wissen, dass diese Aktion für ihn eher untypisch ist. Langsam geht auch ihm ein Licht auf. „Stimmt. Das ist wirklich eine Abwechslung. Dann sollten wir bald aufbrechen."

„Tja, da kann man nichts machen." Wütend wendet sich Theo ab. Er gibt noch nicht auf. Immerhin hat er einen Auftrag auszuführen. In ein paar Stunden sind die wieder da. Nach so einem Essen sind die wahrscheinlich noch dankbar dafür, wenn er ihnen den Wein anbietet. Er kann sich nicht vorstellen, dass ihm Männer, die sich dazu hergeben, Aufpasser für Studierende zu spielen, gefährlich werden könnten.

Uwe spricht seine Empfehlung an Andreas so leise aus, dass sie außer diesem keiner hört. „Steigt bitte in den Bus und fahrt mindestens zwei Orte weiter. Nimm alle wichtigen Unterlagen mit, die nicht in falsche Hände geraten dürfen. Ich nehme den Hubschrauber und sorge dafür, dass ihr den Rücken frei habt. Bis ihr anhaltet bleibe ich direkt über euch. Sucht ein nettes Lokal für das Abendessen aus. Wir treffen uns dort." Damit rennt er zu dem *Eurocopter*.

Der Doktorand starrt ihm hinterher. Wieder einmal beschleicht ihn dieses unheimliche Gefühl von Angst. ‚Was geht hier vor sich?' Uwe wird ihm gleich einiges erklären müssen.

Sie packen die wichtigsten Sachen zusammen, kurz darauf fahren sie los. Nach zwanzig Minuten halten sie in dem fünfzehn Kilometer entfernten *Bad Kötzting* vor der *Pizzeria da Franco*. Das gemütliche italienische Lokal ist gut besetzt. Der Inhaber öffnet für die Gruppe einen kleinen, angrenzenden Speiseraum, indem sie ungestört ihr Essen zu sich nehmen können.

Während die Studierenden die Speisekarte begutachten unterhalten sie sich ausgelassen über die Schatzsuche. Die drei Betreuer suchen sich ihre Plätze etwas abseits um sich ungestört besprechen zu können.

„Herr Staller, ich hätte jetzt wirklich gern gewusst, was hier vor sich geht", fordert Doktor Harras resolut eine Erklärung.

„Da ich das selbst noch nicht genau weiß, muss ich Sie bitten, sich noch zu gedulden bis Uwe Meyer auch hier ist. Aber ich denke, es hängt mit der Flurkarte von diesem Gebiet zusammen."

„Mit der Flurkarte? Inwiefern? Woher haben Sie die überhaupt?"

„Sie gehörte einer Verwandten von Kevin Lauder. Vor sechs Wochen kam er zu mir und bat mich um Hilfe. Die Karte führt angeblich zu einem Schatz." Andreas muss lächeln als er sieht, wie Ute Harras die Augen verdreht. „Ja. Genau so habe ich auch reagiert. Aber es gibt Briefe und ein Tagebuch dazu. Zudem zeigte unsere Internetrecherche, dass da durchaus etwas dran sein könnte."

„Sie haben im Internet etwas zu dem Schatz gefunden?" Ungläubig starrt die Doktorin ihn an.

„Ja. Es soll tatsächlich diesen Schatz geben. Kisten mit Barrengold, Münzgold, Diamanten und wertvollen Briefmarken. Das Ganze soll hier *1945* von *SS*-Truppen versteckt worden sein."

„Nazis? Ich fasse es nicht! Sie sprechen hier von dem seit Jahren verschollenen Nazi-Gold?"

„Nur ein kleiner Teil davon." Andreas' Augen blitzen vergnügt auf, als er das aufgeregte Gesicht der Doktorin wahrnimmt. „Aber, ja."

„Warum …?" Sie unterbricht sich, da Uwe Meyer den Raum betritt und sich zu ihnen setzt.

„Alles klar bei euch?", erkundigt sich der Pilot.

„Nichts ist klar. Uwe, was ist hier los?" Andreas will endlich Antworten.

„Beschwören kann ich das natürlich nicht, aber ich bin mir sicher, dass wir heute im Wald nicht allein waren. Ich denke, euer Schatz hat nicht nur Sprengfallen, sondern zudem auch noch ein paar Aufpasser. Die Frage ist nur, was sie unternehmen werden."

Ute Harras versteht nicht, was er meint. „Wieso, was sollten die denn unternehmen wollen?"

„Als wir heute den Schatz entdeckt haben, waren wir nicht gerade leise. Unsere Beobachter wissen mit Sicherheit Bescheid. Was glauben Sie, werden die unternehmen, um ihr Geheimnis auch weiterhin zu wahren? Die gehen davon aus, dass alle Studierenden und wir vier ungewollte Mitwisser sind, die unbedingt beseitigt werden müssen. Und das so schnell wie möglich. Sie haben es auch bereits versucht."

„Theo Rieger!" Michael Faber erinnert sich an das Gespräch mit dem Bauern. „Gustav Rieger hat uns erzählt, dass er seinen Sohn seit elf Jahren nicht mehr gesehen hat. Aber dieser Theo Rieger hat uns etwas anderes erzählt."

„Ja, stimmt." Auch Andreas erinnert sich jetzt wieder. „Er sagte, sein Sohn habe alle Bande zu ihm und dem Hof abgebrochen. Außerdem bin ich mir fast sicher, dass er seinen Sohn Jakob nannte, nicht Theo."

„Ja, richtig!", bestätigt Michael.

„Das wusste ich noch nicht einmal", erwidert Uwe. „Mir war der Kerl einfach nur unsympathisch. Wie er darauf bestanden hat, dass wir zum Grillen bleiben oder wenigstens seinen Wein genießen, hatte schon etwas Aufdringliches. Ich kann mir nicht vorstellen, dass das Gustav Riegers Sohn war." Er blickt ernst in die Runde. „Ich glaube, Gustav Rieger ist etwas zugestoßen."

„Wie kommen Sie darauf?" So ganz kann Ute Harras das Gehörte nicht glauben.

„Er war viel zu nett, um seinen Hof oder sich selbst für so etwas herzugeben."

„Was willst du jetzt unternehmen?" Andreas weiß mittlerweile ganz gut, wie Uwe tickt.

„Ich gehe auf den Hof zurück um mich dort umzusehen. Ich finde Gustav Rieger, das verspreche ich!"

„Das dachte ich mir schon." Andreas nickt. „Aber du gehst nicht allein."

Uwe blickt in das entschlossene Gesicht seines Freundes. Er weiß, dass hier jedes Wort überflüssig ist. Doch was die Doktorin jetzt vorschlägt hätte er nicht erwartet.

„Wir gehen alle zusammen. Ich nehme an, Sie wollen vorausfliegen. Tun Sie das. Wir kommen dann mit dem Bus nach und sorgen für die nötige Ablenkung."

Uwe mustert die Doktorin ungläubig. „Sie wollen mit den Studierenden dorthin zurückfahren?"

„Ja. Diese Leute erwarten einen Bus voller hilfloser, vollgefutterter Studierender. Aber wir sind weder hilflos noch ängstlich. Außerdem wissen wir, worauf wir uns einlassen. Wir haben hier zusammen angefangen, dann beenden wir das auch zusammen. Alle oder keiner!"

Die drei Männer blicken sie erstaunt und bewundernd an. Niemand hätte der Frau diesen Mumm zugetraut.

Andreas redet eindringlich auf sie ein: „Ich kann nicht glauben, dass Sie mir das vorschlagen. Was ist, wenn einem dabei etwas zustößt? Ich habe versprochen, alle heil zurück zu bringen. Ich kann …, nein, ich darf sie nicht dieser Gefahr aussetzen."

„Und wie wollen Sie auf uns aufpassen, wenn Sie fünfzehn Kilometer weit weg sind?" Ute Harras weiß, wovon sie spricht. „Ich habe so etwas schon einmal mitgemacht. Ich werde den Studierenden während der Fahrt ein paar Verhaltensregeln erklären."

Andreas behagt es gar nicht, die jungen Leute wieder auf Gustav Riegers Hof zurück zu bringen. Er überlegt, welche Möglichleiten er hat. ‚Bleiben sie hier, sind sie sich selbst überlassen. Da keiner von uns weiß, was die Gegenseite unternehmen wird, ist es egal was wir entscheiden. In Gefahr sind wir alle, seit wir diesen Schatz gefunden haben.' Aber er stimmt mit dem, was die Doktorin sagt, überein. Er kann nicht auf sie aufpassen, wenn er nicht bei ihnen ist.

„Also gut, dann legen wir los."

Sie stellen den Hubschrauber weit genug von Gustav Riegers Hof entfernt ab, um nicht gehört zu werden. Uwe greift in seine Reisetasche, kramt einen schwarzen Pullover heraus und reicht ihn Andreas. „Auf deine helle Jacke wirst du verzichten müssen, dein hellblaues Hemd und auch die Jacke würden dich sofort verraten."

Andreas nickt. Er legt seine Jacke ab, um den Pullover über sein Hemd zu ziehen. Die Pistole, die ihm sein Freund reicht ist eine *Walther P8* von *Heckler & Koch* mit Kaliber *9 x 19 Millimeter* und fünfzehn Schuss Stangenmagazin.

Uwe weiß, dass Andreas mit dieser Waffe umgehen kann. Er selbst greift nach seiner *Glock 17*, einer Selbstladepistole mit dem gleichen Kaliber und neunzehn Schuss Stangenmagazin. Seinen Rucksack schulternd richtet er sich startbereit auf. „Kann es losgehen?"

„Wenn du startklar bist, bin ich es auch!", behauptet Andreas. ‚Hoffentlich blamieren wir uns und landen mitten in einer Teestunde bei Gustav Rieger und seinem Sohn', wünscht er sich inbrünstig. Aber er weiß, dass er sich auf Uwes Urteilsvermögen zu hundert Prozent verlassen kann.

Sie laufen bis auf Sichtweite an das Hauptgebäude von Riegers Hof heran. Von da an nutzen sie jede Deckung, die sich ihnen bietet, um in geduckter Stellung bis an die Hauswand vorzudringen. Mit dem Rücken an der Wand bleiben sie einen Moment stehen um zu lauschen. Alle ihre Sinne sind angespannt, sie achten auf jedes Geräusch, jede Bewegung.

Andreas wendet sich fragend zu Uwe um, als dieser ihn mit dem Ellbogen anstößt. Der Pilot bedeutet Andreas per Handzeichen bis zu den Fenstern vorzudringen. Leise schleichen die beiden tief geduckt bis unter die Fenster neben der Tür. Sie richten sich vorsichtig ein Stück auf, um durch die Scheiben in das Innere des Hauses zu sehen. Der Raum dahinter liegt im Halbdunkel.

Die zwei Männer, die es sich an dem Tisch bequem gemacht haben, unterhalten sich leise miteinander.

Uwe winkt Andreas ihm zu folgen. Sie laufen weiter um das Gebäude herum zum angrenzenden Stall. Von den Grillabenden her, bei denen sie Gustav Rieger zur Hand gingen, wissen sie, dass es dort einen weiteren Zugang zum Haus gibt. Vorsichtig, darauf bedacht jedes Geräusch zu vermeiden, überwinden sie die Strecke durch den Stall bis zur rückwärtigen Hauswand. Die Tür quietscht beim Öffnen leise in den Angeln.

Mit angehaltenem Atem drücken sich die beiden seitlich an die Wand, doch es bleibt alles ruhig. Schnell schlüpfen sie vom Stall in das Wohnhaus. Sie nutzen den Schutz von Wänden, Ecken und Möbeln, um sich möglichst vor einer Entdeckung zu bewahren. Von dem Gang, in dem sie sich jetzt befinden, gehen drei weitere Türen ab. Uwe öffnet die erste und schwenkt seine Waffe hinein. Er lässt seinen Blick über den Waffenlauf hinweg durch den Raum gleiten, auf jede Bewegung achtend. Es scheint der Schlafraum des Bauern zu sein. Er ist leer.

Auch in dem angrenzenden Zimmer, das der Bauer anscheinend als Büro nutzt, befindet sich niemand. Andreas nimmt sich den nächsten Raum vor. Er landet in der Küche. Zusätzlich zu den beiden Küchenzeilen beinhaltet der Durchgangsraum in der Mitte eine Kücheninsel mit mehreren Schränken, einem großen Kochfeld und eine von der Decke herabhängende Abzugshaube, an deren Seiten verschiedene Töpfe und Pfannen baumeln. Der weitere Weg führt daran vorbei in den Wohnraum, in dem sich die beiden Männer aufhalten. Langsam, in geduckter Stellung, bewegen sich die Freunde in diese Richtung. Sie haben die Küche etwa zur Hälfte durchquert, als die gegenüberliegende Tür geöffnet wird. Schnell ducken sie sich hinter die Schränke, bereit sofort loszuschlagen.

„Hey, sie kommen", wird der eintretende Mann von seinem Kameraden plötzlich zurückgerufen.

„Das wurde auch langsam Zeit", erwidert dieser. An der Stimme erkennen sie in ihm den Mann, der sich als Sohn von Gustav Rieger ausgegeben hat. Der Mann macht auf dem Absatz kehrt, ohne dass er die Tür hinter sich schließt. Die Freunde atmen auf. ‚Glück gehabt!'

Theo wirft nur einen kurzen Blick durch das Fenster auf den nahenden Schulbus. „Gut, dann kommt jetzt meine Vorstellung. Sieh zu, dass du die anderen holst. Ich habe keine Ahnung, wie lange die sich von mir hier festhalten lassen. Dass die heute noch irgendwohin fahren, glaube ich zwar nicht, aber man kann nie wissen."

„Keine Angst, ich verschwinde durch den Stall", bestätigt ihm sein Kumpan. „Sobald du hinausgehst. Dann sind die abgelenkt und ich kann abhauen. In fünfundzwanzig Minuten sind wir hier. Schließlich haben sich die anderen bereits am Rand des Waldgebiets zusammengefunden. Sie warten nur noch darauf, dass ich sie holen komme. Waffen haben wir jedenfalls genug, um die ganze Horde in Schach zu halten."

„Beeil dich", sagt Theo noch, dann verlässt er das Gebäude. Er geht dem ankommenden Bus mit den Studierenden entgegen.

Uwe bedeutet Andreas sich ruhig zu verhalten während er hinter der Tür in Deckung geht. Damit er von dem Mann nicht gesehen wird, schleicht der Doktorand bis zum Ende der Kücheninsel zurück und versteckt sich dahinter.

Theos Kumpan, der jetzt die Küche betritt, bemerkt keinen der beiden Eindringlinge. Er will sich einfach nur eilig durch den Hinterausgang schleichen, ohne dass jemand auf ihn aufmerksam wird. Dass Uwe sich in seinem Rücken aufrichtet, nimmt er nicht wahr. Erst als er den explosionsartigen Schmerz verspürt, den der Griff von Uwes Waffe in seinem Nacken auslöst, begreift er, dass etwas nicht stimmt. Doch für eine Gegenwehr ist es zu spät. Er stürzt. Durch kräftiges Kopfschütteln versucht er die Benommenheit abzuschütteln.

Schnell bückt sich Uwe zu dem am Boden liegenden Mann herunter. Sein kräftiger Faustschlag betäubt ihn endgültig.

Sie packen den Mann an seinen Armen und schleifen ihn in das Büro von Gustav Rieger. Mit den Kabelbindern aus Uwes Rucksack ist der Mann schnell gefesselt, der dicke Streifen Isolierband über dem Mund hält ihn ruhig. Die beiden Freunde verlassen das Gebäude, um sich Theo von hinten zu nähern.

Dieser begrüßt gerade die Ankömmlinge, ohne zu merken was hinter seinem Rücken geschieht. „Hallo zusammen. Wie war Ihr Abendessen?" Lauernd betrachtet er die aussteigenden Leute, wobei er verwundert feststellt, dass zwei der Männer nicht mit dabei sind.

„Danke. Ausgezeichnet." Freundlich lächelnd antwortet die Doktorin dem irritierten Mann.

„Sagen Sie, haben Sie zwei von den Männern, die in Ihrer Begleitung waren, etwa verloren?", erkundigt er sich prompt.

Die Doktorin muss sich das Lachen verkneifen als sie die Erwähnten hinter Theo erspäht. Sie mustert ihn erstaunt. „Nein, wie kommen Sie darauf? Sie stehen doch direkt hinter Ihnen."

Er wirbelt auf dem Absatz herum. Erschrocken starrt er in die beiden Pistolen, die Andreas und Uwe auf ihn richten. „Was soll das? Was wollen Sie von mir? Ich habe nichts getan."

„Wirklich?", hakt Uwe neugierig nach. „Dann verraten Sie uns doch bitte, wo Gustav Rieger ist. Bei Ihrem Freund da drinnen haben wir ihn nicht gefunden."

Nun begreift Theo, dass er vorerst keine Hilfe bekommen wird. Seine einzige Rettung ist es, Zeit zu schinden bis seine Kameraden auf die Idee kommen nach ihnen zu suchen. Während Uwe ihm mit Kabelbindern die Hände auf den Rücken fesselt überlegt er fieberhaft, wie er sich verhalten soll. ‚Keiner von denen weiß, warum ich hier bin', glaubt er. ‚Und keiner weiß, dass noch ein Dutzend Männer im Wald campieren, die nur auf den Zugriffsbefehl warten.' Besser, er schweigt erst einmal. Doch als Uwe ihm einen Streifen Isolierband über den Mund klebt kommen ihm erste Zweifel.

Der Pilot betrachtet den Mann ernst. „Für den Fall der Fälle. Man kann nie wissen."

„Das haben Sie hervorragend gemacht." Die Doktorin ist erleichtert.

„Freuen Sie sich nicht zu früh. Das war erst der Anfang", teilt der Pilot ihr mit. „Es wird nicht lange dauern bis wir hier Besuch kriegen."

Andreas hat sein Handy am Ohr. Er spricht mit der örtlichen Polizei. Doch es scheint nicht so, als ob das Gespräch von Erfolg gekrönt wäre. Frustriert richtet er sich an Uwe. „Die glauben uns kein Wort. Das Beste wird sein, wenn wir schnellstmöglich unsere Klamotten zusammenpacken um heim zu fahren."

„Und eine Verfolgungsjagd mit einem Schulbus riskieren? Glaubst du, ihr seid in Sicherheit, wenn wir jetzt verschwinden?"

Bevor Andreas seinem Freund antworten kann mischt sich Ute Harras ein. „Er hat Recht, Herr Staller. Diese Leute wollen ihr Geheimnis bewahren. Und dafür tun sie anscheinend, was nötig ist. Noch vor fünf Stunden hätte ich Ihnen zur Heimreise geraten. Aber über diesen Punkt sind wir längst hinaus. Wir können nicht mehr zurück."

„Stimmt. Und viel Zeit bleibt uns nicht, wir brauchen dringend einen guten Plan." Uwe ist der gleichen Meinung wie die Doktorin.

„Dürfte ich Ihnen vielleicht etwas vorschlagen?" Die Frage kommt von Sebastian Kramer, einem der Studierenden.

Als Michael Faber ihm die Hand auf die Schulter legt, um den jungen Mann zurückzuhalten, winkt Uwe ab. Er erinnert sich daran, dass es Sebastian war, der mit seinem Wissen dafür gesorgt hat, dass die Studierenden der letzten Exkursion heil aus der Gefangenschaft entkommen konnten.

Aufmunternd sieht er den vierundzwanzigjährigen, leicht übergewichtigen Studenten mit dem vor Aufregung geröteten Gesicht und der rutschenden Brille an. „Sebastian, was können Sie uns anbieten?"

„Also, ich glaube, dass die hiesige Polizei vielleicht mit diesen Leuten unter einer Decke steckt. Zumindest ein paar von denen. Immerhin ist es nicht einfach, einen solchen Schatz über Jahrzehnte geheim zu halten. Wir sind bestimmt nicht die ersten, die entsorgt werden müssen. Entschuldigen Sie bitte den Ausdruck."

„Damit könnten Sie durchaus richtig liegen", meint Uwe anerkennend. „Und weiter?"

„Herr Staller sollte sich schnellstens in die nächste größere Ortschaft begeben. Das ist von hier aus Cham. Rund dreißig Kilometer weg. Wir anderen werden die Kerle solange wie möglich hinhalten. Wir organisieren ein paar hübsche Überraschungen, die sie etwas aufhalten sollten."

„Das hört sich ja ganz gut an, aber es dauert viel zu lang bis ich in Cham ankomme. Geschweige denn mit Unterstützung zurück bin." Andreas kann Sebastians Plan nicht zustimmen.

„Aber außer Ihnen werden die wohl niemandem Beachtung schenken. Sie müssen das tun! Mit dem Hubschrauber brauchen Sie keine zehn Minuten. Herr Meyer kann Sie hinfliegen und mitsamt den Polizisten wieder hierherkommen."

„Und Sie hier allein lassen? Auf keinen Fall!"

„Herr Kramer hat Recht." Die Doktorin stimmt dem jungen Mann zu. „Wir machen das schon. Ich glaube, unser junger Freund hier weiß genau, welche Handlungen nötig sind, um uns ausreichend Zeit zu verschaffen. Zudem wird es bestimmt noch eine ganze Weile dauern, bevor die beiden Männer vermisst werden."

Der Doktorand schüttelt den Kopf. „Da muss ich Ihnen widersprechen. Sollte Sebastian mit seiner Vermutung Recht haben, wissen die in kürzester Zeit Bescheid. Schließlich habe ich die Polizei gerade selbst angerufen."

„Umso schneller sollten Sie jetzt reagieren. Also machen Sie schon. Je langer Sie hier herumstehen, desto weniger Zeit bleibt Ihnen."

„Sie hat Recht." Uwe schaut Andreas entschieden an. „Wir müssen uns schleunigst Hilfe besorgen. Es fällt auch mir schwer, hier alle sich selbst zu überlassen, aber es geht nicht anders. Also komm, beeilen wir uns."

Andreas gibt seine Gegenwehr auf. Gleichzeitig ärgert er sich darüber, dass er seine Hubschrauberlizenz nicht genauso wie Gerd durch die regelmäßig vorgeschriebenen Flugstunden und Lehrgänge verlängert hat. Es waren einfach zu viele andere Dinge für ihn vorrangig. ‚Ohne gültige Fluglizenz lässt Uwe mich auf keinen Fall allein fliegen. Das brauche ich gar nicht erst ansprechen', urteilt er.

So schnell sie können laufen sie die Strecke zum Hubschrauber zurück. Keine drei Minuten später sind sie in der Luft auf dem Weg nach Cham.

Währenddessen nehmen die Studierenden unter der Anleitung von Ute Harras und Sebastian Kramer die anstehenden Arbeiten in Angriff.

Andreas navigiert den Piloten dank seines Handys direkt zur Polizeiinspektion von Cham. Es ist ein Eckgebäude an einer Straßenkreuzung.

„Perfekt!", freut sich Uwe. „Die haben einen richtig guten Landeplatz hier."

Der Doktorand mustert prüfend das kleine Haus mit dem schrägen Dach. „Wo bitte schön gibt es hier einen Landeplatz?" Als er begreift, was Uwe vorhat, reißt er erschrocken die Augen auf. „Das hast du jetzt nicht wirklich vor. Oder?"

„Doch!" Uwe landet den Hubschrauber mitten auf der Kreuzung vor dem Gebäude, ohne sich durch den schmächtigen Verkehr zu dieser Uhrzeit aufhalten zu lassen.

Nicht nur die Geräusche der Rotoren, sondern auch das Hupen der beiden aufgeschreckten Autofahrer lassen die Polizeibeamten schleunigst aus dem Gebäude treten.

Andreas wartet nicht, bis Uwe die Rotoren abstellt. Er springt aus der Maschine, schlängelt sich, auf geradem Weg zur Wache, zwischen zwei Fahrzeugen hindurch, überquert eine Grünfläche vor dem Eingang, sprintet an den verdutzten Polizisten, die in der Tür stehen, vorbei, um den nächsten Beamten anzuhalten, der ihm entgegenkommt. „Wer ist bei Ihnen für bewaffneten Überfall und Mord zuständig?"

„Das ist unser Dienststellenleiter Polizeihauptmeister Seidl. Sie finden ihn gleich da vorn." Damit deutet der erstaunte Beamte hinter sich auf einen großen, stämmigen Mann, der ihm jetzt säuerlich entgegenkommt.

Der ein Meter siebenundachtzig große Polizist baut sich einschüchternd vor dem Doktoranden auf. „Sind Sie der Irre, der da draußen auf meiner Straße mit einem Hubschrauber gelandet ist?"

„Nein, aber der Pilot handelte auf meine Anweisung."

„Und warum? Wer sind Sie überhaupt?"

„Ich bin Andreas Staller von der Universität in Aachen. Hören Sie, ich habe keine Zeit für lange Erklärungen. Dafür sind zu viele Menschenleben in Gefahr." Damit berichtet er dem Beamten in Kurzform, worum es geht.

Prompt schnauzt ihn der vierundvierzigjährige Dienststellenleiter heftig an. „Sind Sie noch ganz bei Trost? Mit Studierenden im Alleingang gegen eine kriminelle Bande?"

„Genau deshalb bin ich ja hier. Wir brauchen Ihre Hilfe. Und das schon vor einer Ewigkeit. Der Hubschrauber fasst zwölf Ihrer Leute. Wir können in zehn Minuten dort sein. Bitte, helfen Sie uns", fleht Andreas eindringlich.

Seidl braucht nur zehn Sekunden um sich zu entscheiden. „Machen Sie den Vogel startklar. Wir sind gleich da." Damit dreht er sich entschlossen zu seinen Leuten um. Er gibt seine Befehle, während Andreas auf dem Weg nach draußen ist.

Der Doktorand informiert seinen Piloten, dann heißt es warten. Es dauert keine drei Minuten bis der Polizeihauptmeister an der Spitze seiner Männer erscheint.

Für Andreas waren es die längsten drei Minuten, die er seit langem erlebt hat.

Die Beamten, die eilends in den Hubschrauber steigen, tragen beschusshemmende Westen und Helme mit Visier. Außer mit ihren Dienstpistolen sind sie noch mit Gewehren bewaffnet. Sofort zieht Uwe die Maschine auf Flughöhe, um zügig zu beschleunigen. Unter ihnen erkennt er zwei weitere Polizeieinheiten, die sich mit ihren *VW-Transportern T5* auf den Weg zu Gustav Riegers Bauernhof in Simmereinöd machen.

Der Hubschrauber erreicht das Feld, auf dem die aufgebauten Zelte stehen. Sie haben freien Blick auf das hell erleuchtete Bauernhaus. Beim Näherkommen kann Seidl die jungen Leute durch sein Fernglas ausgelassen in dem Raum umherlaufen sehen.

Etwa ein Dutzend dunkel gekleideter Gestalten ist im Begriff sich dem Haus zu nähern. Geduckt schleichen sich die bewaffneten Männer von allen Seiten an. Sie nutzen jede Deckung auf ihrem Weg, darum bemüht, kein Geräusch zu verursachen. Anscheinend haben die Studierenden keine Ahnung, wie nah ihnen die Gefahr schon ist. Durch die geöffneten Fenster schallt laute Musik, zu der die jungen Leute vergnügt tanzen.

Der Polizeihauptmeister drückt Uwe sein Fernglas in die Hand. Der wirft nur einen Blick hindurch, um das Glas mit besorgniserregendem Blick an Andreas weiterzureichen.

Seidl schüttelt bei so viel Unvernunft wütend den Kopf. „Sind die denn verrückt geworden? Sich so als Zielscheibe zu postieren? Ich dachte, die wissen, was hier vor sich geht. Bringen Sie uns schnellstens da hinunter." Entsetzt starren alle auf die Situation, die sich unter ihnen abspielt.

Noch hat niemand den Hubschrauber wahrgenommen. Uwe dreht ab, um möglichst ungehört so schnell wie möglich zu landen. Dabei fliegt er über die Zelte in Richtung Wald. Plötzlich lächelt er. „Schaut einmal da, am Waldrand, hinter den Zelten!"

Und tatsächlich befinden sich alle Studierenden mit ihren beiden Begleitern am Waldrand, durch die Zelte vor den Blicken der Angreifer verborgen.

„Ich weiß zwar nicht, wie die das hinbekommen haben, aber dafür haben sie Lob verdient." Uwe lächelt den erleichterten Andreas an. Er landet so nah wie möglich an den Zelten. Sofort schwärmen die Beamten aus, um den Bereich zwischen den jungen Leuten und den Angreifern zu sichern. Systematisch rücken die Einsatzkräfte gegen die Männer vor.

Keiner der Angreifer bemerkt, was hinter ihnen passiert. Sie sind einzig darauf fixiert, das Gebäude einzunehmen, um der Studierenden habhaft zu werden. Erst als sie die Rotoren des landenden Hubschraubers hören, aus dem die Polizisten herausspringen, bemerken sie die Gefahr. Sofort beginnen sie, auf die Beamten zu feuern, um sich ihrer Festnahme zu widersetzen. Doch darauf sind die erfahrenen Männer vorbereitet. Bei dem kurzen Schusswechsel, der jetzt entsteht, behalten die Beamten die Oberhand und können sämtliche Gegner festsetzen.

Die beiden Einsatzfahrzeuge erreichen den Schauplatz des Geschehens. Sofort stürmen die Polizisten aus den Transportern, um ihre Kollegen bei der Festnahme zu unterstützen. Als die festgenommenen Männer zu den Einsatzfahrzeugen geführt werden erkennt Andreas in einem von ihnen Heinz Scheuren, den Inhaber des Hotels, wieder. Aber auch Polizeihauptmeister Seidl selbst ist irritiert. Er kann unter den Verhafteten mehrere Polizisten ausmachen, die er durch verschiedene gemeinsame Einsätze kennt, und die in Arrach ihren Dienst verrichten. Auch der angebliche Theo Rieger und sein Kumpan werden den Polizisten übergeben. Der dicke Streifen Klebeband hat dafür gesorgt, dass der Gefangene seine Kameraden nicht auf sich aufmerksam machen konnte.

Immer noch verblüfft nimmt der Polizeihauptmeister bei den Studierenden Platz, um sich die ganze Geschichte erzählen zu lassen. Nach ein paar Minuten erscheint einer der Polizisten, die die Umgebung abgesucht haben, bei Seidl. Er flüstert ihm etwas zu, das die Augen des leitenden Beamten zu schmalen Schlitzen werden lässt. Sein Ausdruck ist wütend als er aufsteht.

„Ich komme mit." Uwe steht bereits neben ihm. Er kann sich denken, was los ist. „Sie haben Gustav Rieger gefunden?"

„Ja."

Sie erreichen die Fundstelle. Seidl bückt sich zu dem Leichnam hinunter. „Sie haben ihm die Kehle durchgeschnitten und ihn dann einfach im Wald abgeladen. Ich bin sicher, dass sie ihn später irgendwo hier verscharrt hätten."

„Ja, wahrscheinlich. Er war ein netter Kerl. Tun Sie mir einen Gefallen?", bittet Uwe seinen Gesprächspartner. „Er hat einen Sohn, der in München lebt. Jakob Rieger. Sein Vater hat uns erzählt, dass er dort eine Gärtnerei betreibt. Machen Sie ihn ausfindig."

„Das machen wir auf jeden Fall. Danke für die Information."

„Wie geht es jetzt weiter?"

„Das Ganze wird wohl noch einige Zeit dauern. Wenn ich in ein paar Stunden meinen Bericht sende, bricht hier wahrscheinlich die Hölle los. Ich denke, das Bayrische Landeskriminalamt lässt nicht lange auf sich warten. Spätestens übermorgen stehen die mit einem riesen Aufgebot hier auf der Matte."

Uwe kommt eine Idee. „Herr Seidl, ich würde Sie gern um Ihre Hilfe bitten."

„Worum geht es denn?"

„Jetzt sind wir so weit gekommen und haben einiges durchgemacht. Wir sollten den Schatz bergen. Ich glaube, das haben sich die jungen Leute verdient."

„Wo liegt das Problem?", verhört ihn Seidl neugierig.

„Sprengfallen." Uwe mustert seinen Gesprächspartner. „Sie haben nicht zufällig einen Kampfmittelräumdienst zur Hand?", erkundigt er sich trocken.

Seidl starrt ihn an. „Sind Sie sicher, dass Sie sonst nichts brauchen?" Er erntet nur ein breites Lächeln von dem Piloten. „Also schön! Ich werde sehen, was ich tun kann."

Zurück bei den Studierenden will Seidl endlich eine Erklärung. „Wie haben Sie das eigentlich angestellt, dass es aussah als seien Sie alle in dem Haus da drüben?"

„Das war Sebastians Idee", antwortet Michael Faber stolz. „Und es hat einfach großartig funktioniert."

„Ach, so toll war das nun auch wieder nicht." Verlegen beäugt Sebastian den Boden vor seinen Fußspitzen. Gleichzeitig schiebt er seine Brille wieder auf die Nase zurück. „Ein paar Klamotten auf Kleiderbügel aufgehängt, die im Wind der offenen Fenster wackeln, einen Plattenspieler mit einer Taschenlampe darauf und schon fangen die Figuren an zu tanzen."

Auch Andreas lobt ihn. „Das haben Sie wirklich gut gemacht. Wie sind Sie auf diese Idee gekommen?"

„Ich bin ein großer Fan von alten Filmen. Sie wissen schon, Clint Eastwood, Arnold Schwarzenegger und so etwas eben. Da schnappt man dann das eine oder andere auf." Sebastian lächelt schief.

„Als Ablenkung hat es auf jeden Fall gewirkt." Auch Seidl schmunzelt. „Ich sollte vielleicht öfter fernsehen oder ins Kino gehen. Anscheinend kann ich da noch viel lernen."

Alle stimmen erleichtert in das aufkommende Lachen ein.

Unter Bewachung mehrerer Polizisten begeben sich die Studierenden für den Rest der Nacht in ihre Zelte. Doch an Schlaf denkt wohl keiner.

Seidl hält Wort. Am frühen Morgen rollt der Transporter einer privaten Fachfirma für Kampfmittelbergung und Sprengstofftechnik auf das Grundstück. Der Dienststellenleiter hat sich für diesen Einsatz die Genehmigung des Bayrischen Staatsinnenministeriums erkämpft. Gegen Mittag erscheint er selbst am Fundort. Allerdings bringt er entsetzliche Neuigkeiten mit.

„Wir haben den Wein und das Fleisch, das der angebliche Theo Rieger Ihnen angeboten hat, im Labor untersuchen lassen. Es war genug Gift vorhanden, um eine Elefantenherde auszuschalten."

Andreas atmet tief durch. Einzig Uwes Instinkt ist es zu verdanken, dass sie alle dieser Gefahr entgangen sind.

Die Studierenden dürfen den Bauernhof nicht eher verlassen, bis der Räumdienst mit seiner Arbeit fertig ist. Nur Uwe begleitet die Männer, um Ihnen zu zeigen, wo sie loslegen müssen. Sieben Stunden später sind sie fertig. Noch während der Transporter abrückt beginnen die Studierenden eifrig mit den Grabungen. Die Löcher, die durch die Kampfmittelbergung entstanden sind, werden von ihnen so weit vergrößert, dass alle erkennen können, was sich dort befindet. Aber das, was sie jetzt zu Tage fördern, hat niemand von ihnen erwartet.

An den ersten beiden Fundstellen gibt die Erde zwei große Metallkisten, gefüllt mit Goldmünzen und mehreren Schatullen mit Diamanten, für sie frei. Alle starren wie gebannt in die geöffneten Kisten. Dann sehen sie sich die riesige Metallkiste am letzten Fundort an. Fünf kräftige Studierende schaffen es nicht, die Kiste aus dem Loch zu heben.

„Wir müssen sie da unten öffnen", stellt Sebastian fest. „Sonst kommen wir nicht weiter."

„Nein." Uwe wendet seine Aufmerksamkeit den Studierenden zu. „Kommen Sie bitte alle da heraus. Das mache ich allein."

Andreas ermahnt ihn. „Sei ja vorsichtig da unten."

„Hey, wofür hältst du mich? Ich bin doch nicht lebensmüde." Uwe unterzieht die Kiste einer sorgfältigen Musterung, bevor er die Schnappschlösser entriegelt. Nachdem er aus dem Loch geklettert ist, geht er so weit wie möglich zurück. Mit einem langen Ast schiebt er vorsichtig den Deckel auf. Nichts passiert. Er klappt den Deckel ganz auf. Die Kiste präsentiert den verblüfften Zuschauern ihren Inhalt.

„Wie bei einer Matroschka", staunt Uwe. Er denkt an die kleinen Holzpuppen, die eine in der anderen stecken und dabei immer kleiner werden. Hier stecken in der großen Kiste mehrere kleinere Kisten. Uwe untersucht sie wachsam. „Das sind Munitionskisten."

Tatsächlich befinden sich in der Metallkiste insgesamt neun Munitionskisten. Drei auf einer Ebene und drei Lagen übereinander. Uwe greift nach der ersten Kiste. Bei dem Gewicht der Kiste stöhnt er auf. Er wendet sich an die Männer hinter ihm.

„Da brauche ich Hilfe."

Andreas und Seidl gesellen sich zu ihm.

Seidl bleibt vorsichtig. „Sind Sie sicher, dass wir hier keine böse Überraschung erleben?"

Uwe schaut sich die Kisten versonnen an. „Nein. Das denke ich nicht. Die hatten damals bestimmt keinen Kran zur Verfügung. Also, wenn die nicht gerade Supermann zu Hilfe rufen konnten, mussten die genauso vorgehen wie wir heute. Nachdem die das Loch gebuddelt hatten kam erst die leere Kiste hinein. Dann haben die nach und nach die kleineren Boxen hineingepackt. Dabei wären eingebaute Sprengfallen mit Sicherheit hochgegangen. Nein, die Sprengfallen waren nur außerhalb."

„In Ordnung, versuchen wir unser Glück."

Mit vereinten Kräften schaffen sie es, die erste Kiste aus der Metallbox zu heben. Sie stellen sie auf dem Boden ab. Während Uwe sie öffnet treten die anderen beiden zurück. Doch die Vorsicht war unbegründet. Sie staunen nicht schlecht, als die Munitionskiste den Blick auf sechs fein säuberlich aufgereihte Goldbarren freigibt.

Zügig machen sie sich daran, auch die anderen acht Kisten herauszuholen. Nachdem sie diese mit dem gleichen Erfolg öffnen, starren alle stumm auf den Fund, der sich ihnen präsentiert.

Ungestüm jubeln die Studierenden auf. Kevin stürmt auf die linksstehende Metallkiste zu. Sebastian tut es ihm nach. Er erklimmt die rechte Kiste. Die offenen Munitionskisten mit den Goldbarren zwischen sich, strecken die beiden auf ihren ausgefallenen Sitzmöbeln siegessicher die Arme in die Luft. Dabei lehnen sie sich strahlend mit den Schultern aneinander.

Andreas kann nicht anders. Er greift lachend zu seiner Kamera und drückt ab.

„Mein Gott", flüstert Doktor Harras ehrfurchtsvoll. „Und was nun?"

„Von Rechtswegen gehört das Gold der hiesigen Regierung", weiß Andreas zu berichten. „Allerdings erst, wenn bewiesen ist, dass es sich wirklich um das verschollene Nazi-Gold handelt."

„Ja, stimmt." Seidl hat sich bereits informiert. Er wendet sich direkt an den Doktoranden. „Ich mache Ihnen einen Vorschlag. Da wir hier niemanden vor Ort haben, der die Fundstücke taxieren kann, nehmen Sie alles bis zur endgültigen Klärung mit. Vielmehr liefern wir Ihnen den Fund per Geldtransporter an den Bestimmungsort. Wir machen jetzt und hier eine Bestandsaufnahme. Ich erhalte bei der Übergabe eine Quittung."

Andreas ist erstaunt. „Wie komme ich zu der Ehre? Das kann ich kaum glauben."

Seidl mustert ihn prüfend. „Wir, das heißt meine Vorgesetzten, haben sich über Sie erkundigt. Sie haben anscheinend einen guten Fürsprecher in höchsten Kreisen. Sagt Ihnen der Name Konrad Schrader etwas?"

„Oh, ja." Wieder wird Andreas an die damaligen Ereignisse erinnert. Konrad Schrader, seit kurzem stellvertretender Leiter der Bundesnachrichtendienste, war vor neun Monaten Leiter der NS-Fahndungsstelle in Ludwigsburg. Er war es, der seinen Studierenden und deren Begleitern die Unterstützung durch die Bundeswehr besorgte. Obendrein kämpften er und sein Kollege Achim Voss Seite an Seite mit ihnen gegen Gruber und seine Anhänger. Der Doktorand schüttelt die Gedanken rasch ab. „Trotzdem. Ich verstehe nicht, warum die das Gold bis nach Düsseldorf schicken wollen. Das geht doch bestimmt auch einfacher."

„Ich vermute, dass die zuständigen Sachbearbeiter einfach keine Lust haben, sich damit zu beschäftigen. Als Finder haben Sie Anspruch auf drei Prozent Finderlohn. Wahrscheinlich vermuten die, dass Sie schon deshalb an der Taxierung interessiert sind. Also wird die Arbeit einfach auf Sie abgewälzt. Wenn irgendetwas schief geht, waschen die ihre Hände in Unschuld. Aber das haben Sie jetzt nicht von mir." Seidl zieht eine Grimasse.

„Ich verstehe. Aber egal, wer das entschieden hat, derjenige hat Recht. Ich bin neugierig genug, um mich darum zu kümmern. Ich weiß auch schon, wie ich es machen werde. Lassen Sie uns die Bestandsaufnahme machen. Dann schicken Sie Ihren Transporter nach Düsseldorf. Ich gebe Ihnen die Adresse."

„Ich dachte, Ihre Universität ist in Aachen? Wieso dann nach Düsseldorf?"

„Ganz einfach. Sie liefern an die Firmenadresse meines Vaters. Die *Staller Industrie Werke* in Düsseldorf-*Stockum*." Andreas zeigt auf die Beschriftung des in der Nähe abgestellten Hubschraubers. „Dort ist man auf Sicherheit spezialisiert. Mein Vater kennt unter Garantie einen passenden Kurator. Vom Firmengelände aus fliegen wir mit unserem eigenen Transportmittel dann dort hin. Einen der Piloten aus der Firma meines Vaters haben Sie ja schon kennengelernt."

„Sie meinen Herrn Meyer? Ja, auf ihn ist Verlass."

Während Andreas, Uwe und der Polizeihauptmeister die Bestandsaufnahme in Angriff nehmen, helfen Ute Harras und ihr Doktorand den Studierenden bei ihren Notizen für die Abschlussberichte. Keiner von ihnen möchte länger als nötig hier verweilen. Deshalb sind sie übereingekommen, ihre Zelte so schnell wie möglich abzubrechen und die Nacht durchzufahren.

Uwe hilft bei der Verladung des geborgenen Schatzes, dann macht auch er sich auf den Weg nach Hause. Trotz der späten Stunde kontaktiert er seinen Boss Gerd Bach und klärt ihn über die Vorfälle der letzten beiden Tage auf. Wie der das dem Firmenchef beibringen will, überlässt er Gerd.

6

Gerd Bach tritt hinaus in die Parkanlage. Seine Augen gleiten über das imposante Bauwerk. Er erinnert sich daran, wie Andreas und er in den Königspalast einbrechen wollten um die richtigen Leute auf sich aufmerksam zu machen. Letztendlich haben sie es dann doch geschafft und trafen auf Felipe Sanchez, den leitenden Polizeidirektor der hier ansässigen *Guardia Civil*. Seine Ideen, die dazu beitrugen die Mitglieder des Drogenrings zu ergreifen, waren mehr als verrückt, doch Andreas stand fest zu ihm und unterstützte ihn, so wie er es immer macht.

‚Hoffentlich geht bei Andy alles gut aus', grübelt Gerd. Seit heute Morgen ist der Freund mit seiner Expeditionsgruppe unterwegs nach Arrach auf der Suche nach einem Schatz. ‚Natürlich geht das gut', verspricht sich Gerd in Gedanken. ‚Immerhin weiß Andy, wie er vorgehen muss. Zudem ist auch Uwe noch dabei.'

Seine Gedanken wandern zurück zu seiner hiesigen Arbeit. In zwei Tagen ist es soweit. Dann fällt der Startschuss. Er ist überzeugt davon, dass es keine Probleme geben wird. Seit vier Tagen testen sie die Anlage bereits auf Herz und Nieren. Selbst das von Max entworfene Frühwarnsystem läuft anstandslos auf vollen Touren.

Heute Morgen brachte er eine Pistole mit. Er kam genau drei Meter weit, bevor der Alarm ausgelöst wurde, einhergehend mit der automatischen Aufforderung an dem Platz stehen zu bleiben, wo er sich gerade befindet. Der Scanner zeigte nicht nur an, dass er bewaffnet ist, sondern gibt auch sofort die eingelesenen Daten an das Wachpersonal weiter. Das System vergleicht in etlichen, ihm zur Verfügung stehenden Datenbänken die eingescannte Waffe. Die Sicherheitsleute wissen also sogleich, womit sie es zu tun haben.

Gestern Abend platzierte der Projektleiter elektronische Störsender an verschiedenen Stellen im Gebäude. Das System brauchte keine dreißig Sekunden um alle aufzuzeigen. Gleichzeitig erkennt es die ermittelten Daten, wie Zusammensetzung oder Risikoeinstufung, die sofort von den Bildschirmen abzulesen sind.

Die Anlage besitzt eine doppelt abgesicherte, eigene Stromversorgung. Zudem ist sie über eine Direktleitung mit der hier ansässigen Polizei vernetzt.

Unangemeldet platzte dann auch Luis Perez in den Palast. Er kam noch nicht einmal durch die großen Eingangstüren, als bereits überall Alarm und Warnmeldungen angezeigt wurden. Wie sich herausstellte, wollte der Fachmann für Sicherheitsfragen rund um die königliche Familie seinen eigenen Test durchführen. Er war bis an die Zähne bewaffnet. Als er der Aufforderung stehen zu bleiben und seine Waffen abzulegen nicht nachkam, wurde der Hochdruckstrahl eines Wasserwerfers ausgelöst, der den Mann kurzerhand von den Beinen riss. Völlig durchnässt, aber sichtlich begeistert, beglückwünschte er Peter und sein Team zu dieser Leistung. Es war sein ausdrücklicher Wunsch, eine solche Maßnahme zu integrieren.

Die junge Frau, die jetzt lächelnd auf Gerd zukommt, lenkt ihn für eine Weile von seinen Gedanken ab. Er bleibt stehen und wartet darauf, dass ihn die Angestellte aus dem *Palace Hotel*, in dem er abgestiegen ist, erreicht. Ramona Diaz fiel ihm bereits am ersten Abend auf. Die junge Frau ist nicht nur wunderschön, sondern auch intelligent. Sie studiert Archäologie an der hiesigen Universität, was sie sich mit ihrem Job finanziert.

Es dauerte nicht einmal eine Woche, bis sie ihr Interesse am jeweils anderen feststellten. Seit fünf Wochen verbringen sie jede freie Minute miteinander. Sie wissen beide, dass ihre Beziehung endet, wenn seine Arbeit erledigt ist. Trotzdem genießen sie, was sie hier und jetzt verbindet.

Ramona blickt ihm entgegen, während sie auf ihn zugeht. Was sie sieht lässt ihr Herz schneller schlagen. Der siebenundzwanzigjährige gut gebaute Mann ist mit seiner Größe von ein Meter sechsundachtzig und den dichten braunen Haaren genau der Typ, der Frauenherzen im Sturm erobern kann. Um seine warmen honigbraunen Augen haben sich kleine Lachfalten gebildet. Sie zeugen eindeutig von Humor und Charme. Die Spanierin stoppt ihre Schritte erst, als ihr Körper bereits seinen berührt. Da Ramona sehr gutes Deutsch spricht, haben sie keine Verständigungsschwierigkeiten. „Wie weit seid ihr?"

Er legt seinen Arm um ihre Schultern und wendet sich mit ihr dem Palast zu. „Wir sind fertig. In zwei Tagen geht es los." Er atmet tief durch. „Mehr als fünf Tage werden wir nicht mehr hier sein."

Ramona hört die Traurigkeit in seiner Stimme. Obwohl der Vierundzwanzigjährigen genauso zu Mute ist, lächelt sie ihn an. „Dass der Tag kommt, wussten wir beide. Wir sollten nicht traurig sein, sondern die Zeit noch auskosten." Um ihm das zu beweisen stellt sich die ein Meter siebzig große Frau auf ihre Zehenspitzen. Sie legt die Arme um seinen Hals, bevor sie ihn zu einem langen Kuss an sich heranzieht.

Peter Staller, Großindustrieller und Chef der *Staller Industrie Werke* kommt mit weit ausholenden Schritten aus dem Palast auf sie zu. Der siebenundvierzig Jahre alte, schlanke Mann von einem Meter sechsundachtzig Größe ist nicht nur Gerds Chef, sondern auch der Vater seines besten Freundes Andreas. Zudem wurde er im Laufe der Zeit auch für Gerd selbst zu einem Vater. Seit seinem elften Lebensjahr geht er bei der Familie Staller ein und aus. Im Augenblick wirkt der sonst eher ausgeglichene Konzernchef auf ihn sichtlich genervt.

„Hallo Ramona." Peter grüßt die junge dunkelhaarige Frau kurz, richtet sich aber unverzüglich an seinen Projektleiter. „Ich komme gerade von der letzten Besprechung mit unserem Kunden.

Sie haben Terminprobleme. Daher möchten sie die Anlage schon einen Tag früher in Betrieb nehmen. Also bereits morgen Früh."

„Natürlich hast du denen gesagt, dass das nicht geht. Habe ich Recht?"

„Ja, genau. Aber weit bin ich damit nicht gekommen." Er blickt Gerd flehentlich aus seinen braunen Augen an. „Bitte sag mir, dass wir das hinkriegen?"

Gerd muss innerlich grinsen, bleibt aber äußerlich todernst. „Nun ja, ich würde sagen, du gehst in die Kommandozentrale und sagst das Max persönlich."

Maximilian Schreiber, von seinen Freunden kurz Max genannt, ist das Rechengenie im Team. Mit seinem IQ von 154 ist er schlichtweg genial. Läuft aber irgendetwas nicht in geregelten Bahnen, neigt er von leichter Panik bis hin zu Paranoia. Gestern Abend hat er Gerd gefragt, warum sie noch hierbleiben, obwohl die Anlage bereits einwandfrei läuft. Doch das weiß Peter Staller nicht.

Prompt reagiert der Konzernchef wie erwartet. Mit einem erschreckten Aufstöhnen verdreht er die Augen. „Oh, bitte, tu mir das nicht an. Gegen Herrn Schreiber sind alle anderen harmlos." Peter bemerkt den fröhlichen Gesichtsausdruck seines Projektleiters. Plötzlich fühlt er sich von Gerd auf den Arm genommen. „Kann es sein, dass ich etwas nicht mitbekommen habe?"

„Schon möglich", stimmt Gerd amüsiert zu. „Wir sind fertig. Wir können jederzeit starten."

„Gott sei Dank", freut sich Peter erleichtert.

„Lass uns in die Zentrale gehen."

Gerd verabschiedet sich von Ramona. Er muss zurück an die Arbeit. Drei Tage darauf treten sie die Heimreise an.

Ministerialdirektor Wolfgang Keller sitzt an seinem Schreibtisch. Nach dem Tod seines Vorgängers Richard Wolf hat er dessen Nachfolge übernommen. Er ist nun der Leiter der Abteilung Sechs innerhalb des Bundeskanzleramtes. Damit bekleidet er das Amt des Geheimdienstkoordinators, in dessen Zuständigkeit die drei deutschen Nachrichtendienste fallen. Zudem sind in seiner Abteilung das *Spezialeinsatzkommando*, das *Mobile Einsatzkommando*, der *Personenschutz* und die *Offene Aufklärung* angesiedelt.

Wolfgang ist sechsundvierzig Jahre alt, ein Meter achtzig groß mit dichten, dunkelbraunen Haaren. Seine sportliche Figur verdankt er dem regelmäßigen Krafttraining und täglichem Jogging. Er macht einen starken, intelligenten Eindruck und seine braunen Augen wirken wachsam. Um seiner Aufgabe gerecht zu werden ist er bereit zu tun, was nötig ist. Er scheut auch nicht davor zurück, selbst aktiv tätig zu werden.

Der Ministerialdirektor schließt die Akte, die er sich hat bringen lassen, um sie noch einmal genauestens zu studieren. Aber er weiß, dass seine Entscheidung richtig ist.

‚Emma Wolf! Ihre Akte liest sich wie ein Roman.' Sie hat ein duales Studium im Kriminalvollzugsdienst absolviert und schließt es mit dem *Master of Public Administration and Policemanagement* ab. Sie beendet ihre Laufbahn beim Bundeskriminalamt mit dem Rang einer Kriminalhauptkommissarin bevor ihr Vater sie zum Bundesnachrichtendienst holt. Die Nahkampf- und Scharfschützenausbildung hat sie mit Bravour bestanden. Obwohl erst sechsundzwanzig Jahre alt, ist sie die beste Agentin, die er in seinen Diensten hat. Und das seit über einem Jahr. Als ihr Vater getötet wurde wollte sie unbedingt seinen Mörder finden. Sie versteifte sich so sehr darauf, dass es jemand aus den eigenen Reihen ist, dass er nicht anders handeln konnte, als sie vorerst an anderer Stelle unterzubringen.

‚Vielleicht ist sie ja mittlerweile etwas ruhiger geworden', überlegt er. Doch dann muss er lächeln. „Nein, nicht sie. Ganz bestimmt nicht", flüstert er vor sich hin. „Aber wir brauchen sie jetzt. Egal, was es mich kostet."

„Was hast du gesagt?"

Sein Freund holt ihn aus seinen Gedanken zurück. Ihm gegenüber haben die auf seine Bitte hin hier erschienenen Konrad Schrader, seit kurzem sein Stellvertreter für diese Abteilung, und Holger Baumann, Leiter des Bundesverfassungsschutzes, Platz genommen.

„Nichts", antwortet er und begrüßt die langjährigen Mitarbeiter und Freunde. „Ich danke euch für euer schnelles Erscheinen. Da wir nicht allzu viel Zeit haben, möchte ich gleich zur Sache kommen." Beide Männer nicken ihm bestätigend zu, also spricht er zügig weiter. „Holger, du weißt ja bereits, wo wir augenblicklich stehen. Für dich, Konrad, eine kurze Zusammenfassung. Vor zehn Tagen haben wir bei einem Einsatz in Berlin-*Schönberg* mit Hilfe unserer Spezialeinsatztruppen einige hochrangige Neonazis festsetzen können. Zudem konnten wir die eigentlichen Zielobjekte erwischen. Sie wurden zwar bei dem Einsatz getötet, aber wir können die Aktion als vollen Erfolg werten. Einer der getöteten Männer, anscheinend eine Vertrauensperson in Reihen der Neonazis, führte eine Liste bei sich. Nach Auswertung aller uns bekannten Fakten müssen wir davon ausgehen, dass es sein Auftrag war, die gegnerischen Reihen zu unterlaufen, um gezielte Attentate auszuüben. Angefangen bei unserem Bundesminister des Inneren, über den Vizepräsidenten bis hin zum Chef des Bundeskanzleramtes."

Konrad Schrader, zweiundvierzig Jahre alt, ein Meter achtzig groß mit dunkelbraunem Haar, das an den Schläfen bereits ergraut, war bis vor ein paar Monaten Leiter der *zentralen NS-Fahndungsstelle* in Ludwigsburg. Die Ergreifung des *NS*-Kriegsverbrechers Otto Gruber vor neun Monaten und die dazugehörigen Einsätze trugen mit zu seiner Beförderung bei.

Jetzt blickt er seinen Vorgesetzten schockiert an. „Wissen wir genug darüber, um sicher zu sein, dass mit dem Tod dieses Mörders auch die Gefahr für unsere Reihen langfristig gebannt ist?"

„Nein. Ganz im Gegenteil müssen wir davon ausgehen, dass sie schnellstens versuchen werden, diesen Mann zu ersetzen."

Holger Baumann stimmt ihm zu. Der blonde Dreiundvierzigjährige wirkt wie der typische leicht untersetzte Büroangestellte. „Wir wissen weder wen sie dafür anheuern werden, noch wann sie zuschlagen. Auch nicht, wen sie sich als erstes Ziel aussuchen. Wir sind definitiv im Hintertreffen bei dieser Geschichte. Deshalb müssen wir schleunigst handeln."

Schrader nickt. „Ich wäre nicht hier, wenn ihr keinen Plan hättet. Also rückt schon heraus damit. Was habt ihr vor? Und was für eine Rolle spiele ich dabei? Du hast mich schließlich nicht umsonst hierher beordert", wendet er sich direkt an seinen Vorgesetzten.

„Das ist richtig. Konrad, du verfügst durch deine jahrelange Arbeit in diesem Milieu über genau die Kenntnisse, die wir jetzt brauchen. Ich möchte dich bitten, Holger in dieser Sache zu unterstützen."

„Damit habe ich kein Problem. Wie gehen wir vor?"

„Wir sind bereits tätig geworden", berichtet Holger ihm. „Wir haben einige der aufgegriffenen Neonazis zwei Tage später wieder auf freien Fuß gesetzt. Mit ihnen hat einer unserer V-Männer das Haus verlassen, um mit denen zusammen zu kommen."

„Ihr konntet einen V-Mann einschleusen?"

„Ja, und er leistet bereits seit über einer Woche gute Arbeit."

Wolfgang mischt sich in das Gespräch ein. „Wir haben mittlerweile Informationen von ihm erhalten, die uns geholfen haben, einige Übergriffe im Vorfeld zu vereiteln. Jetzt sollten wir sehen, wie wir ihn unterstützen können. Holger, würdest du uns bitte allein lassen?"

Ohne ein weiteres Wort steht der ein Meter neunundsechzig große Mann auf und geht hinaus. Konrad kann sich des Gefühls nicht erwehren, dass dies bereits zwischen den beiden abgesprochen war. Holger wirkte nämlich kein bisschen erstaunt.

„Was geht hier vor? Was verheimlicht ihr beiden mir?" Misstrauisch beäugt er seinen Vorgesetzten.

Der sieht ihn fest an. „Nichts, wirklich. Doch das hier wollte ich dir persönlich sagen." Wolfgang atmet tief durch. Es fällt ihm schwer, seinem Freund diese Nachricht zu unterbreiten. „Unser V-Mann bei diesem Einsatz. Es ist Stefan Wolf."

„Wie bitte?" Konrad ist fassungslos. „Das könnt ihr nicht machen! Das kannst du nicht machen! Wolfgang, der Junge ist doch gar nicht dafür ausgebildet. Wieso hast du ihn da hineingeschickt?" Entsetzt denkt er darüber nach, dass sich sein Patensohn in allergrößter Gefahr befinden könnte.

„Er hat sich freiwillig gemeldet. Und ob du es glaubst oder nicht, ich halte ihn für genau die richtige Person für diesen Einsatz. Du solltest dich schnellstens mit der Situation anfreunden. Ich werde ihn nicht abziehen. Wir können ihn gar nicht mehr abziehen. Und wir brauchen ihn."

„Wenn ihm irgendetwas passiert, möchte ich nicht in deiner Haut stecken", sagt Konrad erbost. „Emma bringt dich um!"

„Ja. Womit wir bereits beim Thema sind. Emma Wolf! Konrad, ich brauche auch sie. Sie ist eine der besten Agentinnen, die wir haben."

„Ich glaube, du solltest dich wirklich auf deinen Geisteszustand untersuchen lassen. Warst du es nicht, der Emma vor die Tür gesetzt hat?"

„Ich habe sie nicht ‚vor die Tür gesetzt', sondern sie ausgebremst. Konrad, sie hatte ihren Vater verloren. Sie war nur daran interessiert, seinen Mörder zu finden. Um gute Arbeit zu leisten war sie emotional noch viel zu nah am Geschehen."

„Ja, ich weiß. Und du hast ihr klargemacht, dass sie ihren Vater vergessen soll, wenn sie weiter für dich arbeiten will."

„Ganz recht. Ich würde jederzeit wieder so handeln. Im Einsatz muss sie sich ganz auf ihre Aufgabe konzentrieren. Wenn sie das nicht kann, ist sie hier fehl am Platz."

„Wenn es dein Vater wäre, wie würdest du reagieren?"

„Das spielt keine Rolle. Ich bin nicht Emma Wolf."

„Da hast du Recht. Was willst du von ihr?"

„Zum einen will ich, dass sie ihren Bruder bei diesem Einsatz unterstützt, falls es notwendig sein sollte. Aber vorher habe ich noch eine andere Aufgabe für sie. Ich wurde vom Landeskriminalamt um Unterstützung gebeten. Es handelt sich um Museumsraub im großen Stil. Das Ganze erkläre ich dir später noch ausführlich und auch, warum wir da mitmischen. Auf jeden Fall brauche ich hier eine Agentin, die auf sich alleine gestellt saubere Arbeit liefern kann und das in kürzester Zeit."

„Ja, da liegst du bei ihr richtig. Und weil sie dich nicht gerade mit offenen Armen empfangen wird, schickst du mich vor. Damit ich mir die Prügel abhole, die du verdient hättest. Habe ich Recht?"

„Nicht ganz. Ich werde mich der Situation durchaus stellen. Ich möchte nur, dass du mich begleitest, mir die Tür öffnest. Sie ist die Beste, die wir haben. Ich brauche sie jetzt. Vor allem ihr Bruder braucht sie."

„Ich verstehe. Wann willst du los?"

„Jetzt gleich. Ist das für dich in Ordnung?"

„Habe ich denn eine andere Wahl?"

„Nein!"

7

Der Einsatz hat keine vier Stunden gedauert. Nachdem der Bankräuber feststellen musste, dass er so ohne weiteres nicht mehr aus dem Gebäude herauskommt, zieht er sich mit seinen acht Geiseln in das obere Stockwerk zurück.

Drei Stunden vorher war Roman Pawlak, ein eher unscheinbarer Mann, in die Berliner Bank marschiert und bat um einen Beratungstermin beim Chef persönlich. Im Verlauf des Gespräches wurde der arbeitslose Mann zusehends wütender. Das erbetene Darlehen bekam er nicht bewilligt. Dafür wurde er zum baldmöglichen Ausgleich seiner Schulden aufgefordert.

Ihm war von vorn herein klar, wie das Gespräch ausgehen würde. Es ist nicht die erste Bank, die er aufsucht, nicht das erste Gespräch dieser Art, das er führt. Deswegen verlangte er auch nach einem Termin direkt beim Filialleiter.

Er zieht eine nagelneue *Caracal SC*, eine halbautomatische Pistole mit Kaliber *9 x 19* Millimeter und einem Dreizehn-Schuss-Magazin hervor. Die Waffe ist erst seit kurzem auf dem Markt. Er hat sie sich extra für sein Vorhaben besorgt. Roman weiß, seine Handlung ist bestens geplant. Sie ist einfach durchzuführen, ohne dass etwas schiefgehen kann.

Mit der Pistole auf den Kopf seines Gegenübers zielend fordert er die Öffnung des Tresors. Bei sofortiger Herausgabe allen vorhandenen Geldes soll niemandem etwas passieren. „Halten Sie sich an meine Anweisungen", fordert er den Filialleiter auf. „Dann bin ich ganz schnell wieder weg und Sie können unbeschadet Ihrer Wege gehen", verspricht er. „Ich mache Sie für alles verantwortlich, was ab jetzt geschieht. Verstanden?"

In diesem Moment steckt eine Angestellte den Kopf in das Beratungszimmer. Noch bevor sie ein Wort sagen kann, wirbelt der Mann zu ihr herum. Eher erschrocken als aufgeregt feuert er auf die Frau. Die Kugel durchschlägt ihre Schulter. Sie wird, einen Schmerzensschrei ausstoßend, gegen die Tür geschleudert, wo sie bewusstlos zu Boden sinkt. Ohne einen Blick an die Frau zu verschwenden schnappt sich Roman den leitenden Angestellten der Bank, der entsetzt auf seine Sekretärin starrt. Der Bankräuber zerrt ihn über die Frau hinweg in den Eingangsbereich.

Einer der Angestellten hinter dem Tresen löste, als er den Schuss vernahm, schnellstens den Alarm aus, sodass alle Sicherheitsvorrichtungen sofort reagieren. Der Tresorraum wird nun durch ein nicht einnehmbares Gitter vor dem Zugriff von außen geschützt. Alle Türen schließen automatisch. Blickdichte Rollläden sinken an den Fenstern herab. Die Polizei erhält die sofortige Meldung, dass in der Bank eine Gefahrensituation entstanden ist.

Vier Minuten später ist die erste Polizeistreife vor Ort. Die Beamten können bestätigen, dass dies kein Fehlalarm ist. Augenblicklich werden mehrere Polizeibeamte zur Sicherung von Bank und Straße abgestellt. Sie fordern umgehend Unterstützung durch die Elite-Polizisten der *Spezialeinsatzkommandos* an.

Der wütende Bankräuber legt mit seiner Pistole auf den Angestellten an, der den Alarm ausgelöst hat. Von Sinnen brüllt er diesen an. „Warum hast du dich eingemischt?" Roman drückt ab.

Der Mitarbeiter der Bank schafft es, sich im letzten Moment noch zur Seite zu drehen. Dadurch erwischt ihn die Kugel nicht im Bauch, sondern in der rechten Taille. Der verwundete Mann sinkt geradewegs zu Boden.

Ungerührt blickt sich der Bankräuber um. So hatte er sich das nicht vorgestellt. Er wollte einfach mit dem Geld zur Tür herausspazieren. Jetzt wird er sich mit der Polizei auseinandersetzen müssen. Roman überlegt, was er tun kann. Sein Ziel will er auf keinen Fall aufgeben. Aber das ist garantiert kein Problem. Er hat ja genug Geiseln als Druckmittel. Es gibt noch zwei weitere Angestellte. Zudem sind insgesamt fünf Kunden im Raum.

„Wer ist noch in der Bank?" Aufbrausend presst er dem Chef der Bank die Pistole gegen den Kopf. „Und lüg mich ja nicht an!"

„Es ist niemand sonst hier. Mein Büro liegt eine Etage höher, aber meine Sekretärin haben Sie vorhin bereits angeschossen. Da oben ist niemand mehr."

„Gut, dann gehen wir jetzt alle da hinauf. Los, voran!" Roman scheucht die Leute in das Büro. Dort schaut er sich kurz um. „Hinsetzen! Auf den Boden", kommandiert er.

Die verängstigten Menschen befolgen schnell seine Befehle. Sie wollen sich nicht den Zorn dieses Mannes aufhalsen und schon gar nicht von ihm erschossen werden.

Während das *Mobile Einsatzkommando* die Überwachung in Angriff nimmt gehen die Kräfte des *Spezialeinsatzkommandos* in Stellung. Der Verhandlungsführer bemüht sich um den Kontakt zum Geiselnehmer. Sie lokalisieren seinen Standort, um sich in das am nächsten gelegene Telefon einzuwählen.

Derweil läuft Roman in dem Büro hin und her. So aufgebracht wie er ist kann er nicht ruhig nachdenken. Was soll er tun? Eine Geisel mit seinen Forderungen nach draußen schicken? Oder lieber ein Fenster öffnen und hinausrufen? ‚Nein, nicht das Fenster. Sie könnten versuchen auf mich zu schießen.' Während er noch darüber nachdenkt, wie er am besten vorgeht, klingelt das Telefon auf dem Schreibtisch. Jetzt grinst Roman zufrieden. ‚So geht es natürlich auch', freut er sich.

„Ich will eine gepanzerte Limousine vor der Tür und zwei Millionen Euro", brüllt er ins Telefon. „Ziehen Sie sofort Ihre Leute ab. Sie sollen verschwinden. Aber dalli! Sonst erschieße ich eine Geisel."

Der Verhandlungsführer versucht den Mann hinzuhalten, ihn in ein Gespräch zu verwickeln, doch vergeblich. Er bittet um ein paar der Geiseln zum Zeichen seines Entgegenkommens.

„Sobald ich hier heraus bin können Sie die Geiseln haben. Sie sollten sich etwas beeilen, vielleicht sind dann alle noch am Leben. Zumindest zwei von ihnen brauchen einen Arzt."

„Lassen Sie uns wenigstens die verletzten Personen abholen", bittet ihn der Verhandlungsführer.

„Sie haben fünfzehn Minuten", bekommt er als Antwort. „Sie sollten sich beeilen, sonst bekommen Sie wirklich die erste Geisel."

Allen ist klar, welche Drohung der Mann damit ausspricht.
„Die Lage wird final gelöst", entscheidet Ulf Cremer, der Einsatzleiter der Elite-Polizisten, das Vorgehen seiner Leute.

Da der Mann immer wieder nervös mit der Tötung seiner Geiseln droht, gibt der Einsatzleiter den Befehl zum Initiativschuss. Jetzt müssen die Präzisionsschützen aus eigenem Ermessen agieren, um ihre Zielperson mit einem einzigen Treffer auszuschalten, ohne den Geiseln zu schaden.

Die drei Präzisionsschützen gehen auf den beiden Dächern der gegenüberliegenden Häuser in Stellung. Ihre Bewaffnung sind Scharfschützengewehre der Marke *Heckler & Koch* mit einem *10 x 42-Zielfernrohr* der Marke *Schmidt & Bender*, geladen mit Weichkerngeschossen vom Kaliber *7,62 × 51 Millimeter NATO*. Sie liegen bäuchlings am Rande des Daches, mit Sicht auf die Fenster des Büros, die Gewehre im Anschlag und den Blick durch die Zielfernrohre gerichtet.

Das Fluchtfahrzeug wird vorgefahren.

„Sehen Sie aus dem Fenster", fordert der Verhandlungsführer den Geiselnehmer auf. „Das Fahrzeug steht jetzt für Sie bereit. Das Geld ist im Kofferraum."

„Alle aufstehen!", befiehlt Roman den Geiseln. „Herkommen!"

Sie müssen sich um ihn herumstellen, Schulter an Schulter. Dann bewegen sie sich alle zusammen schrittweise zum Fenster. Er wendet den Kopf um hinaus zu schauen, kann aber nicht genug erkennen. Der Wagen steht zu nah am Rand. Er muss sich ein Stück weiter vorbeugen, um in den Kofferraum des Wagens zu sehen, den ein Beamter gerade langsam öffnet. Doch noch immer kann er nicht hineinsehen. Er dreht seinen Körper ein kleines Stück nach vorn, beugt sich noch ein kleines Stück mehr zum Fenster. Nun erfasst er einen Teil des Kofferraums. Er erkennt im Inneren die Ecke eines Koffers. Der Inhalt des Gepäckstücks entzieht sich weiterhin seinem Sichtfeld. Er hebt die Hand, schiebt die Geisel, die ihm den Blick versperrt, ein kleines Stück zur Seite.

Dieses kleine Stück ist der Fehler, auf den sie gewartet hat. Sie hat einen Spielraum von vielleicht fünf Sekunden, in denen der Geiselnehmer ihr freies Schussfeld auf seinen Kopf bietet. Aber mehr braucht sie auch nicht. Sie visiert ihn durch ihr Zielfernrohr genau an. „Hab ihn!", meldet sie den Kollegen, dann drückt sie ab.

Ein einziger Schuss hallt von den Wänden wider. Der Bankräuber sinkt zwischen seinen Geiseln tot zu Boden. Die Geiselnahme ist beendet. Ungehindert können die Einsatztruppen zu den aufgeregten Geiseln vordringen, um diese zu befreien.

Der hochmotorisierte zivile *Mercedes-Transporter* mit Tarnkennzeichen kehrt in das Hauptquartier zurück. Sobald der Motor aus ist springen die Einsatzkräfte heraus. Sie begeben sich zu den Mannschaftsquartieren. Auf dem Weg dorthin legen sie ihre Helme, ihre Schutzkleidung und die beschusshemmenden Westen an den dafür vorgesehenen Plätzen ab. Auch die bei dem Einsatz benutzten Waffen landen eine nach der anderen in der Aufbewahrung, wo sie für den nächsten Einsatz klargemacht werden.

Sie tritt als letzte an die Ablage heran und reicht dem dort stehenden Beamten ihr Scharfschützengewehr, *PSG1* von *Heckler & Koch*, über den Tresen.

Emma Wolf ist die einzige Frau im Team. Die meisten ihrer Mitbewerberinnen landen, wenn überhaupt, beim *Mobilen Einsatzkommando* oder in der Zentrale. Nicht so Emma! Sie hat sich unter ihren männlichen Kollegen mittlerweile den Ruf erkämpft, knallhart durchzugreifen, wenn es sein muss. Sie steht jederzeit ihren *Mann* und mit dem Scharfschützengewehr hält sie alle Rekorde in der Truppe. Es war nicht leicht gewesen, ihren Boss Wolfgang Keller davon zu überzeugen, dass sie in einer aktiven Einheit wie dieser bessere Leistungen erzielt. Als sie an ihren männlichen Kollegen vorbei geht kommen die üblichen Kommentare zu dem überstandenen Einsatz.

„Hey, *Flamme*", ruft ihr *Grille* zu und benutzt dabei ihren Tarnnamen. „Guter Schuss. War das dein Glückstreffer für diese Woche?"

„Du kannst mich mal", erwidert Emma ohne stehen zu bleiben.

„Würde ich ja gern, aber ich habe Angst, dass du mich dann erschießt." Die spöttischen Augen des Kollegen wandern anzüglich über ihre Figur. Was er sieht ist eine junge Frau, die mit ihrem gut proportionierten Körper eher wie ein Model aus einer Herrenzeitschrift aussieht und nicht wie eine durchtrainierte knallharte Polizistin. Ein Meter neunundsiebzig groß, schlanke siebenundsechzig Kilogramm, lange, weiche Haare, mit strahlend grün-braunen Augen unter dichten Wimpern. Abgerundet wird ihre ausnehmend gute Erscheinung durch die feinen ebenmäßigen Gesichtszüge mit hohen Wangenknochen, sowie einem vollen sinnlichen Mund. Ihren Tarnnamen verdankt sie der Farbe ihrer Haare aus einer Mischung von tiefem Burgunderrot mit dunklem Mahagoni bis hin zu einem kräftigen Rotton.

Emma nimmt ihm den Spott nicht übel. Sie weiß, dass das lediglich das übliche Machtgehabe der männlichen Kollegen ist. Zudem ist er seit mehreren Jahren glücklich verheiratet.

„Bei der würde ich auch gern einmal zum Schuss kommen", stöhnt ein weiteres Truppenmitglied laut auf.

Emma bleibt stehen. Ihre Augen gleiten abschätzend an dem noch recht neuen Kollegen entlang. Die Sechsundzwanzigjährige tritt ganz nah an ihn heran.

„Glaubst du wirklich, du könntest mit mir Schritt halten?", haucht sie ihm herausfordernd entgegen.

Unter dem grölenden Gelächter seiner Kollegen läuft der Mann rot an. Emma wendet sich ab um weiterzugehen, aber ihr Truppenführer Ulf Cremer stoppt ihren Weg, indem er nach ihr ruft. „Wolf, du hast Besuch. In meinen Dienstraum!", herrscht er sie barsch an. Er hört auf den Tarnnamen *Boxer*, der haargenau zu der Figur des ein Meter vierundneunzig großen dunkelhaarigen Hünen passt.

Sofort kommt sie seinem Befehl nach. Wenn er ihren richtigen Namen benutzt, muss es wichtig sein. Zudem ist der Leiter dieser Einheit der einzige, der weiß, woher sie wirklich kommt.

Beim Betreten des kleinen Büros entdeckt sie Konrad Schrader. Sie freut sich über den Besuch. Konrad und seine Frau Brigitte zählen seit langem zu den besten Freunden ihrer Familie. Vor rund zwanzig Jahren übernahmen die beiden auf Bitte von Richard und Cornelia Wolf die Patenschaft über ihre Kinder. Emmas Blick wird abweisend, als sie Wolfgang Keller erkennt, der ihr, mit verschränkten Armen am Fenster stehend, entgegensieht. Ihre Augen funkeln zornig. „Keller! Was machen Sie hier? Haben Sie nicht schon erreicht, was Sie wollten?" Böse funkelt sie ihn an. Schrader versucht zu vermitteln. „Emma, bitte."

Doch der Vorgesetzte hebt die Hand, sodass er verstummt. „Sie haben Recht, Frau Wolf. Vielleicht habe ich das ja wirklich", gibt ihr Wolfgang Recht. „Aber glauben Sie mir, ich bin nicht erfreut über die Entscheidungen, die ich treffen musste."

„Ach, tatsächlich? Ist das so?"

„Ja. Und ich bin hier, um mit Ihnen darüber zu reden."

„Ich dachte eigentlich, wir hätten bereits alles geklärt. Sie haben Ihren Standpunkt doch klar vertreten."

„Und ich würde jederzeit wieder so handeln. Sie waren viel zu aufgewühlt, um bei Ihren Nachforschungen objektiv an die Sache heran zu gehen."

Emma hat dies schon einmal gehört. Sie verzichtet auf eine Wiederholung. Deshalb verbeißt sie sich eine heftige Antwort. „Wieso sind Sie hier? Was wollen Sie von mir? Das ist ja wohl kaum ein Höflichkeitsbesuch."

„Nein, ist es nicht. Ich muss mit Ihnen reden."

„Und damit ich Ihnen nicht an die Gurgel gehe haben sie Konrad mitgebracht? Wenn Sie sich freiwillig hierherbemühen, muss es von hoher Wichtigkeit sein. Was ist es?" Plötzlich wird ihr klar, warum er hier ist. Herausfordernd blickt sie Wolfgang an. „Sie brauchen mich!"

„Ja!"

„Das ist Ihnen bestimmt schwergefallen. Habe ich Recht?", erkundigt sie sich giftig.

„Nein. Ich weiß gute Arbeit immer zu schätzen. Und Sie leisten gute Arbeit. Das wissen wir beide. Und ja, ich brauche Sie. Ich brauche Sie für einen ganz bestimmten Einsatz."

„Es muss wirklich wichtig sein, wenn Sie selbst kommen. Ich bin ganz Ohr."

Wolfgangs Aufmerksamkeit richtet sich für einen Moment auf seinen Freund, doch Konrad hebt abwehrend die Arme. „Oh nein! Die Suppe hast du dir selbst eingebrockt. Ich warte draußen." Damit geht er vor die Tür, die er hinter sich schließt.

Durch die Glasscheibe beobachtet er, wie der Ministerialdirektor auf Emma einredet, wie Emma ihn verdattert anstarrt, wie sie ihn heftig anschreit. Er überlegt, ob er hineingehen, sie beruhigen soll, immerhin spricht sie mit einem hochrangigen Vorgesetzten.

Dann lächelt er. ‚So etwas hat Emma noch nie gestört. Sie sagt, was sie denkt.' Und wenn er ehrlich ist, hat sein Freund diesen Ausbruch auch verdient.

„Wir sollten uns setzen", beginnt Wolfgang das Gespräch. „Es könnte etwas Zeit in Anspruch nehmen."

„Nein, danke." Emma zeigt ihm offen ihre Abneigung. „Spucken Sie's einfach aus."

„Also gut." Wolfgang atmet tief durch. „Ich habe gleich zwei Aufgaben für Sie. Haben Sie vielleicht schon einmal von der Gruppe *CATS* gehört?"

„Wahrscheinlich meinen Sie damit nicht das weltweit bekannte Musical?", ulkt Emma. Sie wird aber sofort wieder ernst. „Durch die Medien ist vor einiger Zeit ein Bericht über besagte Gruppe gegangen. Wenn ich mich richtig erinnere, handelt es sich um eine organisierte Bande, die Kunstschätze im großen Stil raubt und gegen hohe Geldzahlungen zurückgibt."

„Ja, richtig. Wenn nicht bezahlt wird, tauchen vereinzelte Kunstwerke in diversen privaten Sammlungen nach und nach wieder auf. Aber die meisten bleiben verschwunden. Man ist an mich herangetreten, weil niemand es geschafft hat, auch nur das kleinste Puzzlestück in dieser Sache zu entdecken."

„Und was soll ich dabei tun?"

Wolfgang setzt sich hinter Ulf Cremers Schreibtisch. Er sieht Emma eindringlich an. „Sie sollen in diese Diebesbande mit einsteigen!"

„Wie bitte? Wie soll das funktionieren?" Doch dann begreift sie, was er sagt. „Ich soll denen also die Wertsachen vor der Nase wegstehlen, damit sie mich anheuern? Habe ich Recht?"

„Ja, so hatte ich mir das gedacht", bestätigt ihr der Vorgesetzte.

„Warum ich?"

„Die Gruppe besteht nur aus Frauen. Das ist das Einzige, was wir bisher wissen. Sie sind die einzige Agentin, die mir im Augenblick für einen solchen Einsatz zur Verfügung steht. Frau Wolf, hier geht es nicht um uns beide. Egal, was für Differenzen wir miteinander hatten oder haben, möchte ich Sie bitten diesen Auftrag anzunehmen. Ich könnte es Ihnen auch einfach befehlen. Aber ich will Ihre volle Unterstützung, deswegen bitte ich Sie um Ihre Mitwirkung."

Emma kann den Ernst in den Worten ihres Vorgesetzten nicht ignorieren. „Ich kann durchaus zwischen meiner Arbeit und meinen privaten Anliegen unterscheiden." Sie braucht nicht lange, um eine Entscheidung zu treffen. „Okay, ich bin dabei. Aber ich will eine Gegenleistung."

„Einverstanden!", kommt die überaus kurze Antwort.

Irritiert blickt ihn Emma an. „Sie wissen doch gar nicht, was ich will."

Wolfgang lächelt. „Wirklich nicht? Sie wollen den Tod Ihres Vaters aufklären. Dazu möchten Sie meine Genehmigung zur Akteneinsicht. Stimmt's?"

„Ja."

„Gut. Ich sage Ihnen was wir machen. Sie erledigen den Auftrag. Sobald sich die Zeit ergibt, beginnen Sie mit Ihren Nachforschungen. Ich werde Sie in allem unterstützen. Darauf gebe ich Ihnen mein Wort."

Emma setzt sich perplex auf den Stuhl vor dem Schreibtisch. Sie versteht den Mann nicht mehr. „Warum ändern Sie so plötzlich Ihre Meinung?"

„Das ist keine Änderung. Mittlerweile haben Sie genügend Abstand von der Geschichte, sodass Sie objektiv an die Recherchen herangehen können. Das war vor ein paar Monaten noch nicht so. Sollte ich allerdings mitbekommen, dass ich mich irre, ziehe ich Sie kurzerhand aus dem Verkehr. Haben wir uns verstanden?"

„Ja! Ich bin einverstanden." Sie nickt Wolfgang zu. „Woher wissen Sie, dass es nur Frauen sind?"

„Sie unterschreiben ihren Brief."

„Wie bitte?" Emma kann nicht glauben, was er ihr da sagt. „Die sind so arrogant, ihre Geldforderung mit ihren Namen zu unterschreiben? Wieso können Sie die Frauen dann nicht finden?"

„Sie setzen ihre Vornamen untereinander. Die Anfangsbuchstaben der vier Namen ergeben das Wort CATS. Wir haben keinen Bezug zu diesen Namen finden können. Es könnten durchaus Pseudonyme sein."

„Ja, das schätze ich auch. Aber wir werden sie kriegen. Wer so eingebildet ist, macht früher oder später Fehler."

„Hoffentlich früher. Wir können es uns nicht leisten, zu lange daran zu arbeiten."

Emma hat nicht vergessen, dass er sie noch für einen weiteren Auftrag eingeplant hat. „Was ist mit der zweiten Aufgabe. Sie sagten, es gibt noch eine?"

„Ja. Ich möchte, dass Sie Ihren Bruder bei Bedarf in einem Undercover-Einsatz unterstützen."

„Meinen Bruder?" Emma starrt ihn einen Augenblick ungläubig an. „Was macht er?"

„Ihr Bruder wurde als V-Mann in eine Gruppe Neonazis in Berlin-*Schönberg* eingeschleust, die wir in Verdacht haben gezielte Attentate in unseren Reihen ausüben zu wollen."

„Neonazis?", platzt es aus Emma heraus. „Neonazis?", wiederholt sie laut. Dann springt sie auf. „Sind Sie noch ganz bei Trost?", brüllt sie ihren Vorgesetzten an. „Wie konnten Sie das zulassen?"

Wolfgang bleibt ruhig. „Er ist der richtige Mann dafür."

„Schwachsinn!", schnauzt Emma ihn laut an. „Für einen solchen Einsatz hat Stefan weder die nötige Ausbildung noch Erfahrung! Was haben Sie sich dabei gedacht?"

„Er weiß, was er tut. Und er macht seine Sache gut. Sehr gut sogar! Seit einer Woche bekommen wir von ihm erstklassige Informationen."

Sie faucht ihn heftig an. „Seit einer Woche? Wie lange wollen Sie ihn denn da drinnen lassen?" Plötzlich stutzt sie. „Ist es wegen mir? Sind das Ihre Beweggründe?", platzt es erregt aus ihr hervor.

„Wenn Sie mir das zutrauen, sollten sich unsere Wege ganz schnell trennen", erwidert Wolfgang scharf. „Ihr Bruder hat sich freiwillig für diesen Einsatz gemeldet. Es gab nicht viele Anwärter dafür, wie Sie sich sicher denken können. Er ist der Beste."

Die Agentin atmet tief durch. Ihr Ton wird zunehmend ruhiger. „Das meinen Sie tatsächlich ernst?"

„Absolut! Versuchen Sie Ihren Bruder zu verstehen", bittet Wolfgang sie.

Emma schweigt. Sie erinnert sich daran, wie schwer es für sie war, zu ihrem ersten Einsatz zugelassen zu werden. Sie nickt. „Passen Sie auf ihn auf. Und bringen Sie ihn heil zurück", fordert sie. „Was soll ich dabei machen?"

Wolfgang erklärt ihr worum es geht und welche Aufgabe er für sie vorgesehen hat.

8

Andreas und Michael wechseln sich auf der Fahrt nach Aachen ab. In den frühen Morgenstunden erreichen sie ihr Ziel. Sie können alle Studierenden für die nächsten Stunden im Wohnheim an der Universität unterbringen.

Im Anschluss sucht auch Andreas endlich seine Wohnung auf. Hundemüde kippt er ins Bett, nur um zwei Stunden später aus dem Tiefschlaf geklingelt zu werden. Matt schlurft er zur Wohnungstür und öffnet diese einen Spalt weit. Der Schlitz reicht aus um zwei ihm vollkommen fremde Männer zu erblicken.

Augenblicklich verhört ihn der erste. „Herr Staller? Herr Andreas Staller?"

„Ja. Was wollen Sie?" Andreas mustert die Männer aus schläfrigen Augen.

„Wir sind von der Aachener Tageszeitung und möchten Sie um ein Interview zu Ihrer Schatzsuche, vor allem aber über Ihren Fund bitten. Unser Kontaktmann aus Cham hat uns heute Morgen über Ihre Exkursion, den Goldfund, den Überfall und die Verhaftung der Verbrecher in Kenntnis gesetzt. Dürfen wir hereinkommen?"

„Was?" Verschlafen, wie er ist, hat er nur die Hälfte verstanden. Doch langsam bekommt er mit worum es geht. „Nein. Sie dürfen nicht hereinkommen. Ich gebe Ihnen auch kein Interview. Jedenfalls nicht ohne ausdrückliche Genehmigung der Universitätsleitung. Sprechen Sie dort vor. Holen Sie sich erst einmal einen Termin. Auf Wiedersehen." Damit macht er den Männern die Tür vor der Nase zu.

Aber Ruhe hat er dadurch noch lange nicht. Wahrscheinlich glauben diese Typen, wenn sie nur lange genug klingeln, lässt er sich wohl erweichen. Ein Blick aus dem Fenster zeigt ihm den Rundfunkwagen, der in diesem Moment am Straßenrand einparkt. Genau hinter dem Fahrzeug, das die Aufschrift der Tageszeitung trägt. An Schlaf ist wohl nicht mehr zu denken. Er greift nach seinem Handy.

Frank Klausthal nimmt den Anruf fast sofort entgegen. „Guten Morgen, Herr Staller. Sie sind aber schon früh auf den Beinen. Ich hätte gedacht, dass Sie noch ein paar Stunden Schlaf brauchen würden."

„Ja, die hätte ich auch gern gehabt. Sagen Sie, weiß das mittlerweile schon die ganze Stadt? Woher wissen Sie es jetzt schon?"

„Frau Harras war heute Morgen ziemlich früh bei mir. Ihr Bericht war recht aufschlussreich. Da haben Sie ja wieder mittendrin gesteckt. Nicht wahr? Wenigstens bestand diesmal keine Lebensgefahr für Sie oder die Studierenden."

,Anscheinend hat die Doktorin dem guten Professor doch nicht alles gebeichtet.' Andreas ist froh, dass sie so viel Feingefühl beweist. „Professor, hier draußen sammeln sich gerade Presse und Rundfunk, um mir die Tür einzurennen."

„So schnell? Alle Achtung. Was haben Sie jetzt vor? Wollen Sie in die Zeitung?"

„Auf keinen Fall." Andreas ist entsetzt. Er hört den Professor leise kichern, was seine Verzweiflung sogar noch ein Stück weit steigert. „Wie soll ich mich verhalten? Egal ob ich denen ein Interview gebe oder nicht, werden die mir keine Ruhe mehr lassen. Ich habe auch keine Ahnung, was die Universitätsleitung davon hält. So schnell habe ich nicht mit denen gerechnet."

„Sie sollten eine Weile nach Hause fahren. Aber ohne dass die das mitkriegen. Halten Sie noch eine Stunde aus?"

„Wenn es sein muss. Warum?"

„Ich sorge für die notwendige Ablenkung. Doch vorher möchte ich die Studierenden in Sicherheit bringen. Ich rufe Sie nachher an. Packen Sie schon einmal Ihre Sachen." Damit beendet Frank Klausthal die Verbindung. Wählt aber sofort eine andere Nummer. Er sorgt dafür, dass sich niemand ohne Erlaubnis den Studierenden nähern kann. Im Anschluss führt er ein weiteres Gespräch und beginnt seine Inszenierung. Danach schnappt er sich seine Wagenschlüssel, um zu seinem Doktoranden zu fahren, allerdings mit einem kurzen Umweg über die Zentrale der privaten Wach- und Schließgesellschaft der Universität.

Fünfzehn Minuten später betritt ein junger Student das Gebäude, in dem Andreas' Wohnung liegt. Die Journalisten werfen ihm nur einen kurzen Blick zu, beachten ihn aber nicht weiter. Schon gar nicht, als er ohne zu stoppen die Treppe in das nächsthöher gelegene Stockwerk erklimmt. Dass er dort im Schatten wartend stehen bleibt, bemerken sie nicht.

Rund zehn Minuten passiert gar nichts, obwohl sie nicht aufhören zu klingeln oder an die Tür zu hämmern. Andreas stellt sich taub. Die Mitarbeiter der Medien kennen so etwas und richten sich darauf ein, vor der geschlossenen Tür auszuharren. Für diesen Job benötigt man harte Nerven und Durchhaltevermögen. Das wissen sie alle.

Ein dunkelblauer *Volvo V40* hält auf dem Seitenstreifen unmittelbar hinter Andreas' *Audi TT8N*. Zusammen mit seinen beiden Begleitern steigt Frank Klausthal aus dem Wagen und begibt sich auf kürzestem Weg zu der Wohnung seines Doktoranden. Während der Professor um Einlass bittet drehen sich seine beiden Begleiter zu den Männern und Frauen von den Medien um.

„Bitte verlassen Sie dieses Gebäude." Die geschulten Männer des privaten Wachdienstes der Universität weisen den Leuten resolut den Weg nach draußen. Andreas öffnet die Tür in dem Moment, als die letzten von ihnen das Gebäude verlassen.

„Hallo Professor. Schön, dass Sie da sind. Kommen Sie herein."

Bevor der Professor reagiert, kommt der junge Mann aus der oberen Etage heruntergerannt. Blitzartig stürmt er in die Wohnung.

Andreas wendet sich verblüfft zu diesem um. „Michael?"
Michael Faber lacht vergnügt auf. „Hallo Andreas. Irgendetwas musst du an dir haben, dass du den Ärger so magisch anziehst." Die beiden Wachmänner bleiben draußen neben der Tür stehen, entschlossen niemanden hindurch zu lassen. In der Wohnung erklärt indessen Frank Klausthal dem Doktoranden seinen Plan.
„Wir werden direkt wieder gehen. Allerdings hätte ich gern Ihren schwarzen Mantel. Herr Faber ist zwar etwas kleiner als Sie, aber ich glaube nicht, dass denen das auffällt. Sobald wir zu meinem Wagen gehen, wird sich die ganze Meute an unsere Fersen heften. Die Maskerade wird nur kurzzeitig für Ablenkung sorgen, aber es müsste ausreichen. Ich weiß ja, wo ich Sie erreichen kann. Sie sollten also so schnell wie möglich von hier verschwinden."
„Mit dem größten Vergnügen." Andreas seufzt erleichtert auf. „Vielen Dank. Ihnen allen."
Es funktioniert tatsächlich. Als der schwarzhaarige Michael Faber in Andreas' Mantel mit gesenktem Kopf hinter Professor Klausthal das Haus verlässt, flankiert von den beiden Wachmännern, die jeden Journalisten von dem jungen Mann fernhalten, kommt niemandem in den Sinn, dass dies nicht Andreas Staller sein könnte.
Auf dem kurzen Weg zum Wagen des Professors begleiten ihn die Reporter und Journalisten mit ihren lauten Fragen und Zurufen, werden aber gänzlich ignoriert. Der Professor öffnet die hintere Tür des *Volvos*, um Michael schnell einsteigen zu lassen, während ihn die Wachmänner mit ihren Körpern vor den Mitarbeitern der Medien verdecken. Dann steigen auch sie ein. Gemächlich fährt der Professor an, bevor er vor Freude strahlend Gas gibt. Die Presse- und Rundfunkangestellten sprinten eilig zu ihren eigenen Fahrzeugen, um die Fährte ihres Zielobjekts nicht zu verlieren. Mit quietschenden Reifen lenkt Frank Klausthal sein *163 PS* starkes Gefährt in Richtung Universität.
Kurz darauf kann Andreas unbemerkt das Gebäude verlassen. Er lädt sein Gepäck in seinen Wagen, um schnellstens nach Düsseldorf zu fahren. Anderthalb Stunden später betritt er seine

Wohnung auf dem Grundstück des privaten Anwesens der Familie Staller. Nachdem er bei seiner Ankunft den privaten Wachdienst entsprechend instruiert hat kann er sicher sein, dass dieser niemanden durchlässt, schon gar nicht einen Journalisten. In dem Bewusstsein dadurch endlich seine Ruhe zu haben kippt er übermüdet ins Bett.

Polizeihauptmeister Seidl hat sich so schnell wie möglich alle Genehmigungen für den Transport des Schatzes zu Andreas Staller besorgt. Da der Transport der zu befördernden Wertgegenstände, bestehend aus den drei Metallkisten, die im Wald bei Arrach ausgegraben wurden, für Außenstehende nicht erkennbar sein soll, wurde für den heutigen Tag ein verdeckter Werttransport bestellt.

Noch während der Nacht organisiert er die Verladung in das Fahrzeug des privaten Unternehmens. Obwohl ein guter Freund von Seidl für die Firmenleitung des Transportunternehmens zuständig ist, musste der Beamte mehrere Gefallen einfordern, um die Lieferung durchzusetzen.

Das Transportfahrzeug, ein *Mercedes Benz Vario* mit der *Panzerklasse B3*, besitzt serienmäßig ein *LKW*-Fahrgestell, das mit einem gepanzerten Aufbau versehen wurde. Der Vier-Zylinder-Dieselmotor erbringt eine Leistung von *130 KW*. Die Sicherheitseinrichtungen bestehen aus einer Alarmanlage mit integriertem elektronischem Sicherheitsschließsystem, einem Laderaum, der nur von innen zu öffnen ist, Funk, Lufterkennung, *GPS* und Notlaufelementen. Dem schwarzen Transporter ist nicht anzusehen, welche Fracht er beherbergt. Zwei Männer, mit halbautomatischen Schusswaffen, sitzen in dem Fahrerhaus des *Vario*. Im Inneren des Frachtraums befinden sich zwei weitere bewaffnete Männer. Diesen vier Personen obliegt die Sicherheit der zu transportierenden Waren. Auf der zweistündigen Fahrt von Cham nach Nürnberg wird der Transporter von zwei gepanzerten Limousinen begleitet.

Bereits um sechs Uhr morgens erreicht der Transporter die Sicherheitsaufbewahrung am Nürnberger Flughafen, wo er bis zum Abflug etwa eine halbe Stunde verweilt.

Als das zweimotorige *Cargo-Flugzeug*, eine *King Air 90*, angetrieben von zwei Turboprop-Triebwerken, auf der kurzen Landebahn abseits vom Hauptbetrieb des Flughafens zum Stillstand kommt, fahren die Wachmänner mit dem Transporter bis an die firmeneigene Maschine heran. Sie lassen niemanden in die Nähe des Transporters. Obendrein laden sie ihre Fracht, die auf Rollbrettern verankert ist, eigenhändig in das Flugzeug um. Alle vier Männer begeben sich in das Flugzeug, während eine der Begleitpersonen aus den Limousinen für die Rückfahrt in den *Vario* umsteigt. Die Zuladung des Flugzeugs von circa zwei Tonnen wird durch die vier Männer, sowie dem Gewicht der Metallkisten, bis an die Grenze belastet. Bei einer Reisegeschwindigkeit von fünfhundert Kilometern in der Stunde verläuft der Flug reibungslos.

Am Düsseldorfer Flughafen erwartet sie dann eine Stunde später Uwe Meyer mit privaten Sicherheitsmännern sowie Transportern der Firma *Staller*. Die beiden *VW-Transporter T5* mit *3,2-Liter-V6 Benzinmotoren* und *232 PS* Leistung reichen gerade aus, um die Ladung aufzunehmen.

Auch hier hat Polizeihauptmeister Seidl durch die behördlichen Befugnisse der oberpfälzischen Regierung bereits dafür gesorgt, dass alle Hindernisse aus dem Weg geräumt wurden. Die Firmenfahrzeuge dürfen ohne große Behinderung bis an den Landeplatz der privaten Transportmaschine heranfahren. Nach kurzer, aber gründlicher Kontrolle durch den Zoll können die Frachtstücke ohne großes Aufsehen zu erregen umgeladen werden.

Gemeinsam fahren sie zum Firmengelände, wo die Kisten mit dem Schatz in den Tresorraum der Firma eingeschlossen werden. Nachdem auch die dazugehörigen Dokumente alle ordnungsgemäß unterschrieben sind, lassen sich die vier Wachmänner zu ihrem wartenden Flugzeug zurückbringen.

Als Dienststellenleiter Seidl gegen sieben Uhr durch die Mitarbeiter von Presse und Rundfunk bestürmt wird, kann er ruhigen Gewissens behaupten, dass es in Cham keinen Goldfund zu besichtigen gibt.

9

Freitagmorgen findet sich Gerd lange vor Arbeitsbeginn im privaten Anwesen von Peter Staller in dessen Büro ein. Nachdem Maria, Köchin und gute Seele des Hauses Staller, ihn eingelassen hat meldet sie ihrem Arbeitgeber seinen Besucher. Der Unternehmer betritt nach nicht einmal zehn Minuten sein Büro.

Es erstaunt Gerd immer wieder, wie Peter es schafft, selbst zu so unchristlicher Zeit auszusehen, als ob er gerade aus einer Konferenz auf der Chefetage kommt und nicht aus seinem Bett.

„Gerd." Der Firmenchef, frisch rasiert und komplett bekleidet mit seinem typischen eleganten schwarzen Anzug, Hemd und Krawatte, begrüßt ihn argwöhnisch. „Was ist passiert?" ‚Wenn mein Projektleiter zu so einer Stunde hier auftaucht, kann das nichts Gutes heißen', vermutet Peter besorgt.

Doch dieser beschwichtigt ihn sofort. „Nichts! Jedenfalls nichts Schlimmes. Andreas ist wieder da." Er überlegt, wie viel er Andreas' Vater erzählen soll, oder was er besser seinem Freund selbst überlässt. Peter reißt ihn aus seinen Gedanken.

„Andreas? Wo ist er?", erkundigt er sich überrascht. Wieso hat sein Sohn sich nicht bei ihm gemeldet?

„Noch in Aachen." Dann grinst er. „Sie haben den Schatz gefunden."

„Im Ernst?" Der Konzernchef starrt ihn ungläubig an. „Weißt du schon Genaueres?"

„Ja. Es handelt sich wohl um einen Teil des verschollenen Nazi-Goldes. Andreas ist gestern Nacht mit seinen Studierenden nach Aachen zurückgefahren. Er wird heute im Laufe des Tages hier eintreffen. Uwe Meyer hat mich darüber informiert, dass auch der Schatz heute ziemlich früh per Geldtransport geliefert wird. Er hat sich mit den Sicherheitskräften des Werttransportunternehmens am Düsseldorfer Flughafen verabredet. Von dort kommt das Gold direkt hierher in die Firma in unseren Tresorraum. Andreas hat wohl von der dortigen Regierungsstelle den Auftrag erhalten, den Fund taxieren zu lassen. Dafür will er dich um Hilfe bitten."

„Das ist kein Problem." Peter überlegt, wen er da am besten kontaktiert. Dann fällt ihm genau der richtige Mann für diese Aufgabe ein. Bei dem Gedanken an seinen langjährigen Freund muss er schmunzeln. „Ich glaube, ich weiß schon, wer uns am besten helfen kann. Ich werde mich nachher darum kümmern."

„Da ist dann noch etwas." Gerd betrachtet seinen Chef prüfend. „Bevor du es über Dritte erfährst, sage ich es dir lieber direkt. Andreas und seine Gruppe sind nur mit knapper Not heil davongekommen."

Erschrocken mustert Peter seinen Projektleiter. „Ich wusste es! Oder ich hatte zumindest eine Ahnung, dass irgendetwas passiert. Was war auf dieser Exkursion los?"

„Spendierst du mir ein Frühstück? Dann erzähle ich es dir."

Innerhalb der nächsten Stunde schildert der Projektleiter seinem völlig verdutzten Chef den Hergang der Exkursion, soweit er darüber von Uwe Meyer informiert wurde.

Während Peter noch ein paar Telefonate führen will macht sich Gerd auf den Weg in die Firma und beginnt seinen Arbeitstag. Dafür meldet er sich als erstes bei seiner Sekretärin Anna an. Im Anschluss geht er in seinem Büro die Berichte seiner Mitarbeiter über den letzten Einsatz durch. Er macht sich Notizen für die angesetzte Besprechung und bittet Anna um die Nachkalkulation zu den Kosten der installierten Anlage. Um zehn Uhr begibt er sich dann in den Konferenzraum. Sein Team ist bereits vollständig anwesend. Auch Uwe sitzt auf einem der Stühle. Seine Aufgabe hat er erledigt und das Personal der Werttransportfirma ist auf dem Rückweg. Das Gold ist vorerst sicher im Tresorraum untergebracht.

„Guten Morgen, Kollegen", begrüßt Gerd seine Mannschaft. „So wie es aussieht, haben wir ja wieder ganz gute Arbeit geleistet. Jetzt würde ich gern eure Abschlussberichte durchgehen.

Die Installation der Anlage im Königspalast war zwar erfolgreich, aber es hat immerhin ein paar Schwierigkeiten gegeben, die wir nur durch Mehrarbeit und zusätzliches Equipment beheben konnten. Wir sollten sehen, wie wir diese Probleme vermeiden können, damit sie nicht wieder während der laufenden Arbeit entstehen. Es wäre gut, das zu klären bevor die nächste Anlage in Angriff genommen wird."

„Wieso? Das ganze System läuft großartig. Da gibt es keine Fehler." Tim Hoffmann ist stolz auf die Anlage, die sie mit dem Team in Gemeinschaftsarbeit geschaffen haben.

In diesem Moment geht die Tür auf. Peter Staller betritt den Raum. Alle Augen wenden sich ihm zu. Doch der Konzernchef lehnt sich einfach nur mit verschränkten Armen an die Wand. Mit einer Handbewegung bedeutet er seinem Projektleiter fortzufahren.

„Nur weil zum Schluss alles rund läuft, heißt das nicht, dass von vorn herein alles perfekt gelaufen ist. Aber genau da will ich hin." Gerd schaut in die Runde. „Max hat in seinem Bericht sauber aufgelistet, wo unsere Probleme liegen. Wir alle sollten uns überlegen, wie wir diese in den Griff kriegen. Ich werde nachher noch zu euch kommen, um im Einzelnen darüber zu sprechen. Ziel sollte es sein, eine installierte Anlage in dieser Größe in zehn bis fünfzehn Arbeitstagen fehlerfrei in Betrieb zu nehmen."

Auch wenn seine Mitarbeiter bei der genannten Frist aufstöhnen nicken sie ihm doch zu.

Peter tritt vor. „Zu dem Thema fehlerfreies Arbeiten habe ich leider schlechte Nachrichten für Sie."

Alarmiert horcht Gerd auf. „Was ist passiert?"

„Die Versicherung hat mir gerade mitgeteilt, dass es innerhalb der letzten sechs Wochen insgesamt drei große Kunstdiebstähle gegeben hat."

Max unterbricht seinen Chef. „Ich habe davon in den Nachrichten gehört. Die gehen hinein, stehlen die Bilder und verschwinden wieder. Anschließend fordern sie für die Herausgabe ein Lösegeld."

„Ja. Herr Schreiber hat ganz Recht. Die Diebstähle werden von einer Gruppe ausgeführt, die sich CATS nennt. Die Polizei tappt komplett im Dunkeln."

„Was hat das mit uns zu tun?" Daniel Richter entdeckt keinen Zusammenhang mit der Ausführung ihrer Arbeit.

„Das Problem dabei sind die Alarmanlagen, die wohl allesamt versagt haben. Bisher waren es ausschließlich unsere Anlagen. Ich habe hier eine Liste der betroffenen Gebäude." Der Konzernchef reicht die Blätter an Gerd weiter, der die Kopien verteilt.

„Wie Sie sich sicher vorstellen können, macht das Ganze bereits die Runde. Bis jetzt sind vier Aufträge zurückgezogen oder bis zur Klärung auf Eis gelegt worden. Wenn wir nicht schnellstens herauskriegen, was da vor sich gegangen ist, könnte dies das ‚Aus' für die ganze Firma bedeuten."

Als Peter seine Rede beendet hat, kann man in dem Raum eine Stecknadel fallen hören. Alle sind betroffen.

„Dann sollten wir uns wohl schnellstens an die Arbeit machen!" Uwe Meyer schaut ernst in die Runde. Er erntet allgemeine Zustimmung.

„Was ist, wenn die Anlage einwandfrei funktioniert hat und gar nicht ausgefallen ist? Wenn sie umgangen oder ausgetrickst wurde?" Max' Gedanken sind bereits bei den möglichen Ursachen.

„Dann sollten Sie das schleunigst herausfinden. Meine Herren, Sie haben zu tun!" Peter dreht sich zu Gerd um. „Kommst du bitte noch mit in mein Büro?"

„Klar." Der Teamleiter schaut seine Mitarbeiter auffordernd an. „Legt los, Leute."

Gerd folgt seinem Chef. In Peters Büro lehnt er sich an den Schreibtisch. „Wie schlimm ist die Sache?"

„Extrem. Sollte die Versicherung uns fehlerhafte Anlagen nachweisen können, muss ich für einen Schaden in einer zweistelligen Millionenhöhe aufkommen. Alarmanlagen sind schließlich dazu da, das Geschehene zu vermeiden. Ich muss dringend wissen, warum sie versagt haben."

„Das ist noch gar nicht klar. Es gibt hunderte von Möglichkeiten, die nichts mit der Anlage zu tun haben."

„Ich kann nur hoffen, dass du Recht hast", erwidert Peter frustriert.

„Kommen wir an alle Unterlagen heran?" Gerd kann sich die Antwort auf seine Frage schon denken.

Der Konzernchef bestätigt seine Vermutung: „Damit habe ich ein Problem. Die Versicherung hat alles unter Verschluss. Von denen bekomme ich keine Akteneinsicht, bevor die nicht alles geprüft haben und selbst zu einem Ergebnis gekommen sind. Du kannst dir sicher denken, worauf das hinausläuft."

„Ja. Schadensbegrenzung. Die versuchen dir möglichst den ‚Schwarzen Peter' zuzuschieben, um von den Zahlungen entlastet zu werden."

Peter verzieht schmerzhaft das Gesicht. „Das mit dem ‚Schwarzen Peter' möchte ich überhört haben."

Trotz der angespannten Situation muss Gerd auflachen, wird aber gleich wieder ernst. „Lass mir ein bisschen Zeit. Heute Nachmittag sprechen wir die ersten Ergebnisse durch."

„Gut. Ruf mich dazu. Und schick mir bitte Herrn Meyer her. Ich würde gern aus erster Hand hören, in was mein Sohn da wieder verwickelt war."

„Geht klar." Damit verschwindet Gerd. Was Uwe Peter zu erzählen hat, wird diesem garantiert nicht gefallen. ‚Es kann bestimmt nicht schaden, wenn ich Andy anrufe, um ihn vorzuwarnen.'

Wolfgang Keller sitzt in seinem Büro als seine Sekretärin Emma Wolf anmeldet. Er steht zur Begrüßung der jungen Frau auf.

„Was können Sie mir bisher berichten?", erkundigt er sich bei ihr noch während er der Agentin mit einem Wink seiner Hand einen Platz anbietet.

„Ich habe mich mit den Hintergründen dieser Diebstähle beschäftigt. Als erstes ist mir aufgefallen, dass alle Museen nagelneue Alarmanlagen der Düsseldorfer Firma *Staller Industrie Werke GmbH* benutzen. Keine ist älter als ein Jahr."

„Glauben Sie, die Firma steckt dahinter?"

„Nein, eigentlich nicht. Die Firma gerät durch die Diebstähle zusehends in Bedrängnis. Wenn die ihre Unschuld nicht beweisen können, besteht die Möglichkeit, dass die dichtmachen müssen. Trotzdem können wir das natürlich nicht von vorn herein ausschließen. Ich denke aber, dass sich da jemand an die Firma anhängt."

„Was meinen Sie damit?" Wolfgang kann ihr nicht folgen.

„Nun, wenn so ein Museum ausgebaut wird, gibt es mit Sicherheit auch neues Personal. Angefangen bei den Computerspezialisten bis hin zu den Reinigungskräften. Wir sollten uns ansehen, wer neu hinzugekommen ist. Wenn wir Glück haben, stehen bei den bestohlenen Museen auf den Mitarbeiterlisten die gleichen Namen. Dann hätten wir wenigstens einen Ansatzpunkt."

„Die Idee ist gar nicht so dumm. Aber um die Alarmanlagen auszuschalten müssten die sich doch trotzdem damit auskennen", erwägt Wolfgang.

„Ja, wahrscheinlich. Sollten sie jedoch dort arbeiten, kommen sie ungehindert hinein und auch wieder heraus. Damit müssen wir anfangen."

„Gut, das übernehme ich. Ich lasse Ihnen die Ergebnisse so schnell wie möglich zukommen."

„Dann verschaffen Sie mir bitte auch die Akten der Mitarbeiter von Staller, die die Anlagen installiert haben. Vielleicht ist das ja immer die gleiche Truppe. Es braucht nur einen einzigen Mann, der falsch spielt. Die Firma bekommt das wahrscheinlich gar nicht mit. Wir sollten auch da jeden genau unter die Lupe nehmen. Es müssen keine Frauen sein, die die Diebstähle begehen. Das kann auch einfach als Ablenkung dienen."

„Ich kann Ihnen nicht widersprechen. Sie bekommen die Akten. Haben Sie sich Gedanken darüber gemacht, wie unsere weitere Vorgehensweise aussieht? Welche Schritte müssen wir Ihrer Meinung nach als nächstes in Angriff nehmen?"

„Zuerst einmal sollten Sie versuchen jemanden in die Firma *Staller* einzuschleusen. Und das möglichst schnell. Es wäre von Vorteil zu wissen, wo die Mitarbeiter von Staller sich aufhalten, während der nächste Raub stattfindet. Und er wird stattfinden."

„Wie können Sie da so sicher sein?"

„Ganz einfach. Das ist ein einträgliches Geschäft. Viereinhalb Millionen für eine Stunde Arbeit. So eingebildet, wie die sind, machen sie weiter bis sie geschnappt werden."

„Ich fürchte, damit liegen Sie richtig. Und weiter?" Wolfgang ist immer noch frustriert, aber Emmas Engagement reißt ihn mit.

„Dann müssen wir die fehlerhaften Alarmanlagen überprüfen. Das, was wir von den Versicherungen haben, reicht da nicht aus. Die beziehen sich bei den Untersuchungen doch nur auf ihre Eigeninteressen."

„Ja. Das ist typisch für Versicherungen. Die versuchen grundsätzlich so unbeschadet wie möglich aus einem solchen Verlust herauszukommen. Können die jemand anderen dafür verantwortlich machen, wird das rücksichtslos umgesetzt."

„Genau." Emma stimmt ihm zu. „Auch dafür wäre ein Insider in der Firma *Staller* gut. Wir müssen unbedingt wissen, wie die Anlagen funktionieren. Vor allem, wie sie ausgetrickst werden."

„Was versprechen Sie sich davon?"

„Wir könnten die Anlagen so verändern, dass es einen Alarm gibt, wenn die Diebe sich daran zu schaffen machen. Eine zusätzliche Sicherung sozusagen. Dann schnappen wir sie auf frischer Tat."

„Nicht übel."

„Danke. Aber verlassen sollten wir uns darauf nicht. Unseren ursprünglichen Plan verfolge ich trotzdem weiter. Ich habe drei weitere Museen gefunden, die innerhalb des letzten Jahres mit neuen Alarmanlagen von Staller bestückt wurden. Das neueste Objekt ist der Königspalast in Madrid." Sie blickt ihren Vorgesetzten eindringlich an. „Ich hätte gern ein paar der teuersten Gemälde aus deren Sammlung und zudem eine wunderschöne Pressemitteilung über den Raub. Kriegen Sie das hin?"

„Der Königspalast in Madrid?" Wolfgang starrt entsetzt zu der Agentin hinüber. „Sonst haben Sie keine Wünsche? Wieso Spanien? Warum kann es nicht eine kleine Kunstgalerie in unserem Heimatland sein?", verhört er die Agentin frustriert.

Emma lächelt ihn einfach nur an. ‚Er wird auch von allein darauf kommen', urteilt sie insgeheim. Sie behält Recht.

Wolfgang war sofort klar, dass es die Staller-Anlagen sind, die die Museen für die Diebe interessant machen. ‚Ich habe wohl keine andere Wahl', schätzt er. „Ich werde sehen, was ich tun kann."

„Da wir nicht wissen, wie hoch die Fachkenntnis unserer Gegner ist, brauche ich auf alle Fälle die Originale, um nicht aufzufliegen."

„Ich verstehe. Das wird nicht einfach." Langsam wird ihm die Tragweite dessen bewusst, was er da angestoßen hat.

„Staller darf auf keinen Fall erfahren, dass das Ganze von uns inszeniert ist."

„Das ist mir schon klar. Sonst noch was?"

„Sie sollten die beiden anderen Museen solange unter Beobachtung stellen. Bis wir sehen, ob wir Erfolg haben."

„Ja, damit haben Sie vermutlich Recht."

„Und dann gibt es einen weiteren Punkt."

„Ist das denn noch nicht genug?" Wolfgang ist gespannt, womit sie als nächstes herausrückt.

„Wenn ich die Bilder schon stehle, muss ich sie auch an den Mann bringen. Ich dachte da an einen Auktionator, der mit mir gemeinsame Sache macht. Er verhökert die geklauten Bilder an betuchte Privatpersonen. Die Auktion sollte mit möglichst großem Trara angepriesen werden, damit unsere Zielpersonen die Vorstellung auf keinen Fall verpassen."

„Das lässt sich einrichten, denke ich, aber was versprechen Sie sich davon?"

„Bauernfängerei! *CATS* geben die Gemälde gegen hohe Geldforderungen zurück. Haben Sie sich einmal gefragt, warum? Ich sage es Ihnen. Die haben keine passenden Kontakte, um die geklauten Bilder zu verhökern."

„Ich verstehe. Sie wollen denen die nötigen Kontakte besorgen, damit Sie zu der geklauten Ware geführt werden. Nicht schlecht!" Wolfgang ist mit Emmas Vorgehensweise mehr als zufrieden. Sie leistet wirklich gute Arbeit.

„Wie schnell kriegen Sie das über die Bühne? Viel Zeit lassen uns die bestimmt nicht", vermutet Emma.

„Ich habe keine Ahnung. Sie erfahren es als erste."

„Ich will auf jeden Fall in das Museum, um Fotos zu machen, schließlich brauche ich Beweise für meine Recherchen." Emma denkt darüber nach, was nötig ist, um in die Liga der Diebinnen aufgenommen zu werden. „Sie werden wissen wollen, wie ich das allein geschafft habe. Und ich muss eine bessere Vorgehensweise anbieten können als sie bisher hatten. Daran arbeite ich noch. Ich muss mir unbedingt die Anlage ansehen."

„Gut. Lassen Sie mir zwei Tage für die Vorbereitungen, dann fliegen wir nach Madrid."

„Einverstanden. Wie geht es meinem Bruder?"

Da Wolfgang weiß, dass Emma für ihren bevorstehenden Auftrag einen freien Kopf braucht, ist er froh, ihre Sorgen zerstreuen zu können.

„Wir haben bisher nur gute Nachrichten. Ihr Bruder hat sich bis in die obersten Reihen unserer Zielobjekte hochgearbeitet. Er gilt dort als geschätztes Mitglied. Um seine Sicherheit brauchen wir uns augenblicklich nicht sorgen. Und er liefert gute Arbeit. Sie können stolz auf ihn sein."

„Sehen Sie zu, dass er heil zurückkommt!", fordert Emma und geht hinaus.

Der Projektleiter der *Staller Werke* begibt sich auf direktem Weg in die Räumlichkeiten seiner Mitarbeiter. Im Computerraum trifft er außer den beiden Computerspezialisten Max und Tim auch noch Daniel Richter an.

„Gerd, gut, dass du kommst", empfängt Daniel ihn. „Wir haben bereits erste Ergebnisse erzielt."

„Lasst hören!" Neugierig wartet Gerd auf die Erläuterung seiner Mitarbeiter.

Durch sein Kopfnicken fordert Daniel Tim auf, die Erklärung zu übernehmen.

Ohne Umschweife beginnt Tim sein Wissen preis zu geben: „Wir sind davon ausgegangen, dass wir keine Unterlagen von der Versicherung bekommen werden. Also haben wir sie uns selbst besorgt. Wir haben festgestellt …"

Gerd unterbricht Tims Rede. „Moment! Woher, bitte schön, habt ihr euch die Unterlagen besorgt?"

„Nun ja, also, *Oscar* unterscheidet nicht zwischen Gut und Böse. Er hat uns alle Daten, die der Versicherung zur Verfügung stehen, heruntergeladen. Einschließlich der Aufnahmen unserer eigenen Überwachungskameras."

Gerd weist seine Teamkollegen scharf zurecht. „Wenn der Chef das erfährt, macht er euch alle einen Kopf kürzer!"

„Wenn ich was erfahre?" Den letzten Satz seines Projektleiters konnte Peter beim Eintreten noch hören.

Seine Mitarbeiter sehen ihn alle vier betroffen an.

„Bekomme ich eine Antwort?", erkundigt sich Peter gefährlich ruhig.

Tim tritt vor. „Es war meine Idee. Machen Sie bitte den anderen keinen Vorwurf. Aber ich habe geglaubt, dass uns das retten könnte."

„Dann heraus mit der Sprache! Ich höre", fordert Peter ihn auf weiterzureden.

„Also, ich habe *Oscar* sämtliche Daten, die die Versicherung zu unserem Vorfall gespeichert hat, herunterladen lassen. Unter anderem verfügen wir jetzt über unser gesamtes Bildmaterial aus der Alarmanlage."

„Kann das irgendjemand zu uns zurückverfolgen?"

„Das glaube ich nicht. Nein, das ist falsch ausgedrückt. Ich bin überzeugt davon, dass das keiner schafft."

Oscar ist ein Quantencomputer, den sie seit einem Jahr zur Verfügung haben, um ihn für die Regierung auf seine Fähigkeiten und Schwachstellen hin zu testen. Der leistungsstarke Rechner ist ein *Highlight* neuester Computertechnologie. In kürzester Zeit werden komplexe Systeme simuliert und Verschlüsselungstechnologien selbstständig geknackt. Zudem wird die Suche in Datenbanken durch *Oscars* Fähigkeiten enorm beschleunigt. Tim ist felsenfest von dessen Fähigkeiten überzeugt.

„Es sind meine Leute. Wenn du also einen Verantwortlichen suchst, musst du dich an mich halten." Gerd steht zu seinen Leuten.

„Ich habe nicht vor, jemandem dem Kopf abzureißen. Wir können sämtliche Hilfe gebrauchen, die wir kriegen können." Peter ist verzweifelt genug um beide Augen zuzudrücken.

„Dann sollten wir mit den guten Nachrichten weitermachen." Daniel richtet sich auffordernd an Max, dem sich daraufhin alle Augen zuwenden.

Dieser übernimmt die weitere Berichterstattung: „Ja, wir haben uns das Bildmaterial ganz genau angesehen. Es wurde manipuliert. Wir haben überlagerte und eingeschobene Sequenzen gefunden. Es sind ungefähr fünfundsiebzig Minuten eingelagert worden."

Peter lächelt. „Können Sie das auch für einen Laien wie mich übersetzen?"

„Was? Oh, ja, natürlich. Entschuldigung." Vor Aufregung ist das runde Gesicht des Dreißigjährigen mit den blonden Stoppeln rot angelaufen. Seine Brille rutscht ihm auf der Nase nach vorn. „Es ist ganz einfach. Die Aufnahme von dem Band wurde manipuliert. Man hat Teile herausgeschnitten, dafür neue Teile hineinkopiert. Allerdings ist das nicht so einfach, wie es sich anhört. Das schafft nur ein Computerspezialist mit herausragenden Kenntnissen. Außerdem muss er oder sie auch noch ein sehr guter Hacker sein, um die Passwörter zu umgehen."

„Na, das ist doch schon einmal etwas. Gute Arbeit!", lobt Peter seine Angestellten, froh über deren Engagement.

„Wir haben aber noch mehr", trumpft Tim auf. „Max hat alle Daten von *Oscar* prüfen lassen. Mit seiner Hilfe konnten wir das Originalband wiederherstellen."

Diese Nachricht schlägt bei allen ein wie eine Bombe. Tim unterbricht sich, um Beifall heischend in die Runde zu blicken. Er weiß genau, dass seine Pause die Neugierde noch steigert.

Entsprechend aufgeregt reagiert Gerd: „Mach's nicht so spannend. Was ist darauf zu erkennen?"

„Der reinste Porno." Max ist empört über die Verunglimpfung seiner Anlagen.

Der Konzernchef glaubt sich zu verhören. „Wie bitte?"

„Es sind die Reinigungskräfte. Wenn ich richtig gezählt habe, sind sie zu viert dagewesen. Allerdings sieht man auf den Bändern erst einmal nur zwei. Ich zeige es Ihnen."

Zwei Minuten später können die Männer beobachten, was auch die Wachmänner am Abend des Diebstahls schon zu sehen bekamen. Nämlich wie der Busen einer Reinigungskraft die erste Kamera blockiert und der Hintern der zweiten Frau eine weitere Kamera ausfüllt.

„Jetzt wird mir einiges klar", begreift Gerd. „Das galt definitiv als Ablenkung. So sind sie unbemerkt an die Computerzentrale herangekommen."

„Ja, genau." Max weiß noch mehr zu berichten. „Für etwas mehr als eine Stunde wurde die Anlage komplett abgeschaltet. Anschließend hat man die fehlende Zeit einfach mit einer Kopie aus einer Zeitschleife ersetzt."

„Wir haben ein paar hübsche Aufnahmen von den Frauen", meldet sich Tim zu Wort. „Ich werde *Oscar* nach einem Abgleich in den Datenbanken suchen lassen. Vielleicht können wir ja die eine oder andere identifizieren."

„Das wäre natürlich von Vorteil." Peter wendet sich jetzt direkt an Gerd. „Wir beide werden in der Zwischenzeit der Bitte der königlichen Familie in Madrid nachkommen und dort hinfliegen."

„Warum denn das?" Gerd weiß, dass die Anlage einwandfrei läuft. Sie wurde ja gerade erst in Betrieb genommen.

„Schadensbegrenzung. Luis Perez hat heute Morgen angerufen. Da er dich nicht erreichen konnte hat deine Sekretärin ihn zu mir durchgestellt. Er möchte mit uns die gesamte Anlage durchgehen. Und er will wissen, was an den Gerüchten mit den Diebstählen dran ist. Also vergiss bitte nicht, deinen Anzug einzupacken." Peter kennt Gerd lange genug um zu wissen, dass dieser sich lieber in Jeans oder Arbeitskleidung mit seinem Werkzeug bewaffnet an die Installation begibt, als die Firmenpolitik zu vertreten. Das gequälte Gesicht, das Gerd jetzt zieht, zeigt ihm eindeutig, dass seine Anmerkung angebracht war.

Allerdings weiß der Projektleiter noch, was er dem persönlichen Berater der Königsfamilie versprochen hat. Deshalb nickt er ergeben, ohne Widerrede. „Wann geht es los?"

„Heute und morgen werde ich mich mit Andreas um professionelle Hilfe für die Begutachtung seines Fundes kümmern. Wir fliegen dann Montag Früh."

„Würden Sie mich vielleicht mitnehmen?"

Erstaunt blicken alle den Computerfachmann an.

Also gibt Max eine Erklärung zu seinem Anliegen ab. „Nun ja, ich denke Sie können vielleicht meine Hilfe brauchen, falls an der Anlage etwas verändert wurde oder so."

„Da kann ich ihm nur zustimmen", bestätigt Gerd.

„Also gut, dann fliegen wir zu dritt", entscheidet der Konzernchef.

10

Es ist bereits früher Nachmittag, als das Fahrzeug eines Düsseldorfer Rundfunksenders vor der Einfahrt des Privatanwesens der Familie Staller stoppt. Von den drei Insassen steigt nur eine junge Frau aus, die gezielt auf die Aufsicht am Eingang zugeht.

„Guten Tag", grüßt der Wachmann sie freundlich. „Kann ich etwas für Sie tun?"

„Ja, das können Sie in der Tat. Ich bin Ilona Kösters von der neuen Tageszeitung *Komet*. Wir arbeiten auch eng mit den hiesigen Rundfunksendern zusammen. Ich möchte zu Herrn Andreas Staller, wenn es möglich ist." Sie lächelt den Wachmann freundlich an. „Da ich hier unangemeldet hereinschneie wäre ich schon damit zufrieden, wenn er mir einen Termin nennt, zu dem ich wiederkommen darf."

„Also, da kann ich Ihnen im Augenblick nicht viel helfen. Herr Staller hat uns angewiesen, ihn nicht zu stören." Er mustert die hübsche junge Frau nachdenklich. ‚Es ist schon ein paar Stunden her, seit Herr Staller Junior auf dem Anwesen eintraf. Es kann nicht schaden zu überprüfen, ob er wieder ansprechbar ist.' Er entscheidet sich für eine Nachfrage bei dem jungen Mann. „Warten Sie bitte einen Moment. Für Sie werde ich ein Auge zudrücken und nachhören, ob ich ihn erreichen kann."

„Das ist sehr nett von Ihnen. Und egal wie es ausgeht, vielen Dank dafür."

Der Wachmann wählt die Nummer der Anliegerwohnung, die seit mehr als einem Jahr das private Reich von Andreas beherbergt. Er hat Glück. Der Sohn des Hausherrn meldet sich fast sofort, sodass er ihm sein Anliegen mitteilen kann.

Doch der junge Mann blockt augenblicklich ab. „Ich habe leider keine Zeit. Ich bin schon fast auf dem Weg zu meinem Vater. Die Dame wird leider unverrichteter Dinge wieder abziehen müssen."

„Tja, da kann man nichts machen, ich werde es ihr sagen."

Andreas erinnert sich an die ungehobelten Typen vor seiner Wohnung in Aachen. „Einen Moment! Warten Sie damit noch. Sie sagten, dass die Frau sich freundlich verhalten hat?"

„Ja, Herr Staller. Sie sagt, sie würde sich auch mit einem Termin zufriedengeben."

„Also gut. Bitten Sie die Frau, fünf Minuten zu warten. Ich bin sowieso gleich bei Ihnen. Dann kann ich auch persönlich mit ihr sprechen." Damit beendet der Doktorand das Gespräch. Er schnappt sich seine Jacke und die Autoschlüssel. Dann verlässt er seine Wohnung.

Es dauert keine fünf Minuten bis der *Audi* am Eingang hält. Lächelnd betrachtet Ilona Kösters den großen, gutaussehenden Mann. ‚Nicht schlecht', bewertet sie. ‚Der könnte mir gefallen.'

Andreas geht mit ernstem Gesicht auf die junge Frau zu. ‚Hübsch ist sie ja. Schlank, sportlich und groß. Etwa ein Meter achtundsiebzig', schätzt er. Der Kurzhaarschnitt steht der brünetten Frau ausgezeichnet. Die blauen Augen, die fragend auf ihn gerichtet sind, haben einen wachen Ausdruck.

Die Journalistin streckt ihm die Hand entgegen. „Vielen Dank, dass Sie sich die Zeit nehmen, persönlich mit mir zu sprechen. Ich komme wohl sehr ungelegen?"

„Ja, das stimmt." Er ergreift ihre Hand, die er eine Weile festhält. „Hören Sie, ich kann mir schon denken, warum Sie hier sind. Aber zu einem Interview bin ich noch nicht bereit. Außerdem darf ich Ihnen keine Zusage geben, bevor ich nicht mit der Universitätsleitung gesprochen habe."

„Das verstehe ich. Aber vielleicht könnten Sie das ja bei Gelegenheit machen und mich anschließend kontaktieren?" Sie reicht ihm eine Visitenkarte. Dabei lächelt sie ihn offen an. „Ich habe nicht vor, Ihnen die Haustür einzurennen, wie es die meisten meiner Kollegen tun würden. Und ich werde Sie auch nicht bedrängen, wenn Sie nein sagen."

„Tatsächlich?" Andreas bleibt skeptisch.

„Ja. Ob Sie es glauben oder nicht. Ich habe die Erfahrung gemacht, dass ich mit Freundlichkeit und Rücksichtnahme weiterkomme als mit Aufdringlichkeit."

Andreas sieht der Sechsundzwanzigjährigen prüfend in die Augen und erkennt die Offenheit, mit der sie spricht. Kurzerhand trifft er eine Entscheidung.

„Damit haben Sie durchaus Recht. Ich sag Ihnen, was ich machen werde. Jetzt habe ich keine Zeit, aber sobald es geht hole ich mir für ein Interview die Genehmigung der Universitätsleitung. Wenn ich die habe, rufe ich Sie an. Versprochen! Sollten Sie aber einen Fotografen mitbringen, werde ich streiken. Ich eigne mich absolut nicht für eine Ablichtung in der Zeitung."

‚Wenn du wüsstest', denkt Ilona. Der gutaussehende Mann würde sich auf dem Titelbild so ziemlich jeder Zeitschrift hervorragend ausnehmen.

„Einverstanden." Damit wendet sie sich ab, um zu ihrem Wagen zurückzukehren. Andreas schaut der hübschen Frau hinterher bis sie eingestiegen ist. Dann macht auch er sich auf den Weg zu seinem Vater.

Der Konzernchef wartet schon auf seinen Sohn.

Andreas ist, dank der Warnung von Gerd, auf eine Standpauke vorbereitet, doch zu seinem Erstaunen bleibt diese aus. Dafür nimmt sein Vater ihn fest in die Arme. Er drückt ihn kurz an sich, bevor er wieder zurücktritt.

„Schön, dass du wieder da bist." Prüfend mustert Peter seinen Sohn von oben bis unten. „Vor allem gesund und in einem Stück", ergänzt er froh.

Andreas muss lachen. „Du hast also die neuesten Nachrichten schon erhalten."

„Natürlich. Was denkst denn du? Ihr habt also den Schatz gefunden. Wie geht es nun weiter? Wem gehört er denn jetzt überhaupt?"

„Das muss sich erst noch herausstellen, aber wahrscheinlich der oberpfälzischen Regierung. Da wir für die Universität unterwegs waren, dürfen wir als Privatpersonen normalerweise keinen Finderlohn annehmen. Den Anspruch erhebt dann die Universität. Allerdings liegt der Fall hier etwas anders. Die Flurkarte, nach der wir gearbeitet haben, gehört einem meiner Studierenden. Ich werde mich dafür einsetzen, dass er als Finder eingetragen wird. Aber es interessiert mich schon, woher der Schatz kommt. Deswegen habe ich mich auch bereit erklärt dafür zu sorgen, dass eine professionelle Begutachtung und Taxierung stattfinden. Kannst du mir da vielleicht mit einem deiner Kontakte weiterhelfen?"

„Ja. Gerd sagte mir schon, dass du Unterstützung gebrauchen kannst. Ich habe bereits heute Morgen mit einem Freund telefoniert. Friedrich von Middendorf ist Kunsthistoriker und Restaurator. Er arbeitet als Museumskurator in Berlin und ist für den Erhalt und den Ausbau der wissenschaftlichen Sammlung im *Hildebrand-Museum* verantwortlich. Siegfried Hildebrand ist nicht nur der Museumsdirektor, er ist auch der Inhaber des Museums. Friedrich hat einen guten Ruf, was das Taxieren und Restaurieren von Kunstschätzen angeht. Er wird auch von Regierungen aus aller Welt zur Mithilfe angefordert. Ich denke, er ist der richtige Mann für uns. Und er hat uns seine Unterstützung bereits zugesagt." Peter schaut seinen Sohn amüsiert an. „Du hättest dir keinen besseren Zeitpunkt für deine Bitte aussuchen können. Das Museum beherbergt gerade eine Sonderausstellung zu dem Thema ‚Spuren des Nationalismus und deutsche Nachkriegsgeschichte'."

„Na, wenn das kein Zufall ist", scherzt Andreas. „Wie kriegen wir den Schatz dorthin? Immerhin kenne ich dich gut genug um zu wissen, dass du solche Aufgaben zeitnah in Angriff nimmst. Du hast doch bestimmt schon alles in die Wege geleitet. Oder?"

„Natürlich. Eine gute Planung ist Gold wert. Wir fliegen morgen um neun Uhr hier los. Uwe Meyer und Dominik Schwarz bringen uns beide direkt zum Museum. Wir dürfen in dem kleinen Park davor landen um auszuladen. Die beiden fliegen dann zurück. Für uns habe ich Zimmer für eine Übernachtung im *Residence Hotel* im Zentrum von Berlin gebucht. Wir fliegen dann Sonntagmittag gegen zwölf Uhr mit einem Linienflug zurück. Bis dahin sollten wir alles Notwendige geklärt haben."

„In Ordnung. Das hört sich doch gut an." Andreas ist froh, dass die Planung bereits steht. „Ich verziehe mich jetzt in eine ruhige Ecke und rufe meinen Professor an. Ich muss mich unbedingt absichern, bevor ich einem Journalisten ein Interview gebe."

„Wieso Interview?", horcht Peter neugierig auf.

Andreas schildert seinem Vater den Vorfall aus Aachen in den frühen Morgenstunden. Auch über den Besuch von Ilona Kösters an dem privaten Anwesen der Familie Staller setzt er Peter in Kenntnis. Mit seinen Gedanken bei der Journalistin beendet Andreas lächelnd seinen Bericht. „Nicht nur, dass sie bedeutend höflicher war, sie hatte auch definitiv die hübscheren Beine."

„Das kann ich mir gut vorstellen." Peter betrachtet seinen Sohn kritisch. „Bandelst du jetzt mit einer Reporterin an?"

„Keine Ahnung. Ich kenne sie doch überhaupt nicht. Klar, sie sieht gut aus, aber darauf habe ich es nicht angelegt."

„Wir werden sehen. Die nächste Zeit bin ich hier noch unterwegs. Du kannst in mein Büro gehen."

Während Peter Staller die restlichen Details für die Verladung und den Transport des Goldfundes klärt, beginnt Andreas mit seinem Telefonat. Er holt sich von der Universitätsleitung und Frank Klausthal die Genehmigung für ein Interview. Zudem erhält er noch einige Instruktionen, die bei einem Interview zu beachten sind. Nachdem alles geklärt ist, zieht er die Visitenkarte von Ilona Kösters aus der Tasche. Versonnen betrachtet er die Karte in seiner Hand. ‚Warum eigentlich nicht', überlegt er. Dann wählt er die angegebene Nummer.

„Kösters, hallo?" Die Festnetznummer, die angezeigt wird, ist ihr gänzlich unbekannt.

„Frau Kösters? Andreas Staller hier. Ich wollte fragen, ob Sie immer noch an einem Interview interessiert sind?"

„Aber ja, unbedingt. Was muss ich dafür tun?"

Als Andreas die Frage hört muss er anzüglich lächeln. Gut, dass sie ihn in diesem Augenblick nicht sehen kann. „Was würden Sie denn dafür tun?", fragt er herausfordernd.

Gehemmt bemüht sich Ilona um Schadensbegrenzung. „Ich glaube, meine Frage ist jetzt irgendwie falsch angekommen." Plötzlich lacht sie auf. „Sie nehmen mich doch nur auf den Arm."

„Woher wollen Sie das wissen?"

„Ganz einfach. Sie sind viel zu nett, um so eine Situation auszunutzen."

Mit einem solchen Kompliment hat er nicht gerechnet. Nun muss er seine Verlegenheit unterdrücken. „Gehen Sie heute Abend mit mir essen. Dann können wir uns dabei unterhalten. Aber keine Fotos."

„Ja, mit Vergnügen. Wo sollen wir uns treffen? Da ich sowieso mit dem Auto unterwegs bin kann ich Sie auch bei Ihnen zuhause abholen."

Überrascht hakt Andreas nach. „Sie wollen mich abholen?"

„Ja, warum denn nicht? Wir leben doch im Zeitalter der Emanzipation. Oder etwa nicht? Sie können dann gern etwas trinken. Ich bringe Sie im Anschluss wieder zurück. Wäre Ihnen neunzehn Uhr recht?"

„Ja. Dann bis heute Abend."

Pünktlich um neunzehn Uhr findet sich Ilona auf dem Anwesen der Familie *Staller* ein. Zu ihrer Freude hat Andreas anscheinend kein Problem damit, sich von ihr in ihrem alten *Volkswagen Golf Variant 2,0 Liter Diesel* chauffieren zu lassen.

Das griechische Restaurant in der Innenstadt von Düsseldorf, zu dem der Doktorand sie lotst, wirkt gemütlich und hat eine angenehme Atmosphäre. Während sie ihr Essen genießen sprechen sie über den Schatz.

„Ich verstehe nicht, was daran so wichtig ist, dass mir die Presse die Tür einrennt."

„Soll das ein Witz sein?" Ilona starrt ihn ungläubig an. ‚Versteht er das wirklich nicht?' Sie bemüht sich darum ihm zu erklären, woher das allgemeine Interesse kommt. „In jedem Mann steckt ein Abenteurer. Schätze, geheime Verstecke, Mord und Totschlag, das sind die besten Aufmacher für eine gute Auflage. Ich hätte mir nur gewünscht, den Artikel noch heute Abend abzugeben. Dann wäre er in die Samstagsausgabe gekommen. Die hat noch einmal eine höhere Auflage als die Zeitung wochentags. Aber ich bin froh, dass Sie sich bereit erklärt haben, mir ein Interview zu geben. Da meine Konkurrenten diesen Vorteil nicht haben, sind wir im Rennen die Nummer eins." Sie lächelt ihn an. Aus ihrer Tasche zieht sie ein kleines Diktiergerät. „Hätten Sie etwas dagegen, wenn ich das Interview aufnehme? Ich werde das Band nur für die Ausarbeitung des Interviews verwenden. So kann ich bei der Erstellung des Berichts sicher sein, dass es dem Gesagten entspricht."

„Ich habe nichts dagegen", versichert ihr Andreas.

„Danke. Wie kommt es überhaupt, dass Sie in der Oberpfalz eine Exkursion veranstaltet haben?"

Andreas erzählt ihr, wie alles angefangen hat, mit Kevin und seiner Hutschachtel.

Ilona lacht begeistert auf. „Ich glaube, das allein wäre schon eine Geschichte wert. Erzählen Sie mir, wie es weitergeht?"

Er berichtet ihr von dem Hotelbesitzer. Von dem Hofbesitzer Gustav Rieger. Wie sie auf die Suche nach dem Schatz gingen und ihn auch fanden. Er klärt sie auf über einen gemeingefährlichen Plan zur Beseitigung der Studierenden. Sie lachen beide bei Andreas' Schilderung über die Ablenkungsstrategien von Sebastian Kramer. Die Journalistin ist begeistert als sie hört, wie Uwe Meyer auf der Kreuzung vor der Polizeiinspektion gelandet ist. Zum Schluss erfährt sie noch von den Sprengfallen, sowie deren Entschärfung. Außerdem merkt er noch an, dass er gern den Finderlohn für Kevin sichern würde.

Aufgeregt macht sich Ilona zusätzlich zu der Aufnahme noch eine Vielzahl an Notizen. „Wissen Sie was? Ich werde den Artikel heute noch schreiben. Ich habe so viele Fakten von Ihnen bekommen, die möchte ich auf keinen Fall verlieren."

„Und dann veröffentlichen Sie ihn?"

„Ja, am Montag. Dafür muss ich den Artikel bis morgen einreichen." Ilona überschlägt grob den Arbeitsaufwand. „Sobald ich ihn fertig geschrieben habe, schicke ich Ihnen den Entwurf per E-Mail. Machen Sie Ihre Anmerkungen und senden ihn mir so bald wie möglich zurück. Ich verspreche sie zu berücksichtigen."

„Mehr kann ich wohl nicht verlangen. Ihre Kollegen würden das nicht tun."

„Nein, aber die meisten von denen interessieren nicht die Menschen dahinter, sondern nur die Publicity. Schade ist nur, dass ich kein Foto dazu habe."

„Ich hätte da etwas für Sie. Ich habe Kevin und seinen Kommilitonen vorher um Erlaubnis gebeten." Damit greift er in seine Hemdtasche. Er zieht das Foto hervor, das er geschossen hat, nachdem sie den Schatz gefunden hatten. Kevin Lauder und Sebastian Kramer sitzen Schulter an Schulter mit emporgestreckten Armen und siegessicher lachend auf den zwei großen Metallkisten. Zwischen ihnen sind einige der geöffneten Munitionskisten zu erkennen. Ilonas Augen beginnen zu glänzen. „Mein Gott. Das ist genau richtig. Und das darf ich benutzen? Wow." Sie strahlt Andreas an. „Danke."

Eine halbe Stunde später setzt die Journalistin Andreas vor seiner Haustür ab. Bevor er aussteigt dreht er sich ihr zu. „Vielen Dank für den angenehmen Abend."

Ilona hält ihn zurück. „Darf ich Sie noch etwas fragen?"

Abwartend blickt er sie an.

„Warum gerade ich?"

„Meinem Vater habe ich heute Mittag auch schon darauf geantwortet", lächelt Andreas. „Ich sagte ihm, weil Sie mit Abstand die hübschesten Beine haben."

Einen Augenblick starrt sie ihn verblüfft an, dann muss sie lauthals lachen. „Das werde ich mir merken", äußert sie mit Lachtränen in den Augen.

Andreas streckt einen Arm aus um sie behutsam an sich heranzuziehen. Dann küsst er sie. Ganz sanft.

„Fahren Sie vorsichtig." Er steigt aus und schaut ihr versonnen nach wie sie davonfährt.

Früh am nächsten Morgen überprüft Andreas seine eingegangenen *E-Mails*. Ilona hat ihm tatsächlich den Entwurf des Artikels gesendet. Neugierig liest er den Bericht.

Nazi-Gold

Großer Goldfund bei Arrach in der Oberpfalz

Verborgen in einer alten Hutschachtel ruhte lange der Plan zu einem geheimnisvollen Schatz. Der junge Student Kevin L. stößt durch Zufall auf die sich im Besitz seiner Familie befindende Hutschachtel. Beim Restaurieren der Schachtel entdeckt er die darin verborgene Flurkarte, auf der der Schatz verzeichnet ist. Er überredet den Doktoranden Andreas Staller zu der Suche. Es beginnt eine aufregende Exkursion mit dem Ziel, diesen Schatz zu finden. Hierbei soll es sich um einen Teil des verschollenen Nazi-Goldes handeln, das in den Wäldern von Arrach vergraben wurde. Nur wenige hochrangige Wehrmachtsoffiziere hatten Kenntnis von der genauen Lage des Verstecks. Mit der Zeit entstanden rund um die Schätze der SS viele Sagen und Legenden, doch entdeckt wurde nie etwas. Bis jetzt!

Tatsächlich werden die jungen Studierenden fündig. Doch bevor sie den Schatz bergen können haben Sie eine Menge Abenteuer zu bestehen.

Bis heute werden die von den SS-Truppen eingelagerten Schätze durch auserwählte Mitglieder vor Entdeckung geschützt. Um ihr Geheimnis zu wahren schrecken die Bewacher der Schätze nicht vor Mord zurück. So war es auch in diesem Fall. Man beschloss, dass die Studierenden als Risiko eingestuft werden mussten. In einer Nacht und Nebel-Aktion sollten alle Exkursionsteilnehmer beseitigt werden. Doch die Studierenden kamen diesen Mördern auf die Schliche. Mit einer gut geplanten Aktion gingen sie zum Gegenangriff über. Während Andreas Staller für die Aufmerksamkeit der Chamer Polizei sorgte, indem er mit einem Hubschrauber direkt vor deren Tür landete, lenkten die jungen Leute die Bande von Mördern gekonnt ab. Der gut organisierte Angriff der Polizei aus Cham machte den verbrecherischen Vorsätzen schnell ein Ende.

Zudem wurde die Fundstelle durch Tretminen vor unbefugtem Zugriff geschützt. Nur durch die Unterstützung des fachkundigen Personals eines Kampfmittelräumdienstes konnten die Sprengfallen entfernt werden. Doch dann endlich war es den Studierenden der Aachener Universität möglich, den Schatz auszugraben und zu bergen. Es handelt sich hierbei um zwei Metallkisten mit einem Fassungsvermögen von je vierzig Litern, gefüllt mit Münzen und Diamanten. Eine weitere Metallkiste beherbergt neun Munitionskisten mit Goldbarren. Andreas Staller erhielt von der oberpfälzischen Regierung den Auftrag, den Fund taxieren zu lassen. Mittlerweile befindet sich der Schatz auf dem Weg nach Berlin, wo er von dem bekannten Kurator und Kunsthistoriker Friedrich von Middendorf, der für das Hildebrand-Museum tätig ist, begutachtet und taxiert werden soll.

Im Anschluss an den Artikel konnte man Kevin und Sebastian auf dem eingestellten Bild erkennen. Darunter hatte Ilona noch einen Kommentar eingefügt.

Kevin L. (links im Bild), der Student, ohne dessen Engagement das Gold wahrscheinlich nie geborgen worden wäre, ist der wahre Finder dieses Schatzes.

Andreas muss schmunzeln. ‚Sie hat ihre Sache wirklich gut gemacht. Keine großen Ausschmückungen, sachlich und fachlich korrekt. Weder die Universität noch die beteiligten Personen werden von ihr zur Schau gestellt.' Schnell schickt er ihr eine Bestätigung. Er fügt auch noch das Foto in digitaler Form bei und die beiden *E-Mails,* in denen Kevin Lauder und Sebastian Kramer ihr Einverständnis zur Benutzung des Fotos erteilen. Im Anschluss bereitet er sich für seine Reise nach Berlin vor.

Pünktlich um zehn Uhr treffen Peter und Andreas Staller am *Hildebrand-Museum* ein. Friedrich von Middendorf erwartet seinen Freund bereits ungeduldig. Für die Beförderung des mitgebrachten Schatzes hat er Transportcontainer, sowie passendes Personal besorgt. Während der siebenundvierzigjährige Kurator seine Besucher willkommen heißt machen sich die Piloten der Firma *Staller* bereits wieder auf den Rückweg.

Friedrich reicht Peter strahlend die Hand. „Schön, dich wiederzusehen. Es ist viel zu lang her, seit wir uns das letzte Mal gesehen haben."

„Ja, fast fünfundzwanzig Jahre, glaube ich." Peter schüttelt die dargebotene Hand. Er stellt dem Freund aus Jugendzeiten seinen Sohn vor.

Friedrich mustert Andreas mit schalkhaft blitzenden Augen. „Zuletzt habe ich Sie gesehen, da waren Sie gerade alt genug, um auf wackeligen Beinen das eigene Zuhause zu erkunden. Allerdings habe ich bereits so einiges von Ihnen gehört. Im vergangenen Jahr haben Sie ganz schön für Aufregung gesorgt. Sie scheinen genau in die Fußstapfen Ihres Vaters zu treten."

Andreas blickt den ein Meter zweiundachtzig großen, sehr schlanken Kunsthistoriker mit den rehbraunen Haaren erstaunt an. „Wie meinen Sie das? Ich denke, ich habe einen komplett anderen Lebensweg beschritten wie mein Vater. Was vergleichen Sie denn da?"

Während Peter sich leicht verlegen windet lacht Friedrich den jungen Mann verschwörerisch an. Seine grünen Augen strahlen amüsiert auf. „Hat Ihnen Ihr alter Herr denn nicht erzählt, was für ein Draufgänger er in Jugendjahren gewesen ist? Wir haben so manches Abenteuer zusammen durchgestanden. Das war allerdings bevor er mir die beste Frau, die die Welt hergegeben hat, vor der Nase wegschnappte."

Neugierig geworden horcht Andreas auf. „Sprechen Sie von meiner Mutter?"

„Allerdings. Ich weiß nicht, was Karola an Ihrem Vater gefunden hat, aber nachdem sie ihn kennengelernt hat, gab es für keinen anderen mehr eine Chance." Er dreht sich zu Peter um. „Eines Tages wird sie dich verlassen. Und dann kommt sie zu mir. Ganz bestimmt."

Peter lacht seinen Freund aus. „Träum ruhig weiter."

Andreas beäugt den Historiker neugierig. „Ich glaube, dass mein Vater so manches aus seiner Jugendzeit nicht erwähnt hat."

Kann es sein, dass Sie mir da einiges berichten können? Es wäre schön, wenn wir beide Zeit für eine Unterhaltung finden."

„Wir haben doch bestimmt andere Themen, solange wir hier sind. Wir sollten uns auf das Wesentliche konzentrieren." Peters Versuch von den heiklen Themen abzulenken wird von den beiden anderen nur belacht.

Zusammen mit dem Schatz begeben Sie sich in das Innere des Museumsgebäudes, wo der Museumsdirektor Siegfried Hildebrand auf sie wartet. Er begrüßt die Ankömmlinge höflich. Mit Begeisterung zeigt er ihnen die Einrichtungen des Museums.

„Leider besitzen wir hier keinen Tresorraum oder etwas Ähnliches zur sicheren Aufbewahrung eines solchen Schatzes. Deswegen haben wir mit der großen Bank, die sich uns genau gegenüber befindet, einen Vertrag abgeschlossen. Wir lagern alles im Tresorraum der Bank ein. Es werden immer nur die Stücke hierhergeholt, die von uns zur Begutachtung vorgesehen sind. So befindet sich auch nie der gesamte Schatz außerhalb der Sicherheitszonen."

Peter nickt. Er ist beeindruckt von der Umsichtigkeit des Museumsdirektors. Man kann deutlich erkennen, dass die beiden so etwas garantiert schon öfter gemacht haben. Sie sind gut aufeinander eingespielt. Zusammen begeben sich die Männer in die Räumlichkeiten der Bank. Obwohl heute Samstag ist und die Bank geschlossen hat, lässt es sich Bankdirektor Jürgen Neubroich nicht nehmen, seine Gäste zu empfangen.

Er reicht Peter erfreut die Hand. „Herr Staller, ich freue mich, Sie hier persönlich begrüßen zu dürfen. Sie wissen sicherlich, dass wir mit einer Ihrer Anlagen ausgestattet sind. Ich kann Ihnen versichern, dass wir sehr zufrieden mit unserem Überwachungssystem sind."

Peter atmet sichtlich erleichtert auf über den freundlichen Empfang von Jürgen Neubroich. „Sie glauben gar nicht, wie gut mir Ihre Worte tun."

„Doch, das kann ich mir vorstellen. Ich habe die Berichte in den Zeitungen auch gelesen. Ganz ehrlich, ich kann mir nicht vorstellen, dass Ihre Anlagen etwas damit zu tun haben sollen.

Ich wünsche Ihnen, dass sich diese leidige Geschichte schnell aufklären lässt. Wir hier sind auf jeden Fall begeistert von den Ergebnissen. Sie können sich sicher vorstellen, dass eine Bank von unserer Größe geradezu anziehend auf das dunkle Gesindel wirkt. Im Schnitt haben wir es mit sechs bis acht versuchten Diebstählen im Monat zu tun. Dank Ihrer Anlage kostet uns das Ganze kaum Aufwand. Unsere Sicherheitsbeamten, die schnellstens gewarnt waren, konnten jedes Mal durch sofortigen Zugriff alles verhindern."

„Es freut mich wirklich, dies zu hören. Genau zu diesem Zweck sind die Anlagen schließlich da." Peter reicht dem Bankdirektor seine private Visitenkarte. „Sollten Sie irgendwann einmal Hilfe brauchen oder wenn Sie Fragen haben, rufen Sie mich an."

Neubroich bedankt sich hocherfreut bei dem Konzernchef. Er nimmt sich die Zeit, seine Besucher durch die Einrichtung zu führen.

Neugierig schaut sich Andreas in der leeren Bank um. „Wie kommt es, dass Sie sich außerhalb Ihrer üblichen Öffnungszeiten dazu bereiterklären, die von uns gelieferte Ware anzunehmen? Dazu noch höchstpersönlich, statt es Ihren Mitarbeitern zu überlassen."

„Das ist rasch erklärt." Der Bankdirektor weist auf die wenigen Männer, die mit dem Sichten der einzelnen Artikel beschäftigt sind. „Herr von Middendorf und ich sind übereingekommen, dass es am Sinnvollsten ist, solch wertvolle Lieferungen unter Ausschluss der Öffentlichkeit zu bearbeiten. Das machen wir bereits seit mehreren Jahren auf die gleiche Weise. Es funktioniert auch sehr gut. Nur die Leute, die jetzt hier beschäftigt sind, werden sich in den folgenden Tagen darum kümmern, dass die gewünschten Teile zur Begutachtung ins Museum gebracht, sowie im Anschluss wieder abgeholt werden. Dadurch halten wir den Personenstamm, der mit dem Schatz in Berührung kommt, von vorn herein klein."

„Ich verstehe." Andreas nickt anerkennend.

Sie benötigen drei Stunden um die Bestandslisten zu prüfen und die Ware im Tresorraum der Bank einzulagern. Die Führung durch die gut gesicherte Bank trägt ebenfalls sehr zur Beruhigung bei.

„Für die nächsten Tage wird Herr von Middendorf einen Plan erstellen, nach dem wir ihm dann zu festgelegten Zeiten einen Teil der zu taxierenden Gegenstände per Kurier anliefern und auch zu bestimmten Zeiten wieder abholen. Das hat den Vorteil, dass er sich nicht um die Abholung oder das Zurückbringen kümmern muss, so dass seine Arbeit zügig vorangeht. Alles Weitere übernehmen wir. Dafür steht Herrn von Middendorf sogar am Wochenende zu festgelegten Zeiten unser Sicherheitsdienst zur Verfügung."

Peter erfasst die gute Planung. „Ich bin beeindruckt. Man kann schnell erkennen, dass Sie das nicht zum ersten Mal machen."

„Da haben Sie Recht. Mit der Zeit hat sich der Ablauf immer mehr gefestigt. Mittlerweile sind wir schon ein eingespieltes Team."

Friedrich lädt seine Besucher zu einem späten Mittagessen ein. Zu Peters Leidwesen bestehen die Tischgespräche unter anderem auch aus der Zeit, wo er sich mit seinen besten Freunden Friedrich von Middendorf und Andreas Eiffen in diverse Abenteuer gestürzt hat. Es wird viel gelacht.

Andreas versteht jetzt, wo der Kurator die Parallelen gezogen hat. Und auch, warum ihm der Mann so sympathisch ist. Er muss an seinen Freund Gerd denken. Was er mit ihm bereits erlebt hat ähnelt den Abenteuern seines Vaters mit dessen Freunden schon sehr. ‚Von meinem Vater hätte ich das nie geglaubt. Anscheinend waren mein Vater und dessen Freunde damals gar nicht so viel anders als Gerd und ich jetzt.' Bei dem Gedanken an diesen Vergleich lächelt er versonnen vor sich hin.

Wieder ernst wechselt Friedrich das Thema. „Für heute Nachmittag um sechzehn Uhr habe ich mir die erste Lieferung aus der Bank bestellt. Wollt ihr euch lieber Berlin ansehen und später dazukommen, oder wollt ihr mir über die Schulter sehen?"

„Wenn es Ihnen nichts ausmacht, dass wir zusehen, nehme ich das Angebot gern an." Andreas ist viel zu sehr an der Arbeit des Kurators interessiert, als dass ihn Berlin reizen könnte.

„In Ordnung, dann würde ich sagen, ihr checkt im Hotel ein und wir sehen uns gleich im Museum."

Im Tiefgeschoss des Museums, welches für den Publikumsverkehr nicht zugänglich ist, liegen die Büros von Direktor und Kurator, sowie Lager- und Kellerräume. Daneben befindet sich außerdem ein großes Labor. Dorthin führt Friedrich von Middendorf seine Gäste.

„Meine Arbeit ist gar nicht so schwierig. Die Hauptaufgabe besteht darin, die Fundstücke zu säubern, ohne sie zu beschädigen. Bei den Goldbarren und Münzen werden Gewicht, Abmessungen und Prägung festgehalten."

Der Kurator zeigt auf die große Bücherwand, die an der Rückseite des Raumes steht. Hinter verschlossenen Glastüren befinden sich hunderte von Büchern, sauber aufgereiht und sortiert. „Dann suchen wir nach Vergleichsobjekten. Für die meisten Prägungen gibt es eine dokumentierte Überlieferung, sodass sie recht schnell zugeordnet werden können. Verbunden mit Gewicht und Größe kann dann in kurzer Zeit eine schriftliche Taxierung stattfinden. Bei offiziellen Aufträgen, wie dem von euch, werde ich dann ein Wertgutachten und ein Zertifikat erstellen."

„Und wie wird der Wert für einen solchen Schatz festgelegt?", verhört ihn Andreas neugierig.

Friedrich schaut Peter gut gelaunt an. „Das ist die typische erste Frage jedes fündig gewordenen Schatzsuchers."

Vater und Sohn stimmen in sein Lachen ein.

„Auch das ist ganz einfach", antwortet der Kurator bereitwillig auf die Frage des jungen Mannes. „Solange es sich um Goldbarren handelt, wird der zum Zeitpunkt der Taxierung festgesetzte Goldpreis verwendet. Ihr könnt davon ausgehen, dass ein Kilo Gold im Augenblick zwischen dreißigtausend und vierzigtausend Euro wert ist. Ich habe bereits gesehen, dass die Goldbarren, die ihr gefunden habt, zwölfeinhalb Kilogramm schwer sind. Davon befinden sich in jeder Munitionskiste sechs Stück. Drei Kisten in einer Lage. Das macht achtzehn Barren pro Lage. Und wir haben drei Lagen übereinander. Also insgesamt vierundfünfzig Goldbarren. Und wer von euch rechnet das jetzt aus?"

Vergnügt betrachtet der Kurator die verdutzten Gesichter. „Das ergibt eine Summe zwischen zwanzig und siebenundzwanzig Millionen Euro", hilft er den Freunden weiter, da diese anscheinend zu keinem klaren Gedanken fähig sind. Sie starren ihn nur mit offenen Mündern an.

Friedrich beginnt mit dem Reinigen der gelieferten Münzen. Dabei zeigt er seinen Besuchern, worauf zu achten ist. Die nächsten drei Stunden vergehen wie im Flug.

Als die Sicherheitsbeauftragten der Bank erscheinen, um die Münzen zurück in den Tresor zu schaffen, wo sie die Nacht über verbleiben werden, blickt der Doktorand überrascht auf seine Uhr. Andreas kam es so vor, als sei die Zeit an ihnen vorbeigeflogen. Interessiert nahm er alles in sich auf, was Friedrich von Middendorf über seine Arbeit erzählte.

Peter lädt seinen Freund zu einem gemeinsamen Abendessen im Hotelrestaurant ein, was dieser mit Freude annimmt. Während des Essens unterhalten sie sich noch eine ganze Weile über den Schatz und die Arbeit, die Friedrich jetzt vor sich hat.

Wissbegierig lässt sich Andreas die weiteren Arbeitsschritte erklären. „Wie lange werden Sie dafür brauchen?"

„Das kommt ganz darauf an, was ich in den Kisten noch finde. Wenn es alles Münzen, Diamanten und Goldbarren sind, die über stichhaltige Dokumente zugeordnet werden können, wahrscheinlich nicht viel mehr als einen Monat."

„Wahnsinn!" Andreas Augen glänzen vor Unternehmungslust.

Friedrich mustert Peters Sohn eine Weile, um sich im Anschluss lächelnd an seinen Freund zu wenden. „Kannst du dir denken, an wen mich dieser junge Mann erinnert?"

„An wen?" Neugierig schaut Andreas den Kurator an, während sein Vater nur schmunzelt.

„An deinen Vater!", bekommt er zur Antwort.

Am nächsten Tag verabschieden sie sich schon früh von Peters langjährigem Freund mit dem Versprechen sich bald wiederzusehen und nicht noch einmal fünfundzwanzig Jahre zu warten. Dann machen sich Vater und Sohn auf den Weg zum Flughafen.

11

Der *Airbus A320* bringt Wolfgang Keller und Emma in knapp drei Stunden von Berlin nach Madrid. Während sich der Ministerialdirektor direkt zu der königlichen Familie begibt um sein Anliegen vorzubringen, checkt Emma im nahe gelegenen *Palace Hotel* ein.
Noch bevor Peter Staller und seine beiden Mitarbeiter einen Fuß auf spanisches Land setzen hat der deutsche Staatsbeamte die Genehmigung erhalten zu agieren wie geplant. Er war überrascht, dass der persönliche Sicherheitsbeauftragte der königlichen Familie sich als Fürsprecher für Peter Staller und seine Mitarbeiter entpuppte.
Luis Perez widerspricht dem deutschen Staatsbeamten mit Überzeugung. „Ich bin mir sicher, dass weder Herr Staller noch sein Projektleiter etwas mit diesen Überfällen zu tun haben. Ich konnte mir mittlerweile ein gutes Bild von dem Unternehmer machen. Seine Firma hat einen erstklassigen Ruf. Ich denke, Sie liegen gänzlich falsch, wenn Sie diese Leute verdächtigen."
„Selbstverständlich gehen wir auch anderen Hinweisen nach." Wolfgang schildert dem Generalstabschef, welche Absichten seine Agentin und er verfolgen. „Für einen Zugriff wollen wir den nächsten Coup der Frauen abwarten. Wenn wir zu diesem Zeitpunkt wissen, wo sich alle an der Anlage beteiligten Mitarbeiter der Firma *Staller* aufhalten, können sie vollkommen entlastet werden. Oder auch nicht. Aber dann haben wir Gewissheit. Doch damit das funktioniert, benötige ich Ihre Unterstützung. Niemand in den *Staller Industrie Werken* darf von diesem Plan erfahren."
Luis Perez ist von der Ehrlichkeit des Projektleiters aus den *Staller Werken* überzeugt. Er erinnert sich daran, wie dieser zusammen mit dem Sohn des Konzernchefs dabei half, die Bom-

ben zu entschärfen, die den Madrider Gerichtshof bedrohten. Ohne diese Männer gäbe es ihn heute vielleicht nicht mehr. Er verdankt Gerd Bach sein Leben. Genauso wie viele andere seiner Landsleute. Aber er versteht die Einstellung des Geheimdienstkoordinators. Er selbst würde nicht viel anders handeln.

Wolfgang erhält sein Versprechen, die Firma von Peter Staller nicht über dessen Plan zu informieren. Zudem bekommt der Ministerialdirektor die nötige Hilfe, um seinen Plan umzusetzen. Er wählt Emmas Handynummer. „Wir sind im Rennen. In dreißig Minuten wird die Alarmanlage abgeschaltet, ohne dass Außenstehende etwas erfahren. Selbst die Wachmänner werden abgezogen und durch direktes Sicherheitspersonal der königlichen Familie ersetzt. Sie haben eine Stunde für Ihren Rundgang."

„Das dürfte reichen. Ich bin pünktlich da."

In Windeseile wechselt Emma ihre Garderobe, um sich als Touristin auszugeben. Ihre kleine Handtasche ist die perfekte Kamera für diesen Einsatz. Punktgenau erscheint sie am Eingang des Palastes. Ein großes Schild weist in mehreren Sprachen darauf hin, dass das Fotografieren im Gebäude verboten ist. Die Sensoren der Sicherheitsanlage sind unter anderem darauf programmiert, eine Kamera als solche zu erkennen.

Sie hält die Luft an. ‚Jetzt oder nie!' Mit ihrer Kamera betritt sie das Gebäude. Nichts geschieht. Aufatmend beginnt sie ihren Rundgang. Sie benötigt nur wenige Minuten um die Gemäldegalerie zu erreichen. Die betroffenen Objekte haben sie bereits im Vorfeld ausgewählt. Sie weiß genau, wo sie untergebracht sind. Von allen Seiten fotografiert sie die Gemälde, ihre Aufhängungen und die Sicherungen.

Peter, Gerd und Max begeben sich auf direktem Weg zum Königspalast. Während der Unternehmer sich um eine Audienz bei Luis Perez bemüht, wenden sich Gerd und Max als erstes dem Computerraum zu. Doch der Zutritt zu den Räumlichkeiten, in denen sich das leistungsstarke Herz der gesamten Anlage befindet, wird ihnen verwehrt.

Gerd lässt seinem Chef schnellstens eine Nachricht per Handy zukommen. „Vielleicht kann der Chef sich die Genehmigung zum Zutritt besorgen", überlegt er in Richtung Max.

„Wieso lassen die uns da nicht hinein?", empört sich der Computerfachmann über die Wachleute. „Immerhin sind wir diejenigen, die sich mit der Anlage auskennen. Von denen kann das keiner."

Gerd schaut ihn erstaunt an. „Wie kommst du darauf? Die Wachleute haben doch alle eine Schulung bekommen. Sonst dürften die hier überhaupt nicht arbeiten."

„Ja, aber die beiden, die uns gerade die Tür gewiesen haben, waren bei keiner Schulung dabei. Ich muss es ja wohl wissen. Schließlich habe ich sie abgehalten."

Gerd weiß, dass er sich auf das Gedächtnis von Max verlassen kann. Warum wird ihnen nicht erlaubt die Anlagen zu besichtigen? Eine Überprüfung aller angeschlossenen Geräte durchzuführen sollte doch auch in deren Interesse sein. Warum wurde das Wachpersonal ausgetauscht? Und warum müssen sie warten? Irgendjemand will hier etwas vertuschen. Und dieser jemand möchte nicht, dass Gerd, Peter oder seine Leute davon etwas mitbekommen. Allem Anschein nach passiert das Ganze genau in diesem Moment, vor ihren Augen. Er möchte zu gern wissen, was hier vor sich geht.

Gerd hält es nicht vor der Tür zum Computerraum. Er gibt Max zu verstehen, dass er die Wartezeit nutzen wird, um einen Rundgang durch das Museum zu machen. „Bleib bitte hier und gib mir Bescheid, wenn wir hineindürfen, oder wenn etwas Wichtiges passiert. Es kann bestimmt nicht schaden, rundum nach dem Rechten zu sehen. Ich bin gespannt, ob mir etwas auffällt."

Er hat schon so eine Ahnung, wohin er seine Schritte lenken muss. Die junge rothaarige Frau fällt ihm beim Betreten der Räume, die die weitreichende Bildergalerie beinhaltet, sofort ins Auge. Sie ist nicht nur bildschön, sondern anscheinend auch sehr an den Gemälden interessiert. Irgendetwas hat diese Frau an sich, das ihn aufmerksam werden lässt. Er folgt ihr in gebührendem Abstand, darauf bedacht, von ihr nicht bemerkt zu werden.

Immer wieder bleibt die Frau stehen. Sie begutachtet einige der Gemälde aus verschiedenen Entfernungen. Ihre Handtasche hat sie dabei fest in den Händen.

Er beobachtet jede ihrer Bewegungen. ‚Was macht sie da?' Sie scheint einige der Bilder genauestens zu begutachten. Dabei ist sie augenscheinlich hochkonzentriert. ‚Wieso wechselt sie ihre Handtasche so oft von einer Hand in die andere?' Plötzlich erkennt er, was da vor sich geht. Seine Gedanken rasen. ‚Soll ich sie aufhalten, sie ansprechen oder ihr folgen, um zu sehen, wohin sie mich führt?' Für ihn steht fest, dass sie mit den Diebstählen zu tun hat.

Er stockt in seinen Gedanken, da die Frau sich plötzlich zu ihm umdreht. ‚Als ob sie mich gespürt hätte', geht es ihm durch den Kopf. Ihre Augen treffen aufeinander. Wie angewurzelt bleiben sie beide stehen. Sie können den Blick nicht voneinander wenden.

Emma spürt es von dem Augenblick an, als er sie ansieht. Ganz intensiv. Dieses Prickeln, das unter die Haut geht. Das in ihr einen Wunsch weckt, dem sie sich nicht entziehen kann. Den Wunsch, ihm nah zu sein.

Aber auch Gerd kann seine Augen nicht von ihr abwenden. Er steht einfach nur da, starrt sie an, ohne sich zu rühren. In ihm erwacht ein Verlangen, dass er in dieser Form seit einer Ewigkeit nicht mehr empfunden hat.

„Gerd!"

Der Ruf lenkt ihn ab. Erstaunt wendet er sich Ramona zu, die hocherfreut auf ihn zugelaufen kommt. So, wie sie es schon immer gemacht hat, stoppt sie erst unmittelbar vor ihm, schlingt ihm die Arme um den Hals und küsst ihn leidenschaftlich. „Was machst du denn hier?", erkundigt sie sich atemlos bei ihm.

Gerd schiebt sie ein Stück von sich. Suchend blickt er sich nach der rothaarigen Frau um. Wie nicht anders zu erwarten, ist die natürlich verschwunden.

„Warte hier." Ohne Ramonas Frage zu beantworten lässt er sie stehen. Er läuft in den nächsten Raum, dann in den übernächsten, doch die Frau ist nirgends zu sehen.

Gerd ist sauer, dass er sie verloren hat. Er schiebt das auf die Vermutung, dass sie zu der Diebesbande gehört. Er will sich nicht

eingestehen, dass es da noch ein anderes Gefühl gab. Frustriert kehrt er zu Ramona zurück. Sein Handy meldet einen Anrufer in dem Moment, als er die Hotelangestellte erreicht. „Ja?"
„Wir können jetzt in den Computerraum", teilt ihm Max mit.
„Ich bin sofort da." Irgendwie ist Gerd erleichtert, dass er sich von Ramona verabschieden muss. Fünf Minuten später erscheint er in der Computerzentrale des Königpalastes.

Emma starrt den Mann an. Sie hat keine Ahnung, wer das ist. Aber instinktiv spürt sie, dass dieser Mann ihr gefährlich werden kann. Würde sie ihn außerhalb ihrer Arbeit treffen könnte sie durchaus schwach werden. Dann erscheint seine Freundin. Sie kann beobachten, wie die beiden sich leidenschaftlich küssen. ‚Zu schade, dass die gutaussehenden Männer immer schon vergeben sind.' Aber sie ist erleichtert, dass sie sich getäuscht hat. Einen Moment lang dachte sie, er würde erkennen, was sie macht. ‚Dabei hat er nur auf seine Freundin gewartet. Vielleicht aber auch nicht!' Es kann nicht schaden, vorsichtig zu bleiben.

Sie nutzt die Gelegenheit, in der der Mann durch seine Freundin abgelenkt ist, und sucht eilig den nächsten Raum auf. Ihre Augen gleiten umher. Sollte der Mann ihr folgen, wäre es sicher von Vorteil, wenn er sie nicht mehr zu sehen bekommt. Die schweren bodenlangen Brokatvorhänge bieten ihr ausreichenden Schutz. Rasch versteckt sie sich dahinter, um abzuwarten. Sie hört schnelle Schritte, die vorbeilaufen. ‚Ob er das ist?' Mit einer Hand schiebt sie den Vorhang leicht zur Seite. ‚Ja, er ist es. Und er ist allein.' Könnte er doch auf der Suche nach ihr sein? Und wenn ja, warum? Vorsichtig schaut sie ihm nach, bis er im angrenzenden Raum verschwunden ist. Dann verlässt sie schleunigst ihr Versteck. Bevor er zurückkommt muss sie hier weg sein. Auf dem kürzesten Weg verschwindet sie aus der Galerie. Sie verlässt den Palast in der Gewissheit, dass ihr von ihm keine Gefahr mehr droht. Gerade noch rechtzeitig, um nicht von dem Überwachungssystem erfasst zu werden.

Gerd erreicht den zentralen Computerraum in dem Moment, als die Wachmänner zurückkommen und die Leute vom königlichen Sicherheitspersonal die Räume verlassen. „Und, wie sieht es aus?"

„Das kann ich dir in ein paar Minuten sagen, jetzt noch nicht", kommt die knappe Antwort von Max. Er lässt sich auf dem Drehstuhl vor dem Bedienpult nieder. Ohne Verzögerung beginnt er mit seiner Überprüfung.

Peter richtet sich neugierig an seinen Projektleiter. „Wo warst du? Ist dir irgendetwas aufgefallen?"

„Ja, da war tatsächlich etwas. Ich habe eine Frau gesehen, die sich die Gemälde angeschaut hat. Sie schien über Gebühr interessiert an einigen gezielten Exemplaren. Ich bin mir ziemlich sicher, dass sie zahlreiche Fotos davon gemacht hat."

„Dann hätte ich gern gewusst, wieso der Alarm nicht ausgelöst wurde. Kannst du die Frau beschreiben? War es eine von den Reinigungskräften, die wir auf den Bändern des letzten Diebstahls zu sehen bekamen?"

„Nein, da war sie nicht dabei. Das muss aber nicht heißen, dass sie an den Diebstählen nicht beteiligt ist."

„Dann sollten wir besser herauskriegen, wer sie ist. Sie muss ja auf den Überwachungsbildern zu sehen sein."

Max traut sich fast nicht, Peter zu widersprechen. „Tut mir leid, Herr Staller, aber die Kameras haben nichts aufgezeichnet. Allem Anschein nach waren sie abgeschaltet."

„Abgeschaltet? Wieso denn das?", erkundigt sich Peter erstaunt.

„Das weiß ich auch nicht. Aber es ist so. Genau eine Stunde lang."

„Bist du ganz sicher?" Eindringlich mustert Gerd den Computerfachmann.

Max bleibt bei seiner Überzeugung. „Ja. Sie wurde abgeschaltet, heruntergefahren, nicht manipuliert. Da kannte jemand die heutigen Passwörter. Hundertprozentig!"

„Verdammt, dann haben wir keine Möglichkeit, die Frau zu identifizieren." Gerd ist frustriert.

„Wie sah sie denn aus?" Peter wartet auf eine Beschreibung, doch was Gerd da von sich gibt, hätte er nie erwartet.

„Ich würde sagen etwa ein Meter achtzig groß, schlank, hat einen Wahnsinnskörper, ein Gesicht wie eine griechische Göttin. Dazu lange gelockte Haare. Dunkelrot. So wie ein guter Wein. Atemberaubend!"

„Beschreibst du jetzt die Frau, die du gesehen hast oder deine Traumfrau?" Trotz der angespannten Situation kann Peter nicht ernst bleiben. „Auf einer Skala von eins bis zehn. Wo stufst du sie ein?"

„Fünfzehn!"

Max' Gedanken kreisen. Die Sicherheitsmänner, die vorhin diesen Raum verlassen haben, waren nicht auf die Anlage geschult. Ob sie genau wussten, wie die ganze Anlage zu bedienen ist, wagt er zu bezweifeln. Rasch macht er sich daran, die Kameras für die Außenüberwachung zu überprüfen. Sein Urteilsvermögen lässt ihn nicht im Stich. Da der Sicherheitsmann die Außenanlagen vergessen hat, kann man erkennen, wie Emma auf das Gebäude zukommt. Er zoomt das Bild der fremden Frau heran. „Meinst du etwa die hier?", erkundigt sich Max bei seinem Boss und weist auf den Bildschirm vor sich.

„Ja, das ist sie."

Alle drei sehen auf den Monitor.

„Wow!", ist der gleichzeitige Kommentar von Peter und dem Computerspezialisten beim näheren Betrachten der Frau.

„Max, mach bitte ein paar Aufnahmen von ihr", fordert Gerd von seinem Kollegen. „Vielleicht kann *Oscar* sie ja finden."

„Ja, und ich werde in der Zeit nachhaken, warum die Anlage abgeschaltet wurde. Ich bin gespannt, was ich zu hören bekomme." Der Konzernchef will Antworten.

„Das kannst du dir sparen. Das war gezielt geplant. Du wirst keine Antwort kriegen."

Peter blickt Gerd kritisch an. „Warum sagst du das? In welche Richtung gehen deine Gedanken?"

„Es wird dir zwar nicht gefallen, aber ich glaube, ich weiß was hier los ist."

„Ich bin ganz Ohr." Peter sieht ihn fragend an.

„Nein, nicht hier. Schließlich haben wir die hiesigen Ohren selbst installiert. Lasst uns gehen."

Zurück im Hotel setzen sie sich in eine ruhige Ecke auf der Terrasse.

„Also los", fordert Peter ihn auf. „Was, glaubst du, ist hier los?"

Gerd lässt sich einen Augenblick mit der Antwort Zeit. „So wie ich das sehe, gibt es drei Möglichkeiten. Erstens, die Frau, die wir gesehen haben, arbeitet mit mindestens einem Mann des Wachpersonals zusammen. Dann wird es über kurz oder lang zum nächsten Diebstahl kommen. Oder zweitens, sie arbeitet mit der Königsfamilie zusammen um unsere Arbeit sowie die Anlage zu überprüfen. Dann will sich die Königsfamilie wahrscheinlich nur für den Ernstfall absichern."

„Das sind aber nur zwei Varianten", rechnet Max nach.

„Die dritte wird euch am wenigsten gefallen. Sie kann auch von der Versicherung kommen, um sich hier alles an und uns auf die Finger zu sehen."

„So können sie uns im Bedarfsfall als die Schuldigen dastehen lassen." Peter versteht was Gerd ihm sagt.

„Ja, genau."

„Was können wir tun?" Die Resignation in Peters Stimme ist nicht zu überhören. Untätig darauf zu warten, dass er vielleicht seine Firma schließen muss, behagt ihm gar nicht.

Ein Stück hinter Peter, der ihm gegenüber sitzt, erkennt Gerd an einem der Tische die junge Frau wieder, die sich in angeregter Unterhaltung mit einem Mann befindet. Er schätzt den fremden Mann, der einen wachen, intelligenten Eindruck macht, auf Mitte vierzig. Anscheinend sind die beiden ebenfalls in diesem Hotel abgestiegen. Die zwei wirken auf ihn sehr vertraut miteinander. Er fragt sich, in welchem Verhältnis sie wohl zueinanderstehen. ‚Sie könnte durchaus seine Tochter sein. Vielleicht seine Geliebte?' Aus irgendeinem Grund behagt ihm diese Vorstellung absolut nicht. Ihm kommt eine gewagte Idee. Er nimmt sich vor, Ramona nach dem Generalschlüssel zu fragen. „Ich glaube, ich werde mich heute Abend einmal in dem Zimmer der Frau umsehen, die im Museum war."

„Wie willst du die Frau denn finden? Wir haben doch überhaupt keinen Anhaltspunkt, wo wir suchen sollen. Wie willst du da an ihr Zimmer herankommen?" Peter ist gespannt, was Gerd vorhat.

„Ich habe sie schon gefunden", erklärt der ruhig. „Dreh dich jetzt nicht um, aber sie sitzt nur ein paar Tische hinter dir."

„Wäre es dann nicht besser, wenn sie uns nicht zusammen sieht?" Max äußert seine Überlegung gerade laut genug, dass seine Gesprächspartner es verstehen. „Könnte doch sein, dass wir unabhängig voneinander mehr erreichen."

„Damit liegst du bestimmt nicht verkehrt. Verschwinden wir hier."

Wolfgang Keller blickt Emma fragend an. „Wer war der Mann, von dem Sie mir gerade erzählt haben? Können Sie ihn identifizieren? War es Staller?"

„Nein, den hätte ich erkannt. Von Peter Staller und seinem Sohn gab es einige Fotos in der Presse. Auch seiner Akte war ein Foto beigefügt. Ich weiß nicht, wer das war. Vielleicht gehört er zum Sicherheitspersonal, aber das glaube ich eher nicht. Die stellen wahrscheinlich nur Spanier aus ihren eigenen Reihen dafür ein. Ich weiß ja noch nicht einmal genau, ob ihm etwas aufgefallen ist oder ob er nur auf seine Freundin gewartet hat." Emma wird das ungute Gefühl nicht los, dass sie diesen Mann schon einmal gesehen hat. Aber sie kann sich nicht erinnern, wo das gewesen sein soll.

„Vielleicht gehört er ja zu den Mitarbeitern von Staller?", spekuliert Wolfgang. „Wenn er mit den Diebstählen zu tun hat, ist er wahrscheinlich privat hier."

„Das lässt sich doch sicherlich herausfinden. Nicht von allen Mitarbeitern gab es Fotos in den Akten. Er könnte also durchaus dazugehören. Aber egal was mit ihm ist, er wird mir nicht in die Quere kommen. Die Bilder von der Kamera habe ich bereits heruntergeladen. Der Laptop und die Kamera sind in dem kleinen Aktenkoffer. Er ist auf Ihren Namen im Hoteltresor hinterlegt. Wie geht es jetzt weiter?"

„Um zweiundzwanzig Uhr, bei der Wachablösung, wird der Sicherheitsdienst der Königsfamilie einen Lastwagen mit den Bildern aus dem Palast hinausfahren. Sie steigen zu und kontrollieren die Verladung am Flughafen. Ihr Ansprechpartner ist Luis

Perez. Er ist der persönliche Vertraute der königlichen Familie. Sie werden ein paar hübsche Polaroid-Fotos machen, die wir im Nachhinein digitalisieren können. Das sollte als Beweismittel für ihre zukünftigen Freundinnen ja wohl ausreichen. Vom Sicherheitspersonal weiß nur der Einsatzleiter Pablo Quintano, wer Sie sind. Morgen Früh um acht Uhr fliegen wir zurück."

„Gut. Was ist mit der Auktion?"

„Da ist bereits alles vorbereitet. Morgen geht die Mitteilung an die Presse hinaus. Mittwoch steht es dann in allen regionalen Zeitungen. Sowohl der Bericht über den Diebstahl als auch die Einladung zur Auktion. Sie findet am Donnerstag statt. Es wird Sie freuen zu hören, dass der Auktionator ein alter Freund von Ihnen ist."

„Wer?", fragt Emma neugierig.

„Ulf Cremer."

„Spitze!" Emma lacht begeistert auf. Der ein Meter vierundneunzig große Hüne ist der perfekte Mann, um den nicht ganz astreinen Auktionator für geklaute Ware zu spielen.

Um kurz nach neun an diesem Abend macht sich Emma auf den Weg. Unter ihrem langen, weit geschnittenen bunten Rock trägt sie eine schwarze Jeans und flache Schuhe. Das dunkelblaue Trägertop und die hellblaue Stola passen perfekt zu ihrem Outfit. Die glänzenden dunkelroten Haare fallen in wilden Locken über ihre Schulter und den Rücken herab. Wolfgang Keller, mit schwarzem Anzug, Hemd und Krawatte bekleidet, wartet in der Hotellobby auf sie. Als sie bei ihm ankommt, reicht er ihr einen Arm. Emma hakt sich bei ihm ein, lächelt ihn an und zusammen verlassen sie das Hotel.

Die beiden geben ein attraktives Paar ab, so dass sich jeder interessiert nach ihnen umschaut. Doch niemand käme auf die Idee, etwas anderes zu vermuten, als dass sie Spaniens warme Sommernacht genießen wollen. Die kleine Reisetasche, die er in der einen Hand trägt, fällt niemandem auf.

Wolfgang begleitet die Agentin bis in die Gärten des *Jardines de Lepanto*. Von hier aus sind es nur noch fünfhundert Meter bis zum Königspalast. An einer stillen Ecke entledigt sich Emma ihres Rocks und packt ihn in die Tasche. Ebenso die Stola. Stattdessen zieht sie jetzt ein schwarzes Sweatshirt und leichte Handschuhe an. Ihre auffälligen Haare versteckt sie unter einer schwarzen Wollmütze. Sie verabschiedet sich von ihrem Vorgesetzten. „Wenn alles gut geht, bin ich in zwei Stunden zurück."

Der Ministerialdirektor sieht ihr noch einen Moment nach. Jetzt ist Emma auf sich allein gestellt. Er weiß, dass das für die junge Frau kein Problem darstellt. Er macht kehrt, um ins Hotel zurückzukehren.

Max, der sich in der Hotellobby herumdrückt, bemerkt, wie die beiden das Hotel verlassen. Seinem ungeübten Auge entgeht die Reisetasche. Er erkennt nur ein Paar, welches sich für den Abend in guter Gesellschaft gekleidet hat. Sofort sucht er seinen Boss auf.

„Sie sind weg", teilt er ihm atemlos mit.

Darauf hat Gerd gewartet. Vor einer Stunde konnte er Ramona überreden, ihm für eine Weile den Generalschlüssel zu überlassen. Auch die beiden Zimmernummern, auf die er es abgesehen hat, erfährt er nach einigem Betteln von ihr. Er hat keine Ahnung, warum ihn die Erkenntnis, dass es sich um zwei Einzelzimmer handelt, so außerordentlich erleichtert. Zuerst nimmt er sich das Zimmer des unbekannten Mannes vor. Doch auch seine gründliche Suche kann ihm nicht helfen, den Mann zu identifizieren, geschweige denn, ihn mit den Diebstählen in Verbindung zu bringen. Nichts in dessen Zimmer weist auf seinen Namen oder seine Herkunft hin. Das laute Husten auf dem Flur ist Max' Zeichen für den sich nähernden Mann. ‚Mist! Wieso sind die so schnell zurück? Das war höchstens eine dreiviertel Stunde.' Er prüft noch einmal alles um sich herum. Es gibt keine Spuren, die auf sein Eindringen in diesen Raum hindeuten. Im letzten Moment kann er aus dem Zimmer verschwinden.

„Absolut nichts! Ich bin bei der Durchsuchung noch nicht einmal auf einen Namen gestoßen", berichtet Gerd. „Das war aber ein kurzer Ausflug. Wieso waren die so schnell wieder da?", schmollt er enttäuscht. Er hätte sich den zweiten Raum gern auch noch angesehen.

„Ja." Max stimmt ihm zu. „Aber er ist allein zurückgekommen. Die Frau war nicht dabei."

„Bist du sicher?"

„Natürlich. Ich weiß doch, was ich sehe. Er war allein."

„Das ist gut. Dann nehme ich mir jetzt ihren Raum vor."

„Aber sei vorsichtig", empfiehlt ihm der Konzernchef. „Wenn der Mann schon zurück ist, kann auch sie jederzeit hier aufkreuzen."

„Schon klar."

Wie zuvor begibt sich Max auf seinen Beobachtungsposten in der Lobby, während der Konzernchef die Treppe, die aus der Halle heraufführt, im Auge behält.

Nachdem er sich vergewissert hat, dass er unbeobachtet ist, öffnet Gerd vorsichtig die Tür zu Emmas Zimmer mit dem Generalschlüssel. Noch einmal schaut er sich um, dann schlüpft er rasch hinein. Wie erwartet ist der Raum leer. Er sieht sich gründlich um.

Emma findet sich direkt am Treffpunkt auf der Rückseite des eindrucksvollen Gebäudes ein. Der Lastwagen steht bereit um loszufahren. Bei ihrem Eintreffen steigt ein Mann aus.

„Ich bin Luis Perez", begrüßt sie der Mann kurz. „Ich werde Sie zum Flughafen begleiten. Pablo kümmert sich derweil um das Museum. Es ist alles planmäßig abgelaufen."

„Das ist gut." Emma ergreift freundlich lächelnd die dargebotene Hand, stellt sich ihm aber nicht vor.

Das erwartet der Staatsbeamte auch nicht. Überrascht ist er allerdings von der Jugend dieser Frau. Er hätte gedacht, dass ein Mann wie Wolfgang Keller eher auf die Berufserfahrung einer reiferen Frau zurückgreifen würde. Diese Agentin muss etwas Besonderes sein, wenn sie für so einen brisanten Auftrag eingesetzt wird. Einen Moment lang überlegt er, ob es angebracht ist dem Ministerialdirektor und seiner Agentin zu vertrauen oder sich doch an Gerd Bach zu wenden. Immerhin ist er diesem Mann einiges schuldig. Doch dann schüttelt er den Kopf. ‚Warten wir ab!', empfiehlt er sich selbst. „Sagen Sie Ihrem Boss, dass mein Auftraggeber die Bilder wiederhaben möchte. Unversehrt, wohlgemerkt."

„Das kann ich mir vorstellen. Ich werde mich darum kümmern. Sie bekommen sie unbeschadet zurück. Versprochen."

Luis Perez ist der richtige Mann, um die Gemälde ohne Aufsehen zu erregen in das Flugzeug einladen zu lassen. Das Schreiben der königlichen Familie sorgt für das Stillschweigen aller Beteiligten. Während der Verladung lässt sich Emma von ihrem Begleiter mit ein paar hübschen digitalen Fotos verewigen. Auf dem Rückweg setzt der Generalstabschef der königlichen Garde Emma am Park *El Retiro* ab, von wo aus sie nur ein paar Gehminuten zum Hotel benötigt. Anderthalb Stunden nachdem sie das Hotel verlassen hat ist sie wieder zurück. Um nicht ganz in schwarz im Hotel aufzutauchen steckt sie die Handschuhe und die Mütze in die Bauchtasche ihres Sweatshirts, zieht es aus und knotet es um die Hüften. Vorsichtshalber benutzt sie den Seiteneingang, der für das Personal gedacht ist und geht die hintere Treppe hoch.

Er kann nicht behaupten, Fachmann für die typischen Accessoires von Frauen zu sein, aber in diesem Raum findet sich kein einziger Gegenstand, der darauf hinweisen könnte, wer hier in diesem Zimmer abgestiegen ist. Auch im angrenzenden Bad deutet nichts auf die Persönlichkeit der Bewohnerin hin. Keine Kosmetika, keine Pflegemittel oder Schmuck. In dem Kleiderschrank hängt außer einem Kostüm und einer weiße Bluse keine weitere Bekleidung. Schubladen und Fächer weisen eine gähnende Leere auf. Die zusammengefaltete Jeans auf dem Stuhl bietet ihm auch keine Informationen. Sämtliche Taschen sind leer. Die Reisetasche auf dem Boden ist nur spärlich und mit dem Nötigsten bestückt. Er macht sich auf die Suche nach der Kamera. Aber ohne Erfolg. Auch einen Computer kann er nicht entdecken. Frustriert verlässt er eine Stunde später das Zimmer. Er kommt nur zwei Schritte weit, bevor Emma in den Flur zu ihrem Zimmer einbiegt.

In ihrer praktischen schwarzen Kleidung wirkt sie nicht gerade wie eine Touristin, die Spaniens Sommernächte genießen will.

Peter beobachtet auf der anderen Seite des Flurs die Treppe. Es ist Zufall, dass er einen Blick in die Richtung hinter sich wirft. Gerade noch rechtzeitig bemerkt er die junge Frau. Mit einem Satz ist er, Deckung suchend, hinter der nächsten Ecke verschwunden. ‚Was soll ich jetzt machen? Um Gerd zu warnen ist es viel zu spät.' Vorerst behält er seinen Posten bei, um notfalls einzugreifen.

Gerd bleibt wie angewurzelt stehen. Angespannt sieht er ihr entgegen, während sie weiter auf ihn zukommt.

Sie stoppt erst, als sie sich unmittelbar vor ihm befindet. Ihre ganze Haltung drückt ihren Ärger über seinen unangemeldeten Besuch aus. „Haben Sie etwas Interessantes gefunden?", schnauzt sie ihn wütend an.

„Wie bitte?" Gerd stellt sich dumm.

Energisch wiederholt Emma ihre Frage: „Haben Sie etwas Interessantes gefunden? In meinem Zimmer?"

„Gäbe es denn da etwas zu finden?", fragt er sie herausfordernd.

Sie macht einen weiteren Schritt auf ihn zu. Jetzt steht sie ganz dicht vor ihm. Fast berühren sich ihre Körper. Allerdings tut sie sich selbst damit nicht gerade einen Gefallen. In ihr entfaltet sich mit aller Macht wieder dieser eine, ganz besondere Wunsch. ‚Warum nur übt er so eine magische Anziehung auf mich aus?' „Was wollen Sie von mir?"

Gerd sieht sie nur an. Ihre tiefgründigen braunen Augen werden von verheißungsvoll glänzendem Grün durchzogen. Aber nicht nur ihre Augen faszinieren ihn. Ein ungeahntes Verlangen nach dieser Frau wird in ihm wach. Ein Verlangen, das er nicht unterdrücken kann, oder will. Er streckt die Hand aus, greift in ihren Nacken und zieht sie fest zu sich heran.

Für einen kurzen Augenblick weiten sich ihre Augen überrascht als er seine Lippen auf ihre senkt und sie heftig küsst. Im ersten Moment überlegt sie ihn wegzustoßen. Allerdings schafft sie es nicht, ihre Sehnsucht nach diesem Mann zu unterdrücken. Irgendetwas hat er an sich, das sie in seinen Bann zieht. Mit einem leisen, kehligen Stöhnen öffnen sich ihre Lippen. Ihre Hände umklammern seine Hüften, während sie ungestüm seinen Kuss erwidert.

Jeder vernünftige Gedanken erlischt in ihm als sich ihr Körper in wilder Erwiderung an seinen presst. Ihre Hände wandern langsam über seinen Rücken zu den Schultern hinauf. Er zieht sie ganz an sich heran, nimmt sich noch etwas mehr, bis sie beide keine Luft mehr bekommen.

Heftig atmend stößt Emma ihn ein Stück von sich, bis er mit dem Rücken vor ihrer Zimmertür steht. Sie zieht ihre Schlüsselkarte aus der Gesäßtasche, um rasch die Tür zu öffnen. Mit ihrem Körper schiebt sie ihn in den Raum. Ohne sich von ihm abzuwenden tritt ihr Fuß hinter ihnen die Tür ins Schloss. Dann schaut sie ihm offen in die Augen. „Ich will dich."

„Ja, ich weiß."

Sie krallt beide Hände in sein T-Shirt. Ungeduldig zieht sie ihn wieder zu sich.

Alles um sie herum ist vergessen. Es gibt nur noch sie beide und das Verlangen nach der Erfüllung ihre Begierde.

Peter zieht sich in dem Bewusstsein zurück, dass Gerd momentan keine Gefahr droht. Auch seinen Computerspezialisten ruft er von seinem Posten zurück. Doch seine Sorge um Gerd kann er nicht ganz abschütteln.

Emma wird durch ein leises Summen wach. Schnell schaltet sie den Alarm an ihrer Armbanduhr aus. Es ist fünf Uhr. In drei Stunden geht ihr Flieger. Ihr Blick fällt auf den schlafenden Mann neben ihr. Die Erinnerung an den gestrigen Abend keimt in ihr auf. Fast kann sie noch seine warmen Hände auf ihrem Körper fühlen. Den aufkommenden Wunsch, sich noch einmal in seine Arme zu schmiegen, unterdrückt sie rasch. Sie hat hier schon genug Fehler gemacht.

Vorsichtig schlüpft sie aus dem Bett. Ohne sich durch Geräusche zu verraten zieht sie ihre Jeans, Shirt und Schuhe an. Ganz leise öffnet sie den Schrank. Kostüm und Bluse packt sie in ihre Reisetasche. Nachdem alles verstaut ist schaut sie sich noch einmal um. Sie hat nichts vergessen. Der letzte Blick gilt dem fest schlafenden Mann in ihrem Bett. Sie wendet sich ab und verlässt unbemerkt das Zimmer.

Eine halbe Stunde später tritt sie aus der Gästetoilette im Souterrain, bekleidet mit ihrem Kostüm und halbhohen Pumps. Die

Haare ordentlich hochgesteckt. Sie trifft Wolfgang Keller pünktlich an der Rezeption. Die beiden erhalten ihre Wertsachen aus dem Tresor und verlassen das Hotel. Ihr Ziel ist der Flughafen von Madrid.

Gerd schlägt die Augen auf und wendet sich um, doch das Bett neben ihm ist leer. Emma hat in Begleitung von Wolfgang Keller bereits das Hotel verlassen. Auf dem Flur trifft er auf die wütende Ramona, die sich ihren Generalschlüssel abholt.

„Was ist eigentlich in dich gefahren? Wenn hier jemand mitkriegt, dass ich dir meinen Schlüssel gegeben habe, fliege ich raus. Und wofür? Dafür, dass du zu dieser Frau gehst?"

„Das war nicht geplant", erwidert er. „Aber unvermeidbar. Und ich werde mich auch nicht dafür entschuldigen."

„Das ist ja jetzt wohl auch egal. Immerhin ist sie schon seit zwei Stunden weg", klärt Ramona ihn erbost auf.

„Weg?"

„Ja, abgereist. Sie ist heute Morgen mit dem Mann, mit dem sie sich hier im Hotel getroffen hatte, zum Flughafen gefahren."

Gerd grübelt vor sich hin. ‚Sie hatte es sehr eilig, von mir fort zu kommen. Was hat dieser mir unbekannte Mann mit der ganzen Geschichte zu tun? Und wie hängt das Ganze mit den Museumsdiebstählen zusammen?' Gerd ist sauer auf sich selbst. Nicht nur, dass er immer noch keine Ahnung hat, wer diese Frau ist, geschweige denn wie sie heißt, hat er sich durch seine Gefühle vom Wesentlichen ablenken lassen. Er fragt sich, ob sie es nicht genau darauf abgesehen hatte. Aber wenn er ehrlich ist, hat auch er genau das gewollt.

Er lässt Ramona einfach stehen, um sein Zimmer aufzusuchen. Kurz darauf findet er sich bei Peter Staller ein. Von diesem dann obendrein mit der letzten Nacht aufgezogen zu werden, trägt nicht gerade dazu bei, seine Laune zu verbessern. Er nimmt sich vor, noch einmal mit Luis Perez zu sprechen. Doch leider hat der Berater der Königsfamilie keinen Termin für ihn frei. Die drei Männer machen sich für den Rückflug nach Düsseldorf bereit.

Damit sie nicht über die Vorkommnisse der letzten Nacht nachdenken muss, beschäftigt sie sich während des Fluges mit den Unterlagen für die Auktion. Aber so richtig gelingen will ihr das nicht. ‚Was ist nur in mich gefahren', schimpft sie sich selbst. ‚Und wieso muss ich immer noch an diesen Mann denken?' Sie hat bekommen, was sie wollte. Das müsste doch ausreichen. Sie kennt ihn noch nicht einmal. Er ist auch nicht der erste Mann, mit dem sie Sex hatte. Sex! Das Wort klingt viel zu harmlos für das, was sie beide letzte Nacht erlebt haben. ‚Das Beste ist, ich vergesse ihn so schnell wie möglich.' Wenn das nur so einfach wäre!

Vor ihrem geistigen Auge tauchen wieder die Bilder auf, die sie zu verdrängen versucht. Bilder von einem Mann, der es schafft, Gefühle in ihr zu wecken, die sie in dieser Form noch nie gespürt hat. Es gab einmal eine Zeit, da hatte sie geglaubt, den richtigen Mann gefunden zu haben und genoss die damit verbundenen Gefühle. Doch das entpuppte sich als Alptraum. Gefühle wie diese wollte sie nie wieder zulassen. ‚Sie machen einen verletzlich, angreifbar.' Das kennt sie zur Genüge. Nie wieder will sie so etwas erleben! Doch er hat ihre Barrieren durchbrochen. Wie hat er das nur geschafft? Was ist an ihm so anders? Sie sieht wieder diese glänzenden honigfarbenen Augen umrahmt von den kleinen Lachfalten, die seinem Aussehen Charme und Wärme verleihen.

Wolfgang Keller fällt nicht auf, dass sie stiller ist als sonst.

12

Montagmorgen sitzt Rüdiger Pforte in der Wohnung über der Gaststätte, die er privat nutzt. Hier gewährt er nur den wenigsten Mitgliedern zutritt. Rüdiger hat sich mittlerweile zum Redeführer der hiesigen Gruppe von Nationalsozialisten emporgearbeitet. Das verdankt der blonde Vierunddreißigjährige mit den kalten, grauen Augen hauptsächlich seinem knallharten brutalen Vorgehen.

Der ein Meter neunundsiebzig große muskulöse Mann hat seinen Rechner hochgefahren und überfliegt, wie jeden Morgen, kurz die Berichte der großen Tageszeitungen. Hauptsächlich aus Berlin, aber auch die regionalen Berichte kleinerer Zeitungen weisen ihm hier und da den Weg zu neuem Handlungsbedarf.

Wie immer schreiben sie nur Schwachsinn. Vorgefertigte Berichte, die durch die Regierung manipuliert und beaufsichtigt werden. Da ist er sich ganz sicher.

Doch dann stutzt er. ‚Was war das gerade?' Er klickt die letzte Seite noch einmal an. Den Artikel überfliegt er kurz. Erstaunt liest er den Bericht genauer. ‚Das ist absolut unfassbar. Schon wieder hat sich die Regierung eingemischt. Die eignen sich einfach das Gold an. Dabei gehört denen davon nicht eine Unze. Das Gold stammt von den *SS-Truppen*.' Von seinen Leuten, seinen Artgenossen. ‚Wir hätten viel eher einen Anspruch darauf.' Als er den Bericht zu Ende gelesen hat lacht er leise auf. ‚Das passt doch!' Dann öffnet er eine neue Internetseite. Er informiert sich über das *Hildebrand-Museum*.

Kurz darauf verlässt er seine Wohnung, um sich in die darunter gelegene Gaststätte zu begeben. Johann Sterz, bis vor kurzem sein Vertreter in den Reihen seiner engsten Vertrauten, sitzt, ungeduldig mit den Beinen wackelnd, am Tresen. Er wartet schon seit einer gefühlten Ewigkeit auf seinen Anführer.

Rüdiger begrüßt ihn kurzangebunden. „Johann, was willst du hier?" Er weiß, dass Johann zu dieser Zeit andere Aufgaben zu erledigen hat.

„Ich will mit dir reden."

„Okay, schieß los." Rüdiger ist gespannt, was der dreißigjährige muskulöse Kamerad ihm zu sagen hat. Anscheinend hält er dieses Gespräch für wichtig genug, um seine Arbeit dafür zu unterbrechen.

„Es ist wegen Stefan. Ich traue ihm nicht." Johann weiß, dass er vorsichtig sein muss mit dem, was er sagt. Stefan Schmidt ist seit knapp drei Wochen dabei. In kürzester Zeit konnte dieser sich bereits Rüdigers Vertrauen erarbeiten. Schon nach einer Woche ernannte der Redeführer Stefan zu seinem Stellvertreter. Im Kreis der engsten Vertrauten sitzt Stefan Schmidt seitdem rechts neben Rüdiger. Das war bisher Johanns Platz gewesen.

„Dafür habe ich kein Verständnis. Stefan hat sich seine Stellung durchaus verdient. Ohne ihn wären wir noch längst nicht so weit gekommen. Er macht einen guten Job. Ich vertraue ihm."

„Ja, das ist es ja gerade. Ich bin sicher, er hat es genau darauf abgesehen. Er wird uns allen noch schaden. Davon bin ich überzeugt. Du solltest ihm nicht vertrauen."

Rüdiger schaut dem strohblonden Johann skeptisch in die wässrigen blauen Augen. „Ich sag dir etwas. Bring mir Beweise, dann reden wir darüber. Solange du nichts in der Hand hast, halt dich zurück. Und schwärz keinen Kameraden an, sonst kriegst du Ärger mit mir. Wenn du nur sauer bist, weil er deinen Platz eingenommen hat, dann kann ich dir nicht helfen. Er ist definitiv der bessere Mann von euch beiden. Jetzt sieh zu, dass du an deine Arbeit kommst."

Während er dem wütend davoneilenden Johann nachsieht denkt er über Stefan Schmidt nach. Seit Stefan dabei ist konnten sie mit seiner Hilfe so manchen Coup ohne großen Aufwand durchziehen. Zudem ist Stefan von Haus aus vermögend. Dank seinem wohlbetuchten Elternhaus hat er es nicht nötig zu arbeiten. Zudem unterstützt er ihre gemeinsame Sache, wo er kann. Rüdiger ist sich sicher, dass Stefan ihm noch gute

Dienste leisten wird. ‚Der Junge hat Potential. Vielleicht sollte ich ihm die Sache mit dem Gold überlassen?' Doch dann entschließt er sich anders. ‚Nein, das mache ich selbst.' Er greift nach seinem Handy und wählt eine Nummer, die er ohne Namen gespeichert hat.

„Was gibt es?" Der Gesprächspartner am anderen Ende der Leitung ist kurz angebunden. Seinen Namen nennt er gar nicht erst. Das muss er auch nicht. Rüdiger weiß, dass Axel von Weißenkopf in seinen Kreisen ein hochrangiges Mitglied ist, dem man die nötige Achtung nicht verwehren sollte. Außerdem erhält Rüdiger seine Befehle direkt von ihm. Er berichtet seinem Gesprächspartner, was er über den Fund des Nazi-Goldes in Erfahrung bringen konnte. Anschließend schildert er seinem Befehlshaber, was er in Bezug darauf vorhat.

„Das ist ein gewagtes Unterfangen. Sind Sie sicher, dass Sie das mit Ihren Kameraden bewerkstelligt kriegen? Wenn das schiefgeht, haben wir keine zweite Chance."

„Ich sehe da keine Probleme. Ich habe Leute genug, um das durchzuziehen. Außerdem rechnet keiner mit uns. Wir haben also auch das Überraschungsmoment auf unserer Seite."

„In Ordnung. Wickeln Sie das ab, aber sorgen Sie dafür, dass alles gut organisiert und sauber ausgeführt wird. Sobald Sie das Gold haben, kümmere ich mich um den Transport. Melden Sie sich unverzüglich bei mir."

„Jawohl!", bestätigt Rüdiger knapp. Die Verbindung wird beendet. Per Handy versendet er Einladungen zu der heutigen Versammlung um achtzehn Uhr. Bis dahin wird er noch weiter recherchieren, um die notwendigen Informationen einzuholen.

Zur angesetzten Uhrzeit hat sich die Gaststätte gut gefüllt. An dem großen runden Tisch, der im hinteren Bereich des Raumes steht, haben sich die elf wichtigsten Leute seiner Gruppe zusammengefunden. Rüdiger ist stolz auf das, was sie leisten. Er ist sicher, dass sie für ihre Verbindung unentbehrlich sind. Dass sie austauschbar sein könnten, kann er sich absolut nicht vorstellen. Zu seiner Rechten sitzt Stefan Wolf, der den Männern in diesem Raum als Stefan Schmidt bekannt ist.

Nachdem Holger Baumann dafür gesorgt hat, dass der Agent sich an die Fersen der hiesigen Gruppe von Neonazis heften konnte, hat Stefan sich Stück für Stück die Achtung der anderen erkämpft. Mittlerweile bekleidet er die Position des zweiten Mannes. Der achtundzwanzigjährige durchtrainierte Einzelkämpfer ist schlanke ein Meter zweiundachtzig groß und gehörte bis vor kurzem einem Trupp der *Spezialeinsatzkommandos* von Berlin an. Der rotblonde Beamte hat schon eine ganze Weile darauf gewartet zu beweisen, was in ihm steckt. Stefan wusste genau, worauf er sich einließ, als er sich für diesen Auftrag als Untergrundagent gemeldet hat.

„Heute Morgen bin ich über einen Zeitungsartikel gestolpert, der unserer Aufmerksamkeit bedarf." Rüdiger liest den Artikel vor. „Ich denke, hier sollten wir handeln. Das Gold gehört ja wohl kaum dieser verlogenen Regierung. Für unsere Kameraden in Arrach können wir nichts tun. Aber wir können uns das Gold zurückholen. Wie es der Zufall so will, befindet sich der gesamte Fund im *Hildebrand-Museum* hier in Berlin. Die haben uns den Schatz direkt vor die Tür gekarrt."

Interessiert mustert ihn Stefan. „Was hast du geplant? Du hast doch sicherlich schon Hintergrundmaterial, damit wir schnell handeln können?"

Anerkennend mustert Rüdiger den vermeintlichen Kameraden neben sich. ‚Das ist es, was ich an diesem Mann mag. Keine ausschweifenden Reden, schnelles Handeln. Tun, was getan werden muss, ohne Befehle groß zu hinterfragen.'

Johann, der noch einen Platz weiter sitzt, sieht sauer zu Stefan hinüber. ‚Klar, der will wieder alles ganz genau wissen. Irgendwann wird sich das rächen. Ich werde ihn besser im Auge behalten.' Er blickt auf, genau in Stefans nachdenklich auf ihn gerichtete kalte grüne Augen.

„Wir holen uns das Gold am Samstag. Ich glaube nicht, dass da viele Leute im Museum sein werden. Immerhin läuft das *Achtelfinale der Fußball-Weltmeisterschaft*. Wer nicht in Leipzig ist, hängt vor dem Fernseher. Am Freitag sprechen wir uns ab, damit wir Samstag alle wissen, was getan werden muss."

„Wir sollten uns ein paar Eintrittskarten besorgen. Als Besucher getarnt können wir uns das ganze Museum ansehen", schlägt ihnen Stefan vor. „Auch ein paar Fotos können nicht schaden. Aber auf alle Fälle sollten wir versuchen herauszukriegen, wer dort zuständig ist und wie die Abläufe sind."

Rüdiger nickt ihm zu. „Ja, du hast Recht. Daran habe ich auch schon gedacht. Wir werden uns täglich dort umsehen. Ich denke, immer zwei bis drei von uns. Geht einzeln hin. Ihr gehört nicht zusammen. Seid stinknormale Besucher. Macht keine Fotos mit dem Handy, das ist zu auffällig. Nehmt die kleinen Digitalkameras mit, die wir noch von unserer letzten Aktion haben. Johann, du gehst morgen. Nimm dir noch jemanden aus der Truppe mit."

„Geht klar." Johann nickt ihm zu.

„Stefan, wir beide gehen Mittwoch. Dann sehen wir weiter."

„Ja, gut."

Damit gehen sie zu anderen Gesprächsthemen über.

Es ist schon spät, als Stefan das Gasthaus verlässt um zu seiner Wohnung zu gehen.

Alle Kameraden haben ihre Wohnungen im gleichen Gebäude, etwa dreihundert Meter vom Klubhaus weg. Er ist sich sicher, dass seine Wohnung abgehört wird. Auch konnte er schon in den ersten Tagen feststellen, dass seine Wohnung durchsucht wurde. Da er sich nicht verraten will, benutzt er auch nicht sein Handy für den Kontakt zu seinem Auftraggeber. Alle Mitglieder aus Rüdigers Truppe mussten ihre Handys mit einer Kontrollfunktion belegen, die es dem Anführer jederzeit ermöglicht, sich in die Handys einzuloggen. Ein zweites Handy bei sich zu tragen wagt er nicht. Zu schnell könnte er dadurch auffliegen. Vorsichtig schaut er sich um. Er hat das Gefühl verfolgt zu werden.

Fünf Meter von seiner Haustür entfernt steht ein Biker auf der Straße. Der flucht lauthals über seine dämliche Maschine, während er vergebens versucht zu starten.

Stefan schlendert auf den Mann zu. Eher desinteressiert als neugierig richtet er sich an den Mann. „Na, will sie nicht so wie Sie es wollen?"

Thomas Euler hebt den Kopf. Verzweifelt stöhnt er auf. „Sie bleibt immer wieder liegen. Ich habe keine Ahnung, was daran ist. Sie geht einfach aus. Anschließend lässt sie sich dann lange nicht mehr starten."

„Vergaser schon gecheckt? Ich würde mir als erstes den Vergaserzulauf ansehen."

„Den Vergaser habe ich schon mehrmals gereinigt. Aber den Schlauch? Der ist in Ordnung."

„Darf ich mir das einmal ansehen?"

„Nur zu!"

Stefan hockt sich vor das Motorrad und macht sich an dem Zulauf für den Vergaser zu schaffen. Der Schlauch ist mit einer Mutter gesichert. Diese kann von Hand gelöst werden. „Gib mir bitte einen *Siebener* Schlüssel", fordert er trotzdem von dem Mann.

Für jeden, der darauf achtet, ist zu sehen, wie Stefan den Schlauch löst. Er saugt das Benzin kurz an. Als der Treibstoff aus dem Schlauch sprudelt befestigt er diesen wieder. Durch seinen Körper vor fremden Blicken geschützt greift er an die linke Verkleidungsseite des Tanks. Dort befindet sich der Drehregler, der von Thomas Euler zuvor vollständig zugedreht wurde.

Stefan öffnet den Regler, ohne dass es jemand bemerken könnte. „Versuch es jetzt nochmal."

Thomas startet seine Maschine, die sofort anspringt. Dankbar sieht er Stefan an. „Hey, Mann, echt klasse. Vielen Dank."

Stefan nickt ihm zu. Aufrichtend steckt er die Hände in die Hosentaschen. „Sie sollten den Schlauch austauschen und morgen eine große Runde um den Park drehen. Dann kommt sie schon wieder auf Touren. Die Benzinpumpe sollten Sie besser auch überprüfen. Vielleicht brauchen Sie ja eine neue. Auf der Kanalstraße, ein Stück nördlich von hier, gibt es einen guten Händler."

„Vielen Dank für den Tipp", sagt Thomas erfreut, dann fährt er los. Stefan sieht dem Biker kurz hinterher. Er betritt das Wohnhaus und kurz darauf seine Wohnung.

Johann, der sich in den Schatten der Mülltonnen auf der gegenüberliegenden Straßenseite drückt, beobachtet Stefan auch weiter, bis das Licht in der Wohnung erst an- und kurz darauf wieder ausgeht. Er will auf alle Fälle wissen, was sein Zielobjekt den Tag über so treibt. Er wird auf seinem Posten bleiben, in Erwartung dessen, was morgen passiert.

Thomas Euler fährt zurück zu seinem Zimmer, das er sich in der Nähe gemietet hat. Durch das Gespräch mit Stefan weiß er jetzt, dass sie sich morgen um sieben Uhr im Park auf der nördlichen Joggingstrecke treffen werden. Und zudem hat er erfahren, dass Stefan überwacht wird. Sie müssen vorsichtig sein. Er ist gespannt auf die Informationen, die Stefan für ihn hat. Bisher war Wolfgang Keller sehr zufrieden mit ihrer Arbeit.

Kurz vor sieben am nächsten Morgen macht sich Stefan in Joggingkleidung auf den Weg zu dem nur wenige hundert Meter entfernt gelegenen Park. In aller Ruhe nimmt er seine tägliche Laufstrecke in Angriff. Sein Gespür sagt ihm, dass er mit Sicherheit immer noch beobachtet wird. Er kann sich schon denken, wer das ist. Johann Sterz hat sich nicht damit abgefunden, dass Stefan ihn von seinem Platz verdrängt hat. ‚Wahrscheinlich arbeitet der daran, sich seinen Platz wieder zurückzuholen.' Stefan weiß, dass er vorsichtig sein muss. Nach einer Viertelstunde macht er die erste Pause. Während er seine Muskeln dehnt stützt er sich mit einer Hand auf die Lehne einer Bank.

Der alte Mann mit seinem Gehstock, der sich Stefan jetzt nähert, grüßt ihn nur kurz. Mit dem Rücken zu ihm setzt sich der Alte auf den Rand der Bank. Stefan verkneift sich das Grinsen, das bei dem Anblick von Thomas in ihm aufkeimt. Der Aufwand, mit dem der Kollege sich zurechtgemacht hat, lohnt sich bestimmt. ‚Niemand würde in dem alten Mann einen geheimen Ermittler vermuten.'

„Was hast du für mich?" Unter seinem dichten Bart bleiben die Sprechbewegungen von Thomas gut verborgen. Sie halten sich nicht lange mit Vorgesprächen auf. Jedes Wort zu viel könnte sie beide in Gefahr bringen.

„Der Nazi-Schatz, den die Studierenden aus Aachen gefunden haben. Er ist hier in Berlin, im *Hildebrand-Museum*. Sie wollen ihn sich holen. Am Samstag. Sag Keller er muss eingreifen." Damit läuft Stefan weiter.

Johann hat genau aufgepasst. Trotzdem ist er sich nicht sicher. ‚Haben die beiden Männer miteinander gesprochen?' Er konnte es nicht sehen. Doch wenn er mit seiner Vermutung richtig liegt, ist es jetzt wichtiger herauszufinden, was der Alte vorhat.

Thomas bleibt noch eine Weile gelassen auf der Bank sitzen. Schon glaubt Johann, dass er sich umsonst auf die Lauer gelegt hat, als der Alte endlich aufsteht. In gebührendem Abstand folgt Johann ihm.

Der Beamte verlässt den Park und biegt in eine Seitenstraße ab. Seinem ausdrücklichen Befehl folgend muss er alle Informationen sofort weitergeben. Doch noch bevor er in seinem Handy eine Rufnummer antippen kann steht Johann hinter ihm. Seine Drahtschlinge legt sich fest um Thomas' Hals.

Jetzt muss der Agent ums Überleben kämpfen. Er schafft es gerade noch, sein Handy in den Gully-Schacht am Straßenrand zu werfen. ‚So ist wenigstens Stefan sicher, egal wie das hier ausgeht.' Niemand kann dann eine Verbindung von ihm zu seinen Auftraggebern finden. Thomas versucht die Hand, die die Schlinge hält, zu greifen. Vergeblich! Er spürt, wie sich das kalte Metall in seinen Hals frisst. Ihm geht die Luft aus. Der Schmerz ist unerträglich. Trotzdem holt er aus, um dem Angreifer hinter sich den Ellbogen in die Rippen zu rammen.

Johann agiert nicht zum ersten Mal mit der Schlinge. Sie ist ihm so vertraut, dass er sie mit einer Hand benutzen kann. Er tritt Thomas in die Kniekehlen, der dadurch nach vorn einknickt. Mit der freien Hand drückt er sein Opfer an der Schulter nach unten. So hat Thomas keine Chance den Kampf noch zu seinem Vorteil zu entscheiden.

Zwei Minuten später lädt Johann den toten Mann zwischen dichtem Buschwerk im Park ab, ohne dabei beobachtet zu werden. Zufrieden wendet er sich ab. Er ist gespannt, wie das dem *tollen* Stefan Schmidt schmeckt. „Mach dich auf etwas gefasst!", droht er dem verhassten Mann leise vor sich hin murmelnd. ‚Wenn die beiden zusammengehörten, wird er den Alten über kurz oder lang vermissen. Von nun an wird Stefan keinen Schritt mehr machen, ohne dass ich davon Kenntnis habe. Egal was der Kerl in der nächsten Zeit unternimmt, ich werde es wissen!'

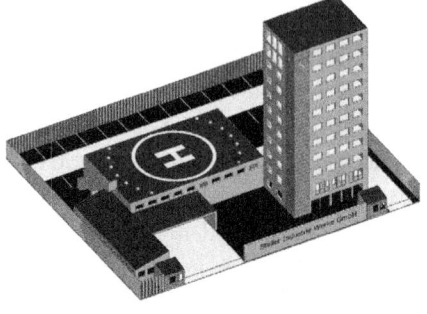

13

Das in die Jahre gekommene zweigeschossige Einfamilienhaus in Berlin-*Köpenick* gehörte den Eltern von Svenja. Mittlerweile wird das einhundertfünfundneunzig Quadratmeter große Haus von den vier Frauen gemeinsam bewohnt. Die Grundstücksfläche von sechshundert Quadratmetern mit den dichten rundum gepflanzten hohen Hecken bietet ihnen ausreichend Schutz vor neugierigen Blicken. Von den sechs vorhandenen Zimmern hat jede der vier Frauen ihr eigenes Reich. Den Wohnraum, Büro, Essbereich und Küche teilen sie sich. Ebenso wie die beiden großen Bäder, die Dusche und das Gäste-WC.

Nach dem Tod ihrer Eltern vor fünf Jahren übernahm die damals siebenundzwanzigjährige Svenja das Haus und die Reinigungsfirma. Allerdings hatte die gelernte Computer- und IT-Fachfrau keine Ahnung davon, wie sie mit einem solchen Geschäft umgehen sollte. Sowohl das Gehalt der schlanken, ein Meter fünfundsiebzig großen Blondine als auch das ihrer drei Jahre jüngeren Schwester Celina gehen für die alltäglichen Ausgaben drauf. Den gehobenen Lebensstandard, den sie sich sehnlichst wünscht, erreichen sie damit nicht.

Eine der Mitarbeiterinnen ihrer Reinigungsfirma kam ihr da gerade recht. Als Svenja die Fünfundzwanzigjährige beim Diebstahl erwischt, macht sie ihr ein Angebot, das diese nicht ablehnen konnte oder wollte. Die ein Meter zweiundsiebzig große Tamara raubte die Häuser aus, in die sie mit Hilfe von Svenjas Firma hineinkam. Gemeinsam dehnten die beiden Frauen das Geschäft aus und gaben sich bei Bedarf das notwendige Alibi. Doch die Einnahmen hielten sich in Grenzen. Tamara hat die entscheidende Idee. Sie bringt ihre Freundin Anja mit. Die sechsundzwanzigjährige gelernte Arzthelferin besorgt ihnen von da an die Medikamente, um vorhandenes Wachpersonal ruhig zu stellen. Die beiden Frauen ziehen in das Haus zu Svenja und Celina. Tamara übernimmt die Geschäftsführung der Reinigungsfirma. Kurz danach steigt Celina mit in das Trio ein. Die gutaussehende Blondine bringt durch ihre Ausbildung als Wirtschaftsfachwirtin das Wissen mit, um die ganzen Aktionen sauber zu organisieren. Damit haben sie eine solide Grundlage geschaffen, auf der sie ihr zusätzliches Geschäft aufbauen. Sie bieten die Dienste der Reinigungskräfte an Groß- und Geschäftskunden an. Da sie preiswerter als ihre Mitbewerber sind und zudem jegliche Arbeitszeiten akzeptieren, kommen sie schnell an neue Aufträge. Allerdings müssen sie die Firma jetzt mit neuem Personal erweitern, wodurch alle finanziellen Ressourcen ausgeschöpft werden.

Svenjas Ehrgeiz wird geweckt, als vor zwei Jahren eine der von ihnen beklauten Firmen ihre Alarmanlage mit einer Staller-Anlage aufstockt. Da sie bei ihren Versuchen, diese Anlagen zu überlisten, immer wieder scheitert, macht sie sich an diverse Mitarbeiter heran, die für diese Firma arbeiten. Allerdings hilft ihr das kein bisschen weiter. An die Teammitglieder, die für die Installation der Anlage zuständig sind, kommt sie nicht heran. Sie bittet um einen Termin für eine Beratung. Immerhin führt auch sie eine große Firma. Jetzt gelangt sie, ausgestattet mit dunkler Perücke und Kontaktlinsen, an Daniel Richter, der ihr bereitwillig Auskunft über die Anlagen und deren Funktion gibt. Auch eine Führung durch die Büros der Teamkollegen erhält sie.

Es bedarf nur kurzer Zeit, bis sie aus dem Fachchinesisch dieser Leute genug Informationen gesammelt hat, damit sie sich an die Kernpunkte der Sicherheit heranwagen kann. Sie begreift sofort, dass sie sich ohne die notwendigen Kenntnisse nicht an diese Anlage herantrauen darf. Das geht einzig über die Steueranlage in den Überwachungsräumen. Hier muss sie sich in die Zugriffsfunktionen hacken. Das ist eine Kleinigkeit für sie. Dachte sie jedenfalls! Bis ihre Einbrüche jedes Mal fehlschlugen. Die Meldung an die Polizei wurde immer wieder ausgelöst, bevor sie sich einloggen konnte.

Svenja ist wütend, fühlt sich erniedrigt, in ihrer Berufsehre gekränkt. Sie muss das Ganze anders angehen, begreift sie. Was stört, ist der Alarmmelder an die Polizei. Niemand schafft es, sich in dieser kurzen Zeit Zugang zu der Steuerung zu verschaffen. Also muss sie das ändern. Ganz gezielt sucht sie nach Anlagen der Firma *Staller*, um sie als Versuchsobjekte zu nutzen. Nachdem sie bei den nächsten beiden Anlagen beinahe gefasst worden wäre, will sie schon aufgeben. Doch das lässt ihr Ehrgeiz nicht zu. Und plötzlich hat sie den Dreh heraus. Sie braucht nicht lange, bis ihr die notwendigen Handgriffe vertraut sind.

Von da an beginnt das Quartett mit den groß angelegten Diebstählen auf Gemäldegalerien und Museen. Ihr Plan ist schnell entwickelt. Anja und Celina werden für die Ablenkung des Wachpersonals ausersehen. Anja, eine ein Meter siebzig große, gutaussehende Brünette mit blauen Augen und einem großen Busen, ist für jeden Mann eine Augenweide. Celina, ein Meter vierundsiebzig, kann den Augen der Männer mit ihrer sportlich schlanken Figur und den langen Beinen ebenfalls einiges bieten. Tamara sieht mit ihrem schwarzen Kurzhaarschnitt, den braunen Augen und ihrer weiblichen Figur nicht weniger gut aus als ihre Artgenossinnen. Doch bei ihr sind gänzlich andere Attribute gefragt. Seit frühester Kindheit haben sie und ihre Brüder sich mit Diebstahl beschäftigt. Sie kann nicht nur jedes Fahrzeug fahren, sondern es auch aufbrechen und kurzschließen. Es gibt nicht eine Tür und kein Schloss, das Tamara nicht knacken kann. Svenja selbst sorgt mit ihren Kenntnissen dafür, dass die Alarmanlagen inaktiv bleiben und ihnen das Wachpersonal nicht im Weg steht.

Heute sind sie ein eingespieltes Team, das genau weiß, worauf es ankommt, deren Mitglieder sich bedingungslos aufeinander verlassen können. Reibungslos gehen ihre Aktivitäten über die Bühne, ohne dass sie aufgehalten werden. Bis heute hat noch niemand herausgefunden, wer hinter den Diebstählen steckt. Was allerdings immer noch fehlt, ist der Kontakt zu finanzkräftigen Käufern. Sie bleiben auf dem Großteil ihrer angebotenen Ware sitzen. So fehlt ihnen das Wichtigste überhaupt. Die finanzielle Befriedigung und das sorgenfrei Leben, das sie sich wünschen!

Tamara kommt in die Küche gestürmt, in der ihre Genossinnen um den großen Küchentisch herumsitzen. Aufgeregt schwenkt die Dreißigjährige die heutige Tageszeitung. „Habt ihr es schon gehört?"

„Gehört? Was denn?" Svenja blickt sie fragend an.

„Es steht ganz groß in jeder Zeitung. Gemälderaub im Königspalast von Madrid. In der Nacht von Montag auf Dienstag."

„WAS?"

Jetzt hat sie die Aufmerksamkeit aller.

„Sie schieben das Ganze uns in die Schuhe!" Wütend wedelt Tamara mit der Zeitung durch die Luft.

Svenja springt auf, und schnappt sich die Zeitung von Tamara. Aufmerksam liest sie sich den Artikel durch.

Celina verdreht ihre grau-blauen Augen. „Nun lies schon", fordert sie ihre Schwester auf.

„Sechs der wertvollsten Bilder wurden in der Nacht vom neunzehnten auf den zwanzigsten Juni aus dem Königlichen Palast im Herzen von Madrid entwendet", liest die Aufgeforderte vor. „Die exquisite Gemäldesammlung wurde durch eine Alarmanlage der *Staller Industrie Werke* gesichert. Diese galt bisher als unüberwindbar. Obwohl anscheinend von der bisherigen Handlungsweise abgewichen wurde, gehen die Behörden davon aus, dass es sich hierbei um einen Raub durch die Gruppe *CATS* handelt, die sich seit geraumer Zeit zu Diebstählen der edelsten Gemälde aus weltweiten Museen bekennt."

„Die spinnen ja wohl." Anjas Augen blitzen erbost auf. „Man kann doch sicher erkennen, dass da ein Nachahmungstäter am Werk war."

„Vielleicht brauchen die nur einen Sündenbock, weil sie nicht weiterwissen", vermutet Celina.

Svenja antwortet nicht. Sie sitzt am Tisch und blättert die Zeitung weiter durch. Sie weiß, wonach sie suchen muss und sie wird fündig.

„Hier steht es ja. Große Auktion im *Berliner Auktionshaus Haas* am Donnerstag um elf Uhr. Angeboten werden unter anderem sechs der berühmtesten Gemälde aus privaten Sammlungen. Donnerstag, das ist schon morgen." Ihre grauen Augen wandern auffordernd durch die Runde. „Wir sollten an dieser Auktion unbedingt teilnehmen. Findet ihr nicht auch?"

Anja versteht nicht, worin Svenja einen Nutzen für sie sieht. „Was versprichst du dir davon? Selbst, wenn die Bilder dort verkauft werden. Was hilft uns das?"

„Ich denke, dass ein Teil des Erlöses für die Bilder an den Dieb ausgezahlt wird. Wir müssen uns dort umsehen. Vielleicht finden wir ihn."

„Warum willst du den Kerl finden? Laufen wir da nicht eher Gefahr aufzufliegen?"

„Bestimmt nicht. Niemand weiß, wer wir sind, oder was wir machen. Aber wenn wir den Kerl ausfindig machen können, hilft uns das vielleicht weiter. Er könnte uns nützen."

Celina schaut versonnen vor sich hin. „Glaubst du wirklich, der Typ lässt sich auf uns ein? Warum sollte er das tun? Er hat doch anscheinend alles, was er braucht."

Svenja sinnt über ihre Worte nach. „Ja, schon. Wir könnten versuchen ihn zu überreden. Schließlich haben wir reichlich Attribute anzubieten, um ihn zu überzeugen. Für eine von uns wird er sich schon interessieren. Außerdem können wir ihm eine Beteiligung an unserer Ware anbieten. Immerhin hat er Beziehungen zu diesem Auktionshaus. Aber auf jeden Fall will ich wissen, wer uns in die Quere gekommen ist."

„Du hast vollkommen Recht. Sehen wir uns dort um!" Tamara stimmt Svenja zu.

„Na schön, ich bin dabei", nickt auch Celina.

„Umsehen kann bestimmt nicht schaden", bestätigt auch die letzte im Bunde.

Svenja klatscht erfreut in die Hände. „Also, Donnerstag! Mädels, schmeißt euch in Schale, wir gehen ganz groß aus!"

Wolfgang Keller hat keine Zeit zu verlieren. Bis zur Auktion am nächsten Tag sind es nur noch wenige Stunden. Früh am Morgen ersucht er Konrad Schrader sich in seinem Büro einzufinden, welcher der Bitte unverzüglich nachkommt. Sofort und ohne Umschweife kommt Wolfgang zur Sache. Er berichtet seinem Freund von dem Erfolg der Reise. Auch über die für den nächsten Tag geplante Auktion informiert er seinen Mitarbeiter.

„Wir wollen die Frauen bei ihrem nächsten Diebstahl ergreifen. Frau Wolf glaubt, dass die Auktion sie anlocken wird. Wir können nur hoffen, dass sie Recht behält."

„Du kannst dich auf ihr Urteil verlassen." Konrad blickt seinen Chef offen an. „Sie hat ein gutes Gespür für so etwas."

„Ja, ich weiß." Wolfgang sieht seinen Kollegen bittend an. „Ich brauche deine Hilfe."

„Klar. Wenn ich helfen kann. Was soll ich für dich tun?"

„Ich brauche einen V-Mann."

„Noch einen? Wofür?"

„Die Firma *Staller Industrie Werke GmbH* aus Düsseldorf hat die Alarmanlagen installiert, die bei den Diebstählen versagt haben. Ich brauche jemanden in der Firma, der denen auf die Finger sieht."

„*Staller*? Ist das wahr?" Überrascht hört Konrad seinem Vorgesetzten zu. Dass die Anlagen aus der Firma von Peter Staller kommen, war ihm nicht bekannt. „Und jetzt glaubst du, die haben etwas mit der Sache zu tun? Das kannst du gleich wieder vergessen!"

„Was macht dich so sicher?"

„Ohne Staller und seine Mitarbeiter würde Otto Gruber heute noch frei herumlaufen. Es ist nur Gerd Bach und Andreas Staller zu verdanken, dass dessen geldgierige Machenschaften aufgedeckt wurden. Ohne Peter Staller, seinen Sohn Andreas und Gerd Bach, seinen Projektleiter, würden wir heute ganz schön dumm dastehen. Nein, Wolfgang, ich bin sicher, du irrst dich."

„Nun gut, dann hast du ja nichts dagegen, wenn wir sie überprüfen. Wen kannst du mir anbieten? Hast du einen Mann, der auf die Schnelle in die Firma hineinkommt?"

Der stellvertretende Leiter der Bundesnachrichtendienste blickt ihn wütend an. „Warum gehst du nicht einfach hin und sprichst mit dem Mann? Er hat bereits so viel für uns getan, da sollte er einen gewissen Vertrauensvorschuss erhalten."

„Tut mir leid, Konrad. Aber ich muss mich an die Fakten halten. Frau Wolf hat noch zwei weitere Museen ausgegraben, die im letzten Jahr in Staller-Anlagen investiert haben. Wir werden diese Museen unter Beobachtung stellen. Ich will wissen, wo jeder aus der Firma *Staller* sich zum Zeitpunkt des nächsten Diebstahls befindet. Wenn du Recht hast, sollte das auch in deinem Interesse sein."

Obwohl Konrad stinksauer ist, muss er eingestehen, dass den Worten seines Vorgesetzten eine gewisse Logik nicht abgestritten werden kann. Er versteht ihn. Wahrscheinlich würde er genauso handeln. ‚Was passiert wohl, wenn sie einen V-Mann auf diese Leute ansetzen? Der sucht doch nur nach Beweisen. Für die Firma von Peter Staller kann das unter Umständen weiteren Schaden bedeuten. Das sollte nicht geschehen. Kann ich da irgendwie Einfluss nehmen?' Er erinnert sich an die Zeit, in der sein Partner und er gemeinsam gegen ihre Feinde vorgegangen sind. Seither ist auch sein ehemaliger Partner mit Gerd Bach befreundet. ‚Das ist es! Ja, die Idee ist gut!' Ruckartig hebt er den Kopf. „Besorg dir Achim Voss. Er war vor neun Monaten mit dabei. Peter Staller und seine Leute kennen ihn bereits. Sie werden gegen einen Freundschaftsbesuch von ihm keinen Verdacht hegen. Er könnte sich anbieten Ihnen zu helfen."

„Das ist gut. Hol mir den Mann hierher. Sofort. Ich will mit ihm reden."

Mittlerweile liegt dem Ministerialdirektor eine Liste mit den Namen der Staller-Mitarbeiter vor, die die Anlagen installiert haben. Auch auf Informationen über diese Personen kann er zurückgreifen. Die Akten sind noch nicht vollständig. Trotzdem leitet er sie an seine Agentin weiter. Alles, was sie erhalten, hilft bei ihren Nachforschungen.

Noch am selben Abend findet sich der fünfunddreißigjährige Beamte aus Ludwigsburg im Büro von Wolfgang Keller ein.

Achim Voss ist überzeugt davon, dass Peter Staller und seine Mitarbeiter nichts mit den Diebstählen zu tun haben. Die braunen Augen des ein Meter achtzig großen durchtrainierten Mannes mit militärischem Kurzhaarschnitt blitzen empört auf. „Sie liegen vollkommen falsch, wenn Sie glauben Peter Staller oder einer seiner Leute würde sich für so eine Geschichte hergeben. Ich habe viel mit diesen Männern zusammen erlebt. Sie arbeiten nicht nur miteinander, sie sind Freunde. Gerd Bach, der Projektleiter von Staller, ist auch dessen rechte Hand, sein Stellvertreter. Aber das wissen Sie ja sicherlich. Wir haben gegen die Schergen von Otto Gruber Seite an Seite gekämpft. Mittlerweile sind wir beide befreundet. Ich weiß, wie der Mann tickt. Er würde nie zulassen, dass sein Team sich auf illegale Machenschaften einlässt. Schon gar nicht, wenn es der Firma von Peter Staller schaden könnte."

„Ich habe bereits Konrad Schrader gesagt, dass ich mich nur an bekannte Fakten halten kann. Wir wissen, dass es noch zwei weitere Museen bestückt mit *Staller Alarmanlagen* gibt. Sie stehen mittlerweile unter Beobachtung. Wenn der nächste Diebstahl stattfindet, will ich wissen, wo sich jeder aus der Firma *Staller* gerade befindet. Das sollte doch auch in Ihrem Interesse sein. Oder nicht?"

Achim atmet tief durch. Er ist schon zu lange dabei um nicht zu verstehen, warum Wolfgang Keller so handelt. ‚Es ist besser, ich übernehme den Auftrag, als dass es ein Fremder macht, dem Peter Staller und seine Leute egal sind', entscheidet er insgeheim. „In Ordnung, ich gehe hin. Aber nur um Ihnen zu beweisen, dass Sie Unrecht haben."

Wolfgang ist zufrieden. „Mehr verlange ich auch gar nicht. Bringen Sie mir Beweise, egal in welche Richtung. Ich weiß, dass Ihr Instinkt Ihnen sagen wird, was Sie tun müssen. Selbst wenn ich Recht haben sollte."

In Düsseldorf holt Gerd sein Team zusammen, um die neuesten Erkenntnisse mit ihnen abzugleichen. Noch bevor sie anfangen öffnet sich die Tür des Konferenzraumes und Peter Staller betritt den Raum. Ohne Umschweife beginnt er: „Meine Herrschaften, ich muss Ihnen mitteilen, dass es einen weiteren Diebstahl gegeben hat. Der Königspalast in Madrid wurde in der Nacht zum Dienstag ausgeraubt. Die Versicherung fordert von mir die gesamte Versicherungssumme von neun Millionen für die gestohlenen Bilder zurück. Den Vertrag mit uns haben sie mit sofortiger Wirkung gekündigt. Sämtliche Aufträge sind somit hinfällig, da wir ohne Versicherung nicht arbeiten können." Er macht eine Pause. Resigniert sieht er die Männer der Reihe nach an. „Tja, ich denke, das war es dann."

„Ich kann nicht glauben, dass Sie aufgeben wollen." Seine Kollegen stimmen Max lautstark zu.

„Ich wüsste nicht, was ich noch unternehmen kann." Peter hat bereits resigniert.

„Du könntest uns etwas Zeit verschaffen", bittet ihn Gerd. „Lass deine Anwälte alles dreimal umkrempeln. Es ist egal, ob sie etwas finden. Wir werden herauskriegen, was tatsächlich vorgefallen ist."

„Glaubst du wirklich, dass wir noch eine Chance haben?"

Selbst Jens Fischer, der ruhigste aus der ganzen Truppe, widerspricht dem Unternehmer eindringlich. „Kommen Sie schon, Chef. Sie haben doch noch nie kampflos aufgegeben. Fangen Sie jetzt nicht damit an."

Peter lässt seinen Blick über die vor ihm sitzenden Menschen wandern. Er muss daran denken, wie er nach dem Tod seiner Eltern den Entschluss fasste, aus der Firma *Staller* ein Andenken an seinen Vater zu machen, das auf Dauer Bestand hat. Nachdem er mit Banken und Versicherungen gekämpft hatte machte er sich auf die Suche nach den Fachkräften, die er für sein Vorhaben dringend benötigte. Ein paar Jahre später kamen die hier versammelten hochqualifizierten und überdurchschnittlich intelligenten Mitarbeiter hinzu, die das Team für Sonderprojekte bilden. Sie alle sind ihm bis heute treu geblieben. Schon deshalb ist er in der Verpflichtung alles zu unternehmen, das ihnen helfen könnte. Gerds bittende Augen lassen ihn endgültig einlenken. „Also gut, ich werde sehen, was ich tun kann. Aber viel Zeit haben wir nicht. Sollte es in nächster Zeit noch einen einzigen Diebstahl geben, ist das der Todesstoß für uns alle."

Damit verlässt er den Raum.

Gerd folgt ihm in sein Büro. Während Peter sich frustriert an seinem Schreibtisch niederlässt stellt er sich ans Fenster. Einmal wieder bewundert er die Wahnsinns-Aussicht auf Düsseldorf. Er denkt daran zurück, wie diese Firma entstanden ist. Andreas und er waren gerade in der siebten Klasse, als die Eltern von Peter Staller bei einem Zugunglück verstarben. Roland Staller und seine Frau Hannelore hatten diese Firma ins Leben gerufen. Damals bestand sie aus zwölf Mitarbeitern, die Alarmanlagen für Privathaushalte anbot. Nach ihrem Tod übernahm ihr Sohn die Firma. Obwohl Peter mit seinem Ingenieursstudium etwas anderes vorhatte, stürzte er sich mit Unterstützung seiner Frau Karola in diese Aufgabe. Er wollte unter allen Umständen das Andenken seines Vaters erhalten. Peter hat die Firma zu dem gemacht, was sie heute ist. Ein Konzern mit über achthundert Beschäftigten. Sie haben sich weltweit einen hervorragenden Ruf erarbeitet.

Bittend spricht er auf Peter ein. „Du hast dir hier etwas aufgebaut, an das du glaubst. Du hast lange gebraucht, um so weit zu kommen. Lass dir das nicht wegnehmen. Und schon gar nicht ohne zu kämpfen."

„Ich würde dir gern zustimmen. Doch dafür brauchen wir erst einmal einen Ansatzpunkt. Aber wir haben nichts in der Hand."

Gerd schaut ihn fragend an. Er muss es einfach wissen. „Wann wurde der Palast ausgeraubt?"

Der Konzernchef versteht, warum die Frage für Gerd so wichtig ist, umso schwieriger fällt ihm die Antwort. Warum muss ausgerechnet er es sein, der ihm das sagt? Er sieht den jungen Mann vor sich bedauernd an. „Laut der Versicherung zwischen einundzwanzig und dreiundzwanzig Uhr. Sie hätte also durchaus die Zeit dazu gehabt. Gerd, es tut mir leid."

Gerd schluckt. Irgendwie hat er mit der Antwort schon gerechnet. Er ist wütend. „Das musste ja so kommen. Ich habe mich von ihr vorführen lassen, wie ein unreifer Junge. Und gebracht hat es überhaupt nichts. Ich weiß noch nicht einmal ihren Namen. Selbst *Oscars* Suche war ergebnislos."

Peter lenkt beschwichtigend ein. „Aber wir wissen nicht, ob sie mit den Diebstählen überhaupt etwas zu tun hat."

„Da bin ich mir absolut sicher."

Seine Sekretärin unterbricht das Gespräch. Chantal Roth kündigt einen Besucher an, dem sie bereits die Tür offenhält, ohne auf eine Zustimmung ihres Chefs zu warten.

Peter ist zurzeit nicht nach Besuch. Und wie kommt seine Sekretärin dazu, ohne seine Anweisung zu handeln? Bevor er erzürnt reagieren kann betritt Achim Voss das Büro.

Beim Näherkommen lächelt der Beamte ihnen zu. „Störe ich?"

„Herr Voss." Peter steht auf und reicht ihm die Hand. „Schön, Sie wiederzusehen. Auch wenn Sie sich für Ihren Besuch einen denkbar ungünstigen Zeitpunkt ausgesucht haben."

Achim sieht die Sorgen, die sich auf Peter Stallers Gesicht abzeichnen. Da er weiß, woher sie stammen, bedrückt ihn seine Mission noch mehr. Trotzdem bleibt er gelassen. „Was ist denn bei euch los?"

Peter klärt ihn über die Diebstähle auf. Auch darüber, was die *Staller Alarmanlagen* damit zu tun haben. „Wir hatten gehofft, den Diebstählen auf die Spur kommen zu können. Doch leider haben wir überhaupt keine Anhaltspunkte."

„Mittlerweile sind vier Museen beraubt worden", ergänzt Gerd den Bericht von Peter. „Es gibt noch zwei weitere, von denen wir glauben, dass sie in Betracht kommen könnten."

„Ich schätze, dass war es dann mit der Firma *Staller*", teilt Peter dem Freund resigniert mit. „Wir haben keine Ahnung, was wir noch unternehmen sollen. Aus der Wiedersehensfeier wird also eher ein Begräbnis."

Innerhalb von Sekunden trifft Achim eine Entscheidung. Er weiß, was er zu tun hat. Keller selbst hat ihm ja geraten, seinen Instinkten zu vertrauen. ‚Und genau das mache ich jetzt!' Er ist froh, dem Konzernchef widersprechen zu können. „Das glaube ich nicht! Es könnte wohl keinen besseren Moment für mich geben, um hier aufzukreuzen." Er klärt Peter und Gerd über den fingierten Diebstahl durch Wolfgang Keller auf und berichtet ihnen von der Auktion. Allerdings hat der Beamte keine Ahnung davon, dass eine Agentin eingeschleust wurde.

„Der Königspalast in Madrid wurde nicht überfallen? Bist du ganz sicher?"

Achim wundert sich über die Aufregung, die er Gerd ansieht. Er kann nicht wissen, wie wichtig ihm die Antwort ist. „Ja. Die Gemälde werden benutzt, um die Diebe aus ihrem Versteck zu locken. Wie Keller da im Einzelnen vorgeht, entzieht sich meiner Kenntnis."

Auch Peter ist darüber erleichtert, dass sie der jungen Frau den Diebstahl zu Unrecht unterstellt haben. Er legt Gerd zum Zeichen seines Verständnisses die Hand auf die Schulter. Gerd nickt ihm dankbar zu. In diesem Fall ist er froh, sich getäuscht zu haben. Aber so ganz ist die Frau noch nicht entlastet. ‚Nur, weil sie den Diebstahl nicht begangen hat, heißt das nicht, dass sie es nicht noch tun wollte. Keller ist ihr vielleicht einfach nur zuvorgekommen.' Durch Peters Frage wird er aus seinen Gedanken gerissen.

„Warum fordert die Versicherung dann das Geld für die Gemälde von mir? Hat Ihr Chef denn eine Forderung gestellt?"

„Nein!" Gerd braucht nicht lange zu überlegen. „Das war gar nicht nötig. Die wollen sich einfach nur absichern. Aber jetzt weißt du ja, wie du vorgehen kannst."

„Ach, ja? Und wie?" Peter sieht seinen Projektleiter fragend an.

„Sag ihnen, dass du bezahlen wirst, sobald sie dir die eingegangene Forderung zur Überprüfung durch deine Anwälte vorgelegt haben."

Achim stimmt ihm begeistert zu. „Das ist hervorragend. Zum einen können die das gar nicht, weil sie keine schriftliche Forderung haben, zum anderen wollen die sich bestimmt nicht mit den Anwälten anlegen. Dadurch gewinnen wir einiges an Zeit."

„Wir?"

Verschwörerisch nickt der Beamte dem Konzernchef zu. „Na klar! Glaubt ihr ich lasse euch jetzt allein?"

Peter schöpft neuen Mut. Nicht nur, dass der ihm zur Last gelegte Diebstahl gar nicht stattgefunden hat, stehen alle seine Freunde parat um ihm zu helfen. Selbst Achim Voss hat sich gerade auf seine Seite geschlagen, gegen die Anweisung seines Vorgesetzten. Innerhalb der nächsten Stunden haben sie einen Plan ausgearbeitet. Da offiziell niemand in der Firma von der Auktion erfahren darf, wird sich Achim Voss auf dem Laufenden halten. Außerdem will er sich baldmöglich mit Wolfgang Keller auseinandersetzen.

14

Das *Berliner Auktionshaus Haas* ist bis zum letzten Platz gefüllt. Emma schaut sich vorsichtig um. Wolfgang Keller hat Wort gehalten. Die bunte Menschenmasse, die nach gehobener Klasse aussieht, besteht zu fünfundneunzig Prozent aus Polizisten.

Mit der Begründung, dass nur geladene Gäste Zutritt haben, wurden keine weiteren Interessenten zur Auktion zugelassen. Mit Ausnahme der vier Frauen, die nun in einer der hinteren Reihen sitzen.

Nachdem Tamara hörte, dass es sich um geladene Gäste handelt, wollte sie kurzerhand wieder verschwinden, doch Svenja hält sie auf. „Warte", bittet sie die Freundin. „Nicht so schnell!" Mit einem freundlichen Lächeln tritt sie an den Türsteher heran. „Was müssen wir machen um an der Versteigerung teilnehmen zu können?", erkundigt sie sich. „Es würde uns wirklich viel bedeuten."

Der Mann schaut sich die Frau interessiert an. Svenja kennt diesen Blick. Sie ist der festen Überzeugung, dass sie bereits gewonnen hat. Prompt kommt die Bestätigung von dem Mann. „Warten Sie hier. Sobald alle Gäste, die eine Einladung vorzeigen, angekommen sind, sehe ich, was ich für Sie tun kann."

„Vielen Dank." Sie schenkt dem Mann einen aufreizenden Augenaufschlag.

Kurz darauf wird es ruhiger. Anscheinend sind alle Gäste eingetroffen. Der Türsteher verschwindet mit einem beruhigenden Wink in Richtung Svenja. Rasch ist er wieder da. In seiner Begleitung befindet sich ein beeindruckender Mann von über einem Meter neunzig Körpergröße.

„Oswald Haas", stellt sich Ulf Cremer kurz angebunden vor. Kritisch mustert er die vier Frauen. „Sie wollen an der Versteigerung teilnehmen? Warum?"

„Nun, uns ist Ihre Anzeige ins Auge gefallen", erklärt ihm Svenja wahrheitsgemäß. „Wir sind auf der Suche nach Bildern, die zu uns passen. Der Preis spielt dabei nur eine nebensächliche Rolle. Aber sie sollten echt sein."

„Ich verstehe. Nun, Sie haben Glück. Ein paar meiner Gäste konnten den Termin heute nicht wahrnehmen, so dass einige Plätze frei sind. Bitte." Mit der Hand weist er den Frauen den Weg. „Meine Damen, seien Sie mir willkommen."

Zufrieden begeben sich die vier in den Auktionsraum. Gemütlich wandern sie durch die Ausstellung, bevor sie sich auf den ihnen zugewiesenen Plätzen niederlassen. Kurz darauf erscheint auch der Auktionator und beginnt zügig mit der Versteigerung der Gemälde.

Emma sucht sich einen Platz am seitlichen Rand, von dem aus sie den Raum gut überblicken kann.

Die vier Frauen bieten abwechselnd, immer nur anfänglich, mit. Sie scheinen sich ausschließlich für die Gemälde aus dem Königspalast zu interessieren. Anhand der Aufnahmen, die Wolfgang Keller ihnen von den Reinigungskräften besorgt hat, konnten sie zumindest zwei der Frauen wiedererkennen. Sie wissen jetzt mit Bestimmtheit, dass Emma mit ihrem Verdacht richtiglag.

Die Frauen steigen bei den Geboten jedes Mal schnell aus. Sie wissen, dass sie bei einem Erwerb eines der Bilder sofort auffliegen würden und halten sich bewusst zurück.

Sämtlichen Anwesenden ist klar, dass diese Frauen keines der Bilder aus diesem Raum hinaustragen dürfen. Daher bieten sie grundsätzlich weiter, bis ihre Zielpersonen aufgeben.

Nachdem auch das letzte Gemälde vor den Augen der vier Diebinnen verkauft wurde tritt eine der Frauen an Ulf Cremer heran. Es ist die gleiche, die schon vor dem Eingang das Gespräch übernommen hat. Während sie darauf wartet, ihn allein ansprechen zu können, betrachtet er die Frau näher. Sie ist ein Meter neunundsiebzig groß, sportlich schlank, hat schulterlanges, hellblondes Haar und graue Augen. Sie macht einen aufgeweckten, intelligenten Eindruck. Ulf weiß sofort, dass er diese Frau nicht unterschätzen darf.

Endlich hat er auch den letzten Kunden abgefertigt. „Sie haben heute wirklich eine beeindruckende Sammlung guter Kunstobjekte versteigert, Herr Haas", spricht Svenja den Auktionator an. „Verraten Sie mir, woher Sie diese haben? Ich würde zu gern wissen, ob es da noch mehr gibt."

Ulf Cremer schaut die junge Frau freundlich lächelnd an. „Wenn Sie mir erklären, woran Sie genau interessiert sind, werde ich mich persönlich darum kümmern, Ihren Wünschen gerecht zu werden. Ich bin sicher, ich finde den passenden Lieferanten."

„Wäre es nicht viel einfacher, Sie geben mir die Kontaktdaten Ihres Lieferanten? Dann frage ich selbst nach, ob er mir helfen kann."

„Also, Sie müssen schon verstehen, dass ich meinen Lieferanten gegenüber an eine gewisse Diskretion gebunden bin. Aber wenn Sie mir Ihre Rufnummer hierlassen, werde ich sehen, was ich für Sie tun kann."

„Nein, so wichtig ist es auch wieder nicht. Haben Sie vielen Dank." Svenja hat erfahren, was sie wissen wollte. Da der Mann sich weigert, seinen Kontakt zu benennen, weiß sie, dass die Gemälde nicht auf legalem Weg in seinem Besitz gelandet sind. Aufmerksam beobachtet sie ihn.

Emma wartet ab, bis die meisten Gäste das Haus verlassen haben, ehe sie sich zu Ulf Cremer gesellt.

Svenja merkt nicht, dass die beiden bewusst darauf achten, dass sie alles mitanhören kann. Sie hat die Frau bereits bei der Versteigerung gesehen. Sie erinnert sich, dass die gutaussehende Rothaarige bei keinem einzigen Bild mitgeboten hat. Dem teuren schwarzen Hosenanzug mit der cremefarbenen Seidenbluse nach zu urteilen mangelt es dieser bestimmt nicht an Geld. Ihre hochhackigen zum Outfit passenden Schuhe haben mit Sicherheit ein kleines Vermögen gekostet.

Überschwänglich lobt der Auktionator Emma. „Hervorragende Arbeit! Du weißt, wenn du noch mehr hast, nehme ich es dir jederzeit ab." Er überreicht ihr einen Scheck.

Ohne einen Blick darauf zu werfen steckt die Agentin den Beleg in die Gesäßtasche ihrer Hose. Sie hat es eilig, das Gebäude zu verlassen.

Svenja winkt ihre Gefährtinnen zu sich. Langsam folgen die vier der Frau.

„Habt ihr gehört, was dieser Haas zu der Frau gesagt hat?", will Svenja wissen.

„Was genau meinst du?"

„Anja, hast du denn nicht mitbekommen, dass er sagte, er nimmt ihr alles ab, was sie ihm liefern kann. Das ist genau die Quelle, die wir noch brauchen."

Tamara stimmt der Freundin zu. „Svenja hat Recht. Sobald ein Museum die Rückgabeforderung nicht erfüllt, bleiben wir auf der Ware sitzen."

„Glaubt ihr denn, der macht mit uns auch Geschäfte?" Celina bezweifelt die Bereitschaft des Auktionators, sich auf Fremde einzulassen.

„Das braucht er ja auch nicht", erwidert Svenja abwägend. „Wir holen sie mit ins Boot. Wir könnten sie gebrauchen. Auf jeden Fall brauchen wir ihre Verbindungen."

„Und du denkst, sie wartet nur auf uns?"

Auch Anja ist skeptisch. „Mit unseren Reizen können wir die bestimmt nicht locken. Keine von uns hat daran gedacht, dass es eine Frau sein könnte."

„Wir müssen ihr eben ein Angebot machen, das sie nicht ausschlagen kann."

Um den Frauen Zeit für einen Plan zu lassen, begibt sich Emma in ein Café. Sie bestellt sich einen Cappuccino, dann wartet sie.

Es dauert keine drei Minuten, da steht eine der Frauen vor ihr. „Hallo, darf ich mich zu Ihnen setzen?"

„Warum?"

„Ich glaube, wir haben gleiche Interessen. Darüber würde ich mich gern mit Ihnen unterhalten."

„Danke, kein Bedarf", ist die knappe Antwort.

„Woher wollen Sie das wissen, ohne mich anzuhören?"

„Ich weiß, wer Sie sind. Und ich kann mir denken, was Sie wollen. Also, nein danke. Auf Wiedersehen." Abweisend wendet sich Emma ihrem Getränk zu.

Svenja versucht es mit einer Drohung. „Wäre es Ihnen lieber, die Polizei würde sich mit Ihnen unterhalten?"

„Glauben Sie, das würde mir etwas ausmachen? Sie haben da doch viel mehr Probleme, wenn ich richtig vermute. Ich habe mir schon gedacht, dass Sie über kurz oder lang aufkreuzen. Welche sind Sie?"

„Svenja."

„Also, Svenja. Ich bin an nichts interessiert, was Sie mir anbieten könnten."

„Und warum nicht?"

„Weil ich Profi bin. Ich arbeite nicht mit Amateuren zusammen."

Svenja wird sauer. „Wir sind keine Amateure."

„Ach, nein? Umso schlimmer."

„Was wollen Sie damit sagen?" Svenja will es jetzt genauer wissen.

„Ihre Vorgehensweise ist eine Katastrophe. Sie brauchen viel zu lang. Das Ganze ist zu aufwendig und viel zu kompliziert. Und Sie sind an der Publicity Ihrer Erfolge interessiert. Wenn Sie nicht aufpassen, machen die Ihnen ganz schnell einen Strich durch die Rechnung."

„Ach, wirklich? Niemand weiß, wie wir vorgehen. Die haben gar nichts. Und das bleibt auch so."

„Sind Sie wirklich so naiv, das zu glauben? Es hat mich keine zwei Stunden gekostet um heraus zu kriegen, wie sie die Alarmanlage manipuliert haben. Sie kommen auch nur dort hinein, wo sie als Reinigungskräfte angestellt werden. Das habe ich nicht nötig."

„Und wie kommen Sie dann hinein?", fragt Svenja sie giftig. Es ärgert sie maßlos, dass diese Frau anscheinend herausbekommen hat, wie sie arbeiten. Und noch mehr ärgert sie die Kritik dieser Frau.

„Durch die Tür."

„Dann erscheinen Sie auf jeder Kamera. Die werden Sie ganz schnell haben."

„Wenn dem so wäre, müssten die nicht meine Aktionen Ihnen ankreiden. Nein, die haben keine Ahnung, wer das war."

Mittlerweile ist Svenja doch neugierig. „Wie machen Sie das?"

„Ganz einfach. Ich mache mich unsichtbar." Emma sieht ihr Gegenüber herausfordernd an. „Wer sich mit Elektronik auskennt, bekommt das recht schnell hin."

„Ich würde zu gern mehr darüber hören."

„Glauben Sie, ich erzähle Ihnen, wie ich vorgehe? Vergessen Sie's. Ich brauche keine Hilfe."

„Warum haben Sie dann nur sechs Bilder verkauft? Sie hätten den Laden doch leerräumen können?"

„Das geht Sie nichts an."

Svenja lächelt. Emmas pampige Antwort zeigt ihr, dass sie den wunden Punkt gefunden hat. „Sie haben nur begrenzte Zeit zur Verfügung. Stimmt's? Zusammen könnten wir weitaus mehr schaffen. Glauben Sie nicht? Sie sollten zumindest darüber nachdenken. Wir haben die Transportmittel und acht zusätzliche Hände."

„Sie wollen, dass ich bei Ihnen einsteige?", fragt Emma sie ungläubig.

Svenja lächelt sie einladend an. „Haben Sie nicht Lust, sich mit mir und meinen Freundinnen eine Weile zu unterhalten? Ganz unverbindlich. Vielleicht finden wir ja doch ein paar Gemeinsamkeiten."

Emma zuckt die Schultern. „Meinetwegen. Im Augenblick habe ich nichts anderes vor." Sie legt einen Zehn-Euro-Schein auf den Tisch, ehe sie mit Svenja das Café verlässt.

„Ich habe gesehen, wie Sie Ihren Scheck entgegengenommen haben. Sie haben nicht einmal auf die Summe gesehen."

„Das brauche ich nicht. Ich weiß, was ich wert bin." Damit zieht Emma den Scheck aus der Hosentasche. Sie lässt Svenja einen Blick auf die schwarz gedruckte Zahl werfen. Diese macht große Augen. „Vier Millionen? Sie haben vier Millionen für nur sechs Bilder bekommen?"

„Ich sagte doch schon, ich bin es wert."

Eine Stunde später sitzen die fünf Frauen bei einem gemütlichen Mittagessen zusammen. Emma hat darauf bestanden, sich in aller Öffentlichkeit zu unterhalten. Immerhin sind die anderen zu viert. In Wahrheit sorgt sie lediglich dafür, dass ihre Leute ihnen unauffällig folgen können. Sie hofft, durch die Überwachung ein paar gute Aufnahmen zu erhalten, die ihnen bei der Überprüfung der Frauen helfen.

„Also! Ich höre."

Svenja begreift, dass sie von der Frau ohne Gegenleistung keine Informationen bekommt. „Da Sie ja so etwas wie eine Kollegin sind, brauche ich Ihnen nicht zu sagen, worum es im Einzelnen geht. Wir haben einen Weg gefunden, an die Computeranlagen heran zu kommen und unbemerkt wieder zu verschwinden. Jede von uns hat ihr spezielles Fachgebiet. Außerdem sind wir gut aufeinander eingespielt. Die Polizei hat keine Ahnung, wie wir das machen."

„Die tappen völlig im Dunkeln", bestätigt Tamara selbstbewusst.

„Wenn ihr euch da nur nicht irrt."

„Was wollen Sie damit sagen?", verhört Svenja sie aufgeschreckt.

„Es wundert mich, dass Sie das nicht wissen. Wer von Ihnen ist das Computergenie?" Die Agentin tippt auf die intelligente Blondine vor sich.

Stolz bestätigt Svenja ihre Vermutung. „Das bin ich. Es gibt keinen Computer, mit dem ich nicht klarkomme."

„Dann sollte es Ihnen auch nicht schwerfallen, sich in die hiesigen Polizeirechner einzulesen. Diese Lektüre kann recht interessant sein. Zum Beispiel die gespeicherten Bilder von vier

Reinigungskräften. Dazu die Berichte über manipulierte Alarmanlagen. Wieso überprüfen Sie das nicht regelmäßig? Sind Sie wirklich so arrogant zu glauben, niemand kann Ihnen auf die Schliche kommen?"

Die vier Frauen starren Emma an.

„Ach, und Sie können das besser?" Svenja kocht vor Wut.

„Kleinigkeit!" Mit ihrer Überlegenheit erreicht Emma ihr Ziel. Die vier Frauen sind viel zu begierig darauf, mit ihrer Konkurrentin gleich zu ziehen, als dass sie merken würden, wie die Agentin sie ausfragt.

„Wie schaffen Sie es, die Alarmanlage in so kurzer Zeit lahmzulegen?"

Svenja ist stolz auf ihre Arbeit. „Das brauche ich gar nicht. Ich hacke mich nur in die Zeitangabe ein, die Grundlage für die Meldung zur Polizei ist. Ich verändere sie. Danach habe ich alle Zeit der Welt, um in Ruhe den Rest abzuschalten."

„Was Sie machen ist viel zu aufwendig. Durch die richtige Elektronik spaziere ich in das Gebäude hinein und wieder heraus, ohne wahrgenommen zu werden."

„Was ist mit den Gemälden, wie kriegen Sie die entfernt?" Anja glaubt ihr kein Wort. ,Die verschaukelt uns doch!'

„Genauso. Die Bilder werden auf die gleiche Weise getarnt. Die aufgehängten Chips sorgen dafür, dass der Computer die Daten der Bilder nicht verliert."

„Und wie kommen Sie an die Daten?"

„Aus dem Computer der Sicherheitsfirma."

„Sie hacken sich in den Computer von *Staller Industrie* ein?" Verblüfft starrt Svenja die junge Frau an. Sie kennt kein besser gesichertes System als dieses.

Emma gibt sich bewusst arrogant. „Ja, sicher. Wieso? Schaffen Sie das etwa nicht?"

Svenja fasst einen Entschluss. Sie sieht ihre Freundinnen fragend an.

Die Agentin erkennt das zustimmende Nicken der Frauen. Svenjas Frage beweist Emma, dass sie es geschafft hat.

„Was müssen wir tun, damit Sie bei uns einsteigen?"

„Warum sollte ich das tun?"

„Ich will ehrlich sein, wir brauchen Sie mehr als Sie wahrscheinlich uns. Aber wir könnten auch Ihnen nützlich sein. Zu fünft schaffen wir in kurzer Zeit viel mehr. Das heißt, wir vervielfachen die Summe. Außerdem biete ich Ihnen einen Anteil an unseren bereits eingelagerten Waren an."

„Sie wollen meine Kontakte benutzen, um die Ware zu verhökern, die nicht zurückgekauft wurde?"

„Ja."

„Wie viel?"

„Ein Fünftel."

„Also, Haas bekommt vierzig Prozent, sonst steigt er gar nicht ein. Und ich bekomme zwanzig Prozent? Ein bisschen wenig. Aber ja, ich bin einverstanden. Fürs erste. Doch bevor ich mich endgültig entscheide, will ich die Ware sehen. Haas wird sie sich auch ansehen wollen. Er ist richtig gut. Er erkennt, ob es Originale sind oder ob ihr ihm etwas vormacht."

„Das tun wir nicht. Also gut. Gehen wir." Svenja sieht ihre Freundin an. „Tamara, hol bitte den Wagen. In der Zwischenzeit würde ich gern erfahren, wie Sie es geschafft haben, den Königspalast in Madrid um die geklauten Bilder zu erleichtern."

„Nichts einfacher als das!", behauptet Emma. „Ich habe ein paar hübsche Bilder bekommen, bevor Haas' Leute die Aufnahmen gelöscht haben. Ich bin ganz schön fotogen", kichert sie. Jetzt zahlt es sich aus, dass sie so gute Vorarbeit geleistet haben. Die Bilder, die angeblich durch die Kameraüberwachung am Flughafen aufgenommen wurden, stecken rein zufällig in ihrer Jackentasche. Dass das die Bilder sind, die von den Fachkräften, auf die Wolfgang Keller zurückgreift, digital bearbeiteten wurden, verschweigt Emma ganz bewusst. Beeindruckt lauschen Svenja und ihre Mitstreiterinnen Emmas Schilderung, die auch die letzten Zweifel der Frauen vertreibt.

Zwanzig Minuten später fahren die Frauen auf das Grundstück einer Firma, die gegen hohe Gebühren klimatisierte Container zum Einlagern jeglicher Ware verleiht. Vor einem dieser Container stoppt Tamara den Wagen. Sie steigen aus.

„Hier ist es." Svenja holt den Sicherheitsschlüssel hervor. Sie schaut sich noch einmal aufmerksam um, dann öffnet sie den Container. Da Emma durch ihre Recherchen weiß, was *CATS* bisher geklaut hat, ist sie nicht erstaunt über die große Menge an Gemälden, die hier eingelagert ist. Doch sie gibt sich überrascht. Langsam wandert sie zwischen den Bildern entlang.

„Das habt ihr alles geklaut und bringt es nicht an den Mann? Warum macht ihr das dann überhaupt?"

„Ich sagte ja, uns fehlt der nötige Kontakt. Bisher konnten wir uns nur an die Galerien halten. Die meisten machen aber keine Geschäfte mit Dieben. Sie holen sich lieber die Versicherungssumme. Ist eben bequemer. Und abschreiben können sie die Bilder dann auch noch. Also, machst du mit?"

Emmas Augen wandern an den Bildern entlang, dann strahlt sie Svenja an. „Haas wird sich vorkommen wie im Schlaraffenland." Sie reicht Svenja die Hand. „Ich bin dabei."

„Sehr gut! Wie lange würdest du für die Vorbereitung zu einem neuen Projekt brauchen?"

„Ihr habt euch schon ein neues Objekt ausgesucht? Mädels, ihr braucht dringend ein paar betuchte Käufer." Emma lacht.

Die Frauen stimmen in ihr Lachen ein. Für die weitere Planung begeben sie sich in das Zuhause der vier Frauen.

Die Agentin ist verwundert, wie spartanisch dieses eingerichtet ist. Doch dann versteht sie. Die Frauen haben keine finanziellen Mittel. Da sie auf den meisten Gemälden sitzen bleiben, reicht das Geld für ihren Lebensstil nicht lange aus.

„Also, schießt los. Was habt ihr euch diesmal ausgesucht?"

„Das *Francesco-Museum* in der Altstadt von Düsseldorf, direkt am Rhein."

„Das ist nicht gerade ein kleines Museum. Wie ist es gesichert?"

Anja lacht. „Einmal darfst du raten."

„*Staller!*"

„Der Kandidat hat hundert Punkte."

„Und ihr gehört zur Putzkolonne?"

„Wir sind die Putzkolonne", teilt Svenja ihr mit. „Oder vielmehr, sie gehört uns. Die Gebäudereinigungsfirma *Picobello* verrichtet gute Arbeit. Sie ist mittlerweile überall bekannt. Sie bewirbt sich ganz legal mit allen anderen Firmen auf offizielle Ausschreibungen. Natürlich kann sie zu jeder noch so unglücklichen Zeit mit genau dem passenden Personal aufwarten. Obendrein bietet sie ihre Dienste preiswerter an als die Mitbewerber."

„Ich verstehe." Jetzt weiß Emma, wo das eingenommene Geld geblieben ist. Der Aufbau einer solchen Firma hat bestimmt Unsummen geschluckt. „Wann soll es losgehen?"

„Das Museum wirbt mit einer Sonderausstellung vom ersten bis zum dritten Juli. Bisher haben wir immer am letzten Abend vor den Veranstaltungen zugeschlagen. Aber diesmal wollen wir das Ganze am ersten Tag der Veranstaltung durchziehen."

„Ihr wollt sie in Sicherheit wiegen bevor ihr zuschlagt. Nicht schlecht!"

„Außerdem machen wir es diesmal auf deine Weise. Wie lange brauchst du für die Vorbereitungen?"

„Ein paar Tage", antwortet Emma. „Ich sage euch, was ich machen werde. Samstag spreche ich mit Haas. Er ist mein Kontakt zu den restlichen Leuten. Ihr wisst schon, Elektroniker und was er sonst noch so an der Hand hat. Ich erzähle ihm auch von den Gemälden. Aber nicht, wo sie sind. Nach dem nächsten *Klau* packen wir die neuen Gemälde mit dazu, dann soll er sich alles ansehen. Er wird euch seinen Preis erst nach der Besichtigung nennen. Gebt ihm einen Rabatt, wenn er alles abnimmt, dann kommt er euch beim nächsten Mal bestimmt entgegen. Wenn ich mit ihm im Reinen bin, melde ich mich bei euch. Wahrscheinlich nicht vor Montag. Einverstanden?"

„Ja, gut." Svenja nickt. „Du kennst den Mann besser als wir. Warum verhandelst du nicht mit ihm? Wir wissen, was die Bilder wert sind. Handel einen vernünftigen Preis aus, dann sind wir im Geschäft."

„Das kann ich gern übernehmen. Also, wir sehen uns dann."

Bevor Emma die Tür erreicht wird sie von Svenja aufgehalten. „Wie heißt du überhaupt?"

Emma wendet sich ihr noch einmal zu. „Such dir etwas aus!", empfiehlt sie ernst und verschwindet.

Freitagmorgen erscheint Achim Voss schon früh bei Wolfgang Keller. Um Zeit zu sparen weist Peter Staller Dominik Schwarz, den zweiten Piloten aus Gerds Team, an, Achim nach Berlin und wieder zurück zu fliegen. Sobald der Beamte vor dem Schreibtisch des Ministerialdirektors Platz genommen hat berichtet er diesem von seinem Besuch.

„Ich kann Ihnen versichern, dass diese Leute alles zu tun gedenken, um die Diebstähle schnellstens aufzuklären. Da die Versicherung sämtliche Lösegeldzahlungen von Peter Staller zurückfordert, hat er absolut keinen Vorteil bei der Geschichte. Im Gegenteil, er steht kurz vor der Schließung seiner Firma, sowie dem privaten Ruin."

„Ich verstehe." Da Wolfgang Keller von seiner Agentin in dieser Richtung bereits Informationen erhalten hat, beruhigt er Voss. „Es ist gut zu wissen, dass wir nicht in zwei Richtungen ermitteln müssen. Ich verlasse mich auf Ihr Urteil."

„Gibt es denn schon neue Hinweise?"

Nachdenklich mustert der Leiter der Abteilung Sechs den Beamten. Er sollte Emma Wolf ihm gegenüber besser nicht erwähnen. Ihre Tarnung muss noch aufrechterhalten werden. Wer weiß, wie tief Voss oder Staller noch in die Sache hineingezogen werden? Versonnen schaut er auf die vielen Fotos, die auf seinem Schreibtisch liegen. Fotos von der Auktion. Von dem Treffen der Frauen. Selbst der Aufbewahrungscontainer blieb seinen Leuten nicht verborgen. Zudem konnten sie den Frauen sogar bis zu ihrer Wohnung folgen, ohne bemerkt zu werden. Doch um sie wegen der Diebstähle dranzukriegen, müssen sie die Diebinnen auf frischer Tat erwischen. „Durch die Auktion haben wir sie aufgerüttelt. Wir wissen mittlerweile, wer sie sind. Sie werden rund um die Uhr beschattet. Bei ihrem nächsten Diebstahl werden wir sie ergreifen. Dann hat der Spuk ein Ende."

Achim ist seinem Blick auf die Fotos gefolgt. Er sieht sich das oberste Bild an, auf dem vier Frauen gemütlich mit ihren Getränken an einem Tisch sitzen. Dieses Bild zeigt Emma mit drei weiteren Frauen. Es wurde von einem der Beobachter aufgenommen während Tamara unterwegs war um ein Fahrzeug zu besorgen. Allerdings kann Achim Voss das nicht wissen. Er geht davon aus, dass er die vier Diebinnen vor sich sieht.

„Dann kennen Sie ja mittlerweile die Schuldigen. Sind Sie bereit, die Firma *Staller* zu entlasten?"

Wolfgang Keller erhebt sich. Die Hände in den Hosentaschen tritt er ans Fenster. Nachdenklich starrt er vor sich hin. Er weiß, wie wichtig gerade jetzt ein guter Leumund für die Firma *Staller* ist. Auch für Achim Voss hat das eine hohe Priorität. Aber er kann ihm keine Zusage geben. Er dreht sich zu dem Beamten um. „Ich sage Ihnen, was ich machen kann. Im Augenblick muss ich Staller ignorieren. Wenn ich zum jetzigen Zeitpunkt die Firma entlaste, gehen mir die Frauen durch die Lappen. Ich bin aber dazu bereit, den Leumund von Peter Staller hundertprozentig wiederherzustellen, sobald die Diebinnen hinter Schloss und Riegel sitzen. Mehr kann ich nicht für Sie tun."

Achim begreift, dass dieses Zugeständnis alles ist, was er kriegen kann. Er versteht auch die Einstellung von Wolfgang Keller. Außerdem ist er selbst bereits viel zu lang mit dabei um nicht zu erkennen, wie wichtig diese Aktion ist. Deswegen nickt er bestätigend.

„Also gut. Aber ich verlasse mich auf Ihre Zusage."

Auf dem Weg zum Hubschrauber zieht er das Foto aus der Innentasche seiner Jacke. Die vier abgebildeten Frauen schaut er sich genau an. Wolfgang Keller hat nicht mitbekommen, wie er das Bild von dessen Schreibtisch nahm und einsteckte. Vielleicht hilft es Gerd und seinem Team ja bei den Recherchen.

Achim ist bereits wieder in Düsseldorf, als Emma bei Wolfgang Keller auftaucht. Sie lässt sich auf den Stuhl fallen, auf dem noch vor zwei Stunden Achim Voss gesessen hat. Ihre Augen wandern über den Berg an Fotos auf auf dem Schreibtisch des Vorgesetzten. „Ich wusste gar nicht, dass ich so fotogen bin."

„Sie haben hervorragende Arbeit geleistet. Wir konnten sämtliche Standorte auskundschaften. Jetzt wissen wir, wo wir tätig werden müssen."

Emma widerspricht ihm. „Ja, aber noch nicht sofort."

Erstaunt mustert Wolfgang seine Agentin. „Sie haben noch mehr für mich?"

„Ja. Ich bin im Team. Sie haben mich nicht nur aufgenommen, sondern mich gleich mit dem Einbruch des nächsten Museums beauftragt."

„Sie wissen welches Museum als nächstes an der Reihe ist?" Er hat nicht zu hoffen gewagt, dass die junge Frau so schnell an diese Informationen herankommt.

„Das *Francesco-Museum* in der Altstadt von Düsseldorf. Sie wollen, dass ich ihnen zeige, wie ich die Diebstähle durchziehe."

„Damit haben wir ja gerechnet."

„Das wird ein ziemliches Stück Schauspielkunst. Aber ich weiß, was wir tun können." Emma erklärt ihrem Vorgesetzten, wie sie sich den Ablauf denkt. „Wir müssen auf jeden Fall das Museum mit ins Boot holen."

„Das dürfte kein Problem werden. Das kläre ich am Montag."

„Gut. Und wir sollten die Firma *Staller* mit einbeziehen. Die wissen wahrscheinlich am besten, wie wir die Anlage manipulieren müssen, um den gewünschten Erfolg zu erzielen."

„Ich verstehe, was Sie meinen", bestätigt ihr der Vorgesetzte. „Achim Voss, den wir zu Staller geschickt hatten, war heute Morgen schon hier. Er bat mich darum, die Firma möglichst zu entlasten."

„Und? Werden Sie seiner Bitte nachkommen?"

„Nein, noch nicht. Aber ich werde Peter Staller anbieten, dies zu tun. Im Gegenzug soll er uns helfen diese Frauen zu fassen."

„Das nenne ich einen guten Plan! Bis es soweit ist, kümmere ich mich um die Ausarbeitung der Abläufe. Sobald ich fertig bin, sprechen wir alles durch." Die Agentin wendet sich zum Gehen.

In der Tür trifft sie auf Holger Baumann, den sie freundlich grüßt. Er nickt Emma zu und schließt hinter ihr die Tür. Dann dreht er sich zu Wolfgang um. „Wir haben ein Problem", berichtet er seinem Chef. „Thomas Euler, unser Kontaktmann zu Stefan Wolf, wurde gestern Abend tot aufgefunden. Ich nehme an, dass er Informationen für uns hatte, die er nicht weitergeben konnte. Zudem ist Wolf jetzt auf sich allein gestellt. Wahrscheinlich weiß er noch gar nicht, was seinem Kollegen zugestoßen ist."

Wolfgang starrt ihn entsetzt an. ‚Gut, dass Frau Wolf gerade gegangen ist. Hoffentlich können wir dieses Problem beizeiten lösen.' „Hast du schon eine Idee, wie du jetzt vorgehen willst?", erkundigt er sich bei seinem Kollegen.

„So schnell bekomme ich keinen Ersatzmann. Ich hoffe, Stefan Wolf findet einen Weg uns zu kontaktieren. Wir haben ihm auf jeden Fall das passende Zeichen in Eulers Wohnung hinterlassen."

Wolfgang nickt sorgenvoll. „Wir können nur hoffen, dass er es schafft, uns weiterhin zu informieren."

15

Zu den unterschiedlichsten Zeiten schickt Johann seine Leute in das Museum. Als Besucher getarnt sehen sie sich gründlich um. Auch die angebotenen Führungen nehmen sie wahr. Johann selbst begibt sich an den Verbotsschildern vorbei in die Kellerräume. Er öffnet jede der vorhandenen Türen, um einen Blick in die Räume dahinter zu werfen. Zwei Büroräume, drei Lagerräume, ein Heizungskeller, sowie ein Kühlraum befinden sich im Untergeschoss. Plötzlich öffnet sich ihm gegenüber eine Tür. Der schlanke Mann mit den rehbraunen Haaren bleibt, als er ihn bemerkt, verdutzt stehen, die Hand auf der Klinke der noch geöffneten Tür. Schnell tritt Johann auf diesen Mann zu. Bevor der die Tür schließt kann er einen Blick in das Labor dahinter werfen.

Johann lächelt den Mann verzweifelt an. „Endlich finde ich eine Menschenseele. Irgendwie habe ich das Gefühl, mich total verlaufen zu haben. In dem einen Moment war ich noch bei der Führung und habe mich umgeschaut, dann waren auf einmal alle weg. Die einzige Tür, die es gab, führte mich hierher. Aber jetzt weiß ich nicht mehr weiter. Bitte, können Sie mir helfen?"

Friedrich von Middendorf schaut sein Gegenüber kritisch an. Doch der Mann bleibt gleichbleibend freundlich. Nur weil ihm der Ausdruck seiner Augen nicht gefällt kann er ihn ja wohl kaum tadeln. Freundlich antwortet er Johann. „Ja, wenn man sich hier unten nicht auskennt, ist man schnell verloren. Sie haben sich tatsächlich verlaufen, junger Mann. Diese Etage ist nämlich für den Publikumsverkehr gesperrt. Sie haben mit Sicherheit die falsche Tür erwischt. Kommen Sie, ich zeige Ihnen wo es langgeht."

„Das ist sehr nett von Ihnen." Johann zögert sichtlich. „Darf ich Sie etwas fragen?"

„Natürlich! Wenn ich kann, gebe ich Ihnen auch eine Antwort", scherzt Friedrich.

„Ich habe in der Zeitung von dem Schatz gelesen, dem Nazi-Gold. Ist an der Geschichte irgendetwas Wahres dran oder ist das nur eine Publicity für das Museum?"

„Das kann ich Ihnen tatsächlich beantworten. Also, erstens das ist kein Publicityscherz und zweitens, ja es handelt sich um das Nazi-Gold. Zumindest um einen kleinen Teil davon. Ich bin gerade dabei, die Fundstücke zu taxieren. Sind Sie wegen des Goldes hergekommen?"

Johann hat kein Problem damit, den Mann gekonnt anzulügen. „Ich wollte mir das Museum immer schon ansehen. Ich glaube, der Zeitungsartikel hat dann einfach den Ausschlag gegeben. Wann werden Sie denn die ersten Stücke ausstellen?"

„Ob wir hier etwas ausstellen dürfen, weiß ich noch nicht. Das Gold gehört der oberpfälzischen Regierung. Es wird wahrscheinlich wieder zurückgeschickt, sobald die Taxierung abgeschlossen ist."

„Wie lange dauert denn so eine Taxierung im Normalfall?" Johann blickt den Mann lauernd an.

„So genau kann ich Ihnen das nicht sagen, das ist von zu vielen Faktoren abhängig. In diesem Fall hier würde ich sagen zwischen vier und sechs Wochen. Ich werde also so schnell nicht arbeitslos." Friedrich lächelt dem Mann zu.

Da sie mittlerweile wieder im Ausstellungraum angekommen sind, reicht Johann dem Mann die Hand. „Verraten Sie mir bitte Ihren Namen? Damit ich mich gebührend für Ihre Hilfe bedanken kann."

„Das ist nicht nötig, ich habe es gern getan. Und unsere Unterhaltung war doch auch ganz nett. Aber wenn Sie es wissen möchten, mein Name ist Friedrich von Middendorf. Ich bin in diesem Hause der Kurator."

„Also dann, Herr von Middendorf. Vielen Dank noch einmal." Damit verlässt Johann lächelnd das Museum.

Friedrich schaut dem Mann versonnen hinterher. ‚Da sieht man wieder einmal, wie sehr einen seine Gefühle täuschen können.' Er fand diesen Mann absolut unsympathisch. Dabei entpuppte er sich als überaus freundlich. Kopfschüttelnd begibt er sich auf den Rückweg.

Auch an den folgenden Tagen besuchen mehrere von Rüdigers Schergen das Museum zu den unterschiedlichsten Zeiten. Sie beobachten den Kurator, wann er geht, wie lange er in den im Untergeschoss gelegenen Räumen verweilt, und sie erkennen die Routine, die er an den Tag legt. Was sie allerdings zu keinem Zeitpunkt mitbekommen haben, sind die Transporte zwischen Bank und Museum. Die zeitlich immer wieder wechselnden Lieferungen erfolgen direkt über den Zugang für die Lagerräume. Sie sind von den Besuchern nicht wahrzunehmen.

Nach der letzten Besichtigung am Freitag trifft sich die Gruppe der Nazi-Mitglieder in der Gaststätte, um einen Plan für den Raub des Goldes abzusprechen. Nur Rüdiger fehlt noch. Der Anruf seines Befehlshabers hält ihn auf.

Axel von Weißenkopf ist es gewohnt, dass seine Forderungen sofort ausgeführt werden. „Ich brauche einen guten Mann von Ihnen, der weiß worauf es ankommt. Einen, dem wir bedingungslos vertrauen können. Ich habe eine Sonderaufgabe für ihn."

„Ich habe da vielleicht jemanden. Worum geht es denn?"

„Die Einzelheiten klären wir später. Sagen wir, ich brauche jemanden, der den Müll unserer Nachbarn beseitigt."

Rüdiger versteht sofort worum es geht. Er weiß auch, wen er mit dieser Aufgabe betreuen kann. „Ich würde Ihnen Stefan Schmidt empfehlen. Er ist knallhart und unserer Sache voll verschrieben. Zudem schießt er besser als alle anderen aus meiner Truppe."

„Hört sich ja wie der reinste Wunderknabe an. Ich will ihn mir ansehen. Morgen Mittag um zwölf Uhr im Restaurant *Zur Krone*. Sie kennen es ja schon. Und ziehen Sie Ihre Anzüge an. Dies ist ein Geschäftsessen in gehobener Atmosphäre."

„Ja, natürlich. Wir werden uns danach richten." Das Gasthaus liegt im Ortsteil *Zehlendorf* in einer der betuchteren Gegenden.

Rüdiger weiß, dass sein Boss einen exklusiven Lebensstil bevorzugt. Im Anschluss an das Telefonat macht er sich auf den Weg zu seinen Kameraden.

Jetzt sitzt der Redeführer der Truppe im Kreise seiner engsten Vertrauten, um mit ihnen den Plan für ihr neuestes Vorhaben durchzugehen. Er sieht Johann eindringlich an. „Also, wir werden auf alle Fälle morgen zuschlagen. Da ich selbst gerade für eine andere Aufgabe eingeteilt wurde, übernimmst du diese Aufgabe. Aber verbock das Ganze nicht! Nimm dir sieben oder acht Leute mit, die dir Rückendeckung geben. Zwei oder drei von euch sollten sich in das Untergeschoss begeben, ohne dass jemand das mitbekommt. Wenn überhaupt sind nur der Kurator und der Museumsdirektor da unten. Die dürften für euch kein Problem sein. Legt sie schlafen. Bringt keinen um, sonst rütteln wir die Bullen zu sehr auf. Dann schnappt ihr euch den Schatz. Von innen könnt ihr den Zugang zur Laderampe am hinteren Gebäudeeingang öffnen, um alles zu verladen. Nach allem, was ich herausgefunden habe, handelt es sich um einige Tonnen Gold, Münzen und Diamanten. Ihr nehmt also den großen Transporter mit. Achtet darauf, dass die Aktion sauber über die Bühne geht. Still, ohne Aufmerksamkeit zu erregen."

Johann ist erfreut, eine solche Aufgabe zu erhalten. „Geht klar! Das ist für uns kein Problem. Die Typen in dem Museum sind so harmlos wie Schafe."

„Vorsicht. Wenn du sie unterschätzt, kann das schnell ins Auge gehen."

„Keine Sorge, wir passen auf." Johann ist sich seiner Sache sicher.

„In Ordnung, ich selbst komme später dazu. Jetzt such dir deine Leute aus und sieh zu, dass für morgen alles klar ist. Ich will nachher noch hören, wie du das Ganze abwickeln wirst und wen du wofür einteilst."

Johann wirft seinem verhassten Nebenbuhler einen triumphierenden Blick zu. Er verschwindet mit ein paar seiner Kameraden an einen der Nachbartische.

Stefan dreht sich zu dem Anführer der Gruppe um. „Willst du wirklich Johann diese Sache anvertrauen? Meinst du, er schafft das?"

Rüdiger schaut Stefan überlegend an. „Er hat immer gute Arbeit geleistet. Er ist zwar recht hitzköpfig und eigensinnig, aber er weiß, was er zu tun hat."

„Warum hast du mich nicht geschickt?"

„Weil es für dich eine andere Aufgabe gibt. Wir beide treffen uns morgen mit dem Mann, der mir die Befehle erteilt. Er ist ein ziemlich hohes Tier. Also pass auf, was du sagst und wie du dich verhältst. Er hat wahrscheinlich eine Sonderaufgabe für dich."

„Und was?"

„Das wird er dir morgen selbst sagen, nehme ich an. Schmeiß dich dafür in deinen Anzug", verlangt Rüdiger. „Wir gehen zum Mittagessen in ein pikfeines Lokal." Er wartet nicht auf eine Antwort, sondern widmet seine Aufmerksamkeit ganz seiner Freundin Wibke, mit der er kurz darauf verschwindet.

Stefan schaut sich in dem Lokal um. Es ist dringend notwendig, dass er mit Thomas Euler Kontakt aufnimmt. Er steht auf um das Gasthaus langsam zu verlassen. Dabei achtet er auf eventuelle Verfolger. Johann und seine Kumpane sind mit der Ausarbeitung des Plans beschäftigt. Keiner von ihnen bemerkt Stefans Verschwinden.

Der Agent schlendert den Weg zu seiner Wohnung zurück. Da er Thomas nirgendwo entdecken kann, geht er weiter bis zu dem Gebäude, in dem sein Kollege sich ein Zimmer gemietet hat. Sein Blick wandert an der Fassade hoch zum ersten Stockwerk. Die Wohnung ist dunkel. In keinem Fenster ist Licht zu erkennen. Doch was er sieht, lässt ihn schaudern. In den beiden der Straße zugewandten Fenstern steht je eine schwarze Kerze. Keine davon ist angezündet. Sofort wendet er seine Schritte weiter. Weg von der Wohnung. Er ist stinksauer und überlegt, wer seinen Kollegen umgebracht haben könnte. ‚Ist es meine Schuld?', fragt er sich. ‚War ich nicht vorsichtig genug?'

Vor seiner Wohnung lungert Johann herum. Die Hände in den Hosentaschen steht er neben der Haustür. Anscheinend wartet er auf Stefan. Interessiert sieht Johann ihm entgegen. „Schlafwandelst du etwa?"

Stefan sinnt darüber nach, ob es Johann gewesen sein könnte. Ihm würde er durchaus einen Mord zutrauen. Abweisend mustert er sein Gegenüber. „Was geht dich das an? Was willst du von mir?"

„Du bist anscheinend sauer, weil Rüdiger mir den Job anvertraut hat und nicht dir. Habe ich Recht? Jetzt weißt du, wie sich das anfühlt." Johanns Stimme trieft vor Hohn. „Aber ich sage dir etwas. Ich habe auf dich gewartet. Ich kann dich morgen brauchen. Wie ist es, machst du mit?" Lauernd wartet Johann auf eine Antwort. Er will Stefan im Auge behalten.

„Da muss ich dich leider enttäuschen, ich bin mit Rüdiger unterwegs. Wir haben einen anderen Auftrag."

„Und was?"

„Frag das Rüdiger und nicht mich. Jetzt lass mich in Ruhe." Stefan lässt ihn einfach stehen. Garantiert wird sich Johann nicht vom Haus wegbewegen, sondern jeden seiner Schritte beobachten. Stefan kann nur hoffen, dass Thomas die letzten Informationen noch weitergegeben hat.

Johann hingegen ist sauer. ‚Stefan hat eine Sonderaufgabe? Wieso er?' Nur aus diesem Grund hat er selbst den Auftrag von Rüdiger erhalten. ‚Ich bin also nur der Lückenbüßer? Wieso muss der Kerl sich überall dazwischendrängen? Aber ich finde schon heraus, was mit dem los ist', verspricht er sich selbst.

Als die beiden gutaussehenden Männer in ihren schwarzen Anzügen das Restaurant betreten wenden sich ihnen einige der weiblichen Blicke zu. Ohne diese zu beachten geht Rüdiger auf einen ruhigen Tisch am Fenster zu. Der Mann, der dort sitzt, sieht den beiden aus kalten, dunklen Augen entgegen.

Der neunundvierzigjährige Axel von Weißenkopf ist mit seinen ein Meter zweiundsiebzig eher klein. Der dunkelblonde Mann ist durchtrainiert und diszipliniert, tritt arrogant und dominant auf. Rüdiger und seine Gruppe Halbstarker betrachtet er als notwendige Lakaien, die bei Bedarf jederzeit ausgetauscht werden können.

Beim Näherkommen betrachtet Stefan den Mann. Er begreift augenblicklich, dass dieser sehr gefährlich ist. ‚Hier muss ich mit äußerster Vorsicht agieren', warnt er sich selbst.

Rüdiger bleibt vor dem Tisch stehen. Ohne Aufforderung wird er sich nicht setzen. Vorsichtig richtet er sich an seinen Befehlshaber. „Ich hoffe, wir kommen nicht zu spät?"

„Nein, Sie sind überaus pünktlich. Das weiß ich zu schätzen." Axel weist auf die beiden Stühle ihm gegenüber. „Bitte, meine Herren, setzen Sie sich." Er winkt dem Kellner. „Ich habe mir erlaubt, für uns alle zu bestellen, damit wir uns ungestört unterhalten können."

Dann wendet er den Blick Stefan zu. Kritisch mustert er den neuen Mann aus Rüdigers Truppe. „Ich habe mir Ihr Dossier angesehen. Beeindruckende Lektüre. Sie haben schon einiges geleistet. Was halten Sie davon, die Leiter ein Stück höher zu steigen?"

„Und was muss ich dafür tun?" Unbeeindruckt lehnt Stefan sich auf seinem Stuhl zurück und verschränkt die Arme vor der Brust. Er kennt die von Holger Baumann für ihn erstellte Akte in- und auswendig.

„Nun, ich habe aus höchsten Kreisen eine Order bekommen. Ich will ganz offen sein. Wir brauchen einen Mann, der nicht lange fackelt. Der bereit ist zu tun, was getan werden muss. In diesem speziellen Fall bedeutet das die Eliminierung diverser Persönlichkeiten, die unseren Ansichten im Weg stehen."

‚Das ist es!' Stefan kann es nicht fassen. Aus diesem Grund wurde er eingeschleust. Um herauszubekommen, wer den Auftrag erhalten hat, die betroffenen Politiker zu beseitigen. Allem Anschein nach wurde der Auftrag an Axel von Weißenkopf übergeben. Allerdings wird sich dieser nicht die Finger schmutzig machen. Er überlässt die Arbeit seinen Handlangern. Doch dass er selbst diesen Auftrag ausführen soll, hätte er im Traum nicht erwartet. Jetzt haben seine Leute etwas Zeit gewonnen. Lässig willigt er ein. „Kein Problem. Wer sind diese Personen und wie soll es vor sich gehen?"

Axel blickt ihn angenehm überrascht an. „Sie fackeln wirklich nicht lange, was?"

„Sie werden mich wohl kaum für einen solchen Auftrag einteilen, wenn er vermeidbar wäre. Da es wichtig ist, sollte es so schnell wie möglich ausgeführt werden. Ich bin kein

Mann, der seine Arbeit vor sich herschiebt. Haben Sie bereits eine Vorgehensweise festgelegt oder soll ich mir selbst einen Plan ausarbeiten?"

„Nein. Es wird Ihnen alles bis ins Kleinste vorgegeben. Sie bekommen Ihre Instruktionen direkt von mir. Ich werde Ihnen immer nur ein Zielobjekt nennen. Sobald die Arbeit erledigt ist, machen wir mit dem nächsten weiter." Axel blickt die vor ihm sitzenden Männer hart an. „Eine kleine Lebensversicherung für mich. Ich lasse Sie wissen, wann es losgeht. Rüdiger wird Ihnen meine Kontaktnummer geben. Für alle Fälle. Ich will nicht kontaktiert werden, wenn es nicht unbedingt notwendig ist."

„Verstanden", bestätigt ihm Stefan.

„Dann, meine Herren, genießen Sie Ihr Essen."

Zur gleichen Zeit haben sich sechs Kameraden von Johann bereits durch den Erwerb von Eintrittskarten Zutritt zum Museum verschafft. Johann selbst und der Fahrer verbleiben in dem in einer Nebenstraße geparkten Transporter.

Schon nach kurzem Aufenthalt teilen sich die sechs Männer in dem Museum auf. Zwei bleiben in der Nähe der Treppe stehen, die ins Untergeschoss führt. Sie achten auf jeden, der hier entlanggehen will. Ein weiterer platziert sich im Eingangsbereich. Dort befindet sich einer der beiden Wachmänner, die das Museum zu bieten hat. Der vierte von Johanns Schergen begibt sich in die Nähe des zweiten Aufpassers, der langsam seinen Rundgang durch das Gebäude macht. Die letzten beiden treffen auf ihrem Weg ins Untergeschoss auf den Museumsdirektor Siegfried Hildebrand. Noch bevor dieser die Männer ansprechen kann wird er brutal niedergeschlagen. Sie zerren den schwer verletzten Sechzigjährigen in sein Büro, fesseln und knebeln ihn, bevor sie das Büro von außen verschließen. Nun wenden sie ihre Schritte Richtung Labor.

Da die Bank samstags bereits um ein Uhr mittags schließt, hat Friedrich von Middendorf dem Sicherheitsdienst gerade die letzte Lieferung zum Abtransport übergeben. Den Zugang durch die Lagerhallen verschließt er wieder. Er ist auf dem Rückweg zu seinem Büro, als ihm Johanns Männer entgegenkommen.

„Was machen Sie hier?", fordert Friedrich eine Antwort von den beiden Männern.

„Wir sind auf der Suche nach Friedrich von Middendorf."

„Was wollen Sie denn von mir?" Seine Augen weiten sich erstaunt, als er in die Mündung von zwei Pistolen blickt.

„Zuerst einmal sollten wir in Ihr Labor gehen." Der Mann weist ihm einschüchternd den Weg mit seiner Waffe. Friedrich hat keine andere Wahl. Wenn er nicht jetzt und hier auf diesem Gang sterben will, muss er tun, was die beiden von ihm verlangen.

Vorsichtig wiederholt er seine Frage. „Was wollen Sie von mir?"

„Wir wollen das Gold. Das müsste Ihnen doch klar sein."

„Aber das ist doch gar nicht hier." Erstaunt sieht Friedrich die beiden Männer an.

„Tut mir leid, aber das kaufen wir Ihnen nicht ab. Wir wissen, dass Sie für die Taxierung zuständig sind."

„Das ist schon richtig, aber wenn ich nicht daran arbeite, wird es in der Bank eingelagert. Zur Sicherheit."

Die beiden Männer sehen sich verblüfft an. Damit hat keiner von ihnen gerechnet. Schnell überdenken sie ihr weiteres Vorgehen. Friedrich wird auf den nächsten Stuhl gefesselt. Bei der Durchsuchung der Räumlichkeiten achten die Männer in keiner Weise darauf, Beschädigungen zu vermeiden. Sie reißen Bücher und Dokumente aus den Regalen, zerren Schubladen aus ihren Halterungen. Alles landet auf dem Boden. Doch egal was sie unternehmen, das Gold ist unauffindbar. Ratlos sehen sie sich an.

„Pass auf ihn auf", weist der eine seinen Kumpan an.

Während dieser sich dem Kurator gegenübersetzt läuft der andere die Treppe hinauf. Er trifft auf seine Wache stehenden Genossen.

„Los, hol Johann", befiehlt er einem von ihnen. Sofort rennt der Angesprochene davon.

Kurz darauf steht Johann im Untergeschoss vor der Tür zum Labor. Wütend hört er sich an, was vorgefallen ist.

„Wir haben alles durchsucht. Hier gibt es keine einzige Münze. Anscheinend hat der Typ die Wahrheit gesagt."

„Wir werden sehen." Johann wägt ab, wie sie am besten vorgehen können. Er erinnert sich an den freundlichen Kurator. ‚Dieses Weichei brauchen wir wahrscheinlich nur einmal etwas heftiger anpacken, dann singt der wie ein Vöglein.'

„Wir schließen das Museum. Hängt ein Schild draußen an die Tür. Heute Nachmittag geschlossen wegen dem Achtelfinale der Fußball-Weltmeisterschaft. Kümmert euch um die beiden Aufpasser. Schnell und sauber. Verstanden? Zwei von uns geben sich als Wachpersonal aus. Sie sollen die Besucher freundlich, aber bestimmt nach draußen geleiten. Wenn jemand meckert, verteilt Eintrittskarten für einen neuen Besuch. Dann dürfte das alles ruhig über die Bühne gehen. Und passt auf, dass keiner hier herunterkommt." Damit öffnet er die Tür.

Friedrichs Augen weiten sich erstaunt, als er den eintretenden Mann wiedererkennt. „Sie?", fragt er ungläubig.

„Ja, ich." Johann mustert den Kurator vollkommen gefühlskalt. „Verraten Sie mir doch bitte, wo das Gold ist?"

„Aber das habe ich Ihren Begleitern schon gesagt. Es ist nicht hier. Es befindet sich im Tresorraum der Bank."

„Tatsächlich? Dann sagen Sie mir doch bitte auch, wie es dorthin und vor allem wieder hierherkommt."

Friedrich weiß, worauf das Ganze hinausläuft. Er weiß auch, dass er keine Chance hat, hier noch lebend heraus zu kommen, selbst wenn er diesen Männern erzählt, was sie hören wollen. ‚Was können diese Männer mir antun? Bei dem Publikumsverkehr obendrüber können sie nicht viel Krach machen, ohne entdeckt zu werden.' Er schweigt.

Johann bleibt erstaunlich ruhig. „Bekomme ich keine Antwort? Das ist aber sehr unhöflich."

In diesem Augenblick erscheint einer von Johanns Männern in der Uniform des Wachdienstes. „Das Gebäude ist geräumt und abgesperrt. Alles ist reibungslos gelaufen. Die meisten Männer waren froh, mit ihren Familien nach Hause zu müssen. Fußball ist eben doch interessanter als Kultur." Grinsend verschwindet er wieder.

Johann richtet seine Aufmerksamkeit wieder auf Friederich. „Und jetzt können wir uns in Ruhe unterhalten."

Der Kurator hat schon des Öfteren in Schwierigkeiten gesteckt. Bisher ist er immer irgendwie davongekommen. Aber diesmal sieht es nicht so aus. Er stellt sich auf das Schlimmste ein. „Ich kann Ihnen nicht helfen."

Er hat kaum ausgesprochen, als Johann ihm die Faust ins Gesicht knallt.

Friedrich hat das Gefühl, sein Kopf fliegt ihm von den Schultern. Seine Lippe platzt sofort auf, seine Nase beginnt zu bluten. Der Versuch die Übelkeit abzuschütteln, schlägt fehl. Nachdem er auch noch einen zweiten und einen dritten Schlag einstecken muss, schafft Friedrich es nicht mehr, der Schmerzen habhaft zu werden. Er stöhnt gequält auf, das Atmen fällt ihm schwer. Johann traktiert ihn mit einigen weiteren Schlägen. Friedrich ist kurz davor, das Bewusstsein zu verlieren. Hustend und würgend atmet er ein. Beide Augen sind stark zugeschwollen. Blut läuft aus einer Platzwunde an der rechten Augenbraue über sein Gesicht. Nase und Lippen bluten stark.

„Falls Sie mir etwas zu sagen haben, mache ich gern eine Pause", teilt Johann ihm beinahe fröhlich mit.

Friedrich hebt den Kopf an. Er hat sich damit abgefunden, dass er hier nicht mehr lebend herauskommen wird. Trotz der Gewalt, mit der er konfrontiert wird, ist er nicht bereit, nachzugeben. Er weiß, wie er den Mann reizen kann. „Sie haben keine Chance an den Schatz heranzukommen. Ist das nicht frustrierend?"

Johann kocht vor Wut. Kräftig holt er aus. Seine Faust prallt so fest gegen Friedrichs Brust, dass der Stuhl, auf dem er angebunden ist, nach hinten umkippt.

Bevor es jemand verhindern kann knallt der Stuhl rücklings auf den Boden. Dabei schlägt Friedrich mit dem Nacken auf die dicke Stuhllehne. Aus gebrochenen Augen starrt er die Männer, die um ihn herumstehen, an.

„Scheiße!", brüllt Johann.

Im gleichen Moment öffnet sich die Tür hinter ihm und Rüdiger, gefolgt von Stefan, betritt den Raum. Augenblicklich herrscht Rüdiger seinen Untergebenen an: „Was ist hier los?"

Stefan bückt sich zu dem am Boden liegenden Mann. Doch da kommt jede Hilfe zu spät. „Er ist tot."

Johann bemüht sich um Schadensbegleichung. „Es ging nicht anders. Das Gold ist nicht hier. Aber wir wissen jetzt, wo es ist."

„Wo?"

„In der Bank gegenüber, im Tresor."

Rüdiger starrt ihn perplex an. „Wie bitte? Wieso denn das? Davon war zu keiner Zeit die Rede."

Johann triumphiert auf. „Das wusstest du auch nicht. Die haben immer nur so viel hierher liefern lassen, wie er bearbeitet hat."

Stefan braucht nicht lange zu überlegen. „Da die Bank jetzt geschlossen hat, ist das ganze Gold im Tresor eingelagert. Um das heraus zu kriegen musstest du ein solches Gemetzel veranstalten?", will er wütend von Johann wissen.

„Ach ja, unser feiner Herr Großmaul hätte das natürlich wesentlich einfacher erreicht!", schnauzt dieser zurück.

Rüdiger unterbricht die beiden Kampfhähne. „Schluss jetzt! Sehen wir zu, dass wir hier verschwinden. Und räumt auf, ich will nicht, dass die uns hiermit in Verbindung bringen können. Sorgt dafür, dass nichts auf uns hinweist. Schließlich überfallen wir morgen eine Bank", begründet er ernst.

Viel Mühe geben sich die Männer rund um Johann nicht. Sie achten lediglich darauf nichts zu vergessen. Bei der heutigen Aktion trugen sie alle Handschuhe, die verhindern, dass es zu verwertbaren Fingerabdrücken kommt. Keine fünfzehn Minuten später steigen Johann und seine Leute in den Transporter. Stefan und Rüdiger in dessen Auto.

Der Agent überlegt fieberhaft, wie er Holger Baumann warnen kann. Ihm fällt nichts ein. ‚Sobald ich nur eine falsche Bewegung mache, werde ich Thomas Euler und Friedrich von Middendorf folgen', warnt er sich. Doch dann hat er die passende Idee. Er weiß, was er tun kann!

„Halt an! Halt sofort an!", brüllt Stefan los.

Rüdiger tritt auf die Bremse. Während der Transporter vor ihm gerade um die nächste Ecke biegt, wendet er sich seinem Beifahrer zu. „Was ist denn in dich gefahren?"

„Die Kameras. Wir haben die Kameras vergessen."

„Welche Kameras?" Rüdiger ist irritiert. ‚Habe ich irgendetwas nicht mitbekommen?'

Stefan mustert Rüdiger eindringlich. „Außer an den Eingangstüren gibt es keine Alarmanlage. Vielleicht sind die einzelnen Kunstwerke noch geschützt. Keine Ahnung! Aber wir sind überall herumgelaufen, ohne Alarm auszulösen. Das heißt, es gibt keine weiteren Vorrichtungen, die einen Einbruch melden können. Dann muss es auf jeden Fall Kameras geben. Schon wegen der Versicherung. Hat einer von den anderen daran gedacht, die Bänder mitzunehmen? Ich kann es mir nicht leisten, in einer Tageszeitung abgedruckt zu werden. Schon gar nicht jetzt. Fahrt ihr zurück. Ich hole die Bänder."

„Brauchst du Hilfe?"

Es scheint, als ob Stefan über die Frage nachdenkt bevor er antwortet. „Nein, allein falle ich weniger auf. Außerdem baut keiner Mist. Wir sehen uns nachher." Sie nicken sich kurz zu, dann springt Stefan aus dem Wagen. Er sprintet den Weg zurück.

Sobald er außer Sichtweite ist, zieht er sein Handy aus der Tasche.

Holger Baumann meldet sich fast sofort. Der Vorgesetzte verspricht schnellstens zu handeln.

Die eingespeicherte Anzeige löscht Stefan anschließend sofort von dem Gerät. Fünf Minuten später betritt er noch einmal das Museum. Er sieht sich gründlich um. Hier gibt es keine Kameras. Er geht hinunter in das Labor, wo Friedrich von Middendorf noch genauso daliegt, wie sie ihn verlassen haben.

Eine unsagbare Wut gegen Johann und die anderen kocht in ihm hoch. Jetzt weiß er, was seine Schwester damit meinte, dass einem diese Einsätze an die Nieren gehen können. Aber er kann nicht mehr zurück. Das will er auch nicht. Diesen Typen muss endgültig das Handwerk gelegt werden. Schwere Schritte sind auf der Treppe zu hören. Er verlässt den Raum um die ankommenden Beamten in Empfang zu nehmen.

„Halt! Stehenbleiben!" Die Aufforderung wird durch mehrere auf ihn gerichtete Pistolen unterstützt.

Doch er steckt nur die Hände in die Hosentaschen. Lässig sieht er den Beamten entgegen. „Kommt ihr von Baumann?"

Ein einzelner Mann löst sich aus der Einsatztruppe. „Sind Sie Wolf?" Als Stefan nickt senkt er seine Waffe. „Was ist hier geschehen?"

Zehn Minuten später sind die Beamten über die Abläufe in Kenntnis gesetzt. Sie organisieren ein Bandgerät, einen Computer und einen Monitor. Sie platzieren alles fein sauber aufgestellt in einer kleinen Abstellkammer. Stefan macht ein Foto, bevor sie alles in Brand stecken. Drei weitere Fotos sollten für sein Alibi ausreichen.

In der Zwischenzeit haben einige der Männer das Museum durchsucht. Sie entdecken die beiden Wachmänner des Museums mit gebrochenem Genick. Auch der gefesselte Museumsdirektor wird gefunden. Er ist zwar schwer verletzt, aber am Leben. Unter Bewachung wird er unverzüglich ins nächste Krankenhaus gebracht.

Ein weiterer Krankentransport bringt Friedrich von Middendorf unter strengster Geheimhaltung in die Leichenaufbewahrung der Gerichtsmedizin. Damit Stefan nicht vorzeitig auffliegt verhängt Wolfgang Keller eine Nachrichtensperre über die letzten Ereignisse.

Zur abendlichen Versammlung sitzt Stefan wieder zwischen Johann und Rüdiger am Tisch.

Neugierig mustert der Anführer Stefan. „Und? Hattest du Recht?"

„Ja, das Aufnahmegerät war im Erdgeschoss in einer Kammer hinter dem Eingang angeschlossen. Die hatten bestimmt ein paar schöne Bilder von uns."

„Wo ist das Band jetzt?"

„Vernichtet." Stefan öffnet die Fotos auf seinem Handy. Er reicht das Gerät an Rüdiger. „Das Band war gegen unbefugtes Entfernen gesichert. Das hätte ich denen gar nicht zugetraut. Aber egal. Auf diesem Band gibt es nichts mehr zu sehen."

„Du hast die ganze Anlage verbrannt?", erstaunt betrachtet Rüdiger die Bilder.

„Klar! Was hättest du denn gemacht? Alles hierher schleppen wollte ich auch nicht."

Rüdiger kritisiert Johann lautstark. „So etwas nenne ich Eigeninitiative. Davon hast du nicht allzu viel. Du arbeitest lieber mit roher Gewalt. Denk einmal darüber nach."

Johann wirft nur einen wütenden Blick auf Rüdiger. Er verkneift sich eine Antwort. Dass der ihn so bloßstellt, ist einzig die Schuld von Stefan. ‚Rüdiger ist so vernarrt in Stefan Schmidt, dass er nicht mitbekommt, was hier falsch läuft. Aber ich werde aufpassen!' Das nimmt er sich fest vor. ‚Stefan Schmidt kann sich noch warm anziehen!'

Der Agent muss unbedingt mehr über die morgigen Abläufe erfahren. Er versucht es gerade heraus. „Was läuft morgen? Noch so ein Missgeschick sollten wir uns nicht leisten."

„Ja, stimmt. Ich habe bereits alles ausgearbeitet. Wir besuchen morgen Früh den netten Bankdirektor bei sich zuhause. Während Frau und Töchterchen in unserer Obhut bleiben, wird er uns den Weg zum Gold freiräumen. Wenn er ganz brav ist, kann er hinterher zu seiner Familie zurück."

Das Klingeln von Rüdigers Handy unterbricht seine Ausführungen. Überrascht schaut der Nazi auf das Display, bevor er den Anruf annimmt. „Ja?"

„Es geht los. Morgen Früh! Können Sie reden?"

„Moment." Rüdiger steht auf, winkt Stefan mit dem Kopf ihm vor die Tür zu folgen.

„So, jetzt."

„Wir haben ein erstes Ziel. Ich schicke Ihnen die Daten. Sagen Sie Ihrem Mann, ich will saubere Arbeit." Damit beendet Axel von Weißenkopf die Verbindung.

Fast im gleichen Moment erhält Rüdiger eine Textnotiz. „Es geht los. Morgen Früh um halb zehn. Unser erstes Zielobjekt geht zum Brunch." Er grinst Stefan an. „Ich glaube nicht, dass der viel essen wird."

Stefan bleibt ernst. „Gut. Wann müssen wir los? Wie soll ich vorgehen?"

„Du sollst dich um neun Uhr in der vierten Etage der Parkgarage *Beckerstraße* aufhalten. Wir beide fahren ganz normal mit dem Auto da hinein. Nach Süden hin können wir von dort aus unseren Mann ausmachen. Er sagt, du hast nur einen Schuss. Schaffst du das?" Rüdiger sieht seinen Gefährten fragend an.

„Welche Entfernung?", fragt Stefan zurück.

„Hier steht zweihundertfünfzig bis dreihundert Meter. Stefan, schaffst du das?" Die Stimme des Anführers klingt eindringlich. Bei der Entfernung zweifelt Rüdiger an einem sauberen Schuss.

„Klar! Das ist kein Problem für mich. Ich brauche aber mein eigenes Gewehr. Auf dem bin ich eingeschossen. Was ist dir lieber? Fährst du mich hin, oder soll ich meinen Vater bitten mir einen Kurier zu schicken?"

„Ruf deinen Alten an." Der Agent atmet auf. Genau diese Antwort hat er erhofft. Rüdiger wartet ab, während Stefan sein Handy zückt um den Anruf zu tätigen.

„Hallo Vater", grüßt Stefan unmittelbar nachdem die Verbindung zustande kommt. „Kann ich dich um einen Gefallen bitten? Ich weiß, es ist schon spät, aber wir haben morgen Früh bereits um neun Uhr ein Übungsschießen. Ich brauche dringend mein *Heckler & Koch PSG 1*. Du willst doch sicher auch, dass dein Sohn sich die Trophäe holt."

Holger Baumann versteht augenblicklich, dass Stefan nicht frei reden kann. „Natürlich will ich das. Mach mir keine Schande, Junge." Antwortet er deshalb möglichst laut. Rüdiger, der die Antwort hört, verdreht die Augen. Das ist wieder typisch für so einen alten Kapitalisten.

„Was brauchst du alles?", erkundigt sich Stefans Vorgesetzter.

„Nur das Gewehr. Und natürlich die Patronen, aber die richtigen. Die aus der blauen Schachtel."

„He", faucht Holger Baumann. „Hältst du mich für blöd? Ich weiß doch, was die richtige Munition ist."

„Schon gut, ich habe die Schachtel im Waffenregal geparkt. Die vierte Reihe von unten, steht *Becker PSG* drauf. Bring mir die ganze Schachtel mit." Stefan kann nur hoffen, dass Holger

Baumann den Hinweis versteht. Deutlicher werden kann er auf keinen Fall. Er würde sofort auffliegen.

„Ich habe leider keine Zeit, ich schicke dir meinen Fahrer", erhält er zur Antwort. „In zwei Stunden hast du das Gewünschte."

Damit beendet Holger Baumann das Gespräch. Bis neun Uhr hat er nicht viel Zeit. Er sollte schnellstens herausfinden, was es mit diesem Parkhaus auf sich hat. Heißt es *Becker Parkhaus*? Oder ist es auf der *Beckerstraße*? Und wenn ja, wie viele Parkhäuser gibt es dann auf der *Beckerstraße*? Anschließend müssen sie die für morgen Früh anstehenden Ereignisse der Zielobjekte mit den Daten abgleichen. Stefan Wolf wird sich zur angegebenen Zeit mit schussbereitem Gewehr in der vierten Etage des Parkhauses befinden. Er begibt sich umgehend zu Wolfgang Keller. Sie müssen noch vor neun Uhr alles abriegeln, die Zielperson ausfindig machen und instruieren. Außerdem muss er schnellstens eine Schachtel für die Platzpatronen drucken lassen. Sie dürfen nicht als solche zu erkennen sein. Auf der Schachtel muss die Marke *Becker* aufgedruckt sein.

Knapp zwei Stunden muss Stefan auf die Ankunft des Kuriers warten, der mit dem Scharfschützengewehr vor Stefans Wohnung vorfährt.

Rüdiger sieht ihm zu, wie er das Gewehr in Augenschein und die Patronenpackung entgegen nimmt.

Stefan greift an seine Gesäßtasche. „Mist." Er schaut zu seinem Kameraden. „Hast du mal einen Zwanziger für mich? Bekommst du gleich wieder."

Der Anführer reicht ihm einen Schein, obwohl er nicht versteht, warum Stefan dem Angestellten seines Vaters ein Trinkgeld gibt. Noch dazu ein so hohes. Aber wahrscheinlich ist er das nicht anders gewohnt.

„Danke." Beim Umdrehen tauscht Stefan den Schein gegen den aus, der in seiner Hosentasche steckte und nun in seiner Hand verborgen war. Während er auf den Fahrer wartete versah er den Geldschein mit den notwendigen Daten. Durch diese kleine List hegt der Nazi keinen Verdacht.

Stefan drückt dem Kurier den Zwanzig-Euro-Schein in die Hand. Ohne einen weiteren Blick auf den abfahrenden Wagen zu verschwenden geht er wieder in seine Wohnung.

Nicht einmal eine Stunde vergeht, bis der Kurier, einer von Holger Baumanns Leuten, diesem einen Zwanzig-Euro-Schein übergibt.

Der leitende Beamte faltet ihn auseinander. Er schreibt die darauf abgebildeten Koordinaten und Daten auf. Nach zehn Minuten weiß er, dass der Bankdirektor am nächsten Morgen Besuch bekommen wird. Auch, dass die Bank selbst das eigentliche Ziel ist. Er wird mit Wolfgang Keller und Konrad Schrader schnellstmöglich einen Plan auf die Beine stellen, um für morgen gewappnet zu sein. Sie müssen sich enorm beeilen.

Pünktlich lenkt Rüdiger die geklaute Oberklassenlimousine vom Typ *VW Phaeton* mit *3,2-Liter-V6-Motor* und *241 PS* Leistung in das Parkhaus an der *Beckerstraße*. Der angegebene Parkplatz ist schnell gefunden. Sie steigen aus und sehen sich gründlich um.

„Hier, das muss es sein." Rüdiger zeigt auf das Lokal auf der gegenüberliegenden Seite. Die Straße davor ist zu beiden Seiten abgesperrt. Polizisten bewachen mit ihren Fahrzeugen die Absperrungen. Dort wird sich niemand nähern, der hier heute nichts zu suchen hat. Das Lokal besitzt eine offene Terrasse auf der ersten Etage, die über eine Außentreppe zu erreichen ist. Treppe und Terrasse liegen sichtfrei vor ihnen. Auch der Speisesaal ist durch die Fenster gut zu überschauen.

Doch Stefan weiß, dass das nur die zweite Wahl ist. Den sichersten Schuss kann er abgeben, wenn alle beschäftigt sind. Das ist genau dann, wenn seine Zielperson aus seinem Fahrzeug aussteigt. Der Agent richtet sein Gewehr über die Mauer der Fassade aus. Da das Parkhaus offen gestaltet ist, hindert ihn keine Glasscheibe daran, einen sauberen Schuss abzugeben. Durch sein Zielfernrohr kann er erkennen, wie die Bediensteten des Lokals letzte Hand an das Büfett legen.

„Was jetzt?" Ungeduldig wandert Rüdiger hin und her.

„Wir warten." Stefan hat die Ruhe weg. Er weiß, dass er sich jetzt nicht ablenken lassen darf. Jeden Moment kann sein Zielobjekt vor ihm auftauchen. Er wartet geduldig ab, die Sicht durch das Zielfernrohr auf die Straße gerichtet. „Pass du auf, falls jemand kommt."

„Ja, gut." Rüdiger sieht sich um. „Alles ruhig, aber ich passe auf."

Stefan ist bewusst, dass niemand mehr das Parkhaus betreten wird. In dem Wachmann, der in dem verglasten Kontrollraum des Parkhauses sitzt, hat er einen seiner Kollegen erkannt. Da er jetzt mit Sicherheit weiß, dass Holger Baumann alles Notwendige in die Wege geleitet hat, kann er sich beruhigt auf seine Arbeit konzentrieren.

Er schwenkt den Blick kurz über die gegenüber liegenden Häuser. Es ist nichts zu sehen. Aber ihm ist klar, dass seine Kollegen bereits im Einsatz sind.

Sein Vorgesetzter hat garantiert dafür gesorgt, dass in der Herzgegend des Opfers Beutel mit Kunstblut drapiert wurden. Stefan weiß, wie er zu schießen hat. Er muss einen direkten Treffer auf das Herz seiner Zielperson abfeuern. Dafür wird ihm das Opfer selbst genügend Zeit einräumen. Auf einen Wink hin wird er ihm für fünf bis zehn Sekunden die Möglichkeit zum Schuss bieten. Diese darf er auf keinen Fall verpassen.

„Da kommen sie." Aufgeregt zeigt Rüdiger nach unten. Er beugt sich weit über die Brüstung nach vorn, um besser sehen zu können.

Stefan hat keine Angst vor Entdeckung durch die Scharfschützen der Spezialeinheiten, die mit Sicherheit überall verteilt sind. So wie Rüdiger sich hier verhält, sind sie beide bestimmt schon im Visier der Beamten aufgetaucht. Hätten diese den Befehl sie auszuschalten, wären sie schon längst tot. Trotzdem zieht er seinen Begleiter heftig zurück. „Pass auf, dass sie dich nicht sehen!"

Beschämt geht Rüdiger in Deckung. ‚So etwas Dummes. Das hätte ich auch selbst merken müssen. Stefan hält mich jetzt bestimmt für einen Idioten.' Er beobachtet ungeduldig, was weiter passiert.

Drei schwarze Limousinen halten hintereinander vor dem Eingang des Restaurants. Sowohl aus dem ersten als auch aus dem dritten Fahrzeug steigen bewaffnete Männer vom Sicherheitsdienst. Sie bewegen sich zu dem in der Mitte parkenden Fahrzeug, das als Diplomatenfahrzeug gekennzeichnet ist. Dabei sehen sie sich nach allen Seiten um. Erst als sie davon ausgehen, dass ihrem Boss keine Gefahr droht, öffnet einer von ihnen die Wagentür um den Mann aussteigen zu lassen.

Genau auf diesen Moment hat Stefan gewartet. Der Mann steigt aus. Typisch für einen Menschen in dieser Bewegung ist es, sich unmittelbar nach dem Aussteigen aus der geduckten Stellung aufzurichten. Auch hier ist das so. Seine Sicherheitsmänner bewegen sich auf ihn zu, um ihn mit ihren Körpern gegen das Umfeld abzusichern. Aber für einen kurzen Augenblick steht der Mann ungeschützt vor ihm. Stefan erkennt den Staatsbeamten, auf den er schießen soll, in dem Augenblick, in dem er abdrückt.

Rüdiger sieht, wie das Blut aus der Wunde direkt im Herzen des Mannes fließt, noch bevor er zu Boden sinkt. Zwei der Sicherheitsleute stürzen zu ihm um ihm zu helfen, während sich einige von ihnen schützend vor dem Staatsmann aufbauen. Ihr Ziel ist es, den Mann vor weiteren Kugeln abzuschirmen. Alle anderen Männer sehen sich mit gezückten Waffen um, ohne etwas Auffälliges zu erkennen.

In aller Ruhe schraubt der Agent das Gewehr auseinander, um es ordnungsgemäß in seinem Koffer zu verpacken. Er nimmt ein Papiertaschentuch zur Hand. Damit hebt er die Patronenhülse auf. Dass das nur zur Schau für Rüdiger dient, erkennt dieser nicht. Ganz im Gegenteil ist der von Stefans Umsicht schwer beeindruckt.

„Lass uns abhauen."

„Ja." Rüdiger steigt bereits ein. Viel zu heftig gibt er Gas.

Stefan beruhigt ihn. „Langsam. Fahr ganz normal. Es gibt nichts, worum wir uns Sorgen machen müssen."

Sie fahren aus dem Parkhaus heraus. Lange bevor die Straßensperren errichtet werden sind sie verschwunden. Ihnen kommt ein Krankenwagen mit eingeschaltetem Blaulicht und Sirene entgegen, gefolgt von einem Notarztwagen.

„Die kommen zu spät", sagt Rüdiger kalt lächelnd.

„Ja!" Stefan ballt wütend die Faust in der Tasche. Das ist gerade noch einmal gut gegangen. Hätte jemand anderes den Auftrag bekommen, wäre der Chef des Bundeskanzleramtes jetzt tot.

Zwanzig Minuten später stellen sie das geklaute Fahrzeug in einer ruhigen Straße zwischen alten Fabrikgebäuden ab. Ohne bemerkt zu werden steigen sie in Rüdigers Pickup um.

„Wahnsinn! Echt Wahnsinn!", begeistert sich der Nazi. „Du bist absolut kaltschnäuzig. Weißt du das?"

„Ich mache nur meine Arbeit."

„Ja, aber die machst du großartig. Von Weißenkopf wird begeistert sein."

Sanitäter und Polizisten heben die Trage mit dem angeschossenen Mann in den Krankenwagen. Der Notarzt und sein Helfer steigen zu. Dann geht es mit hoher Geschwindigkeit zum Krankenhaus.

Im Wagen richtet sich der Verletzte auf. Er stöhnt heftig. „Sie haben mir nicht gesagt, dass das so weh tut. Das fühlt sich an, als ob mich ein Pferd getreten hätte."

Der Helfer nimmt seinen Mundschutz ab. Holger Baumann lächelt den Mann aufatmend an. „Aber Sie spüren es noch."

„Wie geht es jetzt weiter?"

„Sie sind tot. Und das müssen Sie auch für eine Weile bleiben. Morgen steht es in allen Zeitungen. Machen Sie in aller Abgeschiedenheit ein paar Tage Urlaub. Ich gebe Ihnen Bescheid, wenn wir die Gefahr gebannt haben."

Rüdiger beauftragte Johann, sich um die Familie von Jürgen Neubroich zu kümmern. Im Anschluss daran soll er der Bank einen Besuch abstatten.

Der Bankdirektor lebt in Berlin-*Grunewald*, dem teuersten Viertel des Berliner Villenbogens. Er besitzt dort eine Villa mit großem Garten und Swimmingpool. Jetzt, am Sonntagmorgen, sitzt er mit seiner Frau und seiner zwölf Jahre alten Tochter zusammen am Frühstückstisch.

Johann und seine Männer haben schon vor zwei Stunden das Anwesen in Augenschein genommen. An der Haustür und auch an der Gartenpforte befinden sich elektronische Sicherungen, die dazu dienen, dem Hausherrn jeden Eindringling sofort anzuzeigen.

Doch vom Nachbargrundstück aus ist es kein Problem in den Garten einzudringen und sich über die Terrasse anzuschleichen. Auch die dortigen Glasschiebetüren sind mit einer elektronischen Alarmanlage ausgestattet.

Johann überlegt sich, wie er vorgehen will. Wenn sie mit Gewalt eindringen, gibt das nur unnötigen Lärm, der in weitem Umkreis gehört wird. Bitten sie unter irgendeinem Vorwand um Einlass, während noch alle schlafen, wird das genauso laut. Obendrein dauert das viel zu lang. Das Beste ist, sie warten bis die Familie ausgeschlafen hat. Vor ein paar Minuten ist ihm der Wagen eines privaten Kurierdienstunternehmens aufgefallen, der hier die Nachbarschaft abklappert, obwohl Sonntag ist. ‚Klar, so betuchte Leute wie hier, die kriegen ihre Pakete sogar an Feiertagen direkt zugestellt, während unsereiner seinem Zeug hinterherlaufen darf.' Er winkt zwei seiner Männer heran.

Johann zeigt auf den Lieferwagen. „Wartet bis er seine Runde zu Ende gedreht hat. Nicht, dass nachher noch jemand sein Paket vermisst. Dann krallt ihr euch den Kerl. Passt auf, dass euch dabei keiner sieht. Fahrt den Wagen ein Stück aus der Siedlung heraus. Dann gebt ihr mir Bescheid."

Die beiden Männer laufen los.

Johann dreht sich zu seinen vier verbliebenen Kameraden um. „Ihr wartet am Terrasseneingang bis wir euch aufmachen. Versteckt euch solange. Ihr dürft nicht vorzeitig gesehen werden. Gebt mir Bescheid, wenn sich in dem Haus etwas rührt."

Er selbst schlendert zurück zu dem Transporter, einem *Mercedes Sprinter 418CDI*, mit dem sie hergekommen sind. Zügig fährt er den Wagen aus der Siedlung heraus. In einer solchen Gegend könnte ein fremdes Fahrzeug den Nachbarn auffallen, das will er vermeiden. Kurz darauf teilen ihm seine Leute an der Terrasse mit, dass sich die Familie zum Frühstück zusammenfindet. Fast gleichzeitig bekommt er die Nachricht, dass der Lieferwagen von seinen Männern übernommen wurde.

Johann ist zufrieden, er weiß genau, wie er vorgehen kann, ohne Gefahr zu laufen, dass sie auffliegen. Rasch macht er sich auf den Weg zu seinen Kameraden und dem Kurierdienst-Transporter.

Nach nicht einmal zehn Minuten fährt der Wagen vor der Haustür der Familie Neubroich vor. Johann, bekleidet mit Jacke und Kappe des Lieferanten, steigt aus. Ordnungsgemäß klingelt er an der Haustür. Einer seiner Männer begleitet ihn. Er schiebt eine Sackkarre mit mehreren Kartons vor sich her. Überrascht sehen die Familienmitglieder zur Haustür. Durch die Scheibe können sie den Lieferwagen und die beiden Lieferanten erkennen.

Seine Frau lächelt Jürgen Neubroich an. „Das ist bestimmt für mich. Ich warte noch auf eine größere Buchsendung. Allerdings habe ich nicht so schnell damit gerechnet." Damit steht sie auf, um den Lieferanten Einlass zu gewähren.

Beate Neubroich gehört eine Buchhandlung in der Innenstadt. Es ist keine Seltenheit, dass sie Lieferungen über ein Kurierdienstvermittlungsunternehmen zu sich nach Hause bestellt. So kann sie in den Abendstunden alles vorsortieren, um ihre Verkaufsplanung zu gestalten. Auch die sonntäglichen Anlieferungen werden gegen Zahlung des entsprechenden Obolus' regelmäßig ausgeführt.

Jürgen denkt sich weiter nichts dabei. Erst als er den Schrei seiner Frau hört, dreht er sich in Richtung Eingang um. Seine Augen weiten sich entsetzt, als er sieht, wie einer der Lieferanten seine Frau fest an sich zieht. Noch schlimmer ist, dass der Mann ihr ein Messer an die Kehle hält. Gleichzeitig wird von dem zweiten Mann eine Pistole auf ihn selbst gerichtet.

Seine Tochter sitzt mit schreckgeweiteten Augen am Tisch. „Papa?" Schutzsuchend stürzt sie sich in die Arme ihres Vaters, der sie ganz fest an sich drückt.

Johanns Begleiter streckt die Hand aus. Er zerrt das aufschreiende Mädchen zu sich heran. Das sich windende Kind hat keine Chance, aus der Umklammerung des starken Mannes zu entkommen.

Für Jürgen Neubroich gibt es keine Möglichkeit, seiner Familie zu helfen. Er kann nur eins machen. Zum Zeichen, dass er keine Gegenwehr unternehmen wird, hebt er langsam die Hände. Er ist nur daran interessiert, dass seiner Familie nichts geschieht. „Was wollen Sie von uns?"

Johann blickt den Mann kalt an. „Zunächst einmal möchte ich Sie bitten, die Terrassentür zu öffnen. Und keine Mätzchen, sonst muss Ihre Frau dafür büßen."

Beklommen öffnet der Bankdirektor die Schiebetüren. Augenblicklich strömen die vier Männer ins Haus. Schnell ziehen sie die Vorhänge der Fenster so weit zu, dass man nicht mehr hineinsehen kann. Frau und Tochter werden auf das Sofa gedrückt, wo sie sich angstvoll aneinanderklammern.

Johann ruft von seinem Handy aus den im Lieferwagen verbliebenen Mann an. „Du kannst den Wagen jetzt wegbringen, wir sehen uns nachher an der Bank." Sein Blick richtet sich fragend auf den Hausherrn. „Sie möchten sicher wissen, warum wir hier sind. Habe ich Recht?"

Dieser nickt beklommen. Die Polizei war am gestrigen Tag noch bei ihm. Sie setzten ihn von dem Überfall auf das Museum in Kenntnis. Er erfuhr auch vom Tod des Kurators, sowie seiner Wachmannschaft. Nun kann er sich denken, was diese Kerle von ihm wollen.

Die Antwort des Anführers bestätigt seine Vermutungen. „Das ist ganz einfach. Wir wollen das Gold. Und sagen Sie jetzt bitte nicht, Sie wüssten nicht, wovon wir sprechen."

Jürgen sieht die Männer zwar ängstlich an, aber er muss es einfach wissen. „Sind Sie die Männer, die Friedrich von Middendorf und die anderen umgebracht haben?"

Johann zieht erstaunt eine Augenbraue hoch. „Woher wissen Sie das?"

„Die Polizei hat es mir gestern Nachmittag noch mitgeteilt. Warum haben Sie ihn getötet?"

Johann blickt den Bankdirektor eindringlich an. „Seine Kooperationsbereitschaft ließ leider zu wünschen übrig. Ich kann Ihnen nur raten, nicht den gleichen Fehler zu machen. Wenn Sie tun, was wir sagen, sind Sie ganz schnell wieder bei Ihrer Familie."

Jürgen nickt ergeben. „Was soll ich tun?"

Johann zeigt auf einen seiner Männer. „Wir zwei fahren mit Ihnen zur Bank. Sie händigen uns den Schatz aus, dann können Sie gehen. Meine restlichen Männer bleiben hier. Sobald wir den Schatz haben, rufe ich an. Dann verschwinden meine Männer von hier, ohne Ihnen oder Ihrer Familie ein Haar zu krümmen."

„Ich bin einverstanden. Lassen Sie mich bitte meine Jacke und die Schlüssel holen."

„Ich begleite Sie." Johann betrachtet den Mann nachdenklich. ‚Wie doof kann man eigentlich sein? Der Typ muss doch wissen, dass keiner von denen heil hier herauskommt. Es darf keine Zeugen geben. Schließlich kann die ganze Familie Neubroich mich und meine Kameraden beschreiben.' Er folgt dem Bankdirektor in den Flur, wo seine Jacke auf einem Bügel an der Garderobe hängt. Mit dem Wagen des Bankdirektors fahren sie aus der Siedlung heraus. Sie halten an dem *Mercedes Sprinter* an um Johanns Kamerad umsteigen zu lassen, dann fahren beide Fahrzeuge ohne weitere Unterbrechung bis zur Bank.

Gern hätte Ulf Cremer das Eindringen im Vorfeld verhindert, aber sie kamen um Minuten zu spät. Beim Ankommen konnten sie beobachten, wie die beiden Lieferanten an der Haustür klingeln und die Hausherrin öffnet. Als der Fahrer des Lieferwagens abfährt, ohne auf seine Kollegen zu warten, ist den Einsatzkräften klar, dass sie es hier mit ihren Zielpersonen zu tun haben. Doch noch ist nichts verloren. Vorsichtig, jede Deckung ausnutzend, nähern sie sich dem Grundstück von allen Seiten. Sie können beobachten, wie die vier Männer durch die Terrassentür eingelassen werden und die Scheiben im Anschluss gegen Blicke von außen gesichert werden. Da der Bankdirektor die Alarmanlage abgeschaltet hat, müssen sie sich beim Vorrücken nicht darum kümmern, durch einen Alarm vorzeitig entdeckt zu werden.

Drei der Elite-Polizisten erklimmen den seitlichen Balkon. Lautlos steigen sie durch die geöffnete Tür ins Schlafzimmer ein und dringen weiter in den Flur vor. Sie können hören, was unter ihnen gesprochen wird. Alle Informationen werden umgehend an den Einsatzleiter weitergegeben. Sie erhalten den Befehl abzuwarten. Solange sie keine andere Anweisung bekommen, werden sie nicht weiter vordringen.

Als der Hausherr mit zwei der Männer das Haus verlässt werden die Elite-Polizisten angewiesen weiter vorzurücken. Stufe um Stufe arbeiten sie sich nach unten an ihre Zielpersonen heran. Auf den letzten beiden Stufen beziehen sie unsichtbar für ihre Gegner Stellung. Sie werden sich nicht rühren, bis sie ihren Zugriffsbefehl erhalten.

Die vier Männer ziehen sich mit ihren Geiseln ins Wohnzimmer zurück. Mutter und Tochter sitzen, ängstlich aneinandergeklammert, auf dem Sofa mitten im Raum während sich Johanns Kameraden um sie herum verteilen.

Ulf Cremer schleicht mit zweien seiner Kollegen bis an die Terrassentür der Küche heran. Ohne einen Laut schneiden sie die Glasscheibe aus der Tür heraus. Leise stellen sie die Scheibe seitlich ab. Dann dringen sie durch die Küche bis zum Nachbarraum vor. Damit können die Einsatzkräfte ihre Ziele von zwei Seiten aus angreifen.

Jetzt heißt es handeln. Seine Leute sind ein eingespieltes Team. Sie alle haben solche Einsätze schon hundert Mal geübt. Jeder von ihnen weiß, wo der Platz des anderen ist. Sie unterstützen sich gegenseitig und wissen, dass sie sich aufeinander verlassen können. Für den Zugriff nach eigenem Ermessen hat der Truppenführer die Freigabe des Einsatzleiters bereits erhalten. Jetzt wartet er auf einen günstigen Moment.

Zur Untätigkeit verdammt werden Johanns Männer nachlässig. Sie fühlen sich sicher, so dass sie kaum auf ihre Umgebung achten. Gelangweilt wandern sie durch den Raum, ohne ihre Geiseln ständig im Auge zu behalten. Sie gehen mit Recht davon aus, dass Beate Neubroich und ihre Tochter viel zu verängstigt sind, um an Gegenwehr zu denken.

„Hey, seht euch das einmal an." Einer der Männer hat die Hausbar von Jürgen Neubroich entdeckt. Die nur mit den besten Marken teuren Alkohols bestückte Anrichte lenkt sie von ihrem Umfeld ab.

Eine bessere Chance zum Angriff erhalten die Beamten nicht mehr.

„Zugriff!" Ulf hat den Befehl kaum ausgesprochen, da stürmen die sechs Beamten bereits in den Wohnraum. Sofort stellen sie sich so auf, dass sie sich nicht gegenseitig behindern. Auf die lauten Rufe der Beamten, die sie auffordern sich zu ergeben, reagieren die vier Männer nicht, sondern heben ihre Pistolen. Mit vier gezielten Schüssen verhindern die Elite-Polizisten, dass diese Männer ihre Waffen zum Einsatz bringen können.

Mutter und Tochter schreien erschreckt auf. Doch bevor sie begreifen, was geschieht, ist der Spuk auch schon vorbei.

Von alledem hat Johann keine Ahnung. Auch Jürgen Neubroich weiß nicht, dass seine Familie bereits in Sicherheit ist. Er deaktiviert die Alarmanlage. Dadurch verschafft er den Männern, die bereits vor der Bank gewartet haben, Zutritt.

Johann nimmt den Schlüssel des Bankdirektors an sich. Er verschließt die Eingangstüren hinter seinen Leuten. So bleiben sie bei ihrer Aktion ungestört.

In der Eingangshalle schaut der Anführer der Nazis sich prüfend um. „Wo ist der Schatz?"

„Im Untergeschoss. Da ist der Tresorraum."

„Nach Ihnen." Johann winkt den Bankdirektor an sich vorbei.

Dieser geht zu einer Tür, die mit jeder Menge Elektronik ausgestattet ist. Eine Konsole befindet sich auf der rechten Seite davor. Jürgen Neubroich gibt eine Zahlenkombination ein. Er wird zu einem Handscan aufgefordert. Der Bankdirektor legt seine Hand auf den Scanner. Das Licht an der Konsole wechselt von Rot auf Grün. Verdattert starrt er die immer noch verschlossene Tür an. Irritiert versucht er es noch einmal.

„Das verstehe ich nicht. Es geht nicht." Verzweifelt richtet er seinen Blick auf Johann.

„Wo liegt das Problem?"

„Also, normalerweise ist der Zahlencode zusammen mit meinem Handabdruck dazu da, die Sicherheitstür zu öffnen. Das Signal wechselt auch nach grün. Das ist das Freigabesignal. Die Tür sollte sich dann automatisch öffnen. Aber sie geht nicht auf. Ich verstehe das nicht. Das kann nur ein Defekt sein."

Johann kann dem ängstlichen Mann ansehen, dass er die Wahrheit sagt. Mit dem Instinkt eines Mannes, der die Gefahr spüren kann, weiß er, dass etwas nicht richtig läuft.

„Wartet hier!", befiehlt er seinen Leuten, greift nach seinem Handy und tritt an das Fenster, um einen besseren Empfang zu bekommen. Er wählt seine Männer in der Villa von Jürgen Neubroich an. Während er es klingeln lässt sieht er aus dem Fenster. Die Mailbox des Empfängers meldet sich. Noch bevor er darüber nachdenken kann, bemerkt er sie. Nur für einen kurzen Augenblick kamen sie in sein Sichtfeld. Geduckt laufen die vermummten Männer von Deckung zu Deckung. Dabei kommen sie der Bank immer näher.

„Weg hier!", warnt Johann seine Leute. Dabei reißt er bereits seine Waffe aus dem Gürtelholster. Auf dem Absatz wirbelt er herum. Doch es ist bereits zu spät.

Wieso sich die Elite-Polizisten des *Spezialeinsatzkommandos* innerhalb der Bank befinden, darüber denkt Johann nicht nach. Von drei Seiten stürmen sie auf seine Männer zu. Bevor die Beamten auf ihn aufmerksam werden schlüpft er durch die nächste Tür. Er landet im Chefbüro von Jürgen Neubroich. Der Raum hat einen direkten Zugang zum angrenzenden Treppenhaus. Der Nazi stürzt darauf zu. Die dicke Stahltür ist mit einem Sicherheitsschloss verriegelt, das bei seinem Rütteln keinen Zentimeter nachgibt. ‚Verdammt! Was soll ich jetzt machen? Die Kerle können jeden Moment hier hereinschneien.' Verzweifelt schaut er sich um. Dabei steckt er die Hand in die Hosentasche. Er spürt den Schlüsselbund, den er dem Bankdirektor abgenommen hatte. ‚Natürlich! Das hätte mir auch gleich einfallen können.' Hastig probiert er die Schlüssel aus. Einen nach dem anderen. ‚Das dauert einfach viel zu lang! Gleich kommen diese Kerle hier herein, dann haben sie mich!' Ihm bricht der kalte Schweiß aus. Beim fünften Schlüssel hat er Glück, das Schloss gibt mit einem leisen Knacken den Weg frei. Er stürzt ins Treppenhaus. Die Tür fällt hinter ihm ins Schloss. Er hört das Klicken, als sie automatisch wieder verriegelt. Keine Sekunde zu früh!

Mehrere Einsatzkräfte dringen zur Sicherung in den Raum ein. Er ist leer, die Tür verriegelt.

„Gesichert!", meldet einer der Beamten. Beruhigt verlassen sie das Büro.

Einen Moment lang ist Johann versucht auf die Straße hinaus zu rennen, allerdings verwirft er diesen Gedanken rasch wieder. Den Polizisten, die garantiert da draußen warten, würde er genau in die Arme laufen. Er rennt die Treppe nach oben. Sein Glück hält an. Eine junge Frau kommt gerade aus ihrer Wohnung. Eisern packt er sie und drückt ihr den Mund zu, bevor sie schreien kann. Mit seinem Körper schiebt er sie in die Wohnung zurück. Seinen Rücken nutzt er um die Tür zu schließen, die leise im Schloss einrastet.

Die Frau windet sich in seinen Armen, doch er hält sie fest, wie in einem Schraubstock.

Leise, aber bestimmt droht er ihr. „Still, sonst bist du tot!"

Voller Furcht, am ganzen Körper zitternd, gibt sie ihre Gegenwehr auf.

Johann kann ihre Angst regelrecht riechen. Ein Gefühl der Macht durchströmt ihn. Ihre Furcht erregt ihn, doch dafür hat er jetzt keine Zeit. Fast traurig gleiten seine Augen über ihren ansehnlichen Körper. „Schade. Das hätte bestimmt Spaß gemacht", flüstert er, legt ihr die Hände um den Hals und drückt zu.

Die Frau versucht sich zu wehren, aber schon nach kurzer Dauer erschlafft ihr Körper.

Johann überzeugt sich davon, dass sie wirklich tot ist, dann wartet er einfach ab, bis er in einem günstigen Moment verschwinden kann.

Von allen Seiten umringen die Beamten Johanns Männer. Sie zerren Jürgen Neubroich zur Seite. Durch die Körper der Elite-Polizisten wird der Bankdirektor vor einem Angriff geschützt. Keiner von Johanns Kameraden hört auf die laut ausgerufenen Forderungen der Polizisten, sich zu ergeben. Sie widersetzen sich den Beamten, reißen ihre Schusswaffen hoch, um sich den Weg nach draußen frei zu schießen. Der Schusswechsel ist rasch beendet. Die Übermacht an Einsatzkräften, die sich ihnen entgegenstellt, sorgt dafür, dass auch die nicht getroffenen Bankräuber entwaffnet und zu Boden gerungen werden, ohne dass einer der Beamten verletzt wird.

Helfende Hände ziehen den Bankdirektor auf die Beine.

„Meine Frau, meine Tochter", stammelt er entsetzt.

Doch Konrad Schrader, der jetzt zu ihm tritt, beruhigt ihn sofort. „Es geht ihnen gut, sie brauchen keine Angst mehr zu haben. Wir haben die beiden aus der Gewalt der Verbrecher heil herausgeholt."

„Danke. Ich danke Ihnen." Jürgen Neubroich schämt sich nicht dafür, dass ihm die Tränen der Erleichterung über die Wangen laufen.

Als er den Beamten mitteilt, dass der Anführer der Bande fehlt, ist es schon zu spät. Die Durchsuchung des Hauses lässt sie nur noch die Leiche der jungen Frau finden. Johann ist der Einzige, der entkommen konnte. Selbst der vor der Laderampe wartende Fahrer des Transporters schafft es nicht zu fliehen. Er landet bei seinen Kumpanen in Gewahrsam der Polizei. Der Transporter wird von den Beamten beschlagnahmt.

16

Noch am selben Abend trifft Johann mit Rüdiger, Stefan und den anderen Kameraden im Gasthaus zusammen.

Rüdiger ist außer sich vor Wut. „Wie blöd bist du eigentlich?"

Auch Johann ist sauer. „Und woher hätte ich das wissen sollen? Es gab überhaupt keinen Hinweis darauf, dass den Bullen klar war, was wir vorhatten." Er sieht Rüdiger fest an. „Da hat uns jemand verpfiffen. Da bin ich ganz sicher." Schuldzuweisend mustert er Stefan.

Stefan nickt ihm zu. „Ja. Ich weiß auch, wer!"

„Wirklich? Wer?" Rüdiger ist gespannt, was Stefan ihm zu sagen hat.

„Johann!"

„Was?!" Johann springt wütend auf. „Bist du irre? Ich liefere mich doch nicht selbst ans Messer."

„Wie kommst du auf die Idee?", will auch Rüdiger erstaunt wissen. Es interessiert ihn brennend, welche Gedanken seinem zweiten Mann da durch den Kopf gehen.

„Ganz einfach. Mit eurer Aktion gestern in dem Museum habt ihr die Typen wachgerüttelt. Die konnten sich doch ausrechnen, warum ausgerechnet das Museum überfallen wurde. Die haben einfach die Bank überwacht, in der Hoffnung, dass ihr blöd genug seid, denen unvorbereitet in die Hände zu laufen."

„Schon möglich. Könnte tatsächlich so gewesen sein", gibt Rüdiger zu. ‚Was können wir jetzt tun? Gibt es noch eine Möglichkeit, an den Goldfund heran zu kommen?' In ihm entfaltet sich eine Idee. ‚Welche Schritte wären dafür nötig? Ja, das könnte passen!' Nach seinem Handy greifend steht er auf. „Ich bin gleich wieder da." Vor der Tür wählt er die ihm bekannte Nummer.

„Was?", fragt von Weißenkopf kurz angebunden.

„Wir haben ein Problem", beginnt Rüdiger und berichtet ihm von den letzten Vorkommnissen.

Obwohl der Anführer dieser Gruppe die Geschichte so darstellt, als ob alle Handlungen notwendig waren, ist Axel klar, dass die Truppe Mist gebaut hat. ‚Nun weiß die Bande nicht weiter', grübelt er erzürnt. ‚Jetzt ruft ihr Anführer mich an, damit ich alles geradebiege. Die Kerle sind kaum noch tragbar.' Sobald er seinen Auftrag hier erledigt hat, sollte er dafür sorgen, dass sie sich dieser Truppe entledigen. Doch zuerst heißt es Schadensbegrenzung. Daher faucht er Rüdiger erbost an: „Was glauben Sie, soll ich Ihrer Meinung nach jetzt tun?" Die Antwort des Nazi-Anführers überrascht ihn.

„Das ist ganz einfach. Ich brauche ein Transportmittel nach Düsseldorf für circa vier Personen hin, fünf bis sechs Personen zurück. Uneinsehbar, versteht sich. Und schnell. Ich hole mir Staller. Wir tauschen ihn dann gegen das Gold aus."

„Die Idee ist gar nicht so dumm. Das könnte wirklich funktionieren. Ich werde sehen, was ich tun kann. Ich melde mich bei Ihnen."

Zwei Stunden später geht das Telefon. Rüdiger erhält seine Anweisungen von Axel.

„Wir haben ein Privatflugzeug gechartert. Der Pilot gehört zu uns. Sie können Montagmorgen um acht Uhr losfliegen. Es hat einen Standort am Flughafen Tegel. Platz sieben. Direkt am Hangar. Sie dürfen mit einer Limousine dort vorfahren. Teilen Sie dem Piloten mit, wann Sie zurückwollen. Aber auf Stefan Schmidt müssen Sie diesmal verzichten, ich habe eine andere Aufgabe für ihn. Ich schicke Ihnen die Daten zu."

„Ja, gut."

Die Firma *ALT* ist ein Unternehmen, ansässig im Düsseldorfer Hafen, das mit einer *Staller Alarmanlage* ausgerüstet ist. Rüdiger hat so viele Daten, wie er konnte, aus dem Internet abgerufen. Unter dem Vorwand, ein Mitarbeiter der Firma *ALT Export – Import Handelsgesellschaft mbH* zu sein, gelingt es Rüdiger, für sich und zwei weitere Leute einen Termin um zehn Uhr bei Peter Staller zu erhalten.

Peter geht davon aus, dass dieser Mitarbeiter das Gespräch sucht, um sich über die Vorkommnisse der letzten Zeit zu informieren. Es gibt unzählige Berichte zu den Diebstählen, die durch die Presse wandern. Diese Firma ist nicht die einzige, die mit Rückfragen zur Sicherheit an ihn herantritt. Er hat sich die Unterlagen zu diesem Auftrag besorgt und sich gründlich auf das Gespräch vorbereitet. Da sich seine eigene Sekretärin für heute krankgemeldet hat, bittet er Anna Zerlinski, die rechte Hand von Gerd, ihm auszuhelfen.

Pünktlich um zehn Uhr erscheint Rüdiger mit seinen Begleitern. Sie werden von der siebenundzwanzigjährigen Sekretärin ohne Wartezeit direkt zu dem Konzernchef geführt.

Peter begrüßt die Ankömmlinge. Nacheinander reicht er ihnen die Hand. „Meine Herren, es freut mich, Sie kennenzulernen. Darf ich Ihnen eine Tasse Kaffee anbieten, bevor wir mit unserem Gespräch anfangen?"

Da Rüdiger die Sekretärin loswerden will, kommt ihm diese Frage gerade recht. „Ja, gern. Vielen Dank", erwidert er deshalb freundlich. Anna lächelt ihm zu. Unverzüglich macht sich die ein Meter siebzig große Blondine auf den Weg nach nebenan.

In der Zwischenzeit eröffnet Peter das Gespräch. „Was kann ich für Sie tun, meine Herren?"

Rüdiger wartet nicht lange ab. „Ich möchte, dass Sie uns begleiten." Damit zieht er seine Pistole. Die Mündung der Waffe richtet er auf Peter. Ein Wink seines Befehlshabers reicht aus, damit einer der Männer Peters Taschen durchsucht. Der Einfachheit halber zieht er dem Konzernchef das Jackett von den Schultern und hängt es über den Stuhl hinter dem Schreibtisch. Das Handy aus der Hosentasche wirft er auf die Tischplatte. Dann zieht auch er seine Pistole.

Peter ist eher erstaunt als ängstlich. Er lässt die Durchsuchung ohne Widerstand über sich ergehen. Jetzt wendet er sich an den Redeführer: „Würden Sie mir das bitte erklären?"

„Später. Erst möchte ich Sie bitten, ohne Gegenwehr mitzukommen. Dann passiert auch niemandem etwas."

Anna hatte, umsichtig wie sie ist, bereits alles für den Besuch vorbereitet. Durch das Tablett in ihren Händen öffnet sie die Tür mit dem Ellbogen. Beim Eintreten richtet sie sich auf und läuft geradewegs in die Mündung einer Pistole. Erschrocken lässt sie das Tablett fallen, wobei sie fassungslos in die Runde schaut.

„Schade, dass Sie so schnell waren", scherzt Rüdiger trocken. „Wir nehmen Sie mit!"

„Muss das sein? Sie wollen ja anscheinend nur mich. Lassen Sie sie bitte hier."

Der Anführer der Gruppe mustert Peter kalt. „Sie dürfen sich aussuchen, was wir machen. Kommt sie mit, bleibt sie am Leben. Wenn wir sie hierlassen, darf sie nicht reden. Was glauben Sie, wie ich dann entscheide?"

„Ich komme mit." Anna sieht Rüdiger entschieden an, ohne ihre Angst zu zeigen.

Anerkennend nickt dieser ihr zu. „Respekt! Gehen wir!"

Rüdiger, der sein Jackett über den Arm gelegt hat um seine Waffe zu verdecken, begleitet Peter hinaus. Seine beiden Kameraden folgen ihm, wobei einer Anna am Arm mit sich zieht.

Zu fünft steigen sie kurz darauf in den Leihwagen, den sie am Flughafen gemietet haben. Nicht einmal zwei Stunden benötigen sie für Fahrt und Rückflug nach Berlin. Ohne aufzufallen betreten sie das leerstehende Fabrikgebäude, welches in der Nähe von Rüdigers Wohnung liegt. Das dreistöckige Backsteinhaus wird nicht zum ersten Mal für ihre Zwecke genutzt. In der oberen Etage befinden sich einige gemauerte Lagerräume ohne Fenster. Große Metallgitter verschließen die Eingänge. In circa anderthalb Metern Höhe sind Metallringe in die Wände eingelassen. Die eisernen Ketten daran lassen keine Zweifel an ihrem Verwendungszweck aufkommen. Sie zerren Peter und Anna in einen dieser Räume. Rüdigers Männer drücken die beiden auf die Knie. Sie legen ihren Geiseln die Handfesseln am Ende der Ketten an, so dass sie sich nicht allein aus ihrer Lage befreien können.

„Würden Sie mir vielleicht verraten, warum Sie das alles machen?" Peter behält seinen ruhigen Ton bei. Er will den Mann nicht reizen, sondern erst einmal nur Informationen erhalten.

Rüdiger betrachtet seinen Gefangenen eine Weile. Er muss zugeben, dass er eine gewisse Hochachtung vor diesem Mann verspürt. Obwohl er mit Waffengewalt entführt wurde, hat er sich zu keiner Zeit gehen lassen. Auch jetzt behält der Unternehmer noch seine Ruhe bei. Er entschließt sich, dem Konzernchef zu antworten.

„Wir wollen den Schatz. Weder der Bankdirektor noch die Leute aus dem Museum waren gewillt, unsere Forderungen zu erfüllen. Daher wenden wir jetzt etwas andere Methoden an."

„Friedrich von Middendorf wird einer Lösegeldforderung nie zustimmen. Das kann er gar nicht."

„Sie reden von dem Kurator des Museums?", erkundigt sich Rüdiger. „Nein, der hilft uns bestimmt nicht. Er ist nämlich tot. Wir wenden uns direkt an Ihren Sohn. Ich glaube, er steht dem Ganzen etwas aufgeschlossener gegenüber."

Peter starrt sein Gegenüber erschrocken an. ‚Friedrich ist tot? Dann haben diese Typen ihn getötet.' Wut kocht in ihm hoch. „Sie verdammter Mistkerl. Mussten Sie ihn unbedingt umbringen?"

„Sie sollten sich lieber Gedanken um Ihre eigene Gesundheit machen", erwidert Rüdiger kalt. „Wir sehen uns später." Damit lässt er seine Gefangenen allein.

Axel von Weißenkopf beordert Stefan zu einem Treffen in das exklusive Restaurant. Während er auf ihn wartet grübelt er darüber nach, ob er mit diesem Mann die richtige Wahl getroffen hat. Das erste Attentat wurde zu seiner vollen Zufriedenheit ausgeführt. Von Rüdiger Pforte erhielt er mittlerweile alle Informationen über die Vorgehensweise. ‚Dass Stefan Schmidt den Nazi schwer beeindruckt hat, war nicht zu überhören. Aber um Pforte zu beeindrucken, dazu gehört nicht viel. Warten wir ab, wie es heute läuft.' Ungeduldig schaut er auf die Uhr. Nur noch ein paar Minuten!

Rechtzeitig fährt der Agent mit Rüdigers Pickup an dem Tennisclub mit angrenzenden Lokalitäten vor. Über den Haupteingang betritt er die Terrasse des Lokals und schaut sich kurz um. Schon von weitem erkennt er Axel von Weißenkopf. Mit wenigen Schritten erreicht er dessen Tisch und setzt sich ohne eine Aufforderung abzuwarten ihm gegenüber, die Hände in den Hosentaschen.

Den versteckten Sender, der vor ein paar Minuten von seinen Kollegen an seinem Körper befestigt wurde, bemerkt Axel von Weißenkopf nicht. Vielmehr ist er kurz davor, diesen Mann wegen seiner schlechten Manieren zurechtzuweisen. Doch da er ihn noch braucht, verkneift er sich eine scharfe Bemerkung. Stattdessen begrüßt er den Ankömmling höflich. „Schön, dass Sie pünktlich sind."

„Das gehört zum Geschäft. Was soll ich für Sie tun?"

„Sie kommen gleich zur Sache? Gut. Sehen Sie sich den Tennisplatz an. Auf dem Spielfeld der Außenanlage wird heute Morgen von einer Hochschule ein Tennismatch ausgetragen. Das gesamte Umfeld wird diesmal frühzeitig abgeriegelt. Nur die geladenen Gäste mit Eintrittskarte haben Zutritt."

„Warum denn so aufwendig?"

„In einer Stunde spielt hier die Tochter eines in Regierungskreisen hochgeschätzten Mitglieds ein Match. Er wird es sich nicht nehmen lassen, an diesem Spiel teilzunehmen. Sie sollen ihn ausschalten."

„In Ordnung. Aber ich brauche ein paar Informationen, damit das klappen soll. Zum Beispiel wann er sich wo aufhalten wird."

„Das kann ich Ihnen sagen. Übrigens werde ich mich hier an diesem Tisch aufhalten und Sie genau beobachten", droht ihm Axel. „Drehen Sie sich doch bitte zu dem mittleren Spielfeld um. Es liegt direkt vor uns. Die Tribüne auf der rechten Seite wird bis zum letzten Platz gefüllt sein. Ihr Mann sitzt in der ersten Reihe auf Nummer sieben. Zählen Sie es einfach ab, Nummer eins ist hier vorn am Eingang."

Stefan wirft nur einen kurzen Blick auf den Platz. Dann schaut er sich um. „Wird nicht einfach. Wie stellen Sie sich das vor?"

„Sie werden das Grundstück verlassen und weiträumig umfahren. Die Bäume, die den Platz auf der anderen Seite säumen, grenzen an eine Schule. Obwohl heute Montag ist, herrscht dort gähnende Leere. Die Schule ist vorübergehend geschlossen, da sie dringend renoviert werden muss. Sie werden sich unauffällig nähern können. Suchen Sie sich einen guten Platz in einem der Bäume aus. Dann dürften Sie Ihr Ziel eigentlich nicht verfehlen. Wir treffen uns hinterher hier wieder."

„Geht klar." Stefan steht auf. Er verschwindet auf die gleiche Art wie er gekommen ist.

Die beiden Männer, die Axel immer wieder angesehen hat, sind dem Agenten direkt aufgefallen. Jetzt folgen sie ihm. „Leute, ich habe Aufpasser an meinen Hacken", teilt er seinen Kollegen mit, die über das Mikrofon zuhören. „Seht zu, dass ihr die Zielperson findet. Ihr müsst euch beeilen." Er steigt in seinen Wagen.

Zehn Minuten später parkt er vor der Schule, schlüpft aus seiner Jacke und legt sie auf den Beifahrersitz. Nun zieht er einen dunkelgrünen Pullover über sein Hemd und stülpt sich eine schwarze Wollmütze über seine rotblonden Haare. Die schwarze Hose, die er trägt, rundet sein Erscheinungsbild ab. Zwischen den Blättern der Bäume dürfte er gleich kaum noch zu erkennen sein.

Er schaut sich kurz um. Unbemerkt läuft er zu den Bäumen hinüber. Mit dem umgehängten Gewehr klettert er an dem Baum hoch. Auf einem starken Ast findet er einen gut geschützten Platz, der ihn vor ungewollter Entdeckung verbirgt. Von hier aus hat er hervorragende Sicht auf die Stelle, an der sich bald sein Opfer befinden wird. Auch seine Bewegungsfreiheit wird an diesem Platz kaum eingeschränkt.

„Es kann losgehen", flüstert er in sein Mikrofon. Dann wartet er ab. Er ist gespannt, wen er diesmal aufs Korn nehmen soll.

Holger Baumann ist verzweifelt. Er hat keine Ahnung, wer sich heute hier einfinden wird. Trotz aller möglichen Recherchen sind sie keinen Schritt weitergekommen.

Nachdenklich richtet sich Nils Förster, der Einsatzleiter, an seinen Vorgesetzten. „Sollen wir den Einsatz abbrechen? Wir könnten eine Bombendrohung vortäuschen."

„Nur als allerletzten Ausweg." Holger Baumann weiß, dass das Stefan Wolf verraten könnte. Er braucht dringend die Unterstützung seines Vorgesetzten. Doch der Ministerialdirektor ist seit gestern im Kurzurlaub. „Und ausgerechnet heute ist Wolfgang Keller nicht da. Aber mir ist egal, was seine Frau mit ihm vorhat, ich rufe ihn jetzt an", entscheidet er und greift nach seinem Handy. Er wählt die Nummer seines Vorgesetzten, um ihn in Kenntnis zu setzen.

Wolfgang meldet sich schon nach dem zweiten Klingelzeichen.

„Holger, ich habe nicht viel Zeit. Was gibt es denn so Wichtiges?"

„Wir haben ein Problem. Wir können das neue Ziel von Stefan Wolf nicht ausfindig machen. Anscheinend wurde dieser Termin geheim gehalten."

„Das ist schlecht. Könnt ihr das Ganze noch abblasen?"

„Nur auf Kosten von Wolf. Außerdem ist das hier eine riesige Tennisanlage mit unzähligen Menschen darauf."

„Eine Tennisanlage? Etwa der *TV-Berlin*?"

„Ja, genau, woher weißt du das?"

„Nun, ich bin in diesem Moment mit meiner Frau auf dem Weg dorthin. Ich schätze, du hast gerade deine Zielperson gefunden."

„Du?", erkundigt sich der Kollege aufgeregt. „Die wollen dich umlegen?"

„Sieht ganz so aus. Wir müssen uns beeilen. Ich bin rund zehn Minuten vom Club entfernt. Wir halten hier. Schick deine Männer her."

„Schon unterwegs."

Holger Baumann atmet auf. Er winkt den Einsatzleiter zu sich. „Wir hatten verdammt viel Glück", teilt er diesem mit und gibt seine Informationen weiter. „Sehen Sie zu, dass Sie da hinkommen. Los!"

„Sofort!" Ohne weiteren Kommentar macht Nils Förster sich mit seinen Einsatzkräften auf den Weg zu Wolfgang Kellers Aufenthaltsort.

Fünfzehn Minuten später kann Stefan sehen, wer da auf die Tribüne zugeht. Wolfgang Keller! Ihm wird schlecht. ‚Ich soll meinen eigenen Chef erschießen.' Wenn er nur ein paar Zentimeter daneben schießt, kann aus so einer Entfernung auch eine Platzpatrone für reichliche Schäden sorgen. Er beobachtet ihn durch sein Zielfernrohr. Dabei fällt ihm auf, dass dieser nie näher als einen Meter an seine Frau herangeht. ‚Keller weiß Bescheid!' Konzentriert visiert er sein Ziel an. Bevor er es sich noch anders überlegt drückt er ab.

Wolfgang stürzt getroffen zu Boden. Sein weißes Hemd färbt sich in Sekunden blutrot. Seine Frau schreit entsetzt auf. In der allgemeinen Panik, die durch die schreienden und rennenden Personen entsteht, hat Stefan keine Schwierigkeiten zu verschwinden. Kurz darauf sitzt er Axel von Weißenkopf wieder gegenüber. Er wirft einen Blick auf den Tumult bei der Tribüne.

„Ganz schön was los hier", stellt er trocken fest.

Axel wirft einen Blick auf die eintretenden Männer. Sie nicken ihm zu. Ohne den Kopf zu wenden, weiß Stefan was vorgeht.

„Sollten Sie mir noch einmal Aufpasser hinterherschicken, ohne mich zu informieren, hebe ich eine Kugel für Sie auf."

„Sie haben doch nichts falsch gemacht. Dann kann es Ihnen doch egal sein."

„Ich mag es nicht, wenn man mich hintergeht. Ich habe kein Vertrauen zu solchen Leuten. Entweder ich erfahre jetzt, was gespielt wird, oder ich bin draußen", verspricht Stefan erbost.

„Also gut." Axel zieht ein Blatt aus seiner Innentasche. Er reicht es Stefan. „Dies ist eine Liste mit Namen. Einige davon werden Ihnen bestimmt bekannt vorkommen. Ich habe den Auftrag, diese Leute auszuschalten. Und dazu brauche ich Sie. Sie sind der richtige Mann dafür."

„Und wenn ich versage?"

„Dann bin ich gezwungen, mir jemand anderen zu suchen."

„Und wenn wir beide scheitern?"

„Das wird nicht geschehen."

„Und wenn doch?" Stefan beharrt auf seiner Frage.

Axel nimmt sich Zeit, über die Frage nachzudenken. „Es gibt keine zweite Liste. Das ist das Original. Es führt keine Spur zurück zu meinen Auftraggebern. Sollte ich scheitern, werden sie sich irgendwann jemand neuen suchen. Aber das würde viel zu lange dauern. Wir werden nicht versagen. Sie haben bereits zwei Schritte in die richtige Richtung gemacht."

Stefan sieht seine Kollegen, die sich auf der Terrasse verteilt haben. Lässig mustert er seinen Gesprächspartner. „Ja, und jetzt mache ich den dritten Schritt."

Vor den Augen aller Anwesenden zieht der Agent seine Pistole. Ohne Bedenken richtet er die Waffe auf den Mann, der ihn jetzt ungläubig anstarrt.

Da seine Hände offen auf dem Tisch liegen, kommt er an seine eigene Waffe nicht heran. Sein Blick wandert nach Unterstützung suchend zu seinen Gehilfen. Entsetzt muss er mit ansehen, wie die beiden entwaffnet und festgenommen werden. Gleichzeitig stehen mehrere zivile Beamte mit gezückten Waffen bei ihm. Er wird von seinem Stuhl hochgezogen, durchsucht und entwaffnet. Im Anschluss legen ihm die Beamten Handschellen an.

Die Gäste rundum an den Tischen sehen zu ihnen herüber. In einigen Augen erkennt man aufkeimende Angst, doch die meisten wirken eher interessiert und erwartungsvoll.

Axels Gedanken rasen. ‚Von wem wurden sie verraten? Wieso richtet Stefan Schmidt eine Pistole auf mich? Ihm muss doch klar sein, dass er nach einem solchen Mord nicht ungestraft davonkommt. Aber ich selbst kann mich noch retten.' „Ich habe nichts gemacht", beteuert Axel. „Dieser Mann hat die Attentate begangen." Mit dem Kopf weist er auf Stefan.

„Ja, und ich bin froh, dass er so gut schießt." Wolfgang Keller steht in blutdurchtränktem Hemd vor Axel von Weißenkopf. Er schaut dem Mann, der seine Ermordung befohlen hat, kalt in die Augen. „Abführen", weist er die Beamten an.

Anschließend reicht er Stefan die Hand. „Gute Arbeit. Damit sind Sie Ihren Job wieder los."

Stefan widerspricht ihm. „Nein, das glaube ich nicht. Rüdiger Pforte und die anderen haben noch irgendetwas vor. Ich will ihnen das Handwerk legen. Johann Sterz, einer von Rüdigers Vertrauten, hat Friedrich von Middendorf getötet. Und ich denke, er hat auch Thomas Euler auf dem Gewissen. Ich will ihn haben! Niemand weiß, dass Axel von Weißenkopf verhaftet wurde. Ich kann also wieder zurückgehen."

Wolfgang vertraut auf die Instinkte seines Mitarbeiters. „Na, schön. Aber seien Sie bloß vorsichtig. Ich sehe zu, dass Sie einen neuen Kontaktmann erhalten. Viel Glück." Er reicht Stefan die Hand, bevor dieser verschwindet.

In der Zwischenzeit stehen Rüdiger und Johann wieder vor Peter und Anna. Rüdiger lehnt sich dem Konzernchef gegenüber bequem an die Wand. Aus kalten Augen sieht er auf den knienden Mann herab.

„Herr Staller, ich möchte Sie bitten, sich mit Ihrem Sohn in Verbindung zu setzen. Sind Sie bereit dazu, ihm unsere Forderungen auszurichten?"

Peter sieht den Mann voller Wut an. „Warum sollte ich das tun? Ich würde ihn damit nur in Gefahr bringen!"

„Ich habe gewusst, dass Sie das sagen", behauptet Rüdiger. „Aber Sie bringen durch Ihre Weigerung nicht Ihren Sohn in Gefahr, sondern nur sich selbst und diese junge Dame hier." Provozierend mustert er die Sekretärin. Die blauen Augen der ein Meter siebzig großen Blondine sind ängstlich auf ihn gerichtet. Er ist überrascht, wie vernünftig sich die Frau verhält.

„Lassen Sie sie in Ruhe, sie hat doch gar nichts mit dieser Sache zu tun." Peter schluckt. Er kann sich schon denken, worauf das Ganze hinausläuft. Wenn er ihren Forderungen nicht nachkommt, werden sie es mit Gewalt versuchen. Er selbst würde damit vielleicht noch klarkommen, aber wenn sie seinetwegen Anna Zerlinski etwas antun, das könnte er nicht verantworten.

„Dann sollten Sie lieber tun, was ich sage." Rüdiger ist sich sicher, dass auch seine heftige Forderung an dem Unternehmer abprallt. Es wird Zeit für eine Demonstration dessen, was bei seiner Weigerung auf den Mann zukommt. Er nickt Johann zu.

Ohne Vorwarnung holt dieser aus. Seine Faust trifft den ungeschützten Magen seines Opfers.

Peter spürt, wie die Luft aus seinen Lungen entweicht. Er versucht zu atmen, während sich der Schmerz in seinem Körper ausbreitet. Doch Johann schlägt noch einmal zu. Hustend und würgend beugt sich Peter in seinen Fesseln nach vorn. Er muss noch weitere Schläge einstecken. Systematisch geht Johann gegen ihn vor. Brutal treffen dessen Fäuste seinen Körper. Peter spürt, wie ihm die Sinne schwinden. Auch, dass er kurz vor der Bewusstlosigkeit steht.

Johann greift in Peters Haare. Er zieht dessen Kopf brutal zurück. Ganz allmählich holt er mit der geballten Faust aus, um sie seinem Gefangenen ins Gesicht zu schlagen.

„Hören Sie auf! Sie bringen ihn ja um", schreit Anna ihn heftig an.

Johann starrt perplex auf sie herab. Obwohl diese Frau gefesselt ist und sich nicht wehren kann, hat sie den Mumm ihm etwas zu befehlen. Verächtlich wendet er sich Peter wieder zu.

„Sie hat Recht", stoppt Rüdiger ihn. „Wir sollten ihm eine Pause gönnen. Wie sieht es aus, Herr Staller? Sind Sie jetzt bereit zu kooperieren?"

Peter hebt den Blick. Er sieht Rüdiger kalt an. Sein Gesicht ist an mehreren Stellen stark geschwollen. Platzwunden finden sich an den Wangenknochen. Nase und Mund bluten stark. Seine Handgelenke sind durch die Fessel tief aufgeschnitten. Aber er sagt kein Wort.

„Wir sollten uns noch ein wenig weiter mit ihm unterhalten." Johann vertraut voll und ganz auf die Wirkung von Gewaltanwendung.

Rüdiger betrachtet den Unternehmer nachdenklich. „Nein, das hat keinen Sinn." Er kann sich schon denken, was den Mann umstimmen wird. Er dreht sich kalt lächelnd zu Anna um. „Ladys first!", sagt er trocken.

„Nein!" Peter zerrt entsetzt an seinen Handschellen als Johann sich der Sekretärin nähert.

Anna schaut dem Mann aus angsterfüllten Augen entgegen. Fieberhaft überlegt sie, was sie tun kann. Sie hat nicht umsonst jahrelang ihren Selbstverteidigungskurs gemacht. Vor einigen Jahren unternahmen die Studierenden, zu denen auch Gerd Bach und Andreas Staller gehörten, ihre Studienabschlussfahrt nach Hawaii. Sie gerieten in einem Casino mitten in eine Geiselnahme. Nie wieder wollte sie sich so hilflos fühlen.

Viel Spielraum hat sie nicht, aber als er seinen Arm vorstreckt, um in ihre Haare zu greifen, dreht sie den Kopf und beißt ihm kräftig in die Hand.

Während Johann schmerzerfüllt aufbrüllt fängt Rüdiger lauthals an zu lachen. „Du lässt dich tatsächlich von einer Frau vorführen, noch dazu von einer gefesselten Frau. Ich fasse es nicht!"
Durch Rüdigers Lachanfall noch mehr gereizt greift Johann sich die Schlüssel der Handschellen, um diese aufzuschließen. Gleichzeitig zieht er Anna auf die Beine. „Na, warte, ich ..." Weiter kommt er nicht. Anna wartet gar nicht erst, bis sie richtig auf den Beinen steht. Sobald die Handschellen offen sind, stemmt sie sich mit einem Fuß fest auf den Boden. Hart rammt sie ihm das andere Knie zwischen die Beine.

Brüllend vor Schmerz beugt sich Johann vornüber.

Die schutzlose Körperhaltung des Nazis nutzt Anna um ihm beide ineinander verschränkten Hände auf den Nacken zu schlagen, sodass er halb besinnungslos zu Boden stürzt.

Rüdiger lehnt immer noch lachend an der Wand. „Also, meine Liebe. Das war ja recht amüsant, aber einen Gefallen haben Sie sich damit nicht gerade getan. Mein Freund dürfte jetzt ziemlich sauer auf Sie sein."

„Sie gehört mir!" Johann springt auf. Er verpasst Anna eine kräftige Ohrfeige, die sie gegen die Wand schleudert.

Anna schreit auf. Sie prallt mit der rechten Wange gegen die Mauer und spürt wie ihre Haut dort aufplatzt. Sofort breiten sich die Schmerzen in ihrem Kopf aus und sie stöhnt laut auf.

Johann greift ihr fest in die Haare. Er zerrt die aufschreiende Frau zu sich heran. Mit geballter Faust holt er aus um zuzuschlagen.

„Was ist denn hier los?" Stefan steht in der Tür. Er schaut die Personen in dem Raum der Reihe nach an.

Auf dem Absatz fährt Johann zu ihm herum und faucht ihn an: „Halt dich da heraus!"

„Was machst du denn hier?", verhört Rüdiger ihn gelassen. „Solltest du nicht bei von Weißenkopf sein?"

„Fertig!" Neugierig tritt Stefan näher. „Was macht ihr hier?"

„Darf ich dir unsere Gäste vorstellen?" Rüdiger zeigt auf Peter. „Das ist Peter Staller. Allerdings hat er wohl keine Lust, seinem Sohn unsere Forderungen zu übermitteln. Seine Sekretärin hat sich uns in aller Eile angeschlossen."

Es ist nicht zu übersehen, dass sie den Konzernchef schon bearbeitet haben. Als Stefan den gequälten Ausdruck von Johann bemerkt muss er schadenfroh lächeln. Die Augen des Nazis sind rot unterlaufen. Eine Hand presst er schützend auf seinen Schritt. Bewundernd schaut er zu der jungen Frau. ‚Alle Achtung! Sie sieht nicht nur toll aus, sie kann sich anscheinend auch ganz gut ihrer Haut wehren.' Aber auf Dauer wird sie sich nicht gegen die beiden brutalen Männer behaupten können. Er sollte sich schnellstens etwas einfallen lassen. „Wo liegt das Problem?", erkundigt sich der Agent bei Rüdiger.

„Wie sollen wir seinem Sohn klarmachen, wie es um seinen alten Herrn steht, wenn der den Mund nicht aufmacht?"

‚Na bitte', denkt Stefan aufatmend. ‚Das war genau die richtige Frage.' „Ganz einfach. Schickt ihm seine Sekretärin. Ihr wird er glauben."

„Nein, auf keinen Fall", faucht Johann ihn an. „Mit der habe ich noch ein Hühnchen zu rupfen. Danach dürfte nicht mehr viel von ihr übrig sein, was ihr dem Typen schicken könnt."

Nachdenklich starrt Rüdiger vor sich hin, ohne Johann zu beachten. „Die Idee ist nicht schlecht. Könnte funktionieren."

„Du hast gesagt, ich kann sie haben", erinnert ihn Johann.

„Tut mir leid, das wird wohl nichts." Stefan zeigt Johann unverhohlen seine Abneigung. Dann baut er sich vor Peter auf. Eindringlich mustert er den Unternehmer. „Wenn ich dafür sorge, dass Ihrer Sekretärin nichts mehr passiert und sie ungehindert nach Hause zurückkehren kann, wären Sie dann bereit, mit uns zu kooperieren?"

Peter hebt den Kopf. Er blickt Stefan prüfend in die Augen. Er weiß nicht warum, aber er hat das Gefühl, dass dieser Mann hält, was er verspricht. „Ja."

Zufrieden nickt Stefan, um sich dann fragend Rüdiger zuzuwenden.

„Na schön. Einverstanden", antwortet dieser. „Wie willst du vorgehen?"

Stefan reicht Anna die Hand. Er zieht sie von Johann weg. „Verraten Sie mir Ihren Namen?"

„Anna." Abschätzend blickt sie dem Mann in die Augen. Sie kann keine Regung bei ihm wahrnehmen. Aber aus irgendeinem Grund schlägt ihr Herz plötzlich schneller. ‚Was ist nur mit diesem Mann? Er ist so ganz anders als die anderen.'

„Also, Anna, wir sorgen dafür, dass Sie nach Hause kommen. Das Einzige, was Sie machen müssen, ist Herrn Staller Junior zu informieren, dass wir das Gold als Lösegeld haben wollen. Würden Sie das tun?"

Anna sieht zu Peter. Sie trifft eine Entscheidung. „Ich gehe nicht ohne ihn hier weg."

Stefan ist baff. ‚Diese Frau hat Mut!' Bewundernd schaut er in ihre blauen Augen. Sie gefällt ihm ausnehmend gut. Und das nicht nur wegen ihres Äußeren. Doch bevor er etwas erwidern kann mischt sich Peter in das Gespräch ein.

„Anna, bitte. Hören Sie auf diesen Mann. Sie können mir hier nicht helfen."

Anna ist verzweifelt.

„Wenn er sich vernünftig verhält, wird ihm nichts mehr passieren", versucht Stefan sie zu beruhigen. „Versprochen."

Sie nickt. Warum nur übt dieser Typ so eine starke Anziehung auf sie aus? Immerhin gehört er zu diesen Verbrechern.

Stefan zeigt geradeheraus, was er von Johann hält. „Schick diesen Idioten weg. Er macht einfach zu viele Fehler. Danach klären wir, wie es weitergeht."

Eigentlich wollte Rüdiger ihn daran erinnern, dass er hier das Sagen hat. Aber leider muss er Stefan Recht geben. Johann zeigt sich in der letzten Zeit nicht gerade von seiner besten Seite.

„Verschwinde!", befiehlt er Johann.

„Lässt du dir jetzt schon sagen, was du zu tun hast?", will Johann gehässig wissen.

„Nur, wenn er Recht hat. Los, hau ab. Wir sehen uns heute Abend."

Stefan wartet bis der wütende Johann verschwunden ist. „Du solltest ihn besser anbinden."

„Wir werden sehen. Wie sieht dein Plan aus?"

„Sie muss zurück. Sobald sie hier weg ist müssen wir Staller an einen anderen Ort bringen. Vorsichtshalber. Kannst du für den Transport sorgen? Ich passe derweilen hier auf. Aber lass mich nicht zu lange hier herumhängen."

„Schon klar. Sie kann mit dem gleichen Flugzeug zurückgebracht werden, mit dem wir hergekommen sind. Es steht noch für uns zur Verfügung. Ich bin gleich wieder da." Damit zieht Rüdiger sich zurück, um alles Nötige zu regeln.

Vor der Gittertür stehen noch zwei weitere Kameraden, aber die sind an den Abläufen in der Zelle nur unwesentlich interessiert. Stefan beugt sich ganz nah zu Anna vor. Leise flüstert er ihr etwas ins Ohr. Annas Augen werden riesig vor Erstaunen, dann nickt sie ihm erleichtert zu. „Danke", flüstert sie genauso leise.

Schon nach zwei Minuten steht Rüdiger wieder vor ihnen. „Alles klar." Er dreht sich zu Anna um. „Madame, Ihr Taxi wartet. Zwei meiner Männer bringen Sie zum Flughafen. Sie werden nach Düsseldorf geflogen. Nehmen Sie ein Taxi zu den Mitgliedern der Familie Staller. Sie wissen sicherlich, wo Sie Herrn Staller Junior finden können. Meine Männer passen auf Sie auf. Solange Sie in deren Obhut sind wird Sie niemand anrühren. Versprochen." Er führt Anna aus dem Raum hinaus.

Peter schaut fragend zu Stefan auf. „Was haben Sie ihr gesagt?"

Da Rüdiger schon wieder zurückkommt schüttelt Stefan nur den Kopf.

„Jetzt Staller, wir bringen ihn ins Klubhaus."

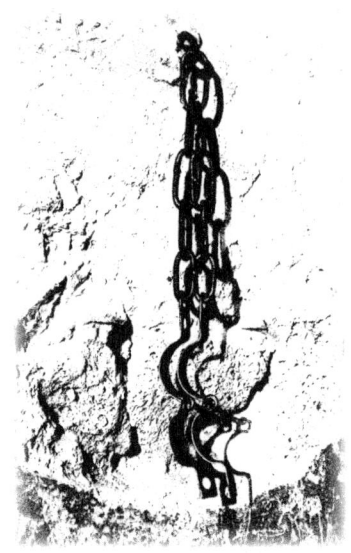

17

Während der Konzernchef seinen Termin mit den angeblichen Mitarbeitern der Firma *ALT* abhält, versammeln sich seine Mitarbeiter im Computerraum. Max beraumte kurzfristig die Versammlung der Kollegen aus dem Team an. Gerd und Achim sind ebenfalls erschienen. Da Max viel zu aufgeregt ist um den anderen seine Untersuchungsergebnisse mitzuteilen, ergreift Tim Hoffmann das Wort: „Wir haben die Simulationen abgeschlossen. Die Ergebnisse liegen jedem von euch in schriftlicher Form vor. Aber da Max den Bericht geschrieben hat, werde ich ihn in Kurzform für euch Laien übersetzen." Er grinst in die Runde, während seine Kollegen die Augen verdrehen.

„Lass den Quatsch!", weist Gerd ihn an. „Übergeh das mit dem Nervenkitzel. Erklär uns lieber gleich, was ihr herausgefunden habt!"

„Es gab einen gezielten Hackerangriff auf das jeweilige System. Das Ganze läuft wohl so ab: Die hübschen Mädels lenken die Wachmänner ab. Der Ausfall der Anlage passt jeweils mit einem Kontrollrundgang zusammen. Also ist mindestens ein Wachmann mit Generalschlüssel außerhalb des Kontrollraumes. Dadurch können sie eindringen. Sie machen die Wachmänner unschädlich. Anschließend hackt sich mindestens eine von denen in die Anlage ein. Dann wird das System heruntergefahren. Je nach Größe des Museums läuft die Anlage nach einer oder zwei Stunden wieder an. Nun kommen als erstes die Rückmeldungen wegen der fehlenden Bilder, diese werden ordnungsgemäß bestätigt. Jetzt weiß das System, dass alles so ist, wie es sein soll und läuft sauber weiter. Aus dem Band vom Vortag kopieren die einfach die fehlende Stunde heraus. Sie müssen auf die Zeitangaben achten. Das kopierte Stück fügen sie dann in dem heutigen Band ein. Das ist alles."

„Das hört sich ziemlich einfach an. Ich dachte eigentlich, dass wir ein gutes und komplexes System auf die Beine gestellt haben, das nicht so schnell zu knacken ist." Gerd ist erstaunt, wie einfach sich die Anlage austricksen lässt.

„Ist es auch nicht." Mit seiner Bemerkung zieht Max alle Aufmerksamkeit auf sich. „Zuerst einmal brauchen diese Frauen einen Testlauf. Schließlich müssen die Aufnahmen vom Vortag zeitlich genau in die Arbeiten hineinpassen. Das muss haargenau gleich sein. Jede von denen muss in genau der gleichen Haltung an genau der gleichen Stelle stehen, wo sie am nächsten Tag stehen wird. Sonst fällt es nach dem Überspielen auf. Ich denke aber, dass sich das noch recht simpel erledigen lässt. Die Frauen bleiben bei ihrer Arbeit einfach für eine Weile in der gleichen Stellung stehen. An dieser Stelle wird dann das Band geschnitten. Am nächsten Tag machen die das genauso. Der zweite Schritt ist noch komplizierter. Eine von denen muss sich in die Anlage hacken, bevor sie daran arbeiten kann. Hier könnt ihr sehen, was gemacht werden muss, um das zu bewerkstelligen." Er spielt einen Teil der Simulation auf dem großen Wandbildschirm hinter sich ab. Man kann erkennen, wie Max' Finger gleichzeitig über die beiden Tastaturen der Anlage fliegen.

Tim übernimmt die Erklärung. „Max hat sich in die Versuchsanlage gehackt. Bevor der Alarm an die Polizei abgeht, hat er genau zwei Minuten Zeit. Max hat neunzehn Versuche gebraucht, bis er es geschafft hat. Und es funktioniert immer noch nicht bei jedem Versuch."

Max nimmt den Faden wieder auf. „Ihr könnt euch sicher vorstellen, wie perfekt derjenige arbeiten muss, um das jedes Mal zu erreichen. Dazu hat er oder sie nur einen Versuch."

Da Max bei allen im Raum als Computergenie gilt, dem so schnell keiner etwas vormacht, wird ihnen jetzt klar, wie umfangreich das Ganze letztendlich doch ist.

Achim lässt sich das Gehörte durch den Kopf gehen. „Ich verstehe nicht, warum die Wachmänner keinen Ton sagen. Sie müssen doch mitkriegen, wie sie ausgeknockt werden."

„Nun, das stelle ich mir recht einfach vor." Gerd denkt über den Ablauf nach. „Zuerst einmal ist auf den Bändern nichts zu sehen. Ich gehe davon aus, dass die Wachmänner nicht niedergeschlagen, sondern betäubt werden. Gas oder etwas Ähnliches könnte ich mir vorstellen. Das hinterlässt keine Spuren. Eventuell benutzen sie auch noch eine Form von bewusstseinsverändernder Droge. Die Wachmänner denken dann, sie wären eingeschlafen. Jeder von ihnen will sich herausreden. Also haben sie nichts gesehen. Das ist am einfachsten."

„Ja, genau. Du hast vollkommen Recht. Die Wachmänner haben zudem noch Angst, ihren Arbeitsplatz zu verlieren, also halten sie sich lieber bedeckt", räumt auch Daniel ein.

Uwe ist begeistert. „Leute, das ist es! Ich wusste, dass wir das herauskriegen."

Doch Gerd ist skeptisch. „Immer langsam. Kriegen wir hier eine saubere Beweiskette hin, damit die Firma *Staller* entlastet wird? Ich brauche absolut wasserdichte Fakten. Wir dürfen uns nicht auf Vermutungen einlassen."

„Das Einzige, was wir nicht nachweisen können, sind die Drogen", antwortet Tim.

„Das schaffen wir erst, wenn wir die Diebinnen kennen. Dann können wir den Weg von ihnen zurückverfolgen. Solche Medikamente gibt es nur gegen Vorlage eines Rezepts." Tobias Lange kennt sich mit der Rezeptpflicht ganz gut aus, da seine Frau in einer Apotheke arbeitet.

„Sollten wir nicht Herrn Staller unsere neuesten Erkenntnisse mitteilen?", erkundigt sich Max.

„Ja. Eigentlich wollte er heute Morgen ebenfalls hierherkommen. Er hatte aber vorher noch einen anderen Termin. Doch das war vor zwei Stunden. Der müsste längst vorbei sein. Ich werde ihn holen." Gerd geht zur Tür.

„Ich komme mit." Achim folgt Gerd. Er hat keine Ahnung, warum er Gerd begleiten will, doch wenn Peter Staller sagt, dass er einen Termin wahrnimmt, dann tut er das auch. ‚Warum war dem nicht so? Da stimmt etwas nicht!' Seine Sinne melden ihm aus irgendeinem Grund Alarmbereitschaft.

Schon von weitem können sie erkennen, dass die Tür zu Peters Büro offensteht. Mit einem ungutem Gefühl betreten sie den Raum. Auf dem Fußboden liegt ein Tablett. Kaffeetassen und Teller sind zerbrochen. Der ausgelaufene Kaffee ist in den Teppich eingesickert und hat dunkle, nasse Flecken hinterlassen. Peters Jackett hängt über seinem Stuhl. Sein Handy liegt auf dem Schreibtisch.

Die beiden Männer sehen sich alarmiert an.

„Ich möchte wissen, was hier vorgefallen ist." Achim sieht sich gründlich um.

„Keine Ahnung, aber irgendetwas ist hier faul. Peter würde nie ohne sein Jackett und schon gar nicht ohne sein Handy losziehen. Warte kurz." Damit geht Gerd nach draußen. In dem Vorzimmer zum Büro des Konzernchefs gibt es keinen Hinweis, der ihm weiterhelfen kann. Seine Sekretärin ist nirgends zu sehen, sodass er zu Achim zurückkehrt.

„Von Chantal ist auch keine Spur zu finden."

„Wer?", fragt Achim ohne hochzusehen. Er sieht sich die Oberfläche des Schreibtischs an.

„Chantal Roth, seine persönliche Sekretärin."

„Da kann ich dir weiterhelfen." Achim hält die Krankmeldung hoch, die auf Peters Schreibtisch liegt. „Sie ist heute gar nicht hier erschienen. Laut Terminkalender war für zehn Uhr ein Termin mit einer Firma *ALT* angesetzt."

„Ja, Peter hat mir davon erzählt. Die hatten wohl Angst, ihre Anlage könnte ausfallen. Fragen dieser Art kommen im Moment am laufenden Band hier an." Gerd überfliegt das Chaos in dem Zimmer. „Er hat den Kaffee bestimmt nicht selbst serviert." Er überlegt, wer ihm da heute Morgen zur Hand gegangen sein könnte. Seine Augen weiten sich entsetzt.

„Anna!" Er dreht sich auf dem Absatz um und rennt zu seinem Büro. Unterwegs trifft er auf Uwe.

„Hey, Gerd", stoppt dieser seinen Boss, wird aber sofort unterbrochen.

„Keine Zeit", ruft Gerd ihm beim Weiterrennen zu. „Geh zu Peter Staller!"

Uwe sieht ihm irritiert nach. Schulterzuckend macht er sich auf den Weg zum Büro des Konzernchefs.

Fünf Minuten später ist Gerd zurück. Auf die fragenden Blicke hin schüttelt er nur den Kopf.

„Lasst uns die Kameras vom Außengelände checken. Er kann sich ja nicht in Luft auflösen." Uwe geht ihnen voran in den Sicherheitsraum.

Kurz darauf können sie beobachten, wie Peter und Anna von drei Männern genötigt werden in ein Fahrzeug zu steigen, bevor sie sich zusammen entfernen.

Achim hängt bereits am Telefon. „Der Wagen ist auf eine Verleihfirma zugelassen, die ihren Standort am Flughafen hat", teilt er seinen Freunden mit. „Wir sollten uns dort einmal umsehen."

Achim hält der jungen Frau am Schalter der *AVIS-Autovermietung* seinen Dienstausweis unter die Nase, woraufhin die Servicekraft sie an den leitenden Angestellten der Filiale verweist.

Freundlich bietet der Filialleiter ihnen die Stühle vor seinem Schreibtisch an. „Leider kann ich Ihnen nicht viel weiterhelfen. Der Wagen wurde bereits gestern Abend online gebucht. Man hat ihn heute Morgen pünktlich abgeholt. Knapp zwei Stunden später wurde er wieder abgegeben. Die Unterlagen dazu lasse ich

Ihnen gerade kopieren. Ich habe die Flughafenleitung informiert. Sie wollen sehen, was sie für Sie tun können."

Zwei Männer in der Uniform vom Sicherheitsdienst des Flughafens treten ein. „Wer von Ihnen ist Herr Voss?"

Erneut muss Achim sich legitimieren. Diesmal dauert die Überprüfung seiner Person um einiges länger. Erst nachdem sie die positive Bestätigung erhalten bittet einer der Uniformierten die Freunde um ihre Begleitung. „Wir haben die Order, Ihnen die Überwachungsbänder des Flughafens zu zeigen. Wenn Sie uns bitte folgen würden."

In der Überwachungszentrale des Flughafens können sie anschließend auf den Bildern der Überwachungskameras verfolgen, wie der Konzernchef in Begleitung der anderen Personen das Privatflugzeug besteigt. Ohne Verzögerung startet die Maschine.

„Können Sie feststellen, wem das Flugzeug gehört?"

„Ja. Wir können die Nummer überprüfen", antwortet der Sicherheitsmann vor den Überwachungsbändern. „Dass Sie damit weiterkommen, wage ich zu bezweifeln. Das könnte eine Chartermaschine sein. Dann bekomme ich höchsten den Standort und die Firma heraus. Aber das kann eine Weile dauern. Wir geben Ihnen umgehend Bescheid."

„Ich habe gerade vom Lotsen die Information bekommen, dass die angemeldete Flugroute nach Berlin ging", berichtet ein zweiter Mann.

Gerd wird hellhörig. „Berlin? Jetzt wird mir einiges klar! Es geht um das Gold."

„Was können wir noch tun?", fragt Uwe.

„Ich setze mich mit Wolfgang Keller in Verbindung. Vielleicht hat er eine Möglichkeit uns zu helfen", überlegt Achim.

„Und ich fahre zu Karola und Andreas. Ich könnte mir vorstellen, dass dort bald eine Forderung eingeht." Gerd ist sicher, dass der Konzernchef gegen das Gold ausgetauscht werden soll. Sorgen macht er sich auch um Anna. Er hat Angst, diese Typen könnten feststellen, dass sie die Frau nicht mehr brauchen. „Halte du die Stellung in der Firma", bittet er Uwe. „Unterrichte auch die anderen. Wir tauschen uns aus, sobald einer mehr weiß."

In dem Anwesen der Familie Staller breitet sich die Sorge um die vermissten Personen aus. Bis zum späten Nachmittag ist noch kein Lebenszeichen von den beiden eingegangen. Hinzu kommt, dass Achim Voss mit erschreckenden Nachrichten bei der Familie Staller auftaucht.

„Letzten Samstag wurde das Museum, in dem der Schatz taxiert wird, überfallen. Zwei Angestellte und der Kurator wurden getötet, der Direktor schwer verletzt. Das Gold lag zu diesem Zeitpunkt sicher verwahrt in der Bank."

Andreas starrt den Beamten entsetzt an. „Dann haben diese Kerle Friedrich von Middendorf umgebracht? Und das komplett umsonst?"

„Sie wollten wohl wissen, wo das Gold ist. Von Middendorf wurde vor seinem Tod gefoltert."

„Mein Gott."

Alle sind erschüttert. Sie machen sich die schlimmsten Sorgen um die beiden Entführten.

Achim berichtet weiter: „Das war noch nicht alles. Am Sonntag haben diese Typen dann versucht die Bank zu überfallen. Sie haben die Familie des Bankdirektors bedroht. Unter Gewaltanwendung haben sie ihn gezwungen, die Bank für sie zu öffnen. Doch der Überfall konnte von unseren Leuten vereitelt werden. Die meisten dieser Verbrecher sitzen jetzt hinter Schloss und Riegel. Allerdings ist ihnen der Anführer durch die Lappen gegangen."

Gerd mustert ihn überrascht. „Wie konntet ihr den Überfall so schnell vereiteln?"

„Keller hat dort einen Mann eingeschleust. Der konnte vor dem Überfall auf die Bank warnen, aber leider nicht vor dem Angriff auf das Museum."

„Diesen Mistkerlen scheint ein Menschenleben nichts zu bedeuten", stellt Andreas erschüttert fest.

„Und was sollen wir jetzt unternehmen? Ich will meinen Mann nämlich gesund zurückhaben." Die ein Meter achtundsechzig große, schlanke Frau hat bereits bei dem letzten Abenteuer von Andreas bewiesen, wie *tough* sie ist. Karolas grauen Augen blitzen wütend auf.

„Die werden auf jeden Fall eine Lösegeldforderung stellen." Gerd sieht Andreas eindringlich an. „Wir brauchen den Schatz."

„Dann fliegen wir beide morgen nach Berlin. Ich rede mit dem Bankdirektor. Er kennt mich ja bereits. Ich kann nur hoffen, dass er uns seine Unterstützung nicht verweigert."

In diesem Moment begleitet ein Mann von Peter Stallers privatem Sicherheitsdienst die angeschlagene Anna in den Raum.

„Anna!" Gerd springt auf. Er nimmt seine Sekretärin, die seit der gemeinsamen Studienzeit zu seinen besten Freunden zählt, in die Arme. Dann hält er sie prüfend ein Stück von sich weg. Wut kocht in ihm hoch, als er die aufgeplatzte Lippe, die dicke Platzwunde auf ihrer Wange, ihr blau angelaufenes Gesicht sowie die durch die Fesseln entstandenen blutunterlaufenen Handgelenke wahrnimmt.

„Gerd." Erst jetzt löst sich die Anspannung in der jungen Frau. Die Tränen laufen ihr über die Wangen. Entsetzt bittet Karola den Sicherheitsbeauftragten, einen Arzt für die junge Frau zu besorgen.

„Komm." Ohne sie loszulassen drückt Gerd die Freundin vorsichtig auf das nächste Sofa und setzt sich zu ihr. „Kannst du mir sagen, was geschehen ist?"

Sie nickt unter Tränen. Tief durchatmend versucht sie das Zittern ihrer Hände zu bewältigen. „Da waren drei Männer. Sie sind zu Herrn Staller ins Büro gekommen. Angeblich hatten sie einen Termin bei ihm. Das hat Herr Staller mir auch bestätigt. Aber dann haben sie ihre Pistolen auf uns gerichtet. Wir mussten mit ihnen gehen. Wir hatten keine andere Wahl." Gequält blickt sie auf.

„Ja, das wissen wir. Ihr seid nach Berlin geflogen?"

„Sie haben uns in ein verlassenes Fabrikgebäude gebracht. Dort haben sie uns eingesperrt. Wir wurden mit Handschellen an die Wand gekettet." Sie blickt Andreas unter Tränen an. „Sie haben ihn schwer verprügelt. Es tut mir leid."

Andreas ist geschockt. „Du kannst doch nichts dafür."

„Doch! Es war meinetwegen. Er hat das auf sich genommen, damit sie mich in Ruhe lassen." Anna laufen die Tränen über die

Wangen. „Aber er hat sich nicht von ihnen unterkriegen lassen. Deshalb hat einer von den Kerlen gesagt, wenn dein Vater nicht tut was er will, verprügeln sie mich. Er hatte auch schon angefangen, als ein weiterer Mann hereinkam. Der hat die anderen überredet, mich hierher zu schicken. Ich soll dir auftragen, dass du denen das Gold besorgen sollst, im Austausch gegen deinen Vater. Du hast bis Freitag dafür Zeit."

„Fünf Tage. Glaubt ihr die lassen Peter solange am Leben?", vergewissert sich Karola voller Angst.

Anna beugt sich vor. Tröstend legt sie der sechsundvierzigjährigen Unternehmers-Gattin eine Hand auf das Knie. „Ja, davon bin ich überzeugt. Der Mann, der mir geholfen hat, er ist ein eingeschleuster Agent. Von der Regierung. Er hat es mir gesagt. Und er passt auf Ihren Mann auf. Das hat er mir versprochen."

„Das muss Kellers Mann gewesen sein", vermutet Achim. „Ich komme morgen mit nach Berlin. Ich gehe zu Wolfgang Keller."

Uwe Meyer erwartet die drei Männer bereits mit startklarem Hubschrauber. Sobald sie Platz genommen haben und die Türen geschlossen sind, zieht er die Maschine senkrecht auf eintausendfünfhundert Fuß hoch. Dann steuert er Richtung Norden. Er beschleunigt auf hundertsechsundachtzig Stundenkilometer. „Ich soll dir von Tim sagen, dass *Oscar* den Typen auf den Überwachungsbildern identifiziert hat", berichtet Uwe seinem Boss. „Anscheinend ist der Kerl schon wegen etlicher Vergehen vorbestraft. Er gehört zu einer Gruppe Neonazis, die in Berlin-*Schönfeld* ihr Unwesen treiben."

„Na, das ist doch schon etwas. Hat er auch einen Namen für mich?"

„Ja. Rüdiger Pforte. Und er hat eine Adresse. Ist wohl eine Gaststätte, die als Klubhaus oder Versammlungsort herhält."

„Gut." Auf dem weiteren Flug hängt Gerd seinen Gedanken nach. Er arbeitet bereits an einem Plan zur Befreiung von Peter Staller. ‚Neonazis! Es könnte nicht gefährlicher sein. Solche Menschen sind meist äußerst brutal. Diese Typen schrecken vor nichts zurück.' Sie müssen sich beeilen!

Er erinnert sich daran, wie er Peter kennengelernt hat. Seine Kindheit war von Gewalt geprägt. Als er ins Jugendheim kam war es ihm wichtig, etwas aus sich zu machen. Er war wissbegierig und intelligent, doch in der Schule hat er sich fast nur geprügelt, bis sie erkannten, dass er sich langweilte. Er überspringt die sechste Klasse, genau wie Andreas. Dadurch waren sie die beiden Außenseiter, die Jüngsten in der Klasse, aber mit den besten schulischen Leistungen. Sie gerieten ins Visier der anderen Schüler. Als Andreas verprügelt wird stellt er sich auf seine Seite. Man gibt ihm die Schuld an dem Geschehen, doch dann war da Peter Staller. Er hat ihm zugehört. Und er hat ihn verstanden. Andreas und er wurden Freunde. Und Peter. Er wurde für Gerd zu etwas Besonderem. Zu dem Vater, den er nie hatte. Wenn es sein müsste, würde er sein Leben für ihn opfern!

Vom Flughafen aus, wo Uwe den Hubschrauber ordnungsgemäß landen und abstellen darf, machen sich Andreas und Gerd direkt auf den Weg zur Bank. Achim Voss schnappt sich das nächste Taxi. Er schlägt den Weg zum Büro des Ministerialdirektors ein.

Wolfgang Keller ist noch nicht lange in seinem Büro, als seine Sekretärin ihm Achim Voss ankündigt. Er bietet dem Beamten freundlich den Besucherstuhl an. „Herr Voss, gibt es Neuigkeiten über den Verbleib von Peter Staller?" Nachdem er am Vorabend von dem Beamten über die Entführung informiert wurde macht auch er sich Gedanken darüber, wie sie Peter Staller ausfindig machen und schnellstens befreien können.

„Ja, einiges." Damit berichtet Achim seinem Vorgesetzten, was Anna ihnen mitgeteilt hat. Auch die Ergebnisse der Recherchen von *Oscar* gibt er preis.

‚Stefan Wolf hatte Recht mit seiner Vermutung', überlegt Wolfgang. ‚Was können wir tun, ohne die Geisel zu gefährden?' Der Ministerialdirektor nimmt sich vor, mit der Bank zu reden.

„Sie haben einen Mann da drinnen. Kann er uns helfen?", verlangt Achim von dem Geheimdienstkoordinator zu erfahren.

„Das weiß ich noch nicht. Aber ich glaube, er ist bereits tätig. Lassen Sie mir etwas Zeit. Ich muss einige Dinge regeln. Sie hören von mir." Sobald Achim zur Tür heraus ist greift Wolfgang nach seinem Telefon.

Eine verschlafene Frauenstimme meldet sich. „Hallo?"

„Frau Wolf?", horcht Wolfgang irritiert nach.

„Keller! Was wollen Sie von mir? Ich habe die ganze Nacht über den Plänen vom Museum gesessen. Ich bin noch lange nicht fertig. Oder vielmehr ich bin fix und fertig."

„Tut mir leid, darauf kann ich keine Rücksicht nehmen. Wir müssen reden. Wann können Sie hier sein?"

„Geben Sie mir eine halbe Stunde." Emma legt auf. Es muss überaus wichtig sein. Keller sprach sehr eindringlich, ja fast ängstlich. Sie macht sich Sorgen, dass es mit ihrem Bruder zu tun haben könnte.

Pünktlich erscheint sie im Büro des Ministerialdirektors. Ohne Umschweife spricht die Agentin ihren Vorgesetzten an. „Was ist los?"

„Peter Staller wurde gestern entführt."

„Wissen wir von wem und warum?"

„Ja." Wolfgang berichtet ihr, was er bisher weiß. „Es ist die gleiche Gruppe, in die Ihr Bruder eingeschleust wurde. Anscheinend hat er sogar schon eingegriffen. Er hat es geschafft, dass Stallers Sekretärin mehr oder weniger unbeschadet gehen konnte. Und das in letzter Minute."

Emma ist überrascht. Aber auch stolz auf Stefan. Er macht seine Arbeit außerordentlich gut.

„Sind Sie bereit für Ihren Bruder als Kontakt zu agieren?"

„Natürlich. Da brauchen Sie nicht erst fragen. Was soll ich tun?"

„Ich bin mir nicht sicher. Wir brauchen jemanden, der dort ein- und ausgehen kann ohne aufzufallen. Ich habe keine Ahnung, wie wir das bewerkstelligen sollen."

Emma starrt vor sich hin. „Darf ich Ihnen einen Vorschlag machen?" Dann erklärt sie ihrem Vorgesetzten ihr Vorhaben.

Frustriert mustert Wolfgang seine Agentin. ‚Ich muss ganz schön verzweifelt sein, wenn ich mich auf so ein Unterfangen einlasse.' Trotzdem gibt er ihr grünes Licht.

„Also gut. Tun Sie, was getan werden muss."

Emma nickt, steht auf und verschwindet.

Andreas und Gerd haben mittlerweile die Bank erreicht. Auf Andreas' Drängen hin erklärt sich Jürgen Neubroich bereit, ihn zu empfangen.

„Vielen Dank, Herr Neubroich, dass Sie sich die Zeit für mich nehmen. Ich benötige nämlich dringend Ihre Hilfe."

Der Bankdirektor bietet den beiden Männern einen Platz an. „Was kann ich denn für Sie tun?"

„Mein Vater wurde gestern entführt. Die Männer, die das getan haben, fordern das Nazi-Gold als Lösegeld."

Jürgen Neubroich ist entsetzt. „Ich verstehe. Wahrscheinlich sind das dieselben Leute, die meine Familie und mich bedroht haben." Er atmet tief durch. Das, was er jetzt sagen muss, tut ihm selbst weh. „Da ich das Gleiche durchgemacht habe wie sie gerade, kann ich nachempfinden, wie es Ihnen geht. Und wenn es nach mir ginge, würden wir gar nicht mehr hier herumsitzen, sondern sofort handeln. Aber leider kann ich das nicht."

„Was meinen Sie damit?" Gerd starrt den Bankdirektor an.

„Nach dem Vorfall am Sonntag ist die oberpfälzische Regierung an mich herangetreten. Sie haben mich aufgefordert, das Gold und was dazu gehört umgehend für einen Rücktransport zu verladen. Daran muss ich mich halten. Am Donnerstag senden die ihren Geldtransporter, der alles abholen wird." Traurig sieht er Andreas an. „So leid es mir tut, ich glaube nicht, dass die sich für Ihren Vater interessieren."

„Ja, da haben Sie wohl Recht." Andreas blickt Gerd hoffnungslos an. „Was können wir tun?"

„Kann Ihnen denn nicht die Polizei helfen? Mir haben sie auf jeden Fall geholfen. Ohne die Polizei würden meine Familie und ich jetzt wahrscheinlich nicht mehr leben." Jürgen Neubroich fühlt sich hilflos, er würde gern mehr tun.

Gerd steht auf. „Ja, vielleicht. Lass uns mit Achim reden", fordert er seinen Freund auf. Sie verabschieden sich von dem Bankdirektor.

Frustriert betrachtet Andreas ihn. „Und was jetzt?"

„Wie viel Geld hast du zur Verfügung?"

„Für ein Lösegeld auf jeden Fall nicht genug." Andreas mustert ihn kritisch. „Du heckst doch schon wieder etwas aus. Habe ich Recht? Was willst du tun?"

„Leihst du mir ein Motorrad?"

„Ein …, bitte was?", verhört Andreas ihn entgeistert. Er kann den Gedankengängen seines Freundes wieder einmal nicht folgen.

„Was glaubst du, wie ich mich in Jeans und Lederjacke auf einem Motorrad mache?"

„Du willst dich unter diese Typen mischen? Ist das nicht viel zu gefährlich?", erkundigt sich Andreas besorgt.

„Wie viele Möglichkeiten bleiben uns denn? Andy, wenn ich dadurch deinen Vater finden kann, ist es ganz bestimmt einen Versuch wert." Gerd ist fest entschlossen dieses Wagnis einzugehen.

„Dann komme ich mit dir."

„Nein, das geht nicht. Sie könnten sich über dich informiert haben. Wenn sie dich erkennen, war alles umsonst. Ich passe schon auf mich auf. Vielleicht finde ich ja den Agenten, der Anna geholfen hat. Komm, lass uns alles vorbereiten."

Nachdem sie im Hotel eingecheckt haben beginnen sie mit der Ausarbeitung ihres Plans zur Befreiung von Andreas' Vater.

Achim gesellt sich kurz darauf zu ihnen. Obwohl er den Plan für sehr riskant hält, stimmt er zu. Mit seinen Kontakten besorgt er Gerd passende Hintergrundinformationen.

18

Noch am gleichen Abend fährt Gerd auf dem geliehenen Motorrad, einer *Honda CBR600 RR* mit einem Hubraum von fünfhundertneunundneunzig Kubikzentimetern, einer Leistung von *117 PS* und einer Höchstgeschwindigkeit von zweihundertfünfundsechzig Stundenkilometern mit Berliner Kennzeichen an der Gaststätte vor. Durch Achim instruiert weiß er genau, welche Geschichte er den Kerlen auftischen kann.

Schon bevor er die Kneipe erreicht, die den hiesigen Neonazis als Klubhaus und Versammlungsstätte dient, kann er mehrere der Typen ausmachen, die sich vor dem Gebäude mit ihren Motorrädern beschäftigen. Er fährt bis auf zwei Meter heran, ehe er stoppt. Seine Maschine parkt er am Straßenrand. Neugierig kommt ein circa fünfundzwanzigjähriger Mann auf ihn zu. „Hallo. Tolle Maschine hast du da."

Gerd antwortet ihm höflich. „Ja, die ist ganz gut."

„Ich habe dich noch nie gesehen. Was willst du hier?"

„Also, eigentlich möchte ich nur einen Besuch machen. Kennst du dich hier aus?"

„Klar. Zu wem willst du?"

„Nikolaus Cretschmer."

„Du bist aber kein Freund von ihm", stellt der Mann prompt fest.

Hoffentlich hat er von Achim die richtigen Informationen bekommen, sonst ist gleich alles aus. „Nein, ein Freund bin ich nicht gerade", witzelt er. „Aber ich bin der Einzige, der ihn ungestraft bei seinem vollen Namen nennen darf. Ich bin sein Bruder."

„Sein Bruder? Der, der an den *MotoGP-Rennen* teilnimmt?"

Gerd atmet auf. Es hat funktioniert. Von Achim weiß er, dass Niko Cretschmer bei dem Einbruch in die Bank festgenommen wurde. Sein Bruder Tilo hat sich durch versuchten Raub in Italien einen Besuch im Gefängnis eingehandelt. Tilo nimmt regelmäßig an Motoradrennen teil.

„Ja, stimmt, ich war gerade in Italien auf dem *Monza Eni Circuit*[7]. Ich habe schon eine Weile nichts mehr von meinem Bruder gehört, deshalb bin ich hier. Wie geht es ihm?"

„Tja, der sitzt gerade."

„Schon wieder?", erkundigt sich Gerd möglichst ungläubig. „Was ist es denn diesmal?"

Sein Gesprächspartner grinst breit. „Komm mit rein. Ich spendiere eine Runde und erzähle es dir. Wie heißt du eigentlich?"

„Cretschmer."

Sein Gegenüber fängt schallend an zu lachen. „Du bist in Ordnung. Ich bin Bert."

„Tilo." Gerd verkneift sich einen passenden Spruch. ‚Bert, das passt zu dem Blödmann. Der Typ ist nicht gerade besonders helle.'

Zusammen gehen sie in die Kneipe und suchen sich einen Platz am Tresen, wo sie zwei Bier bestellen. Nachdem Bert ihm das Gröbste über den verpatzten Einbruch erzählt hat reden sie über Motorräder und Rennsport. Da kann Gerd ganz gut mithalten. Zwischendurch sieht er sich in dem Schankraum um. Im hinteren Bereich steht ein großer runder Tisch. Acht Leute sitzen daran. Sie unterhalten sich leise. Weiter vorn befinden sich mehrere kleine Tische, die bis auf einen, der am Fenster steht, alle mit den Kameraden seines Gesprächspartners besetzt sind. Auch

---

7 Monza Eni Circuit – Motorsport-Rennstrecke im Königlichen Park der italienischen Stadt Monza nordöstlich von Mailand

an den zwei Billardtischen halten sich einige der Leute auf. Nur wenige haben ein Mädchen an ihrer Seite. Der einzelne Tisch am Fenster wird von den Frauen in Anspruch genommen, die hier Abend für Abend herumhängen, in der Hoffnung von einem dieser, wie sie meinen, tollen Kerle beachtet zu werden.

Gerd versteht diese Frauen nicht. In solchen Kreisen haben Frauen einen sehr niedrigen Stellenwert. Einzige Ausnahme sind diejenigen, die es schaffen, von einem der ranghöheren Männer als dauerhafte Freundin ausgewählt zu werden. Ansonsten dienen sie lediglich dazu, die Männer zu unterhalten, wenn denen danach ist. Trotzdem finden sich immer wieder einige ein, die sich dafür anbieten.

Am meisten interessieren ihn die acht Männer, die ein Stück weit hinter ihm sitzen, aber noch nah genug, damit er verstehen kann, was sie sagen. Er ist sich ganz sicher, dass er hier die Redeführer vor sich hat.

„Wie war es eigentlich gestern bei dir?", erkundigt sich Rüdiger gerade bei Stefan nach seinem Sonderauftrag, zu dem Axel von Weißenkopf ihn eingeteilt hatte.

„Bleihaltig!", antwortet ihm der Agent ironisch.

Rüdiger lacht laut auf über den Sarkasmus in Stefans Stimme. „Du bist wirklich gut. Eiskalt! Hast du eigentlich irgendwann einmal Gefühle?"

„Wozu? Die stören nur."

„Was ist mit Frauen? Seit du hier bist hast du noch keine mitgenommen. Interessiert dich keine? Es sind genug da. Such dir eine aus."

Stefan lässt seinen Blick über die Frauen gleiten. „Da gibt es nichts, was mich reizt. Du kennst meine Vorlieben." Er hat sich bewusst den Ruf aufgebaut, seine Mädchen hart anzufassen. Das hält sie von ihm fern.

In diesem Moment geht die Tür auf. Eine junge Frau betritt den Raum, bleibt einen Moment stehen und lässt ihren Blick umher gleiten. Für einen Augenblick treffen sich ihre Augen.

Stefan erstarrt. Dann wird er wütend. ‚Was hat Emma hier zu suchen? Spioniert sie mir etwa nach? Woher weiß sie überhaupt, dass ich hier bin? Was will sie hier? Sie muss doch wissen, wie gefährlich das ist!' Vorsichtig schaut er sich um. Er weiß, was diese Männer jetzt sehen. Sie sehen eine bildschöne Frau, die sich bereitwillig hierher begibt, um darauf zu warten, dass einer der Männer ihr seine Gunst erweist. ‚Ich muss schnell handeln, bevor es ein anderer tut!'

Ihr kurzer schwarzer Lederrock, die passende Jacke mit dem tief ausgestellten Shirt darunter und die hochhackigen Stiefeletten machen aus dieser gut aussehenden Frau den reinsten Vamp. Sie blickt Stefan kurz beschwörend an, ehe sie sich abwendet.

Emma schlendert zu den anderen Frauen. „Hallo. Ist aber eine ganz schön trübe Stimmung hier. Sind die Jungs heute nicht gut drauf?"

Eine der Frauen antwortet ihr. „Nicht wirklich. Die hatten wohl eine ganze Menge Ärger in letzter Zeit. Wenn du dir einen der Typen krallen willst, solltest du die Jungs dahinten an dem Tisch ins Auge fassen. Das sind die hohen Tiere hier."

Emma dreht sich um und mustert die Männer der Reihe nach. „Nicht schlecht. Da sind ein paar gute dabei."

„Ja, nur von dem großen, rotblonden dahinten solltest du die Finger lassen. Geh ihm am besten aus dem Weg."

Emma mustert Stefan von oben bis unten. „Warum? So schlecht sieht der doch gar nicht aus."

„Ja, aber seine Freundinnen sehen hinterher umso schlechter aus. Du verstehst?"

„Oh, ja, danke für die Warnung." Sie überlegt, wie sie an Stefan herankommt. Sie hofft, dass er sich etwas einfallen lässt. Der nächste Schritt muss von ihm ausgehen. Ihr Blick schweift über die Männer am Tresen. Sie stutzt. Dann schaut sie genauer hin. Einen Moment lang glaubt sie, in einem der Männer jemanden zu erkennen. Einen Mann, dem sie einmal, nur ein einziges Mal, ganz nah war. Doch jetzt dreht er ihr den Rücken zu. Er unterhält sich ausgiebig mit seinem Nachbarn am Tresen. Die Agentin schüttelt den Kopf. ‚Mach dich nicht verrückt', ermahnt sie sich in Gedanken selbst. Sie achtet wieder auf Stefan.

Gerd hat Emma bereits beim Eintreten erkannt. Schnell dreht er sich weg. ‚Verdammt, was will sie hier? Wer ist sie? Vor allem, was hat sie mit diesen Kerlen zu tun?' Vorsichtig beobachtet er weiter, was passiert. Er hört, wie der Redeführer seinem Kameraden locker antwortet.

„Deine Neigung ist mir egal. Die kannst du ruhig ausleben, solange du die Mädchen nicht umbringst. Eine Ohrfeige hat noch keiner Frau geschadet. Du kannst meine Wohnung benutzen. Aber mach keine Sauerei!" Rüdiger wirft seinen Wohnungsschlüssel, den er aus der Tasche zieht, vor sich auf den Tisch.

Johann, der rechts neben Stefan sitzt, mustert diesen verächtlich. „Wahrscheinlich braucht er keine. Er ist bestimmt schwul."

Stefan weiß, dass er das nicht auf sich sitzen lassen kann. Er würde sofort die Achtung aller Kameraden verlieren. Ohne sich umzudrehen stützt er seinen rechten Ellbogen fest auf die Tischplatte, reißt seinen Arm hoch, sodass seine geballte Faust mitten in Johanns Gesicht knallt. Mit Genugtuung hört der Agent wie der Knochen knackt.

Johann springt auf. Das Blut strömt ihm aus der gebrochenen Nase, während er vor Schmerz aufbrüllt. „Bist du irre, Mann? Ich mach dich kalt!"

Stefan bleibt, äußerlich, völlig gelassen sitzen. Er schnappt sich ein paar Servietten vom Tisch, um in aller Ruhe seine Hand zu reinigen. „Verpiss dich!", giftet er Johann an. „Sonst ziehst du den Kürzeren."

Rüdiger mischt sich ein. „Johann! Verschwinde. Wenn du einen Kameraden dermaßen beleidigst, musst du mit dem Echo rechnen."

Johann stürmt sauer nach draußen.

Stefan sieht sich am Tisch um. Alle Kameraden beäugen ihn misstrauisch. ,Gar nicht so schlecht', grübelt der Agent. ,Das ist genau richtig für mein Vorhaben.' Er schnappt sich Rüdigers Schlüssel. „Ich glaube wir erledigen das Thema ein für alle Mal."

Mit wenigen Schritten erreicht Stefan den Tisch der Frauen. Vor Emma bleibt er stehen.

Bewusst arrogant wendet sie ihm den Rücken zu. So, als ob sie ihn nicht bemerkt hätte. Die anderen Frauen schauen Stefan erschrocken entgegen. Sie atmen auf, als er Emma anspricht.

„Du! Steh auf!"

Emma schaut ihn über die Schulter hinweg locker an. „Warum?"

Er greift nach ihrem Arm, zieht sie mit einem Ruck von ihrem Stuhl hoch und zerrt sie ganz nah an sich heran. „Weil ich es dir sage!" Er lässt seinen Blick abschätzend an ihr heruntergleiten. Bei dem was er sieht nickt er zufrieden. „Los, komm!" Er umfasst ihr Handgelenk. Am Tisch seiner Kumpane vorbei zieht er sie mit sich zur Treppe. Seinen Leuten winkt er kurz zu. „Wir sehen uns. So in ein bis zwei Stunden."

Unter dem Gelächter der Männer verschwindet er mit der Frau seiner Wahl.

Auch die anderen Männer sehen den beiden hinterher.

„Die Frau kann einem fast leidtun", bekundet Bert.

„Wieso?", verhört Gerd ihn hellhörig. „Die hat es doch darauf angelegt."

„Ja, schon. Aber ich glaube nicht, dass sie weiß, was auf sie zukommt. Du hast den Typ ja gesehen. Das ist Stefan. Er ist die rechte Hand von Rüdiger, unserem Chef. Das ist der Dunkelblonde da drüben. Stefan ist knallhart. Er hat den Ruf, seine Mädchen ziemlich hart anzupacken. Soweit ich gehört habe, gibt es sogar einen Haftbefehl wegen Körperverletzung gegen ihn."

„Scheint ja ein richtiger Schläger zu sein."

„Stefan ist echt cool. Und mal ehrlich, die Weiber hier wollen doch gar nichts anderes."

Gerd starrt den Mann perplex an. Von Frauen haben diese Typen keine allzu hohe Meinung. Er hat keine Ahnung, was er jetzt machen soll. Er ist hier, um Peter zu finden. Wenn möglich ihn hier herauszuholen. Dafür muss er unauffällig bleiben. Aber was ist mit dieser Frau? Sie ist ihm absolut nicht egal. Wenn er nichts unternimmt, schlägt dieser Typ sie wahrscheinlich krankenhausreif. ‚Verdammt! Was soll ich denn jetzt machen?' Er nickt Bert zu. Eilig verschwindet er in Richtung Toiletten. Von dort sind es etwa zwei Meter bis zur Treppe. Vorsichtig lässt er seinen Blick durch den Raum schweifen, dann sprintet er die Treppe hoch. Oben angekommen wartet er eine Weile, ob ihm vielleicht doch jemand folgt. Noch bekäme er das mit einer guten Ausrede geregelt. Aber es bleibt alles ruhig. Er macht sich auf die Suche. Schon nach wenigen Schritten landet er vor der Eingangstür zu Rüdigers Wohnung. Auch wenn er die Worte von drinnen nicht verstehen kann hört er doch eindeutig Emmas Stimme. Ohne noch länger zu zögern klopft er an.

Stefan zerrt Emma in Rüdigers Wohnung. Hinter sich schließt er die Tür, bevor er sich stinksauer zu ihr umdreht. „Bist du jetzt komplett bescheuert? Was hast du hier zu suchen?"

Emma ignoriert seinen giftigen Ton. „Ich freue mich auch, dich zu sehen. Du hast dir ganz schön was aufgehalst."

„Das geht dich nichts an. Halt dich da heraus."

„Geht leider nicht", widerspricht ihm Emma ernst. „Keller schickt mich."

„Keller?" Stefan schaut sie ungläubig an. „Er hat dich zurückgeholt?"

„Ja, ich bin wieder dabei. Stefan, was ist hier los? Weißt du irgendetwas über den Verbleib von Peter Staller?"

„Er ist hier. Es sind immer zwei von Rüdigers Leuten bei ihm. Sie haben ihn ganz schön übel zugerichtet. Trotzdem hält der Mann durch. Ich habe dafür gesorgt, dass er in einem der Zimmer eingesperrt wurde, nicht im Keller. Vor der Tür stehen noch einmal zwei Aufpasser. Rüdiger lässt außer diesen Vieren niemanden zu ihm. Em, ich weiß nicht, wie lange sie Staller in Ruhe lassen. Wenn das Lösegeld nicht kommt, müssen wir eingreifen."

„Ja, wir sollten ihn hier herausholen. Und zwar so schnell wie möglich."

„Nein! Er wird viel zu stark bewacht. Bevor unsere Leute zu ihm vordringen können wäre er tot."

„Ich verstehe. Anscheinend schwebt dir da bereits etwas vor."

„Ich weiß, dass der Mann einiges auszuhalten hat, aber ich würde trotzdem noch warten."

„Du hast einen Plan? Was willst du machen?"

„Die Lösegeldübergabe. Wir sollten uns die Kerle dabei schnappen." Stefan erklärt ihr seinen Plan.

Emma stimmt ihm zu. „Ich spreche mit Keller. Er lässt sich garantiert überzeugen. Ich sehe zu, dass wir alles vorbereiten. Glaubst du, Peter Staller übersteht die drei Tage, ohne dass seine Gesundheit noch mehr gefährdet wird?"

„Er hat ein paar schlimme Schläge abgekriegt. Das konnte ich leider nicht verhindern. Er wird reichlich Schmerzen haben. Aber alles in allem ist er bei klarem Verstand. Ja, ich glaube er schafft das."

„In Ordnung. Dann bleiben wir bei dem Plan. Hast du eine Ahnung, wie ich hier herauskomme?"

Bevor er seiner Schwester antworten kann klopft es an der Tür. Verwundert wendet Stefan sich um. Im gleichen Augenblick, in dem er öffnet, erhält er einen kräftigen Faustschlag, der ihn bewusstlos zu Boden wirft.

Gerd tritt schnell ein und drückt hinter sich die Tür ins Schloss. Dann dreht er sich um.

„Du?" Emma starrt ihr Gegenüber ungläubig an.

Aufstöhnend kommt Stefan zu sich.

Die Agentin will sich zu ihrem Bruder herunterbücken, doch Gerd fast ihren Arm. „Du musst sofort hier heraus. Du hast keine Ahnung, was der Kerl dir antun kann."

„Lass mich los." Sie reißt ihren Arm von Gerd zurück und sinkt vor Stefan auf die Knie. Stöhnend richtet der sich ein Stück weit auf.

„Geh!" Trotz seines angeschlagenen Zustands hat er begriffen, dass das die Gelegenheit für Emma ist, heil aus dem Gebäude herauszukommen. Emma richtet sich auf.

„Komm!", fordert Gerd sie auf. Er streckt ihr seine Hand entgegen.

Sie wirft noch einen Blick auf ihren Bruder. Auch sie erkennt ihre Chance. Sie ergreift die Hand von Gerd, der sie umgehend mit sich hinaus in den Flur zieht.

Prompt kommt ihnen Rüdiger entgegen. Überrascht sieht er den ihm unbekannten Mann an, der die Frau mit sich zerrt, die eigentlich bei Stefan sein sollte. „Was ist hier los?"

Gerd beeilt sich zu antworten. „Nichts. Alles in Ordnung." Er zieht Emma an ihm vorbei.

Rüdiger wirft einen Blick in den offenen Raum. Er bemerkt Stefan, der sich gerade vom Boden aufrappelt. „Verdammt!" Er kann sich schon denken, was hier vorgefallen ist. Aber auch wenn die Frau wirklich toll aussieht darf er einen solchen Machtkampf unter seinen Leuten nicht zulassen. Außerdem ist Stefan ganz klar der ranghöhere Mann. Er muss definitiv eingreifen. „Bleibt hier", ruft er den beiden deshalb hinterher. „Bleibt sofort stehen!"

Mit einem einzigen Blick verständigen sie sich, dann spurten sie los, die Treppe hinunter. Es sind noch fünf Meter bis zur Tür.

„Schnappt euch die beiden!", brüllt Rüdiger hinter ihnen.

Durch die Rufe aufgescheucht erscheinen jetzt Rüdigers Kameraden vor ihnen, um sie aufzuhalten. Gerd rennt den ersten Mann einfach um. Er stoppt seinen Lauf, um einen weiteren der Kerle kurzerhand niederzuschlagen.

Ein riesiger muskelbepackter Mann baut sich breit grinsend vor Emma auf. Bevor Gerd ihr zu Hilfe eilen kann, hat sie dem Typ ihr Knie kräftig zwischen die Beine gerammt. Aufbrüllend beugt sich der Kerl nach vorn, beide Hände im Schritt. Mit einem gezielten Schlag auf den Nacken befördert sie ihn zu Boden.

Anerkennend beobachtet Gerd, wie die junge Frau auf ihrem hochhackigen Absatz herumwirbelt. Sie landet einen kräftigen Tritt im Bauch eines weiteren Mannes, der dadurch zurückgeschleudert wird. Die beiden hinter ihm stehenden Kameraden reißt er gleich mit um. Ohne weiter auf die Kerle zu achten läuft Emma weiter.

„Schnell!" Gerd reißt die Tür auf. Dann sind sie draußen. Er läuft zu seinem Motorrad. „Los! Steig auf!"

Da ihnen eine ganze Horde wütender Männer auf den Fersen ist, braucht die Agentin keine zweite Aufforderung, um sich hinter ihm auf das Motorrad zu schwingen. Während er rasant durchstartet klammert sie sich an ihm fest.

Ihre Besitzer sprinten auf die sechs fahrbereiten Motorräder am Straßenrand zu. In Windeseile starten auch sie ihre Maschinen und folgen dem fremden Mann, um ihn zur Rechenschaft zu ziehen.

Mit hundertvierzig Stundenkilometern rast Gerd über die Straße. Immer wieder muss er vom Gas gehen, um langsamer fahrenden Fahrzeugen auszuweichen. Dadurch kann er seine Verfolger nicht abschütteln. Die Ampel an der nächsten Kreuzung schlägt knapp vor ihnen auf Rot um.

„Festhalten!", brüllt er seiner Beifahrerin zu.

Emma schmiegt sich eng an seinen Rücken. Rasend schnell überqueren sie die Fahrbahn bei Rotlicht.

Gerd schafft es gerade noch dem Querverkehr ausweichen. Die Maschine gerät ins Schlingern. Einen Augenblick sieht es so aus, als ob sie stürzen würden, doch er hat Glück und kann das Motorrad abfangen, bevor sie das Gleichgewicht endgültig verlieren. Schon beim Aufrichten gibt er wieder Gas um dem mordlüsternen Mopp hinter sich zu entkommen.

Seine Verfolger machen ihm das Manöver nach. Einer der Motoradfahrer prallt mit einem quer auf ihn zufahrendem Fahrzeug zusammen. Der Stoß wirft ihn samt seinem Motorrad um, so dass er mit einem entsetzten Aufschrei über die Straße schliddert und am Straßenrand schwer verletzt liegenbleibt. Zwei weitere Autos prallen gegen das Unfallfahrzeug. Innerhalb von Sekunden ist die Kreuzung blockiert. Die restlichen Verfolger schlängeln sich mit ihren Motorrädern durch die Lücken. Dann beschleunigen sie wieder. Jetzt nur noch zu fünft nehmen sie unverzüglich die Verfolgung wieder auf.

Ein paar Meter vor ihnen rangiert ein Kleinlaster auf der Straße. Die Lücke dahinter verengt sich immer mehr.

„Achtung!", warnt Gerd Emma, ehe er beschleunigt. Im letzten Moment kann er an dem Laster vorbeischießen.

Der erste seiner Verfolger glaubt es auch zu schaffen. Doch statt hindurch zu fahren streift er den Lastwagen mit seiner Seite. Er prallt von diesem ab, bevor sein Motorrad auf der anderen Seite heftig gegen die Hauswand knallt. Der Mann fliegt aus dem Sattel seiner Maschine und stürzt auf den Asphalt. Schmerzerfüllt schreit er auf, als das Motorrad genau auf ihm landet. Danach wird es schwarz um ihn herum.

Die restlichen Verfolger müssen abbremsen, bevor sie endlich auf der anderen Seite an dem Hindernis vorbeiziehen können. Für ihren Kameraden haben sie keinen Blick übrig.

„Bieg rechts ab, Richtung Autobahn", empfiehlt ihm Emma. Sie weiß, dass er die leistungsstärkere Maschine hat. Aber in dem hier herrschenden Straßenverkehr kann er seine Verfolger nicht abhängen. Gerd bremst ab, legt die Maschine in die Kurve, um die Geschwindigkeit beim Herausfahren direkt wieder zu steigern. Auch wenn er die Männer, die sie jagen, noch nicht abschütteln konnte, hat er doch ein gutes Stück Abstand gewonnen. Vor ihm erblickt er den ersten Hinweis auf die Stadtautobahn.

In diesem Augenblick biegt ein Pickup aus der Seitenstraße vor ihm ein. Zügig nähert sich das Fahrzeug, ohne Anstalten zu machen, ihm auszuweichen. Der Wagen hält genau auf ihn zu.

Mit Entsetzen erkennt Gerd den Anführer der Nazi-Truppe am Steuer des Fahrzeugs. Ihm ist sofort klar, was Rüdiger mit seiner Aktion bezweckt. Zum Ausweichen gibt es nicht genug Platz. Bevor sie an dem Pickup vorbei wären, hätte dieser sie zwischen den parkenden Wagen und sich eingequetscht, was für sie beide garantiert nicht ohne Verletzungen ausgehen würde. Zwei Meter bevor die beiden Fahrzeuge miteinander kollidieren kann er seine Maschine nach rechts in eine kleine Gasse lenken.

Der Pickup bremst vor der Einmündung ab. Rüdiger steigt ungezwungen aus. Er lässt seine Männer an sich vorbeifahren. Mit dem Rücken an seinen Wagen gelehnt, die Hände in den Hosentaschen, wartet er in Seelenruhe ab. In dieser Gegend kennt er sich aus. Er weiß, dass die Straße als Sackgasse endet.

Gerd rast die Gasse entlang. Dann bremst er das Motorrad abrupt vor der Hauswand ab.

„Hier kommen wir nicht weiter." Beide starren auf die Blockade vor sich. Es bleibt ihm nichts anderes über, als zu wenden. Entsetzt sehen sie die vier Kammeraden von Rüdiger mit ihren Motorrädern auf sich zukommen.

Emma erblickt die Müllcontainer, die überall am Straßenrand stehen. Dazwischen liegt in einer Ecke ein zusammengerolltes Kabel. Die Idee, die ihr jetzt in den Sinn kommt, sollte sie besser gleich wieder vergessen. Doch viele Optionen bleiben ihnen nicht. Sie steigt vom Motorrad.

„Warte." Die Agentin schnappt sich das Elektrokabel. Ein Ende befestigt sie an einem der Müllcontainer, die links von ihnen stehen. Sie achtet darauf, dass die Bremsen des Containers aktiviert sind. Mit dem anderen Ende des Kabels in der Hand läuft sie zu Gerd zurück. Im Vorbeirennen greift sie sich noch die Metallstange, die aus einem der Müllcontainer herausragt. In Windeseile steigt sie wieder auf, die Stange unter dem Arm, das Kabel in der linken Hand. Mit der Rechten krallt sie sich an ihm fest. „Warte, bis sie ganz nah sind. Dann gib Gas. Fahr rechts an ihnen vorbei!"

Gerd braucht nicht lange überlegen um zu erkennen, was sie vorhat. ‚Sie hat Recht! Es ist zwar gefährlich, aber wir können es schaffen.' Er atmet tief durch. Dann wartet er bis die Typen näherkommen. ‚Noch näher!' Jetzt sind noch drei Meter Abstand zwischen ihnen. Er kann ihre siegessicher grinsenden Gesichter erkennen. ‚Die Typen glauben garantiert, dass sie ihre Opfer in die Enge getrieben haben. Nicht mit uns!', denkt er.

„Jetzt!", warnt er Emma, dann gibt er entschlossen Vollgas. Sie krallt sich fest. Die beiden schießen an ihren Widersachern vorbei, während sich das Kabel immer weiter anspannt.

Sobald Gerd seine Verfolger passiert hat dreht er die Maschine mit der Nase nach links und hält schlagartig an.

Die vier Männer auf ihren Motorrädern bemühen sich darum schnellstens abzubremsen, um zu wenden. Noch ehe ihre Maschinen langsamer werden zieht Emma mit einem kräftigen Ruck das Kabel an. Sprunghaft spannt es sich auf voller Länge an, wobei es circa anderthalb Meter vom Boden hochsaust und den vier Männern vor die Brust klatscht. Durch den festen Aufprall werden die Fahrer von ihren Zweirädern geworfen. Aufschreiend fliegen sie aus ihren Sätteln und schlagen hart auf dem Boden auf, wo sie stöhnend liegen bleiben.

Durch den Ruck des Kabels hat auch Gerd alle Hände voll zu tun, um sein Motorrad vor dem Umkippen zu bewahren. Doch im Gegensatz zu seinen Widersachern ist er darauf vorbereitet, sodass er es schafft, die Maschine aufrecht zu halten.

„Ja!", jubelt Emma. Sie lässt das Kabel fallen.

Ohne sich weiter um die vier Männer zu kümmern fährt Gerd zügig los.

„Halt genau auf ihn zu!", bittet Emma, die Metallstange von einem halben Meter Länge hält sie fest umklammert.

Rüdiger steht vor seinem Pickup, eine Pistole in der Hand.

Gerd hat keine Zeit sich um die auf ihn gerichtete Waffe zu kümmern. Das Motorrad fordert seine ganze Konzentration. Er kann seiner Begleiterin nur vertrauen.

Emma atmet tief durch. Sie weiß, sie hat nur einen Versuch. Wenn das nicht klappt, sind sie beide wahrscheinlich heute Abend tot. Sie reißt ihre Hand mit der Metallstange hoch, dann lässt sie los. Die Stange wirbelt, sich um ihre eigene Achse drehend, zischend durch die Luft, genau auf den Nazi-Anführer zu.

Rüdiger reißt entsetzt die Augen auf, als er die Metallstange auf sich zukommen sieht. Um ihr auszuweichen muss er zur Seite springen. Geduckt geht er hinter seinem Pickup in Deckung, bis die Stange mit einem lauten Knall auf seiner Motorhaube aufschlägt, ehe sie zu Boden rutscht.

Gerd erkennt seine Chance als Rüdiger die Waffe senkt und sich hinter seinem Wagen in Sicherheit bringt. Er beschleunigt sein Motorrad bis zum Anschlag. In halsbrecherischem Tempo rast er mit Emma an dem Pickup vorbei, ohne dass ein einziger Schuss auf sie abgeben werden kann. Rüdiger springt sofort wieder auf. Er richtet seine Pistole erneut auf die Fliehenden. Doch sie sind schon zu weit entfernt. Wütend blickt er hinter der davonrasenden Maschine her. In seiner Motorhaube prangt eine dicke Delle.

Kurz danach erreichen Gerd und seine Begleitung die Autobahn. Bis sie in der Tiefgarage des Hotels ankommen werden sie nicht mehr behelligt. Gerd zieht Emma ohne ein Wort mit sich.

Stefan sitzt am Tisch und hält das halb leere Bierglas an sein Kinn. Sauer starrt er vor sich hin. ‚Wie konnte der Kerl mich so überrumpeln? Was wollte der überhaupt? Emma scheint den Mann zu kennen. Umso besser. Dann kann ich ihn ausfindig machen, wenn die Geschichte hier vorbei ist.'

Rüdiger lässt sich neben ihm auf den Stuhl fallen. „Sie sind weg", berichtet er Stefan. „Der Kerl kann richtig gut fahren. Was war eigentlich los?"

„Ich habe keine Ahnung." Stefan überlegt, was er Rüdiger sagen soll. Falls Emma noch einmal hier auftauchen muss, braucht sie Rückendeckung. „Der Typ hat sie sich einfach gekrallt. Die hatte keine Ahnung, wer das ist. Aber eins sage ich dir. Wenn die Frau nochmal hier auftauchen sollte, dann gehört sie mir. Und er auch!"

Stefan braucht seine Wut nicht zu spielen. Sein Kiefer schmerzt, als ob er mit einer Dampfwalze zusammengestoßen wäre. Der Kerl hat bei ihm zweifellos noch etwas gut. Auch wenn er Emma hier herausgeholfen hat. ‚Das kriegt er wieder!'

Bei den wütend ausgestoßenen Worten von Stefan muss Rüdiger lachen. „Abgemacht. Sie gehören dir." Er kann sich schon vorstellen, was dann passiert.

In seinem Hotelzimmer drückt Gerd Emma mit dem Rücken fest gegen die Wand. Wütend blickt er sie an. „Bist du von allen guten Geistern verlassen? Kannst du mir verraten, was das sollte? Was hattest du da verloren?"

Emma schubst ihn heftig zurück. „Das geht dich nichts an."

„Ja? Ist das so?", faucht er sauer. „Hast du eigentlich eine Ahnung, was dieser Typ mit dir gemacht hätte?"

„Er hätte gar nichts gemacht. Ich brauchte keine Hilfe."

„Bist du dir da so sicher? Der Kerl hat den Ruf, seine Gespielinnen krankenhausreif zu schlagen", behauptet Gerd. „Ist es das, was du willst?", verhört er sie heftig. Seine Augen blitzen erbost auf. „Ist es das wirklich wert?"

„Das wäre nie passiert!", schnauzt Emma genauso giftig zurück.

„Glaubst du das wirklich? Ich nicht!" Gerd kann sich nicht beruhigen. ‚Wie kann sie nur so uneinsichtig sein?'

Aber auch die Agentin ist sauer. Er hätte durch sein Eingreifen beinah ihren Einsatz zunichtegemacht. „Du hattest kein Recht, dich da einzumischen!"

„Wirklich?"

„Ja! Warum bist du mir gefolgt?"

„Warum wohl?" Er atmet tief durch, bemüht, seine Wut in den Griff zu kriegen.

„Ich will es wissen!" Emma starrt ihn an. ‚Was für Gründe hatte er, sich da einzumischen? Für wen arbeitet er? Hat Stefan vielleicht einen Gegenspieler, der auf ihn angesetzt ist? Könnte das der Mörder von Stefans Kontaktmann sein?' Sie kann das nicht glauben. ‚Und was hatte er in Madrid zu suchen?' Das passt alles nicht zusammen.

Plötzlich ist er ganz ruhig. Fast sanft antwortet er ihr. „Ich wollte nicht, dass dir etwas passiert."

Ihre Wut verraucht schlagartig. ‚Er wollte mich da herausholen? Er hat sich nur meinetwegen in Lebensgefahr begeben?' Verblüfft mustert sie ihn. „Wieso?"

„Du bist mir eben nicht egal."

„Ich kenne Stefan. Mir wäre nichts passiert", versucht sie ihn sanft zu beruhigen.

„Warum muss es unbedingt der Kerl sein? Warum willst du ausgerechnet ihn?"

Emma erkennt die Verzweiflung und den Frust, der sich in seinen honigbraunen Augen widerspiegelt. „Will ich ja gar nicht", versichert sie beruhigend.

Sie stehen nicht einmal einen halben Meter auseinander. Beide spüren sie das Verlangen, das sich urplötzlich in ihnen ausbreitet.

Emma legt die Arme um seinen Nacken und zieht seinen Kopf zu sich heran.

Gerd schafft es nicht, seine Augen von ihren zu lösen. Automatisch umfasst er mit beiden Händen ihre Taille, hält sie fest. Dann beugt er sich zu ihr vor. Seine Lippen senken sich für einen Kuss auf ihre, fest und ausdauernd. Erst als sie beide keine Luft mehr bekommen lösen sie sich voneinander.

Irritiert schaut er sie an. „Warum das Ganze?"

Doch Emma schüttelt nur den Kopf. Noch kann sie ihm nicht sagen, worum es geht. Das glühend heiße Verlangen nach Erfüllung, das in ihr aufsteigt, bringt sie dazu, ihn wieder an sich zu ziehen. Ihre Hände gleiten über seinen Brustkorb. Sie fühlt die Wärme unter seinem Shirt. Für einen Augenblick will sie die harte Wirklichkeit um sich herum vergessen, ihn spüren, ihn schmecken. Verheißungsvoll presst sie sich an ihn.

Gerd fühlt ihre Erregung, der er sich nicht zu entziehen vermag.

Sie zeigt ihm unverhohlen ihr Begehren, lässt ihre Hände über seine Brust wandern, seine Schultern, seinen Rücken. Der letzte Rest an Widerstand schwindet. Seine Gedanken sind nur noch bei ihr. Für Zärtlichkeit bleibt kein Spielraum, sondern nur für wilde, ungezügelte Leidenschaft. Für eine alles fordernde Begierde. Wild und unbeherrscht prallen ihre Gefühle aufeinander.

Als sie sich voneinander lösen sinkt er erschöpft neben ihr in die Kissen. Nachdenklich starrt er eine Weile an die Decke, bevor er sich ihr zuwendet. Dabei richtet er sich leicht auf, stützt seinen Kopf auf den Arm und betrachtet sie eingehend. ‚Sie ist wunderschön‘, bemerkt er. ‚Und *tough*. Wie sie sich in dem Gasthaus behauptet hat war absolut spitzenmäßig.‘ Sie hat maßgeblich dazu beigetragen, dass sie beide ihre Flucht überlebt haben. Verwirrt stoppt er seine Überlegungen. Er hat keine Ahnung, wie er mit seinen Gefühlen umgehen soll.

Leicht atemlos lächelt Emma ihn an. Ihre glänzenden Augen strahlen geheimnisvoll.

Gerd hat nicht vor, sie noch einmal einfach so verschwinden zu lassen. „Verrätst du mir diesmal deinen Namen?"

Überrascht mustert sie ihn. „Ich heiße Emma."

„Emma?", wiederholt er fragend. Er denkt daran, dass keine der Pseudonyme von *CATS* zu ihrem Namen passt. ‚Hat sie mir ihren richtigen Namen genannt?‘ Er verlässt das Bett um sich anzuziehen. „Ich möchte dich bitten, hier auf mich zu warten. Würdest du das tun?"

„Warum? Wo willst du hin?" Auch sie richtet ihre Kleidung. „Ich muss wieder zurück."

Ungläubig reißt Emma die Augen auf. „Wieder zurück? Bist du wahnsinnig? Die werden dich umbringen."

„Das Risiko muss ich eingehen."

Ihre Augen flehen ihn an. „Warum? Was ist so wichtig? Bitte sag es mir."

„Die halten seit zwei Tagen einen Freund von mir gefangen. Ich muss ihn da herausholen."

„Einen Freund?" Verblüfft mustert Emma ihn. ‚Kann das sein? Ist er deswegen hier? Will er seinen Freund aus den Fängen dieser Verbrecher befreien?' „Staller!", begreift sie. „Du sprichst von Peter Staller!"

Aufgeregt wirbelt Gerd zu ihr herum. „Du kennst ihn?" Er packt sie fest an den Oberarmen. „Was weißt du von ihm? Wo ist er?"

„Er ist in diesem Klubhaus. Ich kenne ihn nicht. Ich weiß nur, dass sie ihn entführt haben. Er wird schwer bewacht. Aber er ist in Ordnung. Stefan hat dafür gesorgt, dass sie ihn bis zur Geldübergabe in Ruhe lassen."

„Stefan? Dieser Schlägertyp?"

„Ja." Emma ist noch nicht bereit, die Tarnung ihres Bruders oder ihre eigene aufzugeben. „Sie wollen ihn schließlich austauschen. Was hast du mit Staller zu tun? Und wer bist du?" Emma glaubt jetzt zu wissen, wer er ist, doch sie braucht Gewissheit.

Gerd sieht sie einen Moment verwundert an, bis ihm einfällt, dass auch sie ihn nicht kennt. „Ich bin Gerd. Gerd Bach. Peter Staller ist mein Chef. Außerdem ist er ein Freund. Mehr als das! Ich bin in seiner Familie aufgewachsen. Er ist mir wichtig!"

Emma nickt. Seine heftige ausgestoßene Antwort lässt sie erkennen, wie viel ihm Peter Staller bedeutet. Durch die Unterlagen von Wolfgang Keller kennt sie auch seinen Lebenslauf. Den unvollständigen Akten über die Mitarbeiter von Staller waren keine Fotos beigefügt. Deswegen hat sie ihn nicht erkannt.

‚Jetzt ergibt das alles einen Sinn!' Sie überlegt, wie sie am besten vorgehen können. ‚Sicher, wir stehen auf derselben Seite. Aber wie viel darf ich ihm sagen? Bringe ich Stefan und mich selbst in Gefahr, wenn ich mich ihm anvertraue? Dieses Risiko kann ich nicht eingehen. Noch nicht!'

Gerd hängt seinen eigenen Überlegungen nach. ‚Diese Frau hat schon mehr als einmal die *Staller Alarmanlagen* überwunden. Sie könnte das auch in der Bank machen. Wenn wir uns morgen Abend das Gold holen, könnten wir es am Freitag gegen Peter austauschen.'

Er trifft eine Entscheidung. „Emma, ich brauche deine Hilfe."

„Wobei?"

„Ich möchte, dass du in die Bank einbrichst, um mit mir das Gold da herauszuholen. Und zwar morgen."

„Du willst die Bank überfallen? Morgen?"

„Ja."

„Ohne Vorbereitung?"

„Es geht nicht anders. Uns läuft die Zeit davon."

„Wieso ich?"

„Du machst so etwas doch am laufenden Band. Oder etwa nicht?", provoziert er sie.

Im ersten Moment versteht sie überhaupt nicht, wovon er redet. Doch dann weiten sich ihre Augen erstaunt. „Du weißt, was ich mache? Woher?"

Aus seiner Jackentasche holt er das Foto, das er von Achim bekommen hat. Er faltet es auseinander. Verdutzt nimmt sie es in die Hand. Sie weiß genau, wann dieses Bild gemacht wurde. Auch wer es gemacht hat. „Woher hast du das?"

„Geklaut."

Sie blickt eine ganze Weile nur darauf. ‚Er hat das Foto geklaut? Wann? Wie ist er da herangekommen?' Allerdings scheint er zu glauben, dass sie ein Mitglied dieser Diebesbande ist. Ohne ein Wort gibt sie es ihm zurück. Sie lässt sich ihre Möglichkeiten durch den Kopf gehen. Wenn Wolfgang Keller ihnen hilft, haben sie eine Chance. Jetzt weiß sie, wie sie vorgehen können!

„Emma?" Gerd ist viel zu ungeduldig, um lange zu warten.

„Einverstanden, ich helfe dir."

„Die anderen drei auch?"

„Nein! Wir müssen das allein machen."

„Und du hast auch schon eine Idee, wie das funktionieren soll?" Neugierig wartet er auf ihre Antwort.

„Schon möglich. Weißt du wenigstens, was sie für eine Alarmanlage haben?"

„Eine Staller! Damit kennst du dich ja aus", betont Gerd herausfordernd.

Emma lässt diesen Satz unkommentiert. Sie ist mit ihren Gedanken bereits bei ihrer Aufgabe. Das ist gar nicht schlecht. Damit zeigen sie den Geiselnehmern, wie wichtig Peter Staller seinen Freunden ist. Sie werden gar nicht auf den Gedanken kommen, dass das Ganze etwas anderes als eine Lösegeldübergabe sein könnte. Aber zuerst müssen sie an das Gold herankommen. Sie muss unbedingt mit Wolfgang Keller reden. Dass sie nachdenklich hin und her läuft merkt sie gar nicht. Erst als Gerd nach ihren Armen greift und sie zwingt stehenzubleiben schaut sie auf.

„Hilfst du mir? Ohne dich schaffe ich das nicht", bettelt er verzweifelt.

„Also gut. Aber damit das funktioniert muss ich einiges vorbereiten."

„Was brauchst du?"

„Wie gut sind die Leute in deinem Betrieb? Hast du dort jemanden, der uns helfen kann? Ich denke da an Computerfachkräfte und Elektroniker, aber wahrscheinlich auch einen Ingenieur für Anlagenbau."

„Alles da", verspricht Gerd. „Meine Kollegen sind die besten! Ich weiß, dass sie uns helfen."

„Gut. Aber jeder muss wissen, worauf er sich da einlässt. Sie sollen sich frei entscheiden dürfen, ob sie an einer Straftat mitwirken wollen."

Gerd ist überrascht. „Wieso diese Gewissensbisse? Die hattest du doch bisher auch nicht?"

Er versteht nicht, warum Emma ihn so wütend ansieht. „Ich entscheide nur für mich, nicht für andere. Wir müssen uns auf diese Leute verlassen können."

„Ich verstehe. Wie geht es jetzt weiter?"

„Du besorgst die Personen, die wir brauchen. Ich besorge alles andere. Wir treffen uns hier wieder in … sagen wir … drei Stunden. Einverstanden?" Als sie Gerds skeptischen Blick sieht lächelt sie kalt. „Du traust mir nicht!"

„Was würdest du denn tun? Akzeptierst du einen von uns als Begleiter?"

„Wen?", hakt Emma vorsichtig nach.

„Komm mit!" Spontan zieht Gerd sie mit sich aus dem Zimmer nach nebenan.

Außer Andreas befindet sich auch Achim Voss in dem Raum. Uwe Meyer ist mittlerweile ebenfalls eingetroffen.

Andreas springt auf. Er geht seinem Freund schnell entgegen, die Augen hoffnungsvoll auf diesen gerichtet. „Gerd, hast du ihn gefunden?"

„Nicht wirklich, aber ich habe erfahren, dass es ihm soweit gut gehen soll. Er wird in diesem Klubhaus festgehalten." Gerd richtet sich an seine Kollegen. „Leute, darf ich euch meine Begleiterin vorstellen? Das ist Emma."

Alle erkennen in Emma die Frau von dem Foto wieder, die sie selbst mit *Oscars* Hilfe nicht identifizieren konnten.

Während die Männer sie erstaunt anstarren tritt Emma direkt auf Andreas zu und reicht ihm die Hand. „Es tut mir leid, was mit Ihrem Vater passiert ist. Wenn ich helfen kann, werde ich es tun."

„Danke." Andreas ist irritiert. Wie sollte ihm diese Frau helfen können?

Nachdem alle vorgestellt wurden erläutert Gerd seinen Plan.

Andreas schöpft neue Hoffnung. „Danke! Euch allen."

„Also los, Leute! Packen wir es an." Gerd gibt den Starschuss. „Uwe, du fliegst zur Firma. Hol unsere Leute ab, mit allem, was sie an Handwerkzeug brauchen. Ich sorge dafür, dass sie parat stehen, wenn du ankommst. Andreas, du organisierst uns unauffällige Fahrzeuge. Buche sie am Flughafen. Die Jungs können sie dann mitbringen. Achim, würdest du unsere Schönheit hier vielleicht begleiten?"

Achim begreift sofort, dass Gerd ihr nicht über den Weg traut. Er sieht die Frau abschätzend an. „Klar."

Auch Emma nickt auf Gerds fragenden Blick hin. Sie hätte es schlimmer treffen können. Auch wenn ihr der Mann nicht weiter vorgestellt wurde, weiß sie doch, wer Achim Voss ist. Von allen Männern hier im Raum ist er der Einzige, dem Wolfgang Keller Stillschweigen befehlen kann.

„Damit ist ja dann alles klar. Legen wir los."

Emma verlässt den Raum, zieht ihr Handy und wählt. Sie wartet nicht einmal, bis der Teilnehmer am anderen Ende seinen Namen nennt. „Wir müssen reden. Ich brauche Ihre Hilfe, und zwar sofort." Den fragenden Blick von Achim ignoriert sie. „In meinem Büro, in einer Stunde", erhält sie zur Antwort.

Pünktlich steigt sie mit Achim im Gefolge vor dem Gebäude, das Wolfgang Kellers Büro beherbergt, aus dem Taxi. Sie ist froh, dass ihr Begleiter bisher keine Fragen stellt.

Achim ist viel zu sehr mit seinen eigenen Gedanken beschäftigt. ‚Wieso sind wir hier?' Er kennt das Gebäude. Er weiß, wer hier angesiedelt ist. ‚Klar! Wer weiß das nicht? Arbeitet diese Frau etwa für jemanden hier drinnen? Haben wir vielleicht sogar ein faules Ei im Korb? Und wieso winken die Sicherheitskräfte sie einfach durch? Die beiden wurden garantiert instruiert, sich so zu verhalten. Das schafft nur ein entsprechend hoch angesiedelter Beamter.' Er muss aufpassen, dass er nicht in eine Falle läuft.

Doch Achim wäre nie auf die Idee gekommen, dass Emma ihn in genau das Büro führt, indem er sich heute Morgen schon einmal aufgehalten hat. Mit gemischten Gefühlen schaut er Wolfgang Keller entgegen. ‚Kann es sein, dass der Mann falschspielt? Was hat er mit dieser Diebin zu tun?'

Emma lässt sich auf den nächsten Stuhl fallen. Ungeniert legt sie ihre Füße mit den hochhackigen Stiefeletten auf Wolfgangs Schreibtisch ab, dabei lächelt sie die Männer herausfordernd an.

Wolfgang ignoriert ihr Verhalten. „Frau Wolf, Herr Voss? Ich hoffe, Sie haben eine Erklärung für dieses Treffen?"

„Ja, die hätte ich auch gern", schließt sich Achim an.

Emma wird wieder ernst. „Bevor wir hier anfangen möchte ich Sie bitten, Herrn Voss über Stefan und mich aufzuklären", fordert sie ihren Vorgesetzten inständig auf. Außerdem sollten Sie ihn solange wie nötig zum Stillschweigen auffordern. Vorher können wir nicht weitermachen."

Achim staunt nicht schlecht als er hört, wer sich hinter dieser Frau in Wahrheit verbirgt. Er ist beeindruckt, wie weit die Agentin mittlerweile gekommen ist. Mit dieser Hilfe werden sie es bestimmt schaffen, die Firma von Peter Staller zu retten. Aber erst einmal müssen sie ihn befreien. Auch hier haben die Geschwister Wolf schon gute Vorarbeit geleistet. Zusammen schmieden sie einen Plan, um an das Gold der Bank zu kommen.

Nachdem Wolfgang dem Bankdirektor geschildert hat was sie vorhaben, erhält er fast sofort die Zusicherung von Jürgen Neubroich, dass sie das Wachpersonal am kommenden Abend austauschen dürfen. Die Erfahrungen, die der Familienvater erst vor kurzem machen musste, wirken sich äußerst kooperativ aus.
„Ich werde mich Ihnen nicht in den Weg stellen", verspricht er dem Ministerialdirektor. „Wenn man mich allerdings dazu befragt, weiß ich von nichts. Ich kann es mir als Leiter einer angesehenen Bank nicht leisten, dass eine solche Zusammenarbeit publik wird."

„Das kann ich mir denken", stimmt Wolfgang zu. „Wir werden dafür sorgen, dass die Medien sich bei der Pressemitteilung über den Diebstahl entsprechend äußern." Zudem versichert der Leiter der Abteilung Sechs dem Bankdirektor, dass er sich im Anschluss höchst persönlich um die Rückgabe des vollständigen Schatzes kümmern wird.

Der Ministerialdirektor wendet sich an seine Mitarbeiter. „Offiziell darf ich das gar nicht wissen, das muss Ihnen klar sein. Aber ich werde handeln, wenn Sie mich brauchen. Wie wollen Sie weiter vorgehen?"

„Wir holen uns das Gold morgen Abend." Emma schaut auf ihre Uhr. „Nein, da wir schon Mittwoch haben, heute Abend. Sobald wir mit dem Gold verschwunden sind, sollte es schnellstens eine ausführliche Mitteilung über den Raub in Rundfunk und Fernsehen geben. Immerhin brauchen wir Publicity. Das wird unsere Freunde in Sicherheit wiegen."

„Gut. Das lässt sich einrichten. Und dann tauschen Sie Peter Staller gegen das Gold aus?"

„Ja, aber so einfach wird das nicht." Achim weiß, wovon er spricht. „Bisher haben die jeden, der ihnen irgendwo etwas nachweisen oder als Zeuge auftreten konnte, umgelegt. Die werden keinen von uns am Leben lassen wollen."

„Er hat Recht." Emma stimmt Achim zu. Beschwörend mustert sie ihren Vorgesetzten. „Ich brauche Ulf Cremer mit seiner Truppe. Und das auf Abruf. Ich werde mich mit ihm treffen, sobald wir wissen, wo die Übergabe stattfindet. Richten Sie ihm bitte aus, er soll meine Ausrüstung mitbringen."

Der Ministerialdirektor nickt. „Ich sorge dafür. Viel Glück Ihnen allen."

Vier Stunden nach ihrer Abfahrt sind die beiden zurück im Hotel. Kurz vor ihnen ist Uwe im Hotel angekommen. In seiner Begleitung befinden sich die beiden Computerspezialisten Maximilian Schreiber und Tim Hoffmann sowie Ralf Haas, der Ingenieur für Anlagenbau aus Gerds Team. Da sich alle für den Rest der Nacht in die dank Andreas reichlich vorhandenen Zimmer zurückziehen, warten nur noch die beiden Freunde auf die Nachzügler.

„Und?", erkundigt sich Gerd, sobald Achim und Emma eintreten.

Der Beamte nickt ihm beruhigend zu. „Alles klar. Sie ist wirklich gut. Das Wachpersonal der Bank wird mit uns zusammenarbeiten."

Überrascht starrt der Projektleiter die beiden an. „Wie habt ihr das so schnell hinbekommen?"

„Na, was denkst denn du?", faucht Emma anzüglich. „Ich habe mit allen geschlafen, das zieht immer." Sie dreht sich auf dem Absatz um und verlässt sauer den Raum.

Gerd schaut ihr perplex hinterher, dann fragend zu Achim.

Der verschränkt schulterzuckend die Arme vor der Brust. „Kann es sein, dass du der Dame auf die Füße getreten bist?", erkundigt er sich stichelnd. Er erhält keine Antwort.

„Emma, warte." Gerd ist ihr gefolgt. Da er aber nicht weiterweiß, bleibt er ein Stück hinter ihr stehen. Hilflos steckt er die Hände in die Hosentaschen.

Traurig wendet sich Emma um. „Warum kannst du mir nicht vertrauen?"

In ihren Augen kann er die Enttäuschung über seine Reaktion erkennen. Doch auch er leidet unter dieser Situation. „Weil ich nicht weiß, wer du bist. Und weil ich nicht weiß, was du willst. Ich weiß ja noch nicht einmal, was ich will."

Gerd ist so frustriert, dass sie lächeln muss.

„Dann sollten wir vielleicht daran arbeiten." Sie nimmt sein Gesicht in ihre Hände und küsst ihn zärtlich. „Bleibe ich heute Nacht bei dir?"

„Das wäre schön."

19

Gerd trommelt sein Team schon früh zusammen, wobei Andreas' Zimmer zu Computerzentrale und Besprechungsraum umfunktioniert wird. Das Frühstück bestellen sie für alle herauf. Doch zuerst will der Projektleiter die neu hinzugekommenen Männer aus seinem Team aufklären. Ruhig betrachtet er die sechs Personen, die erwartungsvoll vor ihm sitzen. Nur Emma fehlt noch. Sie wird ihm Zeit lassen, mit seinen Kollegen zu sprechen.

„Hallo, Leute! Für diejenigen unter euch, die gestern Abend erst eingetroffen sind, möchte ich kurz erklären worum es hier geht. Wir haben vor, in die Bank gegenüber vom *Hildebrand-Museum* einzubrechen, um den Schatz zu stehlen, den Andreas gefunden hat. Damit werden wir dann seinen Vater aus der Gefangenschaft einer extrem gefährlichen Gruppe von Neonazis auslösen." Er sieht sich in dem Raum um. „Jeder von euch, der da nicht aus freien Stücken mitmachen will, kann ohne Gewissensbisse gehen. Immerhin begehen wir hier eine Straftat."

„Das wäre nicht die erste", erwidert Tim fast fröhlich.

„Herr Staller würde keinen von uns im Stich lassen. Also sollten wir auch für ihn da sein, wenn er uns braucht." Max ist sich seiner Sache sehr sicher.

Auch Ralf Haas, der zweiunddreißigjährige mittelgroße, überschlanke Familienvater mit den humorvollen grünen Augen und kupferfarbenen Haaren stimmt zu. „Max hat Recht. Dafür arbeiten wir alle schon viel zu lang zusammen, als dass hier einer aussteigen würde."

Gerd ist stolz auf seine Männer. „Ich habe eigentlich nichts anderes erwartet, da ich euch kenne. Aber trotzdem, oder gerade deshalb. Danke."

„Dem kann ich mich nur anschließen", bekräftigt Andreas erleichtert. ‚Mit diesem Team werden wir das Unmögliche möglich machen. Da bin ich mir sicher', urteilt er.

„Wie wollen wir denn in die Bank hineinkommen, ohne Alarm auszulösen? Die sind doch bestimmt bestens gegen Einbrüche geschützt. Hast du eine Ahnung, welches System die benutzen?", will Max wissen.

„Was meinst du wohl, warum wir hier sind?" Kritisch beäugt Tim seinen Boss. „Habe ich Recht?"

„Ja, es ist eine Staller."

„Eine von unseren? Wie sollen wir die denn knacken?" Max blickt entgeistert in die Runde. „Die sind nicht zu knacken."

„Doch!", widerspricht Gerd ihm. „Das haben uns gerade erst ein paar Frauen bewiesen."

Als er bemerkt, wie Emma eintritt, schaut er prüfend in die Runde. Er ist auf die Reaktion der anderen gespannt. „Ach, übrigens, ich habe euch fachkundige Hilfe besorgt."

Max macht große Augen. Er erkennt die schöne Frau mit den faszinierenden dunkelroten Haaren sofort wieder. Aufgeregt springt er auf, wobei er mit dem Finger auf Emma zeigt. „Sie! Sie sind das wirklich! Ich erkenne Sie wieder. Aus Madrid."

Irritiert betrachtet die Agentin den Computerfachmann, dessen Kopf vor Empörung rot angelaufen ist. Sie hat keine Ahnung wovon er spricht. Sie hat diesen Mann in Spanien nie zu Gesicht bekommen.

Noch bevor Emma ihm antworten kann faucht Max sie verärgert an: „Was haben Sie sich dabei gedacht, unsere Anlagen so zu verunglimpfen?"

Achim, der hinter Max sitzt, beugt sich vor und legt dem Computerfachmann beruhigend die Hand auf den Arm. „Das war sie nicht. Wirklich. Hör ihr einfach zu."

„Na schön." Max plumpst zurück auf seinen Stuhl, verschränkt mit empörtem Gesichtsausdruck die Arme vor der Brust und wartet schmollend ab.

„Danke." In den Augen ihrer Zuhörer bemerkt Emma erwartungsvolle Neugier. „Wir werden heute Abend um dreiundzwanzig Uhr von einem der Wachleute in die Bank eingelassen. Er wird uns mit seinem Generalschlüssel Zugang zur Computerzentrale ermöglichen. Danach sind wir am Zug. Leider ist dies nicht mein Fachgebiet, aber wir müssen es schaffen, die Anlage auszuschalten, ohne dass ein Alarm gemeldet wird."

Sofort springt Max auf und unterbricht die Agentin. „Das geht nicht. Wir wissen, wie ihr das gemacht habt, ich habe es auch versucht. Aber es geht nicht."

„Wo liegt das Problem?"

„Die Zeit. Bevor ich alles abschalten kann geht der Alarm los."

„Ja, ich verstehe. Soweit ich weiß, hat meine Kollegin die gleichen Schwierigkeiten. Sie versucht es gar nicht erst."

„Wie macht sie es dann?" Emma hat Max' Neugier geweckt. Nun ist sie froh, dass Svenja ihr bereits verraten hat, wie sie vorgeht. Dadurch kann sie dem Computerfachmann die fehlende Information weitergeben.

„Sie hackt sich lediglich in den Timer ein. Dann gibt sie dem Alarmmelder eine neue Zeitspanne ein."

„In den Timer?" Max' Gedanken überschlagen sich fast. Er geht die Schritte, die dafür nötig sind, durch. „Aber natürlich! Das ist genial!" Mit einem Satz landet er auf dem Stuhl vor seinem Rechner, blickt aber noch einmal auf. „Das kriege ich hin. Macht ruhig weiter, ich höre euch zu." Damit beginnt er sein Werk.

Emma und Achim sehen sich einen Augenblick vergnügt an.

„Wenn Max die Anlage heruntergefahren hat, wie geht es dann weiter?", erkundigt sich Tim neugierig.

„Ich glaube, dann sind Sie gefragt."

„Sie brauchen Zugang zu den Räumen, in denen der Schatz aufbewahrt wird", vermutet der Computerfachmann. „Die externen elektronischen Sicherheitsvorrichtungen sind meine Aufgabe. Habe ich Recht?"

„Ja. Ich erhalte in Kürze die Unterlagen über alle Vorrichtungen. Auch wie sie angeschlossen sind." Emma kann nur hoffen, dass Wolfgang Keller Wort hält und ihr alles besorgt. Sie nickt Gerd zu, der die weiteren Erläuterungen übernimmt.

„Bei der Elektronik bin ich an deiner Seite, Tim. Immerhin ist das auch mein Fachgebiet. Es kann durchaus sein, dass uns der Zugang zu dem Schatz auch durch mechanische Einrichtungen versperrt wird. Darüber haben wir keine Kenntnisse." Er sieht Ralf an. „Hier kommst du ins Spiel. Du machst einen Blindflug. Achim wird für uns alle Kommunikationsgeräte besorgen, so dass du jederzeit mit Uwe und Andreas in Kontakt stehst. Sie organisieren dann, was du an Werkzeug benötigst."

„Geht klar. Wurde ein Hindernis einmal zusammengebaut, kriege ich es auch wieder auseinander", versichert ihm der ein Meter sechsundsiebzig große Ingenieur.

Emmas Handy unterbricht die Gespräche. Ein kurzer Blick reicht aus um ihr zu zeigen, wer die ankommenden Daten sendet. Sofort öffnet sie die Dateien, die ihr Wolfgang Keller geschickt hat. „Ich habe die Daten von der Bank."

Augenblicklich steht Tim neben ihr, schließt das Gerät an seinen Computer an, damit er die Unterlagen überspielen kann. „Lasst uns Zeit bis Mittag, dann haben wir alles überprüft", bittet er die anderen.

Daraufhin lassen sie die Techniker allein.

Emma sucht in einer ruhigen Minute die Gesellschaft von Achim. Vorsichtig betrachtet sie ihr Umfeld. „Ich muss zu Stefan. Er braucht die Informationen um zu wissen, wie er vorgehen kann."

„Nach der Nacht und Nebel-Aktion, die ihr beiden vorgestern abgezogen habt? Keine Chance!", behauptet Achim überzeugt. „Du kommst nicht einmal auf zehn Meter an das Klubhaus heran."

Beide grübeln vor sich hin.

„Lass mich das machen", bittet der Beamte plötzlich.

„Und wie?"

„Ich hole ihn einfach ab. Axel von Weißenkopf hat mir das schließlich so befohlen."

Emma schaut ihn verblüfft an. „Das könnte sogar funktionieren."

„Verlass dich darauf."

Besorgt sieht sie ihm nach bis er verschwunden ist. Einfach abzuwarten behagt ihr gar nicht. Ihr Blick fällt auf Gerd, der sie nachdenklich beobachtet.

Zum Mittagessen finden sich alle im Hotelrestaurant ein. Auch Achim ist wieder da. Durch ein neues Attentat getarnt konnte er Stefan ohne Verdacht zu erregen aus dem Klubhaus herausholen. Somit ist der Geheimagent ebenfalls über alle Schritte informiert, die sie zu unternehmen gedenken und zeigt sein Einverständnis zu der geplanten Vorgehensweise. Beruhigend nickt Achim der Agentin zu.

Es ist eher Zufall, dass Gerd beobachtet, wie die zwei sich verschwörerisch zunicken.

„Was ist eigentlich mit euch beiden?", richtet er sich missmutig an Emma.

„Wieso? Was soll sein? Wir verstehen uns eben gut."

Sauer starrt er zu dem grinsenden Achim hinüber. ‚Verdammt! Was ist nur mit mir los?' Er hat nicht gewusst, dass er solche Gefühle überhaupt empfinden kann.

Emma lächelt ihn verschwörerisch an. „Aber wir beide verstehen uns besser. Oder?"

„Ja!" Besitzergreifend zieht er sie an sich. Der lange Kuss beruhigt seine aufgewühlten Nerven.

Im Anschluss an die Mittagspause treffen sie sich in Andreas' Zimmer.

Tim weist auf die Daten, die sein Computer anzeigt. „Also, wir haben wohl ein paar Probleme. Die Bank ist extrem gut gesichert. Zusätzlich zu unserer Anlage gibt es eine Sicherheitstür. Sie öffnet automatisch, wenn die Freigabe erteilt wird. Eine separate Konsole beherbergt die zweifache Sicherung für diese Tür. Zum einen gibt es einen Schlüsselcode. Den zu kacken ist kein Problem. Eine weitere Sicherung ist der Handabdruckscanner, der durch die rechte Hand des Bankdirektors aktiviert wird. Den zu überbrücken ist schon weitaus schwieriger. Vielleicht fällt einem von euch dazu etwas ein?" Tims Augen wandern fragend durch den Raum.

„Da kann ich euch weiterhelfen." Alle Augen richten sich auf Emma. „Ich brauche ein paar weiße Handschuhe Größe L. Außerdem noch eine Tüte feine Asche oder Graphit."

Uwe mustert sie erstaunt. „Das habe ich in Actionfilmen schon gesehen. Bist du sicher, dass das wirklich funktioniert?"

„Ja, tut es. Ich mache das nicht zum ersten Mal. Aber es gibt eine Ausnahme. Nämlich, wenn die Oberfläche vorher gereinigt wurde."

„Klar!"

Tim ergreift wieder das Wort. „Ein Versuch lohnt sich auf jeden Fall. Die elektronische Überbrückung dauert bedeutend länger. Dafür brauche ich mindestens vier Hände. Gerd, da bist du dann gefragt."

„Kein Problem."

„Gut. Machen wir weiter. Ein paar Meter hinter der Tür befindet sich der Fahrstuhl ins Untergeschoss. Da wir ihn auch brauchen, um den Schatz nach oben zu befördern, kümmern wir uns erst gar nicht um die Treppe. Ihr müsst nur darauf achten, dass ihr den Stufen nicht zu nah kommt, sonst erfassen euch die Lichtschranken. Der Fahrstuhl ist mit zwei elektronischen Sensoren gesichert, die mit einer Schlüsselkarte des Wachmanns bedient werden. Ich hoffe, die haben wir zur Verfügung?" Seine Augen richten sich fragend auf Emma.

Betroffen starrt die Agentin ihn an. „Keine Ahnung. Was ist, wenn nicht?"

Tim grinst. „Dann muss ich zaubern. Dauert etwa zehn Minuten."

„Du Idiot!", betitelt Emma ihn nicht gerade damenhaft.

Trotz der ernsten Situation können die Anwesenden bei dem Kommentar der jungen Frau das Lachen nicht unterdrücken.

Tim lässt sich nicht aufhalten, sondern nimmt unverzüglich die nächsten Erklärungen in Angriff: „Weiter geht es im Untergeschoss. Bis zum Tresorraum haben wir freien Zugang. Da unsere eigene Anlage zu diesem Zeitpunkt bereits aus ist, haben wir es nur noch mit den externen Sicherungen zu tun. Elektronisch gibt es hier vier Stück. Handscanner und Sicherheitscode wie oben. Die sind kein Problem. Aber hier gibt es zusätzlich ein Zeitschloss, das ich überbrücken muss. Um das zu öffnen muss ich meinen Computer anschließen. Kann ich aber nicht, weil es komplett eingehaust ist. Und das Gehäuse ist ebenfalls elektronisch gegen Zugriff gesichert. Hier muss ich mit Ralf Hand in Hand arbeiten. Und dich brauchen wir dazu auch, Gerd."

„Wir kriegen das hin", ergänzt Ralf die Berichterstattung von Tim. „Aber das braucht Zeit. Doch dann sind wir drinnen."

Tim übernimmt wieder. „Ja. Und nun fangen die Probleme erst richtig an. In dem ganzen Boden sind Drucksensoren angebracht. Sie sind laut der übermittelten Daten ausgelegt auf achtzig Kilogramm. Wenn also einer von euch mit einem Gewicht von siebzig Kilogramm darüber läuft passiert erst einmal gar nichts. Nimmt er aber nur elf Kilogramm von dem Schatz mit, geht ein Alarm bei der hiesigen Polizei los. An diese Anlage kommen wir nicht heran. Sie ist im Boden verankert, so dass wir auf Elektronik oder Mechanik keinen Zugriff kriegen. Sie ist mit einem Timer versehen, welcher von extern gesteuert wird. Er gewährt nur zu festgelegten Zeiten Zutritt. Allerdings nicht für uns!"

Nachdem Tim seine Rede beendet hat ist es still wie auf einem Friedhof. Schockiert sehen sich alle an. Jetzt begreift Emma auch, warum der Bankdirektor ihrem Boss sagte, dass er nicht gänzlich helfen kann, auch wenn er das gern tun würde. Auf diese Überwachung hat auch er keinen Einfluss.

„Du meinst, so kurz vor dem Ziel müssen wir aufgeben?" Andreas stellt die Frage, die alle beschäftigt.

„Das habe ich nicht gesagt", widerspricht Tim. „Nur haben wir drei keine Idee, wie wir das angehen können."

Gerd arbeitet schon an einer Lösung. „Wie hoch ist die Deckenhöhe?"

„Vier Meter. Wieso?"

„Und die Tür? Ist die genauso hoch?"

„Die ist zweieinhalb Meter. Was hast du vor?"

„Moment noch. Wie lang ist die Strecke von der Tür bis zu unserem Schatz?"

„Auch vier Meter." Tim verdreht die Augen. „Gerd, du machst mich wahnsinnig! Was hast du vor?"

„Wir bauen eine Rampe. Ich denke zehn bis zwölf Grad reichen aus. Wir hängen sie an die Decke. Dahinter kommt ein Flaschenzug, mit dem wir unseren Schatz stückweise auf die Rampe heben. So können wir ihn nach vorn ziehen ohne dass alle in dem Raum herumlaufen müssen."

„Das könnte klappen." Ralf hat bereits einige Skizzen erstellt. Er beginnt mit den ersten Berechnungen. „Nein, das könnte nicht nur klappen, das funktioniert. Wirklich gut!" Stolz blickt er seinen Boss an. Gerd gibt die notwendigen Anweisungen. „Also, Leute, in einer halben Stunde möchte ich eure Einkaufslisten auf dem Tisch haben. Und danach haut ihr euch aufs Ohr. Zehn Uhr heute Abend geht es los. Uwe, Andreas und ich besorgen in der Zwischenzeit alles, was wir brauchen."

Pünktlich um elf Uhr am Abend steht die Gruppe vor dem Hintereingang der Bank. In den dunklen Fenstern spiegelt sich die Kontur des Wachmannes, der gerade auf die Tür zukommt.

Emma wendet sich ihren Begleitern zu. „Bitte wartet einen Moment." Sie richtet sich an Achim. „Wir sollten zuerst gehen, er wird uns kennen."

Vorsichtig nähern sich die beiden der Eingangstür.

Alle Sorge fällt von Emma ab, als sie sieht, wer ihr da die Tür öffnet. „*Grille*." Sie nickt ihrem Kollegen erleichtert zu.

„Hey, *Flamme*! Ist das jetzt der neueste *Look*?" Fröhlich begrüßt der Elite-Polizist die Agentin. Seine Augen wandern an ihr herunter zu der Jeans, die sie trägt.

Das Kleidungsstück, das sie sich von Gerd ausgeliehen hat, ist mindestens zwei Nummern zu groß, so dass sie es zwei Mal umkrempeln und in der Taille fest zusammenschnüren musste.

Grille wartet nicht auf ihre Antwort. „Du hast dir ja wieder etwas ganz Großes herausgefischt. Richtig?"

„Kann man wohl sagen." Sie stellt ihm Achim vor.

„*Flamme* kann ich mir ja noch erklären, aber wieso *Grille*?", fragt dieser den Beamten.

„Du musst einmal sehen, wie er eine Hauswand hochklettert", antwortet Emma ihm vergnügt.

Sie nimmt den Generalschlüssel und auch die Schlüsselkarte für den Fahrstuhl entgegen. Dann reicht der Kollege ihr einen Zettel. „Mit den besten Grüßen von Wolfgang Keller. Damit ihr euch nicht überarbeiten müsst", ergänzt er vorlaut.

„Was ist das?", erkundigt sich Achim.

Sie sieht sich die Zahlen- und Buchstabenreihen auf dem Blatt an. Irritiert mustert sie ihren Kollegen. „Passwörter?"

„Ich soll dir sagen, Neubroich, der Bankdirektor, hat noch nicht vergessen, wie wir ihm geholfen haben."

„Sag Keller, er soll ihm einen Kuss von mir geben."

„Igitt!" *Grille* schüttelt sich angeekelt. Fröhlich stimmt er in das erleichterte Gelächter der beiden Kollegen mit ein.

Dann geht es los. Mit den Passwörtern von Jürgen Neubroich sparen sie enorm viel Zeit, so dass sie ohne Unterbrechung eine halbe Stunde später vor dem Tresorraum stehen. Als einziges Hindernis vor dem Zugang bleibt das Zahlenschloss. Ralf öffnet die oberste Abdeckung. Gerd sieht sich die elektronische Sicherung an. Ihm ist sogleich klar, was er zu tun hat. Er löst mehrere Kabel, überbrückt eine Schaltung, ehe er zwei Leitungen an die mitgebrachten Relais anschließt. Dann nickt er Ralf zu. Dieser löst vorsichtig das Schutzgehäuse. Ohne eine Alarmmeldung auszulösen kann er es entfernen. Nun machen sie Platz für Tim.

Keine fünf Minuten später öffnen sich die dicken Stahltüren für die Freunde.

„Leute, seht euch das einmal an." Uwe zeigt auf das Schild an der Innenseite der Tür.

Die maximale Bodenbelastung wird mit einer Grenze von fünfundsiebzig Kilogramm angegeben. Entsetzt starren sich die Freunde an.

„Keiner von uns kommt da herein", stellt Tim fest.

„Doch, ich", bekräftigt Emma.

„Und ich auch", meldet sich Ralf.

In Windeseile werden die Aufgaben neu verteilt.

Emma betritt den Raum. An ihrem Gürtel hängt ein Karabinerhaken, durch den ein Seil geführt wird. Langsam geht sie bis an das hintere Ende des Raumes. Auf zwei großen Metallregalen stehen die Fundsachen sauber aufgereiht. Emma kümmert sich nicht um den Schatz. Sie klettert an dem Regal, das bis fast zur Decke reicht, hinauf. Dann legt sie sich auf das oberste Regalfach. Sie rückt so weit wie möglich an den äußeren Rand. Mit Gliedermaßstab und Bleistift aus ihrer Tasche zeichnet sie in aller Eile die Abstände für die Bohrlöcher an. Sie winkt den Männern vor der Tür, die daraufhin über das Seil eine Bohrmaschine zu ihr gleiten lassen. Ohne diese erst von dem Seil zu lösen bohrt sie die drei Löcher in die Decke. Aus ihrer Hosentasche holt sie die passenden Dübel und im Anschluss die dazugehörigen Aufhänge-Ösen. Rasch ist alles an seinem Platz montiert.

Ralf steht bereits unter ihr. Er reicht ihr die Winde, die sie in der mittleren Öse einhakt. Nun führt sie noch das zehn Meter lange Stahlseil mit den zwei Lasthaken über die Winde.

Ralf übernimmt die beiden Lasthaken, sowie das andere Ende des Seils. Damit läuft er zurück zur Tür. Gemeinsam hängen sie die draußen zusammengebaute Plattform ein.

Gerd und Tim achten darauf, dass die Rampe gerade ausgerichtet bleibt. Außerdem soll sie nicht zu weit in den Raum hineinrutschen. Schließlich darf sie den Boden hinter der Tür auf keinen Fall berühren.

„Los, kommt, packen wir's an!" Uwe greift nach dem Seil. Achim, Andreas und Max stellen sich hinter ihm auf. Gemeinsam ziehen sie das Seil der Winde gleichmäßig an. Stück für Stück bewegt sich die Plattform in Richtung Schatz. Ralf geht nebenher und achtet darauf, dass sie nicht ausbricht.

Unterdessen hat Emma je eine Stahlkette in die beiden äußeren Aufhänger eingehakt. Mit dem dafür vorgesehenen Verschluss sichert sie die Haken der Stahlkette gegen ungewolltes Öffnen.

Der Ingenieur greift nach den unteren Enden der Ketten und befestigt sie in der gleichen Weise an den passenden Öffnungen der Plattform. Damit wird diese in der richtigen Position fixiert.

Während sie von dem Regal herunterklettert hört Emma, wie draußen gebohrt wird. Sie weiß, dass die Plattform nun auch am anderen Ende gesichert ist. Ralf und sie befestigen jetzt die Lasthaken an der ersten Munitionskiste. Langsam schieben sie die Kiste aus dem Regal. Draußen vor der Tür achten die Männer darauf, dass das Seil der Winde immer straff bleibt. Die größte Schwierigkeit besteht darin, dass die Kisten nicht zu Boden fallen, wenn sie aus dem Regal rutschen.

„Vorsicht, jetzt", ruft Ralf als die Kiste aus dem Regal zu kippen droht. Einen Moment lang saust sie nach unten. Die Männer ziehen das Seil weiter an. Endlich bleibt die Munitionskiste in der Luft hängen. Sie pendelt aber hin und her.

„Festhalten!", weist Ralf die Agentin an. Beide packen zu. Sie bremsen die Kiste ab. Sobald sie sich beruhigt hat, ziehen die sechs Männer vor der Tür das Seil über die Winde Stück für Stück an, bis die Kiste oberhalb der Plattform schwebt. Schon nach kurzer Zeit bricht allen der Schweiß aus.

Ralf richtet die Kiste gerade aus, bevor sie auf der Plattform landet. Emma befestigt einen weiteren Karabinerhaken daran. Sie läuft mit dem Seil zur Tür. Jetzt ist es ein Leichtes, sie nach draußen zu ziehen. Dabei gehen Ralf und Emma neben der Plattform her, um im Notfall ein Abrutschen zu verhindern.

Alle atmen auf, als die erste Kiste sicher auf dem Boden steht. Anderthalb Stunden später haben sie die neun Munitionskisten mit den Goldbarren aus dem Tresorraum herausgeholt. Jetzt fehlen nur noch die beiden großen Kisten mit den Münzen und Diamanten.

„Sie stehen ganz unten im Regal", erklärt Ralf. „Sie dürfen aber auf keinen Fall auf dem Boden aufkommen. Es sind höchstens zwanzig Zentimeter Luft darunter. Außerdem sind sie bedeutend schwerer als die anderen Kisten."

Tim hat eine Idee. „Ihr dürft die Kisten nicht aus dem Regal schieben, wir werden sie von hier aus über die Winde anziehen. Dann können sie nicht auf den Boden fallen."

Emma zweifelt. „Werden sie nicht zu stark schwingen? Sie könnten gegen die Rampe schlagen."

„Ihr müsst sie angurten", antwortet Tim. „Macht die Gurte am Regal fest, aber lasst etwas Spielraum. Dann funktioniert das."

Ralf und Emma bereiten die erste der beiden Metallkisten vor. Sie schlingen einen Gurt durch die Griffe der Kiste. Die Enden befestigen sie links und rechts am Regal.

„Gut, dass das Regal am Boden verankert ist." Ralf sieht sich den Regalaufbau an. „Die Statik ist gut. Es müsste eigentlich halten." Er gibt den Freunden ein Zeichen. „Es kann losgehen."

Die Männer ziehen die Winde an. Langsam bewegt sich die Kiste. Immer weiter rutscht sie aus dem Regal heraus. Dann endlich schwingt sie frei. Sie schlägt gegen die Gurte, aber die Vorrichtung hält. Emma und Ralf sehen sich aufatmend an. Sie lösen die Gurte.

Die sechs Männer müssen ihre ganze Kraft aufwenden, um die Kiste bis über den Rand der Plattform hochzuziehen. Die Aufgabe der anderen beiden ist es, die Kiste auszurichten. Sie achten darauf, dass sie nicht von der Plattform rutscht. Emma befestigt das eine Ende des Seils an der Kiste und läuft zur Tür. Plötzlich hören sie einen lauten Knall, dann noch einen zweiten. Sie sehen sich um. Die Kiste ist so schwer, dass sich die Plattform durchbiegt. Die Schrauben der unteren Halterung lösen sich aus ihrer Verankerung. Ein weiterer Knall! Die dritte Schraube springt ab.

„Die Kiste ist zu schwer", brüllt Tim. „Die Bodenhalterung ist nicht stark genug und die Plattform biegt sich durch. Sie wird über kurz oder lang abreißen."

Max lässt das Seil los. Er läuft zu der Halterung. Mit seinem ganzen Gewicht von einhundert Kilogramm setzt er sich darauf. „Macht schnell!", ruft er den Freunden zu.

Durch Max' zusätzliches Gewicht gestützt hält die Plattform, bis auch die letzte Kiste vor ihnen steht.

Gerd klopft Max auf die Schulter. „Hervorragend mitgedacht. Das war erstklassig." Vor Freude über das Lob läuft Max rot an. Strahlend nickt er seinem Boss zu.

Da sie nicht vorhaben, die Rampe wieder abzubauen, müssen sie sich nur noch um die Verladung des Schatzes kümmern.

Sie bringen die Fahrzeuge in einer privaten Garage unter, ehe sie ins Hotel zurückkehren. Übermüdet kippen sie in ihre Betten. Keiner von ihnen bekommt mit, wie in den Morgennachrichten der Raub des Nazi-Schatzes als der Diebstahl des Jahres betitelt wird. Leider erwähnen die Pressesprecher auch, dass es wieder einmal eine Alarmanlage der Firma *Staller* gewesen ist, die den Dieben nicht standhalten konnte.

20

Rüdiger lächelt zufrieden. ‚Na bitte, geht doch! Das hätten wir gleich machen sollen', urteilt er zufrieden. ‚Die haben uns den Schatz fein säuberlich aus der Bank geholt. Das hätte ich denen gar nicht zugetraut. Fehlt nur noch, dass sie uns das Gold liefern. Ich muss mir dringend überlegen, wie wir das am besten machen.'

Er hat da auch schon eine Idee. Im Internet sucht er nach der offiziellen Seite der Firma *Staller Industrie Werke GmbH*. Auf der Webseite arbeitet er sich vor bis zu der Kontaktaufnahme per *E-Mail*. Er beginnt zu schreiben.

Noch einmal liest er das Geschriebene durch. ‚Habe ich etwas vergessen? Nein, alles da. Also los!' Er klickt auf *Senden*. Es wird nicht einmal eine Minute dauern, bis die Nachricht ihren Empfänger erreicht. Rüdiger ist sicher, dass diese *E-Mail* unverzüglich an die Familie Staller weitergeleitet wird.

Das Klopfen an der Tür unterbricht seine Arbeit. Einer seiner Untergebenen steht davor. „Sie sind da", informiert er seinen Boss.

Zufrieden folgt Rüdiger seinem Kameraden in den Schankraum der Gaststätte. Die acht Männer, die er einberufen hat, sind alle erschienen. Er setzt sich zu ihnen. „Habt ihr heute schon die Nachrichten gehört?"

Mit Ausnahme von Stefan sehen ihn alle verständnislos an.

Rüdiger verdreht die Augen. ‚Das ist wieder typisch für die. Bloß nicht selbst denken.'

„Ja. Die haben sich richtig ins Zeug gelegt", antwortet Stefan ihm. „Jetzt brauchen sie es nur noch vor unsere Tür zu karren. Wie willst du die Übergabe abwickeln?"

„Ich habe mir da schon etwas überlegt. Die wollen den Mann sicher sehen, bevor sie für ihn bezahlen. Wir bringen ihn wieder in die Fabrik. Dann sollen die jemanden schicken, der ihn sich ansehen darf. Es geht Zug um Zug. Die fahren das Gold vor, wir lassen die beiden gehen. Unsere Leute schnappen sich das Gold, wir legen die Typen um. Klare Sache, oder was meint ihr?"

Er erntet rundum zufriedenes Lachen und Zustimmung.

Stefan hat damit gerechnet, dass Rüdiger niemanden davonkommen lassen will. Das liegt nicht in seiner Natur. ‚Meine Warnung an Emma war durchaus berechtigt. Dieser Achim Voss ist ja der gleichen Meinung. Der hat gesagt, er meldet sich, wenn etwas sein sollte. Hoffentlich kriegen die das hin.' Er bleibt auf jeden Fall wachsam. Wenn nötig wird er eingreifen.

„Glaubst du, die Typen könnten uns linken?" Johann scheint aus seinen Fehlern doch etwas gelernt zu haben.

„Nicht, wenn wir ihnen jeden Schritt, den sie machen müssen, vorschreiben. Ich habe der Familie von Staller bereits erste Anweisungen zukommen lassen. Auf jeden Fall sollten wir uns gründlich vorbereiten." Damit erklärt er allen seinen Plan.

Nach und nach trudeln die Teammitglieder in Andreas' Zimmer ein. Als letzte kommt Emma herein, bewaffnet mit zwei großen Kannen Kaffee, die ihr direkt aus den Händen gerissen werden.

Tim fährt seinen Computer hoch und geht die Tagesnachrichten durch. Plötzlich lacht er auf. „Leute wir werden berühmt. Wir sind die Sensation in den Medien."

Damit dreht er ihnen den Bildschirm zu, sodass sie das Bild von der Rampe sehen können, die sie in der letzten Nacht zurückgelassen haben. Ein ausführlicher Bericht weist auf die raffinierte Vorgehensweise der Diebesbande hin.

„Wie geht es jetzt weiter?" Uwe kann es nicht erwarten loszuschlagen.

„Jetzt sind die anderen am Zug. Sie müssen uns sagen, wie und wo die Übergabe stattfinden soll. Bis dahin können wir nichts anderes tun als abzuwarten." Auch Gerd würde liebend gern sofort handeln.

Emma verlässt das Zimmer, um sich in einer ruhigen Ecke mit Wolfgang Keller abzusprechen. Sie will wissen, ob auch bei ihm alles nach Plan verläuft. Immerhin muss er ein ziemlich großes Aufgebot auf Abruf parat haben. Nachdem sie ihre Zusage erhalten hat geht sie zurück. Eine blonde Frau steht auf dem Flur vor Gerds Zimmer. Sie wirkt recht verloren und irgendwie bedrückt.

„Kann ich Ihnen vielleicht helfen?"

„Das weiß ich nicht. Ich suche Gerd. Gerd Bach." Die Frau weist auf das Zimmer von Gerd. Abschätzend mustert sie Emma von oben bis unten.

‚In dem kurzen Lederrock, mit den hohen Stiefeletten hält sie mich bestimmt für eine vom horizontalen Gewerbe', denkt Emma amüsiert. Da hilft es auch nicht, dass sie das tief ausgeschnittene Shirt gegen eins von Gerds ausgetauscht hat. „Ja, da sind Sie hier richtig. Er ist bei seinem Freund. Kommen Sie", fordert sie die ihr fremde Frau auf und führt sie zu Andreas' Zimmer.

‚Das ist zu doof', kritisiert Anna sich selbst gedanklich. ‚Ich hätte ja auch gleich nach beiden Zimmernummern fragen können. Diese Frau hält mich bestimmt für einfältig.'

„Leute, wir haben Besuch", verkündet Emma beim Eintreten.

Gerd starrt die junge Frau an, die auf der Schwelle stehen geblieben ist. „Anna? Was machst du hier?" Er zieht sie weiter ins Zimmer.

Annas Blick wechselt von ihm zu Emma und zurück. Irgendwie kommt ihr die Frau bekannt vor. Allerdings geht sie nicht so weit, eine Verbindung zwischen Emma und den gesuchten Diebinnen zu sehen. Fragend schaut sie zu Gerd.

„Anna, das ist Emma", klärt er die Freundin auf. „Sie hat uns geholfen, den Schatz zu holen. Sie weiß Bescheid. Du kannst also ganz offen reden. Was ist los?"

„Die Lösegeldforderung. Wir haben die Anweisungen für die Übergabe bekommen."

„Was? So schnell?"

„Anna, weißt du etwas von meinem Vater?", erkundigt sich Andreas eilig.

„Nur, dass es ihm gut gehen soll." Sie dreht sich zu Gerd um. „Sie wollen das Gold im Austausch gegen Herrn Staller."

„Weißt du wann?"

„Ja, morgen Früh um neun Uhr. Auf dem alten Fabrikgelände, wo sie uns schon einmal festgehalten haben."

„Das hättest du mir auch am Telefon sagen können. Anna, warum bist du hergekommen?" Gerd ahnt die Antwort schon.

„Das gehört zu den Bedingungen. Sie lassen nur mich zu ihm. Sobald sie sich davon überzeugt haben, dass das Gold da ist, lassen sie uns gehen." Sie berichtet von dem Inhalt der *E-Mail*.

„Leute, das stinkt zum Himmel", mischt sich Uwe ein.

„Ja", Achim stimmt ihm zu. „Die haben Anna herbestellt, damit sie alle Zeugen auf einmal ausschalten können."

„Und was sollen wir jetzt machen?", hakt Max nach.

Es passt Gerd absolut nicht, dass die Kerle Anna herbeordert haben. Frustriert mustert er seine Freunde. „Ich habe keine Ahnung. Aber ich werde Anna auf keinen Fall allein da hineinschicken. Das könnt ihr vergessen."

Bevor einer der anderen etwas dazu sagen kann meldet sich Anna zu Wort. „Es geht aber nicht anders. Gerd, wenn wir zu Peter Staller gelangen wollen, geht es nur so."

Gerd starrt sie an. „Anna, weißt du, was du da sagst? Du bist beim letzten Mal gerade so davongekommen. Und das willst du jetzt noch einmal auf dich nehmen?"

„Ja! Weil jeder von euch das genauso machen würde. Ihr müsst mir nur sagen, was ich tun und wie ich mich verhalten soll."

Emma sieht die Frau bewundernd an. Sie hat wirklich Mut. Und sie hält zu ihren Freunden.

„Kann ich euch einen Vorschlag machen?"

Alle Augen wenden sich ihr fragend zu. Keiner sagt einen Ton. Sie warten einfach ab was noch kommt.

„Ihr solltet deren Plan unterlaufen. Verunsichert die Typen so weit wie möglich. Zeigt ihnen, dass sie nicht alles in der Hand haben."

„Und wie sollen wir das deiner Meinung nach machen?"

„Die Kerle gehen davon aus, dass ihr mit dem Gold dort vorfahren werdet. Dann schnappt ihr euch Staller. Die fahren mit dem Gold weg. Wenn sie alles haben, was sie wollen, werden sie euch wahrscheinlich abknallen wie die Karnickel. Immerhin haben die da Heimvorteil."

Gerd nickt. „Bis hierher stimme ich mit dir überein. Und wie können wir das ändern?"

„Ladet das Gold in den Hubschrauber. Fahrt ohne da hin. In einem hübschen kleinen Wagen, für die Kerle gut sichtbar, nur Andreas und Anna. Das bringt sie garantiert aus dem Gleichgewicht. Andreas bleibt am Wagen. Anna muss zu Staller gehen. Spätestens jetzt werden die nach dem Gold fragen. Anna schickt die Typen zu dir, Andreas. Du sagst, das Gold kommt an, wenn dein Vater und Anna vor dir stehen. Darauf werden sie sich nicht einlassen. Wahrscheinlich drohen sie damit, die beiden umzubringen. Dann rufst du den Hubschrauber, er soll aber nicht eher landen, bis du es ihm mitteilst. Wahrscheinlich haben die nicht damit gerechnet, dass die den Schatz umladen müssen. Die denken bestimmt, dass sie euch alle ausschalten und dann einfach euer Fahrzeug übernehmen. Aber nun müssen die sich erst ein Transportmittel besorgen und im Anschluss auch noch alles umladen. Dadurch gewinnen wir die Möglichkeit einzugreifen. Uwe könnte zwei Mann auf dem Dach abladen bevor er sich den Kerlen zeigt. Die beiden können sich dann von oben anschleichen. Allerdings müssen sie aufpassen, dass sie den Kerlen nicht in die Arme laufen. Es könnten schließlich auch ein paar von denen das Dach bewachen."

Emma macht eine Pause. Es ist überraschend still. Alle starren sie an.

„Die Idee ist nicht schlecht", gibt ihr Uwe Recht.

Auch Gerd nickt. „Die ist sogar richtig gut." Er sieht in die Runde. „Seid ihr alle damit einverstanden? Dann arbeiten wir den Plan sauber aus, damit jeder weiß, wo er hingehört und was er zu tun hat."

Da alle nicken machen sie sich schleunigst an die Ausarbeitung ihres Plans.

Die Agentin beteiligt sich nicht mehr an den Gesprächen. Sie hängt ihren eigenen Gedanken nach. Traurig beobachtet sie Gerd. Das ist wahrscheinlich ihr letzter gemeinsamer Tag. Morgen in aller Frühe wird sie sich der Truppe von Ulf Cremer anschließen. Sie glaubt nicht, dass sie Gerd danach noch einmal so nah kommen wird. Ihr Blick fällt auf Achim, der sie nachdenklich mustert.

Das Hotel liegt noch in seiner Nachtruhe als Emma die Treppe herunterschleicht. Sie hat die Hotelhalle schon fast durchquert. Der Eingang liegt keinen Meter mehr vor ihr. Sie streckt die Hand nach der Eingangstür aus.

„Willst du wirklich einfach so verschwinden? Ohne dich zu verabschieden?" Achim steht aus dem Sessel auf, in dem er es sich gemütlich gemacht hatte.

„Was soll ich denn deiner Meinung nach tun?" Sie weiß genau worauf er anspricht. „Ich kann ihm nicht sagen wer ich bin. Nein, ich darf ihm nicht sagen wer ich bin."

„Jetzt noch nicht. Denk einfach darüber nach. Du kannst zurückkommen. Du kennst seine Akte. Er hat schon einmal eine Frau verloren, die er geliebt hat."

Emma macht große Augen. „Woher willst du das wissen?"

„Ich kenne ihn. Ich weiß es. Tu ihm nicht weh. Das hat er nicht verdient. Wenn du gehen musst, dann geh. Aber sag ihm warum." Damit dreht er sich um und verschwindet.

Sie schaut ihm unglücklich hinterher. ‚Er hat Recht', stimmt sie Achim gedanklich zu. Doch jetzt kann sie sich nicht damit beschäftigen. Zuerst müssen sie dafür sorgen, dass alle gesund nach Hause zurückkommen. Vor allem Peter Staller. Sie verlässt das Hotel, um sich eine Stunde später mit Ulf Cremer vor dem Fabrikgelände zu treffen.

Die Sonne ist noch nicht aufgegangen als sie auf dem alten Fabrikgelände aus ihren Fahrzeugen steigen. Die Männer sehen sich vorsichtig um, bevor sie Peter Staller aus dem Wagen zerren. Der Konzernchef ist mittlerweile so geschwächt, dass sie ihn zu zweit stützen müssen. Sie bringen ihn in das Gebäude, wo er in der obersten Etage in dem Raum angekettet wird, in dem er schon nach seiner Ankunft in Berlin gefangen gehalten wurde.

Rüdiger lehnt sich ihm gegenüber an die Wand. Schweigend betrachtet er den Unternehmer. Er kann sehen, dass der Mann Schmerzen hat. Seine Wunden sind dick verkrustet und geschwollen. Er hat einiges auszuhalten. Trotzdem verhält er sich absolut ruhig. Kein Gejammer, kein Betteln. ‚Dieser Mann hat Klasse!', urteilt er. ‚Eigentlich schade, dass er den heutigen Tag nicht überleben wird.' „Kann ich mich darauf verlassen, dass Sie sich an die Spielregeln halten?"

Peter hebt den Kopf. Verächtlich mustert er den Anführer. „Wessen Spielregeln sollen das sein? Wir wissen doch beide, wie das hier Ihrer Meinung nach ausgehen soll."

„Man kann nie wissen. Wir werden sehen." Rüdiger geht nach draußen. Stefan gesellt sich zu ihm. „Und? Wie willst du vorgehen?"

„Sie werden bald kommen. Außer seiner Sekretärin darf niemand zu ihm. Sie kann denen dann bestätigen, dass er noch lebt. Wir lassen uns das Gold zeigen. Anschließend sorgen wir dafür, dass keiner von denen dieses Gelände lebend verlässt. Sobald das erledigt ist, schnappen sich ein paar der Männer deren Transportfahrzeug und bringen das Gold weg. Wir anderen räumen hier noch ein wenig auf."

„Wissen alle, was sie zu tun haben? Auch Johann?"

Rüdiger betrachtet Stefan skeptisch. „Du kannst ihn absolut nicht ab, was? Aber ja, er weiß Bescheid. Er hat sich um Staller und diese Sekretärin zu kümmern. Das wird er nicht vermasseln. Daran hat er nämlich ein persönliches Interesse. Ich sorge für den Abtransport des Goldes. Dich möchte ich bitten, uns den Rücken frei zu halten. Du bist bei Weitem der beste Schütze hier. Geh aufs Dach. Halt die Augen offen."

„Ja, gut. Mach ich." Stefan ist froh über diesen Auftrag. Dadurch agiert er allein. So kann er sich dort einbringen, wo es nötig ist. Und als erstes wird er sich um Johann kümmern. Er wird dafür sorgen, dass Peter Staller und seiner Sekretärin nichts zustößt. Bei dem Gedanken erscheint das Bild einer jungen blonden Frau vor seinem Auge, die sich mutig mit ihren Widersachern anlegt. Doch vorerst geht er auf das Dach. ‚Gar nicht schlecht! So kann ich das Gelände überschauen und fast alles mitkriegen. Vor allem wann es losgeht.' Er lässt seinen Blick schweifen. Obwohl er danach sucht, kann er sie nicht finden. Aber er weiß, dass seine Kollegen auf den angrenzenden Häusern Position bezogen haben. Sie werden solange dort ausharren bis sie den Befehl zum Zugriff erhalten. Er sieht sich nach Rüdigers Leuten um. Bis jetzt ist noch keiner auf dem Gelände aufgetaucht. Wahrscheinlich teilt Rüdiger sie gerade ein. Stefan entschließt sich, das Risiko einzugehen. Er richtet sich auf dem Dach zu seiner vollen Größe auf. So bleibt er einen Moment stehen, bevor er wieder in Deckung geht. Auch wenn ihm niemand auffällt haben seine Kollegen ihn garantiert gesehen. Hoffentlich konnten sie ihn auch erkennen.

„Hey, *Flamme*", ruft *Grille* ihr durch das Mikrofon zu. „Hast du ihn gesehen? Drüben auf dem Dach?"

„Ja, habe ich", antwortet ihm Emma. „Er wird sich mit Sicherheit gleich einmischen. Passt auf, dass ihr ihn nicht trefft." Sie spricht den Teamleiter direkt an: „*Boxer*! Wer hält ihm den Rücken frei?"

„Das mache ich. Sobald wir hineinkönnen. Also sorgt dafür, dass ihr uns den Weg freiräumt."

„Verstanden!"

„Aufgepasst. Sie kommen", schallt eine Meldung durch die Kopfhörer.

Auch Rüdiger erhält die Information, dass sich ein Fahrzeug nähert. Erfreut wendet er sich an seine Mitstreiter. „Kameraden, da kommt unser Gold."

Die anderen stimmen ihm siegessicher zu.

„Auf eure Plätze", fordert Rüdiger von allen.

Sie wissen, was sie zu tun haben und beeilen sich, ihre Positionen einzunehmen, während ihr Anführer dem Fahrzeug entgegengeht.

Andreas stoppt den kleinen *Ford Fiesta* so nah vor Rüdigers Füßen, dass dieser sich mit einem Sprung rückwärts vor dem Gefährt in Sicherheit bringt. Anna lächelt Andreas zustimmend an bevor sie beide aussteigen.

Rüdiger ist so verblüfft, dass er es nicht schafft, seinen erstaunten Gesichtsausdruck vor den Ankömmlingen zu verbergen. ‚Wo wollen die denn das Gold verstaut haben? In diesem kleinen Fahrzeug bestimmt nicht!' Er begreift, dass hier etwas nicht in den vorhergesehenen Bahnen verläuft. Obwohl er eine gewisse Panik nicht unterdrücken kann, gibt er sich lässig. Lächelnd tritt er an Anna heran. „Es freut mich, Sie wiederzusehen. Ich bin froh, dass Sie meiner Einladung gefolgt sind."

„Das war wohl kaum eine Einladung. Eher ein Befehl. Wo ist mein Vater?" Andreas will so schnell wie möglich alles hinter sich bringen.

„Ah, Herr Staller. Sie haben in der Bank wirklich eine Glanzleistung auf die Beine gestellt. Meine Hochachtung. Das war wirklich einfallsreich. Hätte ich nicht besser machen können."

„Sie hätten gar nichts. Sie sind doch schon am Eingang gescheitert", weist Andreas den Anführer arrogant auf das Versagen seiner Leute hin. „Wo ist mein Vater?", wiederholt er seine Frage.

Rüdiger wird sauer. ‚Was bildet der Kerl sich ein, meine Fähigkeiten in Frage zu stellen? Na, der wird sich noch wundern.'

„Gut aufgehoben. Aber Sie werden ihn nicht sehen. Nur Ihre Begleiterin. Wo ist das Gold?"

Andreas lehnt sich mit verschränkten Armen lässig an den Wagen. „Gut aufgehoben. Sie sehen es erst, wenn ich weiß, wie es meinem Vater geht."

Damit hatte Rüdiger ja gerechnet. Allerdings hatte er nicht vor, auf diese Forderung einzugehen. Solange er nicht weiß, wo sich das Gold befindet, muss er sich wohl oder übel darauf einlassen. „Wir sind gleich wieder da." Er streckt Anna die Hand entgegen.

Sie übersieht seine Geste absichtlich und wirft Rüdiger stattdessen einen bösen Blick zu. Schulterzuckend weist er ihr den Weg. Anna erschrickt heftig, als sie Peter Staller erblickt. Seine Wunden, die er sich durch Johanns Attacken zugezogen hat, wurden nicht verarztet. Sein Gesicht ist stark verfärbt und angeschwollen, die Handgelenke von den Handschellen aufgerissen, Platzwunden sind mit dicken Krusten belegt. Man kann erkennen, dass er starke Schmerzen hat. Doch er sieht sie aus wachen Augen an.

Anna faucht Rüdiger giftig an: „Ich will mit ihm reden. Allein!"

Rüdiger, der glaubt, alles in der Hand zu haben, nickt. „Fünf Minuten." Er begibt sich nach draußen.

„Anna, was machen Sie hier? Sie sollten gehen, solange es noch möglich ist."

„Nein, keine Angst. Andreas ist auch hier und die anderen. Wir werden Sie hier herausholen." Damit erklärt sie dem Unternehmer ihren Plan.

Rüdiger tritt wieder ein. Fordernd mustert er die Sekretärin. „Sind Sie bereit, Herrn Staller Junior zu sagen, dass es seinem Vater so weit gut geht?"

„Ja, aber er wird ihn selbst sehen wollen."

„Man kann eben nicht alles haben. Gehen wir."

Andreas schaut Anna fragend entgegen. Sie nickt ihm beruhigend zu.

„Wo ist das Gold?", will Rüdiger aufgebracht wissen.

Andreas zieht sein Handy aus der Tasche. Ganz langsam wählt er die Nummer von Uwe. „Du kannst es jetzt bringen."

Kurz darauf hören sie die Rotoren eines Hubschraubers. Während Andreas ihn gelassen ansieht sucht Rüdiger verdattert den Himmel ab. ‚Wie, zum Henker, sind die so schnell an einen Hubschrauber gekommen? Verdammt! Jetzt müssen wir erst umladen.'

Auch Stefan nimmt den herankommenden Wagen wahr. Er lächelt zufrieden als ihm klar wird, dass das Gold nicht im Wagen sein kann. ‚Rüdiger hat also doch nicht alles unter Kontrolle. Es wird bestimmt nicht allzu lange dauern bis er wütend wird. Dann sollte er keinen Gefangenen mehr haben, an dem er seine Wut auslassen kann.' Der Agent macht sich auf den Weg zu Peter Staller.

Uwe zieht den Hubschrauber über das Fabrikgelände. Über dem Hauptgebäude hält er die Maschine in einem Abstand von knapp anderthalb Metern ruhig in der Luft. Auf dem Dach ist niemand zu sehen. „Los!", gibt er seinen Passagieren den Befehl zum Abspringen.

Gerd und Achim springen ohne zu zögern hinaus. Sie kommen auf dem Dach des Gebäudes auf, wo sie sich sauber abrollen. Es ist beiden Männern anzusehen, dass sie das nicht zum ersten Mal machen. Umgehend bringen sie sich vor den Turbulenzen der Rotoren in Sicherheit. Erst jetzt schiebt Uwe den Gashebel wieder nach vorn, um mehr Geschwindigkeit zu bekommen. Er fliegt über das Gebäude hinaus, bis er Andreas' Wagen erreicht. In gleichbleibender Höhe hält er die Maschine ruhig in der Luft.

Gerd und Achim schauen sich vorsichtig um. Auf dem Dach ist alles ruhig. Sie laufen mit gezogenen Waffen zum nächsten Eingang. Von dort aus betreten sie das Innere des Hauses. Vorsichtig arbeiten sie sich weiter vor, auf der Suche nach dem Aufenthaltsort von Peter Staller.

„Was ist? Warum kommt er nicht herunter?" Rüdiger starrt zu dem Hubschrauber hinauf.

„Weil er noch keinen Befehl dazu hat. Solange ich meinen Vater nicht sehe, wird sich an diesem Zustand auch nichts ändern. Sie sollten sich schnell entscheiden. Bevor der Tank leer ist. Dann dreht er nämlich wieder ab."

Rüdiger kocht vor Wut. Fieberhaft überlegt er, wie er seine Bedingungen durchsetzen kann. Er zieht die Schlüssel für die Handschellen aus der Hosentasche und drückt sie Anna in die Hand. „Also gut! Sie kann ihn holen. In der Zwischenzeit will ich das Gold sehen."

Sowohl Andreas als auch Anna ist klar, dass das eine Falle ist. Aber sie wissen auch, dass Gerd und Achim bereits auf dem Weg sind. Und davon hat Rüdiger keine Ahnung! Außerdem haben sie mit Max, Tim und Ralf noch eine Überraschung im Gepäck.

„Einverstanden." Andreas bittet Uwe zu landen.

Der Pilot senkt den Hubschrauber langsam ab, wobei er sorgfältig darauf achtet, so weit wie möglich entfernt vom Gebäude aufzusetzen. Er stellt die Rotoren ab, ehe er aussteigt. Langsam schlendert er zu Andreas.

„Hallo, Leute", grüßt er salopp. „Wie geht es jetzt weiter?"

„Wir sollten unseren Gastgeber einen Blick auf den Schatz werfen lassen", bittet Andreas ihn.

„Kein Problem. Hier entlang." Damit geht Uwe voraus, öffnet die Schiebetür vor dem Transportraum weit genug, dass man die Ladung erkennen kann. Er löst die Verschlüsse der obersten Munitionskiste. Der Pilot kippt den Deckel nach hinten, sodass die Goldbarren zum Vorschein kommen. Dann winkt er Rüdiger zu sich.

„Hier, bitte." Uwe lässt den Anführer in den Laderaum sehen. Dieser bekommt große Augen. Er starrt die sauber aufgereihten Kisten an, die dort stehen.

„Zufrieden?", erkundigt sich Andreas.

„Ja. Sie haben sicher nicht vor, Ihren Piloten an uns auszuleihen, oder?"

Uwe wehrt die Anfrage direkt ab. „Vergessen Sie's! Für Typen wie Sie fliege ich nicht!"

Rüdiger mustert ihn wütend. „Vielleicht war ja genau das die falsche Entscheidung."

Er winkt einen seiner Kameraden zu sich heran. „Hol den Transporter, wir laden um."

Der Mann rennt kommentarlos davon.

Seine Männer haben genau die Posten bezogen, die ihnen aufgetragen wurden. ‚Dieser Staller und sein Pilot sind jetzt von allen Seiten eingekesselt.' Rüdiger lächelt zufrieden. ‚Die werden sich noch wundern!' „Ich glaube, wir sollten unsere Positionen neu verhandeln. Was meinen Sie? Sehen Sie sich bitte einmal um."

Andreas und Uwe schauen sich ungerührt um. Sie nehmen noch nicht einmal die Hände aus den Hosentaschen. Lässig stehen sie an den Hubschrauber gelehnt vor Rüdiger.

„Glauben Sie wirklich, wir hätten nicht damit gerechnet?", erkundigt sich Uwe lässig.

Rüdiger betrachtet den Piloten erstaunt. „Ach, haben Sie?"

„Ja. Ihre Männer haben vielleicht noch eine Chance, lebend davon zu kommen, aber Sie? Wären Sie bereit, Ihr eigenes Leben für das Gold zu opfern?"

„Was meinen Sie damit?" Seine Kameraden haben das ganze Gelände unter Kontrolle, er versteht nicht, was diese Männer ihm entgegensetzen wollen.

Andreas mustert sein Gegenüber schadenfroh. „Unter jedem dieser Goldbarren liegt ein Sprengsatz. Nehmen Sie nur einen hoch, spielen Sie im Himmel weiter."

Rüdiger wird blass. „Das glaube ich Ihnen nicht!"

Sollten die Typen die Wahrheit sagen, muss er einen Mann opfern, um das herauszufinden. Außerdem braucht er sie dann zum Entschärfen der Sprengsätze. ‚Das ist Schwachsinn. Dafür sind diese Typen nicht ausgeschlafen genug'. Einen Sprengsatz so zu dosieren, dass nicht alles auf einmal in die Luft fliegt, traut er diesen Amateuren nicht zu. ‚Die wollen sich ja wohl kaum selbst umbringen.'

„Probieren Sie es aus!", unterbricht Uwe seine Gedanken

Rüdiger ist gespannt, wie die auf eine Drohung reagieren. ‚Die machen sich bestimmt gleich in die Hosen!' „Wenn Sie Ihren Vater lebend wiedersehen wollen, sollten Sie mit uns kooperieren." Er dreht sich zu seinen Männern um. „Diese beiden Herren werden die Kisten für uns umladen."

Andreas und Uwe sehen sich vergnügt an.

„Glauben Sie das wirklich?", verhört Uwe den Nazi. „Wie wollen Sie uns dazu zwingen? Wollen Sie uns erschießen? Dann haben Sie nicht mehr davon als jetzt auch."

‚Wieso geben die nicht endlich klein bei? Denen muss doch klar sein, dass die mit ihrer Arroganz nicht weit kommen.' Rüdiger hat keine Ahnung, was die Freunde mit ihrem Verhalten bezwecken.

Der Transporter, ein neuer *Mercedes Sprinter* mit einem *3,0-Liter-Dieselmotor* und einer Leistung von *140 kW* biegt um die Ecke. Dieses Fahrzeug zu besorgen hat Rüdiger ein kleines Vermögen gekostet. Und alles nur, weil Johann in der Bank versagt hat, sodas die Bullen seinen Transporter beschlagnahmen konnten.

Der Wagen hält hinter dem Hubschrauber an. Der Fahrer steigt aus und geht auf seinen Anführer zu. Den Schlüssel lässt er stecken.

„Hol mir mal einen dieser Goldbarren", weist Rüdiger seinen Kameraden kalt an. Der Mann steigt in den Laderaum und bückt sich über die Kisten.

„Moment noch!" Uwe zieht die Tür hinter dem Mann zu. Andreas und er gehen bewusst ein Stück in Deckung.

Im Inneren des Fluggeräts hört man einen lauten Knall. Die Kabine leuchtet kurzzeitig auf. Durch die Glaskuppel kann man erkennen, wie sich schwarzer Rauch bildet. Dann herrscht wieder Ruhe. Doch Rüdigers Mann kommt nicht mehr heraus.

Uwe öffnet die Tür einen Spalt. Sofort strömt eine dicke Rauchwolke heraus. Hustend wedelt er den Qualm mit der Hand weg. „Uups! Das war vielleicht doch etwas viel." Verlegen schaut er zu Andreas hinüber.

Andreas unterdrückt rasch das aufkeimende Lachen. Dank der kleinen Pyrotechnikeinlage von Tim und Max ist Rüdiger jetzt vollkommen perplex. Der Nazi weiß nicht mehr, wie er sich verhalten soll. Sein Kamerad liegt mit Sicherheit betäubt und gefesselt im Lagerraum. Aber davon hat Rüdiger keine Ahnung.

Andreas ist mit Emmas Plan vollkommen einverstanden. Sie hatte Recht damit, die Gegenseite ausgiebig zu verwirren. Auch wenn Gerd heute Morgen ziemlich sauer war, dass sie erneut verschwunden ist. Eine Weile stand das ganze Unterfangen auf der Kippe. Doch Achim konnte alle glaubhaft davon überzeugen, dass sie die Freunde nicht verraten wird.

„Die Jungs sind klasse", bemerkt *Grille* amüsiert. Er wendet sich an seine Kollegin. „Sollten wir ihnen nicht langsam helfen?"

„Keine Ahnung", antwortet Emma. „Hey, *Boxer*, wie weit seid ihr?"

„Noch zwei Minuten. Dann haben wir alle in Griffweite. Einzige Ausnahme ist der Typ am Hubschrauber. Und ihr müsst euch um die Kerle am Geländeausgang kümmern. Das sind gute vierhundertfünfzig Meter. Von denen schafft da wohl keiner einen sauberen Treffer. Die müssen also erst näherkommen um zu schießen. Lasst sie kommen und nehmt sie dann aufs Korn. Zugriff auf mein Kommando!"

„Verstanden", bestätigt Emma dem Truppenführer. Die anderen Scharfschützen folgen ihrem Beispiel.

Noch bevor Andreas und seine Freunde zur nächsten Aktion übergehen können gibt Ulf Cremer den Startbefehl. Von überall strömen die vermummten Einsatzkräfte auf die bewaffneten Geiselnehmer zu. Diese sind so überrascht, dass kaum ein Schuss fällt.

Bei den ersten Schüssen eilen die drei Männer, die die Zufahrt zum Grundstück gesichert haben, ihren Kameraden so schnell sie können zu Hilfe.

Da sie den Befehl dazu bekommen haben, visieren Emma und ihre Teamkollegen die drei heranlaufenden Bandenmitglieder an.

„Links", ruft Emma.

„Mitte", meldet *Grille*.

„Rechts", hören sie von einem weiteren Kollegen.

„*Feuer!*", ertönt der Befehl des Anweisers.

Dann fallen die Schüsse. Drei Männer sinken durch Kopfschuss tödlich getroffen zu Boden.

Rüdiger hält sich nicht lange damit auf, die Lage zu sondieren. Er weiß, dass er auf dem Präsentierteller steht. Ohne groß nachzudenken reißt er seine Pistole hoch. Mit zwei Schritten steht er hinter Andreas, die Pistole auf dessen Kopf gerichtet.

Andreas selbst war einen Augenblick lang überrascht. Mit der Unterstützung durch die Einsatzkräfte hat er nicht gerechnet. ‚Wie kommen die hierher? Hoffentlich gerät mein Vater dadurch nicht in Gefahr.' Einen Moment ist er abgelenkt.

Das nutzt Rüdiger aus. Ihn als Deckung nutzend zieht er Andreas mit sich. Er bewegt sich mit seiner Geisel bis zur nächsten Hausecke. Mit jedem Schritt, den er rückwärtsgeht, folgt ihm ein Trupp der Spezialeinsatzkräfte, die Waffen schussbereit auf den Nazi gerichtet. Sie warten ab, achten auf jede Bewegung von Rüdiger in der Hoffnung, dass er einen für ihn tödlichen Fehler begeht.

Andreas ärgert sich über sein Missgeschick. Doch wenn er keine Kugel abkriegen möchte, kann er nichts tun.

Rüdiger kennt sich auf dem Grundstück genauestens aus. Er weiß, wie er den Beamten doch noch entkommen kann. Hinter der nächsten Ecke befindet sich das passende Schlupfloch für ihn. Er stoppt seine Schritte bevor er um die Ecke verschwindet. Seine Geisel schubst er den Elite-Polizisten entgegen. Während die Einsatzkräfte auf ihn zustürmen schlüpft er eilends durch die seitliche Stahltür. Er nimmt sich die Zeit, das Schloss mit dem zugehörigen Eisenbolzen zu versperren bevor er davonläuft. Die Beamten erreichen die Stahltür um Sekunden zu spät. Die sofortige Verfolgung des Verbrechers über diesen Zugang bleibt ihnen vorerst verwehrt!

Indessen gelangt Anna ungehindert zu ihrem Chef. Aufmunternd lächelt sie den Unternehmer an. „Wir sollten hier ganz schnell verschwinden." Damit öffnet sie die erste Handschelle.

„Das glaube ich nicht!" Gemächlich schlendert Johann in die Zelle.

Anna drückt Peter den Schlüssel in die Hand. Sie dreht sich zu dem Verbrecher um. Dabei verdeckt sie den Konzernchef mit ihrem Körper. Obwohl Johann immer näherkommt, bleibt sie unentwegt stehen. Fest entschlossen sieht sie ihm entgegen.

„Wir beide haben doch noch ein Gespräch zu Ende zu führen", erinnert Johann sie. Er streckt die Hand nach ihrem rechten Arm aus.

Anna entzieht sich seinem Zugriff. Viel Zeit zum Überlegen bleibt ihr nicht. Was kann sie unternehmen, um den Mann aufzuhalten? Sie wird auf keinen Fall zulassen, dass er Andreas' Vater zu nahe kommt. ‚Dafür muss er erst an mir vorbei!' Entschlossen rammt sie Johann ihren linken Ellbogen gegen den Hals.

Einen Aufschrei ausstoßend fällt der Nazi rückwärts aus der Zelle. Doch noch bevor Anna nachsetzen kann hat er sich aufgerappelt. Ansatzlos und mit viel Kraft schlägt er zu.

Obwohl Anna ihm ausweicht trifft seine Faust noch ihr Gesicht. Mit einem Schmerzensschrei stürzt sie zu Boden. Ihre Lippe ist aufgeplatzt und die Wucht seines Schlages breitet sich schmerzhaft in ihrem ganzen Kopf aus. Sie schüttelt den Kopf, um wieder klarer zu sehen. Aufrichtend stützt sie sich auf ihre Hände, doch ehe sie vollends hoch kommt ist Johann heran.

Wütend greift er mit einer Hand in ihre Haare.

„Au!" Anna schreit vor Schmerz auf, als er sie ruckartig zu sich heranzieht. Es gelingt ihr nicht, seine Hände aus ihrem Haar zu lösen. Sie hat keine Möglichkeit ihn loszuwerden. Verzweifelt bemüht sie sich um Konzentration. ‚Was soll ich tun? Kann ich noch etwas tun? Ich weiß es nicht!'

Der gewalttätige Mann schubst die junge Frau mit aller Kraft von sich, sodass sie gegen die Wand geschleudert wird. Entsetzt bemüht sich Anna darum, ihren Aufprall abzubremsen, doch dafür ist es zu spät. Sie schreit auf: „Nein!"

Peter hat es endlich geschafft, die zweite Handschelle zu lösen. Schwerfällig richtet er sich auf. Seine Verletzungen hindern ihn an schnellen Bewegungen, doch bevor Anna auf die Wand prallt tritt er dazwischen und fängt sie auf. In seinem geschwächten Zustand schafft er es nicht, sich auf den Beinen zu halten. Anna mit sich reißend stürzt er zu Boden, wobei er ihren Aufprall mit seinem Körper abfängt. Er selbst schlägt heftig auf dem Beton auf. Die starken Schmerzen, denen sein ohnehin schon geschundener Körper dabei ausgesetzt wird, lassen ihn schmerzerfüllt aufschreien.

Johann sieht sich jetzt zwei Gegnern gegenüber. Allerdings sind die beiden dermaßen angeschlagen, dass ihn das nicht weiter beunruhigt. Er fackelt nicht lange. Siegessicher zieht er seine Pistole, eine *Glock 20* mit einem *Zehn-Millimeter-Kaliber,* und legt auf den Konzernchef an, der gerade versucht, sich erneut aufzurappeln.

„Nein!" Anna schreit schockiert auf, als sie die Pistole in Johanns Hand erblickt. Ohne weiter nachzudenken springt sie dazwischen.

Johann drückt ab.

Stefan kommt in dem Moment hinzu, als der Verbrecher die Waffe zieht. Mit Entsetzen beobachtet er, wie sich die Frau vor ihren Chef wirft, um diesen mit ihrem Körper zu schützen. Panik ergreift ihn, als ihm bewusst wird, dass Johann sie gar nicht verfehlen kann. Der Agent ist nur noch von dem Wunsch beseelt, diese Frau vor dem Treffer einer tödlichen Kugel aus Johanns Waffe zu bewahren. Mit einem Satz ist er an ihm vorbei und nimmt Anna in die Arme. Dadurch kehrt er dem Schützen kurzzeitig seinen Rücken zu. Sich umzudrehen schafft er nicht mehr. Die Kugel dringt tief in seine rechte Schulter ein.

„Ahh!", schreit er qualvoll auf. Schlagartig wird ihm übel, sein Blick verschwimmt und die Schmerzen breiten sich von seiner Schulter über den gesamten Körper aus. Für einen Moment sackt er in den Beinen ein.

Anna fängt ihn auf. Ihre Augen sind vor Entsetzen weit aufgerissen.

Stefan bemüht sich, das schmerzhafte Pochen in seiner Schulter zu ignorieren. Tief durchatmend richtet er sich auf. Während er Anna zur Seite schiebt, so weit wie möglich aus der Gefahrenzone hinaus, dreht er sich zu Johann um. Schritt für Schritt nähert er sich dem Nazi. Bewusst provoziert er dabei seinen Gegner, damit der sich nur noch auf ihn konzentriert. „Na, komm. Versuch's einmal mit mir. Das wolltest du doch schon lange."

„Du!", schreit Johann sauer. „Schon wieder du! Es wird Zeit, dass ich dich zu den anderen schicke. Dein Freund aus dem Park freut sich bestimmt auf ein Wiedersehen."

Stefan stockt. Also hat er mit seiner Vermutung doch Recht gehabt. Johann hat Thomas Euler getötet. Jetzt hebt dieser seine Waffe, um sie auf Stefan zu richten. Der Agent reagiert schnell. Als ausgebildeter Kämpfer weiß er, dass es auf jede Sekunde ankommt. Er tritt seinem Gegner die Pistole aus der Hand, die in hohem Bogen in die Ecke fliegt. Ohne abzuwarten greift der Beamte Johann an. Seine rechte Faust landet schmerzhaft in dessen Bauch, auch wenn er den Schlag bis in seinen eigenen Magen spürt.

Bevor Johann sich davon erholt hat trifft Stefans Linke sein Kinn. Aufstöhnend wankt Johann zurück. Aber er steckt den Schlag ein. ‚Verdammt!' Er hätte nie damit gerechnet, dass Stefan sich mit einer Kugel im Körper noch wehren kann. Anscheinend hat er ihn unterschätzt. ‚Gewinnen wird der Kerl aber nicht!'

Wütend starrt er seinen Widersacher an. Dann rennt er, einen Schrei ausstoßend, mit seinem ganzen Körper in Stefan hinein, um diesen zu Fall zu bringen.

Durch den Aufprall wird der Agent nach hinten geschleudert. Er knallt mit dem Rücken gegen die Wand. Höllische Schmerzen strömen durch seine Schulter und lassen ihn laut aufstöhnen. Schlagartig macht sich seine Übelkeit wieder bemerkbar. Er spürt, wie ihm die Kraft schwindet. Für eine kurze Sekunde geht sein Blick zu Anna, die ihn mit schreckgeweiteten Augen anschaut. ‚Wenn ich versage, ist auch sie tot!', begreift er. Der Mut, den diese Frau beweist, lässt ihn sich noch einmal aufrappeln. Er stößt Johann von sich. Mit geballten Fäusten will er auf diesen losgehen.

Doch Johann ist schneller. Plötzlich hat er sein Messer in der Hand.

Durch seine Verletzung benötigt er viel mehr Kraft als normal. Sein Atem kommt stoßweise und richtig auf den Beinen halten kann er sich auch kaum noch. Trotzdem stellt er sich seinem Gegner. In Kampfstellung bereitet er sich auf den Angriff vor, das Messer fest im Blick.

Da Johann aber eher feige ist, zieht er es vor einer direkten Konfrontation mit Stefan aus dem Weg zu gehen. Mit einem einzigen großen Sprung steht er hinter Anna. Er ergreift die aufschreiende Frau am Arm. Seine rechte Hand mit dem Messer bewegt sich auf ihre Kehle zu. Allerdings hat Johann nicht mit Annas Reaktion gerechnet.

All ihre Kraft und ihren Mut aufbringend denkt sie nicht weiter nach. Sie weiß, was sie tun muss. Den Angriff mit einem Messer haben sie bestimmt hundert Mal geübt. Mit beiden Händen packt die Blondine Johanns Messerhand am Handgelenk, ehe es ihren Hals berühren kann. Sie stellt ihr rechtes Bein nach hinten neben sein Standbein. Ihre rechte Hüfte schiebt sie bis an seinen Körper. Sie beugt sich weit nach vorn, wobei sie sich um ihre rechte Schulter dreht.

Von ihrem Schwung mitgerissen verliert Johann den Halt. Über Annas Schulter wird er nach vorn gerissen. Der Angriff überrascht den Nazi dermaßen, dass er keine Chance zu einer Gegenwehr erhält.

Jäh lässt Anna sein Handgelenk los, so dass Johann mit einem Aufschrei vor ihr zu Boden fliegt. Das Messer landet in der Ecke und er selbst prallt hart mit dem Rücken auf den Beton. Die Luft wird aus seinen Lungen gedrückt. Schwer benommen sieht er einen Moment lang Sterne.

Die Drehbewegung schleudert Anna nach vorne. Sie lässt sich auf die Knie fallen. Dabei rammt sie dem am Boden liegenden Mann ihren rechten Ellbogen kräftig in den Brustkorb. Der letzte Rest von Atemluft entweicht aus seiner Lunge und ihm wird schwarz vor Augen. Bewusstlos bleibt er liegen.

„Wow!" Stefan nähert sich Anna, die Luft holend auf dem Boden kniet und hilft ihr auf. „Tolle Leistung." Der Agent ist beeindruckt. Fasziniert schaut er Anna an.

„Danke", Anna kann den Blick nicht von seinen warmen grünen Augen abwenden. Sie lösen ihren Blick erst voneinander, als Johann aufstöhnend zu sich kommt.

Ängstlich mustert die junge Frau den Nazi. „Was machen wir mit ihm?"

„Anketten", empfiehlt Stefan skrupellos. Er greift nach Johanns Arm, schafft es aber nicht, den halb bewusstlosen Mann hochzuziehen. Das Gewicht ist zu viel für seine verletzte Schulter.

Da steht Anna neben ihm. Mit vereinten Kräften zerren sie Johann bis zur Wand. Sie legen ihm die Handfesseln an, mit denen Peter Staller angekettet war.

Jetzt erst lässt Stefan den Schmerz zu. Aufstöhnend, mit verzerrtem Gesicht umfasst er seine verwundete Schulter und lehnt sich abstützend gegen die Wand.

„Sie sind verletzt. Soll ich Hilfe holen?"

„Nein, das schaffe ich schon. Kommen Sie, bringen wir Ihren Chef von hier weg."

Sie helfen Peter auf die Beine. Als sie sich zum Ausgang umdrehen bleiben sie ruckartig stehen. Zwei auf sie gerichtete Pistolen versperren den Weg.

„Gerd!" Mit einem Satz ist Anna bei ihm.

Er schiebt sie hinter sich. Seine Pistole zielt weiterhin auf Stefan.

„Lass ihn los, aber ganz vorsichtig!", befiehlt Gerd dem Agenten. Achim tritt zu Peter Staller, um ihn zu stützen. Doch bevor er dem Freund mitteilen kann, wer Stefan ist, übernimmt Anna schon die Erklärung.

„Nein, Gerd, nicht. Er hat uns geholfen. Er gehört nicht zu denen."

„Was?" Gerd begreift sofort. Er sieht den verwundeten Mann erstaunt an. „Sie sind Kellers Mann?"

„Ja!" Stefan betrachtet ihn böse. „Und Sie sind der Typ, der mir eine reingehauen hat."

„Man sollte sich eben nicht mit den falschen Leuten abgeben", stichelt Gerd schadenfroh. „Lasst uns gehen." Mit Anna im Arm dreht er sich um. Er erstarrt beim Anblick der drei vollautomatischen Gewehre, deren Mündungen auf sie gerichtet sind. Die Männer hinter diesen Waffen sehen nicht so aus, als ob sie lange warten werden.

Fast gleichzeitig fallen drei Schüsse. Alle drei Männer stürzen tödlich getroffen zu Boden.

Gerd wirft einen Blick aus dem Fenster, kann aber niemanden sehen. Trotzdem ist er dankbar über die Hilfe, ohne die es wahrscheinlich doch noch schiefgegangen wäre.

Durch das Fenster können sie beobachten, wie Anna in dem Raum verschwindet, in dem Peter Staller gefangen gehalten wird. Nicht einmal zwei Minuten dauert es, bis Johann hinter ihr erscheint. Von ihrem Platz aus haben sie keine Möglichkeit das Geschehen in diesem Raum zu verfolgen. Emma winkt *Grille* und einen weiteren Kollegen mit sich. Geduckt laufen sie über das Dach des benachbarten Hauses bis zur äußersten Ecke. Nun haben sie freie Sicht auf die Abläufe. Sie kommen gerade rechtzeitig dort an, um mitzuerleben, wie sich Stefan dem Nazi in den Weg stellt.

„Schnell!" Emma unterdrückt die aufkeimende Panik, als sie mitansehen muss, wie ihr Bruder angeschossen wird.

Die drei Schützen richten in aller Eile ihre Gewehre aus. Helfend eingreifen können sie aber nicht. So sehr sich Emma auch um ein sicheres Ziel bemüht, schafft sie es während des Kampfes nicht einen Angriffspunkt zu finden. Auch ihre Kollegen haben den Finger die ganze Zeit am Abzug, doch keiner von ihnen bekommt die Chance zu einem sauberen Schuss.

„Hey, *Flamme*, der Neue macht sich richtig gut", beurteilt *Grille* Stefans Kampf.

„Ja, stimmt."

Besorgt nimmt sie jeden Schritt der Kämpfenden wahr. Offenbar weiß sich Stefan Johann gegenüber durchaus zu behaupten. Dann lässt der Kerl von Stefan ab und wendet sich Anna zu. Bevor Emma reagieren kann wehrt diese den Verbrecher mustergültig ab. Staunend beobachtet sie, was weiter geschieht.

„Wow!" *Grille* ist beeindruckt. „Die Frau ist klasse!"

Gerd und Uwe erscheinen vor der Gefängniszelle. Erleichtert will Emma ihre Waffe senken. In dem Moment bemerkt sie die drei Männer, die sich an die Gruppe anschleichen. „Achtung, Jungs, ich denke die brauchen gleich unsere Unterstützung."

„Ja, ich sehe sie. Ich nehme den rechten", verspricht *Grille*.

„Ich habe den mittleren sauber im Visier", bestätigt der zweite Kollege.

„Gut, dann schnapp ich mir den linken."

Jeder von Ihnen nimmt seine Zielperson ins Visier."

„Feuer!", gibt der Anweiser, der den Einsatz der Scharfschützen zu überwachen hat, den Schussbefehl.

Zeitgleich drücken sie ab. Nun ist der Weg nach draußen wieder frei.

Stefan streckt als Zeichen die Faust nach oben. Auf dem Dach gegenüber wird ein Arm hochgerissen. Die geballte Faust dreht der Schütze erst nach links, dann nach rechts.

Der Agent hat Emma sofort erkannt, obwohl es nur eine kurze Geste war, eine typische Bewegung, wie sie nur seine Schwester macht. Er schaut zu Gerd. Irgendwie verspürt er eine gewisse Schadenfreude. ‚Ob der Typ weiß, was meine kleine Schwester da gerade macht? Wohl kaum!'

Ulf Cremer stürmt ihnen mit seinen Männern entgegen. Die Elite-Polizisten lassen aber ihre Waffen sinken als sie sehen, dass keine Gefahr mehr besteht. Sie ergreifen Johann, lösen die Fesseln, nur um ihm Handschellen anzulegen. Dann führen sie den Verbrecher ab.

Rüdiger ist stinksauer. Seine sämtlichen Männer sind entweder tot oder verhaftet. Auch Axel von Weißenkopf ist nicht erreichbar. Überall verteilen sich die Polizisten, um nach ihm zu suchen. Er flüchtet auf das Dach. Gerade noch rechtzeitig kann er in einem Geräteschuppen hinter Werkzeugkisten in Deckung gehen, bevor die Beamten auch hier oben nachsehen. Nachdem sie wieder verschwunden sind wartet er ab. Er lässt sich Zeit.

„Verdammt!", flucht er halblaut. Er muss sich dringend einen ersten Überblick verschaffen. Vorsichtig verlässt er sein Versteck. Am Rand des Daches legt er sich hin. So kann er, ohne selbst entdeckt zu werden, herausfinden, was um ihn herum vor sich geht. Seine Augen wandern aufmerksam umher. Da sieht er ihn! ‚Jetzt wird mir einiges klar', denkt er wütend. ‚Die ganze Zeit hat er mich hintergangen. Na warte, das wirst du büßen!'

Rüdiger läuft zurück zu den Zellen in der oberen Etage. Dort sind in einem Versteck genügend Waffen eingelagert, dass er sich aussuchen kann, was er braucht. Er greift nach einem der Gewehre. Es ist ein *MSG90* Präzisionsschützengewehr der Marke *Heckler & Koch* mit Kaliber *7,62 × 51 Millimeter NATO*. Mit der anderen Hand schnappt er sich eine der Selbstladepistolen der Marke *Glock 17*, die mit einen Neun-Millimeter-Kaliber ausgestattet ist. Er läuft auf das Dach zurück. ‚Sicher, ich bin kein so guter Schütze wie Stefan. Aber einen solchen Schuss bekomme auch ich spielend hin.' Die Entfernung ist nicht allzu groß. Außerdem steht sein Zielobjekt ungeschützt unter ihm. Er legt sich bäuchlings auf das Dach hinter die gemauerte Umrandung. So ist er gegen die Sicht der umstehenden Personen weitgehend geschützt. Die Pistole platziert er neben sich auf der Mauer, falls er sie schnell brauchen sollte. Er stützt die Ellbogen auf und richtet das Gewehr aus. Sorgfältig visiert er den Mann an. ‚Das ist ganz einfach. Auf Wiedersehen, Stefan!'

Die Männer des *Spezialeinsatzkommandos* sind mit Unterstützung von etwa vierzig Polizisten dabei, sämtliche Mitglieder der nationalistischen Vereinigung zu verhaften. Die Polizeibeamten verfrachten ihre Gefangenen in Transporter um sie fortzuschaffen, während die Elite-Polizisten das gesamte Gelände systematisch absuchen, um niemanden zu übersehen.

Ulf Cremer führt mit seinen Männern die Gruppe an, die den verletzten Konzernchef aus dem Gebäude begleitet. Nach allen Seiten halten sie Ausschau, um eventuelle Gefahren sofort anzugehen. Doch die Sorge ist unnötig. Ungehindert kann die Gruppe den Sammelplatz erreichen.

Auch die Einsatztruppe, die Rüdiger gefolgt ist, meldet sich zurück, doch auf seinen fragenden Blick hin erhält Ulf Cremer nur ein Kopfschütteln. Der Anführer der Nazis ist ihnen entwischt. Sofort organisiert der Einsatzleiter eine groß angelegte Suche nach dem Kopf der Verbrecherbande. Trotz gründlicher Vorgehensweise bleibt diese erfolglos.

Mehrere Rettungswagen fahren auf das Grundstück, um die Erstversorgung der Verletzten zu übernehmen und die Patienten in das nächstgelegene Krankenhaus zu befördern. Vor allem für den Konzernchef ist eine zeitnahe medizinische Hilfe erforderlich.

Gerd dreht sich zu Stefan um, der von Anna gestützt wird, und reicht ihm die Hand. „Ich glaube, wir schulden Ihnen Dank. Ohne Ihr Eingreifen wäre es für Anna und Peter bedeutend schlechter ausgegangen."

„Dafür brauche ich keinen Dank." Stefan schaut einen Moment liebevoll auf Anna. „Ich bin froh, dass ich da war. Diesen Kerlen musste schon längst das Handwerk gelegt werden. Aber den Kinnhaken, der übrigens sehr gut war, den nehme ich Ihnen übel."

„Sie hätten eben Emma in Ruhe lassen sollen", erwidert Gerd scharf.

Stefan stutzt. Er betrachtet den Mann genauer. „Emma werde ich nie in Ruhe lassen. Auf die passe ich auf", verspricht er dem Projektleiter beschwörend.

Gerd mustert sein Gegenüber sauer. ‚Was will dieser Mann von Emma? Und vor allem, was will Emma von diesem Mann?' Er überlegt, ob es zwischen ihnen etwas zu klären gibt, doch dann lässt er es. ‚Emma ist fort. Sie hat sich entschieden!'

Plötzlich blitzt hinter Stefan in der Sonne etwas auf. Gerds Blick wandert zum Dach hinauf. Gegen die Sonne kann er nicht erkennen, wer sich auf dem Dach befindet. Aber dieser jemand legt gerade mit einem Gewehr auf sie an. Schlagartig begreift er, dass da oben nur einer ihrer Feinde sein kann. ‚Der Kerl hat höchstens einen Schuss, bevor er aufgehalten wird', schätzt er. ‚Also, wen will der Typ erschießen?' Er braucht nicht lange um zu erkennen, dass der Mann es auf den Agenten abgesehen hat, den sie die ganze Zeit für einen Kameraden gehalten haben. ‚Der Kerl will sich an Stefan rächen!'

Abrupt reißt Gerd seine irritierte Freundin von Stefan weg und schiebt sie schützend hinter sich. Mit beiden Händen schubst er den Beamten heftig zu Boden.

„Hey!", brüllt dieser sauer, als er auf dem Boden landet. Unvermittelt beginnt seine Schulter wieder schmerzhaft zu pochen.

Zwei Schüsse fallen fast gleichzeitig.

Emma, die sich noch auf dem benachbarten Dach befindet, überblickt das Geschehen unter sich. Sie verfolgt die Abläufe rund um die Freunde und bekommt mit, wie Gerd Stefan zu Boden schubst. ‚Was ist denn mit denen los?' Alarmiert folgt sie Gerds Blickrichtung, die über Stefan hinweggeht.

Rüdiger liegt bäuchlings auf dem Dach, die Ellbogen auf der gemauerten Einfassung, das Gewehr im Anschlag.

Dank Gerds Eingreifen stehen Anna und Stefan nicht mehr in der Schusslinie. Mit Erschrecken muss Emma feststellen, dass stattdessen jetzt Gerd ins Visier des Schützen gerät. Trotz der anstehenden Gefahr nimmt sie sich die Zeit, um gründlich zu zielen. Die erste Kugel muss sitzen. Da Rüdiger hinter der Umrandung des Daches liegt, hat sie nicht viel Angriffsfläche. Sie drückt ab. Die Kugel trifft seine Hand, die den Abzug umfasst, in der gleichen Sekunde, in der er abdrückt.

„Ahh!" Mit einem Aufschrei lässt der Nazi die Waffe vom Dach fallen.

Emmas Eingreifen reicht aus, damit Rüdiger seine Waffe verreißt. Trotzdem streift die abgefeuerte Kugel Gerds linken Oberarm, sodass er gegen Anna taumelt, die ihn auffängt.

Rüdiger gibt noch nicht auf. Seine Augen sind wütend auf Stefan gerichtet. ‚Und wenn es das Letzte ist, was ich mache', schwört er sich. ‚Dich nehme ich mit!' Beim Aufspringen drückt er die verletzte Hand an seinen Körper. Mit der anderen Hand greift er nach der Pistole, deren Stangenmagazin mit sechzehn Schuss vollständig geladen ist. Bei der kurzen Entfernung ist der tödliche Schuss auch mit dieser Waffe locker zu schaffen. Er beugt sich über die Dach-Reling hinaus.

Während die Polizisten mit gezogenen Pistolen in seine Richtung rennen legt er ein zweites Mal auf Stefan an.

Emma ist bewusst, dass es nur eine Möglichkeit gibt, den Schützen aufzuhalten. Viel Spielraum bleibt ihr dafür nicht. Sie weiß, wie sie zu schießen hat. Mit dem Finger am Abzug richtet sie ihr Gewehr aus. Dann drückt sie ab.

Die Kugel dringt auf der einen Seite in Rüdigers Hals ein, auf der anderen Seite tritt sie wieder aus. Durch die Wucht, mit der die tödliche Kugel aufprallt, verliert Rüdiger den Halt. Vorwärtsstolpernd kippt er vom Dach. Dass er kopfüber auf der Erde aufschlägt, spürt er nicht mehr. Für die Beamten, die sich jetzt nähern, besteht kein übereilter Handlungsbedarf. Still betrachten sie den Toten, der bäuchlings in seiner eigenen Blutlache liegt.

Gerd atmet auf. Dank dieses Scharfschützen ging das gerade noch einmal gut. Seinen verletzten Arm umklammernd schaut er sich nach seinem Retter um. Dieser lässt ihn das gleiche Faustzeichen sehen, wie schon Stefan vor kurzem. Erleichtert winkt er zurück. Dann ist der Schütze wieder verschwunden.

Gerd reicht Stefan die rechte Hand, um ihn auf die Beine zu ziehen.

„Danke, Mann." Der Agent schaut seiner Schwester stolz hinterher.

Der Notarzt, der dem Krankenwagen gefolgt ist, übernimmt die sofortige Behandlung von Peter Staller. „Der Mann muss umgehend ins Krankenhaus", befiehlt er. Auch die Schusswunde von Stefan Wolf wird bereits an Ort und Stelle von den Rettungskräften versorgt.

Gerd lässt sich seinen Streifschuss verbinden, um mit Uwe das Gold zurückbringen. Doch da stößt er auf die Gegenwehr seiner Freunde.

„Kommt überhaupt nicht in Frage", schimpft Andreas. Er betrachtet den Verband, der sich bereits wieder blutig rot verfärbt. „Du gehörst in ein Krankenhaus. Die Wunde muss vernünftig versorgt werden."

„Er hat Recht", stimmt ihm Uwe zu. „Ich bringe das Gold zurück. Lass du deinen Arm versorgen. Nun mach schon! Umso schneller bist du wieder draußen", empfiehlt er seinem Boss humorvoll. Er weiß, dass Gerd Krankenhäuser nicht ausstehen kann.

Da ihm anscheinend keine andere Wahl bleibt, begleitet Gerd Peter zum Krankenhaus, während Uwe sich mit Wolfgang Keller und Jürgen Neubroich trifft.

Der Bankdirektor ist froh über den glimpflichen Ausgang. Auch darüber, dass er das Gold ohne Verluste an die oberpfälzische Regierung zurückgeben kann. Die Rauchgasexplosion, die Tim und Max inszeniert haben, hat dem Gold nicht geschadet. Zum Abschied reicht er Uwe die Hand. „Bestellen Sie Ihrem Chef, dass ich in nahe gelegener Zukunft auf ihn zukommen werde. Ich muss meine bestehende Alarmanlage unbedingt überarbeiten lassen. Sie wissen schon. Eine Verbesserung der Diebstahlsicherung", erklärt er mit vergnügt blitzenden Augen.

„Ich denke, das haben Sie sich verdient", beteuert Uwe amüsiert. „Ihre Bitte gebe ich weiter. Versprochen!"

Bevor die Krankenwagen losfahren verabschiedet sich Achim von den Freunden. „Tja, Leute, das haben wir doch ganz gut hinbekommen, oder?", erkundigt er sich erleichtert.

Peter reicht ihm die Hand. „Danke für die Hilfe."

„Dafür sind Freunde doch da." Achim klopft ihm vorsichtig auf die Schulter und nickt ihnen kurz zu, bevor er sich für die Rückfahrt Ulf Cremer und seinem Team anschließt.

Andreas und Anna fahren unverzüglich ins Krankenhaus. Sie wollen darauf achten, dass es Peter, Gerd und auch Stefan an nichts fehlt. Zudem wird Andreas sich darum kümmern, dass auch Annas angeschlagenes Gesicht die notwendige medizinische Versorgung erhält.

Tim dreht sich einmal um sich selbst. Stück für Stück leert sich das Gelände. Mit gemischten Gefühlen schaut er den davonfahrenden Rettungswagen hinterher. Anschließend mustert er seine Kollegen Max und Ralf. „Dann bleiben die Aufräumarbeiten wohl an uns hängen. Wir sollten zum Hotel zurückkehren, um von dort aus alles zu regeln. Lasst uns loslegen, desto schneller kommen wir wieder nach Hause."

Bevor er sich selbst in die Hände der Ärzte begibt sorgt Gerd dafür, dass Peter Staller gut untergebracht ist und bestens versorgt wird. In Begleitung der Pflegerin verlässt er Peters Krankenzimmer. Auf dem Flur kann er beobachten, wie Stefan gerade aus seinem Zimmer in Richtung Operationssaal geschoben wird.
„Stefan!" Emma, die in aller Eile ihre Montur gegen ihre Straßenbekleidung getauscht hat, kommt den Flur entlanggerannt. Sie bremst erst vor Stefans Bett ab.
Lächelnd greift der Bruder nach ihrer Hand.
„Du Blödmann", flüstert sie mit Tränen in den Augen. „Musste das sein?"
Er lächelt seine Schwester beruhigend an. „Ja, wenn die Trophäe eine so hübsche Frau ist, lohnt es sich auf jeden Fall."
Emma stutzt. Sie betrachtet Anna, die mit besorgtem Gesichtsausdruck auf Stefan schaut. Da sie ihren Bruder versteht, nickt sie ihm lächelnd zu. „Bis später!", verabschiedet sie sich, während die beiden Pflegerinnen das Bett mit dem Patienten bereits weiterschieben.
Fragend schaut sie zu Gerd, doch auf seinen abweisenden Ausdruck hin dreht sich Emma traurig um. Ohne ein weiteres Wort verschwindet sie wieder.
‚Jetzt weiß ich wenigstens, für wen sie sich entschieden hat', erkennt Gerd. Gegen den Nazi Stefan Schmidt hätte er den Kampf

um Emma aufgenommen, aber gegen Stefan Wolf, dem sie einiges zu verdanken haben, wird er das nicht tun. Er folgt der Krankenpflegerin in das Behandlungszimmer, wo der Streifschuss, den er abbekommen hat, versorgt wird.

Trotz seines Zustands lässt Peter Staller es sich nicht nehmen, dem Bericht der jungen Leute zu folgen. Gerd, Andreas und Anna sitzen an seinem Krankenbett und schildern ihm abwechselnd, was sich seit seiner Entführung zugetragen hat.

„Ihr wollt mir allen Ernstes weismachen, ihr seid in die Bank eingebrochen, habt die Alarmanlagen, unter anderem unsere eigene, geknackt und das Gold in aller Ruhe aus der Bank herausgetragen?", will Peter ungläubig wissen.

Andreas und Gerd sehen sich vergnügt an.

„Eigentlich hatten wir fachmännische Hilfe", teilt ihm Andreas mit.

„Tatsächlich? Wen denn?"

„Emma." Gerd zieht das Foto aus der Tasche, um es Peter in die Hand zu drücken. „Du hast sie schon gesehen. In Madrid."

Peter starrt auf das Foto. Er weiß sofort, welche der Frauen Gerd meint. „Die? Die hat euch geholfen? Wie habt ihr denn das geschafft?" Zweifelnd mustert er Gerd. Dann fällt ihm ein, was in Madrid vorgefallen ist. Er lacht auf. „Blöde Frage!", antwortet er sich selbst vergnügt.

Die jungen Männer stimmen in sein Lachen ein, froh darüber, dass Peter die Zeit seiner Gefangenschaft so glimpflich überstanden hat.

„Nein, wirklich. Sie war großartig. Sie hat einen bedeutenden Teil dazu beigetragen, dass wir es überhaupt in die Bank hineingeschafft haben." Andreas weiß Emmas Hilfe durchaus zu schätzen. „Selbst der Plan zu deiner Befreiung stammt von ihr. Ich wage zu behaupten, dass wir es ohne sie nicht hinbekommen hätten."

„Vermutlich hast du Recht", überlegt Gerd. „Allerdings hat uns auch der Bankdirektor mit seinem Entgegenkommen enorm unterstützt. Er hat sogar den Zorn der oberpfälzischen Regierung in Kauf genommen."

„Was passiert jetzt mit dem Schatz?"

„Uwe hat sich mit Bankdirektor Neubroich in Verbindung gesetzt und das Gold zurückgebracht. Wolfgang Keller konnte die zuständigen Parteien weitgehend beruhigen. Dass der Schatz unversehrt zurückgegeben wurde erleichterte es Herrn Neubroich mit der oberpfälzischen Regierung einen neuen Termin für die Abholung zu vereinbaren." Gerd schaut Peter ernst an. „Wie wirkt sich die Pressemitteilung über den Raub in der Bank auf die Firma aus?"

Traurig zuckt Peter die Schultern. „Nun ja, die Katastrophe war sowieso nicht mehr abzuwenden. Dieses Kapitel werde ich wohl schließen müssen."

„Aber das ist nicht in Ordnung. Die Anlagen und du können am wenigsten dafür", urteilt Andreas empört.

„Bring das einmal der Versicherung bei."

Das Klopfen an der Tür unterbricht ihr Gespräch.

Der Mann, der jetzt eintritt, kommt Gerd nur allzu bekannt vor. „Sie?", rutscht es ihm verblüfft heraus.

Wolfgang mustert ihn irritiert. „Wie bitte? Kennen wir uns?" Er hat keine Ahnung, wer da vor ihm steht.

„Sie waren in Madrid. Mit Emma! Falls sie wirklich so heißt. Was haben Sie mit ihr zu tun?"

Wolfgang ignoriert die Frage. Er wendet sich direkt an Peter, dem er seinen Ausweis reicht. „Ich würde mich gern ein paar Minuten unter vier Augen mit Ihnen unterhalten. Wäre das möglich?"

Peter versteht sofort, dass dieser Mann nur dann bereit ist, Informationen weiterzugeben, wenn sie zu seinen Bedingungen erfolgen. Der Konzernchef wendet sich an die Freunde. „Würdet ihr uns bitte eine Weile allein lassen?"

Auch wenn es keinem von ihnen passt, folgen sie der Aufforderung des Unternehmers, aber weiter als zwei Schritte entfernen sie sich nicht von dem Krankenzimmer.

Peter wartet bis die Tür ins Schloss fällt. „Was haben Sie mir zu sagen?"

Wolfgang betrachtet den noch sichtlich geschundenen Mann. „Sie mussten viel durchmachen in der letzten Zeit. Nicht nur wegen der Geiselnahme. Auch Ihre Firma leidet schwer unter der momentanen Situation. Zu meinem Leidwesen muss ich gestehen, dass ich nicht ganz unschuldig an dem jetzigen Stand Ihrer Firma bin."

„Wie meinen Sie das?"

„Der fingierte Diebstahl in Madrid geht auf mein Konto. Auch weiß ich bereits seit einiger Zeit, wer für die Diebstähle verantwortlich ist."

„Und Sie haben nichts unternommen?", fragt Peter erbost. „Obwohl Sie wussten, dass da eine Firma dem Untergang geweiht ist? Sie hätten das verhindern können?"

„Ja."

„Warum?"

„Ich hatte meine Gründe!" Wolfgang sieht ihn ernst an. „Aber nun bin ich hier, um mit Ihnen zusammen den Leumund Ihrer Firma wiederherzustellen."

„Und wie stellen Sie sich das vor?" Peter ist gespannt, was der Regierungsbeamte ihm anzubieten hat.

„Ich habe bereits mit Ihrer Versicherung gesprochen. Sämtliche Kündigungen wurden zurückgezogen. Alle Verträge haben hundertprozentige Gültigkeit."

Peter starrt ihn verblüfft an. „Wie haben Sie das hingekriegt?"

„Was bei solchen Leuten am besten zieht, ist die Mitteilung, dass ein Mann bereit ist, alles zu opfern, um der Gerechtigkeit zum Sieg zu verhelfen. Nachdem die Versicherung gehört hat, dass Sie mit uns gemeinsam daran gearbeitet haben, diese Diebstähle aufzuklären, war der Rest kein Problem mehr. Außerdem bekommen die ja in Kürze den Großteil der Gelder zurückgezahlt. Nämlich dann, wenn die Museen ihre gestohlenen Gemälde unversehrt wiedererlangen."

„Nun gut, die Versicherung habe ich also wieder. Das heißt aber noch lange nicht, dass sich irgendein Kunde blicken lässt."

„Ich denke, das lässt sich mit ein oder zwei groß angelegten Pressemitteilungen schnell bewirken. Was sagen Sie?" Wolfgang schaut den Konzernchef fragend an.

Peter betrachtet den Staatsbeamten eine Weile schweigend. Der Mann macht auf ihn nicht den Eindruck, dass er irgendet-

was in Angriff nimmt, ohne einen Nutzen daraus zu gewinnen.
„Und das bekomme ich alles umsonst von Ihnen?", verhört er den Ministerialdirektor neugierig.

„Ja." Wolfgang schafft es nicht, ernst zu bleiben. Er lächelt. „Sie sind wirklich gut! Aber ja, ich sorge dafür. Selbst wenn Sie meiner Bitte nicht nachkommen."

„Welcher Bitte?"

„Sie sollen mir helfen, diese Diebstähle zu beenden und die Diebinnen zu schnappen."

„Da ich diesen Damen meine Probleme erst verdanke, würde ich sagen, mit dem größten Vergnügen."

Wie zwei Verschwörer reichen sie sich die Hände. Dann erklärt Wolfgang ihm, was er sich vorstellt. „Allerdings haben wir dafür nicht viel Zeit. Das nächste Ziel haben sie bereits ausgesucht."

„Wieder ein Museum? Eine meiner Anlagen nehme ich an?"

„Morgen Abend das *Francesco-Museum* in der Düsseldorfer Altstadt", nickt Wolfgang.

„Schon morgen? Direkt vor unserer Nase? Na, die können was erleben! Gut, ich bin dabei."

„Glauben Sie, dass Ihre Leute da mitziehen?"

„Ja. Ohne Zweifel. Ich werde mich schnellstens um die notwendigen Schritte kümmern. Sie hören von mir", verspricht der Unternehmer Wolfgang zum Abschied.

Der Leiter der Abteilung Sechs begibt sich zu seinem Agenten, um ihn zu beglückwünschen. Außerdem berichtet er Stefan, was mit den Verhafteten geschieht und dass er dringend seine Aussage benötigt, die er mit seinem Diktiergerät auch gleich aufnimmt. Das Abtippen des Bandes wird er von seinem Büro aus umgehend veranlassen. Im Anschluss informiert der Vorgesetzte seinen Mitarbeiter über die weiteren Schritte.

Der Konzernchef setzt derweil seinen Projektleiter davon in Kenntnis, wer Wolfgang Keller ist. Erstmals erfährt Gerd, dass es in den Reihen der Diebinnen bereits eine eingeschleuste Agentin gibt. Auf den Gedanken, dass es sich dabei um Emma handeln könnte, kommt er nicht. Peter berichtet ihm, was der Staatsbeamte und er vereinbart haben. Gerd verspricht, sich sofort um alles Notwendige zu kümmern. In einer ruhigen Ecke auf dem Flur beginnt er mit den erforderlichen Telefonaten. Jeder Kollege, der zur Verwirklichung des Plans gebraucht wird, versichert ihm seine Mitwirkung. Schließlich sind alle froh, wenn die Diebstähle endlich aufgeklärt werden können. Während Gerd letzte Anweisungen gibt verlässt Wolfgang das Zimmer von Stefan. Er wendet sich unverzüglich Richtung Ausgang.

Unmittelbar nach dem Staatsbeamten verlässt eine Krankenpflegerin den Raum, der Stefan beherbergt. Als sie Gerd erblickt unterbricht sie ihn kurzerhand bei seiner Arbeit. „Herr Bach? Herr Wolf bittet Sie, ihn für einen Moment zu besuchen." Damit gewährt sie ihm den Zugang zu Stefans Zimmer.

Widerwillig tritt Gerd ein. Er erblickt die Schlinge, die Stefans rechten Arm ziert. Ihm wird wieder bewusst, dass ohne den Agenten sowohl Peter als auch Anna wahrscheinlich tot wären. Außerdem kann er ihm ja wohl kaum die Schuld dafür geben, dass Emma weg ist. Daher richtet er sich freundlich an den Verletzten. „Was macht die Schulter?"

Stefan spielt seine Verletzung großspurig herunter. „Die Kugel ist draußen. Das ist das Wichtigste."

„Und was wollen Sie von mir?" Neugierig wartet Gerd ab.

„Ihre Hilfe." Stefan mustert ihn kritisch. „Sie müssen für mich auf Emma aufpassen. Ich komme hier nicht schnell genug heraus."

„Warum sollte ich das tun?"

„Sagen Sie mir nicht, dass Sie Ihnen so egal ist! Also los, spucken Sie's schon aus."

„Sie ist mir nicht egal. Aber sie hat sich entschieden. Immerhin ist sie ohne ein Wort abgehauen."

„Schon einmal etwas von *Vertrauen* gehört? Du Idiot!", faucht Stefan ihn wütend an. „Sie hat ihren Job gemacht. Ohne sie wären wir jetzt nicht mehr am Leben."

„Wie meinen Sie das?" Auch Gerd wird langsam wütend. Was fällt dem Kerl ein, ihn so anzuschnauzen? Und seit wann sind sie beste Kumpel? Wenn er ihn noch einmal unaufgefordert duzt, kann er etwas erleben!

„Was glaubst du wohl, wer uns die Typen heute Morgen aus dem Weg geräumt hat?"

Ungläubig starrt Gerd sein Gegenüber an. Er vergisst ganz, was er sich gerade vorgenommen hatte. „Emma?", staunt er. „Emma hat uns den Weg freigeschossen? Ist das dein Ernst?"

„Klar, sie ist die Beste", erklärt ihm der Agent stolz. „Keiner aus der Truppe nimmt es mit ihr auf."

Plötzlich begreift Gerd die Zusammenhänge. „Emma! Sie ist Kellers Agentin! Habe ich Recht?"

„Blitzmerker!", stichelt Stefan schadenfroh. „Was ist, kann ich mich auf dich verlassen?"

‚Deshalb hat sie sich so um Stefan gesorgt. Sie sind Kollegen, sie arbeiten zusammen. Als Team! Jetzt ergibt vieles einen Sinn.' Aber die Vertrautheit zwischen den beiden geht noch tiefer, das hat er genau gespürt. Doch es gibt keinen Grund für ihn, den Beamten nicht zu unterstützen. „Was soll ich tun?"

Stefan erklärt es ihm.

Emma sitzt gemütlich auf einem Stuhl in der Terrassenlandschaft des Düsseldorfer Altstadt-Restaurants *Kasematten*. Den herrlichen Blick auf den Rhein hat sie ausgiebig bewundert. Die Beine ausgestreckt, die Sonnenbrille auf der Nase döst sie vor sich hin. Erst als ein Schatten auf sie fällt öffnet sie gemächlich die Augen.

Svenja baut sich vor ihr auf.

„Pünktlichkeit ist wohl keine Tugend von dir?", verhört Emma die blonde Frau arrogant.

„Ich hatte zu tun!", kommt die giftige Antwort. „Wie sieht es aus? Bist du mit den Vorbereitungen fertig?"

„Ja. Aber ich habe von Haas nur einen Störsender bekommen. Das heißt, ich geh allein da hinein. Wenn ich mich um die Anlage gekümmert habe, könnt ihr dazukommen. Wir erledigen unsere Arbeit, dann verschwindet ihr. Ich sorge dafür, dass die Anlage wieder läuft."

„Hört sich doch gut an. Allerdings hast du dabei den gefährlichen Teil."

„Es ist nur gefährlich, wenn man nicht weiß, welche Handgriffe erforderlich sind. Für mich ist das kein Problem. Wir treffen uns um zwei Uhr morgens vor dem Museum. Der Wachmann macht dann gerade seine Runde. Wir warten bis er fertig ist, bevor ich mit dem Einstieg beginne."

„Wie schaltest du die Wachmänner aus?"

„Gar nicht. Die kriegen absolut nichts mit. Ich hänge vor jede Kamera einen Bildschirm mit einer Endlosschleife. Das funktioniert immer wieder hervorragend."

„Wo hast du denn die Aufnahmen dafür her?"

„Die besorgen die Nerds[8] von Haas. Soweit ich weiß laden sie sich die Bilder direkt aus der Anlage herunter."

Svenja reißt verblüfft die Augen auf. „Die greifen auf die Staller-Anlage zu? Ohne bemerkt zu werden? Wahnsinn! Das hat bisher noch niemand geschafft! Die Jungs würde ich gern kennenlernen." ‚Die Mitarbeiter von diesem Haas müssen ein enormes Fachwissen haben', beurteilt Svenja die Aussage von Emma.

Die Agentin zuckt lässig die Schultern. „Warte, bis wir unsere Operation hinter uns haben. Wenn Haas gute Preise für die Bilder erzielt, ist er bestimmt in Geberlaune. Frag ihn dann."

„Gute Idee. Was ist mit den Bildern im Museum? Wie müssen wir da vorgehen?"

„Die Sensoren bringe ich heute Abend mit und zeige euch, welche Handgriffe nötig sind. Dann seid ihr dran."

„In Ordnung, wir bringen den Transporter mit."

„Aber versucht nicht, mich zu linken", betont Emma ausdrücklich.

„Das haben wir nicht vor. Wir wollen deine Quellen schließlich auch weiterhin nutzen."

„Gut. Du kannst meine Rechnung übernehmen", verlangt Emma ungeniert bevor sie verschwindet.

---

8 Nerds = intelligente Personen, die sich mit Wissenschaft und Technik rund um Computer beschäftigen. In Computerkreisen gilt es auch als Kompliment.

21

Gerd und sein Team richten sich in den späten Nachmittagsstunden im Sicherheitsraum des *Francesco-Museums* ein. Sie warten darauf, dass das Museum schließt. Von Wolfgang Keller wissen sie, dass die Operation der Diebinnen um zwei Uhr in der Nacht beginnt. Sie werden die Alarmanlage herunterfahren, um darauf zu warten, dass die eingeschleuste Agentin auftaucht. Im Computerraum achten Max und Tim darauf, dass sich die Alarmanlage wie gewünscht verhält. Max stellt die gesamte Steuerung auf manuelle Schaltung um, sodass er Zugriff auf alle Sicherheitsvorkehrungen hat, die an die Anlage angeschlossen sind. Gerd und Uwe installieren indessen vor allen Kameras die mitgebrachten Bildschirme. Begleitet werden sie dabei von dem Direktor des Museums.

„Sie können sich gar nicht vorstellen, wie froh ich über den Anruf von Herrn Keller war", versichert er Gerd. „Wenn Sie nicht herausgefunden hätten, wo diese Diebinnen als nächstes zuschlagen werden, könnten wir uns ab morgen in die Liste der ausgeraubten Museen einreihen."

Uwe schaut den Mann zuversichtlich an. „Das werden wir zu verhindern wissen."

„Sind Sie sich denn ganz sicher, dass Sie diese Frauen ergreifen können, ohne dass etwas beschädigt wird?"

Gerd wirft dem Direktor einen ernsten Blick zu. „Ich werde Ihnen nichts versprechen, was ich nicht halten kann", gesteht er. „Läuft alles so ab, wie wir es geplant haben, passiert dem Museum überhaupt nichts. Aber wir können nicht wissen, wie sich diese Frauen verhalten. Haben wir etwas übersehen, oder reagieren sie anders als wir vermuten, kann durchaus das eine oder andere schiefgehen."

„Ich verstehe." Ergeben nickt der Direktor.

„Aber eins kann ich Ihnen versprechen. Nämlich, dass wir alles in unserer Macht Stehende unternehmen, um Schäden zu vermeiden."

„Sollte wider Erwarten etwas kaputtgehen, hilft Ihnen Herr Keller bestimmt weiter", verspricht ihm Uwe.

„Ja, das hat er mir zugesagt", bestätigt der Direktor.

Der Einfluss, den Wolfgang Keller durch seine Position auf die Düsseldorfer Behörden ausüben kann, sorgt für die zeitnahe Unterstützung durch einen Einsatztrupp ihrer *Spezialeinsatzkommandos* unter der Leitung von Dennis Lage. Er soll mit seinen Männern die Festnahme der Diebinnen vornehmen.

Der hochmotorisierte, gepanzerte, schwarze Transporter, der nach Schließung des Museums an der Laderampe vorfährt, ist von außen nicht als Einsatzfahrzeug zu erkennen. Der Fahrer setzt den Wagen rückwärts an die Laderampe heran.

Während Gerd die Türen zum Lagerraum öffnet, stürmen bereits die ersten Mitglieder der Einsatztruppe aus dem Fahrzeug. Keine zwei Minuten später ist der Transporter wieder verschwunden. Die Männer stehen vollzählig vor Gerd.

„Kommandoführer Dennis Lage", stellt sich der Truppenführer vor. Er reicht Gerd die Hand.

Der Projektleiter begrüßt den Beamten freundlich.

„Ich bin zwar von Herrn Keller informiert worden, was hier heute passiert, aber den genauen Ablauf würde ich gern von Ihnen hören. Wie ist der Plan?"

„Max und Tim, meine Kollegen für die Computertechnik, sitzen im Kontrollzentrum. Da sollten wir übrigens auch hingehen, bis die Damen in Aktion treten." Während sie in Richtung

Computerraum gehen erklärt Gerd die Handlungen weiter. „Die eingeschleuste Agentin überbrückt angeblich die elektronischen Schlösser an der Eingangstür mittels Fernbedienung. Das erledigt Max. Im richtigen Augenblick öffnet er die Schlösser. Danach sollen wir abwarten, was passiert."

„Ja." Der Einsatzleiter hat seine Instruktionen erhalten. „Wir sollen uns erst einmischen, wenn wir die Damen auf frischer Tat ertappen, denn nur dann haben wir die Beweise, die wir brauchen."

„Ich weiß. Die Agentin wird allein hereinkommen. Angeblich, um die Bildschirme vor den Kameras anzubringen. Das haben wir schon für sie erledigt." Gerd zeigt auf die Monitore bevor er weiterspricht. „Die Geräte sehen aus wie kleine Monitore, sind aber blickdurchlässig. Wir können auch vom Computerraum aus alles sehen, was hier draußen passiert."

„Nicht schlecht!" Der Beamte nickt anerkennend. „Ich werde mich mit der Agentin treffen und hören, wie es weitergeht."

„Ich begleite Sie, um ihr die Chips für die Bildaufhängung zu erklären."

Im Kontrollraum stellt Gerd die Männer einander vor, dann warten sie ab.

Leise rollt der dunkelblaue *VW Transporter 2,5 TDI* mit einer Leistung von *128 kW* an den Straßenrand. Vier dunkel gekleidete Frauen steigen aus. Sie sehen sich wachsam um. Aus dem Schatten der Häuser tritt Emma auf sie zu. Bekleidet ist sie mit einem schwarzen Einteiler mit silbernen Streifen. Ihre auffälligen Haare sind unter der Kapuze nicht zu sehen. Auf dem Rücken trägt sie einen kleinen schwarzen Rucksack. Betont lässig sieht sie den vier Frauen entgegen.

„Hallo Mädels. Alles klar bei euch?"

Sie erhält allgemeines Nicken zur Bestätigung.

„Gehen wir!"

Leise huschen die fünf Frauen zum Museumseingang. Emma deutet auf die Kameras. „Bleibt außerhalb ihrer Reichweite", flüstert sie den anderen zu.

„Und wie kommst du vorbei?", will Svenja wissen.

„Die Störsender sind in meinen Anzug eingearbeitet", schwindelt Emma.

Aus ihrem Rucksack holt sie eine Fernbedienung. Während sie den Arm weit ausstreckt, betätigt sie das Gerät. Angeblich öffnet sie damit die elektronischen Schlösser der Tür. Sie hofft darauf, dass die Leute von Peter Staller wirklich so gut sind wie alle behaupten. Da sie Gerd und einen Teil seines Teams bereits kennengelernt hat, zweifelt sie nicht an deren Fähigkeiten. Sie weiß, dass sie sich darum keine Sorgen zu machen braucht. Genau zum richtigen Zeitpunkt springen die Schließmechanismen mit einem leisen Klicken zurück. Nun kann Emma ungehindert eintreten.

„Wir sehen uns an der Tür vom Lagerraum." Sie winkt den vier anderen noch einmal zu, dann ist sie im Gebäude verschwunden.

„Los!" Auf Svenjas Befehl hin laufen alle vier um das Gebäude herum in Richtung Hintereingang. Dabei achten sie darauf, von keiner Kamera erfasst zu werden.

Was sie nicht sehen, sind die beiden Mikrokameras, die Tim und Gerd nachträglich angebracht haben. Diese sorgen per Funkübertragung für eine saubere Aufnahme von der Annäherung der vier Frauen.

Emma rennt indessen den Gang entlang Richtung Kontrollzentrum. Dabei sieht sie sich genau um. Sie erkennt die bereits installierten Bildschirme. ‚Gut so! Mit diesen Leuten kann man arbeiten.' Als sie um die nächste Ecke biegt stehen Dennis Lage und Gerd vor ihr.

„Gerd!" Emma freut sich ihn zu sehen. „Was macht der Arm?"

„Streifschuss", erklärt er ihr. „Übrigens, danke. Der Schuss von dir war ausgezeichnet." Bewundernd sieht er sie an. ‚Sie ist einfach großartig!' Er begreift immer noch nicht, warum sie davongelaufen ist. Stefan kann nicht der Grund dafür gewesen sein. ‚Oder doch? Was ist nur mit ihr?'

„Gern geschehen!" Emma lächelt. Für einen Moment stockt ihr der Atem. Wenn dieser Mann doch nur nicht so unverschämt gut aussehen würde. Wütend über sich selbst unterdrückt sie schnell das aufkeimende Verlangen nach ihm. ‚Das ist wirklich zu dumm!' Sie hat zu arbeiten. Diese Art von Ablenkung kann sie absolut nicht gebrauchen. Sie wendet sich dem Kommandoführer zu und begrüßt ihn freundlich.

„Wie geht es jetzt weiter?", will der Elite-Polizist wissen.

„Ich hole die vier durch die Tür vom Lagerraum herein. Sie werden dafür sorgen, dass die Tür offenbleibt bevor wir anfangen. Das machen sie immer, zur Sicherheit, falls etwas schiefgeht und sie schnell abhauen müssen." Sie wendet sich an Gerd. „Die Tür öffne ich mit der Fernbedienung. Da brauche ich also noch einmal die Unterstützung deines Computerfachmannes."

„In Ordnung, wir passen auf."

„Gut. Sobald die vier an die Arbeit gehen verschließt ihr bitte die Tür wieder."

„Gute Idee", stimmt Dennis Lage zu.

„Ich zeige ihnen am ersten Bild, wie die Sensoren angeblich funktionieren. Dann lasse ich das jede einmal ausprobieren. Während die vier weitermachen, stelle ich die abgehangenen Gemälde an die Laderampe. Sobald ich außer Reichweite bin könnt ihr den Alarm losgehen lassen."

„Sie werden mit Sicherheit zur Tür vom Lagerraum laufen", vermutet der Kommandoführer.

„Ja, genau. Aber heraus kommen sie da nicht. Sie können die vier in aller Ruhe festnehmen."

„Mit dem größten Vergnügen", versichert ihr der Beamte.

„Was ist mit den Bildern?", erkundigt sie sich bei Gerd.

Der gibt ihr eine Handvoll elektronischer Schaltrelais. „Zieh einfach die beiden Drähte vom Gemälde ab. Steck sie hier hinein. Sag ihnen, dass sie dafür dreißig Sekunden Zeit haben. Hier, die fünf Relais sind mit einem grünen Punkt versehen. Das sind die einzigen, bei denen die Drähte hineinpassen. Die musst du für die Vorführung benutzen." Er überreicht ihr eine kleine Zellophan-Tüte mit weiteren Relais. „Bei diesen hier funktioniert das nicht. Die kannst du im Anschluss an deine Vorführung verteilen."

„Verstanden. Danke."

Durch das vergitterte Verbundglasfenster in der Tür kann Emma die vier Frauen erkennen. Genau wie am Haupteingang benutzt sie auch hier ihre Fernbedienung. Die Schlösser klicken laut beim Entriegeln. „Alles klar, kommt herein."

Sie weicht zurück und bietet den anderen Frauen viel Platz zum Eintreten. Svenja greift nach der Türklinke, schiebt die Tür auf und alle vier Frauen schlüpfen in den Lagerraum. Vorsichtig sehen sie sich um. Es ist alles ruhig. Trotzdem bleiben sie auf der Hut. Jederzeit könnte ein Wachmann auftauchen.

Emma winkt ihnen, ihr zu folgen. Sie läuft schnell, mit möglichst viel Abstand, voraus. Zwei Minuten später stehen sie vor dem ersten Gemälde. Dass zwei der Elite-Polizisten herbeieilen, um die Tür zum Lagerraum hinter ihnen zu verriegeln, bevor sie schleunigst wieder in Deckung gehen, bekommen die Frauen nicht mit.

Die Agentin gibt jeder ein Relais. Dabei achtet sie darauf, dass es die mit dem grünen Punkt sind. Sie selbst nimmt das fünfte zur Hand.

‚Vorhang auf', denkt sie belustigt. Sie holt tief Luft. Beschwörend schaut sie die vier Frauen an. Jetzt hat sie dreißig Sekunden. Mit einer Hand zieht sie die Drähte von dem Bild ab, um sie eilends in die beiden Klemmen an dem Relais zu stecken. Nichts passiert! Der verhängnisvolle Alarm bleibt aus. Sie atmet auf. ‚Max ist wirklich großartig!'

Während ihrer Vorführung flüstert sie den Frauen ihre Anweisungen zu. „Ihr müsst die beiden Drähte in die Klemmen stecken. So!"

Vorsichtig hängt sie das Bild ab.

Die Vorstellung ist ihr gut gelungen, denn Svenja lächelt sie siegessicher an. „Cool!"

„Jetzt ihr!", befiehlt Emma. Sie geht den vier Frauen aus dem Weg, tritt weit zur Seite. „Aber denkt daran, ihr habt nur dreißig Sekunden."

Eine nach der anderen testen sie ihr Relais. Alle mit dem gleichen positiven Erfolg.

„Gut. Ihr habt zwei Stunden, bis der Wachmann seine nächste Runde dreht. Also legt los! Ich bringe die Bilder zur Laderampe." Damit greift sie sich das erste Bild.

„Die drei reichen aus, ich helfe dir." Svenja schnappt sich das nächste Bild.

‚So ein Pech', flucht Emma in Gedanken vor sich hin. Aber sie widerspricht Svenja nicht, um keinen Argwohn aufkommen zu lassen. Die Agentin weiß, was gleich passiert. Sie stellt ihr Bild schnell ab. Sollte Svenja nicht bei den anderen sein, wird sie sich selbst um sie kümmern müssen.

„Verdammt! Das passt nicht!", ruft Tamara leise.

„Meins auch nicht!", bestätigt Celina.

Noch ehe Anja zu Wort kommt geht der Alarm los.

„Raus hier!", ruft Svenja. Sie will die Tür aufreißen, vor der sie steht. Vergebens! Die Tür gibt auch auf ihr Rütteln hin keinen Zentimeter nach.

Im gleichen Augenblick stürmen die Einsatzkräfte auf Befehl von Dennis Lage vor. Die vermummten Elite-Polizisten fordern die Frauen laut auf, sich zu ergeben. „Polizei! Stehenbleiben! Nehmen Sie die Hände hoch!"

„Zur Vordertür!", befiehlt Svenja den anderen, während sie selbst bereits losstürmt. Aber sie kommt nur ein paar Schritte weit, dann steht ihr Emma im Weg.

„Du?", giftet die Blondine. „Du warst das? Wieso?"

„Es wurde Zeit, dass euch jemand Einhalt gebietet."

„Ach, und dieser jemand bist du? Du glaubst, du könntest mich aufhalten?" Svenja ist viel zu aufgebracht, um auf die heranströmenden Beamten zu achten. Ihr geht es nur noch um Emma, die schließlich die Schuld an der Misere trägt.

„Ja, kann ich!", kommentiert Emma arrogant. „Ach, übrigens. Du bist verhaftet."

Doch Svenja geht zum Angriff über. Die geübte Judokämpferin landet einen kräftigen Tritt auf Emmas Brust, der diese zurückwirft. Sie wirbelt herum, um noch einen weiteren Tritt zu landen. Aber auch Emma weiß sich zu wehren. Sie fängt den Fuß ab. Ihre Faust landet auf dem Schienbein ihrer Gegnerin. Mit einem Schmerzensschrei knickt Svenja ein. Sie kommt mit beiden Knien auf dem Boden auf. Doch so schnell ist sie nicht unterzukriegen. Beim Aufspringen reißt sie Emmas Fußgelenk hoch. Die

Agentin knallt mit dem Rücken auf den Boden. Der Schmerz, der sich in ihrem Rücken ausbreitet, lässt sie einen Moment die Luft anhalten. Bevor sie sich aufrappeln kann greift Svenja nach dem nächsten Gemälde. Die Blondine holt weit aus, um ihrer Gegnerin das Bild auf den Kopf zu schlagen.

Ehe Emma reagieren kann taucht Gerd neben Svenja auf. Mit einer Hand greift er nach dem Bild. Die andere Faust knallt er ihr unter das Kinn. Die Diebin verdreht die Augen, um anschließend bewusstlos zu Boden zu stürzen. Gerd wendet sich zu Emma um. Er streckt ihr die Hand entgegen, um sie hochzuziehen.

„Danke, aber das hätte ich auch allein geschafft", beteuert die Agentin. „Warum hast du mir geholfen?"

„Weil Stefan mich darum gebeten hat."

„Stefan?" Ungläubig starrt sie ihn an.

„Er wollte, dass ich auf dich aufpasse." Gerd mustert sie kritisch. „Aber du brauchst ja keine Hilfe!"

Die Einsatzkräfte unter der Anleitung von Dennis Lage konnten die kurze Gegenwehr der anderen drei Diebinnen schnell unterbinden. Alle vier Frauen werden in Gewahrsam genommen und abgeführt. Emma schließt sich ihren Kollegen an. Sie sorgt dafür, dass die Mitglieder der Gruppe *CATS* ordnungsgemäß hinter Schloss und Riegel landen, bevor sie Wolfgang Keller über den Verlauf in Kenntnis setzt.

Gerd und seine Leute kümmern sich um die Aufräumaktionen im Museum. Sie setzen die Anlage wieder in ihren Urzustand zurück, so dass sie ihren Dienst wie vorgesehen aufnimmt. Ehe sie die Anlage neu starten haben sie noch eine Sonderaufgabe zu erledigen, um die Stefan sie im Auftrag von Wolfgang Keller gebeten hat.

„Kann es losgehen?", fragt Gerd seinen Computerfachmann.

„Klar! Echt cool! Das ist wie bei *Mission Impossible*", strahlt Max. „Da sind die Typen vom Geheimdienst auch nie dagewesen. Wenn einer behauptet ‚Ihr Agent war heute hier!', bekommt er die passende Antwort. ‚Mein Agent? Was für einen Agenten meinen Sie?' Schließlich kann da nichts sein, wenn man nichts sieht. Oder?"

Der Computerfachmann spielt die Überwachungsbänder ab. Dabei bearbeitet er sämtliche Aufnahmen, auf denen Emma zu sehen ist. Nach einer knappen Stunde hat er seine Arbeit beendet. Er spielt das Band der Überwachungskamera noch ein zweites Mal ab.

Sie können genau erkennen, wie die vier Frauen an der Außenmauer des Museums entlang schleichen, wie Svenja die Tür zum Lagerraum öffnet und wie die vier Frauen das Museum betreten. Der Film dokumentiert jeden Schritt der Diebinnen. Während sie zur Bildergalerie laufen verschließen zwei der Elite-Polizisten die Außentür des Lagerraums. So sorgen sie dafür, dass den Frauen der Fluchtweg versperrt wird. Die zweite Kamera zeigt ihnen zeitgleich deren Ankunft in der Galerie. Alle vier Frauen machen sich mit den Relais an den Bildern zu schaffen. Svenja ergreift eines der Bilder und verlässt damit den Raum. Sie erreicht die Außentür als der Alarm losgeht. Dann stürmen die Einsatzkräfte vor, die drei der Frauen im Handumdrehen überwältigen können. Svenja reißt vergebens am Griff der Tür. Wütend fährt sie zu ihrem Gegner herum. Sie ergreift das abgestellte Gemälde, das sie für einen kräftigen Schlag über ihren Kopf hebt. Der Projektleiter der *Staller Werke* tritt ihr entgegen. Er rettet das Bild vor der Zerstörung und sich vor dem Schlag, indem er die Frau mit einem gut platzierten Schwinger unter das Kinn stoppt.

„Guter Schlag", urteilt Max anerkennend. „Tut mir leid, Boss. Dich kriege ich aus dem Film nicht entfernt, ohne dass es auffallen würde."

„Kein Problem." Es ist Gerd schlichtweg egal, ob er auf dem Bild zu sehen ist. Sollte Svenja versuchen ihn zu verklagen, wird sie wohl nicht allzu weit kommen. Immerhin hat sie als erste zum Schlag ausgeholt.

Was erreicht werden sollte, hat Max hinbekommen. Auf den ganzen Bildern ist von Emma keine Spur zu sehen. Sie hat sich bewusst immer so weit abseits gehalten, dass Max die Bandaufnahmen problemlos bearbeiten konnte.

Svenja und ihre Freundinnen werden es schwer haben zu erklären, wo da eine fünfte Frau gewesen sein soll. Er weiß, dass auch Wolfgang Keller alle Überwachungsfotos entfernt hat, die auf Emma hinweisen würden. Und er weiß, dass Wolfgang Keller ein Gespräch mit Dennis Lage führen wird.

„Schick das Band an Herrn Keller. Danach können wir hier verschwinden."

22

Schon am Montagvormittag finden sich Gerd und Uwe im Krankenzimmer bei Peter Staller ein. Andreas war nicht von seiner Seite zu bewegen, seit er im Krankenhaus eingeliefert wurde. Auch jetzt leistet er seinem Vater Gesellschaft.

Obwohl der Gesundheitszustand des Unternehmers zu wünschen übrig lässt, ist er nicht gewillt eine Minute länger als unbedingt nötig in der Obhut der Berliner Ärzte zu verweilen. Ungeachtet dessen, dass sich Wolfgang Keller für diesen Morgen angesagt hat, wird er zeitnah für seine Entlassung sorgen. Schon am frühen Morgen wirft er seinen Piloten aus dem Bett, damit dieser ihn, Andreas und Anna mit dem Hubschrauber abholt. Gerd lässt es sich nicht nehmen, den Piloten zu begleiten. Neugierig empfängt ihn der Konzernchef.

„Gerd, wie ist es vorgestern gelaufen?"

„Wie geplant. Es ist vorbei." Gerd schildert den beiden, was zwei Abende zuvor passiert ist. „War Herr Keller schon hier?"

„Nein", antwortet Peter. „Aber lange werde ich auch nicht mehr warten. Ich habe Herrn Meyer nicht umsonst gebeten uns hier abzuholen. Wird Zeit, dass wir nach Hause kommen. Oder?"

Er erhält allseits volle Zustimmung.

Gerd entschließt sich, Stefan Wolf noch einmal aufzusuchen. Auf dem Weg dorthin kommt ihm Wolfgang Keller entgegen.

Als der Ministerialdirektor den Mitarbeiter von Peter Staller bemerkt, spricht er ihn an: „Herr Bach? Ich möchte mich bei Ihnen bedanken. Frau Wolf hat mir die Abläufe bereits geschildert. Sie und Ihre Mitarbeiter haben hervorragende Arbeit geleistet."

„Frau Wolf?", erkundigt sich Gerd irritiert.

„Ja. Emma Wolf", bestätigt Wolfgang, ohne die Verwunderung seines Gesprächspartners zu bemerken. „Ach, und danke für das Band." Er nickt ihm noch einmal zu, dann geht er weiter.

Gerd starrt ihm nach. ‚Emma Wolf?' Er hat keine Ahnung was er davon halten soll. ‚Ist sie Stefans Frau? Was sollte das dann alles? War ich für sie nur ein kurzer Zeitvertreib? Ein Abenteuer? Und was weiß Stefan darüber?' Mit seinen Gedanken beschäftigt öffnet er die Tür. Wie erstarrt bleibt er stehen, als er die beiden Personen erblickt, die sich vor seinen Augen gerade leidenschaftlich küssen. Maßlose Wut kocht ihn ihm hoch. Er muss sich beherrschen, um dem verletzten Mann nicht noch einmal einen Faustschlag zu verpassen.

So ruhig wie möglich wendet er sich an seine Freundin. „Anna, würdest du uns bitte einen Augenblick allein lassen?"

Sie betrachtet ihn erstaunt, geht aber wortlos vor die Tür.

Stefan schaut ihm erwartungsvoll entgegen. „Und, wie ist es gelaufen?"

Die Frage ignorierend baut Gerd sich wütend vor ihm auf. „Was soll das Ganze?", faucht er Stefan an. „Reicht dir eine Frau nicht aus? Musst du dich jetzt auch noch an Anna vergreifen?"

„Wovon, zum Teufel, redest du?" Stefan hat keine Ahnung, was Gerd von ihm will.

„Ich rede von Emma. Und Anna."

Stefan erfasst die Wut, die Gerd nur mühsam beherrschen kann. Er hat keine Ahnung, welche Laus dem Mann über die Leber gelaufen ist. „Was hat denn Emma mit Anna zu tun?" Noch während er seine Frage stellt wird ihm klar, wo das Problem liegt. Er fängt laut an zu lachen. „Jetzt wird mir einiges klar! Du hast keine Ahnung, dass Emma meine Schwester ist. Oder?"

„Deine Schwester?" Damit hätte Gerd nie gerechnet. Seine Wut verraucht schlagartig. ‚Seine Schwester?', überlegt er irritiert. ‚Deswegen hat sie sich so um ihn gesorgt. Warum hat sie es mir nicht gesagt?' Anscheinend war es ihr nicht wichtig genug, oder er.

„Hey, ich habe dir gesagt, ich passe auf sie auf. Das meine ich ernst. Was läuft da zwischen euch? Wenn du ihr wehtust, kriegst du es mit mir zu tun!", droht Stefan ihm.

„Ich? ... Ihr?"

Gerds langgedehnte frustrierte Frage lässt ihn aufhorchen. Er kann sich schon vorstellen, wie das abgelaufen ist. Es ist nicht das erste Mal, dass Emma vor ihren Gefühlen davonläuft. Er lacht trocken auf. „Das ist typisch Emma. Sie hat dich sitzen lassen! Stimmt's? Wenn es ernst wird haut sie ab." Prüfend mustert er Gerd. „Wie wichtig ist sie dir?"

„Noch vor ein paar Stunden hätte ich gesagt, dass ich das nicht weiß. Aber das stimmt nicht."

„Ich verstehe." Bei der Idee, die Stefan in den Sinn kommt, blitzen seine Augen übermütig auf. „Anna sagt, ihr fliegt heute zurück. Habt ihr noch einen Platz in eurem Hubschrauber frei?"

„Wieso? Was hast du vor?"

„Holt ihr mich hier heraus?", bettelt Stefan. „Krankenhäuser sind mir zuwider. Ich würde gern mitkommen." Er lächelt verschwörerisch. „Eine Krankmeldung wäre auch nicht schlecht. Die passende Krankenschwester habe ich mir, glaube ich, schon ausgesucht."

Gerd widerspricht ihm schadenfroh. „Pech gehabt, Junge. Erst einmal hat sie einen Job. Sie arbeitet für mich. Also stell dich hinten an." Doch so richtig ernst meint er es wohl nicht. „Ich werde sehen, was ich tun kann."

„Ich bin gespannt, wann Emma auftaucht, um nach ihrem Bruder zu sehen", überlegt Stefan halblaut.

Anna zu überreden ihm zu helfen war eine Kleinigkeit. Bei dem Gedanken, dass Stefan sie begleiten könnte, beginnen ihre Augen zu leuchten.

‚Wenigstens gibt es ein *Happy End* bei dieser Geschichte.' Gerd freut sich für seine Freundin. Gemeinsam schaffen sie es Peter davon zu überzeugen, dass sie Stefan genug schulden, um ihn aus dem Krankenhaus zu holen und ihn, seinem Wunsch entsprechend, mitzunehmen.

Wolfgang schaut Anna abschätzend an, dann nickt auch er zustimmend. Gemeinsam mit Peter Staller hat er einen Plan ausgearbeitet, um dessen Firma endgültig wieder auf die Beine zu bringen. Die Berliner Zeitungen werden die ersten Berichte bereits in der Dienstagsausgabe drucken. Der Ministerialdirektor beschließt, nach der Gerichtsverhandlung von CATS noch ein ausführliches Interview mit den Rundfunksendern zu führen.

Andreas erinnert sich an den warmen Blick aus zwei wunderschönen blauen Augen. Er nimmt sich vor Ilona Kösters ebenfalls um ihre Unterstützung zu bitten. Doch bevor er nicht genau weiß, wie er seine Idee angehen wird, behält er diese für sich.

In den nächsten zwei Stunden schafft es Peter, seine eigene Entlassung in die Wege zu leiten als auch für die Entlassung von Stefan Wolf zu sorgen. Uwe, der bereits an dem zum Abflug startklaren Hubschrauber wartet, betrachtet Stefan kritisch.

„Sollten Sie nicht besser im Krankenhaus bleiben? Tut doch bestimmt noch ganz schön weh."

Stefan, der von Anna gestützt wird, hat einen Arm um ihre Schultern gelegt. Er erinnert sich daran, wie tapfer sie die ganze Zeit gewesen ist. Da kann er wohl kaum wegen ein paar Schmerzen jammern. Uwe gegenüber gibt er sich lässig. „Wieso, die Kugel ist doch draußen. Wo nichts ist, kann auch nichts schmerzen."

Gerd und Uwe lächeln sich amüsiert zu.

„Ist eben ein harter Brocken!", stellt Gerd mit einem Blick auf den Agenten fest. „Aber wenn du ihm auf die Schulter klopfst, heult er wie ein Baby."

Während Stefan säuerlich das Gesicht verzieht lachen Uwe und Gerd ihn gutgelaunt aus.

„Sehen wir zu, dass wir nach Hause kommen", fordert Andreas, der seinem Vater beim Einsteigen behilflich ist. Kurz darauf befinden sich die sechs in der Luft, auf dem Weg nach Düsseldorf.

Wolfgang Keller betritt das Vorzimmer zu seinem Büro. Seine Sekretärin, die über einem dicken Stapel Akten sitzt, blickt kurz auf. Als sie ihren Chef erkennt, lächelt sie diesem freundlich zu. „Herr Keller, Frau Wolf hat sich in dem kleinen Büro am Ende des Flurs eingerichtet. Sie hat schon nach Ihnen gefragt. Ich soll ihr Bescheid geben, wenn Sie wieder zurück sind."

„Nicht nötig", winkt Wolfgang ab. „Ich gehe selbst hinüber."

Die Tür steht weit offen. In dem kaum zehn Quadratmeter großen Raum wirkt der Berg an Archivkartons erdrückend. Erstaunt mustert Wolfgang die Agentin. „Was haben Sie vor? Durchleuchten Sie jetzt das ganze Leben Ihres Vaters?"

„Das sind die Akten aus den letzten beiden Jahren. Die nehme ich mir zuerst vor." Sie schaut sich in dem Raum um. „Mehr bekomme ich hier auf einmal sowieso nicht herein. Er war ziemlich fleißig."

„Ja, so sieht es aus. Wie wollen Sie vorgehen?"

„Solange ich keinen neuen Auftrag habe, werde ich mich ganz den Nachforschungen widmen. Sollten Sie mich brauchen, unterbreche ich hier solange", verspricht Emma ihm.

„In Ordnung. Aber ich will über jeden Ihrer Schritte auf dem Laufenden gehalten werden. Ist das klar?"

„Ja. Solange Sie sich an Ihr Wort halten, tue ich es auch."

„Gut." Wolfgang blickt sie ernst an. „Übrigens, Sie haben sehr gute Arbeit geleistet da draußen. Ich bin froh, dass Sie wieder dabei sind." Er reicht ihr die Hand, die diese ergreift.

„Ich auch."

„Was ist, wenn ich an meiner Ansicht weiter festhalte?", ruft sie Wolfgang hinterher als er sich abwendet. „Schmeißen Sie mich dann wieder hinaus?"

Verdutzt wendet er sich um und betrachtet die Agentin. Erst will er ihr eine scharfe Antwort geben. Doch dann fällt ihm ein, wie gut ihre Instinkte sind. Bisher konnte er sich voll und ganz auf sie verlassen. Es ist das erste Mal, dass er sich fragt, ob sie vielleicht doch Recht haben könnte. ‚Ist es tatsächlich möglich, dass Richard Wolf von einem Insider getötet wurde? Ist seine Tochter einem Maulwurf auf der Spur?' Er kann das nicht glauben. Vielleicht will er es auch nur nicht wahrhaben! „Ich sage Ihnen, was Sie machen werden. Gehen Sie allen Fakten nach. In alle Richtungen. Egal wohin Sie das führt. Bringen Sie mir Beweise. Solange Sie die nicht haben, halten Sie sich zurück. Wenn Sie mich überzeugen können, bin ich der Erste an Ihrer Seite. Einverstanden?"

„Natürlich. Das ist mehr als ich erwartet habe", gesteht Emma ihm. „Danke. Wie geht es meinem Bruder? Sie waren doch gerade dort. Ich werde nachher auch noch hinfahren."

„Das können Sie sich sparen. Sie werden ihn im Krankenhaus nicht mehr antreffen."

„Was? Wieso nicht?" Überrascht schaut Emma ihren Vorgesetzten an.

„Er befindet sich wahrscheinlich schon auf dem Flug nach Düsseldorf."

„Nach Düsseldorf?" Für einen Moment ist sie vollkommen verdutzt. Doch dann lächelt sie Wolfgang an. „Ich verstehe. Und Sie haben zugestimmt?"

„Nun, er ist krankgeschrieben. Und ich weiß, wo ich ihn finden kann. Das reicht vorerst."

„Dann werden Sie ja auch wissen, wo Sie mich finden."

„Bestellen Sie Ihrem Bruder gute Genesung von mir." Damit verlässt Wolfgang das Büro.

Emma lässt ihre Augen umherschweifen. Sie greift nach ihrer großen Umhängetasche. Dann nimmt sie den Karton, der die letzten Akten von Richard Wolf und seine persönlichen Unterlagen aus seinem Schreibtisch enthält. Seinen Terminkalender, mehrere beschriebene Notizblöcke, zwei Tagebücher, zwei Schnellhefter und drei dicke Ordner. Sie packt alles in die Tasche, deren Träger sie über ihre Schulter legt. Bevor sie die Tür schließt schaut sie sich noch einmal um. Dann schlägt sie den Weg nach Hause ein, um ihren Koffer zu packen. Als erstes wird sie überprüfen, wann morgen der erste Linienflug nach Düsseldorf zu bekommen ist. ‚Ob Stefan mit mir rechnet?'

Nachdem Karola Staller ihren Mann glücklich in die Arme schließen kann zieht sich die Familie für den Rest des Tages zurück. Um ihm die Treppen zu ersparen quartiert die Unternehmers-Gattin ihren Mann kurzerhand auf dem Schlafsofa in ihrem gemütlichen Wohnzimmer ein. Sie weicht nicht von der Seite ihres Mannes.

Gerd lädt Stefan ein, für die Zeit seiner Genesung bei ihm zu wohnen. Die beiden Männer machen sich auf den Weg zur Wohnung des Projektleiters.

Andreas zieht sich in sein eigenes Reich auf dem Anwesen der Familie Staller zurück. Bei der Durchsicht seiner eingegangenen *E-Mails* stößt er auf eine Nachricht von Ilona Kösters, die er neugierig öffnet. Die junge Frau bittet ihn darum, in der Geschichte, die sie zusammen begonnen haben, auch weiterhin auf dem Laufenden gehalten zu werden. Sie würde sich darüber freuen, wenn sie die Möglichkeit erhielte, einen zweiten Artikel mit den Ergebnissen der Taxierung durch Friedrich von Middendorf zu schreiben. Doch was er an ihrer *E-Mail* viel interessanter findet, ist der anschließende Kommentar:

Für den wunderschönen Abend möchte ich mich bei Ihnen bedanken. Ich fand ihn nicht nur wegen ihrer Geschichte interessant. Selbst wenn Sie mir kein zweites Interview anbieten, würde ich einen solchen Abend gern wiederholen. Sie erreichen mich auch am Wochenende. Rufen Sie einfach an!

Andreas muss schmunzeln. Er erinnert sich an die schöne junge Frau. An die langen schlanken Beine, die das erste waren, was ihm an ihr aufgefallen war. Fast kann er noch den sanften Kuss spüren, den er ihr zum Abschied gab. Er hat tatsächlich nichts dagegen, diese Beziehung zu vertiefen. ‚Warum auch nicht?' Vielleicht ergibt sich da im Weiteren ja doch etwas. Der Doktorand erhebt sich, um seinen Vater aufzusuchen.

Peter Staller hat es sich auf dem Sofa gemütlich gemacht. Er schaut seinem eintretenden Sohn auffordernd entgegen.

Andreas betrachtet die äußeren Verletzungen seines Vaters. Noch immer erschreckt es ihn zu sehen, wie viel Gewalt diese Verbrecher seinem Vater zukommen ließen. Obwohl er weiß, dass Rüdiger Pforte mittlerweile tot ist, verspürt der Doktorand auch weiterhin diese Wut gegen den Nazi in sich. „Solltest du nicht besser noch eine Weile ins Krankenhaus gehen? Soweit ich weiß, haben die Ärzte in Berlin dir genau das angeraten."

Während ihm seine Mutter beipflichtet verzieht Peter säuerlich das Gesicht. „Wieso sollte ich das tun? Die packen mich da in ein unbequemes Bett in einem zugigen Zimmer. Sie stechen eine Nadel in meinen Arm, damit sie einen Tropf daran hängen können, der absolut überflüssig ist. Außer, dass sie mich zur

Beobachtung dabehalten wollen, wird nichts weiter geschehen. Nein, danke, da habe ich es zuhause bei Weitem angenehmer." Entwaffnend lächelt er seine Frau an. „Zudem habe ich hier die hübscheste Krankenschwester, die ich mir nur wünschen kann."

„Schmeichler!" Karola muss über seinen Versuch, sie zu überzeugen, laut lachen.

„Wenn es funktioniert." Der Unternehmer wirft seiner Frau einen bettelnden Blick zu. „Und? Komme ich damit durch?"

„Wir werden sehen, wie du dich verhältst. Danach richte ich mich."

„Einverstanden. Ich bin ganz artig, wenn ich zuhause bleiben darf", verspricht Peter ihr erleichtert.

„Wer's glaubt!"

Andreas wendet sich an seinen Vater. Er berichtet ihm von Ilona Kösters Bitte um einen zweiten Artikel über das Gold und die Taxierung. „Ich habe ernsthaft daran gedacht, sie anzurufen. Sie schrieb, dass ich sie jederzeit kontaktieren darf."

„Natürlich. Für einen guten Artikel sind Reporter zu jeder Zeit zu haben." Auch der Konzernchef hat schon schlechte Erfahrungen mit Rundfunk und Presse gemacht.

„Ich war eigentlich sehr zufrieden mit dem Artikel, den sie veröffentlicht hat. Sie richtete sich dabei nach meinen Wünschen. Vor der Veröffentlichung sendete sie mir ihren Bericht auch noch zu. Sie bat mich um meine Zustimmung. Mehr kann ich doch eigentlich nicht verlangen. Oder?"

„Na, schön. Was soll sie deiner Meinung nach jetzt schreiben? Willst du euer Abenteuer in der Zeitung abgedruckt sehen?"

Erschrocken widerspricht Andreas seinem Vater. „Auf keinen Fall! Ich dachte eher daran, dass sie uns helfen könnte, deine Firma wieder ins richtige Licht zu setzen."

Interessiert betrachtet Peter seinen Sohn. „Wie stellst du dir das vor?"

„Ich würde sie einfach anrufen. Das hat sie selbst vorgeschlagen. Vielleicht kann ich ja einen kurzfristigen Termin mit ihr ausmachen. Was wäre, wenn sie hierherkommt, damit du persönlich mit ihr reden kannst?"

„Dazu bin ich gern bereit. Jederzeit. Aber so wie ich im Augenblick aussehe verscheuche ich sie wohl eher."

„Das glaube ich nicht. Sie ist wirklich *tough*."

Kritisch mustert der Familienvater seinen Sohn. Ihm bleibt das Interesse nicht verborgen, das der junge Mann an den Tag legt. Er muss lächeln. ‚Wahrscheinlich weiß Andreas selber noch gar nicht, wie sehr ihn diese Frau beeindruckt hat.' Peter kann sich ausrechnen, wie das weitergeht. ‚Vielleicht sollte ich mir die junge Dame wirklich einmal genauer ansehen.' Er gibt sich geschlagen. „Na, schön. Ruf sie an. Aber warn sie bitte vor, damit sie nicht gleich ‚Reiß aus' nimmt."

„Gut, mach ich." Andreas schlüpft aus der Tür. Da er nicht weiß, was ihn erwartet, möchte er bei dem Telefonat lieber ungestört sein.

„Hallo?"

Der Doktorand erkennt ihre Stimme sofort. Komisch, dass ihn dieses eine Wort bereits so verzaubert.

„Hallo Frau Kösters. Andreas Staller hier. Hoffentlich kommt mein Anruf nicht ungelegen?"

Ilona scheint sich wirklich zu freuen. „Nein, überhaupt nicht. Ich hatte nur nicht damit gerechnet, noch einmal von Ihnen zu hören." Sie macht eine Pause. Aber bevor er etwas sagen kann spricht sie verlegen weiter. „Ich habe geglaubt, dass meine *E-Mail* vielleicht doch etwas zu aufdringlich war." Gut, dass er nicht sehen kann, wie sie errötet.

„Ich fand Ihre Nachricht keineswegs aufdringlich. Ganz im Gegenteil. Ich habe mich sehr darüber gefreut. Allerdings bin ich erst heute aus Berlin zurückgekommen. Ihre *E-Mail* habe ich vor knapp einer Stunde gelesen."

„Ich dachte, Sie wollten nur ein Wochenende in Berlin bleiben? Gab es Schwierigkeiten mit der Taxierung?"

„Ich glaube, das war das Einzige, wodurch keine Probleme entstanden."

„Sie machen mich neugierig. Verraten Sie mir mehr dazu?"

„Ja. Das ist ein Grund, weshalb ich anrufe. Wir hatten reichlich mit Problemen zu kämpfen. Unter anderem wurde mein Vater wegen des Schatzes entführt."

„Entführt? Mein Gott. Geht es ihm gut? Ich hoffe, er ist in Sicherheit?"

Das ist es, was Andreas an dieser Frau mag. Sie denkt erst an den Menschen, dann an ihre Story. „Ja. Er ist wieder hier bei uns. Aber die letzte Woche war ziemlich nervenaufreibend. Wir mussten meinen Vater aus den Händen einer Gruppe Nazis befreien."

„Nazis? Das klingt grauenvoll. Solche Leute sind meistens extrem brutal."

„Das waren sie auch. Aber wir haben es geschafft. Die meisten von denen wurden verhaftet. Doch diese Geschichte ist mir gar nicht so wichtig. Frau Kösters, da gibt es noch etwas, wobei ich Sie um Ihre Hilfe bitten möchte."

„Schießen Sie los, ich bin ganz Ohr."

„Sie haben doch sicherlich von diesen Museumsdiebstählen gehört, die in letzter Zeit vermehrt vorkamen?"

„Ja, natürlich. Das ging durch sämtliche Medien. Was haben denn Sie damit zu tun?"

„Es waren ausschließlich die Alarmanlagen aus der Firma meines Vaters, die da angeblich versagten."

„Angeblich?"

„Genau. Die Geschichte ist zwar mittlerweile aufgeklärt, aber Sie können sich denken, dass bei den Kunden meines Vaters Argwohn herrscht. Von so einer Geschichte bleibt immer irgendetwas hängen."

„Und Sie glauben, dass ein Artikel von mir da Abhilfe schaffen kann? Ich schätze, dafür ist unsere Zeitung viel zu klein."

„Das glaube ich nicht. Viel mehr denke ich, dass sich die anderen Zeitungen an Sie wenden werden, um Ihre Kontakte ebenfalls zu nutzen."

„Jetzt bin ich mehr als nur neugierig. Wie stellen Sie sich das Ganze denn vor? Wollen Sie mir Ihre Geschichte am Telefon erzählen?"

„Nein. Das würde ich lieber bei einem persönlichen Gespräch machen. Sie können auch mit meinem Vater reden. Er hat sich dazu bereit erklärt. Dafür wollte ich Sie eigentlich um ein Treffen bitten, sobald Sie Zeit haben."

„Wie wäre es mit heute? Jetzt gleich?" Aufgeregt sprudeln die Fragen aus Ilona heraus, ohne dass Sie darüber nachgedacht hat. Als sie begreift, wie sich das für Andreas anhören muss, lenkt sie schnell ein. „Entschuldigung! So sehr wollte ich mich nun doch nicht aufdrängen", ergänzt sie verlegen.

Andreas lacht vergnügt auf. „Soll ich Sie abholen oder kommen Sie allein hierher?"

„Ist das Ihr Ernst? Ich bin in zwanzig Minuten da. Nein, in dreißig."

Diese zehn Minuten mehr braucht sie dringend, um das richtige Outfit auszuwählen. Vor ihrem Kleiderschrank stehend verzweifelt sie fast. Dann fällt ihr wieder ein, was er beim letzten Abschied sagte, bevor er sie küsste: ‚Sie haben mit Abstand die hübschesten Beine.' Sie betrachtet sich selbstkritisch im Spiegel. Knielanger Rock, hochhackige Pumps, cremefarbene Bluse. Auch ist sie so gut wie nicht geschminkt. Ihre brünetten Haare könnten schon seit längerem einen Frisörbesuch vertragen.

„Das sieht einfach schrecklich aus!", kommentiert sie entsetzt ihr Aussehen. Mit beiden Händen fährt sie durch ihren modischen Kurzhaarschnitt. Dann strafft sie energisch ihre Schultern. „Quatsch! Tut es nicht! Das bist du! Einfach natürlich. Bleib so", empfiehlt sie ihrem Spiegelbild. Im Vorbeigehen schnappt sie sich ihre Handtasche mit allem, was sie braucht.

Der Doktorand empfängt die junge Journalistin bereits an der Tür. „Schön, dass Sie kommen konnten." Er kann seinen Blick nicht von ihr losreißen. ‚Sie sieht einfach umwerfend aus.'

„Das wollte ich mir auf keinen Fall entgehen lassen. Vielen Dank für die Einladung." Ihre blauen Augen blitzen unternehmungslustig. „Wie geht es jetzt weiter?"

„Ich würde sagen, ich stelle Sie meinem Vater vor, dann können wir uns gemeinsam mit den Geschehnissen auseinandersetzen."

Begeistert stimmt sie ihm zu. Sie wundert sich, warum Andreas noch zögert. ‚Was hat er denn?'

„Mein Vater hat mich gebeten Sie vorzuwarnen. Sein Anblick ist im Augenblick recht abschreckend."

Irritiert schaut die junge Frau den Doktoranden an. „Wieso denn das?"

„Wie schon gesagt wurde er von einer in Berlin ansässigen Gruppe äußerst brutaler Nazis entführt. Sie haben ihn schwer verprügelt. Er hat zahlreiche Verletzungen davongetragen, die nur überdeutlich zu sehen sind. Es ist wirklich kein schöner Anblick. Sollten Sie nicht damit klarkommen, haben Sie bitte keine Hemmungen, unser Gespräch auf später zu verlegen. Es wird Ihnen keiner übelnehmen. In Ordnung?"

„Ja." Erschrocken starrt sie den jungen Mann vor sich an. ‚Die Nazis, die seinen Vater entführten, haben ihn schwer verletzt? In Berlin? Wegen dem Schatz? Woher wussten die von dem Gold? Außer mir hat niemand einen Bericht über den Schatz veröffentlicht. Die Internetseite meiner Zeitung wird diese Leute erst darauf aufmerksam gemacht haben. Ist es meine Schuld? Musste der Unternehmer das durchstehen, weil ich diesen Artikel geschrieben habe?' Beklommen folgt sie Andreas in das Wohnzimmer.

Bei dem Anblick, den der geschundene Mann bietet, reißt Ilona erschrocken die Augen auf. Nicht nur, dass er Schrammen und Wunden davongetragen hat, ist sein Gesicht durch die vielen Prellungen immer noch geschwollen. Die dunklen Verfärbungen zeigen ihr, dass es noch nicht allzu lange her ist, seit er diese erhalten hat. Die weißen Verbände an seinen Handgelenken sind ein extremer Farbkontrast zu seinem sonstigen Aussehen. Es schmerzt sie zu sehen, was dieser Mann auszuhalten hatte und noch hat. ‚Daran bin ich schuld. Mein Artikel hat das verursacht!' Tränen treten ihr in die Augen. Tränen, die sie nicht zurückhalten kann. Statt Peter Staller zu begrüßen, schaut sie ihn betrübt an. „Es tut mir leid."

Verdutzt betrachtet der Konzernchef die Journalistin, die weinend vor ihm steht. ‚Was hat sie denn?' Beruhigend spricht er auf sie ein. „Das ist doch nicht Ihre Schuld."

„Doch. Mein Artikel hat diese Verbrecher erst auf den Schatz aufmerksam gemacht. Wenn ich den Bericht nicht geschrieben hätte, wäre das alles nicht passiert." Ilona kann sich nicht beruhigen.

Karola nimmt die junge Frau in den Arm. Durch ihre Anteilnahme an dem Schicksal ihres Mannes hat die Journalistin sie gleich für sich eingenommen. Sanft drückt die Unternehmers-Gattin die junge Frau auf das freie Sofa. „Glauben Sie wirklich, dass sich das ohne Ihr Zutun nicht in Berlin herumgesprochen hätte? Es waren so viele Menschen an dieser Schatzsuche, dem Transport und der Vorbereitung für die Taxierung beteiligt, dass es mich gewundert hätte, wenn das ohne Störungen abgelaufen wäre. Sie sollten sich keine Vorwürfe machen. Wir jedenfalls werden das nicht tun."

Überrascht schaut Ilona in die Runde.

Peter nickt ihr beruhigend zu. „Die Einzigen, die daran Schuld tragen, sind die Verbrecher, die mich entführt haben."

Sie atmet auf. „Ja. Ich habe verstanden. Vielen Dank."

Das verzerrte Lächeln des Konzernchefs, sowie der mitfühlende Ausdruck auf dem Gesicht seiner Frau lassen Ilona ruhiger werden. Als sie dann noch den fürsorglichen Ausdruck in Andreas' warmen Augen bemerkt, entspannt sie sich wieder. Sie lächelt die Familienmitglieder an. „Wie kann ich Ihnen helfen?"

Bis zum Abendessen sind die vier mit der Berichterstattung der Vorkommnisse, die zur Entführung von Peter Staller führten, beschäftigt. Allerdings hat der Unternehmer beschlossen die beiden Agenten ohne die Einwilligung von Wolfgang Keller nicht zu erwähnen. Parallel schildert ihr der Konzernchef, was es mit den Museumsdiebstählen auf sich hat.

Die Einladung der Familie, mit ihr das Abendessen einzunehmen, schlägt Ilona nicht aus. Sie haben noch genügend Gesprächsstoff.

Peter mustert die junge Frau kritisch. Anscheinend hatte sein Sohn den richtigen Riecher. Ilona Kösters macht auf ihn einen intelligenten, ehrlichen Eindruck. Sie hat ihn durch ihre Art überzeugt, ihr sein Vertrauen entgegen zu bringen. Er ist gespannt auf ihren Artikel. „Frau Kösters, wie wollen Sie an die Sache herangehen?"

„Nennen Sie mich bitte Ilona." Einen Moment überlegt sie sich ihre Vorgehensweise. Dann erklärt sie ihren Zuhörern offen, was sie unternehmen möchte. „Ich werde nur einen Artikel schreiben. Nicht zwei. Wir haben hier eine Vielzahl von Helden, die sich parallel um Firma und Freunde kümmern mussten. Und das haben sie hervorragend zustande gebracht. Doch bevor ich mit dem Artikel beginne werde ich Kontakt zu Herrn Keller aufnehmen. Ich möchte mir seines Einverständnisses sicher sein, bevor ich auch nur eine Zeile veröffentliche. Das müssen Sie mir einfach zugestehen."

Beeindruckt mustert der Unternehmer die Journalistin. Jetzt hat sie sein volles Zugeständnis. „Damit habe ich kein Problem. Im Gegenteil zeigt es mir doch, dass für Sie reale Fakten wichtiger sind als nur der Publicity wegen eine Story herunter zu rattern. Ich werde mich morgen Früh mit Wolfgang Keller in Verbindung setzen. Er wird Sie anrufen. Garantiert!"

„Mehr kann ich nicht verlangen. Sobald der Bericht geschrieben ist, gehen wir ihn zusammen durch. Ich veröffentliche ihn erst, wenn Sie einverstanden sind."

Andreas schlendert mit Ilona durch den großen Garten des Anwesens. Obwohl der junge Doktorand ausgiebig Zeit hatte darüber nachzudenken, weiß er nicht, wie er der jungen Frau an seiner Seite erklären soll, was er empfindet. Also schweigt er lieber. Er ist froh, dass sie seine Einladung zu diesem Spaziergang angenommen hat. So kann er ihre Nähe noch eine kleine Weile ganz für sich allein genießen.

Auch Ilona ist befangen. Nach der ganzen Geschichte, die sie heute zu hören bekam, wundert es sie, dass aus der Familie Staller überhaupt noch jemand mit ihr spricht, geschweige denn sie um einen weiteren Artikel bittet. Und dann ist da noch Andreas. Sie fühlt sich wohl in seiner Nähe, genießt den Spaziergang. Aber anscheinend bereut er die Einladung bereits wieder. Er hat noch kein einziges Wort gesagt.

Irgendwie kann sie das allerdings nicht glauben. Er hätte sie sonst doch gar nicht erst eingeladen. Sie bleibt stehen um ihn anzuschauen. Plötzlich bemerkt sie seine Verlegenheit. Sie erkennt, dass es ihm genauso geht, wie ihr. ‚Wie können zwei erwachsene Menschen nur so viele Hemmungen haben?' Sie beginnt fröhlich zu lachen.

Erstaunt mustert Andreas sie. „Habe ich irgendetwas verpasst?"
„Sag du es mir!", fordert sie ihn auf. Sie legt ihre Arme um seinen Nacken. Dabei schaut sie ihm offen in die Augen. „Kann es sein, dass wir beide Angst davor haben, den ersten Schritt zu machen?"

Andreas' Hände umfassen ihre Taille. „Schon möglich. Ich wollte mich dir nicht aufdrängen."

„Hast du Angst, das könnte den Artikel beeinflussen?"

„Nein, absolut nicht. Dafür bist du viel zu sehr Profi", versichert Andreas fest. „Ich dachte nur, es wäre besser, wenn ich es langsam angehen lasse und dir nicht gleich auf die Füße trete."

Ilona lächelt ihn einladend an. „Ich glaube, ich hätte nichts dagegen, wenn du näherkommst."

Sie braucht ihn nicht noch einmal aufzufordern. Er zieht sie zu einem ersten langen Kuss an sich heran. Eine ganze Weile sind die zwei einfach nur mit sich beschäftigt. Als sie sich voneinander lösen haben beide den Wunsch, das schnell wieder zu ändern.

Der Doktorand legt einen Arm um die Schultern seiner Begleiterin. Gemeinsam schlendern sie weiter durch den Garten.

„Ich kann es immer noch nicht fassen, dass ihr überhaupt noch mit mir redet. Der Artikel, den ich geschrieben habe, hat garantiert zu dem beigetragen, was dein Vater durchmachen musste."

„Rede dir das bitte nicht ein. Du konntest doch nicht damit rechnen, dass ausgerechnet Menschen, die so gewalttätig sind, auf deinen Artikel reagieren. Lass dir das auch sonst von niemandem einreden."

Gedankenverloren läuft die Journalistin neben ihm her.

Plötzlich lächelt Andreas. „Ich weiß noch, wie viel Angst ich davor hatte, einem Reporter nach dem Goldfund Rede und Antwort stehen zu müssen. Diese Leute haben mir regelrecht die Tür eingerannt." Er bleibt stehen. Liebevoll betrachtet er sie. „Und dann warst da ‚Du'. Du hattest eine so liebenswürdige, umwerfende Art. Ich konnte, nein, ich wollte mich dem gar nicht entziehen."

Ilona starrt ihn erstaunt an. „Du hattest Angst vor einem Interview?"

„Und wie!"

„Aber da ist doch gar nichts dabei."

„Das sagst du. Aber mir schlotterten die Beine", gesteht Andreas ihr. „Doch dann wurde dieser Abend zu einem der schönsten seit langem. Ich habe ihn wirklich genossen. Umso mehr habe ich mich über deine Nachricht gefreut."

„Da habe ich mich ganz schön weit aus dem Fenster gelehnt. Aber ich konnte dich einfach nicht vergessen. Ich war furchtbar enttäuscht, weil du dich nicht zurückgemeldet hast. Aber jetzt weiß ich ja warum."

Andreas zieht sie zu einem langen Kuss an sich heran. Als sie sich danach in seine Arme schmiegt nimmt er seinen ganzen Mut zusammen. „Ilona, ist dir das zu schnell, wenn ich dich bitte heute Abend bei mir zu bleiben?"

Sie lächelt sanft. „Was glaubst du wohl, warum ich hier bin?"

Angenehm überrascht streckt Andreas ihr seine Hand entgegen. „Komm!", fordert er sie sanft auf.

Ilona ergreift seine Hand. Auf dem Weg zurück lehnt sie sich an ihn.

Seinen Arm um ihre Schultern gelegt führt er sie zurück, auf direktem Weg zu seiner Wohnung. Als er den Haupteingang des Anwesens passiert ohne anzuhalten, bleibt sie erstaunt stehen.

„Sollte ich mich nicht wenigstens von deinen Eltern verabschieden?"

Andreas wirft einen Blick auf die erleuchteten Fenster. „Wozu? Die beiden wissen sowieso schon, was läuft. Du kannst davon ausgehen, dass sie morgen mit dem Frühstück auf uns warten werden."

Ilona lacht fröhlich auf. „Ist es nicht wunderbar, so großartige Eltern zu haben?"

„Da hast du Recht!" Andreas zieht sie mit sich.

23

Um zwanzig nach zehn landet ihr Flieger in Düsseldorf. Sie braucht keine halbe Stunde bis sie mit dem Mietwagen, einem *Mercedes C320* mit *3,5-Liter-Motor* und einer Leistung von *200 kW* auf das Firmengelände der *Staller Industrie Werke GmbH* in Düsseldorf-Stockum einbiegt. Da ihr Bruder auf ihre Anrufe und Nachrichten nicht antwortet, bleibt ihr nur dieser Weg um herauszufinden, wo er sich befindet. Ihr war sofort klar, was Stefan nach Düsseldorf zieht. Dass Anna der Grund ist braucht ihr niemand extra zu sagen. Aber dass er sich nicht zurückmeldet, dafür findet sie keinen triftigen Grund. Das hat es noch nie gegeben. Stefan und sie stehen sich seit Anbeginn sehr nah. Egal wie weit sie voneinander getrennt waren, sie haben immer einen Weg gefunden, miteinander in Kontakt zu bleiben.

Durch den Wachmann, der an der Einfahrt seinen Dienst verrichtet, wird sie umgehend bei Anna angemeldet, sodass diese Emma bereits lächelnd erwartet. „Wir haben uns schon gefragt, wann Sie hier auftauchen."

„Ich möchte eigentlich nur nach meinem Bruder sehen, dann bin ich auch ganz schnell wieder weg", erwidert Emma verlegen. Dass sie von Wolfgang Keller die Genehmigung hat nach dem Mörder ihres Vaters zu suchen geht außer Stefan und sie niemanden etwas an.

„Dazu besteht überhaupt kein Anlass. Wir freuen uns, wenn Sie noch bleiben. Kommen Sie, ich bringe Sie zu ihm", entgegnet Anna freundlich.

In dem Leihwagen folgt sie Annas *VW Golf* die kurze Strecke zur Gerds Wohnung. Der Projektleiter hält sich seit dem frühen Morgen an seinem Arbeitsplatz auf. Daher öffnet Stefan den Frauen auf ihr Klingeln.

„Hallo, Kleine." Ihr Bruder nimmt Emma erfreut in den Arm. Ohne sie loszulassen beugt er sich vor und gibt Anna einen liebevollen Kuss.

„Ich lasse euch vorerst allein. Da die Arbeit ruft, muss ich wieder zurück. Sonst wird mein Boss sauer." Anna lächelt ihnen zu, dann ist sie auch schon verschwunden.

Emma schaut sich ausgiebig um. „Nette Hütte. Wie bist du da herangekommen?"

Stefan weicht aus. „Gehört einem Freund. Ich darf hier wohnen, solange ich will. Immerhin hat er genug Platz. Für dich ist auch ein Zimmer vorhanden, falls du bleiben willst."

Die Agentin wandert durch die Räume. Die großzügige Fünf-Zimmer-Wohnung ist geschmackvoll und praktisch eingerichtet. Sie erkennt sofort, dass dies die typische Wohnung eines Junggesellen ist. Jetzt dreht sie sich zu ihrem Bruder um. „Ich kann nicht lange bleiben. Stefan, ich habe Vaters Unterlagen von Keller bekommen. Er hat versprochen mich zu unterstützen."

Stefan schaut überrascht auf und mustert seine Schwester. „Du willst weitersuchen? Glaubst du, das hat noch einen Sinn?"

„Ich weiß es nicht", räumt sie traurig ein. „Aber wenn ich es nicht versuche, werde ich genau das immer hinterfragen."

„Ja, du hast Recht. Wo kann ich dir helfen?"

„Das tust du schon." Sie ist froh, dass er ihre Beweggründe versteht. Erleichtert nimmt sie ihn noch einmal fest in die Arme. „So, und jetzt will ich wissen, was es mit dir und dieser Sekretärin auf sich hat. Glaub ja nicht, dass du mir etwas verheimlichen kannst."

„Tja, was soll ich da noch sagen? Em, mich hat es voll erwischt", gesteht Stefan seiner Schwester. „Vom ersten Moment an, als ich sie gesehen habe, wollte ich nur noch Anna. Sie hat mich einfach umgehauen. Sie war so cool. Du hättest sehen sollen, wie sie Johann fertiggemacht hat."

„Das habe ich gesehen", erinnert Emma ihn lächelnd. „Und ja, das war richtig gut. Aber sie ist auch sonst in Ordnung. Die ganze Zeit stand sie zu ihren Freunden, hat an sie geglaubt und ihnen vertraut. Ich habe sie dafür bewundert. Aber glaubst du, das reicht aus?"

Stefan weiß, was Emma meint. „Nein. Doch da ist noch so viel mehr. Und alles zusammen, ja, das reicht aus. Emma, ich liebe Anna und sie liebt mich. Wir haben lange geredet."

„Und wie geht es jetzt weiter? Hast du dir darüber schon Gedanken gemacht?"

„Ja. Anna kommt klar mit dem, was ich mache. Ich will auch keinen anderen Job. Jedenfalls vorerst noch nicht. Aber ich kann ihn auch in Düsseldorf ausüben."

„Dir ist es aber ganz schön ernst", stellt Emma verwundert fest.

„Ja. Wünsch mir einfach Glück."

„Wieso? Das hast du doch schon", neckt Emma ihn wohlwollend.

Sie holen ihr Gepäck aus dem Wagen. Die Agentin richtet sich in dem vorhandenen Gästezimmer ein. Die große Umhängetasche nimmt sie mit zu Stefan.

Anscheinend hat es sich ihr Bruder in dem Freizeitraum des Wohnungsinhabers bequem gemacht. Ihre Vermutung rührt nicht nur daher, dass es hier ein einladendes Schlafsofa mit passender TV-Leinwand gibt, sondern auch diverse Fitnessgeräte.

„Nicht übel", bewertet sie das Zimmer.

Gemeinsam beginnen die Geschwister mit der Durchsicht der Papiere. Drei Stunden später rauchen beiden die Köpfe, doch bei ihren Recherchen sind sie keinen Schritt weitergekommen. Mittlerweile sitzen sie beide auf dem Boden, inmitten der ausgebreiteten Unterlagen.

„Ich habe keine Ahnung, wo ich ansetzen soll, oder wonach ich suchen muss." Emma ist über alle Maßen frustriert. „Wenn wir so weitermachen, sind wir in zehn Jahren noch keinen Schritt weiter."

„Ja, du hast Recht." Auch Stefan weiß nicht weiter. „Es gibt einfach überhaupt keinen Anhaltspunkt in Vaters Akten. Was hat er zuletzt bearbeitet? Verdammt, mit wem hat er sich angelegt?"

„Wenn er es so extrem geheim gehalten hat, muss es jemand auf höchster Ebene sein. Jemand, der sehr gefährlich werden kann." Emma lässt ihren Blick über die Akten schweifen. „Machen wir weiter müssen wir extrem vorsichtig sein."

„Vorsichtig womit?" Gerd steht in der Tür. Er hat Emmas letzte Bemerkung noch mitbekommen.

„Gerd? Was machst du denn hier?" Irritiert mustert Emma ihn. ‚Woher weiß er, wo ich zu finden bin? Und wie kommt er so schnell hierher?'

„Ich? Ich wohne hier", klärt er sie auf. „Und ich freue mich, dich als Gast begrüßen zu dürfen." Überrascht mustert er die Agentin. ‚Was macht sie hier, wenn sie noch nicht einmal weiß, dass dies meine Wohnung ist?', überlegt er. Da Anna den ganzen Tag über durch ihre Arbeit hochgradig eingespannt war, vergaß sie ganz, Gerd über den Besuch Emmas zu informieren. Den angenehmen Empfindungen, die ihre Anwesenheit bei ihm hervorruft, kann er sich nicht entziehen. Er betrachtet die im ganzen Zimmer verteilten Papiere. „Was heckt ihr beiden da aus?"

Emma übergeht seine Frage. Sie wirbelt zu Stefan herum. Ihre Augen blitzen wütend auf. „Also, das ist der Freund, der dich beherbergt? Und wann hättest du mir das gesagt?"

„Em, lass uns in Ruhe reden", fleht Stefan in sanftem Ton. „Bitte."

„Nein!" Viel zu aufgebracht um einen klaren Gedanken zu fassen, will sie den Raum verlassen. Ihr wütender Blick fällt auf Gerd. Obwohl sie sich kaum beherrschen kann spürt sie ihre Gefühle für ihn. Und dann begreift sie es! Sie erkennt plötzlich, was diese Gefühle zu bedeuten haben. Zudem wird ihr klar, dass auch Stefan weiß, was los ist. Auf dem Absatz wirbelt sie zu ihrem Bruder herum. Aufgebracht geht sie ein paar Schritte auf Stefan zu, wobei sie ihn sauer angiftet. „Du weißt es! Du hast es die ganze Zeit gewusst!"

Um Emma zu helfen wäre Stefan jederzeit bereit, sich einem Streit mit ihr zu stellen. „Ja, verdammt!", schnauzt er sie heftig an. „Du bist meine Schwester. Glaubst du, ich sehe nicht was er dir bedeutet? Nicht jeder ist wie David. Es wird langsam Zeit, dass du auch einmal jemandem dein Vertrauen schenkst. Spring endlich über deinen Schatten. Er hat eine Chance verdient! Meinst du nicht?"

Emma starrt ihn einen Augenblick einfach nur an. Wie konnte ihr Bruder ihr nur so in den Rücken fallen? Trotzig schüttelt sie den Kopf. Sie hat keine Ahnung, wie sie damit umgehen soll. Ohne ein Wort von sich zu geben wirbelt sie herum und rennt aus dem Raum. Die Männer können hören, wie die Wohnungstür ins Schloss fällt.

Frustriert hebt Stefan die Schultern. „Mein Gott, Weiber! Warum müssen die immer alles so kompliziert machen?"

„Was hast du damit gemeint, dass sie Vertrauen haben soll? Wer hat ihr das angetan?", verhört ihn Gerd erregt. Langsam begreift er ihr Verhalten. „Wer ist David?"

„Das muss sie dir schon selbst erzählen. Ich kann dir nur sagen, der Typ war ein Mistkerl, der sie nicht verdient hat. Emma hat sich selbst um ihn gekümmert. Bei mir wäre er nicht so glimpflich davongekommen." Er atmet tief durch um sich zu beruhigen. „Ich sollte ihr wohl nachgehen."

Gerd überlegt einen Augenblick. „Nein, lass mich das machen."

Sie wusste, dass er kommt. Bewusst arrogant reagiert sie auf sein Erscheinen. „Du brauchst keine Angst zu haben, dass du dich um mich kümmern musst. Ich reise noch heute ab. Ich habe sowieso keine Zeit."

„Vielleicht will ich mich aber um dich kümmern."

„Nicht nötig. Außerdem habe ich zu tun." Sie will so schnell wie möglich aus seiner Nähe weg. Lange kann sie ihre Gefühle für ihn bestimmt nicht unterdrücken. ‚Warum nur komme ich von ihm nicht los?'

Er fasst ihre Oberarme und dreht sie sanft zu sich um. „Wer hat dir so wehgetan?"

Noch kann sie ihm das nicht sagen. Sie kann nur den Kopf schütteln. Er ist ihr viel zu nah, als dass sie noch klar denken kann. Eigentlich will sie sich heftig aus seinen Händen befreien, ihn anschnauzen, doch dazu fehlt ihr die Kraft. Viel mehr wünscht sie sich, dass er sie festhält, sie in seine Arme nimmt und am liebsten nie wieder loslässt.

„Ich werde dir nicht wehtun", verspricht er ihr. „Bitte bleib! Bleib bei mir."

Als ob er ihren Wunsch gehört hätte, zieht er sie an sich, um sie ganz sanft zu küssen.

Sie weiß genau, was sie sich wünscht, auch was das für Folgen haben wird. Nur zu deutlich nimmt sie ihre eigenen Empfindungen wahr. ‚Was soll ich denn tun?', fragt sie sich verzweifelt. ‚Habe ich nicht auch das Recht, endlich einen Mann zu finden, mit dem ich glücklich sein kann? Stefan hat Recht, Gerd hat diese Chance verdient. Wir haben diese Chance verdient!' Emma gibt ihre Gegenwehr auf. Sehnsüchtig schlingt sie die Arme um seinen Hals und schmiegt sich an ihn. Seinen Kuss erwidert sie voller Leidenschaft.

Zum Abendessen finden sich alle auf dem Anwesen der Familie Staller ein. Es wird ein ausgelassener Abend. Erst jetzt erfahren Peter und die anderen, wie viel Anteil die junge Agentin an dem Ausgang der Geschichte hatte.

Mitten im Gespräch meldet Emmas Handy ihr einen Anrufer. Sie wirft nur einen kurzen Blick auf die Anzeige. „Entschuldigt, bitte! Das muss ich annehmen." Der ernste Ausdruck, den sie Stefan zuwirft, lässt diesen ihr sofort nach draußen folgen.

Gerd nimmt den Blick wahr, den Emma ihrem Bruder zuwirft. Irgendwo in ihm klingeln die Alarmglocken. Er wartet noch einen Augenblick, dann steht auch er auf. Langsam folgt er den beiden.

„Keller? Was ist los?", erkundigt Emma sich bei ihrem Vorgesetzten.

„Wir hatten ein paar Probleme hier im Haus. Es gab einen Defekt in der Heizungsanlage. Das ganze Gebäude musste evakuiert werden."

„Wurde jemand verletzt?"

„Nein. Aber der Brand hat sich schnell ausgebreitet. Die Gegenmaßnahmen der Brandbekämpfer waren schnell genug, um größeren Schaden zu verhindern. Kaum ein Raum hat mehr als Rauchschäden abbekommen. Mit einer Ausnahme! Frau Wolf, von Ihrem Büro ist nichts mehr übriggeblieben. Sämtliche Akten sind nur noch Asche. Es tut mir leid."

„Ich verstehe. Und Sie sind sich ganz sicher, dass es keine Brandstiftung war?" Emma hält den Atem an. ‚Was wird er antworten?'

„Ich glaube nicht an einen Zufall. Auch wenn die Feuerwehr etwas anderes sagt, kann ich eine Brandstiftung nicht ausschließen. Wir wissen beide, wie man das hinbekommt."

„Ja, da stimme ich Ihnen zu."

„Bis jetzt habe ich nicht wirklich daran geglaubt, dass Richards Mörder hier bei uns zu suchen ist. Doch nun bin ich überzeugt davon, dass es so ist." Wolfgang atmet tief durch. „Ich muss mich bei Ihnen entschuldigen. Sie hatten die ganze Zeit über Recht mit Ihrer Vermutung."

„Das konnten Sie nicht wissen."

„Aber Sie wussten es! Ich möchte, dass Sie alle Möglichkeiten in Betracht ziehen, die Sie finden können, um den Mörder zu entlarven. Ich will diesen Mistkerl haben."

„Ja, gut."

„Und da ist noch etwas." Wolfgang spricht eindringlich. „Frau Wolf, Ihr Gegner weiß, mit wem er es zu tun hat. Das hat er uns gerade gezeigt. Also seien Sie auf der Hut. Es wäre gut, wenn in nächster Zeit niemand Kenntnis davon hat, wo Sie zu finden sind."

„Da kann ich Ihnen nicht widersprechen. Ich melde mich."

„Was hat er gesagt?", erkundigt sich Stefan ungeduldig.

„Er hat mich gewarnt." Sie berichtet ihm, was Wolfgang Keller ihr erzählt hat.

Eindringlich mustert der Agent seine Schwester. „Em, du weißt, was das bedeutet. Du bist ins Visier dieses Typen geraten. Du stehst eindeutig auf seiner Abschussliste."

„Das müsst ihr mir genauer erklären." Gerd lehnt mit verschränkten Armen an der Wand. Fragend schaut er den Geschwistern entgegen.

Zuerst will Emma heftig erwidern, dass ihn das nichts angeht. Doch dann erinnert sie sich an die Worte, die Stefan ihr vor ein paar Stunden an den Kopf geworfen hat. Sie weiß, dass ihr Bruder Recht hat. Und sie weiß, dass Gerd der Mann ist, dem sie diese Chance geben möchte. Genauso wie sich selbst. Da Stefan ihr auch noch auffordernd zunickt, geht sie das Risiko ein. Sie erzählt Gerd, worum es geht. Allerdings reagiert der vollständig anders als erwartet.

„Kommt mit!" Er ergreift ihre Hand. Emma mit sich ziehend läuft er zurück.

Schon beim Eintreten wendet er sich ernst an die anderen. „Leute, wir haben ein Problem, bei dem wir eure Unterstützung brauchen."

Er erzählt ihnen, was sie wissen müssen. Im Anschluss richtet er seine Bitte direkt an den Konzernchef. „Ich würde mir gern *Oscar* ausleihen. Tim und Max könnten die Unterlagen eingeben, damit er alles überprüft."

Peter nickt zustimmend. „Im Augenblick ist sowieso arbeitstechnisch noch nicht viel los. Also, warum nicht? Ich bin gespannt, was dabei herauskommt." Er sieht Emma direkt an. „Außerdem schulden wir Ihnen beiden noch eine ganze Menge."

Die Geschwister Wolf staunen nicht schlecht, als sie am nächsten Morgen den Computerraum der Firma *Staller* betreten.

„Wow!", ist alles, was Stefan dazu einfällt.

Der gesamte Raum besteht aus den modernsten Hightech-Geräten. Supercomputer der Marke *IBM Blue Gene* summen hier leise vor sich hin, während sie von den beiden Ingenieuren in Bereichen der Mathematik, Naturwissenschaft, Informatik und Elektronik genutzt werden.

Vervollständigt wird das Ganze durch den in eine der Wände eingelassen riesigen Videobildschirm, auf dem zwei Dutzend Bilder, Grafiken und Dateien gleichzeitig angezeigt werden. Dazu gehört das passende Bedienfeld, ein enorm großer Kontrolltisch mitten davor.

Im angrenzenden Raum befindet sich *Oscar*, der Quantencomputer, den sie für die Regierung auf seine Fähigkeiten und Schwachstellen hin testen. Das Highlight neuester Computertechnologie kann in kürzester Zeit komplexe Systeme simulieren, die Suche in Datenbanken enorm beschleunigen und Verschlüsselungstechnologien selbstständig knacken.

„Hallo Fremde", begrüßt Tim die Geschwister fröhlich. „Was macht ihr denn hier? Müssen wir etwa noch eine Bank ausrauben?"

„Nein. Wir müssen einen Mörder finden", erwidert Gerd.

Damit hat er die volle Aufmerksamkeit von Tim und Max, sodass er ihnen berichten kann worum es geht. Die beiden Computerfachkräfte begreifen schnell, was er von ihnen möchte.

Max strahlt. „Cool! *Staller*-Team in geheimer Mission. Hört sich an wie ein Thriller. Ich bin dabei!"

„Max, das ist alles andere als ‚cool'. Das ist gefährlich. Für jeden von uns." Emma möchte, dass alle wissen worauf sie sich einlassen. „Ich bin dem Typ schon zu nah gekommen. Dadurch stehe ich jetzt auf seiner Abschussliste. Passt bitte auf, dass euch das nicht auch passiert. Ich habe bereits meinen Vater verloren. Ich möchte nicht auch noch einen Freund verlieren. Bitte seid vorsichtig. Versprecht mir das."

„Das sind wir. Versprochen!" Tim schaut sie offen an. „Lasst mir die Unterlagen hier, ich werde alles eingeben. Dann sehen wir weiter." Er blickt auf den Berg Akten. „Dafür brauche ich bestimmt zwei bis drei Tage. Ich melde mich." Damit ist für ihn alles gesagt. Ohne ein weiteres Wort greift er nach den ersten Papieren. Max gesellt sich zu ihm. Unverzüglich beginnen sie mit der Arbeit. Ihren Besuchern schenken sie keine Beachtung mehr.

Gerd kennt dieses Verhalten von seinen Computerspezialisten bereits. Er weiß, dass sie sich jetzt ganz auf ihre neue Aufgabe konzentrieren. „Hier sind wir erst einmal überflüssig. Kommt, ich zeige euch die Firma."

Sie stehen mitten in den *Staller*-Fertigungshallen, als Gerd einen Anruf von Tim erhält. Er kommt noch nicht einmal dazu sich zu melden, da vernimmt er auch schon die Stimme seines Computerspezialisten.

„Hey, Boss, ihr solltet hierherkommen. Und das am besten gestern."

„Was ist denn hier los?" Erstaunt beäugt Gerd das Umfeld der beiden Fachkräfte. Der Computerraum von Max und Tim war bisher der penibelste Raum im ganzen Gebäude. Hier fand man nicht das kleinste Staubkorn. Doch im Moment sieht es aus, als ob eine Bombe eingeschlagen hätte. Sämtliche Papiere aus Richard Wolfs Unterlagen liegen verstreut auf dem Boden.

Gerd bückt sich, um das Blatt vor ihm aufzuheben.

„Liegenlassen!", wird er von Max aufbrausend belehrt. „Ihr dürft keins der Blätter verschieben. Geht bitte vorsichtig daran vorbei."

„Und was soll das alles?"

Tim erklärt es ihnen. „Wir haben angefangen, die Daten einzugeben. *Oscar* kann ein Blatt Papier einscannen, dabei gleichzeitig die Daten speichern und auswerten. Also habe ich mit der ersten Seite angefangen. Doch ich bekam immer wieder die Meldung, ich soll die Blätter einzeln eingeben. Aber genau das habe ich gemacht. Also versuchte ich es mit einem anderen Blatt und erhielt die gleiche Meldung. Ich bin fast verzweifelt."

„Du hast ihn ‚Schrotthaufen' genannt", zitiert Max seinen Kollegen vergnügt. „Er hat geglaubt, *Oscar* hätte ausgerechnet jetzt einen Defekt. Aber dem war nicht so."

„Nein, dem war ganz und gar nicht so." Tim schaut ernst in die Runde. „Max hatte die entscheidende Idee. Wir haben *Oscar* die Daten nicht auswerten lassen. Wir haben ihn gebeten die Seiten einfach nur einzuscannen. Jede für sich in ihre Urfassung zurückversetzt. Und jetzt sind wir fündig geworden. Jedes einzelne Blatt beinhaltet im Hintergrund ein zweites beschriebenes Blatt. Mit bloßem Auge ist das nicht zu erkennen. Aber *Oscar* findet sie. Die versteckten Blätter ergeben eine Akte. Auf jedem Blatt steht, welche Seite als nächstes an die Reihe kommt."

„Das ist ein riesengroßes Puzzlespiel. Bis wir das durchgearbeitet haben dauert es noch eine ganze Weile. Aber ihr solltet wissen, was wir gefunden haben."

Emma starrt Tim und Max einfach nur an. Doch Stefans Augen beginnen zu blitzen. „Mensch, Em, das ist es. Deswegen haben wir nichts gefunden. Es war alles gut versteckt. Keine Ahnung, wie Vater das hinbekommen hat. Aber das ist absolut genial."

„Was schätzt ihr, wie lange ihr braucht?", hakt Gerd nach.

Tim beäugt kritisch die im Raum verteilten Papiere. „Zuerst müssen wir jedes einzelne Blatt einscannen und von *Oscar* zerlegen lassen. Und zwar in der richtigen Reihenfolge. Danach können wir die Akte zusammensetzen. Dann kommt das nächste Highlight. Es ist alles verschlüsselt. Dadurch verzögert sich das Ganze weiter. Wie lang *Oscar* für das Dekodieren braucht können wir jetzt noch gar nicht abschätzen." Er richtet sich mit einem fragenden Ausdruck an Max, doch der zuckt auch nur kopfschüttelnd die Schultern.

„Keine Ahnung, wie viel Zeit wir benötigen. Ich kann da höchstens spekulieren", seine Augen wandern über die Unterlagen. „Also, wenn keine andere Arbeit dazwischenkommt, werden wir wohl mit vier Wochen hinkommen", schätzt Tim.

„Vier Wochen?" Die anderen sehen sich verdattert an. Erst jetzt wird ihnen bewusst, welcher Aufwand betrieben werden muss.

In diesem Moment klingelt Emmas Handy.

Während Gerd mit den Geschwistern die Firma besichtigt, hält Ilona vor dem Eingang des großen Anwesens. Der Wachposten lässt sie unverzüglich passieren, nachdem ihm sein Chef versicherte, dass die junge Frau erwartet wird. Karola kommt ihr an der Tür entgegen, um sie zu ihrem Mann zu führen.

„Ilona, schön, dass Sie da sind", begrüßt der Unternehmer die junge Journalistin hocherfreut. „Ich habe nicht damit gerechnet, dass Sie so schnell anrufen. Haben Sie Ihren Artikel schon komplett fertig geschrieben?"

„Ja. Es war mir wichtig!" Aus ihrer Tasche holt Ilona eine Mappe heraus, die sie dem Konzernchef reicht. „Herr Keller hat mich heute Früh auch angerufen. Ich habe ihm den Artikel ebenfalls für eine Korrekturprüfung gesendet. Lesen Sie ihn sich in Ruhe durch. Wir werden über alles reden, was Sie geändert haben möchten."

„Wieso machen Sie das? Keiner Ihrer Kollegen würde diese Mühe auf sich nehmen?"

Die Journalistin lächelt. „Das habe ich auch Ihrem Sohn bereits erklärt. Ich habe die Erfahrung gemacht, dass ich mit Freundlichkeit und Rücksichtnahme weiter komme als mit Aufdringlichkeit. Warum soll ich meinen Gesprächspartnern nicht entgegenkommen? Außerdem schreibe ich nur das, was der Wirklichkeit entspricht. So kann mir später niemand vorwerfen, ich würde die Unwahrheit veröffentlichen."

Während Karola ihr einen Kaffee anbietet, liest Peter gespannt den Artikel durch.

Staller Industrie Werke im Kampf gegen Kunstraub, Entführung und Mord

Seit geraumer Zeit wurden in ganz Deutschland Museen ausgeraubt. Die Diebe drangen ein, ohne dass die Alarmanlage, die ja genau diese Situation verhindern sollte, ein Signal auslöste. Als Reinigungskräfte getarnt konnten vier Frauen in die Museen vordringen, die wachhabenden Männer betäuben und sich in Seelenruhe in die Anlage hacken. Allerdings war nur eine der Frauen in der Lage, durch ihre hervorragenden Computerkenntnisse diese Anlagen zu manipulieren. Peter Staller, aus dessen Firma die Alarmanlagen stammen, und seine Mitarbeiter setzten den Ruf der Firma aufs Spiel, um der Polizei zu helfen dieser Frauen habhaft zu werden. Am Ende gewannen die Guten. Alle Frauen wurden von den Beamten in Gewahrsam genommen. Die Mitarbeiter der Staller Industrie Werke konnten zweifelsfrei beweisen, dass die Alarmanlagen einwandfrei funktionierten. Doch der Leumund der Staller Industrie Werke ist zerstört. Warum müssen immer die Guten unter den Fehlern der geldgierigen Verbrecher leiden?

Liebe Leser, vor nicht einmal zwei Wochen berichtete diese Zeitung über den Fund des Nazi-Goldes, der in einem oberpfälzischen Wald in der Nähe von Arrach gefunden wurde. Bei der Exkursion einer Gruppe von Studierenden aus einem geologischen Institut der Aachener Universität konnte der Fund geborgen werden. Zur Taxierung brachte einer der Leiter dieser Exkursionsgruppe, der Doktorand Andreas Staller, das Gold nach Berlin. Dort sollte es von dem weltweit bekannten Kurator Professor Friedrich von Middendorf untersucht und wenn möglich auch für echt befunden werden. Doch es kam anders! Eine nationalsozialistische Vereinigung wurde auf den Fund aufmerksam. Sie drangen bis in das Museum vor, ergriffen den Professor, folterten und töteten ihn. Aber an ihr Ziel, den Schatz, kamen sie nicht heran. Der lag sicher aufbewahrt in einer Berliner Bank. Als nächstes zwangen diese Nazis den Bankdirektor, durch Bedrohung seiner Familie, ihn in die Bank zu führen. Unter diesem Zwang räumte er den Verbrechern den Weg zum Gold frei. Doch die hiesige Polizei war gewarnt. Sondereinsatzkräfte befreiten sowohl den Bankdirektor als auch seine Familie. Alle Einbrecher wurden verhaftet. Einzig der Anführer entkam.

Sie fragen sich jetzt sicher, was der Diebstahl der Kunstschätze mit den Handlungen dieser nazistischen Vereinigung zu tun hat. Ich versichere Ihnen, es wird noch spannender. Und gefährlicher! Vor allem für Peter Staller. Kaum, dass diese Diebinnen seiner Firma schwer zugesetzt hatten, musste der Konzernchef um sein Leben bangen. Der Anführer der Nazis gab sich nicht mit seiner Niederlage zufrieden. Schon am nächsten Morgen entführte er den Großunternehmer Peter Staller aus Düsseldorf. Schwer verletzt musste der Unternehmer eine Woche in der Gewalt dieser brutalen Menschen überstehen. Seinen Sohn forderten sie auf, ihm den Schatz im Austausch gegen seinen Vater zu besorgen.

Andreas Staller holte sich Unterstützung aus den Reihen seiner Freunde. Auch die Mitarbeiter des Konzernchefs eilten zu Hilfe. Gemeinsam konnten sie Peter Staller befreien. Dafür brauchten sie allerdings das Gold. Ihnen blieb keine andere Möglichkeit, als in die Bank, die mit einer Staller Alarmanlage versehen war, einzubrechen.

Laut Aussage von Gerd Bach, dem Projektleiter der Staller Industrie Werke, wäre ihnen das nie gelungen, wenn nicht kurz zuvor ein paar Frauen bewiesen hätten, dass die Anlagen doch zu überbrücken sind.

Mit Hilfe der Spezialeinsatzkräfte aus Berlin gelang es Andreas Staller seinen Vater zu befreien. In einer groß angelegten Aktion der Beamten wurden alle Mitglieder dieser Nazi-Vereinigung verhaftet oder getötet. Jetzt erholt sich Peter Staller im Kreis seiner Familie von seinen schweren Verletzungen. Seine Firma wurde unter anderem durch Wolfgang Keller, den Leiter der Bundesnachrichtendienste aus Berlin, rehabilitiert. Der Schatz, der Auslöser dieser Geschehnisse war, konnte mittlerweile unversehrt an die oberpfälzische Regierung zurückgegeben werden.

Der Projektleiter Gerd Bach äußerte sich offen zu den Diebstählen. Die Bilanz, die er daraus zieht, zeigt ihm die Schwachstellen auf. Ihnen ist nun bekannt, wie sie ihre Anlagen noch verbessern können. Aber ob das Unternehmen wieder das wird, was es einmal war, bezweifelt er. Dies liegt einzig im Vertrauen der Kunden.

Meiner persönlichen Meinung nach haben es diese Männer, die sich als Helden entpuppt haben, verdient, dass man ihnen eine Chance gibt. Was meinen Sie?

Ilona Kösters

Peter ist sprachlos. Das hätte er nicht erwartet. Die Journalistin schreibt nicht nur gut, sondern auch mit dem Herzen. Peter drückt den Artikel seiner Frau in die Hand.
Karola beginnt sofort zu lesen.
„Und? Was sagen Sie?" Neugierig wartet Ilona auf seinen Kommentar.
„Ich denke, als erstes werde ich mich bei meinem Sohn bedanken."
Erstaunt mustern ihn beide Frauen.
„Bei Andreas?" Im ersten Moment begreift Karola überhaupt nicht, wovon ihr Mann da redet. Sie schaut ihm fragend in die Augen, dann wandert ihr Blick auf Ilonas Reportage. Sie beginnt zu lächeln als sie plötzlich versteht, worum es ihm geht.
„Andreas war es schließlich, der mir die fähigste Journalistin, die ich bisher kennenlernen durfte, empfohlen hat", erklärt Peter der Journalistin. „Ilona, ich bin begeistert. Ändern Sie an diesem Artikel nicht ein einziges Wort. Sie haben nicht nur die richtige Wortwahl getroffen, sondern auch Ihr Herz mit eingebracht. Dafür kann ich mich nur bedanken."

24

Die tägliche Büroarbeit, mit der Wolfgang Keller beschäftigt ist, wird durch das Öffnen der Tür unterbrochen. Ohne Ankündigung durch seine Sekretärin tritt ein Mann ein.
„Störe ich gerade?"
„Dirk! Nein, du störst nicht. Komm, setz dich." Wolfgang weist auf den Besucherstuhl. „Was kann ich für dich tun?" Er hat Dirk Stein schon eine ganze Weile nicht gesehen. Der ein Meter vierundsiebzig große Staatssekretär ist der Beauftragte für die Nachrichtendienste des Bundes. Also sein direkter Vorgesetzter. In der letzten Zeit hatte jeder von ihnen seine eigenen Aufgaben zu bewältigen, wodurch sich keine Gelegenheit zu einem Besuch ergab, obgleich ihre Büros direkt gegenüberliegen.
Irgendwie wirkt der dreiundvierzigjährige schwarzhaarige Mann bedrückt. Trotzdem lächelt er kurz. „Wieso glaubst du nicht, dass ich einfach nur einen Freund besuchen will?"
Er bekommt keine Antwort. Wolfgang wirft ihm lediglich einen wissenden Blick zu.
Dirk verdreht die braunen Augen. „Ja, schon gut. Du hast ja Recht", lenkt er ein.
„Wenn du so früh am Morgen bei mir hereinschneist, ist das nicht normal", beteuert Wolfgang. „Was ist los?"
„Ich brauche deine Hilfe."
„Ich höre."
„Hast du für mich eine Agentin, die sofort in Aktion treten kann? Sie muss aber wirklich gut sein. Ich brauche eine Frau, die auf sich allein angewiesen gute Arbeit leistet. Obendrein muss sie auch noch mehr als passabel aussehen."
Wolfgang mustert ihn argwöhnisch. „Sehe ich jetzt schon Gespenster? Oder haben die letzten Ereignisse mich so misstrau-

isch werden lassen? Wieso braucht mein Freund ausgerechnet jetzt eine neue Agentin? Wenn er die letzten Unterlagen eingesehen hat, weiß er, dass Frau Wolf wieder dabei ist. Spielt Dirk vielleicht falsch? Nein! Das kann ich einfach nicht glauben.' Der Ministerialdirektor ist gespannt, was der Staatssekretär ihm zu berichten hat. „Warum brauchst du eine Agentin von mir? Soweit ich weiß, hast du da eine Favoritin, die du im Bedarfsfall bevorzugt einsetzt."

„Hatte! Jedenfalls zurzeit." Dirk Stein rauft sich die Haare. „Nele Paulsen wurde während des letzten Einsatzes schwer verletzt. Sie hat nicht nur ein gebrochenes Schultergelenk, sie hat auch zwei Kugeln abbekommen. Wir wissen nicht, ob sie überhaupt noch einmal aufwacht. Zurzeit liegt sie im Koma. Und ich habe so gut wie keine Informationen darüber, was geschehen ist."

„Woran hat sie gearbeitet?"

„Sie hatte sich an eine Gruppe terroristischer Extremisten gehängt. Es sollte eigentlich nur ein Beobachtungsposten sein. Doch vor ein paar Tagen kam sie zu mir. Durch einen ihrer Kontakte hat sie herausgefunden, dass im Hamburger Hafen eine große Waffenlieferung ankommen sollte. Sie hat sich im Alleingang dort umgesehen. Dabei konnte sie auch die Waffen ausmachen. Die Ware wurde von dem Containerschiff gelöscht und verladen."

„Ich nehme an, sie ist dieser Spur gefolgt?"

„Und zwar bis vor unsere Nase. In ein Bordell, mitten in Berlin. Frau Paulsen hat einen Kontakt dort. Alles was wir wissen ist, dass sie sich dort umgesehen hat. Ihre Kontaktperson muss zudem eine der Frauen sein. Die Männer in diesem Schuppen scheinen ihrem Boss loyal untergeben zu sein. In den letzten drei Tagen habe ich alles versucht, einen meiner Männer da hinein zu bekommen. Keine Chance. Die sichern sich nach allen Seiten ab. Das Einzige, was dort ständig wechselt, sind die Mädchen." Er schaut den Kollegen mit einem sorgenvollen Gesichtsausdruck an. „Wolfgang, laut Aussage von Frau Paulsen haben die genug Sprengstoff, um hier den Dritten Weltkrieg zu beginnen. Wir müssen sie aufhalten."

„Ich verstehe." Froh darüber, dass sich sein Verdacht so schnell entkräftet hat, überlegt Wolfgang wie er seinen Vorgesetzten am besten unterstützen kann. „Gib mir die Akte, alles was du hast. Ich will es mir ansehen. Aber ich glaube, ich kann dir helfen."

„Das wäre hervorragend."

„Wer ist für die Überwachung zuständig? Wer deckt ihr den Rücken, wenn sie da hineingeht?", verhört Wolfgang seinen Vorgesetzten.

„Holger Baumann hat die Sache übernommen, zusammen mit dem Bundeskriminalamt. Ich hole dir die Unterlagen."

Der Geheimdienstkoordinator nimmt sich die Zeit, die vorhandene Akte gründlich zu studieren. Schritt für Schritt geht er sämtliche Informationen durch. Obwohl es eilt, benötigt er bis zum Mittag. ‚Es spielt keine Rolle, ob hier jemand seine Absichten zu verbergen versucht. Die aufgezeigte Bedrohung ist real! Dagegen müssen wir schnellstens etwas unternehmen', urteilt er und greift zum Telefon.

„Keller, was gibt es?" Da der Vorgesetzte sie eigentlich nicht kontaktieren wollte, muss es wichtig sein.

„Frau Wolf, ich brauche Sie. Ein neuer Auftrag. Wie schnell können Sie hier sein?"

Das hört sich wirklich sehr dringend an. „Können Sie mir verraten, worum es geht?" Neugierig geworden wartet sie auf Antwort.

„Nein, nicht am Telefon. Kommen Sie in mein Büro."

Gerd legt ihr eine Hand auf den Arm. „Ich fliege dich hin. Sag ihm, in zwei Stunden bist du da."

„Ich habe es gehört", mischt Wolfgang sich ein. „In zwei Stunden also."

Uwe erklärt sich unverzüglich bereit, die Freunde nach Berlin zu bringen. Er setzt Emma und Gerd möglichst nah an Wolfgang Kellers Büro ab, um sich direkt wieder auf den Rückweg zu machen.

Die Agentin drückt Gerd ihren Wohnungsschlüssel in die Hand und gibt ihm ihre Adresse. „Bitte warte dort auf mich. Das hier muss ich allein machen."

„In Ordnung." Er weiß, dass sie Recht hat. Um ihr sein Vertrauen zu beweisen schnappt er sich das nächste Taxi und kommt ihrer Bitte ohne Beanstandung nach.

Indessen betritt Emma das Büro von Wolfgang Keller. Sie trifft dort nicht nur auf den Ministerialrat, sondern es befinden sich noch drei weitere Männer in dem Raum.

„Frau Wolf", beginnt ihr Vorgesetzter. „Das ist Staatssekretär Dirk Stein, Holger Baumann vom Bundesverfassungsschutz kennen Sie ja bereits. Florian Goldschmidt ist Leiter einer unserer aktiven Einheiten der Personen- und Gebäudesicherung des Bundeskriminalamtes."

Gemeinsam mit dem Staatssekretär erklärt er ihr, worum es sich handelt. Sie erfährt, was ihre Kollegin herausgefunden hat, bevor sie gewaltsam daran gehindert wurde ihre Arbeit zu beenden.

Ohne von der Akte aufzuschauen richtet sich Emma an den Staatssekretär. „Und jetzt soll ich die Aufgabe von Frau Paulsen zu Ende führen? Wie ist sie an die Sache herangegangen?"

„Das wissen wir leider nicht. Wir wissen nur, das eine Frau aus diesem Laden ihre Kontaktperson war."

„Gut. Ich übernehme", erwidert die Agentin kurz angebunden und klappt die Akte zu. Während sie diese unter ihren Arm klemmt steht sie auf. Ohne ein weiteres Wort macht sie auf dem Absatz kehrt, um den Raum zu verlassen.

„Wie wollen Sie vorgehen?" Dirk Stein blickt überrascht auf, als sie einfach so davongehen will. „Sie müssen uns schon über Ihre Schritte informieren, sonst können wir Sie nicht unterstützen."

„Sie erfahren es, wenn ich es weiß."

Wolfgang kennt mittlerweile Emmas Vorgehensweise und hält sich bewusst zurück. Es wird nichts bringen ihr zu befehlen, ihre Handlungsweise zu offenbaren. Ihm fallen gleich zwei Gründe ein, aus denen sie Dirk Stein genauso antwortet wie er es erwartet hat. Entweder, sie hat noch keine Ahnung, wie sie vorgehen wird, dann entscheidet sie das an Hand der jeweiligen Situation, die sie vorfindet. Oder sie hat einen anderen Grund dem Staatssekretär gegenüber so kurz angebunden zu reagieren. ‚War mein anfängliches Misstrauen ihm gegenüber vielleicht doch berechtigt? Empfindet Emma Wolf das ebenso?' Er nimmt sich vor, den Kollegen in nächster Zeit im Auge zu behalten.

Florian Goldschmidt lehnt ruhig mit dem Rücken an der Wand, die Arme vor der Brust verschränkt. Ein Meter vierundachtzig groß, mit sportlich durchtrainierter Statur ist der Beamte überdurchschnittlich attraktiv. Bisher beteiligt sich der Dreißigjährige mit keinem Wort an der Unterhaltung. Emma begrüßt er lediglich mit einem leichten Kopfnicken. Aufmerksam verfolgt er alles, was gesprochen wird. Ihm entgeht nicht, dass die Agentin keine Skrupel hat, dem Staatssekretär die Stirn zu bieten. Seine grauen Augen leuchten anerkennend auf. ‚Diese Frau sieht nicht nur umwerfend aus, sie hat auch Klasse.' Beeindruckt starrt er ihr hinterher.

Emma fährt zu ihrer gemütlichen Eigentumswohnung in der *Keltererstraße* in Berlin-*Wilhelmstadt*. Die fünfundneunzig Quadratmeter große Drei-Zimmer-Wohnung befindet sich in der ersten Etage eines Mehrfamilienhauses. Da sie ihren Schlüssel weitergegeben hat, muss sie nun klingeln.

Gerd empfängt sie bereits an der Tür. „Und? Wie schlimm ist es?"

„Das weiß ich noch nicht." Sie lässt das Gespräch im Geiste noch einmal ablaufen. „Also, entweder entwickle ich jetzt eine extreme Paranoia oder ich werde verrückt. Gerd, ich konnte mich auf meine Instinkte bisher immer verlassen. Ich habe das Gefühl, hier spielt irgendwer mit gezinkten Karten."

„Was meinst du damit?" Noch während er seine Frage ausspricht wird ihm klar, worauf sie anspricht. Entsetzt reißt er die Augen auf. „Du vermutest, der Mörder deines Vaters ist mit im Spiel? Glaubst du, er hat es auf dich abgesehen? Dass das Ganze inszeniert wurde, um dich hierher zu locken?"

„Schon möglich. Ich weiß es nicht. Ich werde aber gleich ins Krankenhaus zu Nele Paulsen fahren. Ich will sie mir ansehen. Vielleicht kann ich ja mit dem Arzt reden."

„Ich begleite dich." Gerd äußert sich so entschieden, dass sie ihm gar nicht erst widerspricht, sondern einfach nur nickt. Sie weiß, dass es gefährlich werden kann, sie weiß aber auch, dass er damit umgehen kann. Und wenn sie ehrlich ist, bedeutet es ihr sehr viel, ihn an ihrer Seite zu haben.

Sie fordert den behandelnden Arzt energisch auf, sie sofort zu ihrer Schwester zu lassen. Bei ihrem entschlossenen Auftreten kommt der Arzt gar nicht auf die Idee, den Wahrheitsgehalt ihrer Aussage zu überprüfen. Er begleitet sie zu dem Zimmer seiner Patientin. Ein uniformierter Polizist sitzt vor der Tür auf einem Stuhl, um seinen Dienst in der vorgeschriebenen Weise zu verrichten. Der Arzt nickt dem Mann kurz zu und geht an ihm vorbei zur Tür. Doch weit kommt er nicht.

Der Polizist wirft nur einen prüfenden Blick auf Emma, ehe er sich drohend vor ihr und dem Arzt aufbaut. „Einen Augenblick!", fordert er. „Hier hat niemand Zutritt. Schon gar keine Fremden. Was wollen Sie?"

Emma mustert den Wachhabenden aufmerksam. ‚Der wurde bestimmt von Holger Baumann eingeteilt', vermutet sie. Hoffentlich liegt sie mit ihrer Einschätzung richtig. Ihre Tarnung wird sie auf keinen Fall aufgeben. „Ich bin Emma Paulsen", behauptet sie. „Nele ist meine Schwester. Fragen Sie doch Herrn Baumann. Er hat mir die Erlaubnis gegeben, Nele zu besuchen."

„Tut mir leid", entgegnet der Polizist energisch. „Darüber wurde ich nicht informiert. Ich muss nachfragen." Er weist mit seiner Hand auf ein paar Stühle, die etwas entfernt an der Wand gegenüberstehen. „Warten Sie dort!" Damit greift er zu seinem Funkgerät. Während des Gesprächs lässt er Emma nicht eine Sekunde aus den Augen. So schön diese Frau auch sein mag, das täuscht ihn nicht über den wachen intelligenten Ausdruck hinweg. Der junge Mann in ihrer Begleitung scheint ebenfalls nicht von gestern zu sein. In dem Krankenzimmer hinter ihm liegt eine Beamtin im Staatsdienst. Seine Aufgabe ist es, ihr den nötigen Schutz zu bieten. Und das wird er tun!

„Was können Sie mir über den Zustand meiner Schwester berichten?", erkundigt sich Emma bei dem Arzt während sie warten.

„Wir konnten die beiden Kugeln entfernen", erklärt ihr der Mediziner. „Die eine hat den rechten Lungenflügel getroffen, was schon schlimm genug ist, doch da hat sie noch gute Heilungschancen. Die zweite Kugel ist in ihren Rücken eingedrungen, zwischen dem vierten und fünften Wirbel. Erst wenn die Schwellung von der Verletzung vollends zurückgegangen ist, können wir feststellen welche Auswirkungen das auf ihren Körper hat. Zudem ist sie wohl aus großer Höhe abgestürzt, nachdem sie angeschossen wurde. Ihre rechte Schulter ist ziemlich zertrümmert. Aber auch das können wir irgendwann in den Griff kriegen. Selbst wenn sie überleben sollte, hat sie noch einen langen Weg vor sich."

„Sie glauben nicht, dass Nele es schafft?"

„Das habe ich nicht gesagt. Sie hat eine Chance, wenn auch nur eine kleine. Mit jeder Minute, die sie übersteht, wird diese Chance größer. Wir werden auf jeden Fall alles in unserer Macht Stehende tun, um ihr dabei zu helfen."

„Dafür können wir uns nur bedanken."

Der Wachmann ruft sie zu sich. „Sie können jetzt hinein." Er öffnet ihnen die Tür zum Krankenzimmer der verletzten Frau.

Die Agentin tritt an das Bett heran. Sie betrachtet Nele Paulsen betroffen. Die Frau ist nicht viel älter als sie selbst. Mit ihrem Aussehen hat sie bestimmt die Augen der Männer auf sich gezogen. Die Frau mit dem brünetten Kurzhaarschnitt ist durchtrainiert, besitzt dabei aber gut proportionierte weibliche Attribute. Im Augenblick ist allerdings nicht allzu viel davon zu erkennen, da das meiste ihres Körpers mit dicken Verbänden versehen ist.

Emma holt sich die Worte des Arztes ins Gedächtnis. „Ihrem Bericht nach wurde Nele also von hinten angeschossen?"

„Nur durch die eine Kugel. Der Lungenflügel wurde von vorn getroffen."

Die Antwort des Arztes sorgt dafür, dass sie verdutzt zu ihm aufschaut. „Es hat also jemand von hinten auf sie geschossen, dessen Kugel ihren Rücken traf", stellt sie wütend fest. „Eine weitere Person schießt von vorn auf sie. Diese Kugel dringt in ihren rechten Lungenflügel ein. Und das zeitgleich, da sie im Anschluss aus ihrer Position abstürzt, hinunterfällt, von wo auch immer und mit der Schulter aufschlägt. Habe ich das richtig verstanden?"

„Ja, so muss es gewesen sein. Etwas anders kommt bei diesen Verletzungen einfach nicht in Frage."

Emma denkt an den Bericht, den sie gerade erst gelesen hat. Sie weiß, wo Nele gefunden wurde. Doch dort wurde sie nur abgelegt. Kampfspuren gibt es dort keine. Auch das kaum vorhandene Blut weist auf eine andere Stelle als Tatort hin. Nele ist ihrer Zielperson garantiert zu nah gekommen.

Die Monitore am Bett der Patientin beginnen zu piepen. Sofort ist der Arzt an ihrer Seite. Überrascht schaut er auf. „Sie kommt zu sich."

Aufgeregt betrachtet Emma die junge Frau in dem Krankenbett. „Kann ich mit ihr reden?"

Der Arzt zuckt die Schultern. „Sie können es versuchen, aber sie wird starke Schmerzen haben."

Nele schlägt stöhnend die Augen auf. Es dauert eine ganze Weile, bis sie sich so weit im Griff hat, dass sich ihre Augen klären. Langsam beginnt sie, ihre Umgebung wahrzunehmen. Sie erkennt in dem Mann an ihrem Bett einen Arzt. Die Frau, die daneben steht, ist ihr gänzlich unbekannt. Eine Krankenpflegerin ist sie aber bestimmt nicht.

„Hallo Nele", grüßt Emma schlicht. Sie lächelt die Frau an.

„Wer ...?" Das eine Wort auszusprechen fällt ihr unglaublich schwer.

„Ich bin es, Emma. Deine Schwester. Vater sagt, ich soll mich um deine Aufgaben kümmern. Mach dir bitte keine Sorgen." Sollte Nele klar genug sein um ihre Worte zu begreifen, weiß sie jetzt, wer Emma ist.

Aus schmerzvollen Augen mustert die Verletzte ihre Kollegin. Mit einem fast unmerklichen Kopfnicken zeigt sie Emma, dass sie Bescheid weiß. Sie flüstert Emma ein paar Worte zu.

„Kannst du das noch einmal wiederholen?", bittet Emma die Kollegin, da sie es nicht verstehen konnte. Ganz nah beugt sich Emma zu ihr heran, um die wenigen Worte zu verstehen.

„... Hinterhalt ... muss warnen ... Maulwurf ... ich ..." Sie unterbricht sich, da sie kaum Luft bekommt. Das Sprechen fällt ihr unsagbar schwer. Mit geschlossenen Augen bemüht sie sich um eine gleichmäßige Atmung.

„Nele, sprich mit mir", bittet Emma sie. „Was muss ich wissen?" Noch einmal öffnet die schwer verletzte Frau die Augen. „Sprengstoff ... frag Lara."

„Lara? Arbeitet Lara auch im Club?", erkundigt sich Emma vorsichtig. Sie muss aufpassen, dass der Arzt neben ihr nicht zu misstrauisch wird. Er hat bestimmt keine Hemmungen, sie sofort hinauszuschmeißen.

Nele nickt ganz leicht. „... sei wachsam ... vertrau niemandem..."

Ihr Kopf sinkt zur Seite. Sie ist wieder bewusstlos. Doch Emma hat genug erfahren. Ihre Instinkte haben sie nicht im Stich gelassen. Nele hat es ihr gerade bestätigt. Sie wirft noch einen Blick auf die Frau. Hoffentlich kommt sie durch. Sie wünscht der Kollegin viel Kraft. Denn die wird sie brauchen. Gemeinsam mit Gerd verlässt sie das Krankenhaus.

‚Verdammt! Wie konnte das passieren?' Gerade wurde er darüber informiert, dass Emma Wolf im Krankenhaus mit Nele Paulsen gesprochen hat. Er hat also doch einen Fehler gemacht, als er auf einen für ihn glücklichen Ausgang gehofft hat. Diesen Fehler wird er umgehend korrigieren. Er greift zu dem Prepaid-Telefon, das er für diese Fälle bei sich trägt, und wählt eine Nummer, die er auswendig kennt.

„Was ist los?", will sein Gesprächspartner wissen, ohne erst seinen Namen zu nennen.

„Wir haben ein Problem zu beheben. Nele Paulsen, die Agentin, die im Krankenhaus liegt. Sie ist aufgewacht und hat erste Informationen weitergegeben."

„Wie konnte das passieren?", verhört ihn sein Gesprächspartner aufgebracht.

„Woher soll ich das wissen? Hätten Sie besser gezielt müssten wir jetzt nicht um unseren Hals bangen."

„Sie haben es doch auch nicht besser hinbekommen!", giftet ihn der Mann am anderen Ende der Leitung sauer an.

„Wie auch immer, wir müssen diese Situation umgehend ändern. Sehen Sie zu, dass Sie Ihren Fehler korrigieren. So etwas darf nicht noch einmal geschehen!" In dem Bewusstsein, dass seine Befehle sofort befolgt werden, legt er auf, ohne eine Antwort abzuwarten.

„Wie willst du jetzt weitermachen?", verhört Gerd sie.

„Ich bin mir nicht sicher. Zuerst einmal muss ich diese Lara finden. Vielleicht kann sie mir weiterhelfen. Dann muss ich irgendwie an die Hintermänner herankommen. Die Waffen sollte ich auch schnellstmöglich finden." Sie blickt ihren Freund ernst an. „Das ist mein Job, Gerd. Das muss dir klar sein, wenn das mit uns funktionieren soll."

Lächelnd nimmt er sie in die Arme. „Das weiß ich. Aber deswegen darf ich mir doch trotzdem Sorgen um dich machen? Außerdem bin ich für dich da, wenn du Unterstützung brauchst."

„Ich weiß, wie schwer es für dich ist, untätig zu warten, bis ich wieder da bin. Mir ist auch klar, wie viel Vertrauen das kostet." Liebevoll küsst sie ihn. „Ich bin bald wieder zurück."

Gerd sieht ihr gedankenvoll nach. Irgendwie hat er das unbestimmte Gefühl, dass nicht alles nach Plan verlaufen wird. Sollte der Mörder von Richard Wolf seine Finger im Spiel haben, kann es für alle sehr gefährlich werden. Für den Ernstfall sollte er besser ein paar Vorkehrungen treffen. Ein bisschen Hilfe kann bestimmt auch nicht schaden. Er greift zum Handy und ruft Uwe an.

Auch wenn der nicht gerade begeistert ist, wieder zu starten, nachdem er gerade ein paar Stunden zuhause ist, erklärt er sich umgehend bereit zu helfen. Er kennt seinen Boss lange genug um zu wissen, dass dessen Einschätzungen meistens ins Schwarze treffen. Gerd würde nicht um seine Hilfe bitten, wenn es nicht nötig wäre. Uwe klingelt seinen Kollegen Dominik aus dem Bett.

Der Allrounder Dominik Schwarz unterstützt als Techniker und zweiter Pilot das Team für Sonderprojekte. Die sportlichen ein Meter zweiundachtzig, der blonde Kurzhaarschnitt und die übermütig blitzenden blauen Augen zeichnen ein äußerst attraktives Gesamtbild auf. Der siebenunddreißigjährige Flugexperte lässt sich nicht lange bitten. Gemeinsam machen sich die beiden Piloten auf den Weg nach Berlin, um sich mit ihrem Boss zu treffen.

Emma marschiert durch die Tür des *Club Lilly* auf der *Thomasiusstraße*. Ihr schwarzer Lederrock, die passende Jacke und ihre hochhackigen Stiefeletten kommen hier wieder einmal zum Einsatz. Ihre aufreizende Aufmachung kombiniert mit ihrem Aussehen ziehen die Blicke der anwesenden Männer geradezu an. Sie schafft es noch nicht einmal bis zur Theke, bevor einer der Aufpasser ihren Arm ergreift. Wie ein Schraubstock umschließt sie sein fester Griff.

„Hey, du!", schnauzt er die Agentin schroff an. „Du bist keins von unseren Mädchen. Was willst du hier?"

„Lass mich gefälligst los, du Kotzbrocken", faucht Emma laut zurück. Sie versucht sich loszureißen. „Ich will zu deinem Boss."

„Keine Chance, Baby. Das haben schon andere versucht. Und jetzt sieh zu, dass du Land gewinnst!"

Emma reißt sich los. „Also ist dein Boss nicht daran interessiert Geld zu verdienen? Schon gut, dann geh ich eben woanders hin." Sie dreht sich auf dem Absatz um Richtung Tür. Ihr Blick wandert prüfend umher. Die Agentin hofft, dass ihr Auftritt gut genug war, um Aufsehen zu erregen. Und sie hat Recht. Schon nach zwei Schritten verstellt ihr ein weiterer Mann den Weg.

Er mustert die junge Frau von oben bis unten. „Was willst du hier?", verhört er sie in ruhigem Ton.

Emma betrachtet ihn prüfend. Der dunkle Anzug scheint teuer zu sein und definitiv maßgeschneidert. Hier hat sie jemanden vor sich, der um etliches höher angesiedelt ist als ein einfacher Türsteher. Das beweist ihr auch das Verhalten des Aufpassers, der sich wortlos zurückzieht.

„Schutz!", antwortet sie ihrem Gesprächspartner.

„Wovor?"

„Hast du hier auch etwas zu sagen? Ich habe keine Lust, mich mit einem Möchtegernangeber zu beschäftigen."

Die Augen des Mannes blitzen gefährlich auf. „Komm mit", fordert er resolut.

Sie folgt ihm in die ruhigeren Räume nach hinten, wo er eine der Türen öffnet. Mit der ausgestreckten Hand weist er ihr den Vortritt.

Die Einrichtung des Büros weist auf einen teuren Lebensstil hin. Aber es ist leer.

Emma dreht sich zu dem Mann um. „Was soll ich hier? Wenn dein Boss keine Zeit hat, um mit mir zu reden, gehe ich wieder." Sie drückt sich an ihm vorbei.

Als sie die Hand nach der Türklinke ausstreckt, umfasst er fest ihren Arm und hält sie auf. Er zieht sie mit sich bis zu dem großen Schreibtisch, dann lässt er sie los.

„Ich bin der Boss", erklärt er ihr, während er sich hinter den Schreibtisch setzt.

„Ach ja? Warum das Theater?"

„Ich war einfach neugierig, was du mir anzubieten hast. Wie heißt du?"

„Natalie." Emma besitzt einen Ausweis auf den Namen Natalie Rose, den sie bei diversen Untergrundeinsätzen benutzt. Da er der Boss des Ladens ist, weiß sie, dass er Szymon Mazur heißt und polnischer Abstammung ist. Sie hat sich gründlich über ihn informiert.

„Wovor brauchst du Schutz? Und warum gerade hier?"

„Nun, es gibt nichts umsonst. Und viel habe ich nicht, was ich verkaufen kann." Emma setzt sich herausfordernd vor den Schreibtisch. Sie schlägt ihre langen Beine übereinander.

Sein Blick gleitet anerkennend über ihre Figur. Er ist lange genug im Geschäft um zu erkennen, dass mit dem Aussehen dieser Frau reichlich Kohle zu machen ist.

„Sie sind Geschäftsmann", beginnt Emma. „Sie führen einen der bekanntesten Clubs in Berlin. Dann wissen Sie auch, dass ich in der Lage bin reihenweise Kunden anzulocken. Genau wie Sie bin ich schon eine ganze Weile im Geschäft. Ich kann durchaus von mir behaupten, dass ich Profi bin. Das können Sie haben. Im Gegenzug möchte ich, dass Sie auf mich aufpassen. Mich beschützen."

„Kann es sein, dass du da jemand bestimmten im Sinn hast?"

„Ja. Grigori Orlow, einer Ihrer Konkurrenten würde ich sagen." Die Agentin hat sich über Orlow und auch über Mazur die vorhandenen Daten in den diversen Polizeicomputern besorgt. Sie weiß, dass die beiden Bordellbetreiber sich nicht ausstehen können. Wenn sie es schaffen, nehmen sie sich gegenseitig die Mädchen weg.

„Ich habe schon von ihm gehört. Was für Probleme hast du mit ihm?"

„Er behauptet, ich schulde ihm Geld. Außerdem ist er wohl der Meinung, mein Gesicht sähe besser aus, wenn sein Messer es bearbeitet hat."

Jetzt begreift er, warum sie ausgerechnet zu ihm kommt. „Und davon hältst du wohl nichts? Also gut, gehen wir einmal davon aus, ich stimme zu. Wie stellst du dir das dann vor?"

„Wenn ich hier bleiben kann, werde ich für Sie arbeiten. Aber nicht umsonst! Der Preis muss trotzdem stimmen", betont sie entschieden. „Ich weiß, was ich wert bin. Sie kriegen die Beste aus Orlows Stall."

„Tatsächlich?"

„Ja. Und er wird sich das nicht gefallen lassen."

Die Herausforderung war genau das Richtige, um den Bordellbesitzer zu locken.

„Ich bekomme siebzig Prozent. Außerdem zahlst du zweihundert im Monat für Kost und Logis."

„Was?", schnauzt Emma empört. „Sie haben sie ja nicht alle. Mehr wie fünfzig sind nicht drin." Wenn sie einfach nur zusagt, fliegt sie direkt auf. Emma ist klar, dass sie sich jetzt so gut wie möglich verkaufen muss.

Verblüfft betrachtet Mazur die Frau vor sich. ‚Mut hat sie ja.'

„Ich gehe nicht unter sechzig."

„Sechzig Prozent, freie Kost und Logis. Dann sind wir im Geschäft."

Endlich nickt er. „Du verstehst etwas vom Handeln. Einverstanden." Die temperamentvolle Frau gefällt ihm äußerst gut. Vielleicht sollte er seine neue Ware eine Zeit lang testen, bevor er sie auf seine Kunden ansetzt.

„Gut", gibt auch Emma ihr Einverständnis. „Und da wäre dann noch eine Kleinigkeit. Sagen Sie ihren Männern, Ware, die man verkaufen will, wird nicht angerührt. Schon gar nicht ohne Bezahlung. Ich bin für keinen hier zu haben. Auch nicht für Sie!"

Ihm klappt die Kinnlade herunter. „Dafür musst du verdammt gut sein!"

Bisher gab es keine Frau hier, die sich eine solche Forderung erlaubt hätte. ‚Mut, Temperament und Courage. Diese Frau kriegt garantiert jeden Mann herum.' Jetzt ist ihm klar, warum Orlow sie nicht gehen lassen will. „Du fängst morgen an. Heute kannst du dich hier umsehen. Frag nach Lilly. Sie wird dir alles zeigen."

Emma spaziert durch die Einrichtung. Da sie die Erlaubnis dazu hat, schaut sie sich überall ausgiebig um. Bevor sie nach Lilly fragen kann steht der Aufpasser wieder vor ihr. Noch einmal wird sie am Arm gepackt.

„Was machst du noch hier? Du solltest doch verschwinden."

„Dein Boss hat mich eingestellt. Morgen fange ich hier an. Also lass deine Pfoten von mir." Emma sieht den Mann böse an.

„Hey, Lara, wir brauchen dich am Eingang", ruft ihm einer der Rausschmeißer zu.

Sofort wird Emma hellhörig. „Lara? Sie sind Lara?", rutscht es aufgeregt aus ihr heraus.

Der Mann wirft ihr einen prüfenden Blick zu. „Gehen Sie nicht weg", befiehlt er ihr bevor er sich umdreht.

Die Agentin bleibt stehen, wo sie ist. Perplex starrt sie dem Mann hinterher. Anscheinend hat Nele Paulsen sämtliche Informationen über ihre Kontaktperson zurückgehalten. ‚Wieso hat sie das geheim gehalten?' Selbst Dirk Stein wurde nicht ins Vertrauen gezogen. Dabei arbeitet die Kollegin für ihn. ‚War das vielleicht Absicht? Oder ist sie einfach nicht mehr dazu gekommen, ihren Vorgesetzten in Kenntnis zu setzen?'

Nach nicht einmal fünf Minuten ist der Mann zurück. „Wer bist du?"

„Eine Freundin von Nele", gibt sie ihm offen zur Antwort.

„Wo ist Nele?"

„Im Krankenhaus."

„Was ist passiert? Wie geht es ihr?"

Die aufgeregten Fragen lassen Emma genauer hinsehen. Sie erkennt die ehrliche Besorgnis in seinem Gesicht. „Lassen Sie uns einen Rundgang machen", bittet die Agentin den Mann.

Während er mit ihr durch die Räume geht um ihr angeblich alles zu zeigen, erzählt sie ihm, was sie weiß. „Wir haben keine Ahnung, was Nele herausgefunden hat, oder was sie geplant hatte. Können Sie mir weiterhelfen?" Emma ist klar, dass sie nicht viel Zeit haben bevor sie entdeckt werden.

„Ja. Die Waffen, die Nele aufgespürt hat, sind hier. In einem Kellergewölbe, das durch eine geheime Tür aus Mazurs Büro betreten werden kann. Aber wo der Sprengstoff jetzt ist, weiß ich nicht. Das Attentat ist für heute Nacht geplant. Nur Mazur und ein oder zwei der engsten Vertrauten sind eingeweiht. In ein paar Stunden geht es los. Nele hatte herausgefunden, welches Gebäude die sprengen wollen."

Erschrocken starrt die Agentin den Mann an. „Die wollen ein Gebäude hochjagen? Heute Nacht? Wann?"

„Keine Ahnung. Aber ich denke, dass Mazur dabei sein wird. Er ist immer bis elf Uhr im Bordell. Es dauert also noch mindestens zwei Stunden."

„Um welches Gebäude handelt es sich?"

„Das weiß ich nicht. Nachdem Nele es herausgefunden hatte, war sie vollkommen still. Sie sah aus wie ein Geist. Von da an hat sie nicht mehr mit mir geredet. Ich glaube, sie wollte mich beschützen. Ich durfte ihr nicht mehr helfen." Traurig blickt er Emma an.

„Das ist schlecht. Dann werde ich mich wohl an die Fersen von Mazur hängen müssen. Hoffentlich komme ich dann nicht zu spät."

„Nele hat es zwar geheim gehalten. Aber sie hat sich Notizen gemacht. Sie hebt sie im Etui ihrer Brille auf. Im Futter. Das Etui trägt sie immer bei sich, obwohl sie gar keine Brille braucht."

„Ich kann mich erinnern, dass ein Brillenetui auf ihrem Nachttisch lag. Ich muss so schnell wie möglich hier heraus, ins Krankenhaus zu Nele."

„Ich habe mein Motorrad vor der Tür stehen. Los, beeilen wir uns."

Draußen bleibt Emma stehen. „Einen Moment bitte", fordert sie Lara auf und greift nach ihrem Handy. Die eingespeicherte

Nummer ist ihr mittlerweile geläufig. Als der Gesprächspartner sich meldet atmet sie beruhigt auf. „Gerd, ich könnte deine Hilfe gebrauchen. Kannst du zu Frau Paulsen ins Krankenhaus kommen?"

„Ja, natürlich", bekommt sie zur Antwort. „Was ist los?"

„Das erkläre ich dir nachher. Kannst du mir meine schwarze Gürteltasche mitbringen? Sie liegt im Schlafzimmer."

„Sicher."

Plötzlich hat Emma eine Idee. „Du, Gerd, du darfst doch Hubschrauber fliegen? Hast du eine Ahnung, wo wir auf die Schnelle einen leihen können? Wie lange brauchst du dafür? Ich schätze, der könnte sehr hilfreich sein."

„Er landet in circa zwanzig Minuten am Krankenhaus. Reicht das?"

„Wie willst du denn das hinbekommen?", staunt Emma.

„Sagen wir, ich hatte einen siebten Sinn. Uwe und Dominik sind schon seit über einer Stunde unterwegs. Sie müssten jeden Moment hier sein."

„Wow, klasse! Du bist super! Wir sehen uns gleich." Die Agentin ist erleichtert. Dank Gerds Vorsichtsmaßnahme haben sie vielleicht eine Chance, die Gegenseite noch rechtzeitig aufzuhalten. Sie beendet die Verbindung. Dann steigt sie hinter Lara auf.

„Darf ich Sie etwas fragen?", spricht sie diesen an während sie losfahren.

Der lacht vergnügt auf. „Ich heiße Leon Ara. Nele hat mich das Gleiche gefragt."

„Und warum helfen Sie uns? Für wen arbeiten Sie?"

„Ich bin Privatdetektiv. Ich arbeite jetzt seit drei Monaten in dem Club. Das ist bereits der dritte dieser Art. Mein Auftraggeber sucht seine Tochter. Doch bis jetzt habe ich sie nirgendwo finden können. Ich werde mir wohl den nächsten Club vornehmen müssen. In die Geschichte mit den Waffen bin ich einfach so hineingerutscht. Dann habe ich Nele beim Spionieren erwischt. Ich habe ihr geholfen soweit ich das konnte. Sie ist einfach umwerfend."

Kurz darauf steigen sie vor dem Krankenhaus vom Motorrad. Gerd, Uwe und Dominik Schwarz, der zweite Pilot der *Staller*

Werke, warten bereits. Ihr Freund reicht ihr die Gürteltasche mit ihrer Pistole, einer *HK-P2000 V4* von *Heckler & Koch* mit *Browning-Verschluss* vom Kaliber *9 x 19 Millimeter* mit sechzehn Schuss Stangenmagazin.

„Danke." Emma hakt die Tasche am rückwärtigen Teil ihres Gürtels ein.

Zu fünft begeben sie sich zum Krankenzimmer von Nele Paulsen. Noch etwa sechs Meter trennen sie von dem Zimmer. Sie können beobachten, wie ein Arzt zu der Patientin hineingeht. Freundlich lächelnd bittet er den Wachmann, ihn zu begleiten.

Aufgeregt fasst Leon Emmas Arm. Sein Blick ist entsetzt nach vorn gerichtet. „Das ist kein Arzt, das ist einer von Mazurs Leuten", teilt er den anderen mit.

Emma begreift schlagartig, dass Nele in höchster Gefahr schwebt. Diesen vermeintlichen Arzt müssen sie dringend aufhalten. Es ist ganz klar, worauf der es abgesehen hat. „Schnell!", fordert sie ihre Begleiter auf und sprintet los.

Sie hört den Knall, der mit dem Schlag eines Presslufthammers in einem Meter Entfernung zu vergleichen ist. Im Gegensatz zu der allgemein verbreiteten Meinung, dass der Schuss aus einer schallgedämpften Pistole nicht wahrzunehmen ist, weiß Emma, dass die Menschen das Geräusch nur deshalb überhören, weil es auf alltäglichen Lärm reduziert wird. Auch ist das einzelne Geräusch, das ein Schuss verursacht, so schnell vorbei, dass die Richtung, aus der es kommt, nicht immer geortet werden kann.

Allerdings reicht der zylindrische Metallkörper, der auf den Lauf der Waffe aufgeschraubt wird, allein nicht dafür aus. Erst in Verbindung mit geeigneter Unterschallmunition wird der Geschossknall des Projektils reduziert. Als Nachteil bleiben bei dieser Form von Munition die Durchschlagskraft und die Schadenswirkung stückweise auf der Strecke. Doch für den jetzigen Verwendungszweck ist diese Wahl definitiv von Vorteil. Es verhindert, dass der Schütze vorzeitig entdeckt wird und ihm die Möglichkeit zur Flucht genommen wird.

Voller Angst, zu spät zu kommen, rast sie vorwärts. Und stößt mit Schwung die Tür auf.

Der Beamte, der auf Nele aufpassen sollte, liegt mit weit geöffneten Augen auf dem Boden. Emma erfasst sofort, dass sie diesem Mann nicht mehr helfen kann.

Der vermeintliche Arzt steht etwa einen halben Meter von dem Krankenbett entfernt, die Pistole, eine *Glock 21* mit dem Munitionstyp *45APC* und aufgeschraubtem Schalldämpfer richtet er auf die Frau darin. Bei ihrem Eindringen wirbelt er zu Emma herum, bemüht, mit der Mündung seiner Waffe in aller Eile auf sie zu zielen.

Doch die Agentin ist schneller. Mit einem Hechtsprung landet Emma auf dem Mann und reißt ihn zu Boden.

Gerd und seine Freunde stürmen in den Raum. Allen voran Leon Ara. Der falsche Arzt wird von ihm auf die Beine gezerrt. Eisern hält Leon ihn fest, während Gerd den Alarmknopf betätigt, um einen Arzt zu rufen. Indessen nimmt Uwe die Waffe an sich und Dominik schnappt sich die Handschellen des toten Polizisten. Lara und er ziehen die Hände des Mörders hinter dessen Rücken um ihm die Handschellen anzulegen.

Neles Arzt kommt in Begleitung einer Krankenschwester ins Zimmer gestürmt. Als er sich umsieht reißt er erstaunt die Augen auf. Aufgeregt dreht er sich zu der Angestellten um. „Holen Sie die Polizei. Schnell!"

Ehe die Agentin den Arzt beschwichtigen kann, läuft seine Mitarbeiterin aus dem Raum.

Mutig stellt der Arzt sich den Anwesenden entgegen. Als er die vermeintliche Schwester seiner Patientin unter den Anwesenden erkennt richtet er sich aufgebracht an die junge Frau: „Was ist hier los?"

„Ich arbeite für die Regierung. Nele Paulsen ist eine Kollegin von mir." Emma zeigt auf Mazurs Mann. „Dieser Mann wollte Ihre Patientin soeben erschießen. Das konnten wir gerade noch verhindern." Sie schaut traurig auf den toten Polizisten. „Um ihm zu helfen kamen wir leider zu spät."

Der Arzt kann diese Aussage nach seiner Untersuchung des Beamten nur bestätigen.

Emma geht derweil um das Bett herum. Sie ergreift das Brillenetui, das auf dem Nachttisch liegt. Als sie es öffnet, findet sie darin nur eine Brille. Sie platziert diese auf dem Nachttisch, um sich das Etui genauer anzusehen. Das Futter ist auf einer Seite lose, sodass sie es ein Stück weit aufziehen kann. Zwei klein beschriebene Seiten eines Notizbuches fallen ihr entgegen. Sie hebt diese rasch auf und faltet sie auseinander. Ein kurzes Überfliegen der Papiere reicht aus, damit ihr alle Farbe aus dem Gesicht weicht. Entgeistert starrt sie die anderen an.

„Emma, was ist los?" Gerd fasst ihren Arm. ‚Sie ist kalkweiß im Gesicht. Als ob sie ein Gespenst gesehen hätte.'

„Nele hat es herausgefunden", erklärt sie gedankenversunken. Dann schaut sie dem Arzt in die Augen. „Deshalb hat man versucht, sie zu töten. Ganz gezielt."

„Was hat sie herausgefunden?", will Lara wissen.

Die Agentin liest vor, was Nele notiert hat. „Vier Sprengladungen am Fundament des Gebäudes sollen es zum Einsturz bringen." Sie sieht auf ihre Uhr. „In circa einer Stunde."

„Welches Gebäude?", frage alle fünf Männer gleichzeitig.

Sie hat das Gefühl, dass ihr jeden Moment schlecht wird. *„Willy-Brandstraße 1."*

„Das Bundeskanzleramt?" Gerd starrt seine Freundin erschrocken an. „Wie sicher bist du dir?"

„Hundert Prozent."

„Dann sollten wir schleunigst loslegen." Uwe will sofort handeln.

Vier Polizisten stürmen mit gezückten Pistolen in das Krankenzimmer. „Hände hoch! Alle!", ruft ihnen der erste zu.

Statt dem Befehl nachzukommen steckt Dominik die Hände in die Hosentaschen. „Langsam sollten wir wegen Überfüllung schließen", bemerkt er trocken.

Wider Willen muss Emma lachen. Sie weist sich aus. Dann schildert sie den Polizisten in Kurzform die Sachlage. Drei der Beamten entfernen sich mit dem Gefangenen, um ihn in Gewahrsam zu bringen, der vierte Polizist kümmert sich um seinen toten Kollegen.

Indessen wendet sich Emma an Leon. „Würden Sie auf Nele Paulsen aufpassen? Lassen Sie niemanden an sie heran. Ich schicke Ihnen gleich Verstärkung."

„Sie können sich auf mich verlassen", verspricht dieser. „Ich mache das hier. Und nun verschwinden Sie schon!"

25

Kurz darauf sind sie in der Luft. Emma hängt bereits am Handy in der Hoffnung Wolfgang Keller zu erreichen.

„Frau Wolf...", fängt dieser an.

Doch Emma unterbricht ihn sofort. „Keller, Sie müssen sofort da heraus. Evakuieren Sie das ganze Gebäude. Sie haben noch knapp eine Stunde dafür. Also beeilen Sie sich besser."

„Können Sie mir dafür auch einen Grund nennen?"

„Ein Attentat. Das Gebäude fliegt gleich in die Luft. Frau Paulsen fand es heraus. Deshalb hat man versucht sie zu töten. Sehen Sie zu, dass Sie dort wegkommen."

„Das werde ich sofort in Angriff nehmen", verspricht der Ministerialdirektor.

„Ich lande übrigens gleich mit einem Hubschrauber vor Ihrer Tür."

„Verstanden. Viel Glück." Wolfgang braucht nicht erst nachfragen um zu wissen, was die Agentin vorhat. Solange sie ihre Möglichkeiten nicht ausgeschöpft hat, wird sie sich darum bemühen dieses Attentat zu verhindern.

„Wie lange brauchen wir noch?", hakt Emma ungeduldig bei Uwe nach.

„Knapp fünf Minuten."

„Also, Jungs. Wer von euch kann eine Bombe entschärfen?" Emma sieht die Männer einen nach dem anderen an.

„Haben die da kein Einsatzteam?"

„Doch! Das wird Keller auch sofort anfordern. Aber die kommen vielleicht zu spät. Wir müssen uns zumindest darauf einstellen."

Der Ministerialdirektor wartet vor dem Gebäude auf sie. Schon beim Aussteigen kommt er ihnen entgegen.

„Keller, was machen Sie noch hier?", verhört Emma ihn, obwohl sie weiß, dass er erst geht, wenn sich niemand mehr in dem Gebäude befindet.

„Sagen Sie mir lieber, was Sie vorhaben. Die Einsatzkräfte werden gleich hier sein."

„Womöglich ist es dann zu spät. Ich gehe da hinein. Sagen Sie Ihren Leuten, dass ich das Fundament nach vier Sprengladungen absuche."

„Allein schaffst du das nicht. Ich komme mit." Gerd ist fest entschlossen, sie nicht ohne Unterstützung dieser Gefahr auszusetzen.

Dominik ist der gleichen Meinung. „Wir gehen alle. Vier Stück. Für jeden eine, das passt doch." Er braucht Uwe nicht anzuschauen um zu wissen, dass dieser der gleichen Meinung ist.

Wolfgang sieht die entschlossenen Männer an. „Ich kann Sie unmöglich da hinein gehen lassen. Sie sind Zivilisten und …" Weiter kommt er nicht.

„Im Augenblick haben Sie wohl niemand anderen", unterbricht Gerd ihn resolut. „Eine Diskussion kostet uns nur wertvolle Zeit. Wir wissen, was wir tun. Also los."

Sie rennen auf das Gebäude zu. „Die sollen nicht auf uns schießen", ruft Emma ihrem Vorgesetzten noch zu.

Das Untergeschoss besteht aus den Parkflächen, auf denen die Regierungsbeamten, die hier ihren Dienst verrichten, ihre Fahrzeuge abstellen. Im Augenblick befinden sich nur wenige Fahrzeuge in den gekennzeichneten Parkflächen.

Gerd schaut sich kritisch um. Mehrere runde Säulen sind parallel angeordnet. Es befinden sich immer sechs Parkplätze dazwischen, doch diese Säulen sind nicht die Stützen, die die Statik aufrechterhalten. Er schlendert durch die Reihen. Es gibt insgesamt vier große Eingänge, die nach oben in die Gebäude führen. Sie sind wie quadratische Räume separat gemauert, mit der Eingangstür auf einer Seite. Dahinter findet sich jeweils ein Fahrstuhl, neben dem eine gemauerte Treppe nach oben führt.

„Leute, hier haben wir unsere Ziele", erklärt er seinen Freunden. „Die Treppenaufgänge sind die eigentlichen Stützen der Parketage. Ich gehe davon aus, dass die Stahlträger genau auf den Wänden aufliegen. Die vier Räume sind gleichmäßig angeordnet, so dass sie mit Sicherheit das Gewicht des Gebäudes aufnehmen können." Er sieht an den Wänden nach oben. „Das ist wirklich perfekt gemacht. Wenn nur ein Eingang gesprengt wird, passiert so gut wie gar nichts. Es müssen alle vier zerstört werden. Und zwar möglichst gleichzeitig. Wir sollten schleunigst anfangen zu suchen. Jeder von euch nimmt sich einen Eingang vor. Los!"

Getrennt beginnen sie mit der Suche am untersten Punkt der Treppenaufgänge, um sich dann Stück für Stück weiter vorzuarbeiten.

Uwe betrachtet die Treppe. Er denkt darüber nach, wo er die Sprengladung ansetzen würde. Durch die diversen Ausschachtungen, die sie im Rahmen ihrer Arbeit schon des Öfteren machen mussten, kennen sich die Mitarbeiter von Gerds Team ganz gut mit Sprengstoff und dessen Anwendung aus. Er überlegt, wie die Druckwelle sich am besten verteilen kann. Und dann weiß er, wo die Bombe sein muss, damit es funktioniert. Er drückt auf den Knopf für den Fahrstuhl. Nach wenigen Sekunden öffnen sich die Türen. Aus dem Werkzeugpaket, das er am Gürtel trägt, nimmt er zwei Schraubendreher, die er als Keile unter die Schiebetüren klemmt. So bleiben sie offen. Er betritt den Fahrstuhl.

Außer der Revisionsluke in der Decke des Fahrstuhls gibt es keinen anderen Zugang. Uwe stößt die Luke auf. Mit einem Satz springt er hoch und bekommt den Rand der Luke zu fassen. Jetzt kann er sich hochziehen. Kurz darauf steht er auf der Fahrstuhlkabine. Noch nicht einmal einen Meter von ihm entfernt ist das Unheil drohende Paket an der Wand befestigt. Die Zeitschaltuhr verrät ihm, dass sie noch dreiundzwanzig Minuten zum Entschärfen haben. ‚Mehr als genug Zeit.' Aufatmend macht er sich an die Arbeit. Er braucht nicht lange um festzustellen, wie die Sprengladung befestigt ist, oder wie der Mechanismus funktioniert. ‚Die haben sich nicht viel Mühe gegeben', bewertet er. ‚Anscheinend fühlen die sich so sicher, dass sie vor einer Entdeckung keine Angst haben.' Mit seinem Taschenmesser schneidet Uwe vorsichtig die richtigen Kabel durch. Er entfernt das Klebeband, mit dem sie an der Wand befestigt ist. Mit der Bombe in der Hand springt er zurück in den Fahrstuhl und tritt vor die Tür.

„Hey, Leute, ich habe meine gefunden", brüllt er laut. Im gleichen Augenblick erhält er von hinten einen Schlag auf den Kopf. Vor seinen Augen wird alles schwarz. Dass er auf dem Boden aufschlägt, bekommt er nicht mehr mit.

Emma hat bisher vergebens nach ihrer Bombe gesucht. Sie war auf dem Weg zu den anderen, als sie Uwes Ruf hört. Schnell wendet sie ihre Schritte dorthin. Sie bekommt gerade noch mit, wie eine schwarz gekleidete Gestalt Uwe die Sprengladung aus der Hand reißt, um damit wegzurennen. Die Agentin beschleunigt ihre Schritte um rasch zu dem niedergeschlagenen Piloten zu gelangen, der schmerzhaft stöhnend wieder zu sich kommt.

„Uwe?", fragt Emma besorgt. Sie hilft ihm sich aufzusetzen.

Benommen schüttelt er den Kopf. „Ich bin okay. Geh und schnapp dir den Kerl. Er hat eine der Bomben. Ich helfe den anderen beiden, die Bomben zu entschärfen. Wir haben nicht mehr viel Zeit. Los, lauf!"

Emma drückt ihm dankbar die Schulter. Sie zieht ihre Waffe, dann rennt sie los.

Nachdem sie wissen, wo sie suchen müssen, haben sie innerhalb weniger Minuten die drei verbliebenen Bomben entschärft. Gerd hält gerade die letzte in der Hand, als eine Gruppe vermummter Einsatzkräfte auf sie zugelaufen kommt.

„Keine Bewegung. Ergeben Sie sich!"

Den Befehl ignorierend stellt Gerd sich den Einsatzkräften entgegen. „Wir sind mit Emma Wolf hier."

Ein einzelner Mann löst sich aus der Gruppe. Langsam kommt er auf die Freunde zu. „Wo ist sie?", herrscht der Mann Gerd an. Er mustert die Freunde abschätzend von oben bis unten.

„Sie ist hinter dem Kerl mit der vierten Bombe her", gibt Uwe ihm die gewünschte Auskunft. „Die anderen drei konnten wir unschädlich machen." Er zeigt auf die Sprengsätze, die vor ihnen auf dem Boden liegen.

Auf einen Wink von Florian Goldschmidt schnappen sich ein paar seiner Leute die Sprengladungen, um sie zu entfernen.

„Gute Arbeit. Und jetzt machen Sie, dass Sie hier herauskommen. Wir kümmern uns um Frau Wolf."

Es bedarf nur eines fragenden Blickes von Gerd zu seinen Freunden um zu erkennen, dass sie sich alle einig sind. Gemeinsam rennen sie los.

„Keine Chance!", ruft Gerd über die Schulter hinweg dem Beamten zu.

Schnell eilt ihnen der fassungslose Florian Goldschmidt mit seinen Männern hinterher. Emma ist dem Mann mit der Sprengladung gefolgt, doch sie verliert ihn kurzzeitig aus den Augen. Jetzt sucht sie systematisch die Parkfläche ab. Lautlos bewegt sie sich auf die Ausfahrt zu. Die leisen Stimmen, die sie nicht allzu weit entfernt vernimmt, lassen sie die Richtung beibehalten. Vorsichtig schleicht sie sich an die beiden Männer heran, die dort reden. Sie erkennt den Bordellbetreiber in einem der Männer.

Mazur schimpft den ankommenden Mann heftig aus. „Verdammt, was machen Sie hier? Wieso ist die Sprengladung noch nicht angebracht?"

„Das war sie schon. Wir haben Gesellschaft. Ich nehme an, dass die anderen drei Bomben mittlerweile ebenfalls entschärft sind. Wir haben nur noch die eine."

„Nein", erwidert Mazur. „Ich habe noch genug Ersatz bei mir. Geben Sie her. Den Rest mache ich. Sie sollten von hier verschwinden."

„Der Meinung bin ich nicht", widerspricht Emma. Langsam geht sie auf die zwei zu. „Machen Sie keine falsche Bewegung. Ich drücke sofort ab. Lassen Sie die Tasche und Ihre Waffe fallen!", befiehlt sie Mazur, der mit dem Rücken zu ihr steht.

Dieser lässt die Umhängetasche mit dem Sprengstoff zu Boden gleiten. Seine Pistole wirft er ebenfalls fort. Ihm ist klar, dass hinter ihm jemand steht, der für den notwendigen Nachdruck mit einer geladenen Pistole auf seinen Rücken zielt.

„Die Sprengladung bitte", fordert die Agentin den schwarz gekleideten Mann auf. „Legen Sie sie vorsichtig auf den Boden!"

Sein Gesicht ist unter der großen Kapuze nicht zu erkennen.

Der Mann streckt den Arm ein Stück aus. Er bückt sich nach unten. Dann wirft er Emma die Sprengladung entgegen. Dabei rennt er bereits los. Emma fängt den Sprengstoff reflexartig auf, so dass ihr Gegner Zeit genug hat um zu entkommen.

Auch Mazur erkennt seine Chance. Mit Schwung wirbelt er zu seiner Gegnerin herum und tritt Emma die Pistole aus der Hand. Die Fäuste hebend geht er auf sie los, bleibt jedoch nach zwei Schritten entgeistert stehen. Fassungslos starrt er in ihr Gesicht. „Du?"

„So sieht man sich wieder", begrüßt sie ihn unverschämt. „Ach, übrigens, Sie sind verhaftet, also ergeben Sie sich besser gleich." Die Agentin musste es wenigstens versuchen, obwohl sie genau weiß, was jetzt kommt.

Mazur grinst sie arrogant an. „Du willst mich verhaften? Versuch's doch mal." Er holt aus, um ihr die Faust ins Gesicht zu schlagen.

Emma kann dem Schlag locker ausweichen. Sie packt seinen ausgestreckten Arm. Während sie diesen zu sich heranzieht dreht sie sich seitlich um.

Durch die Drehbewegung wird er nach unten gezogen. Schlagartig gerät er aus dem Gleichgewicht. Um nicht zu stürzen macht er zwei Schritte vorwärts.

Emma steht jetzt seitlich neben ihm. Genau richtig für ihr Vorhaben. Sie reißt ihr Knie hoch. Mit voller Kraft landet dieses in Mazurs Magen. Dabei lässt sie ihn los.

Einen Schmerzenslaut ausstoßend wird er zurückgeschleudert. Er kann sich aber abfangen bevor er fällt. Wütend wendet er sich ihr zu. ‚Anscheinend hat diese Frau noch andere, verborgene Talente.' Jetzt ist er bedeutend vorsichtiger. In Kampfstellung bewegt er sich auf sie zu.

Emma lässt ihn kommen, jede seiner Bewegungen im Blick.

Um sie abzulenken reißt er die linke Hand in Richtung ihres Gesichts. Mit der rechten Faust zielt er auf ihren Magen.

Die Agentin weicht seiner linken Hand aus, pariert seinem Schlagarm und dreht sich an ihm vorbei, so dass sie seitlich hinter ihm zu stehen kommt. Fest rammt sie ihre Faust in seine Nieren.

Aufschreiend weicht er vor ihr zurück, wendet ihr aber schnellstens seine Vorderseite zu. Mittlerweile ist er wütend genug, um seine Vorsicht zu missachten. ‚Na, warte', denkt er. ‚Nicht mit mir!'

Einen Angriffsschrei ausstoßend rennt er auf seine Gegnerin zu.

Gerd und die anderen kommen in dem Moment angelaufen, als Mazur Emma angreift.

Die Männer können beobachten, wie Emma ihrem Gegner seitlich ausweicht. Dann rammt sie ihm die Faust fest unter das Kinn.

Der feste Schlag stoppt den Verbrecher in seinem Lauf. Allerdings kann er sich vor dem Sturz bewahren. Ein paar Schritte rückwärts reichen aus, damit er sich wieder im Griff hat.

Emma nutzt ihre Chance und setzt ihm sofort nach. Jetzt steht sie unmittelbar vor Mazur. Ihre linke Faust prallt hart auf seinen Magen, gefolgt von der Rechten. Bevor er reagieren kann zieht sie sich zurück.

Ihm entweicht die Luft aus den Lungen. Mittlerweile atmet er schwer ein und aus, doch aufgeben wird er nicht! Schließlich kann er sich nicht von einer Frau besiegen lassen. Entschlossen richtet er sich auf, um die Beamtin anzugreifen.

Auf diesen Moment hat Emma gewartet. Trotz der hochhackigen Schuhe stemmt sie ihr Standbein fest auf den Boden. Ihr Gleichgewicht ausbalancierend wirbelt sie mit weit ausgestrecktem Bein zu ihm herum. Ihr Fuß prallt fest vor die Brust ihres Gegners.

Mazur fliegt gute zwei Meter weit, bevor er zu Boden kracht.

Im gleichen Augenblick sind die Männer von Florian Goldschmidt zur Stelle. Sie ergreifen den besiegten Mann.

„Wow!" Florians graue Augen leuchten begeistert auf. ‚Diese Frau ist genau für mich gemacht', beurteilt er.

Bei Florians anerkennendem Ausruf wendet Gerd sich ihm zu. Prüfend mustert er den Beamten. ‚Das Interesse dieses Mannes sollte ich besser gleich im Keim ersticken', empfiehlt er sich selbst. Ihre Waffe liegt vor seinen Füßen. Mit der Pistole in der Hand tritt er zu der Agentin. Besitzergreifend legt er einen Arm um sie. „Gut gemacht", lobt er sie stolz und gibt ihr einen langen Kuss. Zufrieden bemerkt er danach den säuerlichen Blick des Elite-Polizisten.

,Männer', denkt Emma kopfschüttelnd und steckt ihre Waffe ein. „Einer ist entkommen", berichtet sie Florian.

„Ja, er ist weg. Wir haben ihn nicht mehr erwischt. Aber der gesamte Sprengstoff ist sichergestellt. Die Razzia in Mazurs Bordell ist bereits in vollem Gange. Dort gibt es für diese Mistkerle auch nichts mehr zu holen."

Sie verlassen das Parkhaus durch die Ausfahrt.

Wolfgang erwartet sie mit einigen Polizisten in gebührendem Abstand. Mazur wird den Beamten übergeben, die ihn in Gewahrsam nehmen. Gerade als sie ihn abführen wollen fällt ein einzelner Schuss.

Mazur bricht tödlich getroffen zusammen, während die Elite-Spezialisten sofort ausschwärmen. Doch außer der Patronenhülse finden sie nichts. Der Schütze muss ganz dicht an seinem Opfer gestanden haben. Auf Emmas fragenden Blick hin schüttelt Florian Goldschmidt nur den Kopf.

Wolfgang gesellt sich zu ihnen, Holger Baumann und Dirk Stein im Schlepptau.

Noch bevor er etwas sagen kann ergreift Dirk Stein erbost das Wort. „Frau Wolf, können Sie mir bitte einmal erklären was das soll? Sind Sie noch ganz bei Trost? Wie kommen Sie auf die Idee, Zivilisten in Gefahr zu bringen? Ihre Aktion im Krankenhaus war auch nicht gerade eine Glanzleistung. Wenn Sie sauberer gearbeitet hätten, wäre das alles nicht passiert."

Emma starrt ihn einfach nur verständnislos an.

„Morgen Früh erwarte ich Ihren Bericht auf meinem Schreibtisch. Sie können von Glück sagen, wenn ich mich bis dahin soweit beruhigt habe, dass ich Sie nicht rausschmeiße."

Wolfgang mischt sich drohend ein. „Dazu musst du erst an mir vorbei. Ich bin nämlich der Meinung, dass Frau Wolf hervorragende Arbeit geleistet hat. Ohne sie wäre von uns keiner mehr am Leben." Er lächelt Emma an. „Und Ihr Bericht geht an mich, denn ich bin Ihr Vorgesetzter. Wir hören voneinander." Er nickt Emma beruhigend zu.

Sie sieht dem aufgebracht davoneilenden Dirk Stein versonnen nach. ‚Warum ist er so sauer? Er kann unmöglich glauben, was er da gesagt hat.' Bei dem Gedanken, der jetzt in ihr erwacht, wird sie blass. ‚Kann das wirklich sein?' Sie wendet sich an Gerd. „Ich muss noch einmal ins Krankenhaus zu Nele Paulsen."

Gerd sieht seine Freunde fragend an. Auf deren Nicken hin gibt er seine Zustimmung. „Gut, dann lass uns fliegen. Wir kommen alle mit."

Leon Ara sitzt auf einem Stuhl neben ihrem Bett. Der Privatdetektiv ist nicht für eine Minute von ihrer Seite gewichen. Jetzt sieht er der eintretenden Frau entgegen.

Leise spricht Emma ihn an. „Wie geht es ihr?"

Traurig schaut er auf die in dem Bett liegende Frau. „Nicht gut. Der Arzt war eine ganze Weile bei ihr. Die Schwellung an ihrer Wirbelsäule ist so stark, dass sie Nele in ein künstliches Koma versetzen mussten. Sie wird morgen in eine Spezialklinik verlegt. Der Arzt organisiert gerade den Transport, sowie alles Weitere."

Erschrocken schaut Emma zu der Kollegin. ‚Dieses Schicksal könnte uns alle treffen', begreift sie. ‚Das ist der Job. Ist es das wirklich wert?' Angespannt bittet sie Leon Ara um Auskunft. „War jemand bei ihr?"

„Ja, dieser Herr Stein war hier. Er wollte wissen, was vorgefallen ist."

Emma hält die Luft an. ‚Ich habe es gewusst!' „Dirk Stein?", hakt sie aufgeregt nach.

„Ja. Aber er war noch keine drei Minuten hier, da kam noch ein Mann. Er heißt Holger Baumann. Beide Männer haben gesagt, dass Sie sie kennen. Dass Sie mit ihnen gemeinsam arbeiten."

„Ja, das ist richtig." ‚So ein Pech! Wieso mussten denn beide kommen?' Nele Paulsen schwebt nach wie vor in höchster Gefahr. Sie fängt den Blick auf, mit dem der Privatdetektiv die verletzte Frau betrachtet. Nun weiß sie, was zu tun ist. „Sie haben ihr heute Abend bereits zweimal das Leben gerettet. Würden Sie auch weiterhin dafür sorgen, dass ihr nichts passiert?"

„Wie meinen Sie das? Wieso zweimal?"

„Sie haben den falschen Arzt erkannt, sodass wir rechtzeitig eingreifen konnten. Dann sind Sie bei ihr geblieben. Ich kann Ihnen versichern, wenn sie allein gewesen wäre, würde sie jetzt nicht mehr leben." Emma blickt ihn beschwörend an. „Fahren Sie mit ihr in diese Klinik. Bleiben Sie bei ihr. Ich sorge dafür, dass mein Boss das absegnet."

„Wieso ich?"

„Sie lieben sie genug, um auf sie aufzupassen." Emma lächelt, als er verlegen nickt. „Außerdem sind Sie in der Lage, sich gegen einen Eindringling zu behaupten. Wir wissen noch nicht, wer dahintersteckt, aber es gibt einen Maulwurf. Nele hat diesen Mann ausfindig gemacht. Bis wir ihn entlarvt und dingfest gemacht haben, schwebt sie in der allergrößten Gefahr. Sie braucht Sie jetzt. Das wird für Sie nicht einfach. Sie müssen allen gegenüber sehr vorsichtig sein."

„Ich verstehe, aber ich habe einen Auftrag, den ich ausführen muss. Mein Arbeitgeber wird nicht ewig warten."

„Vielleicht kann ich Ihnen dabei helfen. Würden Sie draußen auf mich warten? Ich komme gleich nach."

„In Ordnung." Er wirft noch einen Blick auf die Frau, der er gern sagen würde, wie viel sie ihm mittlerweile bedeutet. Dann geht er hinaus.

Emma tritt vor das Bett. Sie verspürt eine ohnmächtige Wut gegen den Mann, der für die Verletzungen dieser Frau verantwortlich ist. „Ich werde ihn kriegen, das verspreche ich." Sie wünscht der Kollegin die Kraft, die sie brauchen wird, um alles durchzustehen. ‚Könnte es sein, dass dieser Maulwurf und der Mörder meines Vaters ein und dieselbe Person ist?' fragt sie sich, dann verlässt auch sie den Raum.

Gerd erkennt den besorgten Ausdruck auf Emmas Gesicht. „Wie geht es ihr?"

„Sie muss in eine Spezialklink. Aber ich bin davon überzeugt, dass sie es schafft. Lara wird bei ihr bleiben."

„Das ist genau der richtige Mann dafür." Gerd lächelt. Auch er hat erkannt, wie es um die Gefühle des Mannes steht.

„Ja." Emma mustert ihn prüfend an. „Könntest du mir vielleicht einen Gefallen tun?"

„Worum geht es denn?" Neugierig wartet er die Antwort ab.

„Lara, er heißt übrigens Leon Ara, arbeitet als Privatdetektiv. Er ist auf der Suche nach der Tochter seines Auftraggebers. Besteht irgendwie die Möglichkeit, dass ihr ihm bei der Suche helfen könnt? Ich habe ja gesehen, was euer Computer zu schaffen vermag. Bisher hat er drei Bordelle nach ihr abgesucht. Mehr weiß ich auch nicht." Emma sieht ihn bittend an. „Er hätte den Rücken frei, um sich um Nele Paulsen zu kümmern."

„Ich rede mit ihm", verspricht Gerd ihr nachdenklich. „Die eine oder andere Idee habe ich schon. Vielleicht kommt ja etwas dabei heraus."

Emma nimmt dankbar sein Gesicht in ihre Hände. Sie gibt ihm einen sanften Kuss. Die Gruppe bleibt bei Leon Ara im Krankenhaus, bis die von Emma angeforderte Verstärkung auf ihrem Posten ist.

Gerd sendet das Foto der neunzehnjährigen Magda Breslau an die *E-Mail*-Adresse von Tim, damit der Computerspezialist gleich am nächsten Morgen mit seiner Suche beginnen kann. Er lässt sich von Lara alles berichten, was der weiß.

Die junge Frau ist nach einem Streit mit ihrem Vater von zuhause fortgelaufen. Als sich ihr Vater nicht mit dem Freund ihrer Wahl einverstanden zeigte, ist sie mit diesem auf und davon. Da der Vater sie nicht finden konnte, wurde der Privatdetektiv von ihm mit der Suche beauftragt. Leon ist ihr bis zu einem Zuhälter gefolgt. Von dort führte ihn die Spur zu einem Bordell. Sie wurde weitergereicht, verkauft oder gegen Schulden eingetauscht. Doch dann endet die Spur. Vergebens klappert der Privatdetektiv ein Bordell nach dem anderen ab. Gerd verspricht ihm, seine Mitarbeiter direkt nach Arbeitsbeginn am nächsten Morgen mit den Recherchen zu beauftragen. Er wird Leon regelmäßig auf dem Laufenden halten.

Die Freunde fliegen zurück. Kurz darauf landet Uwe den Hubschrauber auf dem *Staller* Firmengelände.

Emma tritt hinaus auf den Balkon. Ihr Bruder übernachtet bei Anna, sodass sie Gerds Wohnung für sich allein haben. Sie weiß, dass sie eine Entscheidung treffen muss.

Gerd erscheint hinter ihr. Er legt die Arme um ihren Körper. Als sie sich zu ihm umdreht und sich an ihn schmiegt, senkt er seinen Mund für einen liebevollen Kuss auf ihre Lippen.

„Wie geht es jetzt weiter?"

Emma betrachtet ihn ernst. „Ich weiß es nicht. Ich weiß nur, dass du mir wichtig bist. Ich will dich nicht verlieren."

„Das wirst du auch nicht."

„Ich bin mir da nicht so sicher. Gerd, ich werde nach Berlin zurückgehen, um den Mörder meines Vaters zu suchen. Das ist mir wichtig. Wie soll das funktionieren?"

„Berlin und Düsseldorf sind nicht so weit auseinander. Außerdem haben wir beide einen Beruf, der uns ausfüllt. Wenn wir das gegenseitig akzeptieren können, werden wir es schaffen. Lass es uns einfach versuchen. Du hast gesagt, ich bedeute dir etwas", wiederholt Gerd eindringlich ihre Worte.

Aber Emma widerspricht ihm. „Nein, das stimmt nicht. Es ist mehr, viel mehr. Ich liebe dich."

Erleichtert atmet er auf. „Wow. Ich habe nicht geglaubt, dass du mir das sagst."

„Ja, ich weiß. Aber ich wollte es dir sagen. Will es dir sagen. Und ich will, dass du erfährst, wer David war."

Sie erzählt ihm, wie sie David kennengelernt hat. Groß, gutaussehend und weltgewandt. Er hat sich um sie bemüht, hat ihr Geschenke gemacht, sie ausgeführt. Er hatte Verständnis für ihre Tätigkeit beim Bundeskriminalamt mit unmöglichen Arbeitszeiten. Sie glaubte, ihn zu lieben. Mehr als ein halbes Jahr waren sie unzertrennlich.

„Stefan stellte sich quer. Er behauptete, er kann David nicht ausstehen. Ich habe geglaubt, das sei die Eifersucht des großen Bruders. Aber das war es ganz und gar nicht. Sein Gefühl hat ihn nicht getäuscht."

Schlagartig veränderte sich Davids Verhalten. Zuerst dachte Emma noch, es war ein Versehen. Doch es passierte immer öfter. Er schlug sie nur dort, wo es niemand sehen konnte. Als sie merkte, dass es absichtlich geschah, begann sie sich zu wehren. „David fühlte sich toll. Unbesiegbar. Er erklärte mir, wir würden heiraten, weil er dann das Recht hätte, seine Frau so zu behandeln, wie er wollte." Emma sieht Gerd mit einem gequälten Ausdruck an. „Kannst du dir das vorstellen? Der Mann, von dem ich glaubte, dass ich ihn liebe, sagt mir endlich, dass wir heiraten werden. Im gleichen Moment fängt er an mich zu verprügeln."

„Du musst nicht weiterreden. Ich verstehe dich auch so." Es fällt Gerd schwer, ihren kummervollen Anblick zu ertragen. Er möchte sie am liebsten einfach in die Arme nehmen. Aber ihm ist bewusst, dass sie das jetzt nicht aushalten würde.

„Ja. Ich weiß. Aber es ist mir wichtig, dass du alles erfährst. Ich habe ihn zur Rede gestellt. Weißt du, was er gesagt hat?" Aus großen Augen schaut sie ihn an.

‚Sie ist kalkweiß im Gesicht', stellt Gerd fest.

Dann spricht Emma weiter: „Er sagte, ‚was meinst du wohl, warum ich mich mit einer Polizistin abgebe? Der einzige Grund dafür ist, dass du darauf trainiert bist, mehr einzustecken wie die anderen Weiber.' Dann schlug er brutal zu." Sie atmet tief ein.

Gerd ballt wütend die Fäuste in den Taschen. In ihm erwacht ein unbändiges Verlangen, den Kerl für sie zu verprügeln. Doch dann merkt er, dass er das eher für sich selbst tun würde. Das Einzige, was er für sie tun kann, ist für sie da zu sein.

Ohne Pause schildert Emma den Rest der Geschichte. „Weiter kam er nicht. Er durfte erfahren, wie sich eine Polizistin zur Wehr setzt. Ich habe ihn verprügelt, wie er es sich nie hätte träumen lassen. Dann rief ich die Kollegen. Er wurde verhaftet. Vor Gericht sprach er von Polizeigewalt. Aber meine Verletzungen waren nur zu gut sichtbar. Das Ganze war ein gefundenes Fressen für die Medien. Doch das hatte auch etwas Gutes. Noch vor der Gerichtsverhandlung haben sich drei weitere Frauen gemeldet, die gegen ihn aussagten. Er bekam zwölf Jahre, muss also noch eine ganze Weile im Gefängnis verbringen." Er versteht jetzt, warum Stefan auf sie aufpasst. Liebevoll nimmt er sie in die Arme. „Das ist vorbei. Er kann dir nichts mehr tun. Und auch kein anderer. Dafür werde ich sorgen."

Sie schaut ihm tief in die Augen, bevor sie ihn zu einem langen Kuss an sich zieht.

Sie muss zurück nach Berlin und Wolfgang Keller Bericht erstatten. Sowohl schriftlich als auch mündlich. Zudem will sie die Akten ihres Vaters durchgehen. Die Unterlagen der letzten zwei Jahre sind verbrannt, aber vielleicht findet sie ja noch etwas anderes. Doch bevor sie sich an diesem Morgen von Gerd verabschiedet treffen sie sich mit Tim und Max im Computerraum.

„Schön, dass ihr kommt", begrüßt Gerds Kollege die beiden. „Wir sind schon ein ganzes Stück weitergekommen."

„Tim, was hast du für uns?"

„Also, das Foto, das du mir gestern Abend geschickt hast. Ich habe *Oscar* einen Abgleich mit allen Aufnahmegeräten in Berlin und Umgebung machen lassen. Er ist zwar noch nicht fertig, aber ich habe schon ein paar Bilder für euch." Er hält ihnen die Fotos vor die Nase.

Emma ist überrascht. „Du hast sie bereits gefunden?"

„Ja, das war sogar recht einfach", erklärt ihr Tim. „Sie geht immer wieder zu dem gleichen Geldautomaten. *Oscar* hat sie dann über die Gesichtserkennung gefunden. Zur Sicherheit habe ich einen Abgleich ihres Namens mit den Kunden vom Geldautomaten gemacht. Es stimmt auf die Sekunde genau. Sie heißt Magda Breslau. Ihr Vater hat sie bei der Polizei als vermisst gemeldet. Die Adresse stimmt mit ihrer Bankkarte überein."

Die Agentin staunt. „Ich kann mir nicht vorstellen, dass dir die Bank so einfach Auskunft gibt. Wie bist du an die Daten der Bank gekommen?"

Als Tim sie einfach nur ausdruckslos anschaut winkt sie schnell ab. „Okay, ich will es gar nicht wissen. Wie geht es nun weiter?"

„Moment, wir sind ja noch gar nicht fertig." Tim schnappt sich ein paar Unterlagen. Die hält er der Agentin hin. „Von dem Bankautomaten aus haben wir sie Schritt für Schritt beobachtet, indem wir jede Kamera im Umkreis zu den passenden Zeiten abgeglichen haben. Herausgefunden haben wir Folgendes! Sie isst an jedem Donnerstag mit einer Freundin zu Mittag. Immer im gleichen Lokal. Die Adresse habe ich euch aufgeschrieben. Sie muss auch dort in der Nähe wohnen. Wir können einen guten Umkreis ausmachen, in dem sie sich bewegt."

„Das schafft ihr alles durch die Kameraüberwachung an öffentlichen Plätzen?" Emma ist beeindruckt.

„Nicht ganz. Wir benutzen auch hin und wieder welche aus gewerblicher oder privater Nutzung. *Oscar* kommt da überall heran. Aber verrate uns bitte nicht", bettelt Tim mit einem so treuen Hundeblick, dass Emma nur lachen kann.

„Max hat auch noch etwas für dich", fügt Tim noch hinzu.

„Ja, genau." Max dreht sich auf seinem Stuhl zu ihr um. „Magda Breslau hat gegen ihren Freund Anzeige erstattet. Wegen körperlicher Gewalt. Sie ist bei ihm ausgezogen. Zurzeit ist sie in Berlin bei einer Marianne Parks gemeldet. Die Adresse habe ich auch." Max reicht die Unterlagen an Emma weiter. „Außerdem hat sie sich an der in der Nähe gelegenen Hauswirtschaftsschule angemeldet. Sie holt dort ihren Abschluss nach."

Emma freut sich. „Das sind doch gute Nachrichten. Ich verstehe nicht, warum sie nicht mit ihrem Vater spricht."

„Ganz einfach." Gerd denkt daran, wie er sich mit neunzehn gefühlt hat. „Es ist ihr peinlich, ihrem Vater gegenüber eingestehen zu müssen, dass sie im Unrecht war. Er hatte mit allem, was er gesagt hat, Recht. Zudem rechnet sie wahrscheinlich mit Ärger und Vorhaltungen. Sie kann sich nicht vorstellen, dass ihr Vater einfach nur froh ist, wenn sie wieder nach Hause kommt."

Emma sieht auf ihre Uhr. „Es ist jetzt elf Uhr. Da heute Donnerstag ist, wird sie also um ein Uhr mit ihrer Freundin zu Mittag essen. Ich werde Lara informieren. Anschließend sorgen wir dafür, dass die Polizei den Vater zu dem Lokal bringt. Leute, ihr seid die Besten." Emma lächelt Tim und Max erleichtert zu.

„Das kannst du ruhig laut sagen!", bekräftigt Tim ohne falsche Scheu.

Sie lachen alle vergnügt auf.

Max hat noch weitere Informationen für die junge Frau. „Emma, wir haben deine Unterlagen gesichtet. Sie werden, eine Seite nach der anderen, von uns eingegeben. *Oscar* sortiert das Ganze. Aber bis wir damit fertig sind dauert es noch eine Weile. Die Verschlüsselung kann *Oscar* auch noch nicht erkennen. Ich glaube, das ergibt sich irgendwann aus den Unterlagen. Vorher können wir nichts entschlüsseln. Obendrein haben wir, dank dem Zeitungsartikel von dieser Journalistin, mehr Aufträge hereinbekommen, als wir auf einmal bewältigen können. Zudem wurden die auf Eis gelegten Aufträge von unseren Kunden freigegeben. Da müssen wir alle ran. Unsere Praktikanten sind immer noch mit ihren Klausuren beschäftigt, sodass sie uns nicht zur Hand gehen können. Die Entschlüsselung zieht sich also noch etwas nach hinten. Wir bleiben aber am Ball. Versprochen."

Emma nickt ergeben. „Wie lange werdet ihr brauchen?"

„Wir haben versucht zu überschlagen, was da auf uns zukommt", erklärt ihr Tim. „Du wirst mindestens acht Wochen warten müssen. Tut mir leid."

„Schon gut. Ohne euch würde ich das gar nicht hinbekommen. Ich gehe einfach solange meiner Arbeit nach. Ruft mich bitte an, sobald ihr etwas für mich habt." Damit verabschiedet sie sich von ihren neuen Freunden. Sie macht sich startklar für den Weg nach Berlin. Gerd und sie werden sich an den arbeitsfreien Tagen regelmäßig sehen. ‚Vielleicht schaffen wir es ja wirklich', hofft Emma. Sie zieht ihn zu einem heißen Abschiedskuss an sich heran. ‚Erstaunlich, aber ich vermisse ihn schon jetzt!'

26 Epilog

Er schließt die Akte mit dem Bericht über die Ergreifung von Rüdiger Pforte und seiner Kameraden. Sie hat wirklich gute Arbeit geleistet. Auch die Gemäldediebstähle konnten dank ihrer Hilfe aufgeklärt werden. ‚Und das geplante Attentat auf unser eigenes Gebäude in Berlin hat sie genauso gekonnt verhindert.'

‚Schade!' Es hätte ihn und seine Leute ein gutes Stück nach vorn gebracht.

Warum musste Keller sie zurückholen? Sie hätte beim *Spezialeinsatzkommando* bleiben sollen. Jetzt ist sie wieder da. Und sie wird weiter nach dem Mörder ihres Vaters suchen.

Er ist sich ganz sicher, dass sie nicht aufgeben wird. Sie ist ihm bereits vor neun Monaten sehr nah gekommen. ‚Zu nah!'

Wenn Keller sie nicht gestoppt hätte, wer weiß, was passiert wäre. Sie war kurz davor, seine Tarnung auffliegen zu lassen.

Und jetzt hätte sie ihn fast erwischt, als er zusammen mit Mazur die Sprengladungen angebracht hat. ‚Wie ist sie nur so schnell in das Gebäude hereingekommen? Noch dazu mit Unterstützung.' Er war der felsenfesten Überzeugung, dass sie es nicht rechtzeitig schafft, die vier Bomben zu entschärfen.

‚Mist! Ich habe sie gewaltig unterschätzt', wird ihm klar.

Mazur vor den Augen aller zu erschießen war ein Risiko. Aber es hat funktioniert. Jetzt muss er sich schnellstens um Nele Paulsen kümmern. Aber es wird verdammt schwierig, an die Agentin heranzukommen. Gut, dass die nicht weiß, wer hinter dieser Sache steckt. Sie kann höchstens eine Vermutung haben.

‚Zu dumm nur, dass ich die Unterlagen bei Richard Wolf nicht finden konnte.' Er weiß, dass Richard eine Akte über ihn hatte. Irgendwo muss die ja sein! Seine Tochter kann sie nicht haben, sonst wäre er schon längst verhaftet worden. Er muss eben weiter danach suchen. Und er muss sich beeilen. Ihr zuvorkommen, bevor sie sie findet.

Er darf nicht einfach davon ausgehen, dass der Brand die richtigen Akten vernichtet hat. Aber vielleicht bremst es sie ja aus. Auf jeden Fall hat das Feuer ganze Arbeit geleistet. Er lacht leise vor sich hin, als er daran denkt, wie empört er sich über den komplett ausgebrannten Raum am Ende des Ganges gegeben hat. Niemand, auch nicht die Feuerwehr, konnte den kleinsten Hinweis auf Fremdverschulden finden. Er hat seine Arbeit jedenfalls noch nicht verlernt.

‚Wenn sie sich mit mir anlegt, muss ich sie ausschalten! Schade eigentlich, sie sieht wirklich gut aus. Vielleicht finde ich ja noch einen anderen Weg.'

Intensiv betrachtet er das Foto von Emma Wolf. Er legt es zurück in die Akte, steht auf und verlässt sein Büro. Während er die Tür schließt schaut er nachdenklich auf die gegenüberliegende Tür zu Wolfgang Kellers Büro.

In dem Gefühl, vollkommen sicher zu sein, begibt er sich zu den Parkdecks, um mit seinem Wagen nach Hause zu fahren.

Vorschau auf den nächsten Band ...

Frank hat keine Probleme damit, ihren Auftrag anzunehmen, solange die Bezahlung stimmt. Er kann sich schon denken, welche Ziele sie verfolgt. „Frau Lichtenstein", begrüßt er sie mit einem leichten Kopfnicken. „Mein Beileid. Ich habe bereits von den tragischen Vorfällen in Ihrer Familie gehört. Was kann ich für Sie tun?"

„Sie sollen dafür sorgen, dass ich Gerechtigkeit erhalte!" Ihre Augen blitzen wütend auf.

„Das dachte ich mir schon. Wie stellen Sie sich das im Einzelnen vor? Oder habe ich komplett freie Hand?"

„Sie haben das Dossier gelesen, welches ich Ihnen zukommen ließ?"

„Natürlich!"

„Dann wissen Sie auch, um wen es mir geht." Sie braucht nicht in Ihre Unterlagen zu sehen um zu wissen, welche Männer sie ihm nennen muss. „Gerd Bach hat meinen Sohn Klaus getötet, sein Mitarbeiter Uwe Meyer in seinem Auftrag meinen Mann Kurt und dessen Zwillingsbruder Erich. Dass mein Schwiegervater verhaftet wurde, ist ebenso der Verdienst von Gerd Bach. Er ist der Mann, den ich haben will. Töten Sie ihn. Und zwar möglichst qualvoll. Kriegen Sie das hin?", fragt sie Frank frostig.

„Kein Problem!", antwortet Frank ihr ebenso gefühlskalt.

„Gut! Die ganze Familie Staller stellte sich auf die Seite dieses Mannes. Sie sollen erfahren, was es heißt, Stück für Stück die Familie zu verlieren. Beginnen Sie mit dem Sohn, dann die Frau und Staller selbst nehmen Sie sich zum Schluss vor."

„Ist so gut wie erledigt!", versichert Frank ihr.

***

„Es ist offensichtlich, dass die hier gravierende Mängel in den Sicherheitsvorkehrungen haben", behauptet Andreas.

„Das denke ich auch", pflichtet Peter seinem Sohn bei. „Die Frage ist nur, warum? Anscheinend haben selbst die Angestellten im Park keine Ahnung von den verheerenden Zuständen."

„Die Katastrophen haben aber noch kein Ende erreicht", bekundet Gerd. „Dreht euch einmal um." Mit der Hand weist er auf die Wasserbahn. Ein Kettenlift zieht die Boote auf dreißig Meter Höhe. Normalerweise stürzen sie von dort im freien Fall die Rutsche hinunter. Diesmal ist es anders. Das letzte Boot hat sich in circa achtundzwanzig Metern Höhe verkeilt und versperrt den Weg für das folgende Boot, das nun dahinter festhängt. Es ist mehr als wahrscheinlich, dass alle beide abstürzen werden. Die Überlebenschance der Insassen grenzt an null Prozent. Die Menschen in den Booten schreien laut um Hilfe.

Karola erfasst die erschrockenen Blicke ihrer Männer. „Nun lauft schon. Seht zu, dass ihr den Menschen dort helft."

Sie treffen zeitgleich mit dem Betreiber Sven Kirschbaum ein. „Was werden Sie unternehmen?"

Sven starrt Gerd an. „Ich habe keine Ahnung. Die Feuerwehr ist unterwegs. Die brauchen noch gute zwanzig Minuten. Aber deren Leitern reichen bei Weitem nicht hoch genug."

Gerd erblickt das Fahrzeug des Betreibers. „Leihen Sie mir Ihren Wagen?"

„Was haben Sie denn vor?"

„Wir holen die Leute mit dem Hubschrauber da heraus", erklärt Gerd. „Allein schaffe ich das nicht. Andy, ich brauche dich."

„Das geht klar", bekommt er die feste Antwort.

„Ich bin auch dabei", bekundet Peter.

Bildquellennachweis:
Seite 13: © Ninell I Dreamstime.com
Seite 21: © Juan Moyano I Dreamstime.com
Seite 32, 162: © P. R. Mosler
Seite 42: © Boris Medvedev I Dreamstime.com, © Pattarapong Kumlert I Dreamstime.com
Seite 82: © Jay Beiler I Dreamstime.com
Seite 102: © Konstantinos Moraitis I Dreamstime.com
Seite 121: © Christianm I Dreamstime.com, © Dibrova I Dreamstime.com
Seite 175: © Bundit Wajaratana I Dreamstime.com
Seite 236: © Nataliya Kostenyukova I Dreamstime.com
Seite 249: © Prillfoto I Dreamstime.com
Seite 286: © Oleg Zabielin I Dreamstime.com
Seite 321: © Rodho I Dreamstime.com
Seite 381: www.pixabay.com

Die Autorin

P. R. Mosler, geboren 1960 als zweites von vier Kindern, schließt ihren beruflichen Werdegang mit der Ausbildung zur staatlich geprüften Maschinenbautechnikerin ab. Bis zur Scheidung der ersten Ehe arbeitete sie als selbstständige Konstrukteurin. Von da an nahm die Tätigkeit als Hausfrau und Mutter neben der Halbtagsarbeit den größten Teil ihrer Zeit in Anspruch. Seit 2005 arbeitet sie Vollzeit in ihrem erlernten Beruf für einen System- und Anlagenbaubetrieb im Raum Düsseldorf. Ihren zweiten Ehemann lernte sie 1998 kennen. Nach gemeinsamen siebzehn Jahren heirateten sie im Dezember 2015. Ihr Mann verstarb nach schwerer Krankheit im Februar 2016. Parallel zu ihrem Beruf begann sie mit dem Schreiben und widmet das erste Buch ihrem Mann. Aus diesem einen Buch wurden im Laufe der Zeit mehrere, die sich zu einer Serie von Abenteuerromanen ergänzen. Für ihren Ruhestand nimmt sich die begeisterte Schreiberin vor, weitere Bücher zu verfassen.

novum VERLAG FÜR NEUAUTOREN

Der Verlag

*„Wer aufhört
besser zu werden,
hat aufgehört
gut zu sein!*

Basierend auf diesem Motto ist es dem novum Verlag ein Anliegen neue Manuskripte aufzuspüren, zu veröffentlichen und deren Autoren langfristig zu fördern. Mittlerweile gilt der 1997 gegründete und mehrfach prämierte Verlag als Spezialist für Neuautoren in Deutschland, Österreich und der Schweiz.

Für jedes neue Manuskript wird innerhalb weniger Wochen eine kostenfreie, unverbindliche Lektorats-Prüfung erstellt.

Weitere Informationen zum Verlag und
seinen Büchern finden Sie im Internet unter:

w w w . n o v u m v e r l a g . c o m

P. R. Mosler

Kampf um die Loreley

ISBN 978-3-95840-753-4
374 Seiten

Ein Mann auf der Spur eines Killers. Ein Mann, der sein Leben aufs Spiel setzt. Der in die Falle seiner Gegner läuft. Er verirrt sich in einem Labyrinth, bei dem es keinen Ausgang zu geben scheint ...

P. R. Mosler
Die Vergeltung der Nemesis

ISBN 978-3-948379-36-0
396 Seiten

Zwei Männer im Kampf gegen ein Drogenkartell. Korrupte Polizisten, Bombenattentate und Gefangenschaft stehen auf der Tagesordnung. Kann Gerd Bach den gut getarnten Drogenschmuggel aufdecken? Wird er seinen Freund vor der kaltherzigen Verbrecherin retten?

novum VERLAG FÜR NEUAUTOREN

Bewerten
Sie dieses Buch
auf unserer
Homepage!

www.novumverlag.com

Printed in Dunstable, United Kingdom